张之沪 著

陕西出版传媒集团
太白文艺出版社

道北名门

图书在版编目（CIP）数据

道北名门 / 张之沪著. —西安：太白文艺出版社，2011.6（2014.3重印）
ISBN 978-7-80680-985-3

Ⅰ.①道… Ⅱ.①张… Ⅲ.①长篇小说—中国—当代 Ⅳ.①I247.5

中国版本图书馆CIP数据核字（2011）第104178号

道北名门

作　　者	张之沪
责任编辑	马凤霞
整体设计	可　峰
出版发行	陕西出版传媒集团
	太白文艺出版社
	（西安北大街147号 710003）
经　　销	陕西新华发行集团有限责任公司
印　　刷	西安市建明工贸有限责任公司
开　　本	787毫米×1092毫米 1/16
插　　页	2
字　　数	500千字
印　　张	23
版　　次	2011年6月第1版 2014年3月第4次印刷
书　　号	ISBN 978-7-80680-985-3
定　　价	36.00元

版权所有 翻印必究
如有印装质量问题，可寄印刷厂质量科调换
邮政编码：710061

上部

- 第一章 十三孩金家 ………… 1
- 第二章 人在江湖 ………… 22
- 第三章 金白望 ………… 46
- 第四章 集体户 ………… 69
- 第五章 天意从来高难问 ………… 114
- 第六章 厕所民谣原创者 ………… 149

下部

- 第七章 大麻子来咧 ………… 184
- 第八章 酒友 ………… 211
- 第九章 儒商 ………… 231
- 第十章 贼爷 ………… 254
- 第十一章 掌灯 ………… 289
- 第十二章 生儿当如金家虎子 ………… 318

第一章
十三孩金家

【恶煞】

  金占全呱呱坠地时就是西京城名人。

  名人难产,接生婆束手无策,紧急送往城里教会医院经洋医生动刀才请出。巨婴过磅,接人无数的妇产科老护士都吃惊地瞪大眼睛:十斤八两!产房门外的父亲乐呵呵地说:"金子七青八黄九赤十足,我儿姓金分量沉,命里贵重,小名就叫十斤!"镁光灯一闪,十斤赤条条上了《西京日报》社会新闻版,供全城市民欣赏。

  名人九岁那年,西京城遭遇半个世纪以来罕见溽暑,市民个个热得蔫头耷脑,仿佛遭鸡瘟,又像干涸泥潭里的鱼。金占全给自己找了个避暑好地方,腋下夹件旧大衣直奔北塬——那儿有几座早被洗劫一空的古代达官贵人墓。墓穴荒草萋萋,常有狐鼠出没,鲜有人迹。金占全却毫无顾忌,沿着长长墓道下去钻进墓穴,黑甜一觉过后,精神抖擞,似从阴间重返阳世。一块儿玩的俩小子看得羡慕,跟着效仿,谁知醒来一个口眼歪斜说不出话,一个四肢痉挛动弹不得,被大人背出送往医院抢救。此事传开,一街人都说古墓潮湿阴气重,孩子怕是中了邪,却纳闷十斤却为何依旧生猛?街东头崔麻子通晓谶纬之学和子平之术,早年卖卦看相,袁天罡嫡派秘传《九天元女六壬课》《贵贱定格五行相书》两本奇书烂熟于胸,据说挺灵验,人称"崔半仙"。解放后经政府教育,崔半仙金盆洗手,半道改行卖起炒凉粉。听说此事,崔半仙把上学路过的金占全叫住,问过生辰八字,又揣骨听声,相罢直夸金家长子生得天庭饱满、地阁方圆、剑眉星目、鼻直口方、骨骼雄奇,只可惜鹰视狼步,眉宇间透着煞气。丙丁巳午南方火,壬癸亥子北方水。这小子五行里南火太旺,鬼魅都避三分,可惜北水先天不足,能驱虎难遣龙,气贯阳不通阴,只恐流年不利。崔半仙断言:十斤是煞星下凡,虎豹驹有吞牛之气,长大奔正道是条好汉,走邪路成一方恶煞。

距西京北城门一箭之地是陇海铁路,铁路北面是道北,道北有条革命街,街东头住着司老头,司老头是个老光棍,老光棍的脸有特点:鼻梁没了,只剩俩黑窟窿,说话齉声齉气,像害重伤风。坊间传闻司老头年轻时爱逛窑子,烂鼻子系"情寄之疡"。司老头靠练枪摊为生,沿街墙面挂块布,系满花花绿绿小气球,打一枪五分,打中了,奖励继续打。摊主笑眯眯对围观小孩说:"只要工夫深,铁棒磨成针。枪法是练出来的,都赶快回家要钱去!"蓝盈盈枪管、黄澄澄枪托,端在手里煞是爱人。金满囤想打枪又没钱,只好去挂坡。

去粮店路过枪摊,摊主大声招呼老顾客。看看手里攥出水的钱,想想家里等面下锅,金满囤摇摇头。司老头眼珠一转,问:"老二,敢不敢跟你司叔打赌?"

"打什么赌?"

"八块钱打完,你能累计命中一百次,我把枪白送你!"

"真的?"

"当然是真的,你司叔啥时候骗过人?这么多人在跟前,我大人还能哄你小孩?"

按平时练就的准头应能拿下!金满囤果断应战,屏气凝神,三点一线瞄准靶心,枪响处,气球应声爆裂,百枪过后,气球碎片落一地,数一数,八十还多。围观的越来越多,都想看金家老二赢得气枪归。司老头笑眯眯接过枪鼓捣几下。再打,丢了准头,明明瞄得准准的,一扣扳机却射偏。连连放空,金满囤吓出一身冷汗:全家15张嘴都等面下锅。越急越慌,越慌越不中,一袋面钱全进了司老头腰包……耳光连罚饿饭令赌徒猛醒:司老头给我下套!

金占全骂道:"老二,你真是个傻鸟!"又说:"他不仁,咱不义,干脆把枪弄过来!"

"司老头比猴还精,那可咋弄?"

"手拿把攥的事,简单得跟一一样。"老大胸有成竹。

半夜下起大雨,世界漆黑一片。兄弟俩悄悄出了门,穿过数条巷子,摸到司老头住处。司老头住的沿街房,安有铁条窗户挨着房檐,只有脸盆大小。兄弟俩搭起人梯朝里张望:屋里漆黑一团,司老头的两个烂鼻孔像一对破风箱,呼噜打得怪腔怪调,隔着玻璃都能听见。"嘭!嘭嘭!"老大敲响窗子。

"谁呀?"屋里问声迷迷糊糊。

"是我。"窗外的回答女声女气。

"你是谁?"司老头腾地坐起。

"我是你的老相好玉兰。"声音娇滴滴。

"玉兰?你是哪儿的玉兰?"美人深夜来叙旧,搁哪个男人也得激动。司老头既惊又喜,在大腿上狠狠掐了一下,才相信自己不是做梦。

"我是鸭子坑暗开门,花名白玉兰。你烂鼻子就是中了我的招。快过年了,我找老嫖客弄俩钱花。"

"小兔崽子!"司老头终于灵醒过来,骂道,"半夜三更不在家挺尸,跑来拿我老头子开涮。"话音未落,"哐啷!"半截砖飞进,窗户玻璃粉碎。"兔崽子找死呀!"司老头火了,蹦下床,提上炉钩子开门去追。人老眼花,恍恍惚惚看见个半大小子跑在前面,三转两绕不见了……气喘吁吁回来,气枪、子弹统统不见!司老头瘫坐在地哀叹:"天天哄人,没想今晚被人哄了。中了小屁孩的调虎离山计!"

老大、老二鬼鬼祟祟出去,偷偷摸摸回来,肯定没干好事。老八不动声色,继续装睡。第二天趁家没人,金进财从床底下翻出气枪,打了阵死靶觉得不过瘾,琢磨起打活物,悄悄潜至烹饪学校猪圈。墙头支枪,十几头猪被射得满圈乱窜,最肥一只右眼被射瞎。大肥猪四蹄乱蹬,疯狂地滚来滚去,凄厉嚎声惊动不远处食堂,无数个脑袋一齐探出。射手见势不妙扛起气枪撒腿狂奔,后面是一群拼命追赶的胖厨师。扭送派出所,金进财供出俩哥哥。金占全铁嘴钢牙,任凭警察拍桌子瞪眼,咬定自己一人所为。气枪物归原主。大肥猪成了独眼龙,躺在圈里不吃不喝,奄奄待毙。家长被传唤,一听赔偿损失,当即耍开无赖:要钱没有要孩儿有。仨不够立马再送!要不要把十三个孩儿都给政府送来?我当老子的倒省了饭钱。遇上老赖,派出所也没辙。

恶煞十五岁煞气毕现,令大人也胆战心惊。

那年开春,老姑送来一窝鸭娃,说娘家侄一人一个。孩子们当稀罕物养着,下蛋后越发宝贝,饲料却成了大问题。附近是铸铁厂,有几百号人开伙。食堂管理员是个"一头沉"——老婆孩子在农村。远水不解近渴,营养过剩的管理员憋出一脸粉疙瘩。塞盒香烟,金师傅和管理员说好:每天泔水由金家担走,捎带着打扫食堂卫生。泔水担了两个月,两下相安无事。今天又去,管理员忽然不让担了,说是厂里要养猪,泔水留着自用。金占全信以为真,担着两只空桶怏怏朝回走,出厂门和另一对空桶撞上。担桶的是个胖婆娘。少年多了个心眼,远远猫下。工夫不大,胖婆娘担着满满两桶泔水出厂门,后面跟着笑容满面的管理员。和看门老头已混熟,金占全过去问个究竟。老头说:"胖婆娘是附近菜农,家里养了几头猪,为泔水来了几次。管理员起先没答应。胖婆娘昨晚又来了,俩人关在屋里不知咋说的。再出来,担泔水就换了人。管理员给我打了招呼:以后再不许你进厂门!"得知底细,金占全泄了气:自己身上没本钱,无法和俩西瓜奶抗衡。明着不给,小爷暗取。夜深人静,金大叫上金二,担着泔水桶直奔铸铁厂,悄悄翻进料场围墙,神不知鬼不觉闹个满载而归。第三天半夜,弟兄俩担桶又来了。同前两次一样,金大墙上候着,金二担桶去食堂。里边忽然传出狗吠。夜色里看见金二气喘吁吁朝前狂奔,两条黑影紧追在后。"老二,快上墙!"金大一声喊,抠下墙砖狠狠砸去!两只大狼狗一愣,停下兀自朝弟兄俩狂吠……右裤腿被獠牙撕得稀烂,金二吓坏了,一路无语,回到家仍面无人色。金大一言不发,摘下墙上杀猪刀就朝外走。金二看在眼里,哆嗦着问:"哥,你……你要……要干啥?"金大满面杀气,恶狠狠说:"整他个鱼死网破!不让我担泔水,我让胖婆娘也弄不成。我今晚倒要看看是狗牙利,还是我的钢刀快!"金二心里发毛,嘴上说:"哥,我……要不我也跟你去?"金大讥

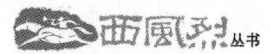

笑:"就你那胆? 趁早上床,别耽误瞌睡!"揣利刃独自出门。时间不长,金大又悄悄回来,灯下一照,血糊了半边身子。金二正要问,金大做个噤声手势,脱去血衣洗净身子,上了床,一会儿呼噜就打得震天响。

  第二天一早,革命街传开:铸铁厂两只大狼狗被人捅死,开膛破肚血淌一地,食堂东西却一样不少。听众都纳闷:凶手不要命,到底图的啥? 再想不到泔水上。全厂职工集体会诊,最终也没闹清大狼狗是死于利刃,还是先毒死后开膛。只得忍了口腹之欲,将保卫泔水壮烈牺牲的狼狗就地掩埋。面对两具狗尸,管理员先是目瞪口呆,接着破口大骂,从凶手祖宗一直招呼到凶手妹子,骂着骂着,忽然觉得哪儿有些不对。再琢磨,冷汗淌了一脊背。大狼狗惨死最终令管理员猛醒——宁舍西瓜奶,不舍一条命。一路打听寻上门,见到金占全,管理员满脸堆下笑:"小金,这两天怎么不去担泔水了? 我一直给你留着呢。"金师傅在旁不明就里:"厂里不是留着要喂猪吗?"管理员一拍胸脯:"金师傅,咱们是什么关系! 我肯定得向着自己人。厂长是说了,可被我拦住了。我说厂里买肉没少麻烦金师傅。金师傅开了口,这点面子一定得给! 再说,泔水的事我已答应了金师傅,总不能让我屙出来再缩回去。说了半天,厂长总算应了。"金占全不吱声,斜睨着墙。管理员顺着视线朝上瞄,瞄见那把雪亮的杀猪刀! 想起两条狼狗身上38个血窟窿……回头再看"小金",满脸煞气,正恶狠狠瞪着自己! 管理员打个寒战:小小年纪,就如此心狠手黑,长大绝对是杀人犯! 点头哈腰出了门,一路越想越怕,回到厂两个膝盖还直发软……睡到半夜,金大悄悄唤醒金二。兄弟俩直奔铸铁厂料场。半个时辰不到,金大、金二背着血糊糊麻袋归来。第二天,金家盆满钵满,凉拌狗杂、清炖狗排、红烧狗肉,琳琅满目摆了一桌。全家满嘴流油,美美吃了三天大狼狗。饱了口腹之欲,谁知乐极生悲。

  溽暑陋屋难入眠,大街小巷睡满人。金占全已到跑马夜遗年龄,狗肉壮阳,狗鞭壮肾,火上浇油,烧心烧身,直烧得滚来滚去无法入睡,瞅着邻近花裤衩绷着的圆鼓鼓屁股,再捺不下欲火……黑夜传出嘤嘤哭声。哭声惊动大人,接下的事简直就是噩梦:女孩家长疯狂叫骂,满院鬼哭狼嚎,老爹肥脸扭曲变形,攥着明晃晃杀猪刀! 金大娘抱住老伴后腰,拼命喊"十斤,快跑……"

  十斤成了话题禁忌,金家像从无此人。金占全出走后第三个春节,一个陌生人找到金家,捎来半口袋花生米。家长这才知道大儿已在黄泛区农场就业。客人直夸金占全能干,脑子活络手脚麻利更兼一身好力气,现已开上拖拉机。客人刚出门,面口袋就被金师傅丢进垃圾桶。瞅瞅院里没人注意,金大娘又悄悄捡回。那会儿油炸花生米赛过金豆子,一上桌,全家眼都直了。金师傅抿着薯干酒,瞅着瞅着扛不住馋,筷子也伸过来,吃归吃,仍不许提大儿。

【屠夫与造反队长】

进步同学半道被截 —— 前面金二，背后金八，旁边立着横眉怒目的小金豆。兄弟打狗，一起上手。"啪！"濮耀鹏结结实实吃了一耳光。"说！谁叫补尿盆？！"金二厉声喝问。濮耀鹏捂着脸，嗫嚅着说："是 …… 是我。我，我叫补尿盆。"

"听不见，大声说！"金八助纣为虐，飞起一脚踢在进步同学腚上。

"是我，我叫补尿盆！"受虐者声音骤然大了许多。

"补谁的尿盆？"主审小金豆当胸一拳。

"裘老师，"濮耀鹏赶紧改口，"不 …… 是 …… 是裘曼丽的尿盆。"

"谁补的尿盆？" —— "俺爹。" "臊不臊？" —— "臊。" "臭不臭？" —— "臭。" "恶心不恶心？" —— "恶心。"斗败的公鸡垂下鸡冠。

"哈哈 ……"观众笑翻天，补尿盆今天彻底尿尽。

金家是道北名门。金家出名，不是家境富裕，也非诗书继世，而是孩子多。那会儿一家四五个孩子居多，六七个不稀罕，五男八女却绝无仅有，提起"十三孩金家"，坊间无人不晓。门前晾衣绳上五颜六色的尿布赛过万国旗，成了大杂院一道风景线。革命街居民多是自建砖脚土坯房，光线昏暗，低矮破旧，高个子进出常被黑黢黢椽子撞了脑壳。房里大雨大漏，小雨小漏，糊顶棚纸水迹斑驳，透出小户人家的贫寒困窘。金家所在的勇斗巷房子盖得毫无章法，见缝插针，遍地开花，巷子曲折逼仄，有曲里拐弯的"九曲道"；有屋檐挨屋檐的"一线天"。幽深赛迷宫，生人进去往往迷路。金家人口多，住房更比别家愁，两间厦房不足三十平方米，如何放下许多床？金师傅以不变应万变 —— 有困难找单位，拉回几个半新肉案刨掉油垢铺上席子沿墙排开。满铺脑袋，一地烂鞋，仿佛进了号子，又似棚里养窝兔子。晚上临睡前，老娘挨个数人头，数一数，数不到一块，又数，还是不够数。老爹过来帮着数，才闹清少了谁，站到门口，"小二"或"小八"一通吼。随着吼声，一个黑不溜秋小崽子顺墙溜进，刚进屋，夹脖先结结实实挨了一巴掌。清脆响声引来满铺幸灾乐祸的笑声。小崽子赶紧脱鞋，一双臭脚也不洗，就直接进被窝。鼾声此起彼伏，满房屁响。黑暗中的顶棚更加热闹，像年画《耗子娶亲》，头顶一拨客人"嗒嗒嗒"跑过来，又一拨"嗒嗒嗒"跑过去，睡觉的被吵醒，敲两下没了声，刚躺下又热闹起来。糊顶棚纸尿迹斑驳，仿佛印象派大师杰作，是耗子客人到此一游的留念 ……

生了半打孩子，金家女人本想打住，金家男人却不干，说富养骡马穷养孩，家道中兴，养老送终，穷人靠什么？全靠亲生孩！省城这么多漂亮姑娘我不找，偏偏回农村老家找个你，图啥？就图你奶大腚肥能生一窝好孩！孩子多怕什么？生活困难有单位救济；缴不起学费学校全免。自留地下种，却让公家照料庄稼；官油壮捻子，不点白不点！

5

女人听得有理，继续以一年一个的速度生育，直到拉架子车放坡摔了跤，害得老儿子提前三个月来到人世，连包裹上磅都不到四斤，还没个猫大。女人看着鞋盒里的崽直发愁：这么个小东西如何养得活？纵然养活了长大怕也是个矬子。男人却不在乎，笑呵呵地说："秤砣虽小压千斤，金子虽少分量沉。我的老儿子就是那小金豆。"

小金豆班主任叫裘曼丽，粗眉毛吊眼梢，龇着两个黄板牙，嗓门赶得上吆马车的，凶得像女妖怪。开学第一天，老师把全班52名学生挨个儿叫起，问清家长职业，有联络价值的列为"重点学生"。得知学生家长掌着割肉大权，学生接到的"重要任务"越来越频。金师傅不堪其扰，让儿子转告班主任：店里肉定量供应，肉票对不上账，领导发了脾气，现在查得紧，再不敢多卖。失去联络价值，裘老师脸色当下就不好看，小金豆前排座位也调给别的"重点学生"。小金豆年龄小，眉高眼低还分得出，对班主任的实用主义有看法。

放学回家路上，看见同班濮耀鹏提个网兜，里面东西用报纸裹得严严实实，问起说是裘老师给家长的，还交代别让外人看见。小金豆好奇：只有家长给老师送东西，没听说老师还礼，坚持要看。濮耀鹏被缠不过，只得解开报纸，里面是个半旧花花绿绿搪瓷盆，对着亮一照，盆底有俩绿豆大锈洞，一股子臊味。原来女教师尿盆漏了，让在钣金厂敲白铁皮的男家长换底儿。小金豆笑出声。濮耀鹏脸上挂不住，再三叮嘱保密。从来都是女人给男人端尿盆，没听说大老爷们给娘们补尿盆。可笑，真可笑！小金豆憋了一晚，心里像装窝小老鼠，争先恐后朝外爬。第二天上课，小金豆再憋不住与同桌悄悄耳语，再三交代"千万不敢给别人说"。一个传一个，传到全班最后一人，千叮咛万嘱咐还是那句话。濮耀鹏从此得个诨号："补尿盆"。"补尿盆"气坏了，再见小金豆，白眼多青眼少。老师讲台上大骂："个别落后学生思想复杂，自己不积极向上主动靠拢老师，还挖苦谩骂要求进步同学，欠收拾！"全班同学眼光齐刷刷射过来。小金豆脑袋低下，心里不服：我操，给你补尿盆就是要求进步，没给你买肉就成了落后学生。有班主任撑腰，进步同学决心和落后学生斗争到底。文斗升级武斗。占了便宜的补尿盆没事，小金豆吃了亏却被拉进办公室收拾……金家孩子太多，除了"谁打了你"或"你打了谁"，家长别的概不过问。小儿子放学归来忽然成了瘸子。看过血糊糊伤口，问清是尖头皮鞋"教育结果"，金师傅发狠道："啥鸡巴老师？！我儿子不给你多买肉就尥蹶子。看老金怎么收拾你这恶婆娘！"

学校周一早上例行升旗仪式，全校师生操场集合，聆听校长训话。全场肃静之际，忽然远远传来连声怪叫："裘老师，你在哪？我错了，我给你道歉，我给你赔罪，我给你送礼来了！"上千脑袋一起朝喊声处张望：卖肉的提根细麻绳，绳上系根猪尾巴和带撮黑毛的细长东西。卖肉的腆着肥肚子往台上闯。几个男老师赶紧去拦。金师傅不依不饶举着那串东西，粗喉咙大嗓门继续喊："裘老师，你饶了俺儿吧。我知道你的厉害了。别的家长给你补尿盆，我来给你舔沟子！你不是馋这口吗？我给你送来了！"会场顿时炸了锅。都看裘老师。裘曼丽站也不是，走也不是，脸成了紫茄子，又不敢大声骂，嘴里嘟囔："老流氓！"校长将家长劝进办公室，说尽好话，金师傅才答应将儿子转

班。

卖肉的壮举震惊了全校,都知道小金豆的爹是个厉害角色,校长见了都下软蛋。

1942年的中原逃难潮将金家裹至西京。流民日转千街,金玉贵不卑不亢,从不说"可怜可怜咱",要饭专觅乡音,给少了还不要,理直气壮质问:"你是不是出门人?!"小孩倒把大人箍住,施舍者闹个红脸,赶紧添个馍将小老乡打发。金玉贵少时像只营养不良的猴,真正是三根筋挑着一个头。饿怕的人不放过任何松开裤带当老饕的机会。金玉贵一双平脚板,肛门内外痔,十八岁已是两个孩子的爹,每年征兵本来没他什么事,金玉贵却总是抢先报名 —— 验上验不上先放一边,白面馍红烧肉总得管够。"保家卫国,人人有责。"任他是谁,不能也不敢给爱国青年泼冷水!验了N次兵,金玉贵和区武装部上下混得脸熟,再见热血青年,努努嘴,前面程序一概免了,拿上备好的大老碗直奔后边灶房。祖国大建设到处招人,一拨大龄年轻人都进了工厂。金玉贵图油大,去了肉食店,天天白刀子进红刀子出,很快杀出门道,一刀断命,血放得净,做活利索,常有附近单位和村民慕名请去掌刀。道北街头,常见金屠夫喝得醉醺醺,腆着水桶般肚子,露出酒盅般大肚脐眼,左手拎着犒赏的猪下水,右手提着雪亮杀猪刀,笑眯眯朝家走。身躯随着油大膨胀,金玉贵秃脑门明晃晃,亮得朝外渗油,后脑勺一堆赘肉鼓得像蒸馍,脖子脑袋一般粗,腰身赛过木桶。那会儿产业工人是老大,干商业低一等,卖肉等而下之。金玉贵却不以为然,说民以食为天。三天不杀猪,天下大乱。毛主席多伟大,他老人家也离不开红烧肉。

饥饿年月,商业饮食业优越性凸现,姑娘择偶标准随之转变 —— "不找干部不找兵,要找就找火头军";"金刀银刀手术刀,不如一把割肉刀"。金家靠山吃山,靠水吃水,买回一堆内部处理的肉皮棒子骨,偶尔还有猪下水,日子比寻常百姓好过。金玉贵佩服自己高瞻远瞩,庆幸当初的选择,越发自珍自重,走在街上,一张肥脸板得平平的,见人轻易不答理。答理都是麻烦,什么叫身份?有人求你就是身份。金玉贵是有身份的人,珍惜手中权力,爱惜吃饭家什,剔骨尖刀、剁骨砍刀、杀猪屠刀磨得雪亮,家里墙上挂成一排。初去金家都吓一跳,以为误闯卖人肉馒头的黑店。金玉贵在单命街肉食店掌刀,四里长街居民吃肉都出自其手,想不牛逼都不行。每日朦胧曙光里早早排起长队,金玉贵六点半准时卸下门板、将肉案摆在门口开始卖肉,多年练就的活,手极熟,要一斤不割九两九。那会儿城市居民按人头每月凭票供应食用油和肉,民谣流传:"站了半晌,买油二两;幸福,幸福,肥膘四两。"顾客脸上都露出巴结的笑容。金师傅视而不见、神色严峻、不徇私情。都想饶刀肥肉,剩下瘦肉、血脖、囊膪给谁?买肉队伍太长,后来人想加塞,前面不容,吵着吵着打起来,你一拳,我一脚,越打越凶。顾客肉店门前斗殴司空见惯,怕误中双峰贯耳和连环鸳鸯脚,买肉长队忽左忽右,像条癫狂长龙不停地摆来甩去。这是什么地方?这是肉店!肉店门前都敢打架,还想不想吃肉?有没有上下尊卑?眼里还有没有我这个卖肉的?!"啪!"金师傅将刀拍在肉案上,怒吼:"不卖了!打!使劲打!啥时候打够了啥时候再卖!"说完,拉过凳子气呼呼坐下抽烟。

见卖肉的动了气，大家围上相劝，都骂打架的不是玩意儿，竟敢惹金师傅生气！金师傅是谁？金师傅是为大家解馋的人，是清汤寡水日子里嘴里淡出鸟时带来幸福一口的人。我们热爱金师傅还来不及，怎敢惹他老人家生气？听明白人一说，打架的醒悟过来，赶紧向金师傅诚恳道歉。见大家对卖肉的重要性都有充分认识，金师傅消了气，从凳子上站起，威严地咳嗽几声，外面一片肃穆。金师傅满意了，又开始庄严地割肉。

困难时期，为回笼货币，国营商店开始供应高级食品。"高级"是"高价"的代名词，一字之差，性质全变，充分体现我民族智慧志博大、汉语遣词造句之精妙。穷孩子垂涎"高级"不能得，迁怒正面引导的老师，遂有新儿歌流行：

高级点心高级糖，高级老师上茅房。茅房没有高级灯，高级老师掉茅坑。

复仇者歌入耳计上心……连下几天雪，拉粪马车进不来，学校厕所粪池满得几乎溢出。周三下午学习，一帮女教师休息时叽里呱啦结伴上厕所，脱了裤子刚蹲下，"嗵！嗵！"身后接连传来巨响。正在蹲坑的一排女老师同时蹦起，叫骂着满地兜圈——衣服和屁股溅满粪汁。裘曼丽最惨，头发都沾上稀屎……

台上，校长疾言厉色；台下，老师们虎视眈眈盯着各自班上学生。校长恐吓："谁干的学校已全部掌握！之所以现在不点名，是给你最后一次机会，争取坦白从宽。过了今天，我们就不等了。该处分的处分，该开除的开除！"——一听"开除"，俩坏小子沉不住气，脸上变颜失色，同时耷拉下脑袋。负责监视的教导主任看在眼，心里有了数。散了会，坏小子被带到校长办公室，桌一拍，眼一瞪，两人屁滚尿流，统统交代：主犯小金豆，板砖是他扔的。我俩是胁从，一个监视，一个发暗号。本想单挑姓裘的，未想厕所蹲坑满员，粪汤殃及无辜。

小金豆被教导主任亲自押来，一副若无其事模样。校长看得眼里喷火：我的学校怎么出了这么个小坏蛋！擂桌怒吼："说！往粪池扔砖的是不是你？！"

"不是。"小金豆一脸无辜。

"你不交代，有人交代；你不说实话，有人说！"校长狞笑着将桌上的交代材料推到疑犯面前。小金豆瞅瞅签名，迟疑一下，扭头看看门外，小声问："校长，就这件事说实话，还是不管什么事都要说实话？"

"当然都要说。从小就要说老实话，做老实事，当老实人，"听话里有话，校长狐疑地问，"你是不是还干了别的坏事？都说出来。"

"是，是。砖是我扔的。我还犯了别的错误。"

"你还犯了什么错误？"

"我……我，我还偷看……"小学生欲言又止。

"偷看什么了？快说。"校长来了兴趣，俯下身子，两张脸几乎挨上。

"我……我不敢说。"

"不怕。你大胆说，做一个说实话的好学生。有什么事，我给你做主！"

受到校长鼓励，小金豆大着胆子嗫嚅："我……我偷看……偷看你和马老师……亲嘴。"

马老师是学校音乐老师，粉白脸尖下巴。恶毒流言在老师中间传开：马老师的大胸脯影响校长在选先进、分奖金的判断。"你胡说！"校长身子顿时僵直，脸上变颜失色。"我没有胡说，我向毛主席他老人家保证，我说的都是实话，"小金豆睁着一双天真无邪的大眼睛，继续交代，"就是班主任叫我给你送班上总结那天，我从门顶气窗玻璃上看见的。"

瞬间惊恐化作愤怒。校长顾不得师道尊严，暴跳如雷，一拳捶在办公桌上，发出可怕的咆哮："混蛋！你放屁！"

小金豆决心做一个说实话的好学生，坚持道："你不是叫我说实话吗？我实话实说，马老师坐在你腿上，你左手握辫子，右手给她挠痒痒，就像这样。"小金豆把手伸进自己胸前衣服里，一边模仿校长探索，一边闭上眼睛学马老师哼哼。

"滚！快滚！"校长又惊又怒，指门的手气得直哆嗦……

领教过家长的厉害，更怕学生到处"实话实说"，校长想大事化小，小事化了。女教师们却坚决不干。裴丽吃了人家的肉，又踢烂学生冻疮。裹头著粪，事出有因。我们没尝荤腥，凭什么跟着沾光？得知小金豆"停课检查"，金师傅骂道："鸡巴孩子真能惹事！"又说，"不让念，咱就不念了，大不了将来跟你爹一样卖肉。我老金只在扫盲班待过半月，可谁见我不叫声金师傅！"

在家闲着无聊，小金豆从外边抱回条小母狗，周身黑油油，唯独额头长圈白毛。小狗被命名"裴曼丽"。见主人拿块骨头，"裴曼丽"热情地摇着毛茸茸的小尾巴，围着转来转去。小狗真聪明，各种小把戏一教就会。"裴曼丽，给你爷敬个礼。"小狗立即站起，两只前爪捧在胸前，憨态可掬。"裴曼丽，给金爷打个滚。"小狗马上躺地，肚皮朝天滚来滚去。"裴曼丽，我日你妈。"小狗"汪汪"应声，尾巴摇得更欢。小金豆占了便宜，笑得前仰后合。精彩节目共享，小母狗演技大受欢迎，成了小学生的马路开心果。笑声响过，驯犬师意犹未尽，牵着"裴曼丽"寻找新观众。

得知自己与母狗同名，裴老师气得发昏，跑到校长办公室一通歇斯底里，声称："学校有他没我，有我没他！"小金豆遂从"停课检查"转为"自动退学"。

风云突变。大街上到处都是戴着高帽子游街的牛鬼蛇神，熟人堆里也挖出许多坏蛋，金大娘所在街道运输合作社揪出逃亡地主；金师傅的肉食店挖出漏网的伪保长。暴风雨来临时，站在岸上的人们乐意协力痛打落水狗，大活人被活活打死的事时有发生。众人施虐不是因为仇恨，而是出于恐惧，恐惧是因为怕自己落伍，免于落伍的最好办法是显示自己比别人更残暴。见坏人纷纷落网，金师傅腆着肥肚子，大蒲扇摇得"哗哗"响，站在大门口半是自豪，半是自慰地宣布："查！使劲查！上天入地也得把隐藏的坏蛋统统揪出！真金不怕火炼。俺根正苗红，别说查三代，就是上推八辈，老金家还是一点假不掺的贫雇农！"

满世界掀起红海洋，小金豆亢奋得像打了公鸡血，左胳膊箍个尺把宽红袖章，上面印着"反迫害造反队",自命队长。打起造反旗,就有吃饷人,当下跟了一群狐假虎威半大小子,雄赳赳直奔校长办公室。小金豆造反喽!

一次不过瘾,第二天接着造反。太阳升起多高,还不见"破鞋"来校接受批斗。金队长火了,派人到家去揪。工夫不大,几个小跟班慌慌张张跑回,说裴曼丽昨晚吞了半瓶安眠片,正在医院洗胃抢救……

得知小儿子在外面险些闯出大祸,当爹的坐不住了:"你玩啥不行非得玩造反?造反弄双皮鞋穿我没意见,踢两脚解解气也行,就是不敢造过火。造出人命可咋办?"金队长不服:"你懂啥?!我们这叫革命造反行动!"金师傅恼了,一把将小儿子的红袖章拽下撕个稀烂。造反队长急了眼,跺着脚骂:"革命小将的袖章你都敢撕?!老反动!老浑蛋!老子非造你的反!"金师傅越发恼火,抓小鸡般将造反队长提溜到床上,一把拽断裤带,扯下裤子,对着光屁股边扇边骂:"小孩鸡巴越拨拉越硬。你是谁的老子?!你还跑家造反?!革命小将的娘我都操,还治不了你个造反队长!"造反队长革命激情遭到无情打击,起先还嘴硬,巨灵掌下终于现出原形,边号边求饶,保证再不敢外出造反。

【寒门诗人】

金满囤细高挑、毛胡子、走路一阵风,看人不拿正眼,透着心高气傲。金二只服敢作敢当的大哥。金占全离家出走,金满囤成了闷葫芦,一天说不了三句话,不知从什么时候迷上看书,天天抱本大部头,发展到一人关在屋里,插上门再不出来。工夫大了,当娘的不放心,扒住窗户朝里偷窥:老二老僧入定般闭目盘腿坐在床上,嘴里念念有词,旁边放几本书。没烧香,不进庙,老二啥时候皈依了佛门?当爹的撇撇嘴:"扯淡!老二卤大肠一顿能吃二斤,酱猪蹄一次啃四个还不够,他信哪门子佛?"说是说,也有些担心,怕儿子看邪书走火入魔。趁老二不在,老两口进屋翻个遍。枕头下翻出几本书,凭着扫盲班认下的几个字,金师傅连蒙带猜,晓得有几本是中国人写的唐诗宋词,还有两本再猜不出。其中一本看上去是有些蹊跷——封面是个外国人,深目高鼻,满头鬈毛像西洋狮子狗。老二莫非念的洋经?听人说信洋教不用忌口。金师傅心里嘀咕,赶紧把四丫头叫来,认认书上是哪国的洋菩萨。四丫头一看差点没笑岔气,捂着肚子一个劲"哎哟",说外国人叫普希金,是俄罗斯大诗人,不是什么洋菩萨。另一本是《外国名作家情诗选》。书里夹着几页纸,上面写得密密麻麻。四丫头说:"这是满囤的字。二哥怕是想当诗人。"金师傅听得纳罕:"吃粗麻,屙细绳。就我这杀猪卖肉的还弄出个'湿人''干人'的,真他娘邪门!"又鄙夷地说:"吃饱了没事干,愿熬灯费眼你就写呗,还非整出个'情'呀'爱'的,酸不酸?!我和你妈见面第二天就结婚,还不照样生孩!"

装了半肚皮诗词,屠户儿子文采大增,名言警句时有闪现,语文老师看得一愣一愣,红圈圈勾了一串又一串。墙上范文每期总少不了金满囤大作;学校黑板报诗歌也多出自其手。金满囤自感火候已到,点灯熬油搜肠刮肚写了篇二十多行的自由体诗,题目叫《母亲啊,请给我一双明亮的眸子》。嫌"满囤"太俗,自取笔名"青云"。诗寄给省内一家文学刊物,很快在醒目位置刊出,还圈了花边。诗人一炮打响,都知道高三二班出了个"青云"。诗人越发庄重,谈吐不苟言笑,咳嗽都透着深沉。

家里出了诗人本该欢喜,金师傅却不屑一顾。高考填志愿,儿子想报中文系,将来在诗坛一鸣惊人。老爹坚决不同意:"要学就学点真本事,闹那些虚头巴脑的干啥?!那些'湿'的、'干'的又不顶饭吃。叫我说,上个高中专最实惠。咱平头百姓家的,学门技术,端个铁饭碗,娶个身体美的媳妇,生几个虎头虎脑的好孩,一辈子平平安安就行了。"见儿子直撇嘴,金师傅痛说红色家史:"逃难那年,你爷挑个担子,前头筐装破烂,后头筐盛着你三姑和小叔。我和你大姑、二姑跟在后面。三块石头支口锅,野菜、花生壳、柿子把、甘蔗皮、榆树皮、烂菜叶子,地上拾到啥锅里煮啥。一个破碗轮流用,先是小的后是大的,最后才是你爷。逃难路上流民从头望不到尾,经过的地方像遭蝗灾,给后边什么都没剩下。全家三天没吃饭,可把人饿惨了!你小叔一个劲哭,闹着要吃的。你爷烦了,骂兔孙孩子再哭就扔在半道喂野狗。你小叔不哭了,再不吱声,都想着他睡着了。歇脚时一看,他,他身上早就凉了……"父亲声音哽咽了,"眼看全家都要饿死,你爷狠狠心,把你五岁的三姑换了二斗包谷,以后回去寻了多次,再寻不见。屋漏偏遭连阴雨,睡到半夜破窑塌了,你爷挣扎着爬出,哭喊声惊动周围,难民一起帮着挖。一家子被扒拉出来,你二姑已断了气……"

父亲抹去泪,接着说:"逃难到道北,咱家留下不走了。老乡见老乡,两眼泪汪汪。早来的帮衬后到的,城河岸边搭满破破烂烂小屋,斜坡上挖了大大小小窑洞,有的挖个丈余宽、六尺长、三尺深的坑,上面搭上十多根椽子,钉木条,铺芦席,糊上麦草泥,'新居'就成了。安顿下来,难民各寻各的活路。有手艺到哪儿都能混个肚圆:沿街串巷补锅箍瓮焊壶铜碗编笼;盖房砌灶盘炕扎顶棚一路吆喝;磨剪子抢菜刀比谁嗓门大;剃头挑子连带正骨按摩掏耳屎;捏面人吹糖人吹琉璃嘎巴。走江湖的混杂其中,唱坠子,说大鼓书,斗鸡耍猴翻筋斗算命看手相,打把势卖大力丸狗皮膏药兼治跌打损伤。下苦人居多,澡堂搓背,拉洋车,扛大个打小工,拾破烂,收大粪沤肥将粪干卖给菜农。经营家乡饭食的不少——卖豆沫的,卖油馒头的,卖胡辣汤的,拿着笊篱操着洛阳口音吆喝:'浆面条渌大豆,一大子一壳篓!'护城河边棒槌'乒乓'声此起彼伏,你奶和一群女人蹲在岸边,在青石板上洗涤工厂油棉纱和脏麻袋,挣钱贴补家用……你爷是庄稼人,别的营生干不了,只好拉洋车。出门在外,低人三辈。拉洋车的难民被称为'没尾巴驴'。拉洋车最怕遇上由杂牌军军官编遣的军官总队和伤兵。这些军汉有功不被封赏,有伤不得安置,一肚子怨气,看谁都不顺眼。军汉下了洋车就走,车夫追上要钱,轻则挨骂,重则犒劳顿老拳。那年北大街露天剧场上演《薛刚反唐》连台本戏,把门宪警和看霸王戏的军汉动了手,两下越打越凶,混战中不知谁连扔几个手榴弹,当场炸倒一片!死人里有个拉洋车的,还是咱老乡,尸首拉回去,一家老小哭得死去活来!"父亲叹口气,总结:"'宁当太平犬,不做乱世人。'老金家在西京城扎根不容易,现在虽说钱紧,却也有吃有穿,咱穷家小户的能过上安稳日子就知足了吧。"

儿子不爱听:"少翻腾那点陈谷子烂芝麻,听着都没劲。知道咱老金家为啥穷吗?就因为祖祖辈辈都没文化!灾荒年饿死的都是文盲,没听说满腹经纶的成了路倒。知识才能改变命运!俺爷在外乡偷偷置了三亩水浇地,要是拿买地钱送你读书,你也不会沦落到卖肉。"父亲大惊失色,赶紧去捂儿子嘴,再三叮咛:"千万不敢在外乱说!咱家啥时候买过地?有地还叫贫农?安生日子不想过了?!"

"人活在世上不光为了吃穿,精神生活比物质生活更重要。'诗为心声',我要反映时代脉搏,做人类灵魂代言人。"

金老爹对"灵魂代言人"嗤之以鼻:"没养过猪,还没听过猪哼哼?念了几本书,写了几首破诗,就忘了自己姓啥为老几。识字越多越糊涂。书呆子爱钻牛角尖、认死理、一条道走到黑。狗疯了挨砖,人狂了遭打,领导不收拾你收拾谁?!1957年反右,倒霉的都是文人,没听说把杀猪的打成右派,给拉架子车的戴帽。"

金满囤争辩:"自古'文章憎命达','诗必穷而后工',贫困潦倒是人生另一种财富。不经历人生磨难,怎能出诗人,出大诗人?"儿子的话虽听不大懂,却看出已走火入魔,父亲心里急,耐住性子苦劝:"我知道你看不起爹,嫌爹没文化。你爹虽是杀猪卖肉的,脑子却不糊涂。爹过的桥比你走的路多,吃的盐比你吃的饭多。你就听我一句:现在的政策是吃奶孩的脸——说变就变,一来运动,先收拾文化人。看看周围,文化人吃文化亏的事还少吗?!文章一句没写对就倒了霉。你掰着指头算算,舞文弄墨的有几个有好下场?糊里糊涂犯错误,帽子扣到头上还不知咋回事。咱干干净净的人,为啥非蹚那池浑水?你学啥都行,就是千万别学写诗写文章,那玩意儿害死人!多吃多占没啥,乱搞男女关系问题不大,什么错误都敢犯,就是不敢犯政治错误,那叫万年账,子子孙孙洗不清!世事跟古戏差不多,一人犯事,株连九族。老金家根正苗红、三代贫农,人前一站,放个屁都嘣嘣响!别到你这儿整出个右派,害了全家!"

"走自己的路,让别人去说吧。我还是想学文,想写诗,你就别瞎操心了。"

老爹眼一瞪:"学你娘个脚!球毛没长全就想造反,越说你小子还越能行。不让管也行,饭,老子也不管了!从今儿起,你'湿人'自个儿找饭辙!"

"湿人"杠不过卖肉的,站起踢翻椅子,摔门气哼哼走了。

被老爹点住死穴,"湿人"没了辙,无奈去了西北交通运输学校,住在宿舍不肯回家。金大娘有时念叨儿子,金师傅安慰老伴:"不回来拉倒,回家还得白吃老子两碗捞面。住学校公家管饭,每月还有四块零花钱,毕业不是开车就是修车。现在'听诊器,营业员,方向盘'最吃开。三金饭碗金家占俩,革命街谁家有这好事?你操哪门子心?"

金大娘想想也对:"老二打小就犟,认准的事九头牛也拉不回,没想全家数他有福。"

父亲总结:"犟脾气不都是蠢驴。谁下的种谁清楚!"

熄灯铃响过,下铺打起呼噜。诗人撮紧屁眼悄悄下地,蹑手蹑脚摸到床前,抹下裤衩转身将后面黑窟窿贴准仇人半张的嘴,骤然松开玉门。"咚!……"长长一声闷响,猛屁冲决而出,像开山炮激起满屋回音。屁匀速每秒三米。愤怒诗人喷射的恶臭之气远远超过此速,排气量赶上一辆大功率摩托车。恶气直扑脸上,下铺被崩醒,迷迷糊糊看见面前脸盆大白乎乎一团对着自己……妈呀,这是什么东西?雷振环眼神不济,夜里更看不清,瞎子摸象般哆哆嗦嗦去摸——温温、软软、肉乎乎……心里越发害怕,赶紧拉床边灯绳。灯亮瞬间,"咚!……"又有一长串臭死人的肥屁结结实实砸在自己脸上……

屁袭缘自同班杨青青。美人高挑个细身腰,颜色华如桃李。那会儿学驾驶的女生凤毛麟角,杨青青被宠得像公主,经常被男教师带出上路单练。金满囤在操场打篮球,后面喇叭声响,扭头一看,杨青青从驾驶舱跳下,重新裁剪的蓝色工作服紧贴窈窕身子,手套雪白,皮鞋乌亮,勃勃英气里透着妩媚,仙女般从身边飘过。金满囤看傻了眼,捧着球不动,哄笑声中才意识到自己的失态。美丽一幕永远定格在诗人心中。蔫人多情种,诗人决定从自己强项入手,投石问路,借口"寻找志同道合的文学爱好者","寄上拙作敬请拨冗指正",信中注明发表自己成名作的刊物名称、刊出日期和页码。寄出几天不见动静,"青云"又写首情诗加温……课间休息,几个男生蹦上讲台摆出开车架势,怪腔怪调朗诵:"愿咱俩驾驶解放牌卡车,握着革命方向盘,比翼双飞在社会主义的大道上。嘀嘀!"教室顿时笑开锅。杨青青骂声"流氓!"摔门而去。大家怎么会知道情信?多情诗人恨不得地上裂缝让自己钻进去,骤然瞥见下铺脸上的奸笑,才明白是这厮使坏……

尚未亲近芳容,就被定性"流氓"。诗人心里有火,晚餐要了三份凉菜。红薯黑豆稀饭胀气,凉调萝卜丝通气。工夫不大,肚里有了动静。青年诗人边吃边想复仇方式:正大光明约偷窥别人情信的宵小决斗,纵然死去,也博得心上人一掬热泪;周末埋伏在仇人回家必经之路,伺机从背后扔黑砖;弄些老鼠药,悄悄放进偷窥者缸子……琢磨出的明枪暗箭又被自己一一否定,屁的频率却越来越快,诗人灵机一动笑出声来……盗信者吃屁成了全校笑柄。

金满囤先是写情诗骚情,接着为自己闹出"屁袭",杨青青撇撇嘴,轻蔑地说:"什么'青云''黑云',写了几句破诗就想吃天鹅肉,也不撒泡尿照照自己!给我提鞋还嫌你指头粗!'嫁给做官的当娘子,嫁给杀猪的翻肠子。'我还没掉价到这份儿上——嫁到卖肉人家。"伤人的话很快传进屠户儿子耳里,金满囤差点被仙女恶语噎死。诗人此刻才明白:自己视若拱璧的处女作,在漂亮妞眼里一文不值!

官员得知儿子在学校吃了屁亏,坐小车气急败坏赶来,非要校领导开除肇事者,厉声质问:"朝脸上放屁,有这么腌臢人的吗?!猪尿脬打人——痛倒不痛,就是臊得慌。我儿遭此奇耻大辱,传出去让他以后如何做人?"面对有权有势来势汹汹的家长,老校长运起太极功夫,慢悠悠地说:"男学生调皮,打架的事不少,夜半用屁偷袭却闻所未闻。金满囤顽劣,处分是一定的,开除却似乎谈不上。据学校调查,金满囤这么做也是事出有因。"官员不爱听,桌子拍得啪啪响,气急败坏地说:"什么叫'事出有因'?起因就是那封流氓信!年纪不大却思想复杂,偷着给女同学写情书,还要和人家'比翼双飞',不是流氓是什么?!我儿子敢于和坏人坏事作斗争,却惨遭流氓迫害,现在茶饭不思,精神恍惚,半夜里常常惊叫,身心受到严重摧残,万一出了事,谁能负责?谁敢负责?!"

老校长笑答:"思想复杂能沾边,'流氓'似乎还扯不上。请家长放心,如何处理此事,学校自会慎重考虑。"

操场用白石灰画出似横写的"旧"字,角和中点都插着标杆,学生们在老师指挥下,轮流驾车练习倒桩,俗称"扎翅儿"。见习司机紧握方向盘,用刚学的交叉法飞快地打死方向和回正方向,越紧张越出错,车身不时撞杆或出线,引起周围哄笑。正练得热火朝天,一个烫发中年妇女来寻江老师。见有人找,陪练从车上下来。验明正身,女人迎面送上两记五爪金龙,大耳光子左右开弓!江老师猝不及防,被抽得东倒西歪,鼻血长流。"你是谁?凭啥打俺们老师?!"见老师吃了大亏,男学生们不干了,将打人凶手团团围住;女生们更是义愤填膺、唧唧喳喳,像一群愤怒的母麻雀。"我是杨青青她妈,"烫发头说,"为啥打他?问问他自己!我打的就是流氓老师!"边骂边冲上去撕拽头发。江老师油光背头被扯得像鸡窝,几缕长发在地上随风飘动,粉脸变成青丝瓜,不敢分辩,只是一个劲儿朝后缩,捂住血糊糊口鼻做可怜状,不像老师,倒似被当众拿获的贼人,风流倜傥形象消失得无影无踪……金满囤远远站着,被突发一幕弄得目瞪口呆:烫发头面熟,是道北红旗理发店理发员,想不到泼妇竟是仙女老娘……可怜之人必有可恨之处。江老师莫非……诗人不敢往下想。

江老师是个小白脸,留着艺术家长发,身上有股香水味,裤线熨成直棱棱上下一条线,能切豆腐,脚上皮鞋明光锃亮。江老师会拉小提琴,教工宿舍常常传出《梁祝》的幽怨。学校举办联欢会,江老师上台表演,仿效省乐团首席小提琴家的姿势,乌亮长发随着悠扬乐曲潇洒甩动,好似黑蝙蝠舞动翅膀,舞来舞去,舞动许多女学生的芳心……男生都不喜欢说话雌声雌气的江老师,私下说他像个娘们。女生意见截然相反,温文尔雅的江老师是她们心目中的白马王子。女生喜欢男人有着比女人还白皙的皮肤;喜欢男人身上有股淡淡的香味;喜欢男人把自己收拾得整整齐齐;喜欢男人把胡子刮得干干净净;更喜欢男人举手投足间的潇洒。总之,江老师是个活典型,再次验证情场上小白脸总能战胜毛胡子的普遍规律。校园里对风流倜傥的老师慢慢有了不好的议论:教女学生开车特别有耐心,尤其是长得漂亮的。江爱卿愿教,杨青青愿学,事情就好办了。陪练几次,流氓老师得了手。江爱卿在保卫科交代:教练车专往偏僻地方开,车摇晃一下,老师胳膊肘借机往漂亮女生耸起的乳房碰一下。碰着碰着,两人再

分不开，严丝合缝摞在一起。男老师上面一加自家油门，女学生在底下一哼哼，油门加到底，哼哼变成轰鸣，寻欢作乐的教练车最终翻车——女学生肚子像充气内胎迅速膨胀……

师生偷情成了关注焦点，全校陷入莫名骚动。有与男友拥吻经历的女生们吓坏了，相继躲进厕所，惊恐地注视自己平坦的腹部，生怕像杨青青肚子一样突然膨胀。男生们脸上带着洞悉秘密的表情，交换着意味深长的眼神。娱乐贫乏年代，男女畸情成了兴奋剂。女教师们扎堆争先恐后交流着从官方或私人渠道传出的种种偷情细节，不时爆出"嘎嘎"大笑，像一群母鸭议论公鸭私踏野蛋。

警车驶出校门——流氓教师片刻淫乐换来三年铁窗生涯。原告不再追究被告——犯不着为破鞋大动干戈。心目中仙女骤然轰毁，被告痛苦地发现自己成了悲剧里的丑角——痛苦是得知与自己有关事情的真相；悲剧是将美丽毁灭给人看；丑角是供观众发笑。美人退学音信渺然，剩下杂物被同宿舍女生当垃圾扔了。金满囤看在眼，痛在心，垃圾堆寻见那双白色尼龙手套，捡起宝贝似的揣在怀里。失足仙女成了多情诗人心里永远的痛。金满囤变得更蔫，常常终日不发一言。

【舍命跃龙门】

父亲去世家道中落，雷公子沦为新时期的骆驼祥子，去山西临汾拉煤，在小煤矿邂逅杨青青——以往那张俏丽的脸如今多肉多欲，头发像鸡窝，门牙被尼古丁熏得焦黄，烟酒嗓张嘴"老娘"，闭口"操蛋"，满嘴粗言秽语，淑女形象荡然无存。老同学小饭馆叙旧。半瓶老白汾下肚，女的喷着酒气，愤愤地说："那会儿年轻不懂事，不知自身价值，黄花闺女被臭男人白坑了。搁现在，煤窑老板开个原苞少说两万！老娘我只落了双皮鞋、两双尼龙袜子。真他娘亏死了！"提起江爱卿，杨青青气不打一处来，说上月在太原逛夜市，撞见率领野模特草台班子走江湖兼拉皮条的流氓教师。风流潇洒的教师变成糟老头，脸上阡陌纵横，稀疏小背头取代乌黑油亮长发。"我俩对上眼，江爱卿先是一愣，随即扭过脸装不认得。王八蛋！"

雷振环醉醺醺地说："你亏我更亏。江爱卿好歹尝了鲜，我连你一指头都没碰过，却闹出个'屁袭'，成了万年贼。每次开同学会，大家就翻出当下酒菜。不过话说回来，金满囤这浑蛋倒挺痴情，文笔不错，情书写得也够煽情。男生那会儿暗恋你的不少，要说谁最喜欢你，还得数他。听说你的垃圾他都当宝贝收藏！"回想当年辉煌，杨青青得意地笑了，拿起酒瓶给老同学满上，说："你俩住一个宿舍，锅铲还有碰锅沿时，过去的事就不提了。老娘眼下日子不好过，开大卡车太累，想找个有钱的男人养着。我去年又离了,现在是自由身。"

"安生日子不过,你离什么婚？有瘾？"

"好事不出门,坏事传千里。我当姑娘时那点生活破事,不知怎么就从陕西传到山西。你们男人只能自己在外面乱搞,却不准老婆犯错误。算了,不说那个,"又问:"金满囤成家了没有？混得咋样？还写不写诗？有没有钱？想不想吃回头草？"

"凤凰变草鸡。你现在愿翻猪肠子了？不骂人家是流氓了？"雷振环讥讽,"想续前缘等来生吧,这辈子没戏了。金满囤早出了玉祥门！"

杨青青眼睛睁得溜圆,吃惊地问:"金满囤死了？！他什么时候死的？怎么死的？"

"恶有恶报。金满囤死了十八年了,"雷振环幸灾乐祸地说,"臭小子头破血流,筋断骨折,暴尸街头。那个惨呀,赶上五马分尸！"

狂飙突起,根正苗红的金满囤改名"金卫红"。诗人闹革命顾不上回家。金大娘怕老二吃不好,不时卤些猪下水,叫小金豆送去。兄弟见面,家里咋样不问,金卫红先捏块卤大肠扔进嘴,咬一口,"呸！"朝地上啐口吐沫,皱着眉说:"我靠,咋又咸了？"摆摆手,说,"走吧,走吧。下次长点记性,卤味口轻些。"大热天跑远路送吃的还不落好。小金豆撅嘴吊脸回家,饭桌上一学,金师傅躁了,骂:"老二是喂不熟的白眼狼！"

最后一次送卤下水,离老远,就听见校内外两派高音喇叭对骂。围墙用红油漆刷了大标语,上面写着"绞死XXX；砸碎XXX…… 金箍棒战团宣"。金卫红大名赫然在上,享受待遇是"油炸"。教学楼窗户玻璃荡然无存,窗户用沙袋堵死,外墙烟熏火燎,遍布弹痕。大楼里面壁垒森严,两头楼梯口被堆积如山的桌椅板凳堵死,正中通道安了三道铁栅栏,怕遭偷袭,最后一道门用粗大水泥管道从后面堵死。墙壁上是林彪副主席杀气腾腾的口号:"杀、杀、杀,杀出一个红彤彤的新世界。"验明正身,铁门开条缝,小金豆顺着管道钻进。敲开广播室门,金卫红满头是汗,仿佛正在热身。女广播员白净脸、大眼睛、眉心有个黑痦子,仿佛落个苍蝇,身上香味浓烈,羊角小辫散开,洗得发白的军装后面皱巴巴,见小金豆打量自己,不耐烦地赏个冷脊背。窗边靠杆半自动步枪,窗台上摆了一排封口瓶子,里面装满深黄色液体,拇指粗棉绳露在外。见弟弟好奇,哥哥得意地介绍:"这叫'莫洛托夫鸡尾酒',汽油和焦(机)油混合物。芬兰兵发明的,专门对付苏联坦克。苏联人学会了,又拿来打德国兵。现在轮到我们使。"小金豆想起来时家长交代,说:"咱爸叫你赶快回家,说外面太乱,怕你出事。"金卫红鄙夷地朝地上啐口吐沫,对着敞开的门大声说:"老家伙懂个屁！红色江山谁来保？靠我们红色后代！忠不忠见行动,考验我们红色接班人的关键时刻到了！"

送弟弟出门,看看周围没人,哥哥压低声说:"我算明白了:说是红五类,说是根正苗红,统统扯淡！一没权二没钱,说到底还是社会底层,还是被人瞧不起！像咱们这样贫寒家庭的,找个漂亮媳妇真难！你看上的女孩,人家却看不上你,掏出心也不行！'王侯将相宁有种乎？''吾将取而代之',兜里无钱,心中有恨,不造反怎么行？不造反,一辈子永无出头之日！'仰天大笑出门去,我辈岂是蓬蒿人。'乱世英雄,不问出处。

我把脑袋掖在裤腰带上,豁出命朝前闯,让瞧不起我的女孩看看——金卫红虽出身寒门,却能文能武。'上马击狂胡,下马草军书。'这辈子注定不是平地卧的!别人赌钱我赌命,赢了荣华富贵;输了粉身碎骨!万一我哪天玩完,拜托你告诉老娘'生当做人杰,死亦为鬼雄。'她二儿宁可少活五十年,不愿窝囊一辈子!让她老人家只当没养我这不孝之子。不说了!说了你也不懂,长大就知道了。回去吧,以后再别来了!"

刚绕过大楼拐角,隐约看见围墙豁口处人影闪动。"'棒匪'来了!"瘆人喊叫伴着破锣急促响起,操场顿时一阵骚动,人群一窝蜂往楼里涌。楼上高音喇叭随即开吼:"枪一响,上战场,老子下定决心,今天就死在战场上……"闹腾一阵,外面又没了动静。一个戴藤编绿色安全帽、手持长矛的武士从楼里冲出,伸着长脖边跑边喊:"不要怕,我来了!敌人在哪?!"长矛铁管做的,矛尖斜锯而成,武士又高又瘦像只螳螂,胳膊细得像麻秆,戴副深度近视眼镜,样子十分滑稽,像塞万提斯笔下那位复活。小金豆笑出声:这不是教绘图的唐老师吗?教鞭不拿改拿长矛。"轰隆!"紧挨豁口的围墙被推倒。"冲啊!"呐喊骤然响起!黑压压人流随土制装甲车汹涌而入。装甲车原是学校教练车,现改装为武斗专用,车身焊着遮挡弹雨的钢板,数十条大汉组成的敢死队紧跟其后,左手举铁皮盾牌,右手提大棒,咬牙切齿,脸扭曲变形,边冲边吼:"誓死捍卫红太阳!完蛋就完蛋,过了二十年,老子还是好汉!"后边人举着粗大弹弓,石子雨点般朝楼上猛射。刚才还在作秀的瘦螳螂吓得魂飞魄散,拖着长矛拼命往楼里跑。喇叭里以往高亢激烈、响彻云霄的女高音紧张得声音都变了调:"'全无敌'战友们,'棒匪'又攻过来了!你们赶快各就各位!各自为战!"敢死队冲到楼下,鹅卵石、半截砖噼里啪啦雨点般砸下!"莫洛托夫鸡尾酒"落地瞬间,"嘭!嘭!"一团团火焰腾起多高!装甲车被击中,燃起熊熊大火。戴安全帽的驾驶员拉开舱门跳下车往回跑。冲在最前的中了头彩——成了火人,号叫着在地上疯狂地打滚。人流裹着伤兵瞬间退潮。小金豆吓坏了,破自行车也顾不得要,赶紧翻墙逃命。后面断断续续响起爆豆般的枪声……

未等小儿子叙述完,金大娘吓得哇哇大哭:"妈呀,老二这回怕活不成了!"

金师傅气得大骂:"老子的话都不听,死了活该!老金家啥都缺,就是不缺人。死一个儿,还有四个!"

太阳落山,满街道坐着乘凉的。九妹慌慌张张从外面跑进,满脸惊慌:"枪,枪,车上都是枪……"金师傅听得一头雾水,不知出了什么事?赶紧朝外走,一出门,差点吓趴下——一排黑洞洞枪口正对着自己!停在家门口的大卡车未熄火,发出阵阵轰鸣,驾驶舱顶架挺转盘机枪,黄灿灿子弹带长长垂下,车厢里造反战士扇面展开,个个伏身持枪瞄准做射击状。乘凉的哪见过这阵仗,统统吓跑。金卫红推开车门从副驾驶座跳下,敞着怀,腰里别着乌黑锃亮两把手枪,长的是德国驳壳,短的是国产五四。几个保镖提着上膛手枪紧随其后。半年不见,以往文绉绉的诗人摇身一变成了眼前威风凛凛的金副司令。当爹的不知是喜还是忧,该夸还是该骂,脸上表情哭不像哭,笑不像笑,跟在副司令屁股后面，不知说什么好。看见小金豆，金副司令紧绷的脸露出笑容，掏出一把黄灿灿的子弹，说拿着玩吧，以后给你也配把枪。街坊邻居得知金家老二衣锦荣归，这才把心放下，见金满囤把世事弄大了，又慢慢围拢过来，探头探脑朝院里张望，见了金师傅，脸上笑得能开花。子荣父贵。金师傅肥肚子腆得更高，咳嗽声都带着威严。

副司令拿上换季衣服走了，却害得老爹老娘骚动不安。晚上睡到半夜，金师傅又醒了，瞅瞅自家婆娘也是翻来滚去。老公捅捅老婆，问："哎，你说说，咱金家咋出了老二这么个人物？都说'姓金没有金，一定穷断筋。'今日时来运转，莫非老金家祖坟头上冒青烟了？"

老伴说："老金家穷了多少代，到俺儿这辈也该翻身了！蔫人出豹子。就是不知副司令官有多大，顶得上区长？"

金师傅笑眯眯说："区长哪打得住！市长出门也没卫兵。我听人家说省军同级，副司令估摸和省长平起平坐。你看老二那出行场面，啧啧，真是大将军八面威风！"

老伴担心地说："也不知道老二官能当多久。咱一个卖肉的家庭，忽然蹦出个副司令，总让人觉得心里不踏实。可别做梦挖出个金元宝，眼一睁又没了。"

"卖肉的怎么啦？朱元璋落难时还要过饭呢。要不怎么说'英雄莫问出身'。"金师傅胸有成竹地说，"不怕！乱世出英雄。只要手中有枪，身后有兵，谁都得买账！毛主席都说'枪杆子里面出政权'。再说金卫红是响应上面号召造反，文攻武卫，走的是正道。"

老伴高兴了，说："今天上街碰见司老头，他直夸咱家老二有出息，说早看出满囤不是凡人！老二小时候，爷俩就有交情。不像有些势利眼小人，见金副司令发达了就想往上傍。还说那杆气枪一直替老二留着，哪天闲了送来。"

金师傅鄙夷地说："什么玩意儿！社会闲杂人员一个，舔沟子也轮不上他。俺二儿腰里现别着盒子炮，谁稀罕他那破气枪！送老子烧火还嫌怄烟。"又教育自家婆娘，"你现在是高级领导干部家属，别把自己混同于普通老百姓。出门在外头抬高，脸定平，腰挺直，势扎起！乱七八糟的人少搭理。什么时候都别忘了自个身份，随时注意保持形象！"老伴听得过瘾，头点得像鸡啄米。

老两口沉浸在美梦里。"当啷"一声响亮，屋里什么东西掉在地上。金师傅梦中惊醒，赶紧拉灯，起来一看，壁上那把雪亮的剔骨尖刀跌落在地——刀尖折了。墙上钉子仍在原处，拴刀把麻绳也没断，刀怎么会无缘无故落地？正纳闷着，门"吱呀"一声响，刮进一阵寒风，吹得人身上透骨寒。门插得好好的，怎么突然开了？金师傅越发奇怪，披衣走出屋外。时至深秋，皓月当空，满院清辉，如水月光透过老槐树枝枝叶叶，筛下一地斑驳。夜深人静，风露无声，但闻各家传出高高低低的鼾声。正站着发怔，黑地里忽然传来游丝般呜咽，声音极细极低，若有若无，薄雾般缓缓飘来。夜深人静，金师傅听得真切，不由寒毛倒竖，颤声问："谁？谁在那儿哭？！"恍惚间黑影一闪，再没了动静。莫非院里来了鬼？金师傅心里发毛，赶紧进屋把门插上，想来想去，再琢磨不透，发了会儿怔，又迷迷糊糊睡去。

　　黎明前街道静悄悄。忽然,远远传来汽车轰鸣,一辆、两辆、三辆……声音越来越近,越来越大,到了金家住的大杂院门口,"噗……"统统泄气。随即响起杂乱脚步声,夹杂着喊叫声,模糊听见"慢点,慢点。""小心,小心。"大门敲得山响,几十条喉咙扯着喊:"金卫红家在这吗?开门,快开门!"金家人都醒了,你看我,我看你,不知外面又出了什么事。金师傅提上裤子朝外走,婆娘将他拉住,又被一把甩开。"拉什么拉?!是祸躲不过,是福跑不了。你们屋里待着,我一人出去看看。"金师傅很快回来,昏黄的灯下,脸色惨白,阴森森声音透着坟墓里气息:"老二……老二被他们送回来了!"护送遗体归来的战友叙述事情经过:东郊爆发大规模武斗……金副司令奉命带队增援……半道中了埋伏……前面的车都冲了过去……坡上滚下的水泥管道堵住压后车去路……见大势已去,众人束手就擒……唯独他跳下车边跑边回头开枪还击……马路上发现金副司令弹痕累累的尸体,双手被反绑,脸朝下趴着,八号铁丝深深勒进两腕……金副司令双眼紧闭,脸上几处擦痕,面色土黄,像抹过蜡,头上缠着厚厚绷带,虽填充过棉花,扣在脑壳上的军帽仍渗出斑斑血迹。许是失血过多,人整个瘪了,比生前小了一圈……看到二哥两只手腕,小金豆惊得差点失声:黑里透紫,勒开的深槽已见森森白骨!金师傅张开大嘴哭诉:"呜呜……我就说好好的……呜呜……刀……刀咋会掉在地上折了尖……呜呜……那……那是昨晚老二回来了……呜呜……来和爹娘告别。穷家难舍呀!"老爹的话锥心刺骨,一家子哭得死去活来。

　　金副司令之死震动全城,吊唁战友接踵而至,人人面色戚戚。女广播员也来了,还是那身洗得发白的旧军装,还是那对羊角辫,只是红头绳换成白绒花,水灵灵眼睛哭成水蜜桃,身上雪花膏香气依旧浓烈,惹得吊客不时抽着鼻子,偷偷瞄上几眼。丧礼辉煌,花圈、挽幛堆成银山,分别写着"英烈千秋""壮哉伟男""虽死犹荣""浩气长存""光昭日月""是七尺男儿生能舍己,作千秋雄鬼永不还家。"灵堂两边对联取自领袖诗词:"为有牺牲多壮志,敢教日月换新天。"哀乐声中,大喇叭一遍遍告诉大家:"人总是要死的,或重于泰山,或轻于鸿毛……"悲痛归悲痛,豆腐饭总归要吃。各行各业战友各显其能,大桶植物油、整扇猪肉、整车富强粉和成麻袋黄花木耳海带粉条滚滚而来……门口支起几口大锅,炉火通红,街道弥漫着诱人香味。参加吊唁的革命战友哀悼吃饭两不误,遗像前衔哀致诚完毕,纷纷抢在餐桌旁坐下,一边悲痛地听着金副司令英勇牺牲的经过,一边狼吞虎咽刚出锅的炸油饼和热腾腾大烩菜。围观的边看边咽唾沫,直恨自己没有加入造反队伍。

　　悼词念毕,鼓号齐鸣,22支半自动步枪朝天22响齐射,悼念金副司令短暂而光辉的22年人生。"起灵!"随着一声呐喊,鞭炮惊天动地炸响,八条精壮汉子一起抬杠上肩,沉重棺材被稳稳抬起。"走不成!"要不是烈士父亲跳出来捣乱,金副司令丧礼可称圆满。金师傅如梦方醒,一个箭步冲上去,拦住去路。在场的都愣了,以为金副司令的爹悲伤过度,失去理智。旁边人赶紧劝,都被胳膊一一搪开。金师傅急赤白脸地嚷嚷:"咋?就这么走了?!我儿子的死到底算怎么回事?今天非得给我说清楚!说不清,棺材休想抬出门!"

19

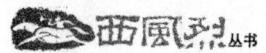

一个披军大衣的头目站出说话:"金卫红同志为捍卫红色路线,为保卫红色江山壮烈牺牲,死得重于泰山,是革命烈士!人死不能复生,请您老节哀顺变。"

金老爹能节哀却不愿顺变:"他当烈士不管不顾走了,扔下烈士老爹老娘谁来管?!"

"您老人家意思是……"

"掏钱!我儿子不能白死!"金师傅伸开大巴掌。

经过一番激烈的讨价还价,金师傅最终拿到两千元抚恤金,签订《烈属赡养协议》:"每月补助金卫红烈士父母生活费各三十元,直至终老。"鞭炮再次响起,眼看着棺材出了门,金大娘一屁股坐在地上放声号啕:"我的儿啊,你死得惨哪!"

头七那天,全家去北原上坟。祭奠归来,大吃一惊:满屋狼藉,木箱翻个底朝天,补丁摞补丁的破衣烂衫扔了一地。孩子们都纳闷:穷家寒舍有什么可偷的?家长却脸色大变,赶紧搬过桌子拖着肥胖身子爬上,手从顶棚窟窿处伸进四处乱探,最后摸出个油纸包。家长松口气,攥着油纸包对全家说:"这是知根知底的人干的!冲着老二这点死骨头钱来的。八成和老二还是一派战友!"冷笑道,"跟老子过招还嫩了点,乘虚而入,我早防着这手儿!"

金家兄弟到学校收拾二哥遗物,箱底发现那封被退回的情书、一副白手套和一个笔记本。笔记本里除了红色年代特有的豪言壮语,还录着金副司令的绝命诗:

> 中州三尺鲤,游来古城居,
> 自幼有奇志,羞与伴凡鱼。
> 潜伏廿二载,志在腾青云,
> 舍命跃龙门,粉身亦不惜!

直到金副司令地下腐烂如泥,金占全才得知噩耗,连夜从六百里外赶回。墙上挂着围着黑框的照片,金卫红戴着红袖章严肃地看着远方,像正在思考国家大事。看着看着,老大眼眶红了,朝烈士遗像啐了一口,骂道:"大狗汪汪小狗叫。贫民小户家出来的,上面争权关你屁事!掺和个啥劲?!被人当枪使,造反把自己小命丢了。老二,你到死都是傻鸟!"小金豆一旁听得纳闷:二哥成了"革命烈士",全家脸上有光,怎么会是傻鸟?老大的话不幸言中。又到开资日子,金大娘到交校领抚恤金。财务科说学校已成立革委会,革委会主任是工宣队队长,抚恤金给不给,给多少,得新领导发话。金卫红生前专搞打砸抢,手上沾满鲜血,工宣队久闻其恶名。金大娘拿着《烈属赡养协议》来找,工宣队长明知故问:"你儿子咋死的?"烈士母亲理直气壮指出领导用词不当:"烈士死不叫死,叫牺牲!俺儿子为保卫红色路线牺牲的,是革命烈士!我还得问领导:俺家'革命烈属'的搪瓷牌子什么时候发?我等着往门楼上挂呢!"工宣队长听得齿冷,冷笑一声:"他是烈士?我倒要请教:金卫红算哪门子烈士?是抗日死的?

是打老蒋阵亡的？还是抗美援朝牺牲的？你儿子专搞打砸抢,参加武斗被打死,死得轻于鸿毛！"不到一年,协议成废纸,二儿子由"泰山"变"鸿毛"。"烈士"母亲无法接受,拍着桌子和工宣队长吵。领导不耐烦和家庭妇女啰唆,一努嘴,过来几条大汉,前边拉,后边推,将连哭带号的金大娘强行架出校门……

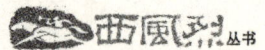

第二章

人在江湖

【冤家】

　　出外闯荡七年，金占全长成虎彪彪汉子，清晨脱去上衣练功，露出宽肩狼腰扇面胸，腱子肉棱角分明，皮肤油亮，好似黑鬃烈马。男人见了暗暗喝彩；女人看得眼热心跳。金占全将四十斤石锁单手一气举了五十下，活动开筋骨，练起查拳，一路母子、二路行手、三路飞脚、四路生平、五路关杀，鹰起鹘落节奏鲜明；六路埋伏、七路梅花、八路连环、九路龙摆尾、十路串拳，拳脚贯通劲力顺达。弟弟们问起，说是跟农场一位老山东学的。练罢查拳走趟十路弹腿，又在人行道老槐树上练腿功，左中右画了碗大三个白圈，前踢、侧踹、转身后摆腿、外加左右高边腿，带着嗖嗖风声，暴雨般袭来！大树簌簌乱抖，树叶震落一地。路人驻足观看虬跃龙腾，都赞黑大汉腿功了得！金老爹却不以为然："费鞋不说，一会儿还得多吃老子两碗饭。有那劲不如去帮你妈拉架子车！"

　　吃罢早饭，金师傅问大儿什么时候回农场，家里没他住的地方！父亲没忘旧案。儿子瞥了爹一眼，阴冷眼神赛刀锋："不回了！一年忙到头，还不知给谁干。"父亲一听急了！赶着问："不回去咋办？不开你的拖拉机啦？不回去你吃什么？你二十多岁的人了，总不能待在家吃老子！"一只肥大蟑螂慌慌张张爬过，金占全伸出脚尖，一点点碾成肉泥，说："我们那是三门峡库区，迁到宁夏、甘肃苦寒地方的库区移民闹着返流。政府前堵后追，截住这群，拦不住那拨。移民和我们争地，种的庄稼被他们抢收。农场派人去挡，移民男女老少一齐上，老汉抱腰，老婆子抱腿，娃娃一旁号啕大哭，叫人如何下得去手？再说地本来就是人家的，人老几辈住在那，说到天上，人家也占理。移民拖家带口不容易，都是下苦人，整天争来夺去打打杀杀的没球意思。你放心，我不会赖在家。你不赶我也会走，自己找地方。"扭头问老娘："我老姨奶家现住着谁？"老姨奶家住马路斜对面巷子，因老头子解放前办私塾当校长，全家被红卫兵遣送原籍。老娘回答："她家前脚被押走，后脚门锁就被撬了。抢房的是街道造反派头头的小舅子。"

"兔孙孩子！怎么搬进去的怎么给我搬出来！"

"就凭你？"父亲满脸不屑。

"鬼都怕恶人！你就坐家瞧好吧。"儿子出门撂下一句，"我话说前头：这事和家里无关，外边闹翻天，你们也别出来！大不了豁出我这一百六十斤！"

恶煞去了老姨奶家，很快出来，家也没回就走了。工夫不大，对面巷子喧闹起来，一拨拨好汉骑车赶来，铁连枷、三节棍、九节鞭、砍刀一应俱全。百十号人将巷子挤得满满的，为首的站在街上叫阵："他奶奶的！敢来这儿跟咱爷们撒野。限俺兄弟三天搬家，先叫你吃饭家伙搬家！"旁边人也跟着叫骂，抖动手里家伙耀武扬威。金家兄弟趴在墙头偷窥，吓得腿肚子蹿筋，暗暗叫苦：老虎嘴里夺食，十斤真是活腻了！援军抖足威风，见无人出来应战，渐渐散了……

第三天下午，金占全按时赴约，还是单枪匹马，还是赤手空拳。院里爆出激烈叫骂声，随即卷起一股旋风。旋风越刮越猛，直刮得昏天黑地尘土飞扬。旋风从院里刮到院外，又从巷子刮到街道，旋风里四条人形东西撕缠成疙瘩，拳脚铁器撞击声不绝于耳。路人看得胆战心惊，远远避开风暴中心。旋风在街道上高速移动，很快消失在街道那头……过了片刻，三个打手垂头丧气回来，一个面部青肿；一个口鼻流血；一个一瘸一拐，脸上统统变颜失色。金占全却没了踪影。

过了几日仍不见动静。好汉架不住人多，要房的怕是再不敢来了。金家人也这么想。谁都没料到，缠着一头绷带的金占全光天化日之下又来了，依旧单枪匹马，只是手里多了杆山民打猎用的土枪。一见恶煞持枪闯进，小舅子全家知道大事不好，吓得赶紧朝屋里钻。门刚关上，一声爆响，门脸被铁砂射成麻子脸。小舅子全家吓得趴在地上，一动不敢动。金占全不慌不忙灌进铁砂枪药，将窗玻璃轰得粉碎。两响过后，恶煞一言不发，提着冒烟的土枪扭头就走。大队救兵匆匆赶到，仍是高射炮打蚊子——有劲儿使不上。亡命之徒来无影去无踪，上哪去寻？

半夜下起瓢泼大雨，白天被折腾得半死的小舅子全家乏得像死狗，睡梦正酣，"哐啷！"窗户突然被砸碎，一个沉重东西飞进屋狠狠砸在对面墙上。小舅子梦中惊醒，赶紧拉灯，定睛一看，差点没吓死——一枚冒烟手榴弹在地上打旋！"快跑！"屋里红光闪闪，连连响起爆炸声。全家鬼哭狼嚎、连滚带爬逃出家门。四邻吓得不敢开灯，紧紧顶上大门……看一家子逃得不见踪影，金占全不慌不忙进了屋，踢开闪光雷炸后纸屑，地上拾起唬人的教练弹……匆匆赶来的救兵全傻了眼，院子一夜变成垃圾场——锅碗瓢勺碎片满地；桌椅板凳砸个稀烂；积水里堆着泡胀的被褥，缎子被面上盘踞着一堆又粗又长的黑屎橛子……小舅子又气又恨又怕，张着嘴，一句话也说不出；媳妇一屁股坐在泥水里，号啕大哭……

道北方圆二十四里，十多万人口，街面有名有姓的豪杰也有几十位，单骑闯敌营的虎胆英雄却闻所未闻。金占全一战成名，连父亲都服了，直夸大儿："十斤不含糊！脑袋开仨窟窿，弄回一院房，比老二强多了！金卫红亏大了，一把死骨头才换回两千块，还他娘副司令呢！"安顿下来，金占全在巷口支起修车摊，修拖拉机的大手修自行

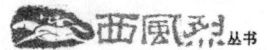

车小菜一碟,活干得麻利,很快出了名,业务范围也扩大到所有带轱辘的东西,驻地派出所那辆老爷吉普车,也不时推来"请金师傅看看"。

    天下汹汹,干戈四起,遍地好汉,满街水浒气。一辆辆自行车呼啸而过,赶场好汉一律绿军帽白球鞋,上穿大翻领拉练球衣,贴身海魂衫,下着灯笼裤,个个威风凛凛。打头后车架上坐个燕颔虎颈阔背熊腰壮汉,大冷天赤膊穿件摔跤用褡裢,褐色胸大肌惹人侧目,左右戴着白色护腕,见路人注目,暗暗绷紧粗胳膊,越显青筋暴突孔武有力。北塬地势开阔,是比试的好地方,几乎天天有人在此摆场子邀人摔跤,三跤两胜定输赢。输的垂头丧气似斗败公鸡,一句话不说拨开人群低头而去;赢了的趾高气扬欢似虎。见围观的多了,乘机抖威风,叫同伴换过褡裢上场,分别拉开降龙、伏虎跤架,左手在前,右手护胸,蹬着八卦泥步抢把。你卖个破绽,我见机抓住右袖,扣死领口,一个"拨脚"腾空摆倒;你爬起继续过招,踏准步点,闪电般穿裆进绊,"扛口袋"上肩,吼一声,摔翻在地!跤跤都是麻利脆,赢得掌声一片。跤手四目相对会心一笑:都是演就的套路,假跤摔给外人看,为的是在西京城扬咱哥们名气。

    乱世英雄起四方。西京城小架天天有,革命街恶斗三六九。暴力时代,社会血腥无序,拳头就是道理。街头斗殴成了人民大众免费娱乐节目,渴望见血的队伍迅速膨胀。"打架啦!快看打架!"一声呼喊,仿佛剧场开幕铃响,群情振奋、奔走相告、扶老携幼、浩浩荡荡奔去。金占全却视而不见、充耳不闻,只顾埋头修车。

    这天正蹲着干活,忽然有人挡亮——一个大块头立在面前,定身转体展示身上腱子肉,仿佛参加健美比赛。远远过来几个靓妞,亮块的越显精神。大块头叫牛三,号称道北第一大块,脖子赛公牛,胳膊粗得惊人,穿条黑绸灯笼裤,腰扎大红板带,脚蹬白网球鞋,见路人瞩目,大胸脯挺得更高。金占全咳了两声,亮块的像没听见,立着不动。金占全揶揄:"难怪老弟天天精身子在街上浪荡,原来是展览身体美!"牛三拍着大胸脯自豪地说:"那是当然!我挺举三百二,抓举二百八,整麻袋粮食不用人掀自个就能上肩。这身力气道北谁也比不了!哪天让你开开眼。"修车的一听,撂下扳子取棉纱净了手,站起拍拍对方肩膀:"不用'哪天',就是现在!自古'文无第一,武无第二。'你敢说大话,想必不含糊。我今天就要领教!这辆自行车是别人刚买的,送来圆车圈。咱俩打个赌:你若能双手握把两轱辘同时离地平端过门槛,车就归你;端不过去,身上行头归我,你光腚回去!"面前是辆28型加重永久自行车,载个四五百斤没问题,农民管这型车叫"小毛驴",皮实耐用,就是沉了点。一辆新自行车顶道北人半个家当。牛三太想赢这把,又怕有什么圈套,看来看去,也没看出有什么蹊跷处。"你说话算不算数?别拿我开涮。"牛三半信半疑。"你在道北打听打听,姓金的什么时候说话不算数?敢玩一把,你押上裤子;裆里没夹蛋子,你赶紧走,别耽误我干活。"金占全一抖腕子,只手将轱辘朝上单车轻轻翻转,像不费吹灰之力。谁见了都喝声彩!

    车到槛前,牛三眼珠子瞪得像牛眼,运足力气喝声"起!"车子原地未动。汗,当

时就下来了。牛三松开手,又是紧板带,又是挥胳膊,再抓紧车把,咬牙使出吃奶劲,大叫"起呀!"车子摇摇晃晃勉强离地,又似漏气气球掉下。"嘭!"一声响,大家愣了——新车怎么会爆胎?恶臭袭来,才晓得牛三把肠子里陈年牛屁都挣出。观众边扇边笑。牛三讪着脸自我解嘲:"有劲儿使不上,任谁也端不起。"轮着上来试,一个个脸挣得像打了公鸡血,车子却纹丝不动,松开手都摇头。"没有金刚钻,别揽瓷器活。"金占全说着拨开众人,没看出太用力,车就稳稳升起,端过尺高门槛又端回,原地转三圈才落地。众人都震惊了!"赶上我今天高兴,让大伙开开眼。"青筋暴突一双大手钳住补胎用的旧搪瓷脸盆,"刺啦"一声,硬生生沿豁边将盆撕成两半!"金哥真是天生神力!"闲人们一齐奉承。牛三这才晓得跟自己较劲的修车匠竟是威名赫赫的金占全!吃惊之余悄悄朝后缩,想趁人不注意偷偷开溜。金占全眼尖,大声唤住对手:"不比啦?不比也行,脱了裤子你再走!"牛三红了脸,扭捏一阵,哄笑声中乖乖把黑绸灯笼裤脱了。金占全不依不饶:"还有裤衩,脱,统统脱了!是爷们就得说话算数!你不是喜欢卖肉吗?今天让你光腚卖!"牛三身子贴墙,手足无措,脸红得像憋蛋母鸡。见金占全动了真,众人都围上来求情:"牛三不认识你,才敢没大没小冒犯金哥。不知者不为罪。光屁股回去,教他以后如何出门?金哥抬抬手,放他一马,好歹给这没长眼的小子留个脸。"金占全这才松口,一脚将裤子踢到败将跟前,躁气地说:"以后再上街卖你的肉,滚得远远的!别让我看见,免得老子心烦!"

  金占全名气越传越远,成了道北受尊敬人物。街上闲人见了金大,一个个点头哈腰敬烟不迭。身不动,膀不摇,吃的喝的用的却长腿似的争先恐后来到新主人家。热脸贴冷屁股,金占全却不领情,谁爱送谁就送,老大坚决不当,依旧修他的自行车。金占全心明似镜,早把混混们肚子里几根花花肠子瞧得一清二楚。"老大,老大,早晚坐蜡。"借我名头在外惹事,最后倒霉的是我,老子不上那个当!闲人们不得要领,心里不乐意,在外还要吹嘘和金占全关系如何坚钢,去吓唬别人,为自己壮胆。

  黄昏时分,淅淅沥沥下起春雨。正要收摊,街头一把花伞远远飘来,飘到跟前,两下一对眼,像是遇见五百年前冤家——伞下是个神情娴雅的女中学生,乍看说不上多漂亮,却十分耐看:细高条,胸脯微微突起,高鼻梁透着秀气,亮晶晶的眼睛虽是单眼皮,却是眼梢细长丹凤眼。天天革命,日日造反,男儿勇猛,个个倒拔垂杨柳;女儿无畏,人人都是孙二娘。革命时代革命街上遇见没有革命味的女人,和闹市邂逅大熊猫概率相当。见树下大汉不眨眼打量自己,女孩赶紧低头,羞晕上朱颜,清纯里透着娇媚,体态婀娜,步履轻快,轻盈身子仿佛水上漂,颤颤如荷花,看着就舒服,看了还想看,和那些骚娘们相比,前者是初春顶花带刺沾露水的嫩黄瓜;后者是三伏天论堆贱卖的烂韭菜。从此不碰烂韭菜。大哥坠入情网,赖孩摸清底细献上赖招。金占全骂"放屁!"告诫老八不准胡来,说那是好人家女孩,你当是街上的鸡?叹口气:"她跟咱们不是一类人。"却再忘不掉,美人若没按时出现,金占全像只焦躁不安的公狼,踱来踱去,脸阴得像暴风雨来临前的天空。

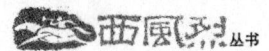

每天上下学都是一场埋伏与反埋伏的游击战。许柔柔提心吊胆走在路上，警惕观察前面巷口、墙角、电线杆后面，想早早发现潜伏敌人，提防埋伏者突然蹦出。讲师的女儿像一名深入敌后的侦察兵，正处在无数狙击手射程之内；又像一只年轻美丽的雌鹿陷入土狼重围。父母双双被下放外省五七干校，独生女转学投靠舅舅，来前什么都想到了，就是没想到遇到多得赛过苍蝇的马路求爱者。许柔柔以往圈子里男孩一个个白白净净，举止斯斯文文，最多偷偷寄封拐弯抹角的情书。道北小子是生活在另一个世界的异类，敢打敢爱，见了漂亮异性赤裸裸就上前表白，过门都省了，开场白大同小异，内容千篇一律："你好。我叫XXX。你叫什么？不想说，不想说就算了。不说我也知道，你在道北一中上学，家住大明宫西村。我说的对吧？你的事我都知道。奇怪吗？我暗中跟你不是一天两天。为啥跟你？这你还看不出？革命街地方乱、坏人多，女孩单身在街上走，实在不安全。不让我跟？那咋能行？碰上坏人怎么办？！别闹个呼天天不应，叫地地不灵，到那时后悔也来不及。不行！越说我越不放心。送佛送到西，救人救到底。我非送你到学校。有我在跟前，你谁都别怕。咱练过摔跤，学过大洪拳小洪拳，我师父就是道北有名的申铁汉！你一定听说过吧？"马路求爱者唾沫星子乱飞，卷袖子露出粗胳膊，低头绷紧肌肉块，卖弄道："看见了吧？这铁打的胳膊谁也招不住！前几天，有俩不知天高地厚的小混混孛刺，我一胳膊抡去，俩小子倒了一对，爬起撒丫子就跑。以后谁再敢招惹你，我照样收拾！你说好不好？"再抬头，女中学生已疾行多远……

说媒的踏破门槛，今天又来三拨，坊间有女儿家都想和好汉之家结亲。"将士英豪，儿郎虎豹……"老刘头正哼得惬意，忽见伤兵儿子被人送回。刘四虎后脑勺贴着纱布，半边脸肿得像冬瓜，两颗槽牙失踪，说话哼哼唧唧像蚊子吟诗。四虎是革命街闲人，仗着三个哥哥的势，整日寻衅滋事，初见许柔柔，就死皮赖脸凑上去黏糊，这天又带人围堵，见许柔柔不搭理，一把夺过书包。许柔柔脸涨得通红，俩人拔河般拽来揪去。"嘣"的一声，书包带拉断，课本练习簿铅笔盒掉一地。几个喽啰边看边笑，忽然又都不笑了，一起朝后退。四虎扭头一看，也吓一跳——背后立条门头高汉子，怒目圆睁！"快走。"金占全低声说。女学生看了解围人一眼，抱着书包匆匆离开。我看上的婆子，你凭什么横刀夺爱？众目睽睽之下栽面，以后如何在街上混？四虎对着魁梧背影大声说："金哥，干啥都有个先来后到。你要真看上，兄弟玩完就让给你。不就是个婆子吗？也值得你生那么大的气？"

"四虎兄弟，你刚才说什么？我没听清，你再说一遍。"金占全走出不远，闻言掉头拐回。

说就说，你能把我怎么样？！看对方脸上带笑，估摸不大要紧，四虎壮起胆子，话未说完，天上太阳忽然变成黑色！眼前金星乱冒，一个势大力沉的右高边腿闪电般砸在左腮帮子，四虎仰面摔倒，后脑勺磕在马路牙上，痛得蜷成一团。金占全蹲下，凑在陷入半昏迷的四虎耳边笑眯眯说话，远远看去，像心地忠厚的老大哥正在苦口婆心劝告顽劣小兄弟，声音不大，周围却听得清清楚楚："兔孙孩子真他娘欠揍！再敢缠她，我废了你！"

三只虎被火速叫回。二虎也是打场豪杰，花脸见多了，压根没当事，见面戏谑："老四，你这是咋啦？刚从越南前线撤回？"四虎哭诉原委，三个哥哥你看我我看你。大虎埋怨："那是个亡命之徒。你招惹他婆子干啥？不想活啦？"

三虎插话："大哥说得对。金占全心狠手黑，又没老婆孩子，来无影去无踪，溜光槌一个。捅你一刀跑了，又没个单位，上哪去寻？好鞋不踩臭狗屎。认栽算了。"

四虎不爱听："谁知道那妞是他婆子？脸上又没写字。"怕三个哥哥不出头，信口胡诌，"我听别人说了，金占全早就看咱四兄弟不顺眼，这回先拿我开刀，下来就是你仨！"

二虎恼了："一家子都装缩头鳖，也不怕外人笑话！金占全再厉害也没长三头六臂，越说还越玄乎。打狗还得看主人，总不能把俺兄弟白打了！我现在就去会金占全。医药费、营养费他总得认！好说罢了，说崩了，我倒要看看是他脑袋硬，还是我家伙硬！"说完袖了铁连枷就朝外走。拦不住老二，又怕自家兄弟吃亏，大虎套上铁拳头；三虎腰缠九节鞭，远远跟着。院里黑黢黢，见金占全不在家，二虎胆子越发大了，一脚将院门踹开，铰链飞到一边，门板被捣个稀烂。骂声惊动一巷人，都跑出看。见二虎恶煞门前叫阵，都吐舌头——小子吃了豹子胆！围观的挤成疙瘩，二虎越发来劲，抽出铁链枷将窗户玻璃挨个捣碎。抖足了威风，大骂着凯旋。气消了，又开始心虚，想想更后怕，怕金占全秋后算账。单打独斗不是个，四只虎团一窝，看你如何下手！弟兄们出入一起，晚上轻易不出门。

金家被人砸了！一夜间，惊人消息传遍道北。各路好汉相继赶来，一边发出各式各样惊叹，一边偷窥主人脸上神色。事主若无其事，忙着招呼修理门窗匠人，绝口不提刘家四虎。恶战拉开序幕。闲人们兴奋不已，流言满天飞，都盼着龙虎斗。两周过去，却不见动静。名角领衔好戏已告示观众，临期却取消演出。大家都有些失望，失望之余对主角罢演大为不满。莫非金占全沟子松了？不对！金占全是何等角色?！乱军丛中单枪匹马都敢杀进杀出。只有恶煞向别人叫阵，岂容对手打上门?！老虎不吃人，且莫当病猫。骑驴看唱本，咱们走着瞧！又过数月，还不见主角登台。观众大失所望，江湖舆论一边倒，都说金占全"沟子松了"。街上闲人再见金占全，态度轻慢许多。虎兄虎弟还阳，又开始大摇大摆走在街上，还放出话——这事没完！风声刮到耳里，修车的只当不知；路上撞见，对方恶狠狠拿眼"照"，金占全扭过脸只当没见。

南郭上村摆下满月酒，多远就听见吆五喝六划拳声。街面一个叫黑子的人物喜得贵子，道北有头有脸的都被请来。名头大的单坐一桌，菜都一样，酒也是桶装散啤，只是别的桌子上"太白"，这桌喝"西凤"，以示上下尊卑之分。酒过三巡，邻桌一个叫李大魁的混混拿着酒瓶过来给众位老大敬酒。李家祖上三代都是丐帮成员，忆苦思甜大会铁定主角。李大魁封建家规无，革命闯劲大，跻身街面新锐，上升势头正猛，仗着连战连捷,各位老大也都高看一眼。上席挨个敬完,唯独落下金占全,旁人提醒,混混没醉装醉,乜斜金占全,轻蔑地说:"他?他就免了。家被砸了连个响屁都不敢放。嘴硬沟子松,算啥鸡巴老大?!"当面叫板,胆子不小!都看着金占全,这酒喝不成了,当众被蹽尿臊,以后如何在街面混?搁谁也咽不下这口气。姓金的还不得把酒桌掀了!主家见势头不对,赶紧过来打圆场,说李大魁喝高了,满嘴胡吣。这厮是小和尚念经,有口无心。金哥千万别往心里去。金占全脸不变色,仿佛没听见,又像什么都没发生,端起酒杯笑嘻嘻地说:"不听闲话不生气。喝酒,喝酒。"众人松口气,心里都有些鄙夷。当众拔份,混混自觉脸上有彩,大模厮样坐下。我李大魁酒场上给金占全来了个烧鸡窝脖,对方还不敢吭气,明天道北肯定传开。下回喝酒,该请我坐上席了。混混越想越高兴,多喝了两杯,上厕所已摇摇晃晃。瞅着混混出门,金占全跟着站起,自言自语:"喝胀了肚,出去放水。"旁人都没在意。

　　抽支烟工夫,金占全回来接着喝酒,却再不见混混影子。同桌见李大魁一去不归,说这小子喝高了,莫非出恭掉进茅坑?派人去找,刚出去又急赤白脸跑回,声音都变了:"李大魁被人黑了!尸首现在尿池里泡着!""轰!……"酒宴顿时炸锅,放下酒杯,一窝蜂朝外跑。金占全像没听见,独自坐在那悠哉悠哉喝酒。天已黑下,公厕门前围满观众,听说里面死了人,都不敢进,一个个伸长脖子朝里探。男女厕所共用一盏15瓦灯泡,灰蒙蒙光线照得人影朦朦胧胧。李大魁蜷在小便池里,像被丢弃的私孩子,全身被尿浸透,脑袋夹在裤裆,真成了烧鸡窝脖。几个人合力将垂死者从尿池捞出,接上自来水管一通猛冲,抬到路灯下一看:脸被揍得变形,青包挨着紫疙瘩,双目紧闭,再叫也不吱声。一摸微微有气,主人放下心,叫俩小兄弟用自行车将李大魁驮回家,再三叮咛:"李家人问起,就说大魁喝高了,自己不小心栽进尿池。只要送回家还喘气,就跟我这儿没关系!"

　　重开宴席,宾主都不说话,一起看着修车的,眼神带着敬畏。金占全笑道:"都看我干什么?"没头没脑说了句,"心不狠,站不稳。道北凶地,善人难做。"众人灵醒过来,抢着在恶煞面前表态:王八折个 —— 翻了天,李大魁欠收拾;屎壳郎爬铁轨 —— 混充铆钉,道上混了几天,忘了自己姓啥为老几;给点颜色就想开染坊,兔崽子不知深浅!金占全不接话,只道:"没有利爪,莫扮老虎。"

　　临近半夜,毛泽东思想宣传队演出结束,工人俱乐部大门洞开,吐出黑压压观众。丁字路口往日孤零零亮的路灯,今晚忽然灭了,黑黢黢什么也看不见。人流涌进黑暗,骤然响起"哎呀,哎呀"惊叫声,臭男人紧随其后,趁黑在圆鼓鼓充满诱惑的屁股上拧一把。吃亏女人发出一连串恶毒咒骂。此时谁都没注意:墙根下蹲个压低帽檐,捂口罩,肩膀宽得出奇的汉子。刚从黑地走到亮处,身后突然响起急促脚步声,大虎、三虎知道不好,赶紧回头,怪异的风嗖地从头上卷过,裹着两声闷响,一条黑影大鸟般轻捷掠去,瞬间消失得无影无踪……人群一阵骚动。前面二虎、四虎闻声慌慌张张返回,只见自家兄弟双双捂着脑袋蹲在地上,满头是血……二虎急红眼!窜回家抄起雪亮

砍刀直奔金家，四虎紧跟其后，拎一柄锋利鱼叉，再往后是浩浩荡荡一望无际渴望见血的观众。院里灯火通明，三间房全亮着灯。二虎踹开门，却无人应战，转身冲出院门疯狂叫骂，愤怒的头发根根乍起，抽搐的面孔不像人脸，异常可怖！突然有人发现：不远处电线杆后面悄条黑影。细辨，惊得差点失声——贴着墙根快速移动的正是金占全！仿佛敏捷凶猛的豹子悄无声息从后面扑来，随着"扑哧"一声响，二虎停止叫骂，脑右侧突然长出一把……断柄镐头！被袭者白眼上翻，大张着嘴，鱼咬钩般喘不过气，原地转了两圈，身子轰然倒下，两腿抽筋般胡乱踢腾……四虎被眼前一幕吓傻了，手中鱼叉跌落在地，木呆呆看着逼近的恶煞，蹲在地上抱头大哭。"真他娘尿包！"金占全照对手头上啐了一口，扔掉手里半截木柄扬长而去……

　　得知大儿在外闹出人命，金老爹又急又气："你爹杀猪你杀人，真他娘有出息！欠债还钱，杀人偿命。这个儿子又白养了！我上辈子造了什么孽？！落了个佘太君数儿子——越数越少。"

　　报案的刘家父子哭得像含冤窦娥："一家人好端端走在街上，没招谁没惹谁，脑袋就被开瓢，不是一个是三个！二虎还在医院抢救，性命难保！这叫什么世道？还让不让老百姓活了？！俺家成分贫农，纯粹红五类。金占全是坏人，上中学就入室盗窃，典型的阶级报复！阶级敌人在行凶，人民警察在哪？！无产阶级专政在哪？！你们到底管不管？！"革命街派出所所长有一张血色充盈的红脸膛，天热人胖，被叫醒时满脸不耐烦。阶级社会里，"阶级报复"是大案。所长只好耐着性子听，听着，听着，坐不住了，找出户籍本翻到金家一页。看罢，所长松口气，打断兀自喋喋不休的苦主："金家成分也是贫农，人家也是根正苗红。打架就是打架，和阶级报复扯不上。金占全不是阶级敌人，属于人民内部矛盾。你们胡搅蛮缠不行，原则问题不容含糊！"未等刘四虎分辩，所长讥笑道："金占全是坏人，你们什么时候成了好人？兄弟四个屁股就干净？"压下苦主气焰，看着三顶被血浸透的军帽，所长直摇头：修车的下手忒黑！脑袋不是车胎，经得住你使劲敲打吗？把趴在值班室桌上打盹的警察唤醒，又从宿舍叫出一个，所长指着刘四虎："你俩跟他走一趟，找到人带回所留置。"血衣血帽让俩警察立马清醒，一个嘴里应着，却站着不动弹；一个忙找借口："所长，人怕是躲在外面不敢回来，明天一早再去家堵更保险。"

　　明枪易躲，暗箭难防。警察也怕遭暗算。同事老边是典型例子。老边当了十多年监狱管教，养成根深蒂固职业病，调到革命街派出所痼习不改：把管区看成劳改队；将犯了生活错误的阶级兄弟视为阶级敌人，肢体语言多于口头教育。抓进所里的混混们一个个被边警察收拾得鬼哭狼嚎。老边手黑恶名远扬，与革命街大大小小闲人结下梁子。春节前夕，附近工厂晚上放电影。老边扛把椅子早早去了，披着警用棉大衣耀武扬威坐在前排当中。熟人见边警察光临，都过来问候。接过敬烟，老边跷着二郎腿美滋滋吸着，殊不知，自己刚进大门就被仇家盯上。电影散场，老边扛着椅子裹在人流中，脑后轰然雷响！眼前一黑，什么都不知道了……人家热热火火过年，老边却凄寒一人躺在病床听外面鞭炮响，终于熬到能下床，却落下终身头痛的毛病。回到所里，老边再见那把椅子，不由倒吸口冷气——松木椅面被黑砖砸烂。幸亏头戴棉警帽，又有椅子挡着，否则，碎的就不仅是椅子面了。老边挨了黑打还不落好，所领导对其私下评价是：头脑简单，和管区群众沟通不够，工作方式粗暴，以至矛盾激化。折了威风，边警察自觉无趣，请调离开革命街。前事不忘，后事之师。革命街白天是大盖帽天下；革命街夜晚是闲人世界。贸然行事，轻则挨黑砖，重则祸及家属。缴过学费的警察同志大大增强了自我保护意识，特别在夜黑风高之时。见部下工作热情不高，胖所长苦口婆心："别的不怕，就怕死人。闹出人命就麻烦了！你俩还是辛苦一趟，路上千万提高警惕！"

刘四虎领着警察抓人，革命街舆论大哗！江湖规矩：冤有头，债有主，圈里事圈里解决，无须惊动官府。都在道上混，谁的屁股也不干净，犯不着脱了裤子让警察同志瞧个底儿清。只要未出人命，再大的事只能私了，不能官判。找警察解决，无非怕对方下软蛋。刘家四虎栽了跟头，打那以后再没爬起。

闸北公园门口黑压压一片，无数个油亮飞机头高高翘起，叼香烟，趿拖鞋，满口粗言秽语，一副马路白相人模样；操短棒，拎长棍，个个手里有家伙……阿毛和两个小兄弟战战兢兢前行，越走腿肚子越蹿筋，隔着半个电线杆远，再也撑不下去，扭头往回跑。"抓住他们！"追兵至拐弯处，一条黑大汉举大棒咆哮着冲出！为首的举棍招架，被一棒放翻。像群犬撞上猛虎，哀鸣着齐往回跑，慌乱间掉了一地拖鞋。得知坐在地上抱腿惨叫的瘦高条就是"闸北一只狼"，黑大汉只手将对方兜胸提起，轻蔑地骂道："山中无老虎，猴子称大王。就你这熊样，也敢称'闸北一只狼'？一只鼠还差不多。再让我撞见，老子砸折你另一条腿！爬着滚蛋！"

杀人好汉随同院列车长来沪上避难，被安顿在铁路乘务员公寓。天还未亮，金占全就悄悄出门，寻个僻静地方打熬筋骨。惺惺惜惺惺，好汉敬好汉。一个叫阿毛的社会人慕名来结识。练罢拳脚，阿毛请大哥用早点，金占全爽快应了。金家家风源远流长，其中一条是到哪都不客气，从不把自己当外人，特别是遇上别人埋单。宾主坐定，金占全看着桌上沉下脸："两人买了八根油条，够谁吃？！"阿毛一听，赶紧起身，问大哥再来几两。金占全越发不耐烦："我吃饭从来论斤不论两！先来二斤，不够再添！"小吃店门前桌上油条堆成小山，金占全松开裤带，放开肚皮吃喝，30根油条进肚，又要了两张大饼，看麻团稀罕，也来几个，最后又吃了三份糙饭。黑大汉一人吃了沪上二十人的早餐！新结识的小兄弟吃惊地瞪大眼睛；买油条的队伍一阵骚动；吃饭的纷纷围上瞧稀罕……两个穿戴时髦的烫发头嘀嘀咕咕："一看就是西北来的阿乡，这个男人粗得很……"又将大肚汉和某种四条腿动物相比，引起周围窃笑。金占全站起拍着凸起肚皮用老陕话满意地说："吃饱哩，喝胀了，身上受活了！老汉我来了几天，今干早才咥美咧！"

繁华南京路，华灯初上外滩，袅袅婷婷上海姑娘……金占全由阿毛陪着，尽情领略沪上风情，草莽英雄来到金粉江南，直看得眼花缭乱、心醉神迷。又随阿毛领略本帮菜，还有上海人一见就走不动的大闸蟹。连请几次，小兄弟摸清大哥脾气，口味不拘，

大鱼大肉最好。金占全有请必到，有酒必喝，嘴上快活，心里纳闷：萍水相逢，对方为何如此破费？阿毛今天又来了，还带俩朋友。三人神色严峻，用上海话不停嘀咕，像商量大事。闹清原委，西北大汉暗暗发笑：从西京到上海，男人打架全为女人。同伴说："阿毛咽不下这口气，总想报仇。可对方靠的老大实在厉害，是'山上'下来的，诨号'闸北一只狼'。"金占全心高气傲，最烦灭自己志气，长别人威风，骂道："他是'山上'下来的，我是天上下凡的！他小子是闸北一只狼，老子是西北狼！看谁牙利！"见大哥肯出头，阿毛交底：双方约定今晚一决雌雄，特请大哥前往助战。金占全豪爽地说："小事一桩。当大哥的该给小兄弟出力！"阿毛担心寡不敌众。金占全一拍胸脯："你见面就骂，骂了就跑，把人引来都交给我！"上阵先喝酒，咬开瓶盖，一仰脖"咕咚，咕咚……"一瓶"洋河"几口见底。见过好酒量，没见过如此豪饮，都敬畏地看着西北大汉，齐夸："大哥，你是武松！"金占全听得哈哈大笑："武松咱不敢当，老虎更没处打，收拾条恶狼，敢说手到擒来！"

以后又有多次"友情出演"。金占全摸出窍道，助战化为作秀，老黑当道，暴喝一声，举大棒作势前冲几步，对方如同一窝受惊老鼠瞬间消失得无踪无影……西北狼佛挡杀佛、逢魔降魔，帮扎台型不问战果，只关心雇佣军报酬，暗示家里弟妹多，赠全国粮票最能表达友情。

【刺金】

刘二虎脑壳坚硬程度超出所有人预料。三个月后，砸不死的混混重现革命街街头：脑壳破损处补块不锈钢板，左腿僵硬像木棒，走路一拽一拉，仿佛斗败咬残的蟋蟀。瘸腿狼狗咬不了人。闲人们再不把二虎放在眼，客气的戏称"老左"；刻薄的直呼"拉拉腿"。得知仇家侥幸未死，金占全决意还乡。为大哥送行的黑压压聚了半个站台，来的都是下只角有名好汉。二号卧铺车厢不知坐着什么大人物，来往旅客都好奇地朝里张望。看着行李架上鼓囊囊六个大号旅行提包，摸摸兜里厚厚一叠全国粮票，金占全满意地笑了：本是仓皇逃难，却闹个满载而归。拳头硬就是好，走哪都吃香喝辣。凶手一下车就投案自首。大虎、三虎谁打的，没人说得清；刘家兄弟数次持械上门寻衅，却有目共睹。四只虎都不是善民，片警提起就头疼，以往总是别人告他们，这回轮到他们告别人，吃亏也是自找的。对方打上门，又是一对二，说到底，修车的也是防卫过当。对派出所判决，金占全心悦诚服，痛痛快快缴了医疗费，为表示失手歉意，主动添了一百块营养费。此案遂坟头改菜园——拉平了。

有人的地方就有江湖，有江湖就有老大。生死一战，奠定金占全江湖地位，所谓

"人在江湖,身不由己"。头把交椅好坐,道上老大难当,难在掌握兄弟义气和丛林法则间平衡点。金占全拿捏到位,武断街衢,遇上需要老大出头,独自找上门,没头没脑问声:"XXX是你打的?!"扭头就走。胜者刚才欢似虎,此刻却成遭瘟鸡,赶紧托人给被打的送去医疗费和营养费。也有怠慢的。金占全二次找来,再不说话,一脚将门踹烂!认得了厉害,当事人请街面上有头有脸人物同去金家,带上礼物低声下气回话,直到金哥脸上阴转晴。最后免不了摆上一桌,几方都到,败将拾起面子,答应化干戈为玉帛。金占全两边落好,吃了输家吃赢家,不逊眼下大盖帽。"江湖一把伞,准吃不准攒。"金占全成了老大,就按江湖规矩行事,钱来得容易,去得散漫,对人仗义。有那走背运小兄弟,一时衣食无着,只要开口,金哥总要给几个,绝不叫空手回去。说起金占全,老少爷们都翘大拇指。

这当口,革命街又出人命大案,主角是姐夫和小舅子。姐夫眼头随职务升迁,外面又有时髦女郎自荐枕席,床上温柔入骨。黄脸婆原配却死活不肯下岗,遂沦为家庭拳击沙袋。小舅子叫黄金山,见跑回娘家哭诉的姐姐两眼红肿,脸骤然黑下!姐夫在家灌猫尿,小舅子风风火火闯进,质问兔崽子为什么打我姐?姐夫若知机晓事,装鳖不吱声,或许可免杀身之祸。偏偏官身不知进退,两下动了手。酒瓶在姐夫脑袋爆裂,就此打住倒也功德圆满。道北小舅子心狠手黑,想让姐夫以后长记性,又用破瓶子捅去,这下闹出人命——玻璃碴子从右眼眶戳进脑子……情理可恕,死罪难逃。黄金山光棍一条,不怕死,却怕火葬,更怕被医院卸去零件,落个死无全尸。家里无人可托,总不能叫白发人给黑发人收尸。姐姐妹妹是女的,如何去得杀场?亲哥哥倒有一个,在单位刚混上以工代干,正在努力追求更大进步,一听自家兄弟闯下大祸,生怕连累自己再不露面。黄金山扳着指头算来算去,想着谁是俺托后之人?扳一个指头摇一次头,最终想起一个人……

金占全拳头虽硬,却最烦男人打女人,说有本事你找爷们开练,打娘们算什么能耐?听了死囚故事,金占全赞道:"这家伙倒是条汉子!"再想不到死囚请托到自己头上。两人仅是点头之交,忽然点名喊我去给他……收尸!这叫他妈什么事?亏这厮想得出!收尸听着都晦气,避还避不及。转念又想:死刑犯托付于我,无非我重义气名声在外……见金占全沉吟不语,苦主急了,"咕咚"一声跪下!硬汉受不了这个,挥挥手说:"起来,起来。事情我应了!受人之托,忠人之事。黄金山一去不回头,我撞倒南墙连土担!告诉你家兄弟:金占全敬他是条汉子,让他安心上路,身后事都交给我!"金占全要赴刑场收尸,却和杀人犯非亲非故。众人一致认定老大脑子进水了。关系近的都来劝,有的还扯到阶级斗争,谈立场,望大哥三思而行,切莫自寻麻烦!金占全满脸不屑,说:"狗屁!阶级斗争是根驱狗棒,驱赶人们像疯狗一样相互咬!立场是婊子,谁势大跟谁睡!我,街道上一个修车的,天地人三不管,靠手艺吃饭,凭力气挣钱,让拳头说话,一辈子怎么痛快怎么活,谁的脸也不看!是男人吐唾沫砸钉,是爷们说话落地叮当响!活人的事可以不管,死鬼临终托付必须办!"

见老大执意出头,几个小兄弟跟着忙活起来,买墓地,打墓穴,置棺材……万事俱备,只欠金山兄弟被枪毙。

上杀场时辰已到,黄金山五花大绑被押上刑车。死囚车路过最后一个十字路口,金占全早在人前候着,四目相对,车上车下同时点头,一切尽在不言中。死囚紧绷的脸松弛下来,甚至微微带着笑意……枪响过,验罢尸,解了法绳。执行人员刚撤,远处候着的金占全疾步上前,拿塑料袋往打爆脑袋上一套,扭头招呼同伴抬尸。几个小兄弟不怕见血,却怕死人,你推我让,哆嗦着不敢朝前。金占全见状骂道:"一群废物!有个球用!"骂完伏下身,两只蒲扇般大手一手抄脖,一手抄腿,将体温尚存的尸首轻轻托起,大步流星朝刑场外走……

盼着仇人和黄金山一同枪毙的只有刘二虎。刘二虎成了废人,钱不能挣,活不能干,饭却一口不少吃,成了全家累赘,女朋友董绢也弃他而去。刘二虎不死心,一瘸一拐找来,女的见他就跑,拉拉腿追不上干着急。朋友去说合,姑娘回答倒也干脆:"'嫁汉嫁汉,穿衣吃饭。'刘二虎成了残废,将来是他养我,还是我养他?"一句话把来人噎回。你不仁,休怪我不义。狐朋狗友聚到一起琢磨坏点子。你一言,我一句,由刘二虎本人执笔,翻着字典,歪歪扭扭狗爬般写了封信给绢子妈寄去。信中说:"敬爱的董妈岳母:我不是外人,是你家贤婿刘二虎。你家绢子什么都好,就是裤带松。也不知给她种上没有,我心里很着急。刘二虎不是赖账的人,这点请你老人家放心。万一种上了,请赶快通知我,我马上和她结婚,绝不能让俺孩生下就没爹!要是没种上,我也要娶她,道北人都知道俺俩睡过,没人愿吃贤婿剩饭。此致革命敬礼!"

绢子妈大字不识,以为农村老家来信,请街道纸盒厂同事帮着念。念信姑娘叫甄可爱,小时得过脑膜炎,脑子不大灵光,念信过半,全体笑翻!当事人脸气成紫茄子。甄可爱这才明白念的不是好话,扔了信红着脸骂:"都写的啥流氓话,腌臜人!"一同糊纸盒的婆子们听得过瘾,互相挤眉弄眼。一个婆子捡起信,说脚正不怕鞋歪,身正不怕影斜。念罢再消毒。另一个婆子说造谣可耻;传谣可恨;信谣可悲;辟谣可敬。我们只听不信。众婆子一起响应:说得对!我们都不信谣,听完辟谣只当骚驴放屁。绢子妈气得发昏,将流氓信一把抢过撕得粉碎,纸盒也不糊了,攥回家揪住女儿头发,大耳光子可劲儿招呼,一通乱骂。正逢知青插队,怕刘二虎又来新花样,家里赶紧打发绢子去了边远山区。

女友突然失踪,刘二虎找不到人,心里越发怨恨金占全,一心要放仇人血!老二要拼命,正中亲人下怀,纷纷建言献策:那厮恶得了得!明着打不过,暗地冷不防。都怂恿老二慷慨赴死。钢刀日日磨,毒誓天天发,就是不见行动。全家等得不耐烦。

这当口道上出了大事:革命街的闲人和建设新村的混混们打架,两边都被放翻几个。起因是街上小母鸽把村里公鸽诱进自家窝里当了俘虏。丢只鸽子本不是什么大事,犯不着闹到见血。只因这只雄鸽出身高贵,求自上海养鸽名宿汪家,血缘系日本军用信鸽和比利时信鸽杂交后代,曾在全省千公里信鸽大赛夺冠,脚杆现套着省信鸽协会颁发的银脚环。鸽主既想发财,又不愿肥水流入外人田。掏高价配种的做美梦:蛋

孵鸽,鸽生蛋,循环往复生生不已,拿到西仓鸟市上非大发不可。望穿双眼,不见雏鸽破壳,只闻焊过的鸽蛋发臭……你给我挖坑,我给你下套。苦主精心挑选年轻美貌的小母鸽作诱饵,在冠军鸽笼前放飞。几番勾引,雄鸽果然为情所困。心急如焚的鸽主领人寻来。下套的也不是善茬,一言不合,双方打起来。事情闹大,道上总得有人出来说话。环顾今日道北,当下镇得住场子的唯有金哥。说和地点放在城北有名的大中华饭馆,时间定在当晚。广散英雄帖,遍邀众好汉,包括几位金盆洗手的前辈。

四虎打探清楚回家报信。月黑杀人夜,风高放火天,今宵正是报仇雪恨良机。喝罢全家壮行酒,刘二虎装束停当,拄着钢拐,腰藏利刃,一步一挪前去行刺。

几张方桌拼在一起,主位金占全当仁不让,打斗双方分南北按江湖地位坐定,一个个隔着桌子怒目相向。听完原委,金占全笑道:"我还以为是什么惊天动地的大事,也值得你们打到血里捞骨头。不就是个蛋吗?人给人戴绿帽子不好办;鸽诱鸽好说!"众人都笑了,气氛缓和许多。金占全两手一按,当下判决:"钱、鸽各归原主,各看各伤。就这么定了,你们看中不中?"下套的自然愿意,满面笑容奉承:"金哥一言九鼎,谁敢不听!"挖坑的却舍不得将昧心钱吐出,坐在那儿沉吟不语。金占全看在眼,脸顿时黑下,巨灵掌交叉,略略用劲,十个指关节嘎巴乱响!在座的瞅着都有些心惊。挖坑的变颜失色,摸出一沓钞票恭恭敬敬放在桌上。众人你看我,我看你,不知金老大说了什么"贴己话"。又不敢问。谈笑间降服挖坑的,大家越发钦敬。

事情摆平。两边抢着招呼开席,粗喉咙大嗓子骂女服务员死哪儿了?又相继跑进操作间敬烟。炉头嘴上叼一根,两边耳轮各夹一根,忙不迭地点头:"早有人打过招呼,说有贵客来。伙计心里有数,哥们就瞧好吧!总要让金哥吃得满意。"金老大众星拱月般端坐在上,众人走马灯般过来敬酒。轮到挖坑的,金占全调侃:"兄弟,坑还是要挖,就是别挖在家门口。兔子还不吃窝边草。都是道北穷兄弟,抬头不见低头见,老弟的把戏就免了。"哄堂大笑。挖坑的脸上红得像抹了鸽血,不敢分辩,只是劝酒:"金哥,好歹给兄弟留个脸面。我先干为敬。"一仰脖,自己先喝了。烈焰焰一场大火,被三言两语扑灭。得意难免忘形,借酒高欲压众好汉一头,金占全指着满厅豪杰,佯作醉意,结结巴巴地问:"道北挂上号的爷、爷们今天都来了。在座诸位,也算能打。可谁、谁能打过我?!"说着,伸出碗大拳头在众人面前晃晃。在座的都愣了,不知何意,没人敢接话。有条好汉喝多了,一时忘了天高地厚,大着舌头说醉话:"我、我能打、打过你!"话音未落,一拳砸在桌上!盘儿碟儿碗儿一起蹦起。"大胆!竟敢和我叫板!"恶煞腾地站起绷着脸攥紧拳头。旁边的赶紧劝阻,金占全一抖膀子,连人带椅一起翻倒!厅里顿时静下,口吐狂言的汉子瞬间吓醒,赶紧站起,看着恶煞步步逼近,结结巴巴地说:"金哥,我我……"看对方吓白了脸,金占全"扑哧"笑了,搂过肩膀并排站着,亲切询问众好汉:"敢问在座同志,有谁能打过俺俩?"一厅人都笑了,都夸金哥会搞笑,真幽默!酒醒的汉子跟着笑,笑罢重新坐下,只觉毛发倒竖,冷汗沾衣……

众好汉酒酣气益振,脱了鞋蹲在凳子上,红涨着脸,卷起袖子,高喉咙大嗓子划拳。几位前辈如数家珍说起武林旧事,江湖恩怨,品评拳脚跤法,卖弄豪杰事务,炫耀

好汉勾当,抒发壮士情怀。有的大事两下时间、地点对不上,直争得面红耳赤。朔风裹着碎银般雪末,可怜屋外刺客饥寒交迫,隔窗窥进:桌上大碗酒,大碗肉,大盘鸡,盘子摞着盘子,一个个吃得满嘴流油,好不快活!赛过聚义绿林。酒桌本该有我的位子,如今却沦落檐下喝西北风,刺客看得口角流涎,眼里冒火,身怀利器,杀心顿起,恨不得在冤家身上戳几百个血窟窿!

雪越下越大,夜色已深。辞别老大,众人渐渐散了。金占全出门一把锁,进门一盏灯,屋里没有暖热的被窝等着,磨蹭着喝到最后。终于熬到仇人摇摇晃晃走出,刘二虎从墙角偷偷摸出,鼓起全身力气,抡起钢拐从背后"呼"地劈头砸下!耳边风响,遭人暗算!金占全大吃一惊,喝下的酒瞬间都化作冷汗,躲闪不及,"嘿"的一声,绷紧铁棒般胳膊硬生生挡下致命一击!酒盅粗拐杖"嘭"地打弯!刘二虎扔掉拐杖,拔出腰间利刃猛扑过来,拉拉腿使不上劲,雪地又滑,刚贴近后背,"扑通"一声,自己先摔个仰八叉。金占全一个箭步蹿出多远,再回头,认出身后刺客。仇人相见,分外眼红。刘二虎爬着去拾雪地上刀子,早被金占全一脚踢开,抢上去,左手抓住袖口一把提起,右手握抱胳膊,肩膀抵住腋窝,低头伸膝提臀,大喝一声,弓身将刘二虎从肩上摔出!提起再摔,一连七个"倒口袋",直将刺客摔得七荤八素,只剩下倒气的份儿。金占全拾起明晃晃刀子,大骂:"狗日的吃了豹子胆,一条腿还敢行刺金爷!刀子正好用来挑你大筋,让你一辈子学狗爬!"围观的越来越多,见双方动起刀子,都怕往人命里搅和,谁也不敢劝。刘二虎起先还躺在雪地上装死不吭气,见金占全一步步逼近,晓得这魔头心狠手毒,说得出做得出!拉拉腿被学狗爬的悲惨前景吓坏了,翻身跪倒求饶:"金哥饶命!我已成废人,你就可怜可怜兄弟,饶了我吧。我再不敢了!"恶煞吃软不吃硬,一扬手,雪亮刀子"嗖"地飞出,"当"扎在饭馆门板上,转身扬长而去。对头已是道北至尊,自己却无刺金必死的豪气,丧胆刺客瘫软在地,像挨了自家汉子揍的女人抽泣不已……

【大饭盒】

黑夜里响起敲门声。金占全仿佛睡觉也警醒着的狼狗,耳朵霍地竖起,操起枕下利斧悄悄下地,摸黑贴门缝一瞅:门外站个戴口罩的。细听,再没别的动静。金占全放下心,问:"谁呀?"

"是我。"门外声音柔柔,像是女孩。

"你是谁?"听着耳生,金占全起了疑心。

"我……"声音没了,停顿片刻,"我……我是许柔柔。"

　　金占全又惊又喜，赶紧开门让进屋，结结巴巴地问："你……怎么会是你……你怎么来了？"许柔柔粉脸窘得像红布，眼眶噙泪，亮晶晶眼珠像蒙层雾，手指捻着衣角，低头不说话。金占全看得心疼，问："刘四虎又欺负你啦？"许柔柔摇摇头。"学校还有谁跟你过不去？"许柔柔又摇头，还是不说话，却越哭越伤心。金占全纳闷："没人招没人惹，好好的，你哭个啥劲？"这话把许柔柔问住了：是呀，到底为啥哭？自己也说不清。刘家三兄弟被放翻，许柔柔随之暴得大名——黑白两道都传她是金占全的"婆子"。同学们敬鬼神而远之；大小闲人见了一个个点头哈腰肃然起敬。风声越传越远，直至刮进舅舅耳里……

　　舅舅姓何，职务列车餐车主任，官小油水大，吃得红光满面，双下巴臃至胸前。大家当面尊称何主任，背后都叫"大饭盒"。诨号出自舅舅出乘必带的饭盒。这饭盒不是那饭盒，大得惊人，体积赶上城墙砖，说饭盒实在委屈了它，叫铝箱才名副其实。许柔柔初见时就被镇住：盒盖打开，先跳出一只油光光熏鸡，接着下出十几个咸鸭蛋，拽出长长一串香肠后，盒底还躺着一块酱牛肉，硕大卤猪耳朵和一副卤大肠盘踞当中，四周空隙被麻辣肚条填得严严实实。许柔柔对舅舅大饭盒敬畏有加，仿佛神话里的聚宝盆，里面好东西海了，再也吃不完！舅舅笑眯眯叮嘱外甥女：在家只管吃，可不敢给外人说。舅舅爱喝点小酒。出车回来，总要把餐车伙计们叫家抿两盅。天热了屋里坐不住，小饭桌支在门外，下酒菜盘子摞盘子，酒也是从餐车踅摸来的。吆五喝六，一个个喝得醉醺醺、走路东倒西歪。风声刮进段里，黑板报出现一幅漫画：几个穿着铁路生活段白色工作服的胖厨师醉卧饭桌底下，桌上是个箱子大饭盒，各色菜肴具全，地上倒着半打空酒瓶，一条狗伸着长舌头，吧唧吧唧正在舔满地呕吐物，另有两只醉狗躺在地上四蹄朝天打呼噜。旁边写着八个大字："醉倒卧地，喝死去球！"来往人看了都笑。党员生活会上让何同志说清楚。餐车主任笑嘻嘻解释："我老何一不偷二不抢三不赌四不乱搞，大毛病没有！要说小毛病是有点，爱吃点喝点。不过话说回来了，吃是吃自己的，喝也是喝自己的。餐车烟熏火燎温度高，哪来的胃口？就算从餐车上捎回点吃的，也是伙计们从自个伙食标准抠下的，这叫狗咬鸡巴自吃自。身体是革命本钱。车上亏了车下补。说到底，吃点喝点还是为了革命工作。"同志们听了都笑。领导却绷起脸："老何，让你做检查，你倒越说越有理。你那叫吃点喝点？就差把餐车搬你家！你吃你自己的？你吃的都是旅客的！从下趟起，大饭盒再上车，你就下车。谁上谁下，自己看着办！"

　　大饭盒不带了，何主任带气上车。第一顿清汤挂面；第二顿捞挂面；第三顿糊涂挂面；第四顿缺油少酱凉拌挂面。车班人一个个吃得叫苦连天："何主任，挂面吃得直吐酸水，胃实在受不了。你老人家也心疼心疼俺们。"厨子冷笑道："让我心疼你们，那谁心疼我？变着花样伺候你们还不落好。只见厨子吃，不见厨子遭罪，跑段上打我小报告，姓何的现在里外不是人。既然不把我当人，休怪我恶人做到底——以后顿顿下挂面。嫌不好，自个从家带饭。我懒得伺候！"闹清顿顿吃挂面缘由，告黑状的和没告状的一起义愤填膺，大骂是哪个混账王八蛋跑到领导面前乱嚼舌头，将喂不熟的白眼狼祖宗八代用嘴问候一遍,都表态:"管天管地,管不住厨子多吃。厨子多吃,天经地义。"女列车员早摸清何主任的脉,围住撒娇,白嫩手轮番在厨子肥厚肩膀上揉来搓去。灌足顺气汤,厨子脸色阴转晴,晚餐亲自掌勺。满桌菜肴色香味俱全,瞅着先流口水。车班人边狼吞虎咽边感叹:"这回领教了何主任的厉害,以后得罪亲爹也不敢得罪餐车做饭的!"大饭盒摆平一车人,成了雷打不动的列车至尊。

何主任牛逼烘烘事出有因。老家是天下闻名的"厨师之乡",何厨师仗着祖传手艺,曾在全路餐车厨师大比武中夺魁。有次出乘,离终点还有最后一站,部领导上车,听说名厨值乘指名领教。车长过来传达,何主任听了为难:能吃的都没了,车快到站,现买也来不及。副部长听得扫兴,说饿倒不饿,只是久慕何师傅名气,有碗汤也好,没想这么不巧。何厨师情急之下,将餐车垃圾筐倒出,翻出一截肉皮和苤蓝根,又从柜里找出最后一个鸡蛋。苤蓝根取心切细;蛋白切薄如纸;肉皮过油煎黄煮开撇去浮沫充高汤,将备好料下锅滚起,点白醋加胡椒,香气扑鼻的"一金二银汤"出锅。酸辣香糯脆滑爽,副部长胃口大开,一碗汤喝得点滴不剩。喝罢又有些疑惑:"一金二银"到底是什么东西?厨子生平第一次见大官,难免诚惶诚恐,请领导吃垃圾更是心里有鬼,被询问得战战兢兢,见瞒不过,除了垃圾筐那节,其余从实交代。谁知副部长非但不生气,反而赞不绝口,说用好材料做出好菜不稀奇,"化腐朽为神奇"才是真本事。何师傅不愧是餐车状元!

得知外甥女被道上老大"罩"着,舅舅又急又气。这可怎么办?去找金占全,叫他以后离柔柔远点,何主任自认爹娘没给咱生这个胆。家事还得在家解决。怎么谈呢?外甥女不比女儿,说话可以直来直去,再说姑娘大了,有些事舅舅还得绕着说。外甥女爱看书,舅舅早先也是文学青年,这倒是两代人谈话切入点。段里黑板报过去不时有舅舅大作,多是"时代列车排山倒海,看帝修反谁敢阻拦……""身在餐车,放眼世界,拿起炒勺作刀枪……"之类,革命有余,文学不足。引以为傲的是那年"五一"工人作品征文,舅舅终于在晚报副刊发了篇豆腐干大诗篇,自写的只留下两句,其余都被责编篡改。千改万改,署名没改。舅舅剪下贴在笔记本里,作为传家宝,不时拿出教育下一代。舅舅翻出笔记本,找出对症名言警句温习几遍。热罢身,舅舅舅妈对咳一声开始会审。舅舅看着外甥女,意味深长地说:人生的道路虽然漫长,紧要处往往只有几步,特别当人年轻的时候。舅妈说:对对对,年轻人走的路少,十字路口容易走岔,一岔就岔到一边去,再往正道上走就费劲了。舅舅宽容大度表示:年轻人犯错误,上帝都会原谅。舅妈随即接上:可不是吗!不犯错误就不叫年轻人。糟老头倒是不犯错误,可离咽气也不远了。舅舅声音陡然严厉起来:女人更应该自尊自重自强,从小就要爱惜名誉!舅妈脑袋点得像鸡啄米:说得好!女孩名誉最要紧,名誉坏了啥都完了,嫁人都没人要。勉强找个男人,一辈子也得受婆家气。杨青青就是反面典型!

许柔柔听出话里有话,问:"舅舅、舅妈,我哪做得不对?你们指出来,我马上改。"

舅舅、舅妈互相看看。舅舅痛心疾首地说:恶语伤人六月寒。现在外面对咱家有些流言蜚语,赛过文豪鲁迅说的软刀子杀人。舅妈皱着眉接上话:那些话可难听了,我

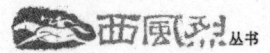

都不好意思说。舅舅立刻表示:脚正不怕鞋歪,谣言止于智者。我反正是不信的。舅妈随即附和:对对,你舅舅不信,我不信,我们全家都不信。舅舅深谋远虑地说:三人成虎、众口铄金。该辟谣时还得辟。舅妈弥缝:就是的。谁再敢胡说乱放屁,照狗日的嘴上扇!看外甥女一脸茫然,舅舅顾不得谈话艺术,索性把话挑明:"你认识一个叫金占全的吗?"外甥女一听,话未出口脸先红了。舅舅看在眼里越发信以为真,追问:"你和他是什么关系?"外甥女委屈地说:"我和他连话都没说过,能有什么关系?"舅舅以为外甥女抵赖,再不讲策略,气急败坏地骂道:"你和他没关系?那就怪了,一不沾亲二不带故,金占全凭什么为你打架?还差点闹出人命!金占全什么东西?那是革命街出名的大闲人!大流氓!大混混!早晚得抓进去!好人见了躲都躲不及。你倒好,居然和他混在一起!你和他什么时候搭上的?现在关系到了什么程度?年轻轻不学好,万一出了事,我怎么向你妈交代?!"男女之事如何说得清?越解释越糊涂。许柔柔满腹冤屈"呜呜"地哭。审了半天,舅舅仍不得要领,看着外甥女红肿的双眼又有些心疼,最后叹口气:"下学期回你妈那儿吧,舅舅再不敢留你。走前只有一条:好鞋不踩臭狗屎,你上学绕道走,离那个坏蛋远远的。"

　　半月不到,风向转过,好鞋求着去踩臭狗屎。事情缘自强邻盖房越界,闹至鼠牙雀角。舅舅被一铁锹拍翻,满头是血,送医院剃了个光葫芦,纱布缠了一道又一道,活像电影里伤兵。片警来了,看着大杂院里纵横交错乱搭乱建的房子直摇头:都是违章建筑,官司没法断,各打五十大板了事。告状告不赢,打架缺帮手。餐车几个伙计喝酒都在,出事一个不来。上了列车,车长是老大,我是老二,谁敢不买账?副部长都认我这两把刷子,现在却被打成这样,还没个地方说理。白道解决不了,就找黑道。想想骂金占全那些话,自己都不好意思向外甥女开口。看着邻家墙一层层往上砌,舅舅再也躺不住,觍着脸说:"有时候退一步是必要的,现在退一步是为了将来进两步。"看外甥女不明白,舅舅又进一步,"国共十年内战,日本鬼子打进来,还不是一夜间就联合起来一致对外?"外甥女还不开窍,一旁舅妈索性挑明:"你舅舅的意思是让你去找金占全。"外甥女不解地说:"找他干什么?我又不认识他。"舅妈拉下脸,冷冷地说:"既然在外担了虚名,金占全就得管!非亲非故他都帮着收尸,何况有你这层关系。你舅舅就是他舅舅,总不能看着舅舅让人白打了。养兵千日,用兵一时。这会儿再不出头,要外甥女有个屁用!"舅舅脸扭一边,专心研究墙上斑驳,像压根儿没听见老婆说什么……

　　闹清许柔柔为何深夜来访,金占全老大不高兴:"要不是你舅舅挨揍,你们全家不会拿正眼看我。打不过人家来寻我,我算你家什么人?又不是你家雇的保镖!和大饭盒争地界的那家姓严,三个儿子人高马大,都在街面挂了号。严家兄弟见了自己倒还服帖,忙不迭地敬烟,金哥长金哥短套近乎。金占全虽能打,却不愿师出无名,何况是抬头不见低头见的熟人。"见金占全沉着脸坐那儿不吭气,许柔柔不得要领,走也不是坐也不是,尴尬间又流开眼泪。男的瞅在眼里,叹口气:"你这是给我出难题!唉,没办法,有什么办法?你是我命中冤家。我上辈子大概是欠你的。回去告诉你舅:我明天过去说和。严家听劝最好,不听,我也没辙,动手就免了。"

第二天，金占全像往常一样起早练功。练罢，来到街上一家牛羊肉泡馍馆。开票的见是金占全，箩筐里挑来拣去，像往常一样递过五个两面烙成蟹背菊花黄的饦饦馍。金占全伸出蒲扇般巴掌，来回一翻："再加十个！"开票的惊呼："三斤死面馍，胃装得下吗？！一顿吃五个就算好饭量，吃十五个的我从没见过。"金占全笑道："等会就让你开眼。今天要出力，吃饱了好干活。"说完，取过三个小盆似老碗，拣张干净桌子坐下，细细将饦饦掰成上下带皮、蜂头大小碎粒，顺窗递进。三老碗堆尖只有一块饭牌，切肉师傅一惊，伸头看是哪位大肚汉。见是金占全，满脸堆下笑："金师来了。肥瘦？"

"肥瘦都要！"

"干刨？单走？口汤？水围城？口轻口重？"

"汤宽了好，就要水围城。口重些。"

"知道咧！"师傅不敢怠慢，拣肥瘦相间花糕似牛肉，切下两指宽巴掌大两片，抓把雪白粉丝，放上黄花木耳蒜苗节，待煮的馍堆成小山，这三碗却不排队，直接进瓢。下了汤，瓢底顿时蹿出尺多长火舌，煮馍师傅左手将馍上下颠，让馍汤浸匀了，右手用炒勺将盐和各种调料飞入瓢中，前搅后拌，最后加入骨髓汤和味精，动作一气呵成，伴着炒勺敲打铁瓢叮当声。片刻工夫，堆得小山似的煮馍端上桌，三个径足一尺、深四寸的老碗还盛不下，又另盛半碗。掌勺的出来殷勤地问："金师，口味哪儿不合适你只管言传。"金占全点点头，递上支烟。掌勺的双手接过，满脸笑容："金师，你慢用，慢用。"笑眯眯回灶间。食客将泼了香油的辣子酱拨进碗搅匀，就着糖蒜，连香带烫，风卷残云般扫荡得一干二净，吃毕，喝碗淡汤，里面又送上一壶新泡酽茶。金占全用罢直起身，长长打个饱嗝，响亮得仿佛战场冲锋号，这才大摇大摆出门。同桌看得直吐舌头，惊问："这家伙是谁？咋恁能吃？！一老碗连汤带馍能盛五斤，他一顿吃了三碗半，能装大半桶！"一旁老者冷笑道："他就是革命街赫赫有名的金占全！跺跺脚，一街地皮乱颤！不能吃怎么行？过去是能吃才能干，现在是能吃才能打！"

来到老严家门口，金占全扯开嗓子："快跑！墙倒了！"听见打雷般吼声，严家兄弟吓一跳，不知出了什么事，赶紧走出。一见是金占全，老二脸上挤出笑："金哥，什么风把你吹来了？"金哥不回答，仰脸背手看匠人盖房。墙已砌至二层，金占全皱着眉："从哪请的二把刀？这房怎么盖的？！"老大、老三凑过来："金哥说笑话了。来的都是市建公司老师傅，最低也是五级工，盖咱这房是张飞吃豆芽——小菜一碟。"金占全讥笑："兄弟仨啥眼神？全该配眼镜。看见没有？南墙歪了！一会儿上楼板非倒不可。赶紧把墙扒了重砌。"严家兄弟一听都慌了，仨脑袋似仨南瓜摞在一起，扒住墙角竞相瞄，瞄来瞄去，南墙还是直的。严老大以为金占全闲着没事寻开心，心里来气，脸上强笑："金哥，我这忙着，顾不上招呼你。有事你先忙去，我就不留你了。封顶那天，再请你来家喝酒。"金占全一听黑下脸："好言好语劝不醒蠢牛愚马。我说是歪的，你们偏不信。咱们看看谁说得对！"说完后退两步，暗中提气，将千斤力气全攒在右膀，一个前冲，结结实实撞上南墙！刚砌的墙，砖缝灰浆还未干透，不甚结实，哪经得住牯牛般撞击。"咕咚"一声闷响，地皮跟着发颤——一堵墙平平倒下！匠人们吓坏了，纷纷从脚手架上往下跳,乱嚷嚷:"好好的墙,又没地震,咋说倒就倒?!"金占全越发来了精神,掸去头上灰土,大声说:"那三堵墙也歪了。你们信不信?不信,让我再试试!"拉开架势又要朝墙上撞!严家兄弟看傻了眼,这才明白:金占全不是来烧香,是来拆庙的!当下都慌了,搂胳膊的搂胳膊,抱腰的抱腰,苦苦哀求:"金哥,我们信,我们都信!求求你,再不敢往墙上撞。"老大首先灵醒过来,想到恶煞上门必有缘故,赶紧搬把椅子扶着金占全坐下,恭恭敬敬地问:"金哥,我们兄弟都不大懂事,不知哪件事办得不合适?劳你指出,我们马上改。"

金占全冷笑道:"我这人不办事,说话谁会听?"

三兄弟忙不迭地奉承:"金哥金口玉言,道北谁敢不听?!"

"你们说的是真话还是假话?"

"真话,当然是真话!我们都听金哥的,金哥怎么说我们怎么办。"三颗脑袋点得像捣蒜。

"你们愿听真话,我就实说。"金占全问,"知道墙为什么会倒?"三人你看我我看你,都不敢吱声。"自家墙根扎在别人地界,能不倒吗?"兄弟仨恍然大悟:原来是冲界墙来的!严老大嗫嚅着问:"金哥,你,你的意思是?"金占全站起径直朝外走:"别问我。我什么意思都没有!房子怎么盖合适怎么盖。大主意你们兄弟自个儿拿,我什么都没说。"

金老大这趟来得蹊跷。严家兄弟越琢磨越不对劲,盖房暂停,分头四处探风。不问不知道,一问吓一跳:姓何的今非昔比,现有恶煞"外甥女婿"关照!面对断裂在地的整堵砖墙,兄弟仨越看越怕。

当晚,严家兄弟提上水果糕点上何家赔礼。老大一脸沉痛:"何叔,那天的事都怪我们。回去我把老二、老三好一顿骂!何叔是长辈,两家有事说事,怎么能动手?!更不能拿铁锨照何叔头上拍。真是一对浑球儿!他俩事后也是后悔得不行,骂自己昏了头,说打谁也不能打何叔。这两天吃不下睡不着,想来道歉,又怕你不让进门。我说不会!何叔是什么人?何叔是离地三尺脚踩大轮见过大世面的人,常年走南闯北,什么事没经过?大人大量,肚里行得船,腹中跑得马,怎么会跟你俩小辈一般见识?"

老二接话:"老话说'千金买好房,万金买好邻'。能和何叔当邻居,是俺严家福气。我们身在福中不知福,还把福气拿脚踢,真昏了头!何叔,你大人不记小人过,千万别往心里去。"

老三觍着脸过来:"自古不打不相识。咱两家越打越亲,打成一家人。以后有什么事,何叔你只管吩咐。"

舅舅头缠绷带躺在床上,眼睛望着顶棚,牛逼烘烘谁也不搭理,看对方低声下气一个劲回话,气消了许多,最后撂了句:"打就打了,我倒没什么,只怪咱没本事,谁想欺负就欺负。可有人看不下去,死活不答应,非要出头!我也不想多事,可怎么拉也拉不住!"兄弟仨听得心里越发没底。老大眼珠子一转,转身大骂老二:"你眼瞎了?找的什么狗屁匠人?! 线都放不准,惹何叔生这么大气。明天一早拆了南墙,让够二尺!"

捞足面子,挽回损失,外甥女地位空前提高,舅舅再不提让回去的话,舅妈也客气许多。严家南墙重砌当晚,金家门又敲响。男女再见面,有了笑脸,少了生分。亲睹撼天动地俩膀子,金占全形象在许柔柔心目中陡然高大许多:金刚般大汉身后立着,谁敢欺负自己?! 金占全要是我亲哥哥该多好,可惜他不是。想起性骚扰者被踢得满地找牙,许柔柔第一次感到:被老大"罩"着,不纯粹是件坏事。小饭桌上堆着各种各样好吃的,许柔柔还继续从大饭盒朝外掏。金占全闷声闷气地说:"你拿这么些东西干啥? 我又不缺吃的。"

"那你缺什么? 给我说,回去告诉舅舅买了给你送来。"

"我啥都不缺,你就别操心了。"

"我舅舅请你来家喝酒。他炒菜手艺特棒,比街上馆子都强。"

金占全还是摇头。许柔柔不解:"那你想要什么? 我舅舅说了,一定要好好谢你!"金占全不说话,只是一个劲盯着对方,灯下看美人,越看越美,直看得心旌摇荡。许柔柔被看得不好意思,红着脸,低下头。金占全一咬牙:"我倒是想要,只怕你舅舅不给!"

许柔柔天真地说:"你说吧,我舅舅这人挺大方,只要他有肯定会给。"

"你舅舅肯给,你父母也不会答应。"

女孩越发迷惑:"你到底想要什么?"

"世上我什么都不稀罕,只想要你!"

仿佛遭电击! 许柔柔心房嗵嗵乱跳,里面像藏了兔子。长到18岁,第一次听异性这么对自己说话。看着男人充血眼睛,女孩突然有些害怕,后悔不该来。金占全拦住去路,一手按门,一手扶着许柔柔右肩,俯下身子问:"你以后还会来吗?"浓烈雄性气息扑面而来。许柔柔紧张得直哆嗦,头也不敢抬,只是一个劲摇头。金占全大失所望:用完我你就不来了,我岂不成了傻鸟? 知道你长得招人心疼,再心疼也不能拿我涮着玩。想发火又不忍心。眼前白里透红脸蛋好似盛开桃花,越看越招人爱! 金占全忍不住在上面不轻不重咬了口。"哎哟"声激起年轻汉子欲火,拦腰将女的轻轻抱起。许柔柔两脚乱蹬拼命挣扎,一只鞋也踢掉了。金占全将许柔柔扔上床,初夏衣裳单薄,几下就将上身剥个精光,两座雪峰袒露,上面樱桃般两点,身体散发着淡淡香气,为冰清玉洁女儿所特有。金占全欲火焚身,按捺不住,手忙脚乱脱裤子,黑糊糊毛茸茸长柄蘑菇般话儿暴露无遗。许柔柔又羞又怕又气又急,虽从未见过此物,肯定不是什么好东西。今夜怕是在劫难逃! 手无意间触到枕下利斧,女中学生想都未想,操起劈头砍去! 金占全猝不及防,哼了声两手抱头跌坐在地,鲜血顺着指缝汩汩流下! 许柔柔手一松,斧头掉地,把人砍死可怎么办?! 越想越怕,由不得哭出声。停了一会,金占全扶墙摇摇晃晃站起,满头满脸血,形象狰狞! 许柔柔吓坏了,扯过床单蒙住身子,靠墙角哆嗦着蜷成一团。金占全夺过床单擦去脸上血,将衣服扔在半裸少女身上,笑着说:"漂亮女人我见多了,却只喜欢你一个,做梦都想让你给我当媳妇! 我知道你和你舅舅打心

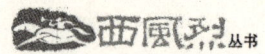

里看不起我。不愿意就明说,犯不着拿斧头把我往死里砍!也就是你,放别人身上,今天能竖着出门,我金字倒着写!"摆摆手,懊丧地说,"男欢女爱怎么弄得像强奸?你是贞洁烈女,我不是霸王硬上弓的花犯。何况是你自己找上门?高高兴兴的事非弄到见血。没意思,真他妈没意思透了!你快走,走得越远越好,这辈子别再让我看见你!"

【人在江湖飘怎能不挨刀】

求爱未遂遭劈,利斧在手不知砍谁。正郁闷着,见孬子、孬蛋和二孬匆匆走来,一脸气急败坏,金占全戏谑:"咋?把钱包丢了?谁捡了不还咱?"二孬哭丧着脸回答:"军帽被人抢了!还骂我是冒牌驴,混充军干子弟。我不给,他们就抽我两耳光!"那会街上流行戴军帽,自己有的,摺出四个边,有棱有角戴在脑袋上;自己没有,看别人头上有,眼睛直冒火,不由得打起歪主意。为抢军帽,街上没少打架。金占全火了:"谁抢的?!在哪抢的?!你仨一对半吃货,就会在家门口捣蛋,耗子扛枪——窝里横。"

"在东天桥撞上,像是城里的。他们人多,一共九个。"

金占全越发焦躁:"狗日的吃了豹子胆,道北人都敢欺负!今天要是放过这帮浑小子,以后还不得骑在咱爷们头上拉屎。跟我追!"就手操起邻家门口和煤的半截锨。金哥平时不耐烦管这些破事,今天怎么主动出头?仨小子受宠若惊顿时有胆,赶紧四下寻家伙,狐假虎威跟在后面。九个坏小子还在天桥守株待兔,做梦也想不到手下败将敢杀回马枪。见恶煞举着半截锨冲来,一个个魂飞天外,慌不迭地扭头往回跑。越急越怕,越怕越慌,最后一个冲下台阶时,一脚踏空,盛粮麻袋般骨碌碌滚下去。未等倒霉蛋爬起,半截锨已和脸狂吻。后面仨一拥而上,板砖棍子齐武,倒霉蛋抱头蜷地声息全无。其余八个顾不得同伴,瞬间逃得无影无踪。敲响得胜鼓,凯旋把家还。仨人奉承着老大,说说笑笑往回走。走出不远,孬子像想起什么:"金哥,劳驾你在这稍候,俺仨回去把那身军装扒了!"

"要那破玩意干啥?"

"金哥,不怕你笑话,我长这么大还不知穿军装什么滋味!光看别人穿在身上怪美气。那件虽说旧点,却是正宗将校呢,身上一穿,绝对是蝎子尾巴——毒(独)一份,镇了革命街!"

"血糊糊的咋穿?你也不嫌脏?"

"有血不怕,拿回去用凉水拔一晚,打上肥皂闷透,洗过还是干干净净。就是不敢先见热水,热水一烫,血迹再洗不掉。"

孬蛋在旁插言:"孬子说得对。呢子军装上身比光戴军帽强多了,再操口醋熘普

通话，冒充高干子弟不走样。俺仨轮流穿，看谁先把马路上小妞哄到手。"

二孬调侃："上推八辈，这二位祖上也没出过当官的。孬蛋他爹靠送礼，好容易在架子车厂当了辐条班班长。孬子的爹更惨，临退休还跑官，挂面厂领导不忍，赏了个工会小组长官衔，说是追悼会上念起也好听些——大小是个干部。金哥，好歹让这俩装装将校呢，过过官瘾。"

金占全被逗乐了："瞧仨孬玩意那点出息！快去快回。我可不耐烦久等。"一支烟未抽完，脑后传来喊杀声，金占全扭头一看——三个孬人慌慌张张跑在前面，脸吓得煞白；二三十个身穿军装的精壮小伙手持棍棒紧追在后。"金哥！救命呀！"像遇上救星，三个家伙带着哭声齐声大叫。有人喊："这家伙是领头的，建军就是他拿锨砍倒的！"祸水被引开，三个孬人慌不迭地拐进旁边巷子溜了。

前堵后追无路可逃。金占全一头扎进路边围墙豁口，跑出十几步，不禁暗暗叫苦：这是建筑工地，四周篱笆紧扎，无处可逃。独狼掉入陷阱，追兵铁桶般围住。困兽犹斗，金占全抽出腰间黄铜扣武装带，抡得风雨不透，闪展腾挪，仿佛翻天鹞子！追杀的近不了身，为首的被铜扣砸断鼻梁，鲜血喷出多远！喊杀声中，又赶来一路生力军，举着明晃晃马刀，领头是个红脸胖子，大喊："抓住黑大个，剁了他的手！"旁人尚能对付，就是红脸胖子难缠。这家伙一看就是行家，出手快狠准，一杆木枪使得神出鬼没，雨点般戳将来。躲过断魂枪，撞见追命刀。金占全正忙于招架，脑后"呼"有风袭来！被袭者说声不好，侧身一闪，脑袋保住，左耳却被钢刀削掉半截，血顿时糊了半个肩！见不是路，金占全猛吼一声，武装带佯左实右，乘对方躲闪，撞开包围撒腿向后边楼跑去。追兵像一群撵狼的猎狗穷追不舍。

大楼刚封顶，楼道一片狼藉，追至三楼楼梯口，冲在前头的攮上挥刀就砍！金占全让过，转身一个后摆腿结结实实踢在拿刀的腮帮子上，对方应声而倒！另一个小子猛扑过来抱住腰，金占全奋神威，大吼一声，提起从肩膀上扔了出去，捎带把后面砸倒一对，三人骨碌着顺着楼梯台阶朝下滚。连着放翻几个，反而更激起追兵斗志，一个个杀红了眼，"嗷嗷"叫着往上冲，仿佛敢死队队员！对手凶悍令久经阵仗的金占全也感到吃惊。奔至七楼顶层，再无路可逃，金占全听见自己心脏"咚咚"乱跳，冷汗顺着宽脊背淌下。架打了无数次，像今天如此险恶的还是第一次遇到，对方看来非要置老子于死地！"人在江湖飘，怎能不挨刀。"只是没想到这刀来得这么快！今天不是鱼死，就是网破，不放他半盆血，休想囫囵出去！骤然瞥见东头房门半开，地上撂着用剩的半袋水泥，旁边是根尺多长拇指粗钢筋。金占全抓把灰糊了伤口。追兵冲上顶楼，挨屋搜寻。刚进最后一间，金占全从门后闪出，提起水泥袋，播糠眯目劈头盖脸一气乱抡！粉尘铺天盖地，前面几个猝不及防，眯了双目，捂住眼睛"哎呀"乱叫。"擒贼先擒王。"恶煞杀心陡起！一个箭步上前，对准红脸胖子微凸小腹，"扑哧"将钢筋捅进一气猛搅！"嗷"的一声长长怪叫，号声已非人叫，倒似受了致命伤的野兽。金占全仍不罢手，拔出二次捅进！红脸胖子握住露在腹外的钢筋，身子半蹲，脚下疯狂地打旋，从屋里旋到门外，又从屋外旋到长长走廊，仿佛失控机器，又似疯狂陀螺。头领两眼翻白龇牙咧

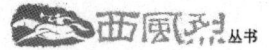

嘴的惨相把在场的全吓傻了！以致敌人从屋里冲出时，一个个眼睁睁地看着，却没谁敢上去阻挡……

第二天，对方派人喊话：要么行凶黑大个负荆请罪任凭发落；要么荡平勇斗巷玉石俱焚。金占全冷笑道："老子手正痒痒呢。不怕死你们就来吧！"两下约定明天下午六点决一死战，地点还在东天桥。消息风一般刮过街道、新村、工房、家属院……金占全一呼百诺，道北攘臂相从，黑压压赛过盖顶乌云。牛三也来了，扛根碗口粗木杠。派出的探子带回最新军情：对方已兵至桥上，有三百多号。决战时辰已到，老大一挥手走在最前，后面紧随汹涌人流。

两军桥上一照面，各自压住阵脚打量起对手。南端的看着北边的由不得齿冷：一个个面色黧黑，满脸粉刺疙瘩，头发像乱草，龇着不黄不白的牙，头型前奔楼后马勺，长相歪瓜裂枣，不知是缺钙，还是营养不足，个头比对手低了许多。破衣烂衫补丁摞补丁，透着穷家小户寒酸。手里武器五花八门，拿锨提棍掂菜刀，操尖嘴钳螺丝刀链子锁，还有握弹弓管叉半截砖。说杂牌军太抬举他们，游击队也不配，倒像灾荒年流寇。跟这帮乌合之众交手真掉价！北岸瞅着南边自惭形秽：个个身材挺拔似玉树临风，人人脸上血色充盈，皮肤白润光洁，堪称英俊青年。穿着讲究：高腰军用黑皮鞋，一水洗得发白旧军装，不是时下流行国防绿，昭示血统高贵。"兵家儿早识刀枪。"清一色马刀、指挥刀和木枪，正正之旗，堂堂之阵，紫电青霜，映人眼目，俨然是支武器精良训练有素的正规军。为首的趾高气扬，身着人字呢黄军装，脚蹬松紧口式半高腰牛皮鞋，不时吩咐什么，仿佛恶战前夕排兵布阵指挥若定的将军。穷小子自惭形秽又不服气：奶奶的，小白脸牛逼什么?！不就仗着有个好爹吗。看着对方装束眼馋，又动起歪脑筋：该出手时就出手！等会逮住小白脸下手要快，不能白来一趟。也不知皮鞋合不合脚。管他呢，白吃枣不嫌核大，穿上自家脚再说。

金占全看得心头火起，大骂："死到临头还他妈耀武扬威，看老子怎么收拾你们这帮兔崽子！"脱去夹袄，光着膀子，钢浇铁铸般腱子肉块块凸起，操起手臂粗铁棒，霹雳一声吼："道北老少爷们，有种的跟我上！"头缠绷带的金占全一马当先，东天桥上立刻响起惊天动地的喊杀声！南岸严阵以待岿然不动。随着洪流迫近，坚固大堤终于出现第一条裂缝，前列一个小白脸神经再也绷不住，扔掉手中家伙就往回跑。战线瞬间土崩瓦解，小白脸弃甲曳兵，一个比一个跑得快，只恨爹娘少生了两条腿。几个将校呢大声咒骂，拼命想阻止部下逃窜。待看到对方主将手中铁棒劈头盖脸砸来，顿时魂飞天外，以最快速度加入逃亡队伍。兵败如山倒。衣甲鲜明的正规军被排山倒海破衣烂衫的土寇撵得抱头鼠窜、辙乱旗靡、武器扔了一地。喊杀声里，恍惚又回到三百年前，眼前是浩浩荡荡的流民队伍。落在后面的十多个倒霉蛋瞬间被人潮淹没，眼尖手快的抢先抹去手表，随后的扒衣服的扒衣服，摘帽的摘帽，脱鞋的脱鞋，连扯带拽，身上东西被抢一空，连尼龙袜子也没留下。小白脸摇摇晃晃重新站起，身上被剥得只剩下遮羞裤衩，像是大群秃鹫落在猎物身上，很快只剩下一堆白骨……分赃不均，俩小子翻了脸，起因是你抢了左鞋，我扒了右鞋。左鞋凑过来觍着脸对右鞋说："兄弟，哥哥跟你商量

个事:少一只反正你也穿不成,干脆让给我算了。"

右鞋眼一瞪:"想得美!你咋不让给我?!我脚上鞋早烂了,就等这回换呢。"说完一抬脚,鞋面果然窟窿挨窟窿。左鞋仗着个子大,一把夺过,骂道:"小鸡巴孩给脸不要脸!欠收拾!"

"日你娘!还我牛皮鞋!"右鞋舍命不舍鞋,猛扑过去,两人随即滚打一起。打着打着,各自街道的弟兄卷进,混战成一团。眼亮的捡起斗殴时跌落在地的皮鞋掖入怀中,乘无人注意,悄悄溜了……战利品面前,同盟军土崩瓦解,外战顷刻演变为内讧。两边越打越凶,直到统帅跑过挨个猛踢屁股,才镇压下一场狗咬狗……

　　金占全把天捅了俩窟窿!跟恶煞过招的那帮小子是驻军大院的,骄且横,好勇斗狠特抱团,部队换防到哪打到哪,难怪敢跟革命街人叫板。也该他们倒霉,撞上克星遭了毒手,生平第一次吃了大亏。被放翻的俩小子一门节钺,来头大得吓人!午夜时分,凶手住处被缇骑围了个水泄不通……

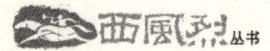

第三章

金白望

【赖孩】

金进财从小就是远近闻名的无赖。

邻居老钱头睡在竹躺椅上,小凉风吹来通体舒泰,吸着烟美滋滋地说:"饭后一支烟,赛过活神仙。"正舒坦着,金进财从家里出来,端起老钱头刚泡好的茉莉花茶一饮而尽,喝完抹抹嘴,接上话茬——"饭后一杯茶,我是神仙他大(方言:爹)。"老钱头腾地蹦起,气得脸上肉直哆嗦:"我年纪比你爹还大,你是谁他大?!真是个赖孩!"金师傅听见骂着追出。金进财小受大走,早窜得没了影。同院乘凉大人都笑,都说金家老八真赖!"赖孩"诨号从此叫开。

仿佛雨后树林长出的蘑菇,西京城一夜间冒出无数小高炉。烈焰飞腾,人人虚火上升,到处是"大炼钢铁,超英赶美""向共产主义天堂进军"之类标语,高音喇叭不时传出激动人心喜讯:XX单位今天炼出多少钢,插上红旗;某某地方小高炉投产,拔掉白旗。勇斗巷小高炉点火,十几条汉子分成四组,正送逆抽,合力拉拽大风箱鼓风。仿效首长剪彩,第一簸箕废铁须一把手加料。居委会领导王大娘当仁不让,踩着梯子颤颤巍巍朝上爬,腿短胳臂粗,屁股赛磨盘,动作笨得像狗熊。众人都捂嘴偷着乐。废铁倒下,烟火"噗"地腾上,主任猝不及防,喷个满脸花,惨叫一声从高处栽下,像整麻袋粮食砸在地上,多亏膘厚无大碍。周围笑得打跌!大风箱不歇气拉了半宿,填进小高炉里的几十口破锅变成稀软一团,就是化不成铁水。请冶炼厂老卡来指导,说是缺焦炭少风机火力欠足,再炼也就这样。老卡笑谑:"多亏温度低,要不小高炉烧化铁水四溢,想跑都跑不了!你们爱抹雪花膏,到时非炼成几截香炭。"老娘们听了吓得脸都白了。熄了火,钩上几大块布满炭渣铁蜂窝,脆得赛麻花,掉地就碎。周围人都傻了眼。还是领导办法多,讨来臭皮胶化开灌上,怕不结实,又用铁丝缠几道,小心翼翼抬到八仙桌上,祖宗牌位般供着。观察一阵,铁疙瘩仍旧未散架,大家方松口气。炼出钢是大喜事,有粉要抹在脸上。居委会招来鼓号队;几十个老娘们腰间束上大红被面,抹了红脸蛋,组成秧歌队;请书法家写"热烈欢呼革命街勇斗巷居委会小高炉胜利出钢"横幅标语。报喜路上,前面鼓号齐鸣,后头扭着秧歌,当中是辆三轮车,车上支张方桌,桌上铺着红布,居委会主任披红挂彩坐在上面,精神焕发、满面红光,双手搂定披红绸的铁疙瘩;七八条壮汉光膀子拉开架势,威风凛凛侍卫两旁。看见的都说勇斗巷人不像报喜,倒似公鸡上场斗架。

　　上街道办事处报喜的还有几家单位,都没勇斗巷动静闹得大。院里牛粪般摊一地的都是刚送来的"钢",上面插着牌子,写着重量和单位名称。一过磅,勇斗巷以186.4斤拔得头筹。大家都很兴奋,说家里的锅总算没白砸。又问炼出的钢送哪?干啥用?街道办鲁主任说:"都送福建前线,造炮弹轰金门。"报喜的恍然大悟:万炮轰金门,一门炮每天打一发,就得一万发炮弹,这得要多少钢?可不敢自满,回去还得加紧炼!鲁主任夸奖:"勇斗巷炼的钢能造颗特大号炮弹,一炮打过去,保不定就要了金门蒋匪军司令小命。"别的居委会听得不乐意,说勇斗巷炮弹厉害,我们炮弹也不吃素,为啥光表扬一家?鲁主任安慰:"勇斗巷大号炮弹专炸匪司令;上游巷2号炮弹瞄准敌军长;铁路工房3号炮弹落在伪师长头上;联志新村炮弹最小,打,打……"鲁主任还没想出打谁,王大娘抢先说:"打司令太太。"大家都笑了,说对对,一炮炸死司令太太,让龟孙司令断子绝孙。又争论司令太太啥模样。争来论去,最终统一认识:司令太太头发烫得像狮子狗,抹红嘴唇,戴大耳环,十个指头都套着金镏子,满嘴金牙,一开口金光四射,高跟皮鞋洋袜子,走路屁股乱扭,不偷人也像贼娃子,见了美国大兵乱抛媚眼,给匪军司令戴了无数顶绿帽子。说笑一阵,报喜队伍收兵回营。

　　勇斗巷插红旗喜讯当天被市广播电台播出。区政府办公室打来电话,说准备在勇斗巷召开炼钢现场观摩会,区属各单位负责人都要参加。鲁主任不敢怠慢,放下电话火速赶到勇斗巷,看小高炉歪歪斜斜不像样,赶紧招呼人拆了,用耐火砖黏土重新砌过,又拉来焦炭、鼓风机和废铁。插红旗,上广播,开观摩会,勇斗巷三喜临门,居委会主任越发精神,瘸着一条腿吆五喝六,嗓门比平时大了许多。滚动的铁环被夺去,金进财哭哭啼啼跟在后面讨要,被一把推倒。主任怒斥:"倒霉孩子真他娘没眼色!炼钢缺废铁,大人急得要上房,你还有那闲心!"

　　观摩团来了,众星捧月般围着区长。区长大个子,大背头油亮,藏蓝毛哔叽中山装笔挺,一望便知官体。王大娘一脸谄媚,挤着小嗓回话。风机呜呜,炉火熊熊,废铁化为稠浆,"咕嘟"作响。一加料,"砰!"一声巨响,湿料铁水相遇激起漫天飞花。周围人吓坏了,一起抱头蜂拥朝外逃。簇拥在前的区长转身逃跑被撂在最后,大背头冒出焦煳味,毛料服紧抖慢抖,还是烫出几个窟窿。区长白脸气成青脸,又不好当众发作,一言不发朝外走。看着大人狼狈相,为出气偷着往料斗撒尿的小破坏分子躲在远处暗笑……鲁主任赔着笑脸送走区长,回来对居委会主任大发雷霆:"勇斗巷人赖狗扶不上墙!早不放花,晚不放花,偏偏领导来了放花!烫谁不行,非要烫区长?!你们塌台不说,连累我也下不了台!"王大娘哭丧着脸解释:"料预先过热过,怎么突然放花?一

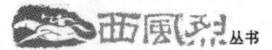

定有人搞破坏!"

区长被烫惊动驻地派出所,警察查来查去,查不出"大跃进"破坏分子,案子不了了之。

家里十三个孩子,金老爹唯独见不得老八。"大的疼,小的娇,受苦受累当中腰。"除了这条放之四海而皆准的家庭定律,更重要的是:别的孩子皮肤都黑,唯独金进财细皮嫩肉、越长越白。看着粉团般老八,金师傅一度疑心自家婆娘红杏出墙。看看眼前母熊般身腰、倭瓜似脸盘,自己又摇头否定。巷子里老娘们也看出苗头不对,半开玩笑地问:"煤球堆刨出个乒乓球,老八怎么和你俩长的都不像?别是抱错了。"金师傅哈哈一笑,嘴上说:"管他像不像,只要管我叫爹就行。"心里却像吃了苍蝇般越发腻歪老八。可老八和自己又同属 O 型血,一时难断真假。那会儿还没 DNA 鉴定,搞不清老八是正宗产品还是混进金家骗吃骗喝的假冒伪劣。无处退货,老金只得作为陈年疑案闷在肚里。

爹不疼,娘不爱,却不碍金八茁壮成长。该吃吃,该喝喝,该伸手时就伸手,从不把自个儿当外人,比起上下那十二个,待遇一点不能含糊!爹娘是什么?爹娘就是管咱吃管咱住管咱零花钱的人。学校组织看电影,每人交一毛钱。赶上月底,家里醋都买不起,哪有闲钱看电影?金进财不乐意,趴在课桌上呜呜地哭。班主任越问,学生哭得越伤心,一把鼻涕一把泪地讲述自己编造的生活悲剧——爹娘不是亲的,自己是抱养的,从小就在金家受虐待,吃不饱,穿不暖,被逼着干重活,干不动就拳打脚踢用手掐,除了灌辣椒水、坐老虎凳,别的刑具全上!说着卷袖子挽裤腿,把磕磕碰碰和打架留下的新伤旧痕统统安在卖肉的老金和给老金拉架子车的婆娘头上,将自己描绘成新社会的"小白菜"。学生声泪俱下,不由女老师不信。听到伤心处,班主任联想到《悲惨世界》的柯赛特,忍不住落泪。金进财同学道出家庭秘密,全班同学咧开小嘴一起陪着哭。语文课变成控诉会,金进财"养父养母"是虐待祖国花朵的一对十恶不赦的大坏蛋!金进财悲惨遭遇引起全校老师公愤,建言献策,要为受虐儿童讨回公道,纷纷鼓励金同学:不要怕,要敢于和虐待祖国花朵的坏人作斗争,学校和全体老师都是你的坚强后盾!

班主任和教导主任家访。寒暄过后,转入正题。教导主任严正指出:儿童是祖国花朵,是社会主义未来的建设者,受国家保护,绝不允许被侵害!班主任补充:宪法上白纸黑字写得清清楚楚,谁虐待祖国花朵谁犯法,犯法就要受法律制裁!教导主任语重心长教导:不论是亲生的,还是抱养的,都应一视同仁。班主任连连点头称是:手心手背都是肉,抱养的孩子也是咱孩子,不能在家分三六九等。见金大娘没反应,教导主任直奔主题:学校最近接到群众反映,金进财同学在家受到不公正待遇,我们的学生我们当然要负责!班主任响应:不能有了亲生孩,就虐待抱养的。我们今天来,是代表学校就此问题和家长正面接触。

金大娘听得一头雾水:"我忙得放屁都顾不上,哪有空闲替别人养孩。祖坟还哭

不过来,尽哭乱坟岗子。"怕两位不信,取下墙上"全家福"相框,指着照片说:"上面亲当当一家子,一个外人都没有!"家长斩钉截铁,老师疑疑惑惑,越看越纳闷:十四个黑人和一个白人,怎么看都不像一家子。教导主任越发怀疑:"金进财同学是你亲生的吗?"

"当然是俺生的。俺亲自去道北地段医院生的!"英雄母亲自豪地说,"那会儿生孩子的多,产床少,一张床搭块板子挤俩大肚子婆娘。俺住的产房六张床睡了十二个,一屋子生的都是赔钱货,就俺这一床生俩带把的!"说到这,觉得哪儿不对,脑子霍然一亮:我的娘呀,老八是不是跟同床的闹混了?!刚生的孩红红一团,像剥了皮的猫,模样都差不多,又在一张育婴床上睡过,掉个过亲娘也认不出。这可咋弄?又没问同床的地址,依稀记得姓胡,好像是湖北人,叫啥也不知道,找都没法找。

"金进财说他是抱来的,还控诉在家被养父养母虐待。这是怎么回事?"教导主任穷追不舍。

为娘的气得大声咆哮:"他放屁!真是个小神经病!就欠挨他爹的揍!兔孙孩子回来得好好收拾!"

"养母"终于露出狰狞原形!两位教育工作者看在眼,越发信了金进财同学的话。"有理讲理,不要骂人,更不能打孩子。抱养的孩子你可以不爱,但绝不能虐待!"家长正在接受小学式教诲,丫头小子放学回来,老师一打量:个个黑不溜秋,掉进煤堆难找。教导主任擦去脸上唾沫星子,继续刨根问底:"你说金进财同学是你亲生的,请问,为什么这些孩子是黑的,老八却是白的?这又怎么解释?"一语戳到病根。"这……"金大娘支支吾吾回答不上,总不能给老师说老八抱错了。真相大白!两位老师对看一眼:拉架子车的婆娘就是粗,胡搅蛮缠不讲理,非把白的说成黑的。不怕你不讲理,总有讲理的地方!现在是新社会,新社会绝不允许混淆是非、颠倒黑白。假的就是假的,伪装必须剥去。老师上天入地,也要给金进财同学讨回公道!

送走两位为学生讨公道的老师,副食店张书记把金师傅叫到办公室。弄清告状来龙去脉,领导笑岔了气:"你家老八真是个赖孩!对爹娘有意见可以提嘛,怎么能这样整家长?"猪尿脬打人,痛倒不痛,就是臊得慌。金师傅要找学校肃清流毒以正视听。张书记笑着摆摆手:"我劝你趁早算了。我老婆就是小学教师,那一行职业病我最清楚:自己是老母鸡,学生是鸡娃,谁敢碰一下跟你没完没了。心理都是老儿童,到哪都好为人师,又爱一惊一乍,遇事一窝上。你去找也是自讨没趣,小心被围攻。还是我给校长打电话解释清楚。"针对金八来历不明的疑团,书记开导下属:"英雄不问出身,革命不分先后。孩子只要进了金家,上了金家户口,随了金姓,就是咱金家孩子。这种事古代滴血验亲都闹不清,现在也没什么高招,糊里糊涂朝前过吧。就是有想法,也不敢表现出来,小心人家再告你个'虐待祖国花朵'。"

听了"家访"经过,金师傅气不打一处来,揪着老八耳朵问:"你耍这赖干啥?!把你爹妈弄臭了,对你兔崽子有啥好处?"有全校老师撑腰,金进财胆子更大了,翻着白眼说:"谁叫你不让我看电影?你不给钱,我就耍赖!"啥鸡巴"祖国花朵",纯粹是个

49

小无赖！老八一脸赖相让老爹越看越气，本想一巴掌扇过去，想起书记谆谆教导，又怕招来更多老师"家访"，举起的巴掌又放下。

赖孩越长越赖，十二岁一举镇了坊间。那年发生一件轰动全城的大案：革命街一个叫白小明的骑车带女友上街，被交警拦住扣车，两边打起来。袭警者被五花大绑游街，最终被押往劳改窑背砖。万人空巷场景给赖孩留下深刻印象，和几个街头小混混聊天，又说起双峰贯耳将大盖帽拍成植物人的硬汉。正侃得起劲，远远开来一辆大卡车，车上站满威风凛凛佩枪大盖帽，帽带勒在下巴底下，像打靶归来。小混混脸上都露出敬畏神色，赖孩却赖皮赖脸喊："警察叔叔快跑！白小明来了！"小混混都笑了，一起对着警察鼓掌起哄。卡车骤然急停！警察纷纷跳下车，叫骂着追来。小混混们魂飞魄散，被一一摁倒，死狗般扔到车上。金进财撒腿狂奔，警察穷追不舍。慌乱间跑进死胡同，应了"狗急跳墙"那句老话，一人多高的院墙连攀带蹬翻过。屋里正在打牌，听见院里"咕咚"一声响亮，拥出一看：墙根下一个人正挣扎着往起站。认识的发问：这不是赖孩吗？大白天放着门不走，翻墙有瘾？金进财顾不上回答，瘸条腿，一蹦一蹦进了屋，撩起床单就往床底下钻。又是什么毛病犯了？正纳闷着，外面传来急促脚步声，有谁喊："他跑不了，就在这院！"这才明白金八犯事。闲人们赶紧抬开牌桌，沿床坐一圈，大唱革命歌曲，许多条腿将床下遮得严严实实。警察进屋，"大海航行靠舵手……"歌声越发嘹亮，凑到耳边问，只作听不见，仿佛都沉浸在革命歌曲里。灶房搜过；屋里大衣柜打开检查；房顶上去察看，还是不见踪影，再想不到寻衅者正在床下筛糠。警察们悻悻出了门，屋里随即改唱"解放区的天是明朗的天，解放区的人民好喜欢……"

金进财被一帮挎枪警察撵得满街乱窜，看见的都以为赖孩犯下惊天大案，熟人赶紧通知金师傅。当爹的急赤白脸风风火火赶回家，掀起门帘一看：赖孩躺在床上捧着猪蹄正啃得不亦乐乎，说是跳墙把脚脖崴了急需恶补。问清原委，金师傅松口气，知道儿子老毛病犯了，揪下床在屁股上赏了两脚，质问赖孩："兔孙孩子，你为啥耍这赖？！"金进财嬉皮笑脸回答："不是说'警民一家'吗？派出所墙上现贴着呐。咱这人老实，把标语当了真。一家人还不能逗个乐子？谁知咱把警察当亲人，警察却把咱当外人，压根儿不吃逗！玩不起算了，下回不跟警察玩了。"金师傅听了哭笑不得："警察你也敢逗着玩？肥猪拱刀尖——活得不耐烦！"

【抑买】

"两个黄鹂鸣翠柳，一行白鹭上青天。"台上老师正在绘声绘色地讲课。"咚！"台下一声闷响，"黄鹂""白鹭"惊飞，小脑袋们齐齐扭过，寻找噪音制造者。赖孩嬉皮笑脸举起小手："报告老师，是我在排气！"问清学生食谱，老师同情地点点头表示理解，示意噪音制造者坐下，转身板书。"咚咚咚……"连珠炮声势更大。哄堂大笑！豆腐渣、油渣、麸子、小球藻、发霉红薯干、野菜团子、萝卜缨子……孩子们的柔弱肠胃消受不起粗糙食物，教室里屁声隆隆，课堂秩序受到严重干扰。家长会上，老师强烈建议："容易排气食物"最好安排在晚餐！

　　同学们饿得乱排气，赖孩同桌吕栓宝却被美食活活撑死！栓宝娘死得早，栓宝爹难耐冷被窝，又续了一个。没了亲娘，栓宝沦为小草，明处暗里没少吃苦头。栓宝爹在师范学校食堂当炊事员。儿子饿得受不了，跑去找爹。离灶房多远，就听见训斥声，栓宝爹和几个炊事员围着一个戴眼镜男生，手指头在其脑壳戳来点去。肚里缺油水，闻见炼猪油香味，男生肚里馋虫都快爬出了。乘人不备，未来的教育工作者溜进灶房，飞快地从盆里舀了满满一盒，顾不得卫生，将糊满猪油的饭盒裹进棉袄，若无其事朝外走。一个眼尖的炊事员瞅见，边喊边追出……见儿子来了，爹使个眼色。栓宝会意，远远站下。开完午饭灶房人都走了，栓宝爹站在门里招招手。埋伏在大树后面的儿子箭一般射进灶房。炊事员炒了满满一碗猪油葱花大米饭，临走嘱咐：我先回去。免得同宿舍怀疑。你插上门，吃完锁上赶紧走！吃完不够，栓宝从笼里取出两个冷馒头，猪油炸得两面焦黄，撒上细盐，连香带烫吞下。两个不够，再取两个，四个吃完，还觉欠缺，自己也不知道吃了多少个油炸馒头，直吃得小肚皮滚瓜溜圆隐隐作痛。吕栓宝意犹未尽，晓得饥饿年头放开肚皮猛吃的好事如同买彩票中大奖——可遇不可求。咬牙继续往下憋。胃痛得受不了，吕栓宝从凳子上站起，想活动活动再接着吃。肠胃隐约传出一声闷响，仿佛容器爆裂。吕栓宝吓了一跳，低头观察动静，只觉得越来越痛。饿死鬼本想打住，手却不听指挥，继续伸向油炸馒头……又是一声闷响，动静比刚才更大，钻心疼痛瞬间弥漫开，吕栓宝张开小嘴喊救命，却痛得一个字也喊不出，身体顺着桌子出溜下去……蒸笼旁发现躺在地上的偷食者，小小身体蜷缩一团，左手紧紧握着板凳腿，右手死死攥着油炸馍，身上冰凉，脸上表情一半是痛苦，一半是幸福……噍类们讨论重点在于撑死鬼偷吃油炸馍的精确数字，赖孩羡慕地说：吕栓宝偷吃美了，死得不冤！

　　规矩，是不愁温饱社会讲的；饥饿，让人铤而走险。

　　街头抢人的越来越多，不抢钱，不抢物，只抢吃的。巷子里老蒋家小孙子去上学，牢记家长谆谆教导，紧紧捧住蒸馍，胆战心惊，左张右望，生怕早点不翼而飞，谁知刚出门就被饿死鬼盯上，从后面一把抓去！被抢走早点的小孙子哇哇大哭。大人看见，喊叫着一起去追。饿死鬼边跑边吃，看看追上，拼命朝蒸馍上吐唾沫。馍吃不成了，追赶的气不过，拳脚齐上。饿死鬼被打得口鼻流血，躺在地上仍不管不顾狼吞虎咽。孙子小手被抓得鲜血淋淋，爷爷心疼得破口大骂："这叫什么事？！孩子嘴里食都抢！再胡折腾下去，该吃人肉包子了！"

生产队人声鼎沸,社员们兴高采烈端着热气腾腾的牛肉包子往家走。革命街居民看得眼馋,齐叹:七级工、八级工,不顶农民一捆葱。都啥时候了,人家还能吃上牛肉包子!牛肉包子是社员"最后盛宴"。随着队里浮肿的人越来越多,耕牛"误吞"缝衣针死于"意外事故"。耕牛接连暴死,让人联想到阶级敌人搞破坏。上面派人来调查。来的是个老警察,瘦得一脸骨头,肤色黄里透青,绷着脸挨个讯问做笔录,摆出破大案阵势。社员都暗暗捏把汗——私宰耕牛犯法,查出来队里非有人坐蜡不可!连喝三大碗牛骨头汤,破案人神色阴转多云,待接过用旧报纸包的一堆牛肉包子,脸上已是阳光灿烂。队长小心翼翼地问:还查不查?老警察脑袋摇得像拨浪鼓,连说:不查了,不查了。秃子头上的虱子——明摆着的事,绝对是"误吞",谁查都是"意外事故"。

队上有个姓桂的老男人,满头痢痢,大热天扣顶旧军帽。老桂领到18个牛肉包子,拿回家计划细水长流。敲门声响,一看乞丐上门,老桂边朝外轰边说:我一人吃饱,全家不饥,哪有多余吃食打发要饭的!得知房主是光棍,操着外地口音的男女乞丐对视一眼,男的指着女的说:这是我亲妹子,饿得实在走不动了。老哥一看就是好人。我情愿将妹子留下伺候。女的面黄肌瘦却有几分姿色。刚领到牛肉包子,漂亮媳妇送上门。老光棍心里乐开花!3个肉包子打发了大舅子。新婚之夜,点红烛,换新装,新郎笑眯眯欣赏新娘。新娘理所当然享用牛肉包子,半打下肚,才腾出嘴说自己叫"方贞女"。新郎不笑了,方贞女的战斗力大大超出预料,婴儿脑袋大包子一气吃了10个,还没打住意思!新郎一把将装包子面盆夺过,说不敢吃了,小心撑破胃!新郎催着上炕。新娘却一会儿要洗头,一会儿要烫脚,一会儿要涮屁股,磨蹭着不肯圆房。折腾到后半夜,新郎失去耐心欲强行好事,谁知又遇上新问题,方贞女裤子穿了一条又一条,打的都是死结。新郎解不开气得大骂,新娘解释:出门在外,不得不防,女人家饿死事小,失节事大!老光棍听得肃然起敬,方贞女果然是贞节女子!以后要好生待她。挨至拂晓,新娘喊胃痛。新郎买药回来,屋门大开,新娘和剩余包子一起失踪!新郎这才晓得遇上放白鸽的,提菜刀就追。失主没撵上骗子,卖肉的撞上了:男骗子驮个小小子,女骗子抱个小丫头,小子丫头拿着肉包子边走边吃,四人亲亲热热,一看就是一家子!金师傅幸灾乐祸:我就说你队社员咋恁阔气?这年头居然拿肉包子打发要饭的。原来遇上你个冤大头!包子新娘两失,新郎痛诉女骗子:18个牛肉包子,我一个舍不得吃,她却吃了一个又一个,连吃带拿,一个不剩!方贞女,你个大骗子,你还我包子!听了都笑:笑老光棍贪色折食;笑那个外地男人甘当乌龟。过了几日,不见老桂动静。邻居上门探望,随即鬼哭狼嚎逃出——老光棍身体悬在空里,眼珠上翻,吐出乌青肿胀的舌头,还是一夜新郎那身行头……

小金豆被戏谑为"班长",个儿矮却没人敢惹;"班副"赵国安在家是老大,挨揍却无人相助,只得和为贵,忍为高。赵国安的爸爸是列车长,头戴大盖帽,脚穿乌亮皮鞋,一身笔挺蓝呢子制服,轧有路徽的铜扣闪闪发光。学校开家长会,赵车长仍是车上那身行头,威风凛凛坐在前排,把别的家长压得暗淡无光。车长是列车上一千多号人的

临时首长,掌管食品分配大权。车长儿子鼓动的腮帮引起赖孩注意。面对截道强人,赵国安死死捂住书包:"我爸说了,里面除了课本就是作业本,既没白面包也没芝麻饼,更没有卤鸡蛋。"赖孩将自己"容易产气食物"硬塞给对方,厚颜无耻地说:"从今起,咱俩换吃的。以后谁敢欺负你,我揍扁他!"看着比自己高出半头的"保护人",赵国安乖乖顺从霸王交易规则。金进财诛求无时,直至被"班副"妹妹撞见……宝贝儿子被人欺负,赵车长气坏了,跑车归来当晚就到校长家拜访,强烈要求学校严肃处理,断然处置街头抢劫土匪!嗅见客人提兜里麻花芝麻饼香味,饥肠辘辘的校长满口答应。

校长如何保持革命气节的高论,使师生们受到"饿死事小,失节事大"的深刻教育。校长以古喻今:"咱们脚下就是唐朝皇宫。宫里置市场采买宦官'白望'数百。每逢长安城里东市、西市开市,'白望'蜂拥而出与市井无赖联手'抑买',仗势凌弱巧取豪夺,成了社会公害。白居易的《卖炭翁》就是明证。现在是新社会,新社会绝不允许'抑买'!当'白望'可耻,当'白望'绝无好下场!宁可饿死,不当'白望'!"师生都笑了,为校长的奇妙联想,都鄙视押台上的现代"白望",一起振臂高呼:"打倒抑买,打倒金白望!"校长正在慷慨陈词,教导主任匆匆上台,凑在耳边说了几句。校长当即变了脸色,大会草草结束。

消息风一般传开:教体育的佟老师饿得受不了,半夜跑到生产队地里偷红薯,被扭送派出所。看在为人师表份上,警察同志倒没为难,打来电话让校长带上证明去领人。全校哗然!老教师纷纷摇头,直叹:斯文扫地,教师颜面何在?!年轻教师却说:想填饥肠就顾不得颜面,肚里翻江倒海,斯文也难!金进财越发有底气——老师饿成"三只手",学生为何不能当"白望"?!

金白望大摇大摆回到家,家里已吵翻天。金师傅哭丧着脸说:"越冷越尿尿,越穷越来客。每天光填满家里十五张嘴,我都快愁死了!荒年无六亲。你娘家来信要钱要粮票,我没法管,也管不了!"金大娘抽噎着说:"养儿防老,养女送终。爹娘一把屎一把尿地把我拉扯大,我当闺女的总不能看着爹娘活活饿死!就是从自家肋子上割肉,我也得给娘家寄回去!"正吵着,老家又来信,只有三句话:"爹已过世,是饿死的。娘还活着,只是连哭带饿两眼全瞎了。人已埋了,你们不用回来。"信刚念完,金大娘两眼翻白"咕咚"栽倒!孩子们吓坏了,围着哭娘。金师傅搂在怀又是掐人中,又是灌陈醋,折腾半天老伴才缓过气。金大娘坐在地上号啕,陪着大哭的是老八。金进财打小长在姥姥家,是二老的开心果。姥爷出工回来,常把小外孙架在腿上,坐在椅子上边摇边唱:"外孙是条癞皮狗,吃饱了就走;外孙是个白眼狼,喂饱了就忘……"金进财奶声奶气学唱。姥姥坐在旁边为外孙子缝棉裤,边听边抿嘴乐,两张枯树般老脸温柔得像新枝绽放……"白眼狼"都还活着,亲爱的姥爷却活活饿死!

恶煞成为道北至尊,金白望随之升级,像史书记载的许多名流一样"及长,益无赖。"赖孩有一套独特的逻辑思维方式,"咱买不起咱借得起"常挂嘴边,并积极付诸行动。见谁兜里有卷烟,金进财要"借";见同学身上装钱,金进财要"借";别人身上衣服

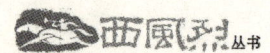

时髦，金进财也要"借"。革命街一度流行宽裤腿，讲究走路不露鞋，是喇叭裤西北版。宽裤腿须是绿色，上着大红背心，脚蹬白色网球鞋。"红配绿，赛狗屁"，俗得不能再俗。乍一看，把势不像把势，戏子不像戏子，倒像跑江湖吞钢球卖大力丸的。可见时尚有时就是胡来，专跟审美专家对着干。闲人们没有修长的腿，都是短粗身材，走路像一对拖把拖地，谑称"扫地裤"。时髦不一定美，不时髦却是老土。事关形象，赖孩缠着老娘要钱。金师傅在旁听得躁气，拍桌训子："你娘在运输合作社拉架子车，上坡弯着腰，下坡扛个肚，黑汗顺着腚沟流，大肠头险乎挣出来，一天才挣人家狗屁八毛钱！吃饭穿衣量家当。你小子还要穿扫地裤小白鞋，穿你妈个逼！"赶上同学来家，字字入耳，想笑不敢笑，硬憋着出了门，到校一学，听众捂着肚子笑岔了气。"上坡弯着腰，下坡扛个肚"成了金进财脸上膏药，再揭不下来。金白望穿不上扫地裤誓不罢休，硬从别人身上"借"下一条。

同班孙红旗家新买辆飞鸽牌自行车。家长视若珍宝，轻易不让三个孩子碰。百密难免一疏。一眼没盯住，老三骑车出了门。见同学骑辆崭新大链盒潇洒来校，金进财迎上抓住车把，非要"借骑一会儿"。孙红旗惹不起赖孩，只得松手。车头一拐骤然加速，孙红旗见势不妙，边喊边追，车子瞬间冲出校门，等车主追出，哪还有车影？金家门口候到半夜，也没见赖孩鬼影。失主不敢回家，夜里无处可去，只好蜷在水泥管道里凑合，肉身饲了整宿蚊子。儿子车子都不见，以为老三撞上打闷棍的，孙家炸了窝，又是发动亲友寻人，又到派出所报案，闹得天翻地覆。第三天下午，孙红旗和"飞鸽"一起回家，人还是那个人，只是一脸憔悴，浑身稀脏；车却不是原来的车，车把摔歪，右脚蹬断了，大链盒坑坑洼洼。孙红旗受了两夜洋罪，回家又挨顿饱打，内外夹攻发起高烧，当晚被抬到医院挂吊针。两个哥哥气不过，要找金进财算账，闹清无赖是恶煞的亲弟弟，又都没了脾气。

要车的刚走，要人的又闹上门。全家刚端起饭碗，听见院里有人扯着嗓子喊："这院有没姓金的？！金进财你给我出来！"听声音不善，家长放下碗赶紧迎出。来的是个婆子，满脸横肉，黄板牙龇出多长，拉个自制小车，车上放个冰棍箱。金师傅瞅着面熟，细打量认出是电影院门口卖冰棍那位，心里纳闷：婆子卖冰棍咋卖到屋里来了？还非指名道姓卖。

婆子姓马，寡妇拉娃日子苦焦，心里怨恨都写在脸上，面相糙，说话办事更糙。小孩骂仗，相互"日你妈！"马婆子护崽母虎般冲出，当街大喝："谁要日我？！我来了！"一闻此言，再顽劣的孩子也只有落荒而逃。马婆子和影院人熟，凡新电影上演，早早攒一把票。一张票搭五根冰棍，少一根也不行。整得影迷捏把冰棍，大冷天吭哧吭哧吃了一根又一根，差点把自个吃成冰棍。那天有仨妞买冰棍，走出不远又拐回，拿着咬过的冰棍要退，说是苦的。马婆子脸扭一边，像没听见。仨人要退，一个不退，两下僵持着。又有人来买冰棍，一听仨妞宣传冰棍是苦的，递钱的手又缩回。买卖连连搅黄，马婆子大怒，亮出必杀技，扯开裤带从裤裆里拽出血糊糊一条，破口大骂："小臭卖逼妞，跑这来骚皮，老娘让你仨倒一辈子血霉！"顾客见势头不对，扔掉冰棍撒腿就跑。卖冰棍的不依不饶,举着秽物边骂边追……见过恶语伤人服务态度粗暴,没见过满街追赶用骑马带抽顾客嘴。马婆子壮举成了市井谈资,都叹猛妇生不逢时,倒退八百年,梁山又添母大虫。更奇的是马婆子居然是位虔诚的天主教徒。布道者将坏人死后沦入地狱的情景描绘得异常恐怖,马婆子听得胆战心惊,从此不怕阳世恶人,只畏地狱永恒烈火,决心学做善人。马婆子素口念经,荤口骂人,却从不承认自己破口,口口声声说:"主不让骂人,俺听主的,俺不会骂人。"只是一吵架就把天主忘了,开口就是荤话。

问清眼前就是金家掌柜,卖冰棍的"咕咚"躺倒,连哭带嚎满地打滚,口口声声说金进财拐带她闺女裴月亮,要金家把人交出来,今天要是见不到人,她就一头撞死在金家门上!金师傅越听越糊涂:老八是赖,可15周岁生日刚过三天,球毛还没长全,怎么会拐带人家闺女?一定是旁人顶着我儿名字干坏事!

"谁是裴月亮?你妞的脸是光的还是麻的我都不知道,凭啥说我拐带?"金进财一脸无辜,大喊冤枉,"见我老实好欺负,都把屎盆子往我头上扣。还让不让老实孩活了?!"见赖孩抵赖,马婆子一骨碌爬起,指着金进财冷笑道:"大前天上午,你龟孙骑辆新车子出了西门。路上遇见熟人,问你干啥?你说去外县赶庙会。车后带个妞,俺问你这妞是谁?!"

"五个W"俱全。在场的都信了马婆子的话,一起瞪着金八。

"街上妞多了,俺带的反正不是你家月亮。"铁证如山,赖孩却依然耍赖。

"那俺妞去哪了?"

"我咋会知道?"赖孩反守为攻,"女大思春,西京城哪天没有跟人私奔的妞?家长总不能都来找我。不穿蟒袍,不理朝纲。老金家不是派出所,我没戴大盖帽,公家又没给我开寻人的工资,我管得着吗?!"

难缠婆子遇上赖孩,卖冰棍的"咕咚"又躺倒在地,嚎得像杀猪:"老金家出人贩子啦!拐走人家黄花大闺女!你还俺月亮,你还俺妞!"嚎叫惊动一巷人,都挤在院门口看热闹。马婆子地上滚来滚去,左一个"人贩子",右一个"拐带妇女"。金师傅黑脸变青面;金大娘的脸成了茄子色。金八仍满不在乎。赶上老大回来,见闹得不像样,阴着脸过来,抬脚将老八踹了一溜跟头!金进财在外天不怕地不怕,在家不怕爹不怕娘,就怕金占全。老大鄙视老八那点看家本领,懒得费口舌,只用脚说话。无赖遇硬汉,歪理说不清。吃了几次苦头,老八长了记性——跟不讲理的人没法理论。看势头不对,赖孩再不耍赖,换上笑脸搀起马婆子,柔声细气地说:"娘,咱俩有话慢慢说,地上脏,你老人家先起来。"一声"娘",让观众一头雾水,卖冰棍的也愣了,甩开手斥道:"谁是你娘?你眼瞎了?那边站的胖婆娘才是你娘。"

"一个女婿半个儿,丈母娘也是娘。"金进财笑眯眯解释,"实不相瞒,你妞是跟我在一起,俺俩已结百年之好。昨晚,我和月亮跪在野地拜天地,对月盟誓永结同心。拜天地时,我跪左,她跪右,行的三拜大礼——一拜天地;二拜高堂;最后夫妻对拜,大礼一样不少。娘,从今天起,咱们就是一家人了。我现在当面叩拜岳母大人。"金八学着戏里台词,一起一伏给"丈母娘"表演拜天地。

"你胡说！你放屁！谁和你龟孙是一家?！"马婆子大惊失色。

"我说的都是实情。倘若有一句假话，天打五雷轰！"金八笑容越发甜蜜，"月亮和我一样，在家都是吃不开的王宝钏。俺俩是一根藤上俩苦瓜，她疼我来我爱她。我非她不娶，她非我不嫁，狂风恶浪不动摇，海枯石烂不变心，革命到底不回头！你老人家不信，我把私订终身过程慢慢说与你听。你看在这说好，还是到屋里说？"

"在这儿说，在这儿说。让大伙都听听。"听众一下被吊起胃口。

"马槽伸个驴舌头。俺和姓金的说话，碍着你们蛋疼啦？！"马婆子一对白眼珠翻得像樟脑丸。怕"女婿"再说出什么好听的，"丈母娘"还在骂，只是分贝低了许多。家丑不可外扬。马婆子想硬硬不起。"女婿"过来搀扶，"丈母娘"用胳膊搪开，一边骂，一边就坡下驴进了屋。周围人乐不可支，金占全也没憋住。

裴月亮果然和金进财在一起。架不住赖孩纠缠、新车诱惑，俩人结伴去逛楼观台。白天逛庙会，晚上睡青纱帐，少男少女并头躺着数星星。金进财向"丈母娘"如实交代：面对诱惑，多亏自己定力足，硬是咬牙顶住！除过亲了摸了，别的事没干，不是不想干，而是不敢干，没领结婚证，就不能干那事。这点，俺俩心里都明白。所以，本人现在还是贞洁童男；你闺女仍是原装少女，倘若不信，你可领月亮去医院请妇科专家当场验证。马婆子老脸青一阵白一阵，大槽牙咬得嘎巴响，问俺妞现在哪？回答在不远处防空洞猫着呢。问为啥不回家？说夜不归宿，月亮怕家法伺候。问死丫头准备啥时回来？回答十分钟内让你见人！但有个条件：你必须当众保证俺未婚妻人身安全。"丈母娘"瞪着"女婿"，恨得两眼喷火，没别的辙，又怕时间一长，箱里冰棍化了，只得咬牙应下……

仇家变亲家。金大娘高兴了，直夸俺孩怪有本事，没花钱就给自己在外面偷偷定下媳妇，省了家长多少事儿。金师傅不以为然，教训老伴："毛还没长全，小公鸡就想踏蛋，那叫好吃难消化！万一把人家妞肚子弄大了，生下孩算谁的？他养，还是你养？"指着墙上利刃警告儿子："把裆里惹祸玩意夹紧！闹出事，老子用刀骟了它！"

【革命公判】

生活黯淡毫无光彩，岁月如泥河淌过，沉闷间突然扔进巨石——公判大会召开！消息轰动道北。听说有金占全，大家更加激动，都想目睹本地头条好汉末路。万人大会放在北塬举行，审判台周围环插红旗，到处是白纸黑字大标语，"专政""砸碎""灭亡"等字眼触目惊心。里层是荷枪实弹军警；外围肃立武装民兵。卖冰棍的，卖汽水的，卖卷烟的，叫卖声此起彼伏。几个小贩耗子般在人丛里钻来钻去，鬼头鬼脑四下瞟几眼，

趁红袖章一眼没盯住,偷偷从兜里摸出个纸包,卖起时下违禁品——五香花生米。街道头面人物不约而同涌来,相互敬烟致意,一起感叹金占全是条硬汉,真给咱道北爷们长脸!

红色时代,什么立案、批捕、公诉、审判、量刑、司法监督等整套劳什子一律免了。枪毙还是劳教,重罪还是轻判,都搞群众运动,大家举手裁决,属于时代特色。

接着被押上台的是个老汉,被拽起白发示众的同时,台下刮风般卷过一阵叹息!老汉姓晋,名秋,家学底子厚,一笔好字,打算盘左右开弓,解放前当过布厂账房先生,划成分被定为"资方代理人"。革命街出猛人,写字却俱是猪八戒游上海,乱来一泡。四里长街悬腕提笔的屈指可数,晋秋为其中翘楚,书法颇得赵孟頫体三味,使转婉畅,雅媚秀润,出神入化,谁看都说好!革命街爷们不读书,却尊敬书法家,背后叫"老球",见面都尊声"晋师"。老球自知底子臭,做人谦卑。春节前夕,上门求春联的络绎不绝,老球索性自备纸墨在街道支起案子,搓着冻得像红萝卜的双手,一边张嘴呵墨,哆哆嗦嗦写下"又是一年春草绿,依然十里桃花红""爆竹一声除旧,桃符万户更新"。红白喜事都请老球执笔,老人去世,挽联一律是"慎终须尽三年孝,追远常存一片心。"横批"一世俭朴";婚宴每见其墨宝"幸有彩车迎淑女,愧无美酒宴嘉宾。"闺女出阁,老球多写"婿如羲之献之可耳,女为周南召南矣乎。"娶媳妇必是"以是婚缘,磐石长久;大好风日,女儿清佳。"哪怕新娘是无盐转世。道北新郎粗人多,接新娘闹不清"羲之献之"是何人物,"周南召南"又是什么东西。听文化人解释,才晓得是老球拽文送给一对新人的高帽,由不得咧开大嘴傻笑。

抄家风乍起,老球家一天内被各路红卫兵光顾七次。别人被抄,全家老小龟缩墙角面如死灰,等待大祸降临。唯独被剃成阴阳头的"资方代理人"恭候门前,见小将们雄赳赳杀来,笑脸相迎,端上备好茶水,抄罢,躬身笑脸相送,把拆庙当烧香。红色恐怖日子里,常常看见"废物利用"捧着墨迹未干封条,屁颠屁颠跟在一群群红卫兵后面,像条又老又乏的红色走狗……躲过大劫,老球越发夹紧尾巴做人,有求必应,随要随写,广结善缘。

书法家最终倒霉在书法上。那日进城,见新华书店外排起长队。问里边卖什么书?排队的说是新版《毛主席诗词墨迹》,随即义正词严、疾言厉色教训老球:"红太阳的墨宝不能说'买',只能说'请'。表面一字之差,实质关乎态度,涉及忠不忠的立场问题!"老球被上了效忠课,慌不迭地谢罪,恭恭敬敬"请"了一本,如获至宝地站在店里翻阅。看着,看着,猛地一拍大腿,叹道:"这草书委实写得好!潇洒飘逸,雄劲挺拔,可惜有败笔,《清平乐》中的'黄梁'误作'黄粱'。"话刚出口,马上意识到失言,老脸吓得煞白。旁人听得清楚,扭过头都用异样眼神瞪着老球,像看到过街老鼠。"嘭"一记老拳直封面门!老球"哎哟"一声蹲下,两手捂住眼。"打!打驴日的!打驴日的老反革命!"叫骂声中,万人拳头雨点般落下。等公安赶到,书法家只剩下半条命……"不敬神"古今中外都是重罪。走上神坛更需万众顶礼膜拜。书法家亵渎神圣、罪大恶极、罪恶滔天、罪不容诛、罪该万死!公安分局军管组长威严地站起,代表镇压之权的两个

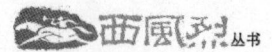

指头利剑般指向老球,像是高贵的雅典执政官示意民意裁决。公判台上的老球自知罪孽深重,死罪难逃,头颅低垂,白发凌乱,温驯得像头待宰的老羊。想起寒风里书法家哆嗦的手,想起自家门前喜丧对联,想起老球送的高帽子,耳边响起四小雁凄厉的哭声。铁打的心肠瞬间软了;阶级斗争紧绷的弦刹那松了;无数条舌头迟疑着在口腔里打滑——"死刑"变"死……死缓"。老球死里逃生,激动得浑身乱颤,本想着今天死定,没想到枪下留人!亲人哪,革命街父老兄弟,我谢谢你们!你们都是我晋秋的大恩人!下辈子做牛做马也要报答你们!老球老泪纵横,戴上铐子被押下台时,眼角余光露着感激涕零。

贼眉鼠眼的儿子站上审判台,台下麻脸老子哭出声:"呜呜……小兔崽子范保民,叫你学好你不学!呜呜……政府枪毙你个孬孙都不亏!呜呜……你死了俺都不哭!呜呜……谁哭谁是龟孙!"周围听得想笑不敢笑,都作掩口葫芦。范保民恪守"兔子不吃窝边草"的古训,只在列车上"蹬大轮",坊间民愤不大,从轻公判三年。父亲谨小慎微,儿子贼胆包天。此时此刻,逆子依旧油盐不进。修鞋匠越看越来气,哭着哭着不哭了,蹦着高对着台上破口大骂:"你驴日的进去舒坦了,你老婆孩子谁来养?!嫖客日下的范保民,我日你娘!"范保民冷笑着将脸扭开。乱了,乱了,骂乱了!自己下的坏种栽在嫖客身上。听罢老父训子,仿佛满场滚雷,上万条喉咙齐齐笑出声,有人拿手捂住两胁,有人蹲在地上。军管组长忍住笑挥挥手,过来几个值勤民兵,边乐边将骂不绝口的修鞋匠架出会场。

第三个押上去的是个年轻小伙,像没经过大阵仗,身体抖得像筛糠。罪状还未念完,台下先笑开锅。小伙叫山虎,家庭成分中农,在革命街面粉厂扛面袋。装卸工处了个商场卖皮鞋的,很快进入实质——时下娶媳妇必备的"三转一响"(自行车、缝纫机、手表、收音机)咬牙买了,床也上了。临了,卖皮鞋的遇上个出价更高的,就想让现任买主退货。山虎想不通,琢磨出个损招,晚上把卖皮鞋的约出,死乞白赖要做最后吻别,女的想着不就是亲嘴吗?又不是没亲过,亲就亲吧,给男的留个念想。粉红舌头刚伸出,就被山虎噙住咬掉半截。女的捂嘴跑回家,边比画哑语,边呜哩哇啦。闹清出了什么事,全家紧急出动,拿着手电筒沿街分头寻,寻见半截舌头已成黑色。医生拿镊子夹起舌头瞅了瞅,就手扔进污物桶,说"没用了!"台下女同胞听完案情一边倒,都骂山虎不是东西!人往高处走,水往低处流。谁不想攀高枝?哪个女的不想嫁个条件好的老公?要怪就怪你装卸工没本事!卖皮鞋的虽说和你睡了,却没跟你领结婚证,提起裤子还是个姑娘。想吹就吹,想谈就谈,这是个人自由!女人一枝花,好看就几年,年轻不风流,更待何时?!男同胞分两派。一派说:女人如鞋,脱了这双换那双。不就是双穿过的鞋吗?不值做这么大牺牲。山虎真他妈无能!一派说:话不能这么说。卖皮鞋的想睡就睡,想走就走,拿男人开涮,山虎该无能时还得无能!只是手段阴了点,不像个爷们。真理越辩越明。群众最后一致裁定:装卸工虽说花了钱,但卖皮鞋的也让你睡了，吃亏有限，犯不着下此毒口。山虎毕竟根子不正，缺乏无产者光明正大，报复人也不是这么个报复法，咬人舌头，简直就是个娘们！真给革命街爷们丢份！还他妈山虎呢，叫山鼠还差不多。如何判？判多少？事关原则，必须慎之又慎，万万不可草率行事！重判扛面袋的，助长歪风邪气，只怕将来半道退货的更多；轻饶山虎，有样学样，以后还会有更多的妞被咬掉舌头。经过全场革命群众热烈讨论，反复权衡利弊，最后一致通过：严惩就免了，山虎劳教两年，押往草滩渔场挖淤泥。

终于盼到压轴大戏开幕。被剃成大秃瓢的金占全刚押上台，"轰"的一声，全场站起！周围公安吓了一跳，以为有人闹事，赶紧过去弹压，瞪着眼睛连打带推，吓唬好一阵，观众才重新坐下。"金占全，小名十斤，男，汉族，家住道北新区革命街勇斗巷379号，家庭成分……"军管组长念此打住，扭头看看犯人，像纳闷根正苗红之家怎么出了这么个坏蛋。停了片刻，很不情愿地把"贫农"这一高贵词吐出，分贝也低了许多。念毕，又戳出指头等群众宣判。台下忽然没了动静，像都睡着了。台上金占全方头不劣、昂首挺胸、瞪眼梗脖、满不在乎，公审仿佛与己无关。旁边警察气坏了：这是什么地方，一个犯罪分子竟敢如此嚣张！几个警察一拥而上，揪脖子的揪脖子，踢膝窝的踢膝窝，来回折腾几次，总算把犯人制服。谁知刚松手，金占全脖子又弹簧般梗起。台下哄然大笑，口哨一片响亮！看到大盖帽权威被蔑视，闲人们都很兴奋，一起感叹：倒驴不倒架。金哥不愧是道北老大！"都说话呀，到底怎么判？"主持人对现场气氛十分不满，显示无产阶级专政威力的公判大会弄得像耍猴，居然还有人敢笑！军管组长铁青着脸，重重拍响桌子，话音里透着焦躁。台下又归于平静。片刻，远远传来孤零零一声喊："枪毙！"大家吓了一跳，无数个脑袋齐刷刷探去：喊出声的是拉拉腿！只想此生无报仇之日，谁知云开雾散复见天！见仇人被押上审判台，拉拉腿激动得突突乱抖，恨不得立马将金占全押赴刑场乱枪毙命脑浆涂地，方解心头之恨！早知刘二虎今日公报私仇，十斤那晚就该挑了你大筋！金家兄弟鹳鸰在原，顾不得商量，就"立即释放""拘留七天"乱喊一通。

"到底判多少？！"台上追问。

"无罪释放！"台下喊声震耳欲聋，许柔柔也喊出声！

军管组长气得浑身哆嗦，什么革命街革命群众？简直就是一方刁民！正要破口大骂，想想不是地方，硬压下心头火，喝令速将犯人押走！金占全刚下台，闲人们立即围上，有往兜里塞香烟的，塞肉夹馍的，塞熟鸡蛋的；还有塞钱塞粮票的。警察赶跑这个，那个又瞅空子贴上。只要不和政治沾边，只要不抓阶级斗争，根正苗红的革命街爷们什么都不怕。不就是人民内部矛盾吗？人民政府能把人民怎么样？拿蹲号子吓唬谁？又不是没蹲过。打架斗殴最多蹲三年，出狱再出山，金哥还是众望所归的老大。此时不表现，更待何时？！有个叫贾狗蛋的胆子最大，开瓶啤酒往犯人嘴里灌，赢得一片喝彩！警察气坏了，夺过酒瓶摔碎，将破坏分子撂倒铐了扔进囚车。能和金大哥并排站着，这是多大的面子！以往没人把咱放在眼里，此刻却万众瞩目！在闲人们羡慕的

目光下,贾狗蛋昂首挺胸激动得满面放红光,仿着赴刑场就义烈士,高高举起戴着铐子的双手,频频向车下观众点头致意。得意之后,贾狗蛋很快为自己那天的壮举后悔不已:被押往草滩渔场同山虎并肩战天斗地……

贾狗蛋劳教回来,逢人便诉冤:"山虎咬掉女人半截舌头才送去劳教,凭什么也判我两年?政府还讲不讲理?!"闲人们边笑边安慰:"山虎怎么能和你比?他算什么玩意儿?至多半个花犯。你是谁?整一个敢作敢当的好汉!想在道上混出人样,就得付出代价。论起你也不亏,当天就在道北摇了铃!你现在名气大得吓人,男女老少都知道有个送上门寻着陪绑的好汉贾狗蛋!"

【上阵父子兵】

学校北墙头长出一排脑袋,仿佛雨林中蘑菇。蘑菇虎视眈眈朝操场张望。正在踢球的小金豆一眼瞥见,察觉势头不对,大喊:"赖孩,快跑!"喊声未落,墙头"扑通,扑通"跳下十多个,兵分两路。小金豆天生一双小短腿,迈动频率却快过常人,瞬间逃得不见踪影。赖孩不幸被活捉,被揍得鼻青脸肿。

"打!今天非打断狗日的一条腿!"几条大棒举起。

"揍!揍龟孙个生活不能自理!"群情响应。

金进财强作笑脸,挨个作揖哀求:"各位老哥,咱们有话好说,有话好说。"

为首的狞笑道:"上花轿才扎耳朵眼儿,这会儿'有话好说'你不觉得晚了点?"

"不晚,一点不晚,"金进财嬉皮笑脸回答,"犯死罪还有个缓期两年执行。兄弟以前不知天高地厚,得罪诸位,现在知错即改。"大棒当头,赖孩才想起人类社会基本准则——杀人偿命,欠债还钱。

"大家听我一句,"为首的一脸奸笑,"我这人心软,看你说得可怜,想给你个赎罪机会,不知你小子愿不愿干?"

"只要放兄弟一马,兄弟什么都愿干!"金进财忙不迭地答应。

"我们十二个,你每人叫声爷,再从胯下钻过,以往旧账一风吹。"

周围人都笑了,齐夸这法子好,听着就解气!道北民风强悍,纵然寡不敌众,也要瘦驴拉屎——硬撑。当众叫爷钻胯,无异朝自己脸上抹屎。出乎在场所有人意料,金进财毫不犹豫应了。赖孩安慰自己:世事乱了,辈分颠倒,好汉不吃眼前亏,躲过此劫再说。大丈夫能屈能伸,淮阴侯韩信落魄也当过胯夫。等金爷翻过身,再跟你们十二个孙子一一算账!金进财挨个儿痛痛快快叫了声"爷",又连钻十一个胯。钻最后一个,遇上死对头王公道。王公道要耍非要倒骑驴,两腿用力将金进财脖子紧紧夹住,上进

下退，上退下进。金进财被夹得喘不过气脸憋得通红。围观的像看西洋景，一齐发问："公驴？母驴？"公驴倒驴未倒架，还得继续骑，要想免骑只能自认母驴。被骑的挣扎着喊出声："母驴！我是母驴！"观众笑翻天！王公道最后在赖孩头上放了通脆响臊气，一场闹剧才算结束。

叫爷钻胯的"母驴"当天臭了街，走哪都有人指指点点，熟人见了不是捂嘴偷笑，就是一脸鄙夷，仿佛走道踩上癞蛤蟆。裴月亮虽和金进财私订终身，却难忍胯下之辱，说跟谁也不能跟尿包软蛋，脸虽长得白，遇事球不顶！金进财却对自己随机应变、舌柔不弊十分满意，胳膊没折腿没断，就躲过一劫。钻胯算什么？只当演戏。关键时刻会装孙子，人生没有过不去的坎！

老大被重判，令混混们陡起问鼎之意，靠两个拳头打天下，代价太大也太慢，想到终南捷径——再没有"连金占全的亲弟弟都敢打"能使人暴得大名。英雄所见略同，加上有仇的报仇，有冤的申冤，摩拳擦掌欲痛打金家兄弟的排成队。消息传来，金进财直悔当初没跟大哥习武，琢磨起亡羊补牢。拳师门庭若市，束修每月一袋标准面粉，再不还价，捎带着几位三脚猫也跟着大火。巷子里老周家盖房，六万块砖、四十块楼板开了票，却舍不得雇车拉。家长眉头一皱，计上心来，腰系板带，掌托钢球，走哪转哪。金进财和一帮半大小子看在眼，好奇地问："周叔，你也会功夫？以前怎么没见你练过？"

老周哈哈一笑，就势吐个门户："有道是真人不露相。我师父独门秘技都是单传，岂能人前随便卖弄！我五更起来练功，你们这帮小公鸡还在被窝里做梦娶媳妇呢！实不相瞒：周叔我苦练功夫四十年，刀枪剑戟棍斧，鞭锏锤叉戈矛，十八般兵器都还拿得起；太极、形意、八卦、螳螂、劈挂、六合、炮锤、梅花桩拳、白猿通臂、大小洪拳、十路弹腿样样精通。好汉不提当年勇。倒退二十年，像你们这号，我一人能打三百！"

小子们信以为真："周叔，只怪我们有眼无珠，一条巷子住着，还不知你老还有这么大本事。你一定得收我们为徒！"

老周故作为难："都是家门口孩子，按说是该传你们几手，出门在外，会个三拳两脚，也个受人欺负。再说，我一身功夫个能带入土，总得有个传人。不过……"

大家以为老周不愿白教，纷纷表态："周叔你说吧，要面给面，要钱给钱。不能让你白忙活。"

老周眼一瞪："把你周叔当什么人了？！你们都是我看着长大的，怎么能开口要粮要钱？"大家被感动，赞周叔真仗义，都改口叫"师父"，催问何时开蒙？见小鱼吞饵，师父笑眯眯说："我也想让大家早日练成。可眼下家里急着拉砖盖房，一时半会顾不上这档子。以后再说吧。"

师徒如父子。师父的事就是自家的事，徒弟义不容辞。消息传开，慕名学艺的小子太多，师父像进了贩卖黑奴市场的奴隶主，捏捏这个胳膊，踢踢那个腿，年龄太小不要，身体单薄不要。金进财光荣入选，被委为大徒弟，小金豆权充二徒弟。第二天天不亮，徒弟们由大师兄率领，三人一组，10辆架子车浩浩荡荡直奔20里外砖厂，两头见

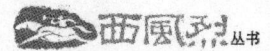

黑,折腾半月才把砖和楼板拉完。看着门前砖垛天天往上长,师父喜得两眼眯成缝。盖房时徒弟们都来帮忙,搬砖、和灰,个个抹得赛泥猴。盼到周家住进新房,问师父什么时候传艺,师父笑眯眯说:"好,好。"耐着性子等了几日,再去问,师父以不变应万变,依旧是"好,好。"徒弟们最终失去耐心,由大师兄、二师兄领着拥进师父家讨个明白。师父懒洋洋靠在躺椅上,实在推不过,只好无精打采问大家都想学啥,又说"月棍年刀一辈子枪",一招一式都靠师父口传身授。这么多人,我一人如何教得过来?徒弟有的要学刀,有的欲练棍,有的想习枪,吵成一锅粥。最后总算统一认识:决定先学少林拳。说好第二天一早开始。

　　太阳升起多高,候在北塬的徒弟们仍不见师父影子。派人去请,回来说老周还在床上打呼噜。请了几次,师父总算来了。众徒弟眼前一亮:师父白府绸对襟褂一溜布扣襻,风兜得灯笼裤呼呼作响,白练功鞋、红板带、黑护腕一应俱全,人高马大、黑面黑髯、光头锃亮,威风凛凛,怎么看都像武功盖世笑傲江湖的大侠,绝技在身的武林掌门。徒弟们看在眼里,暗自庆幸投到大师门下。师父又是一通神侃。徒弟们听得不耐烦,再三催促,总算进了正题:"'行家伸伸手,就知有没有',今天先给你们练趟黑虎拳,让大伙开开眼,晓得功夫不是吹的,火车不是推的。"说完摆架势,拉云手,左右两个外摆腿,再接虚步亮掌,动作慢且笨,怎么看都不像武师,倒似滥竽充数。徒弟疑惑间,师父朝前小跑几步,左腿外摆右脚蹬地扭腰甩臀,用力过猛,身子失去平衡,旋风脚没旋起,自己却"咕咚"摔倒,声音闷得像放倒墙!大伙赶紧上前搀起,师父边捶腰,边哼哼:"唉,老了,老了,实老了!年龄不饶人,不服老不行。今天的课就上到这儿,以后找机会再教你们。"

　　冒牌武师得了便宜还卖乖。徒弟家长问起,老周脑袋摇得像拨浪鼓:"现在的孩子没法说,一会儿要学棍,一会儿要学刀,一会儿要学枪,最后又闹着学拳,学啥都没个长性,简直教不成!还怕下苦,帮师父拉了两趟砖就觉得自己吃了亏,真让人寒心!我小时学艺,给师父倒尿盆一倒就是三年!"

　　大徒弟、二徒弟习武成了全家笑柄,唯独老爹笑不出:"兄弟俩一对傻蛋!早来问老子,也不会上当。老周会拳?会狗屁!尽他娘胡吹冒撂。都是逃荒路上人,一条街上要过饭,周家老底瞒得了别人,哄不了我——他爷周秉贵捏了一辈子面人;他爹周宝生,小名'臭蛋',靠卖老鼠药养家糊口;到了周耀武,正经本事没有,攒了一肚花花肠子!小时候,我们一帮穷孩子常去护城河玩,光腚扎下水,一律野路子——狗刨。刨着刨着打起水仗,你按住我的头灌几口泥汤;我潜下抓住你两腿往水深处拽。正玩得高兴,水面缓缓游来几截黄色东西,漂近一看,不由大惊失色——竟是屎橛子!不知哪个缺德鬼往护城河里倒马桶。争先恐后逃上岸,转身又忘了,照旧戏水不误……那天岸边淤泥露出半个黑漆雕花木匣。水里浮财,见者有份。周耀武想吃独食,眼珠一转,说人多眼杂,不如偷偷埋了,没人时再分。大家听着有理,说好黄昏一道来。周耀武杀个回马枪,半道拐回挖出匣子。躲到僻静处打开匣盖,里面是个绸子包裹,裹了一层又一层。揭开最后一层,差点吓死——一双死鱼眼瞪着他,是个浑身青紫死婴!周耀武吓得扔了匣子扭头就逃,边跑边嚎,边嚎边往后看,生怕死孩子追上……几个红眼家长堵住周家门,连嚷带骂,强烈要求分宝!闹清'宝贝'是死孩子,一哄而散。事后才知:城里一家大户男婴得'四六风'死了,唤来埋死孩子的送坟地下葬。半道下雨,埋人的图省事,偷偷将小棺材埋在城河边,被穷小子误认为百宝箱。周耀武打那得个外号'死孩子'。没想,死孩子老了老了,又哄你们这帮傻孩子!"冒牌拳师反唇相讥,搬出杀猪匠少年糗事:金玉贵回老家娶亲,路过安阳城看见路边巷子里小炉匠正在忙活,旁边堆着国民党军官逃跑时丢弃的级别资历牌。杀猪匠不晓得什么玩意儿,只觉得红红绿绿好看,问小炉匠,小炉匠和杀猪匠一样,也是文盲加白脖,却不懂装懂,说是阔佬戴的装饰品。杀猪匠买了别在胸前,又嚷嚷买十送一,硬饶了枚上面标明"少校"的姓名牌。头戴瓜皮帽,身穿棉袍,佩着级别资历章和姓名牌,军不军,民不民,不伦不类。胸前琳琅满目,金玉贵自我感觉良好,昂首阔步走在街上。安阳正规军少,土匪武装多,野战不行,守城顽强。野战军前后三次才攻下。刚解放的安阳城敌情复杂,时有土匪搞破坏,金玉贵打扮蹊跷,早被便衣盯上,一路跟踪却不见异常,细看"少校"满脸稚气,还是个生瓜蛋子,和土匪头目实在对不上号,最后被请下客车进局子"审查问题"。杀猪匠这才晓得胸前佩着匪军军衔标志,吓得屁滚尿流,直悔不该往自个儿身上喷狗血,老实交代佩级别资历牌为装门面,图个"娶媳妇时好看些"。娶亲日子过了,不见女婿上门,电报发去,回电说已按时起程。丈人家慌了,发动亲友找来找去,最后在号子里寻见傻姑爷……

　　金进财糗事传到家,金老爹气得脸上肥肉乱颤,破口大骂:"墙倒众人推,鼓破人乱捶。大儿刚栽进去,一帮小王八蛋就敢骑在老金家脖子上拉屎。反了天!"又责怪金进财,"杀人不过头点地,砍头不过碗大疤。打不过就跑,跑不了倒地装死。'人穷不让辈,打死不叫爷。'老金家脸面让你丢尽了!"

　　儿子不服气:"你懂啥?好汉不吃眼前亏。我这叫退一步进两步,将来再跟他们算账!"

　　老爹冷笑一声,反问:"将来?我问你俩现在咋办?这学到底还上不上?!"

　　想到候在校门口的众多对头,金进财语塞了。老爹看在眼里,装束停当,大手一挥,说:"我跟你俩走一趟,会会那帮兔崽子!"就凭你?看看老爹临产孕妇般肚子,老八、老十三对视一眼,满脸不屑。见俩儿不动弹,老爹忙打气:"别把你爹不当人物。我年轻时也是道北好汉,每次打架都冲杀在前!解放路平趟,西京城杀四门,东天桥摆大阵七进七出!你爹不是凡人,早年闯荡江湖,少林寺拜师习武雪地里练过三年!"晓得爹爱喷大话,弟兄俩撇撇嘴。见俩儿表示怀疑,老爹说:"你大哥功夫够深了吧?在我跟前他还嫩点!那天跟我说撑了,交手没出三个回合,被我一个六合掌撂出丈外!就凭你爹一身软硬功夫,二三十个兔崽子,还不够你爹一只手打发!今天不在革命街唱出《定军山》,道北演场《杀四门》,兔崽子们还以为老金家男人死完了!"任凭老爹打气,俩儿还是不敢赴会。金师傅叹口气,"都说'老子英雄儿好汉'。老金家怎么一代不如一代？生了你俩一对没起色货！"

正懊丧着，傻子六哭哭啼啼回来，身上稀脏，像在泥坑打过滚，满脸油泥，仿佛舞台黑旋风。一问，又是街上混混们干的！金师傅老来不改姜桂之性，怒吼："头抬起！看墙上挂的什么？！"说着腾地站起，伸手从墙上摘下尺把长杀猪刀！肥脸涨得像抹了猪血，恶狠狠道："马善被人骑，人善被人欺。该出手时就出手！把老子逼急了，白刀子进，红刀子出！"瞅着雪亮杀猪刀和慈故能勇老爹，俩儿双双还阳。金进财壮着胆说："打虎亲兄弟，上阵父子兵。咱爷仨今天拼了！"

父子兵出征！俩儿各袖条短棒鬼头探脑走前，殿后老爹挺胸凸肚、两眼血红、手持利刃、满脸杀气！熟人见了吓一跳；生人见了纷纷避让。工夫不大，后面远远跟着一群好奇观众。见街上扎堆，过来问个究竟的越来越多，问谁都说不清，越发好奇一起跟着走。男女老少脸上全写着问号："拿刀的老胖子是谁？""瞅着面熟，像是革命街副食店卖肉的。""卖肉的要杀谁？""闹不清，看架势今天要玩命！""金胖子家什么成分？莫非搞阶级报复？！""哥几个长点眼色，捅人时离远点，别溅一身血！"七嘴八舌议论，尾随的越来越多，黑压压堵了半条革命街。汽车开不过去，一辆接一辆停下，急得司机们乱摁喇叭，任凭"嘀嘀"声震天响，却无人理会。街道上流浪的几条癞皮狗跟着亢奋不已，人群里钻来拱去，挨了一脚，"嗷"地远远跑开。傻老六追上，"呜哩哇啦"拽住卖肉的胳膊不让走，说什么听不大懂，看模样是不想让亲爹送死。金老爹正在火头上，一肘拐将傻儿搪倒！提着杀猪刀不管不顾继续前行。傻老六坐在马路上"哇哇"大哭，几个上年纪的看不过，将傻儿子拉起……

黄风荡起，满面蒙尘；白虹贯日，血脉贲张；父子出征，慷慨悲壮！革命时期不乏神经质的离奇猜想：手持钢刀报仇冤，要杀的对象范围越扩越大，从领导同事直到邻居亲友。赌出贼凶，奸出人命。莫非谁给卖肉的戴了绿帽子？各种大胆猜想又都被广大群众一一否定，大家实在想不出卖肉的金师傅今天要跟谁玩命。

远远看见金家兄弟走来，校门口守株待兔的混混们来了精神，摩拳擦掌准备大打出手。头领忽然脸色大变，说声"不好！"扭头就跑。一帮喽啰不知出了什么事，还站着发愣，直到金老爹挺着大肚子举着明晃晃杀猪刀摇摇晃晃冲来，才如梦方醒抱头鼠窜。"就是他们！"仇人相见，分外眼红。金进财指着王公道们给老爹看。"宰了这帮兔崽子！"金老爹声如霹雳，边吼边追，边追边捅，两儿拎棒紧随呐喊助威，观众心惊胆战，满街鼎沸杀声震天，雪亮刀尖只距对头后心二三寸处舞动，捅进非死即残！被追杀的个个魂飞魄散，只恨爹娘给自己少生两条腿！落在后边的仨混混当场吓尿裤，六条腿抖得像筛糠。金老爹赶上左脚踢倒一个，右脚踹趴一个，另一个臀部挨刀当场捅翻！金老爹踏住王公道胸脯，血污刀尖顶住喉咙，怒吼："老猫打个盹儿，耗子翻了天。今天非给你放放血！"混混发出凄厉的惨叫仿佛待宰的猪。另一个混混磕头如捣蒜，一口一个"金大爷饶命！"君子报仇，十年不晚。没想才几天就向王公道讨回公道！金进财不含糊，当着满街看热闹的亮出金家大枪，尿了仇人满头满脸……父子兵敲响得胜鼓，一路凯歌还。金老爹不出手便罢，一出手即在闹市杀出威风！扭曲的肥脸和雪亮杀猪刀成了混混们的噩梦!

打那日起,道北地面再没人敢惹金家兄弟。"金老爹单刀赴会"革命街家喻户晓,至今还常被人提起,恶煞屠夫成为晚间故事当仁不让的主角,专门吓唬不听话的孩子。

【速配】

金副司令死后留下两个大木箱,里面装满经史子集、诗词歌赋、人物传记、明清笔记等中外文学名著,还有一摞京剧老唱片,全是造反得来的。雨雪天出不了门,金进财闷得不行,只好乱翻书。起先看不出什么好,翻几页撂一边呼呼大睡,醒来无事可干,只得把书拾起接着看,慢慢看出名堂,读到妙处会心一笑,仿佛饮云雾绝顶仙茗,飘飘然;又像品陈年佳酿,陶陶然。赖孩邀游在不同时代不同人生——古埃及大祭司、古罗马统帅恺撒、"五月花号"上的清教徒、法国大革命和断头台、拿破仑的远征军、莫扎特、贝多芬、割掉自己耳朵的凡·高、《一千零一夜》的阿拉伯神话世界,时而掩卷流涕,时而拍案叫绝,时而通体舒泰口津生香……读《茶花女》,金进财被玛格丽特感动得眼泪鼻涕糊了一脸,暗暗发誓:此生倘若遇上如此年轻美丽痴情的女子,无论她是王玛丽,还是李安娜,无论她和多少男人上过床,我也认了!光看书不过瘾,索性身体力行。乘家中无人,换上姐姐花衬衫,系着妹妹绿裙子,两腮抹红,蹙眉峰,敛眼波,对镜自叹自怜作红颜薄命状。正在东施效颦,赶上金师傅回家,瞅着如痴如醉儿子纳闷,打量一阵,晓得走火入魔犯花痴,一掌将"茶花女"扇回赖孩原形!

看了《红与黑》,金进财才晓得青年男子闯天下,除了舞刀弄枪,还须另有一功。智慧亮光在黑暗里闪现,思想如蝶脱蛹而出。第一次读《独立宣言》"人人生而平等,造物主赋予他若干不可剥夺的权利,其中包括生命权、自由权和追求幸福的权利。"屠夫儿子精神受到强烈震撼:这个杰弗逊写得好!巷子里老人都道万般皆由命,半点不由人。我偏说将相出自寒门!

三百本书装进肚,金进财破茧化蝶,成为"道北知识分子"。本人颇为自豪,不时来几句名言警句人前炫耀,却是鸡同鸭讲。道北好汉不识货,只认谁胳膊粗拳头硬。秀才遇到兵,有理说不清。看你不顺眼,哪怕是满腹经纶,该揍还得揍!金进财无拳无勇,和"武"素不沾边,又有钻胯叫爷历史污点,一肚子学问无人买账,直叹生不逢时,只得屈居人下。

道北好汉薄文厚武,对阳春白雪一律抱以讽谑态度。道北爷们善于把一切复杂事物简单化,信奉该出手时就出手!道北人是痛快人,说话痛快办事痛快,鄙视手不能提,肩不能挑,说话咬文嚼字的四眼文人。文人女婿盖房是道北经典段子。

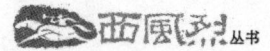

　　勇斗巷老苟家人丁不旺，膝下只有一个如花似玉的女孩，在区保育园当幼教。家里缺劳力，出力活免不了求人，和邻居吵架，气势先低了三分。仗着女儿奇货可居，老苟头总想选个人高马大能踢能打能出力的女婿撑门面。女儿处了个男朋友，是上海外语学院分配至道北中学教英语的大学生。英语老师又矮又瘦，戴副黑框眼镜，标准文人相，说话文绉绉。老苟头挑女婿仿佛贫士市瓜，初见大学生就不喜欢。那会知识无用，外语是垃圾，还有里通外国之嫌。老苟头和无数根正苗红的家长一样，坚信"读书越多越蠢笨，知识越多越反动"。在老苟头眼里：四眼文人爱讲死理，干啥都没个痛快劲儿，干啥啥不行，只剩下挨揍的份儿。再想不到"窝囊废"要当自家女婿。越想越窝囊，老苟头骂闺女："找谁不行，非找个武大郎，看着就憋气！好好的中国话不说，却学着放洋屁！"未来丈人黑着一张老脸，英语老师心里忐忑，想找机会表现，精心画幅六尺泼墨写意山水，裱好巴巴地送去。热脸贴冷屁股，老苟头不屑一顾："墨疙瘩一团，谁知画的什么玩意儿？花三毛钱买张年画，挂上比这破玩意儿强多了！"毛脚女婿再登门，一眼瞅见差点没憋过气——自己精心之作糊了窗户！英语老师终于明白：跟革命街老丈人玩高雅艺术纯属对牛弹琴。革命街老丈人要的是看得见摸得着的实惠，找女婿也须刀下见菜，对那些不中吃不中穿形而上的玩意儿不感兴趣。连下半月阴雨，女友家厨房塌了，立功时刻已到！毛脚女婿邀来一块进校俩眼镜，拉来砖，和好灰，如何砌墙却成了难题。对着别人家墙研究好一阵，照猫画虎朝上砌。"百无一用是书生。"墙砌得歪歪扭扭，自己也看不过，笨手笨脚砌了拆，拆了砌。全巷人闻讯跑来看热闹，都欣赏文人干活，边看边笑。油毛毡苦顶时，观众情绪达到高潮：大学生哆哆嗦嗦爬上去，战战兢兢站在屋顶，眼神不济一脚踏空，身体失去平衡，两手在空中徒劳地乱抓一气，"哎哟"一声摔下，被扶起灰头土脸一瘸一拐。周围乐翻天！几个小伙边笑边麻利攀上，铺的铺，敲的敲，三下五除二就将屋顶苫好。真他娘废物！老苟头嫌丢人，脸涨得通红，一遍遍向观众解释："没办法。妞自个儿愿找个文人吃货，我有啥办法？！"

　　欢送上山下乡的锣鼓敲得心发慌，赖孩一夜变成"知识青年"。金进财对上面给自己戴的这顶帽子十分不满，心想：本人刚满十六，说青年，能沾边；讲知识，初中念了半年就闹革命，算哪门子知识分子？金进财年纪不大，脑子却不糊涂，头顶什么帽子，就享受什么待遇——戴上绿军帽，就成了"最可爱的人"；进了工人阶级行列，自然要"领导一切"；贫下中农是"最可靠的同盟军"；黑五类为"管制对象"；知识分子则与"改造""挽救"之类贬义词密不可分。现时期知识意味着危险，意味着反动，"青年"前面加上"知识"定语，送到农村"再教育"，情况不妙，大大的不妙！

　　速配运动野火般蔓延。速配透着功利，何日返城心里没底，展望前景暗淡，想在异性身上找慰藉。见男女热火朝天只争朝夕搞配对，金进财坐不住了，无奈名声太臭，热脸急切贴不上冷屁股。女生们一致认定：与赖孩配对，那叫缺心眼！无异上耻辱柱陪绑。一来二去，班上24个女生都是庙里的猪头——有主了，剩下两筐底苕，别说亲近，看着就先倒胃口。这可怎么办？金进财想来想去，想到裴月亮身上——两人在青纱

帐里搂着睡了一宿,嘴亲了,奶头子隔着衣服摸了,总归有些老交情。听说学校有俩男生争着和月亮配对,尺有所短,寸有所长,到底选哪个? 月亮尚未做最后决断。金进财不死心,借口"碰巧从这里路过",想与昔日情人推襟送抱做"倾心之谈"。谁知命犯灾星,屁股还未坐热,赶上马婆子回来。像看见撒旦闯进家,马婆子四下寻家伙。谈心者见势头不对,转身要跑,被眼疾手快的坊间女杰提溜着领子揪回。卖冰棍的下手又快又狠,一对火筷子抡得像电风扇。"倾心之谈"未成,先添一头疙瘩。金进财越摸越气:配对不成交情在,犯不着下此毒手。你母女无情,休怪俺不义! 逃到半道的金进财杀个回马枪,门前远远站下,狂号怒骂,骂马婆子有眼不识金镶玉,把打着灯笼难找的好女婿拿脚踩;骂裴月亮攀高枝背信弃义,负了月下之盟,早晚遭报应。数冬瓜,道茄子,青纱帐旧账也翻出,男的说直悔该下手时没下手,早知今日,那晚就该奸了你! 配对的越骂越起劲,直骂到马婆子提着斧子杀气腾腾追出……灰溜溜走在回家路上,配对的直叹人情冷暖世态炎凉,以往呼风有风,唤雨得雨,没了老大庇护,自己在道北革命群众眼里屁都不是。眼看别人速配成功出双入对,金进财心里越发着急:长到上学年龄才从农村姥姥家返城,晓得社员居家不易,知道农村娶媳妇难。下乡当农民就够倒霉的了,再不提前下手给自己弄个不要钱的媳妇,保不定老了老了沦为村里无儿无女五保户,尸首臭到破草屋里无人知。

老爹带回一条珍贵信息:单位开票的主动提起,表妹余桃花嫌下乡地方太苦,想改跟外校走,哪个男生能帮着联系就跟哪个男生配对。金进财听得欢喜,连夜赶去联络,一见喜出望外:雪白脸,乌溜溜大眼睛像会说话,薄秋衫尽显窈窕身段,该凸的凸,该凹的凹,十分诱人,说话声音娇糯,一直麻到男人心底。美中不足是右颊有条细长疤,隐隐透红,像是外伤刚好。问起,说是晾衣服时不小心被铁丝划的。再一问,年龄比自己大三岁。金进财安慰自己:只要人漂亮,大就大点吧,不是说"女大三,抱金砖"吗? 美人瞅着面熟,像在哪儿见过。金进财猛然想起:这不是红造司宣传队演白毛女那位吗? 以往一个在台上,一个在台下,凡间的金进财只有瞻仰九天仙女的份儿,没想到革命街穷小子今宵得以亲近芳泽,真不知哪世修来的艳福! 美女对金进财热情得出奇,见面没说几句就催办同插队手续,临去秋波一转,翠眉留客,令男的越发魂不守舍,意惹情牵。一路喜跃抃舞还家,乐晕的金进财渐渐冷静下来:速配场上狼多肉少,肥羊肉怎么会落进我嘴? 美人脸上长疤更透着蹊跷。越想越不对,赶紧托人打听,反馈信息让金进财大吃一惊:余桃花有个意味深长的诨号——"十八路"。十八路是美人家门前跑的公交车,由诨号联想到其丰富内涵。可怕消息接踵而来:余桃花是红造司岳司令相好,公捕大会召开当日,相好去医院对腹中孽障做了善后处理,据说身陷囹圄的岳司令也是枉担虚名吃了别人剩饭;上山下乡风声乍起,驻校军宣队一名负责留城分配的排长因"男女作风"问题被勒令退伍还乡,未婚妻撵到学校用水果刀在害人精脸上留念;余美人有句惊世骇俗名言:男友如同美女脚上的鞋,用过即换!

女的不知男的已洞晓底细,过了几天不见动静主动上门。金进财冷冷睨着余桃花却不说话。来配对的被看得心里发毛:"进财……你……你怎么了?"

67

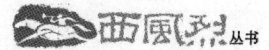

"还用我挑明吗？你干的事你心里最清楚,另寻傻帽儿吧!"

"君子绝交,不出恶声。"一对男女毫无君子休休有容的大度,速配不成,恼羞成怒,彼此语言像浸饱毒汁的利箭射来飞去。女的轻蔑地说:"也不撒泡尿照照自己。就冲你这破家,要不是姑奶奶这阵子走背运,给我倒洗脚水也轮不上你!"说难听的没人赶得上赖孩。男的赖皮赖脸一笑,出口的话更具杀伤力:"老金家人穷志不穷。别人的剩饭我不吃;男人压烂的破车我不坐!"

第四章
集体户

【二九一十八两片一起夹】

卡车行驶在弯弯山道,沿途景色越来越黯淡:不见树木,只见乱砍滥伐后残留的树桩;瓦舍全无,只有低矮灰黑的茅草房,狗瘦得皮包骨,吠声透着有气无力;贫瘠土地被洪水冲得沟壑纵横,裸露着沙土石块。满目荒凉让全车人心情黯淡。一个女知青嘤嘤地哭,谁也劝不住。金进财听得不耐烦,加之屡配屡败对女生攒了一肚子怨气,借机呵斥:"又不是让你去炸碉堡堵枪眼儿,哭球个啥劲?!当了山民,就别做作,以为自己还是城里纯情少女?"说着赖劲上来,笑谑,"同学们,大家把心放宽,没什么大不了的,最多扎根山区一辈子。男的打光棍,女的嫁山民,生窝小山民。平时一家子勒紧裤带,逢年过节领进城,放开肚皮连吃带喝再大包小包朝回拿,给他姥姥、姥爷来个'三光'!吃了白吃,不吃白不吃。谁让他们没本事让咱参军、给咱办'留城'?"卡车路过坡地,一群黑棉袄黑棉裤光头黢面的山民正在修梯田,老的都是豁豁牙,少的俱为黄金般齿,见卡车驶过一起停下,拄着锄,张着嘴,呆呆看着车上知青。金进财借题发挥,指着山民说:"女同学都看清了!你们将来结合的贫下中农就是这号,一人一个,谁也跑不了!"车里女知青都是十六七岁,金进财描绘的悲惨前景把小妞们吓坏了,非但没反唇相讥,反而放声大哭。哭声仿佛传播极快的瘟疫,原本劝人的也跟着一起号。哭得最凶的将驾驶舱顶拍得山响,死活闹着要跳车,被旁边的牢牢抱住。哭的哭,叫的叫,满车鬼哭狼嚎。司机不知出了什么事,赶紧踩刹车。押后的县知青办梁主任闻声匆匆赶来,哄住这个,再劝那个,好不容易平息一场风波。闹清风起何处,梁主任瞪着肇事者,恶狠狠问:"你叫什么名字?哪个学校的?下到哪个公社?!"掏出名单验明正身,梁主任指着造谣者严正警告:"金进财,你小小年纪哪来恁多淡球话?!能不能夹紧你的臭嘴?!上山下乡是伟大领袖的战略部署。你再敢胡说八道搞破坏,看我怎么收拾你!"梁主任骂罢气哼哼走了。男知青幸灾乐祸;女知青破涕为笑,都高兴赖孩吃瘪,更满意同路人开始就给掌握知青命运的官员留下深刻印象。本想玩把黑色幽默,谁知惹了祸,金进财再不敢胡说八道。

山民大多数没去过县城,没见过火车,能跑会叫的火车成了心目中永远的神奇。田间地头休息,山民问知青:"火车有多大?赶得上我家三间房?"知青不屑地回答:"一列火车能挂六十个车皮,一个车皮就顶你家三间房。火车站起比山高,咳嗽像打雷,能把你耳朵震聋!"山民想不通:铁轨那么窄,火车拐弯为什么掉不下来?知青解释不清,说火车站离这百十里路,两天打个来回,到那儿一看什么都清楚了,再花五毛钱坐一站,过过火车瘾,这辈子你也算没白活!一听此言,山民立马从憧憬中回到现实,说那要耽误多少活,少挣多少工分。看了火车又能咋?坐了火车又能咋?既不顶吃又不顶穿,还白花钱!说完,满意地笑了,仿佛占了便宜。

每次开社员会,七队集体户配对成了山民永恒话题:"公家把你们的事都安排好了,让你们十个在这扎根一辈子。"知青最烦听这个,立即反驳:"谁说的?!锻炼几年,我们就回城了。"社员一齐摇头:"回城?你们这辈子怕回不去了!咱队上分来五个男知青,五个女知青,公家就是让你们来扎根配对的。男女搭配,干活不累。男的一个不多,女的一个不少,知青点又只盖了五间房,你们不来配对来干啥?!"知青个个能言善辩,却驳不倒社员谬论。山民将心比心,认定一个朴素真理:知青之所以不安心,关键是没娶媳妇,等到老婆孩子热炕头,自然再不胡思乱想。毛主席他老人家考虑周到,早有安排。社员们接下来七嘴八舌乱点鸳鸯谱,最后一致认定:"东印"配"丽英";"新生"配"美花";"根顺"配"玉琴";"合安"配"爱华"。剩下金进财嘛,正好配颜莉莉,理由是两人都长得白。男知青脸皮厚,嘻嘻哈哈,不承认也不否认。金进财心里更是美滋滋:颜莉莉头发漆黑发亮,眼睛水灵灵,脸色娇红嫩白,仿佛一尊精致细瓷美人。大家说多了,金进财心里难免有想法:颜莉莉比裴月亮更俊,能和她配对,那真是天上掉馅饼!听社员又在拉郎配,女知青脸红了,嗔声"讨厌!"远远坐一边,却不像真生气。唯独颜莉莉变脸,扔了手中锨,骂句"无聊!"气呼呼走了,任队长背后喊,再不回头。

"颜莉莉寻下女婿了?"队长猜出女知青生气原委。

"早就有了。"

"干啥的?叫个啥?"

"跟咱一样,也是修地球的,在外县插队,叫'六六六'。"

山民都笑了,说咋不叫个"敌百虫"?叫"1059"也行,都比"六六六"值钱。又问:日怪咧,咋还有姓"六"的?《百家姓》上没有嘛。男知青解释:六六六不姓六,姓臧,大名臧藏殊,是本校高六六级六班的。因名字拗口,知青称其为"六六六"。这家伙墙头草,随风倒,"文革"初期是铁杆保皇派,见风使舵,以后又成了造反派笔杆子,随着形势变化,不断地在各派之间跳来跳去,很为群众不齿,人称"政治破鞋"。同屋女知青补充:这家伙有个怪癖——规定颜莉莉每周写篇读报暨插队锻炼心得寄去,回信附有当前形势分析、政治警示、革命格言。"六六六"身兼两职,是男友,也是颜莉莉前进路上的政治导师。山民一起为金进财打抱不平：公家配好的五对子，你"六六六"一个外人，不在你那儿找对象，凭啥来俺七队插一杠子?！剩下金进财怎么办？金进财却胸有成竹：男女隔了四百里地，只好靠写信解馋，做不得数，分手早晚的事。冷水泡茶慢慢浓。慢火煎鱼，下足水磨工夫，姓颜的早晚是俺盘中菜。

　　问集体户什么问题最大，回答千篇一律：吃饭问题最大！七队十个知青九个姓，却要在一个锅里搅马勺。九龙治水没水吃。刚开始注意形象，你谦我让，故作文明，还不时来段风箱伴唱《红灯记》。时间一长，原形毕露：我说你吃得多，你嫌我干活少，锅勺锅沿碰得乱响。吃饭像抢饭，筷子抡得飞快，男知青赛过饿死鬼，女知青仿佛上槽猪，进食无人说话，只听五对喉咙山响。粥少僧多，逼得金进财率先探出吃饱门道：头碗只盛少许，二碗刚过半，三碗堆尖。前两次是轻装上阵探虚实，最后一下才是重拳出击决胜负，暗合田忌赛马之道。盛饭学问更大，铁勺在锅底来回搅，面片如潜伏小鱼浮出，勺子兜住慢慢往边上靠，此时切忌快，一快鱼儿就惊跑，全仗手上练就的功夫，勺子贴壁慢提一网捞尽满河鱼——汤面变捞面。后来人再去捞，只见水，不见鱼，气得乱摔饭勺，嘴里骂骂咧咧。脸皮厚，吃个够。摔骂由你，吃饱由我。金进财笑眯眯相劝："填坑没好土，猪多没好糠，凑合着吃吧。"

　　雨雪天不出工，个个赖床不起，都怕做饭，比耐饿，看谁扛过谁。早上扛到中午，中午扛到晚上，金进财饿得受不了，骂骂咧咧起来，进灶房火气更大：案板堆满脏筷脏碗；锅里结满玉米糊锅巴，铲子铲上硬得赛铁。偷偷舀碗白面去山民家换鸡蛋。点着火，锅里添碗水，趁热在锅底铲出巴掌大净地，倒掉脏水，又添半碗净水烧开，荷包蛋告成。灶房传出响动，大家欢喜，赶紧穿衣奔灶房，再出来，一个个脸吊得死长。"你吃的鸡蛋哪来的？"集体审问。

　　"我自己下的，你们管得着吗?！"赖孩耍开无赖，"见我吃俩鸡蛋，一个个就害红眼病。我说你们怎么跟旧社会地主老财得的一个病——见不得穷人喝米汤。你们馋鸡蛋了，脱了裤子自己也下几个。"

　　"你小子咋恁自私？光顾你一人吃饱！"同伴纷纷指责。

　　"狗揽八泡屎，人顾自个儿嘴。我也想顾咱们十个，顾得过来吗？这年头，爹死娘嫁人，个人顾个人！"金进财振振有词，拿自家邻居说世事。这家姓皮，父母双亡，身后留下一对孪生儿子相依为命。附近住个叫老歪的闲人，门口过往学生没少被他欺负，这天又瞄上二皮。看见弟弟脸上暴起的指痕，大皮红了眼，操块半截砖满世界寻仇。刚开始，老歪没把俩小毛孩放在眼。谁知大皮、二皮就像神话里打不死的怪物，打倒了爬起，再倒再起，脸上血也顾不得擦，扑上去你一拳我一脚拼命厮打，真正是屡败屡战。胆小的怕胆大的，胆大的怕不要命的。见皮兄弟玩命，老歪先自怯了，提议讲和。想打，由你；不想打，由不得你。从那天起，老歪命交华盖，经常被俩比自己矮半头的毛孩子撵得满街乱窜，成了坊间笑柄。皮兄弟同仇敌忾却为争吃翻脸，每月 27 斤粮食定量各买各的，同盘而食蜕变一门两灶。中秋佳节，街道干部慰问辖区孤寡。慰问的刚走，

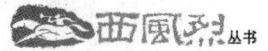

二皮赶紧将纸包解开:里面是两块烘得焦黄闻着喷香月饼。月饼眨眼下肚却没来得及品滋味,二皮后悔不迭,又惦记第二块,知道那是大皮的,能看不能动,实在扛不住,就哄自己:只舔一下,说话算话,谁说话不算话谁是小狗!谁知一舔就像狗舔稀屎,舔不净不算完,再由不得自己。听说街道来家慰问,大皮一路雀跃蹦回,翻箱倒柜,寻不见慰问品影子,最后从垃圾筐翻出包月饼纸,闻一闻,尚有余香。大皮心疼得落泪,蹦起破口大骂。二皮自知理亏,不敢做声。大皮光骂不解气,赏了偷嘴的一耳光!这下二皮不干了,斧头菜刀撞出火星,桃伤李仆,双双送进医院抢救……金进财总结:饥火烧肠,手足之情不敌一块月饼,何况十人九姓集体户。

  饥饿面前,花前月下海誓山盟和校园金兰结义同样不堪一击,知青灶不断分化组合,先是一个大灶,后是男女两个灶,最后裂变为十人九灶。双人灶是金进财和张东印。金进财起初找的颜莉莉,盘算合灶搭伙计,慢慢加温,往夫妻灶过渡。金进财拍着胸脯保证:只要颜莉莉同意合灶,打柴、磨面一应重活男的全包了,女的就睡在床上等开饭吧!女知青心明眼亮,看透男知青居心不良,断然拒绝!金进财碰了壁,灰溜溜来找张东印。张家经济条件好,所谓好,不是家长挣钱多,而是家里吃饭嘴少。张东印不会做饭,金进财穷得叮当响,两人各取所需。合灶后怪事接连发生:先是油瓶里清油下降速度令人心惊;白面消耗之快让主事胆寒;接着鸡蛋也不翼而飞!张东印讯问同灶伙计。伙计铁嘴钢牙,先捶胸顿足洗清自己,再装模作样帮着分析案情。查来查去,查不出究竟。失主把能吃的统统锁进箱子,严防死守,还是防不住内贼。双人灶晚餐是玉米粥,没菜下饭,金进财厚着脸皮又到社员家讨了半碗浆水菜。俩人苦口苦面,没滋没味吃着。隔壁忽然飘来一股浓香!张东印抽着鼻子使劲嗅,连问什么东西?好香!金进财脸扭一边,像没听见。张东印狐埋狐搰,狐疑地看着吃一锅饭的伙计,骤然脸色大变!放下碗,赶紧去开箱,揭开箱盖,主人惨叫一声,差点晕倒——命根似的一条咸肉只剩下半根!张东印捧在手里说不出话——自己平时再舍不得吃,实在馋不过,割自身肉般咬牙切下薄薄一片,锅里略有荤味即可。抠来省去,想不到是给没尾巴大老鼠攒的!金进财见势不妙,端起饭碗朝外跑,被失主疾步撵上一把拽回。菜刀举起,同灶伙计从实招来:女知青深沟壁垒严防性骚扰,却笑纳送上门的糖衣炮弹。内贼反过来劝失主:"有盐同咸,无盐同淡。都是集体户人,楚弓楚得,何必穷究不舍?"

  失主气得大骂:"瞧你那点出息!一个颜莉莉就让你迷三倒四。要是碰上貂蝉、杨玉环,你小子非把亲爹卖了!"

  金进财嬉皮笑脸回答:"老哥说的一点不错!你喜欢打牌,我离不了美女。香油拌韭菜,各人心里爱。好东西进了美人嘴,比我自己吃还香。女人贪吃上当,男人贪吃背账。舍金套玉,颜莉莉见我已有笑脸。伊有关门计,吾有跳墙法。事情发展都在金某掌控之中,俺俩配对大有希望!"失主越听越气,朝内贼屁股踢去,厉声喝问:"赏个笑脸,你就吃里爬外摇尾巴,真是条癞皮狗!你龟孙认罚,还是认打?!"赖孩一听,脱下裤子趴在床上,赖皮赖脸回答:"爷,杀我无肉,剐我无皮,只剩裆里这杆大枪,送你,想你也不要。孙子我还是认打吧。"张东印解下皮带高高举起,看看同伴的瘦屁股又

有些不忍,听叫"爷",更下不了手,收起皮带,照内贼屁股又踢了一脚,喝令收起碗筷赶紧滚蛋!双人灶连夜解散。无食物做跳墙梯,连吃美人闭门羹。金进财哀叹:"我成了三国盗书的蒋干,两边无功,反而有过。"

分灶散了集体户人心。金进财去镇上赶集,刚出门,别的知青追出说:"赖孩,回来给咱捎捆葱。"二十里路捎捆葱,还不得把金爷累死。你不是女的,又不在一个锅里搅饭勺,我捎得着吗?!金进财装着没听见,赶紧走路。"赖孩,听见没?给咱捎捆葱。"声音大了许多。再装听不见不行了。"啥葱?"金进财边走边装糊涂。

"吃的葱。"

"啥吃的葱?"步子越走越快。

"大葱。"

"啥大葱?"

"你妈的葱!"石块飞来,金进财已蹿至射程之外……

肚里没油水,盼着队里谁家娶媳妇,不等主人来请,知青早早自去,贺礼永远是一张伟大领袖印刷画像或一本《毛主席语录》。山民结婚席面是传统的"八冷""八热",喝的自酿黄米酒。"八冷"意思不大,无非腐干、豆芽、粉条、莲藕、萝卜丝之类。"八热"才是主打。此地炒菜不在行,荤菜一律先过油后上蒸锅,蒸时放上大料兑满高汤,端上席,汤不汤,菜不菜,坐席所以又叫"吃汤水"。金进财第一次"吃汤水"就在十里八村扬了名。一上酒席,金知青立即显出超级战力,仿佛抢食饿犬,又似奔泉渴鹿,酒一杯接一杯,一壶米酒被其喝去大半,筷子抡出花,菜上桌,别人一口没嚼完,他第三筷子又伸进碗里……同桌山民看得直瞪眼:这副吃相哪像城里来的洋学生?简直是饿死鬼投胎!金进财不以为耻反而洋洋得意,自诩"净壶元帅""尽盘将军"。吃别的菜可以抢时间、拼速度,蒸片子却不容多吃多占。此菜做法是将肉皮过油的肥膘肉切成八片,洋芋码在盘中,八片肉围在外面,像盖新房贴瓷砖,图个好看。此菜又称"八片子",是主打里的主打。山民坐席先看"八片子"大小厚薄,以此判断"汤水"好赖、主家待客心诚与否。

今天又去吃汤水。"八片子"刚上桌,严阵以待的金进财率先出击,筷子攥起,却是两片——厨子一急切了个连刀。一桌八双筷子七双到位,剩下大队贫协牛主任只顾和邻桌说话,回过身不见自己那份儿,再抬头,瞅见对面一双筷子攥两片!贫协主任急了,一边嚷嚷:"一人一片子,不敢乱攥!"一边站起伸筷子去抢。俩人拔河般拽来拽去。眼明手快的金进财最终占了上风,力敌追兵,攥两片全身而退。牛主任向来吃白食,今天自己的肥肉却被别人抢走!眼看一指厚、巴掌大两块片子统统进了知青嘴,贫协主任气得摔了筷子,大骂:"弄尿哩!"送了五角钱份子,到嘴的片子却飞了!不仅亏了嘴,更严重是贫协主任权威受到公然挑战!牛主任想不通,坐在那儿死活不依,祥林嫂般向众人学了一遍又一遍,指责同桌知青不懂规矩,不知礼数,冒犯贫协主任,痛诉城里下来的二流子厚颜无耻!

抢食者恬不知耻、自鸣得意、到处宣传:

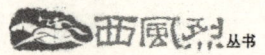

二九一十八,两片一起夹,小金吃得满嘴油,老牛气得叫喳喳。

【贫协主任与新中农】

社员在山上干活,远远看见牛富贵背着手,摇头晃脑哼着乱弹,一步一步朝上走,故意大声问:"牛主任上哪去?"贫协主任自豪地回答:"上公社开贫协会。上面重视得很,主要领导都去了,邢社长主持,汪书记做总结。内容重要得很!明天给大家详细传达。"又问开贫协会吃的啥?贫协主任得意地说:"落脚的饺子起脚的面,中间还吃了顿大烩菜,每人碗里两片子肥膘肉!"听的人都羡慕得直咂嘴,又问贫协什么时候补选?拜托牛主任及时通气,让咱也吃回油大。贫协主任摆摆手,正色道:"这可不敢胡说!进贫协必须阶级立场坚定,对敌斗争坚决,就像孙大圣进太上老君炼丹炉,得过九九八十一关。"

知青下乡时,赶上全国开展"清理阶级队伍",牛主任首创"游村请罪"——勒令四类分子戴顶标明身份的纸糊高帽,腰系麻绳,牵狗般挨村转,向曾受自己剥削的老贫农请罪。出乎策划者意外:绝大多数被剥削者和剥削者重逢,不是怒目相向,而是笑脸相迎,气氛不像请罪,倒似老友叙旧。老长工先说"多日不见",又叹"咱们都老了"。老地主鞠躬请罪,老长工作揖还礼。牛主任气得直骂:"老糊涂!"老长工说:"我人老脑子不糊涂。东家那会儿对我好得很!坐一个桌,吃一锅饭,头碗饭东家婆娘必端给我,从不把咱下眼观。农忙时,我在前头干,后边东家也没闲着。打下粮食,新麦先送到咱屋。人心都是肉长的,不能睁着眼说瞎话!"城里来的学生听傻了:教科书写着"天下乌鸦一般黑",老贫农却说"东家待我不薄,人要讲良心!"两者大相径庭。官方说法和民间私人体验,往往存在巨大差异,古今中外,概莫能外。知青接受"贫下中农再教育"收获多多,此为其中之一。贫协主任大怒,说老地主的糖衣炮弹毒气太大,老长工中毒太深,挨了一炮弹,过了几十年还不醒!

牛富贵革命顶峰是出席全县贫宣团成立大会,有幸和挨桌敬酒的县领导碰杯,拢共说了三句话。牛代表四辈贫农,先人见过最大的官是镇长,今日骤获殊荣,激动得不行,当众宣布将封建名字"牛富贵"改为革命大号"牛向东",连夜作诗表忠心,送县广播站播出:

县长敬咱酒一杯,不由周身颤巍巍。
领导嘱咱三句话,自感肩头责任大。
站在山头望北京,一片丹心永向东。

全队齐跳忠字舞,誓保江山代代红。

贫协主任革命热情高涨,苦了全队社员。满天星星,牛向东就挨家砸门,上至八十三,下至手来搀,赶羊般吆到饲养室门前学跳忠字舞。饲养室墙上钉个佛龛,原先供的观音菩萨改为伟大领袖石膏像。贫协主任站前,屁股对着大家,领跳忠字舞。牛向东边唱:"敬爱的毛主席,我们心中的红太阳……"边手舞足蹈扭腰摆臀。牛代表跳舞似跳傩:顿足扬臂,仿佛图腾崇拜,俯首折腰,颇具顶礼古风,高潮时右手捂心口,左手掌朝前伸,两个脚尖跷起,抬头挺胸遥望东方作无限深情状。只苦了一班硬胳膊硬腿山民,舞姿不堪入目,不像舞蹈,倒像抽筋,你看我,我看你,想笑不敢笑,欺贫协主任背后没长眼,大家跳得偷工减料。二傻子天宝却学得认真。山区缺碘,每个生产队都有几个脖子上挂着瘿瓜蛋的傻子。天宝脑子缺根弦,忠字舞和跳大神分不清,嘴里呜哩哇啦,手胡抓脚乱蹬,一蹦跶,脖子上甜瓜大瘿瓜蛋乱晃荡。后面陈队长看得有趣,照屁股一脚,笑骂:"你当跳神驱鬼呢,好好跳!"天宝无故挨踢,气得哇哇大叫,扭头一看,后边人都在笑,闹不清谁踢的。天宝虽傻,也知队长惹不起,拾坨干牛粪,却砸在旁人身上。替死鬼大怒,追上拳打脚踢,两人扭作一团,逗得学舞者哈哈大笑。领舞者恼了,怒喝:"跳得好不好是水平问题,跳不跳是态度问题、立场问题!谁不想跳就滚!敬酒不吃吃罚酒。到时让你驴日的哭都没眼泪!"一听涉及"态度和立场",在场的都不敢笑了。跟着领舞者,山民们满脸虔诚恶形恶状僵硬起舞。

跳罢忠字舞,贫协主任大抓阶级斗争:麦场竖起一人高木架,搭上木板,让四类分子跪在上面请罪。扳着指头数来数去,七队够资格上去的只有十三个。嫌斗争气势不够,牛向东直叹队里阶级敌人太少。见王玉星拄着拐棍一扭一扭路过,贫协主任命民兵将老媪架来。王玉星年过八十、满嘴牙掉光,大家谑称"没牙婆"。见高高跪了一排,知道没好事,没牙婆拼命挣扎,两只鞋蹬掉,露出粽子般小脚,嘶哑着嗓子分辩:"弄错咧!俺家是中农,不够上去的资格。"上不上还由得了你?!牛向东一声吼:"王玉星散布反动言论,也得收拾!"民兵推的推,掀的掀,合力将老婆子弄上架,实在跪不下,法外施恩允许站着,可怜一对三寸金莲平地尚且站不稳,尺宽木板如何立得住?仿佛上了浪木,前三步,后三步,晃个不停。一排人跟着晃,直晃得胆战心惊,压低嗓音哀告。这个说:"没牙婆,不敢晃了,再晃就掉下去了!"那个道:"好我那婆哩,你就消停一会儿吧!"没牙婆哭丧着脸回答:"我也不想晃。牛向东非把我老婆子弄上来晃,我有啥办法?!"贫协主任领喊:"打倒反动地主分子XXX!打倒不法富农XXX……"下边喊,上边也喊,喊成一片。没牙婆张着跑风漏气的嘴,也跟着"打倒,打倒……"打倒半天,也不知要打倒谁。受毕高台教化,没牙婆老腿成硬棍,小声嘟囔:"俺说咱村过去麸子是喂猪的,高粱是高脚牲口吃的,就把俺往死里整!唉,老了老了教乖了,再不敢说实话了!"

金进财赞同:"没牙婆说得对!从今儿起,有话攒着,有屁憋着。什么时候能说真话了,咱再开口。"

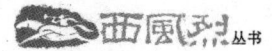

　　七队有家富农姓苟，有家贫农姓郎。狗（苟）狼（郎）是天敌，苟家郎家是邻居，是邻居免不了摩擦。苟家是贱民，吵架底气不足；郎家出身高贵，无理也不饶人。两家婆娘昨日又唱叫扬疾，郎婆娘把苟婆娘头发揪下一撮；苟婆娘在郎婆娘脸上抓出血痕。贫农婆娘把富农婆娘头发拾起揣进兜冒充自身的，一路号骂，找贫协主任为自己做主。牛向东正在猪圈起圈，目睹罪证怒从心起，连说这还了得，富农要翻天！扔下粪耙，叫上基干民兵背上枪直奔苟家！富农全家被勒令低头站成一排，任凭贫农婆娘扇耳光，扇罢还不解气，寻棍搅些屎硬往嘴里塞。遭此奇耻大辱，苟婆娘喝了农药，幸亏老公发现得早捡回一条命。富农儿子气不过，想到以红攻红、以贫治贫，连夜翻山越岭搬救兵。三个贫农舅舅一听，气得像戏台上的窦尔敦哇哇大叫！妹子婆家成分高，聘礼下得重，娘家仨兄弟每人都得了二斗小麦，就冲这，也得给自家妹子出气！仨舅舅当下纠集一帮本家，都是根正苗红苦大仇深敲一下当当响的贫农，操着棍棒浩浩荡荡杀出山！苟家避嫌作壁上观，边念佛边观赏舅子们将郎家打得鸡飞狗跳、人仰马翻、抱头鼠窜，屋里砸个稀烂，只差没拆成白地。没抓住肇事婆娘往脸上抹屎，三个舅子不解恨。临去，大舅子蹦上灶台，二舅子跳上炕，三舅子钻进盛粮板柜，各屙一泡，干稀稠都有，给仇家留些念想。牛向东成了秦腔《三滴血》的胡县令——糊涂官判糊涂案。贫农们又撑到贫协主任家，要给贫农出身的妹妹讨公道。牛向东见势不妙翻墙逃跑。跑了和尚跑不了庙。墙上奖状被扔进粪堆沤粪；门窗被捣个粉碎。得知贫农内讧，支书骂跑来搬兵的贫协主任多事，说谁惹下的乱子谁收拾，大队犯不着给你擦屁股！牛向东又找公社贫协主任求援，理由是：苟婆娘虽是贫农肚子出来的，却和富农一个炕上睡了十八年。白布掉染缸，早染黑了！为什么不能批斗？！为什么不能朝脸上抹屎？！公社贫协主任听说贫农与贫农过招，又牵扯到外公社，脸皱得像过了季丝瓜，当即正告牛向东：打架的是贫农，一旁看热闹的是富农。天下贫农是一家。再闹些亲者痛、仇者快的蠢事，你的大队贫协主任就干不成了！牛向东像泄了气皮球，垂头丧气回队，图谋反攻的郎婆娘又找来，被连推带掀轰出去。旁人问起，贫协主任连连摆手，自嘲："富农打贫农，那叫翻天，咱治得下！贫农打贫农，那叫误会，咱管不了。贫农打贫协主任，那叫忤逆子打爹，咱只有逃跑。"

　　贫协主任是阶级眼，眼中世界只有两类人——一类是贫下中农；一类是四类分子。前者和后者的关系永远是管制和被管制，自己天生是革命秩序维护者。金进财一行来七队插队，老执法遇上新问题——知青该划入哪一类？这个问题确实复杂，别说贫协主任闹不清，知青自己也糊涂。

　　问题不久有了答案。队里三个小孩在坝上玩耍滑落水库。山民都是旱鸭子，急得乱喊却没人敢下水救人。知青听见火速赶来，衣服顾不上脱，就"扑通，扑通"往水里跳。两个最终被捞上，叫"富余"的却沉了底。家长哭得死去活来，金进财看得不忍，长长吸口气，一猛子扎到底，淤泥里摸来摸去，摸到一条腿，倒提死孩子浮出水，上岸累得瘫倒……埋了孩子当晚，父母来集体户请捞尸的"到家坐坐"。富余家蓬户瓮牖，穷得不能再穷,却倾其所有——山韭菜炒粉条、腌野香椿炒鸡蛋、烧豆腐、炖得稀烂的叫鸣公鸡,盛了堆尖四老碗。两口子都是老实人,三天两头被贫协主任收拾,木讷得近乎哑巴,这会儿更难受得说不出话,红肿着眼给客人一遍遍斟酒。孩子死了,破草屋里凄凉惨淡,捞尸的心有戚戚,却毫不影响食欲,边啃鸡块,边劝慰:"想开点,早死早托生。富余命里注定不是受苦人,你这穷家压根儿留不住,现已名列仙班。这会儿已托生到省城,科长家富余没往眼里搁,处长家也不去,至少得是个副省级。一家子把富余当小祖宗供着,天天喝牛奶,吃蛋糕,红烧肉管够,洗澡搪瓷大盆,屙屎抽水马桶,出门小轿车,保姆围着伺候,比在你家享福多了。你们该高兴才是!"

金进财醉醺醺归来,众知青都很羡慕,看见慰劳鸡蛋,都说"死孩子没白捞",都盼另外两家请去"坐坐",都想着捞上个死的都吃得满嘴流油,救上俩活的还不得大摆酒席。过了几日,其中一家家长门前路过,掏出八分钱一盒"羊群"散了一圈,不闲不淡说了两句感谢话。另一家更绝,见面屁都不放一个,像什么都没发生。知青们气得乱骂,说没见过这号没良心的东西,早知道大冷天就不下水了,让龟孙断子绝孙!金进财脸上却淡淡的,冷笑道:"请你有请你的原因,不请有不请的道理。有什么可骂的?"见同伴不解,金进财叹口气,"平日劝你们闲时读点书,就是不听,腹内空空、脑里昏昏、蝉不知雪、夏虫疑冰,这点小事都闹不明白!金某三冬文史,今天给你们开开茅塞。我先问你们,这三家分别是什么成分?"

"王家贫农;韩家中农;富余家地主。"知青们抢着回答。

"回答正确!现在是阶级社会,人分等级。我就从阶级关系切入,为你们深入剖析,"金进财指点迷津,"从注销城市户口那天起,咱们就成了农民,成为农村新的阶层。贫下中农与知识青年关系钦定'教育和再教育',就是说贫下中农是老师,知识青年是学生,有上下尊卑之分。老师孩子落水,学生救人义不容辞,是学生该做且必须做的。天下岂有学生帮了老师的忙,学生闹着要吃请的道理?地主是什么?地主是被专政、被改造的对象,没有谁把地主当人。地主的儿子天生就是'狗崽子',也就是说其小命等值于一条小狗,死就死了,没人会往心里去。忽然有人把狗崽子命当人命,舍命去救,老狗怎能不受宠若惊,磕头作揖,感激涕零,倾其所有报答?中农和知青一样,同属'团结教育'阶层,既是同类,就无贵贱之分,也用不着刻意维持关系。"知青们听了都说"有理!"金进财越发得意,继续解析,"'百姓与能',《周易·系辞下》早有定论。别看农民是老粗,眼里都有把尺子,已为知青社会等级精确定位。眼下七亿农民分成六大阶层:地主,富农,小土地出租,上中农,中农,下中农和贫雇农。1700万老三届在他们眼里低于贫下中农,高过地富和'小土',和中农并列,如果非要讨个说法,可称'新中农'。"

"以后再有小孩落水,咱们先拣'黑五类'捞,混他个油大。"同伴们恍然大悟。

"那要看你从哪个角度出发,"金进财正色道,"追求政治进步,自然先救贫下中农后代;图经济实惠,专捞'狗崽子';中农孩子捞也白捞。'见死不救三分罪',高拱观溺有悖知青做人原则,捞还是要捞,只是排在最后。"

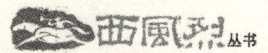

【墙头马上】

　　山间小道远远走来个人,留分头,穿四个兜蓝咔叽制服,像吃公家饭的。队上狗都长着阶级眼,嫌贫爱富看人行事,对着土布粗衣狂吠;只拣破衣烂衫叫花子下口;见干部打扮的先摇尾巴;撞上知青模样的夹着尾巴躲远——怕遭饿死鬼毒手。来人立住朝山上张望,鞍前马后几条土狗大叫报告:贵客来了!七队地处偏远,交通不便,上面鲜有人来,挖洋芋的锄头齐齐停下,都说瞅着眼生,猜不出谁家贵客。还是金进财眼尖,认出是颜莉莉相好。知青山民一起骚动,上百条喉咙一起吼,满山呐喊:"六六六来咧!"颜莉莉激动得满脸放光,撒腿就朝山下跑,身旁背篓被撞翻,大大小小洋芋随女知青一起跌跌撞撞滚下山。鸟枪换炮。六六六今非昔比,因笔杆子厉害擅长写大批判文章,上调县革委会宣传组,这次是借出差之机看望女友。六六六瘦高个,肤色白净,头发梳得光溜溜,长脸戴副黑框宽边眼镜,中山装上衣兜插根黑杆金星钢笔,和人交谈,镜片后面两眼珠转个不停,总像在琢磨什么,透着心机。再看金进财:长发像古代死牢待决犯,衣衫悬鹑百结,扣子一个不剩,腰间系根麻绳,脚上特点鲜明:前边五爪龙探头探脑,后边纳履踵决,开口"操",闭口"球",一身匪气,形象介于土棍和盲流之间。金进财自惭形秽,灰溜溜龟缩一边。

　　晚上队领导来访。六六六很干部地一一握手,拿出锡纸包"红牡丹"撕开封口散了一圈,仿佛不经意间表明自己现在身份。七队社员都抽旱烟,小队干部是八分一包的"羊群",贾支委兜里装盒两毛八"海河"上公社办事专用,自己再舍不得吸。先敬罗衣后敬人。见六六六干部打扮、出手阔绰,队领导先有几分敬意,得知颜莉莉的女婿"现在县上干着大事情",大家只剩下恭敬的份儿。六六六声调尖细口若悬河,从美、苏两个超级大国既争夺又勾结到战略格局;从赤道怒火到丛林战争;从莺歌燕舞形势一片大好到备战备荒;结尾透了点中南海最新动态,听口气像刚列席参加中常委会议,最后叮嘱大家"千万注意保密!"听众齐齐点头,脸上浮现出首次接触重大核心机密的人所特有的悲壮肃穆神色。金进财隔墙笑出声:喝着包谷粥,就着浆水菜,谈着政治局,原来是个卖政治狗皮膏药的!又琢磨:政治破鞋升级至政治骗子,可谓毒上加毒。凡政治骗子,必定满嘴理想道德,一肚子男盗女娼。颜莉莉遇上风月老手,只怕日后哭都没泪!

　　夜深沉,众人才告辞。贾支委、陈队长各握着六六六一只手,说山里交通不便,却有草有树,空气新鲜,你来一趟不容易,一定多玩几天。一副相见恨晚模样。六六六无可奈何地说:"整天写材料累得够呛,我也想出来换换脑子。可来时县革委会李主

任一再交代:快去快回,宣传口一天也少不了你,别人写不到点子上,你执笔我才放心。唉,谁叫咱天生劳碌命,躲也躲不掉,从早忙到晚,上面说还要给我压担子,以后怕是更忙了。"说完叹口气,像不堪重负。贾支委和队长听得越发肃然起敬,手握得更紧,连夸小臧能者多劳,再三嘱咐:身体是革命的本钱,还要劳逸结合注意休息。队长转过身对颜莉莉说:"这几天你就不上山了,陪小臧四处走走,算你出工。小臧不光是你男朋友,也是咱七队客人,一定要招呼好!"颜莉莉笑眯眯应了。

吃过早饭,俩人钻进山沟,太阳偏西才牵手走出。社员们都停止干活拄着锄把欣赏一对浪漫青年。颜莉莉不好意思,赶紧松手。臧藏殊却满不在乎,领导视察般向群众挥手致意。望着俩人背影,贫协主任断定:"颜莉莉今天受活了!走路都劈着两条腿,肯定刚被女婿骑过。"见牛向东说得如同亲睹,一旁三爷讥笑:"你咋知道?莫非大队贫协主任跟在人家屁股后头暗中监视?"坡上响起爆笑!贫协主任恼了,举起镢头就砸。三爷前头跑,贫协主任后面追,大骂:"我把你个国民党老兵痞,贫协主任你都敢糟蹋?!驴日的不想活了!"见大家笑得直捂肚子,金进财跟着笑,却是不笑强笑,心里泛酸。

早上起来,金进财喷嚏连连,头重脚轻,自知内伤男女,外感风寒。同伴都去上工,五间知青房只剩下金进财一人,迷迷糊糊正睡着,隔壁房间响起开锁声 —— 一对情侣回来。集体户屋里无顶棚,隔墙不封顶。女生起夜,尿盆滋得当当乱响。隔壁男生只当没听见,赖孩却赖皮赖脸吼:谁在那边喧哗?还让不让人睡了?!女知青们嫌不雅闻,找了队里几次。队长怕麻烦,打起哈哈:封它干啥?隔墙就能谈朋友,省得跑来跑去麻烦。门闩"哐啷"一声。大白天两人插门干什么?金进财竖起耳朵:对面动静越来越大,像在撕扯,传来颜莉莉坚决的声音:"不行!你说什么也不行!"

六六六哀求:"我明天就走了,再见面不知到什么时候,你不能让我带着遗憾走吧?"女的不回答。男的威胁道:"你到底爱不爱我?不爱,咱俩就算了,我也不勉强。爱我,你就得拿出实际行动!"女的不回答,只是"呜呜"哭,最后说:"痴情女子负心汉。我虽未经过,却听得多了。你已转干,我仍是知青。把我身子给了你,只怕你日后变心。"又说,"下乡时我妈再三交代:女孩家活个名声,名声坏了,活着不如去死!"

男的笑了:"你妈说得对!但要看给谁,给自己未来丈夫不算错。夫妻之事早晚要做,咱俩只不过先行一步。"女的仍不肯。男的当下对天发誓:"我日后若做了负心郎,天打五雷轰!不是人生是狗养的!"听心上人发毒誓,女的无可奈何叹口气,像被说服,又担心大白天被人看见。男的保证:"早打听过了,全队今天上山挖地,村里鬼都没一个。"再想不到隔墙有耳。随后传来脱衣窸窣声和皮带扣响声。随着床上响动,女的陡然一声尖叫,像被土蜂蜇了。过了片刻,隔墙又传来心惊肉跳响动 —— 尖叫变哼哼,声音越来越大,伴着呼哧声。金进财心乱如麻,捺不住好奇,赤脚悄悄下地,小心翼翼将床板抬起,搬过支床条凳,看不够高,又放上木箱,蹑手蹑脚爬上,慢慢将头探出,不看还罢,一看禁不住心头小鹿乱撞,黑血上涌:颜莉莉一丝不挂,身体白润光洁、玉软花柔,脸用枕巾遮住,像是怕羞。六六六脱个精光,撅着两瓣瘦屁股忙上忙下，伸出长舌头狗一般舔个不停。金进财心里又酸又涩又苦，暗骂隔壁女人很傻、很天真——男人两句好话就哄得脱裤子。鼻窟窿忽然一阵奇痒，暗暗说声"不好！"赶紧用手去捂，哪里捂得住？"阿嚏"响亮，墙头结结实实连打仨喷嚏！仿佛当头雷鸣。女知青下面惊叫坐起，手忙脚乱拉裤子。金进财矮了身子朝下出溜，慌乱间踏失重心，连箱带凳一同翻倒。两个房间同时一阵骚动，隔壁门闩拉开，有人走出。

偷窥者进退两难——不出去吧，仿佛心里有鬼；出去吧，见面实在有些妈妈的。只好装腔作势屋里整出些动静，以示自己正大光明心无邪念。隔壁没了声音。金进财心一横，牙一咬，扛起锄头出门。六六六蹲在门前，手捧报纸作学习状，见金进财出来，站起问："才上工啊？"镜片后两只眼睛骨碌碌转个不停，窥视对方脸上神色。金进财就坡下驴："锄把挖断了，回来收拾。"反问，"怎么没出去转转？"见金进财脸上无异样，六六六信以为真，若无其事地说："我这人有个毛病，一读好文章把别的都忘了。前天《人民日报》发表一篇论无产阶级专政下继续革命的文章，写得真好！称得上高屋建瓴、气势凌厉、鞭辟入里。我正在认真拜读。不学不行啊，紧学慢学，还怕跟不上形势发展。"接着语重心长教导同辈人，"书到用时方恨少，趁咱们现在年轻，一定要抓紧学习，才能为革命事业多做贡献，才能在复杂的路线斗争中不迷失方向，才能不犯错误少犯错误。小金，还须努力呀！"金进财听得目瞪口呆。要不是墙头亲眼所见，真不敢相信眼前道貌岸然好为人师的革命青年软硬兼施刚刚诱奸了颜莉莉。革命？！你把命都革到女知青肚里了！妈的，我要是无赖，你就是不折不扣的大浑蛋！早看出这家伙不地道，碍着颜莉莉面子，将火气压了又压，"政治野鸡"却蹬鼻子上脸，目空一切，视七队男知青为草芥。欺人太甚！今天不给他两句，这小子不知天高地厚！金进财换副面孔，笑眯眯说："集体户一片黑暗，大白天走路都要打灯笼，你来七队传道授业解惑，我们这些愚民才见到光明，才晓得眼前的路该怎么走。"

六六六不笑强笑，问："你这话什么意思？"

"千万别误会。我什么意思都没有，只想夸你。"金进财继续夸奖对方，"'天不生仲尼，万古如长夜。'乱世盼圣人，老天怜见，给人世派来你。你和孔夫子一样，都是圣字号。'言必信，行必果。'此圣人之所以为圣人。娘娘腔唱不了大轴戏，你'信'上先天不足，故比圣人多一个字——圣人蛋，文明话叫'圣人睾丸'。"

六六六变了脸色，结结巴巴质问："你……你……你怎么骂人？！"

"你怎么不经夸？好话赖话都分不清。"金进财笑容越发甜蜜，凑到耳边低声说，"你能得很！天上事你知道一半，地上事你全清楚。你能得一根指头剥葱，能得既当破鞋又立牌坊！"

六六六白脸气成青冬瓜，指着对方："你……你……你岂有此理！"颜莉莉闻声出来，看男友脸上变颜失色，估计赖孩吃醋发难，遂狠狠剜了寻衅者一眼，将男朋友拉回屋。

人家行"夫妻之事"，干吾何事？扛起锄头怏怏出工。金进财姗姗来迟，队长的脸像吊死鬼，质问干啥去了。金进财笑眯眯回答："看戏去了。"看戏？什么戏？哪儿演

戏？周围人都来了兴趣。"偷着在村里演《墙头马上》。虽说是站票，却比《红灯记》好看。"金进财煞有介事地说。队长一脸疑惑："老戏不是早禁演了吗？哪来的野台班子？胆子也太大了，让大队知道，非得叫民兵抓去蹲黑屋子！"几个人嚷嚷着下去看戏，金进财拦住说："早散场了。小生花旦刚演到'马上'，正在好看好听处，却被外人撞见，怕嚷嚷出去，赶紧卸妆散场。"见金进财偷笑，队长醒悟过来，骂道："你小子又瞎编！撅嘴骡子卖个驴价——坏就坏在你这张嘴上。"周围人都笑了，称队长说得一点不错。

六六六一走泥牛入海无消息。颜莉莉以为慢待男友，冷了六六六的心，接连写信忏悔——检讨自己观念陈腐、执行程序僵化，暗示下次"实际行动"再不推三阻四。信相继退回，信封盖着"查无此人"。女知青再也无心上工，天天往镇邮政所跑。说是邮政所，只有一部老得没牙的黑色摇把电话，声音时大时小，时断时续，更要命的是交换机县内通话勉强凑合，跨地区接通难过攀登珠峰。颜莉莉不死心，拿出愚公移山精神，每天奔镇上摇把不止。邮政所被痴情女感动，都帮着摇，还是接不通。绝望之际，忽然传来声音，颜莉莉抢过话筒，好不容易说清找谁，断断续续听到"被推荐上大学……去了北京……"问哪个大学，电话又断了。负心郎口口声声"两情若是长久时，又岂在朝朝暮暮。"却原来视若敝屣！红颜薄命的古老故事上演现代版。二十里山道，薄命女哭了一路……

山村夜晚死般寂静，劳累一天山民沉浸梦乡。突然，女知青房里传出恐怖叫声！正在沉睡的男知青被惊醒，衣服也顾不得穿，赤着上身就往外跑，救美心切的金进财冲在最前。同屋吓得说不出话，手哆嗦着朝上指：房梁悬根结环的绳！"快追呀！"金进财第一个反应过来，男女知青如梦方醒，紧跟着追出。得知颜莉莉失踪，队长急了——七队距沟口不远，是野兽深夜下山觅食必经之地。手电筒光柱划破黑暗，喊声此起彼伏。一犬吠形，百犬吠声，对着漫漫黑夜狂吠不已。颜莉莉最终在打麦场被找到。打麦场紧挨深沟，沟底堆满洪水从山上冲下的石头。受骗女知青站在崖边作最后抉择。见人群一步步逼近，披头散发的颜莉莉声嘶力竭地喊："你们再朝前走一步，我就跳下去！"众人像听到命令，齐齐立住。队长柔了嗓音，亲切地说："莉莉，我是陈队长。刚才你们同学捎来话，说你妈明天早上要来队上看你。你要跳下去，就见不着你妈了。"

"骗子！你骗我，你们都是骗子！"颜莉莉跺脚大哭。

"是安寨子丁淑华捎的话，你妈还托她带来东西。"众知青明白队长用意，一起呼应。乘颜莉莉分神，金进财悄悄从黑地绕过去。女知青发现上当，再想跳崖已被封住去路。像群鹰围扑迷路小鸡，颜莉莉逃无可逃，情急之下，一头撞向麦秸垛。几个力大女人上前架起，满头碎麦秸的颜莉莉四肢乱扑腾，疯狂哭喊："我不活了！我不想活了！你们为什么不让我去死?！"

怕颜莉莉再寻短见，队里派俩巧嘴婆子开导。山婆开篇词颇具地方特色：每段开头先长长一声"哎……"，抑扬顿挫富有韵味，叹起句必是"好我那亲人哩"，阴平阳平上声去声四声俱全。隔壁男知青听了，想笑不敢笑。山婆识字不多，肚里戏文不少，两人一唱一和，七百年高粱八百年糠，摘不完的棉花，抖不完的芝麻，讲因果论报应，拿古

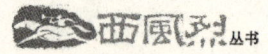

人说今人,时空倒流、角色转换,六六六成了绝情负心的王魁,杀妻灭子良心丧的陈世美。你一口一个千刀万剐,我一句一个天打五雷轰,诅咒驴日的六六六必遭恶报,绝无好下场!直劝得颜莉莉长长舒口气,断了必死念头。

女知青上吊跳崖未遂,壮举轰动方圆十里,知青们都纳闷:男女地位悬殊,分手早晚的事,犯不上寻死觅活。颜莉莉看着灵醒,遇事咋恁糊涂?平日贫嘴滑舌的金进财此刻却三缄其口,将新版《墙头马上》永远烂在肚里。赖孩虽赖,却有自己的做人原则:不落井下石雪上加霜,不往弱者伤口上撒盐,尤其是惨遭遗弃的女知青。

【种瓜和尚偷鸡贼】

向阳大队地处高寒,麦子秆矮穗短,地里稀稀拉拉有一块没一块仿佛癞痢头。产量少,东西金贵,山民将麦面锁进板柜留着过年招待亲戚。家人感冒发烧,掬出一捧薄薄擀些面片算是病号饭。高粱是此地主食。山地贫瘠出产高粱性涩,巴住肠子不肯朝下走,须用油水劝行。七队穷,一年每人分不到半斤棉籽油。山民舍不得吃,筷子绑片布头塞进油瓶,做饭时往锅里一蘸,说是哄肚子不如说哄眼睛。知青过日子多是有今没明,有好的不吃赖的,麦面和油很快吃完,只好靠高粱充饥。两三天拉不下犹可,一周恭无所出,肚子胀得像皮球,憋得人头昏眼花心烦意乱。男知青一个个龇牙咧嘴,脖子青筋暴起多高,吃奶劲儿使出还拉不下;女知青憋得睡不着,半夜坐在床上边揉肚子边哭。

金进财今天还算顺,掬出小半盆硬屎蛋,身上轻松许多,听女知青疼得乱叫,赖劲上来,隔墙喊:"那边要不要帮忙?我手轻,掬得净还不疼。"隔壁回以臭骂。越骂,赖孩越上劲:"'有利的情形和主动的恢复,往往产生于再坚持一下的努力之中。'同志们,坚持就是胜利!"激励大家排除万难奋勇出恭,正在起劲,忽觉得不对,裆里咋湿漉漉的?肛门好像多出一条。金进财拉屎拉出大肠头!角色瞬间转换,赖孩沦为别人取笑对象。女知青柔声问:"进财,忍得住吗?要不要我们帮你把大肠头塞回去?集体户是一家,你千万别见外!"金进财苦着脸把看笑话的统统撵走,插门净手,褪下裤子蹲在地上托着大肠头一点一点朝里揉。谁知出来容易进去难,逃脱者获得片刻自由,拒绝重返黑暗囚禁之地,耐心劝慰,百般摩挲,哄骗利诱,顽固不化的大肠头却死活不肯回,折腾半晌才勉强复位。

金进财从此落个毛病:干活一累或便秘,大肠头就夺门而出。连着几天脱肛,金进财自感吃不住劲儿请假去镇卫生院。看了脱肛又自述腰痛,脱了内衣肋骨清晰可辨,像剔净的排骨。大夫查完直叹气:"又是肾下垂!光带肾托不行,还得加强营养,发展

下去要开刀固定。"嘱咐病人,"回去先服补中益气丸,有条件的话,煎独参汤提气,以防脱肛日久溃烂,再治就麻烦了!"病人傻了眼:又是人参,又要加强营养,知青个个穷得像鬼,上哪弄钱?

金进财14岁那年,街道涌满一群群红卫兵,操着天南海北方言,蝗虫般飞来飞去。居委会挨家挨户紧急动员,要求大家当好主人,热情接待"毛主席的客人"。赖孩不想当主人,只愿做客人,听说赴京串联吃住免费,怀揣冷馍扒上北去列车。坐车不花钱,就得活受罪,开的时间远没停的时间长。金进财缩成一团,在行李架上窝了三天三夜,饿了啃干馍,渴了喝凉水,几次打瞌睡跌落众人头上,闹出许多骚动与喧哗。跌落却无立足之地,谁也不愿头顶大活人,可怜金进财同学上不能挨天,下不能着地,被无数只手竞相推开,在众多脑袋上滚来滚去,最后哪来哪去,被几个壮小伙合力举起送回行李架……在京候了半月,终于见到红太阳,伟人立在敞篷吉普车上,威武得像尊天神,伴着高音喇叭里《东方红》高亢旋律,轰轰烈烈驶来。百万红卫兵挥舞着红宝书一起狂吼,像打了兴奋剂不停地蹦,踩落一地鞋。金进财也跟着蹦,蹦着蹦着,脚下踩着什么,低头一看,是双皮鞋!顾不得瞻仰伟人,伏身将脚上破球鞋换了。机不可失。人群里钻来拱去,又拣双新鞋裹进棉袄……赖孩带着一身虱子串联归来,家人按长幼一一试过长安街上捡来的便宜。老参夸奖老八不含糊!上了北京,见到了红太阳,一分没花混个肚圆,自己穿上皮鞋,傻六也跟着沾光。革命生产两不误,你们哥儿几个以后都学着点!

受检阅的事记不清了,1966年11月26日食谱,金进财却终生难忘:凌晨出发,每人一果酱面包俩卤鸡蛋,受检阅归来,晚餐白蒸馍、半碗热腾腾红烧肉。革命小将边吃边乐:革命大串联就是好,游来荡去还有单位管饭,能串联一辈子最好!北京接待单位后来给学校来函,说串联吃饭免费,粮票须交,要求"金进财同志"尽快寄还所欠30斤粮票。金进财同志忘恩负义地想:我们是"毛主席老人家的客人",哪有客人来家吃了几天饭,主人撵着客人屁股后面要粮票的理?金进财同志想不通……老红卫兵危难中想念毛主席,更想念他老人家的果酱面包卤鸡蛋白面馍红烧肉。红太阳远在北京,隔着千山万水,又管着八亿人,光辉一时照不到集体户。空有向阳心,未见朝天路。《国际歌》说:"从来就没有什么救世主,也不靠神仙和皇帝。"要免去脱肛和肾下垂,只有靠我们自己。回去一学医嘱,人人寒心:集体户大便带血是普遍现象,脱肛不是特例,肾下垂也为期不远,金进财的今天就是我们的明天!听了赖孩自救计划,一个个举双手拥护。

夜袭归来,烧水的烧水,拔毛的拔毛,开膛的开膛。以往缺油水,大铁锅锈迹斑斑,腰杆是痛的,膝盖是软的。锅里煮着荤腥,顿时活气洋溢,男知青个个龙腾虎跃,此时耳是灵的,眼是亮的,走路一溜小跑,脚下较平日轻快许多。灶下添几疙瘩硬柴,鸡们沸水里翻上逐下,香气四溢。一起抽搐着鼻子嚷嚷"熟了,熟了,"一起催着揭锅,五双筷子同时扎下,各攥只半生不熟肥母鸡,没调料只将盐来蘸,蹲在地上狼吞虎咽。半夜偷鸡瞒得过山民,瞒不过集体户女知青,闻见隔壁香味,晓得男知青在外得手,一个个

从被窝钻出来,顾不得女孩家矜持,大声说话,努力撒尿,使劲放屁,整出许多喧哗,盼着男知青知机晓事过来邀请消夜。等来等去,不见动静,气得睡倒。闻到吃不到如何睡得着?心里直骂:想配对,机会到了却不肯表现,这些男知青真不懂事!每人肚里装只母鸡,灌两大碗肥汁,久违油水的肠胃如何消受得起?时作雷鸣。到了半夜,五个男知青两对半滑肠,未进茅厕,屁先油了裤衩,巴住肠子的硬蛋蛋争先恐后朝外奔,陈年旧屎拉个干净,都摸着肚子喊舒服。金进财学着山民口吻:"吃肉吃饱哩,喝汤喝胀哩,咱和财东家一样咧!"怪腔怪调透着得意。隔壁女知青恨得牙根痒……

　　第二天上山开荒,五个女知青一起病倒。农活忙人手紧,任凭队长叫了一遍又一遍,赖在床上再不肯起。收工时,男知青惦着锅里剩下的一公二母三只肥鸡,山羊般逢沟跃沟,遇崖跳崖,比赛似的朝下奔命。山民戏谑:这些知识青年平日收工像鸢驴卸套,一步步朝下挪,今天却欢实了得,莫非赶镇配种站争头茬尿?门锁完好,煮熟的鸡却不翼而飞,锅里肥汁一滴不剩,蝗虫吃秋,一扫而光!五个男知青同去同回,排除内鬼;门窗完好无损,不是外贼。女知青攀墙偷鸡如探囊取物,赛过妙手空空。你们不愿和我配对,凭什么偷吃我偷的鸡?金进财想不通气得乱骂。隔壁被骂急了,鸡一嘴鸭一嘴开始还击。偷来的锣鼓打不响。山民从门前路过,双方不约而同闭嘴……

　　隔了数日,又外出夜袭,来无影,去无踪,却有意沿路洒下几滴血迹。沿山传得沸沸扬扬:山里出了个黄鼠精,夜半下山偷鸡,黄鼠精站起半人高,两只眼黑夜里明得放光,上下四根吸血管状尖牙,每根筷子长,看门狗见了吓得夹着尿,鸡被偷光也不敢叫一声。知青听了想笑不敢笑:不是看门狗不敢叫,而是不想叫——叼着鸡骨头躲一旁享用。贿赂面前,狗的忠诚和人的忠诚同样靠不住。家有养鸡的,晚上再不敢放进门前鸡窝,都笼在后院。夜袭改日伏。金进财琢磨出许多高招,其中"钓鸡"创意最绝,山野常现奇怪一幕:一个知青模样的不慌不忙走在前,身后误吞渔钩的鸡像中了邪,疯狂扇动翅膀连滚带爬跟着猎手前进……

　　秦县知青贫民家庭居多,出身贫寒又插队苦寒之地,家里无力接济,日子越发苦焦,饥寒生盗贼。偷鸡摸狗之风日盛,和山民关系越发紧张。五队七队中间隔条沟,两家集体户走亲戚般来往,目的是相互蹭饭。金进财今天又踩着饭点前往,翻过沟,远远看见五队集体户门前围满人,隐隐传来叫骂声!穷吵饿斗,莫非为争吃内讧?心里一紧,步子快了许多,到跟前才闹清:非同室操戈,是同仇敌忾。五队知青扛着火药枪上山打野鸡,转了半晌,连根野鸡毛也未碰上,垂头丧气下山,邻队大黄狗撞上枪口,被"误认"土豹子,一枪毙命。大黄狗死有余辜。五队知青半夜"打猎",都被它一通狂吠搅黄,今日冤家路窄。知青将对头拖回吊在门前树上剥皮开膛。苦主闻讯领着一伙本地青年上门索狗命。赖孩拨开人群,加入辩论阵营反方:"你说这狗是你家的,你叫得应吗?你叫它应,那是你的;你叫它不应,就不是你的。"山民乍听有理,再想纯粹是浑蛋逻辑!哪有死狗叫得应的?和这帮赖皮没法讲理。又发现知青屋后堆满鸡毛鸡骨头。闹了半天,黄鼠精长着两条腿!闻讯找上门的山民越来越多,要鸡的,索狗的,追

讨晾在门前不翼而飞的板栗、核桃、柿饼的。集体户门前像召开声讨小偷大会，几人围一个，边骂"贼娃子！城里撵出的二流子！"边推推搡搡。"打！"不知谁喊。"打！打！"群起呼应。知青轻死剽急，骂道："老子早活够了！谁他妈想垫背，放马过来！"喊打的光喊不动，两边僵持不下。金进财嬉皮笑脸地说："大家不要误会。我们是知识青年，是毛主席派来支援你们建设红色农村的，不是贼娃子，更不是城里撵出来的二流子。血口喷人不好，很不好！给知青栽赃更不对。毛主席他老人家知道要生气的！"说着给旁边女知青悄悄使个眼色。几个会意悄悄撤出，乘无人注意发足狂奔，分头四下搬救兵。

工夫不大，四周响起喊打喊杀声，二三十个蓬头垢面、衣衫褴褛的知青抄棍棒呼啸而来。双方势均力敌，架通常打不起来。两下嚷嚷一阵，各推出一个会摔跤的，说定三跤两胜，谁赢了死狗归谁，输的按本地规矩——当众放鞭炮赔礼。提议正中知青下怀。道北小伙都会几个跤绊，金进财未入流，也懂个"麻花缠""手别子"什么的。山民蛮劲大，却笨手笨脚，摔他们还不是手到擒来小菜一碟。两件褡裢扔进麦场中央。代表知青出场的是四队何尚书，一年四季剃个光头，诨号和尚。和尚一身干巴肉，身子灵活了得，和人打赌，马路上连翻22个后空翻，据说比省秦腔团头牌武生还多翻俩，当场镇了革命街！和尚自幼习武，擅长摔跤，知青们打闹，两个一起上，才刚刚敌住。本地推出的汉子叫天保，粗壮赛狗熊，力大无比，能将四百多斤重碌碡抱起原地转圈。县上修小水电站，有精力过剩后生邀各公社汉子摔跤，天保摔遍工地无敌手，被奉为全县第一跤。天保平时压根儿没把知青放在眼里，说城里洋学生是狗掀帘子——光凭一张嘴。动真的根本不行。全县第一跤早看知青偷鸡摸狗不顺眼，今天要让"城里二流子"晓得厉害！

上了场，和尚穿上褡裢煞紧腰间跤带。两人一交手，立马看出和尚快了许多，上面左晃右闪前俯后仰，让对方干着急抢不住把，有劲使不上，脚下撒溜得令人眼花缭乱，那个爽利劲儿比猴还灵！天保跟不上节奏，脚下步点乱了，和尚随即佯左实右，乘对方重心不稳之际，左手紧拉对手右袖口，右手拉抹其颈脖，右脚猛扫其左脚踝，一个漂亮的"抹脖脚"将对手摔个狗吃屎。知青一片欢腾！山民们却哑了。天保爬起，红脖涨脸大喊："这回不摔活跤，摔死跤！"死跤不抢把，相互搂紧腰才开始摔，仿佛狗熊角力。"一力降十会。"搂在一起，和尚施展不开，天保力大优势尽显，缠斗几个来回，天宝"嘿"的一声将和尚拦腰高高抱起，抡倒在地。这回轮到山民笑了。"摔死跤！""摔活跤！""死的！""活的！"……决胜负第三跤咋个摔法？两个主角还未说话，观众先吵成一团。"死跤就死跤，只当老子让你。"和尚听得不耐烦，朝两掌各啐口吐沫，重新扎紧跤带上场。僵持一会，天宝故伎重演，钻将进去大喝一声又将对手抱个双脚离地。和尚被抱起刹那，右腿"麻花缠"别住对方左膝，天宝左抡右摆，累得"呼哧"直喘，却再摔不倒对手。和尚双脚刚沾地，随即左手抄腿，右手推胸，一个"扣腿"将对方摔个仰面朝天。未等知青欢呼，天宝恼羞成怒朝和尚猛扑过来，两个在地上滚成疙瘩。双方随即展开混战。赖孩耍赖无人能比，刺刀见红从来不是特长，招架不住撒腿就跑，被

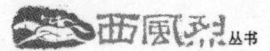

　　两条壮汉老鹰捉小鸡般撵上扑倒，拽住头发朝地上一通乱磕。"救命呀！打死人啦！"金进财不是当殉道者的材料，落汤螃蟹般手足乱蹬，拼命喊叫："李支书！吴大队！领导快来呀！民兵！民兵在哪？！出人命啦！救命呀！"

　　危急时刻，救星赶到！"奶奶个熊！俺叫你们打！"随着一声暴喝，骑在金进财身上的山民飞出丈外！金进财爬起一看：救自己的是七队请来的瓜客。瓜客依法炮制，从身后一把提起打架的裤腰带，扔西瓜般一个个往外扔，天宝像狗熊被起重机吊起又重重撂翻在地！瓜客神力镇了全场，当下再无人敢动手。

　　瓜客是和尚还俗，秃顶明光锃亮，周围一圈头发留得多长，像长了毛的葫芦，走路外八字，弥勒佛肚子挺多高。大肚皮不足为奇，奇的是瓜客肚子能伸能缩，能大能小，运转自如，赛过土耳其肚皮舞娘，一运气即鼓起拳头大东西，老鼠般在肚里窜来窜去，按一按，硬得赛铁，和人说话，肚里兀自轰隆隆响个不停。知青们听着奇怪，问瓜客咋回事。瓜客哈哈一笑，拍拍大肚皮说：跟你们一样，馋了！七队沟口外有20亩沙土地，以往种啥啥不成。队长想来想去，想到种西瓜，慕名寻到瓜客，说好三七分成。七队第一次种瓜就喜获丰收，皮薄瓤沙籽少，咬一口透心甜，一斤比别处多卖二分，比种粮划算多了。队上多年来第一次分红，社员个个喜笑颜开，待看到瓜客拿走厚厚一叠，又犯了红眼病。队里大能人刘瘸子第一个蹦出，别的社员也跟着嚷嚷。队长耳根软，采信刘瘸子锦囊妙计。瓜客翌年再来，队里派个叫喜娃的年轻人跟着，明着帮忙，暗里偷艺，点种、打蔓、施肥、套瓜花、梳理瓜蔓、翻晒直至开园，程序一步不漏。队长悄悄问："偷艺偷得咋样啦？"学徒把胸脯拍得嘭嘭响，夸下海口："队长，你把心放在肚里。明年死了曹屠夫，七队人不吃混毛猪。"七队瓜今年又卖个好价，结完账却不见队里提明年续聘。瓜客心里明白，叹口气不辞而别。

　　偷学成才的喜娃升任把势，照猫画虎种起西瓜。说来也怪，同一片地、同样瓜种，西瓜种下却认人——瓜客种的瓜，如同一个娘胎钻出，个头、色泽、模样都差不多；喜娃种的瓜，大的大、小的小、模样奇形怪状。队长看得憋气，又安慰自己：种瓜不是种花，为吃不为看，歪瓜裂枣更甜。开园那日，队上有头有脸的都来了。喜娃从瓜棚搬出两个精心挑选的瓜王，西瓜刀切下，在场的凉了半截——瓜瓤白不白，红不红，看着先倒胃口。咬一口，个个龇牙咧嘴，都夸新把势不简单，西瓜种出冬瓜味。喜娃慌了，连切几个，冬瓜味没了，改成黄瓜味。正嚷嚷着，地头来两辆卡车，喇叭摁得山响——七队西瓜出了名，今年瓜早早被外地工厂订下。队长铁青着脸说瓜不卖了，留着自己吃。拉瓜车开往邻近瓜园。到手的票子飞了。队长气不过，照假把势屁股踹去，边踹边骂："驴日的吹牛不上税！队里误工不说，油渣、肥料也白扔了！损失从你年底分红扣！"喜娃揉着屁股，哭丧着脸说："我是学生娃描红学写字，一笔一画都不少，种出来怎么不是一个味？队长，你杀了我我也赔不起！"

　　此事传开成了方圆数里笑柄，说七队人种瓜，越种越瓜。公社开"三干会"，队长们都拿七队寻开心，搞得陈队长很没面子，会没开完就悄悄溜了，回来又把冒牌把式和狗头军师一顿臭骂。分不到钱，全体社员反戈一击，先骂喜娃没有金刚钻就别揽瓷器活,又骂是哪个丧门星出的馊主意!刘瘸子聪明反被聪明误,缩在角落不敢吭气。怕瓜客被别处请去,队里早早捎话,请瓜客开春来七队继续种瓜。瓜客不理会,又派徒弟去请,仍无下文。队长气得直骂:"谁还不犯错?一个种瓜的也得理不饶人!我亲自跑一趟,舍下脸求瓜客回来。以后谁要再叨叨瓜客拿多了,我日他娘!"拗不过陈队长软磨硬缠,瓜客牛逼烘烘被请回,乘机抬高身价:除了照旧分成,以往种瓜期间自购口粮改为队上供给,白面管够,每月外加二斤清油。偷鸡不成蚀把米。队长咬牙应了:"从今起,你老曹就是咱七队的爷!俺们不吃也让你吃,把你老人家当祖宗供着。"

　　麦黄了。按当地规矩:妇女下地割麦;男人场上碾麦扬场垛麦秸垛。扬场靠风,老天爷啥时送没准,老少爷们睡在场上候着。后半夜寒气泛上,李保管凉了肚子,不敢走远,蹲在场边出恭。睡在下风处的队长被臭气熏醒,气得破口大骂,威胁说要拿木橛子把保管屁眼楔紧。李保管只好另寻地方,来到远处崖畔,脱了裤子,脸朝前,腚朝后,继续蹲稀。正拉着,屁股突然剧痛钻心,李保管惨叫着跌落崖下,躺在地上,高一声低一声喊:"救命!"麦场被惊动,队长冲在前,后面紧跟一群操着铁杈铁耙的社员。几条手电光柱一起射去,大家都愣了:光柱裹着一头龇牙咧嘴的土豹子!这家伙大得出奇,从头到尾五尺有余,睁着两个铜铃般眼睛,绿莹莹寒光令人心悸。土豹子不比金钱豹,毛皮不值钱,肉也不中吃,打猎的撞上多不碰它。这家伙跟知青一样,最爱偷鸡摸狗。恶狗见了它也吓得尿净,尾巴紧紧夹在裆里,"嗷嗷"哀鸣着往家跑。土豹子平时不伤人,两下相安无事,今晚许是想换口味,忽然对李保管肥腚有了兴趣。见人群围个风雨不透,土豹子伏下身子,露出粗长獠牙,"呼呼"喷着腥气,围着猎物推磨般转个不停。李保管卧在地上,伤口流血不止,脸白得像死人,没了声息。队长试着将土豹子赶跑,刚朝前走一步,土豹子作势就要扑来!队长吓一跳,赶紧缩回,骂道:"这驴日的还真难缠!"城里来的学生哪见过这阵势?一个个心里直打鼓。金进财手持钢叉,缩在队长身后装腔作势,两条腿筛糠般抖个不停。人豹僵持不下。"闪开!"火药枪取来,一个毛头小伙瞄准土豹子就要扣扳机,被陈队长一胳膊搪开,骂道:"你眼瞎了?!铁砂一轰一片,豹子死了,人也完了!"

　　身后响起急促脚步声,瓜客匆匆赶到,夺过钢叉吼一声:"都朝后退!"人群四下散开,剩下瓜客与土豹子单挑。猛兽晓得对头到了!毛发竖立,黄褐色两眼圆睁。瓜客虚晃一叉,闪电般朝前爪刺去。再快快不过猛兽。土豹子两爪地上一按,像压紧后突然放松的弹簧,腾空跃起一人多高,裹着腥风扑来,眼看两只利爪就要抓住瓜客光脑袋。周围惊呼!瓜客骤然身形一矮,喝声"过去!"仿佛戏台上高宠挑滑车,一叉将土豹子从头上挑过。"咔嚓"一声,酒杯粗枣木棍齐头断了!土豹子怒吼一声,就地打个滚,爬起就跑,逢沟跳沟,遇涧越涧,四蹄一溜烟,瞬间窜得不见踪影。大家上前将豹口余生抬上架子车送往公社卫生院。队长懊丧道:"这么多人围着,还叫一个土豹子跑了。只怕这孽障再回来祸害人。"瓜客接话:"吃俺一叉,它往哪跑?!上天入地,俺今天也要把它寻见!"周围人都笑了,问瓜客啥时学会了吹牛。瓜客不理会,顺着血迹一路找去。晌午过了,瓜客返回,肩上多了头土豹子,身前身后跟着一群大大小小土狗,连蹦带跳,激动得狂吠不已。瓜客将野兽"扑通"扔在七队麦场上。社员们战战兢兢围过来,金进财也大着胆子哆哆嗦嗦凑到跟前。钢叉仍留在豹子体内,脖子扎个对穿,周身僵硬。陈队长看看死豹子,细细打量瓜客,像是不认得,半晌冒出一句:"红萝卜调辣面——吃出看不出。老曹你真行!"

　　七队瓜出了名,引来周围青皮土棍吃白食。为首的是公社武装部田部长的亲弟弟,诨号"偷瓜司令",在当地颇有些霸道。瓜客们提起这厮,都恨得牙痒痒,却敢怒不敢言。想到以毒攻毒,队长来找集体户:"养兵千日,用兵一时。你们平时干活三天打鱼,两天晒网,队上也不计较。从今儿起,你们五个男知青每天轮流看瓜园,只要把偷瓜贼撵跑,就算给咱队立了功。"知青满口答应,待摸清对方底细,又都蔫了。知青天不怕,地不怕,不怕官,就怕管。老曹是外地人,本不想多事,见队上和知青都惹不起"偷瓜司令",只得出马。这天司令领俩村沙子弟又来了,进别人瓜园就像回自家院子般随便,东溜溜,西瞅瞅,最后瞄上个36斤重黑皮大西瓜。瓜皮刻个"十"字,是瓜客留的瓜种、非卖品。看无人注意,司令一脚踢断瓜秧,同行的抱起瓜就朝外走。"站住!"瓜客后面喊。司令压根儿没把眼前秃头大肚老汉放在眼里,翻着白眼说:"老家伙喊叫啥?!又不白吃你的。记上账,拔了园一块算!"

　　"连今日,你一共来了11次,哪次你记过账?"

　　被揭老底,偷瓜司令恼羞成怒:"吃你的瓜是给你面子。老家伙别不识抬举,惹恼我,拆了你瓜棚!"泼皮欠打!以往在城里偷瓜只觉得好玩,轮到自己瓜被偷却心疼不已。金进财气得火冒三丈,瓜客却笑道:"吃个瓜按说不算什么,只是这瓜太大,你仨吃不了,糟蹋了可惜。要不给你换个小的?"

　　见老汉软了,司令越发来劲:"你怎么知道我们吃不了?今天还非它不行!"

　　"咱俩打个赌:你仨一顿把这瓜吃完,以后再来吃瓜都记俺名下;吃不完,新账旧账今天一块儿算!"两下击掌为定。三个家伙风卷残云般吃开,先是快,后是慢,剩下四分之一再吃不动。瓜客讥笑:"仨连一个瓜都吃不下,还'司令'呢,就你这两下也敢偷俺老汉的瓜?"

　　土棍不服:"瓜太大,叫你吃也吃不了。"

　　"满园瓜任你拣一个,俺老汉独个儿包,让仨小子开开眼。"

　　土棍拣个大瓜切开摆了满满一案。金进财看了先摇头。瓜客松了裤带,两手各拿两牙瓜,蹲在地上不紧不慢地吃。工夫不大,案上瓜去了多一半,瓜客肚子一点点胀起,越吃越胀,越胀越吃,大肚子赶过即将分娩的婆娘。金进财看得诧异想笑不敢笑。瓜客站起走到棚外。都想着输了,未等土棍说话,瓜客掏出裆里家伙,上吃下尿。尿完,大肚子缩回接着吃,满案瓜吃得干干净净。土棍看得目瞪口呆,再想不出瓜客使的什么邪招。西瓜刚下肚就能尿出,莫非肚里装了压榨机?三人凑到跟前仔细端详,却看不出名堂,只听里面隆隆作响。土棍越发好奇伸手去摸,摸到腹中硬疙瘩,"这是啥玩意?"话音未落,大肚皮倏地缩进将手卷入,说声"不好!"赶紧往回抽,早被弥勒佛肚皮夯翻!见过拳脚伤人,没见过大肚子夯人。司令又痛又怕爬起就跑。"站住!"后面

暴雷似的一声吼。像听见口令,偷瓜贼赶紧立住。"往哪儿跑?!清了账再走!"土棍哆嗦着埋完单赶紧溜了。

想不到荒山野岭隐居高人,金进财对瓜客佩服得五体投地,都说大哥拳脚了得,和瓜客过招怕也不是对手。又想起叫爷钻胯悲惨时刻,有这两下,就该咱在别人头上跷尿脬。金进财有空就往瓜园跑,死气白赖缠着瓜客。每次提起,瓜客都胡打岔:"浇(教)什么浇?刚下过雨,再浇瓜地非涝了!"被缠不过,金进财学了点吐纳调息、打坐养生的皮毛功夫。

【两任站长】

刘瘸子年轻时进山砍柴踏空滚坡,没钱送医,胡乱寻个野郎中接骨,落了个左腿短右腿长。瘸子干不了重活,逼上自学成才之路,上县城买了几本医学书照猫画虎,几年下来刘瘸子变"刘先生",光葫芦改大背头,重伤轻伤一律"二百二"(红汞俗称),开药多是止痛片。山民五劳七伤居多,服下都说"痛得慢了"。刘先生会针灸,会静脉注射,擅长妇科按摩。山间小道上,常见刘先生戴白帽、挎小药箱、高一脚低一脚地走着。

知青下乡打破了生产队原有的分配格局,社员们不乐意,刘瘸子尤甚,常拿分馍打比方,说一个馍本来四人吃,来了集体户,五人吃一个,嘴里的馍平白被外人夺走一块!知青们听得躁气,又拿刘瘸子没辙,两下有了过节。刘瘸子心眼瞎,总想算计人。进沟点洋芋,别的社员见漆树都绕过,刘瘸子却把知青引去砍柴。手上沾满生漆液,又去小解,睡到半夜脸上麻胀,起夜感到底下不对,低头一看,我的娘呀!立刻吓灵醒——老二本来就大,现在又无故红肿许多!伐漆树者捧着大三件越看越怕:病得蹊跷,部位尴尬,以为染上恶疾,吓得不敢吭气。集体户宋七妞中漆毒最重,奇痒钻心,脸肿得像面盆,布满大小红疙瘩,眼睛成了缝儿,看人视物先得掰开眼皮,形象比鬼还狰狞!见肿得没人形,队长怕出事,叫知青赶紧将漆毒患者送回家。宋七妞一路被人当怪物看,甚至联想到麻风,都躲得远远的,公交车不让上,只好雇辆三轮。宋七妞排行老小,是家中唯一男孩,父母怕宝贝儿子养不大,乳名取个女孩名。车到家门口,宋七妞却踌躇着不敢下,怕贸然亮相非把家长吓死。想来想去,全家数三姐泼辣,承受力强,遂叫三轮拐弯去了大中华食堂。宋三姐是革命街有名的漂亮姐,人称"宋美人"。宋美人正低头开票,忽听窗外"三姐、三姐"叫个不停,一抬头,看见三轮车上坐个怪物掰开眼皮正朝自己狞笑!美人惊得花容失色,圆睁杏眼仔细打量,终于猜出是自家兄弟,惨叫一声从椅上溜了下去。待惊魂归窍,美人腾地蹦上桌,大门都来不及走,一个箭步跃出窗外!顾客都看愣了。"七妞,你怎么成了这模样?!"三姐搂着小弟脑袋放声大哭……刘瘸子日弄人还说便宜话,说知青"细皮嫩肉,缺乏锻炼,要不怎么从城里撵下来接受'再教育'?"自从蒲知青被判,刘瘸子俨然以无产阶级专政机关代言人自居,晾着名声欠佳的金进财,说公家就是要收拾这些城里撵出来的瞎瞎东西,早晚都得抓起来,一个也跑不了!

大队酝酿成立合作医疗站,几个头头一商量,都说方圆数里就属刘瘸子学问大,说起男女底下零件一个都不少。这样的先生不当站长,谁当?合作医疗站挂牌没几天,刘瘸子喊叫一人忙不过来,让大队赶紧补充人手。都想挣轻松工分,前来应试的山姑排成长队。站长挑来拣去,相中九队一个叫苗草草的大辫子。站里新进美丽女护士,刘站长干劲更大,忙得连家都顾不上回,一有空,就手把手教大辫子学打针。大雪绵绵,平时熙熙攘攘的医疗站路断人稀。三队一老汉从镇上回来,路过医疗站想进去烤火。医疗站三间房两间锁着,另一间从里头插了门。老汉正要走,忽然听见里面传出女人呻吟。大白天为何插门?叫声为何听着蹊跷?老汉大疑,扒住门缝朝里张望。远远传来踏雪声——金进财从五队知青点蹭饭归来。搁别人身上,金八不耐烦管这些球事,一听疑犯是刘瘸子,立刻来了精神,贴门缝一听,屋里正上演男欢女爱好戏。刘瘸子呀,刘瘸子,你也有犯在老子手里时!金进财叮嘱老汉盯住,顾不得路滑,几步一跤,跌跌撞撞奔邻近大队部报案。李支书、吴大队两个臭棋篓子为一步悔棋正争得面红耳赤,听了报告当即掀翻棋盘,连说这还了得!叫你刘瘸子是来治病的,不是让你来乱日的。大队部眼皮底下就敢办事,驴日的眼里还有没有领导?!反了!反了!!捉贼要赃,捉奸要双。金进财和老汉奉命守住前门,两个领导直奔后窗。后窗开得高,踮起脚尖还看不见。都想登高不愿垫底,大队长无奈做人梯。李支书骑着吴大队脖子缓缓升起,探头探脑朝里张望:屋里炉火通红,炉上坐把大铁壶,水烧得咕嘟响,噗噗朝外喷热气。炉边挨着门诊检查床,床前挂着帘子。神龙见首不见尾,此时却见尾不见首。床上只露出四条光腿,两条白,两条黑,白在下,黑在上。黑的左腿蜷着,是残腿;右腿是好腿,一收一伸,像独腿蛤蟆奋力蹬水。"咋样?看见啥没有?"吴大队急得下面乱喊。被喊得不耐烦,又怕里面听见,支书照吴大队光头拍了几巴掌。出力挨打却看不上西洋景,吴大队不高兴,不高兴表现在行动上,腿一软,身一斜,搭档"扑通"掉进雪堆!听见外面响动,里面一阵慌乱。金进财一脚踹开门,护士刚穿上裤子,花棉袄还未扣上;站长腰系遮羞布,像刚从澡堂大池爬出……

刘站长交代材料写了一遍又一遍,每个细节都要真实再现,不得有丝毫遗漏。支委们争睹奇文,看了都说过瘾,比下棋有意思多了,看了还想看,再也放不下,直到把检查翻烂。普通社员无资格一睹刘站长奇文,风闻实在精彩,纷纷询问捉奸人。金进财不含糊,随叫随演自编自导的《刘先生偷情》,挤着小嗓哼着碗碗腔唱:"刘先生我人老心不老啊,瘸腿老牛还想啃嫩草呀,医疗站新来小佳人,站长我一见动了春心……",学着瘸子高一脚低一脚原地走两圈,接着四肢着地脸朝下,高高蜷起左腿,身子一颠一晃,像笨狗撒尿,尻子一摇一摆,又似瘸狗交尾,舒服得乱哼哼。观众笑得一个个蹲在地上……山顶倒粪桶,臭气远扬,再没人请刘先生去给婆娘女子揉肚子,再混不上糖

水荷包蛋。女儿坏了名声,更要命的是肚里怀上瘌种,爹娘再不敢奇货可居多索财礼,反过来催着男方赶紧娶过门。风声传到婆家,未婚女婿闹着退婚。本地风俗"女悔退一半,男悔连根烂。"公公婆婆舍不下订婚送的两捆棉花、十丈布和四百元订钱,劝儿子先忍下这口气,"打到的媳妇,揉到的面",娶进门再慢慢收拾狗日的! 苗草草草草出了门。娘家越想越气,纠集一帮本家杀进仇家,踢开猪栏将留到过年宰的肥猪、拴在院里的奶羊吆出一路赶进自家,同来的趁火打劫将灶房挂的腊肉、檐下几十根丈二长椽子一扫光。门上抹满猪屎,站长家臭气熏天。刘瘌子自知理亏,任凭外面叫骂,顶住门缩在屋里不敢出来。刘家折财,苗家折人,战个平手。

　　站长撤了,合作医疗站还得办。大队领导为新站长人选发愁。金进财灵机一动:吃轻松饭机会来了,跑到大队毛遂自荐:"强烈要求发挥本人特长为广大贫下中农服务。"

　　"就你? 你还会看病?"贾支委首先表示怀疑。赖孩瘌相和医生形象实在对不上号。

　　金进财信口开河:"那还用说? 开刀动大手术咱不敢打保票,常见病手到病除! 我姑妈是省城名医,省上领导有病都指名找她看。我从小在姑姑家长大,跟着没少学本事。"金进财姑姑是在医疗单位上班,却不是省医院,而是街道卫生院;不是大夫,是扫地倒痰盂的卫生员。

　　"怎么从没听你说过?"吴大队也不信。

　　"咱不是谦虚吗! 重厚少文的习惯再改不掉,有学问不爱显摆,还最烦谁胡吹冒撂。"金进财煞有介事地说,"今天给各位领导透个秘密:刘瘌子人前叫我金进财,背后喊我金老师。凡治不了的病,都悄悄问我,还再三叮咛不要告诉别人。我说你放一百条心,再怎么样,金进财也不能抢残疾人的饭碗。"刘瘌子正撅着屁股在山上开荒,无法三方对证。待木已成舟,生米做成熟饭,金站长已上了任。知青敢大吹大擂,实在是看穿了刘站长三板斧。一个土瘌子都敢出来混世界,我好赖是省城下来的洋学生,喝的墨水比他多,身子比他囫囵,脑子比他灵光,为什么就不能做大夫,当站长?

　　金进财捉奸英勇,支书印象深刻,最终得以出任。支书强调站长前面一定加"代理"二字,指有待考察非正式委任,表明领导老成持重,体现班子执政水平。万一新站长看病闹出乱子,咱们提前留下退路——医疗站站长是自荐,非组织推荐,应由其本人负主要责任,和大队没关系。在座的都叹服支书考虑问题面面俱到,一把手水平就是高!

　　继承前任站长留下的《赤脚医生手册》,新站长抓紧速成,没白没黑啃了三天三夜。开张一炮打响,都夸金大夫打针不疼,毕竟是省城名医亲侄,本事比刘瘌子强多了! 殊不知金大夫肌肉注射是在茄子上速成的。听到屋里小公鸡惨叫,知青笑骂:新站长比老站长更流氓。老站长操人,新站长奸鸡。殊不知金站长闭门偷练静脉注射。有刺鸡垫底,再去刺人,金大夫胆子大了许多,又琢磨起怎么给大活人开膛破肚。开刀

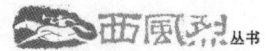

不是打针，茄子和小鸡肯定不行，得找个会喘气的练手，与狐谋皮，这事跟谁商量，估摸都不会痛快答应，琢磨来琢磨去，琢磨到狗身上。邻近大黑狗常来医疗站串门，想觅点残羹剩饭。吞下酒精泡涨窝头，大黑狗走路开始摇摇晃晃。乘天色昏暗四周无人，站长将狗扑倒压舌板撬开狗嘴灌下碾碎的安眠片，腹毛顾不得刮，就用手术刀活体解剖。划开表皮肌肉组织暴露器官，金站长对照人体解剖图研究，正在消化系统来回翻腾，被解剖者后腿突然蹬了几下。站长吓一跳，怕开膛狗骤然醒来拖着大肠小肠一路跑回，惹出不必要麻烦，将刀口草草缝合擦净血迹。大黑狗苏醒只觉肚皮痛得厉害，迷迷糊糊想起贪吃窝头经过，最终明白着了新站长毒手，朝白大褂狂吠几声，翻身从"手术台"蹦到窗前桌上，前爪刨后爪蹬东西划拉一地，狠发了阵狗疯，最后跃起蹿出窗外，瞬间跑得无影无踪。一连多天，大黑狗像遭狗瘟，两眼无神，不吃不喝，趴在院子太阳地儿里，脸埋进两个前爪，不时伸出长舌头舔肚皮。主人瞅着纳闷揪住察看，狗毛又密又浓，看不出什么名堂，只觉得狗浑身发烫，打摆子般突突乱抖，哀嚎有气无力。可怜大黑狗惨遭金站长暗算，满腹冤屈却难讨公道。总算狗命大，被活体解剖又活了下来。大黑狗从此明白个道理：白给的窝头好吃难消化。从此远离医疗站，路上邂逅金站长像见了阴险的阶级敌人，龇着牙边吠边退生怕又遭毒手。

　　公社左会计来大队办事，临去忽然喊头晕，右腿努力抬了几抬，还是迈不上自行车，看似摇摇欲倒，被大队文书架进医疗站。左会计是全公社拿钱最少的干部，每月工资只有28元，又是全公社负担最重的干部，连己在内养活九口。钱少负担重，手里又没权，连普通社员都不把他当事儿，见面不称官衔叫"老左"。老左到下边被慢待，见别的公社干部醉醺醺归来，难免生气，一生气，营养不良的脑袋就犯晕。今天到了饭口还不见动静，老左老毛病又犯了。挂上免费葡萄糖，心里找回些平衡，头也不晕了，看着正在忙碌的金站长，老左突然想起什么，问："那个事大队通知你了吧？"

　　"什么事？"站长一脸茫然。

　　"去县上学习的事。"

　　"去县上？学什么？"

　　"大队没通知你？这就怪了！算了，只当我没说。"老左卖起关子。金站长心里明白，偷偷将两盒葡萄糖针剂塞进会计兜里。火到猪头烂。老左立刻透露："县里举办全县赤脚医生培训班，为期三个月，讲课的是省上专家。公社只有一个名额，书记决定分给你们大队。培训结束参加地区统考，从中选拔优秀学员进省医学院深造。"接着调侃，"王八走了鳖运气。你小子将来当上省城大医生，可不敢变成阶级眼，不认咱这山里来的乡棒。"

　　"岂敢，岂敢。不认我爹也得认你左大会计。"站长心里美得不行：好事成双，这份美差非我莫属。

　　去县上培训还是七队的人，还是知青，却不是金站长！别人为站长抱不平。金进财反过来劝别人："肯定是大队看我一人忙不过来，要给站里添人手。"颜莉莉一脸喜气，金进财心里酸又甜：酸的是葡萄没吃上，好事被别人顶了；甜的是颜莉莉学成归来，

医护配对天造地设,男女又是上下级关系,医疗站变夫妻站指日可待!又想起墙头马上,金进财安慰自己:绿帽子、铁铐子、要饭碗,哪个爷们敢说自己这辈子不沾其中一件?戴绿帽子的男人多了,只要你不说,别人怎么会知道?再说颜莉莉属于年少无知上当受骗,不是主动卖身,还是可以原谅的。宽宏大量的原因只有自己知道:颜莉莉越长越俊,金站长越看越爱。

女知青头悬梁、锥刺股,结业考试名列前茅,参加地区统考的名单上却没自己。颜莉莉一打听:顶掉自己的是县五金交电公司经理的千金。经理掌握紧俏商品购货卡片;女知青除了青春身体,再无别的交易本钱。主管文教卫的县革委会匡副主任被美丽女知青眼泪打动,骤起怜香惜玉之心,拿手帕帮落榜者擦泪,暗示事情还可以"商量"。送出门时,匡副主任没头没脑说了句:"好好想一想。想好了,今天晚上到家来,家里没人。"女知青听出弦外之音,不是没犹豫,不是没动心,前车之鉴,怕男人提起裤子不认账,加之受传统教育毒害太深,总觉得这样做和鸡无异!是夜大雪弥天,朔风刺骨,女知青独自在领导住的小院门前徘徊,雪地里踏出两排深深脚印,想着匡副主任那张沟壑交错的老脸,颜莉莉直至冻成雪人,还是下不了决心进去"商量"……

医疗站早上刚开门,贾支委领着颜莉莉来了。盼星星,盼月亮,总算把咱家属盼来!金进财满面笑容迎上,未等自己致欢迎词,贾支委伸出手:"钥匙!"

"什么钥匙?"金站长脸上笑容僵住。

"大门和药品柜的钥匙。统统交给颜莉莉!"

天旱水浅,露出来你!暗地坏我好事,明里篡站夺权,最毒莫过妇人心!夫妻站美梦破灭,金站长一双眼睛瞪得像愤怒的公牛。银光闪闪积雪覆盖的秦岭迤逦至天际,晴空明净如洗,女知青望着雪后秦岭,仿佛沉浸在清幽景色,一副与己无关的神情。

"那……那我干什么?"金站长从最初打击中清醒过来,战战兢兢询问自己今后出路。

"你干什么?你当然是回七队!"从领导口气听出:这个问题压根儿多余。

"站里人手紧,一人实在忙不过来。哪怕颜莉莉当正职,我给她打下手。"被解职的站长徒劳地做着最后挣扎。

"不用!大男大女在一起容易出事。刘瘸子就是教训。大队要防患于未然!"

妈的,拿我跟刘瘸子比。刘瘸子什么玩意儿?!道德败坏、乱搞男女关系、土流氓一个!进财做人规规矩矩,工作兢兢业业,当了大半年站长,连一个山姑奶子都没摸过,凭什么说撤就撤?!过河拆桥,卸磨杀驴。金站长气得发昏却无可奈何,只好乖乖交出钥匙。

两任站长又站在一起,并肩战天斗地。刘瘸子不忘捉奸旧恨,当众讥笑:"新站长工作积极业务水平高,怎么也被撵回?莫非跟咱一样,手摸错地方,人上错床?"金进财哈哈一笑,大声回敬:"过奖,过奖。我新站长可没你老站长胆子大。老天爷拿眼看着:谁要是胡摸乱日遍地撒种,叫狗日的那条腿也瘸了!"

93

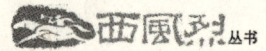

【舍身救美】

　　天气坏得不能再坏,云层像凝固在天空的一锅粥,太阳陷在里面苦苦挣扎,偶尔露出一张寡白的脸,若有若无洒下惨淡的光,晴不晴,阴不阴,闷得让人喘不过气。金进财被派往百里外韩家峡修水库。头次出恭,知青被眼前雄伟景象惊得目瞪口呆:坝里清波荡漾;坝外屎堆是老太太打哈欠——一望无牙(涯)。民工灶缺油少菜,数千民工全靠每日每人三斤粮食充饥。肚里没油水,都成了直肠子,吃得多拉得多,饭谱和定量又永远不变,难怪拉野屎都标准化。

　　同出民工差的还有三爷。三爷是热闹人,喝的墨水不多,脑瓜却出奇好使,出口成章、合辙押韵,常有惊人妙语,到哪都带来笑声。金进财下乡没几天,就从三爷那儿接受了许多再教育:讥讽虚情假意——让人是个礼,锅里没下米。讥人耳聋——我说城门楼子,你听成母猴子。骂人贼性不改——狼记百里路,狗记千年屎。论女子出嫁、学生返乡——出嫁女儿哭是笑,落榜书生笑是哭。两口子打架,叫三爷断是非,三爷不说汉子只劝婆娘:"包谷面,打搅团,爱儿不如爱老汉,儿子有钱拿眼看,老汉有钱用手抓。"提起队长打残上门女婿,三爷评论:"天高皇帝远,拳头就是知县官。"大队小学落成典礼,三爷看后评论:"桌子低,板凳高,把娃坐成弯弯腰;外面亮,屋里黑,早晚都是眯眯眼。"

　　群众喜欢三爷,干部却讨厌三爷,骂老汉是"闲话篓子"。三爷更看不惯干部拿架子,讥讽:"球毛擀不了毡,秦县人当不了官,刚当上芝麻官,头上就长了扇扇(乌纱帽帽翅)。"大队举办落后分子学习班,闲话篓子被传去收拾,毕业总结会上保证:"见法不犯,见活就干,干部叫我,不敢怠慢。从今往后,争当模范。"回来装了几天鳖,再让说闲话,老汉脑袋摇得像拨浪鼓:"吃饱些,穿烂些,闲话少说走慢些。"又说,"少提意见多通过,开会就往墙角坐。"

　　三爷大号关天豹,乳名豹子,少时家道殷实,牲口棚养着大骡子大马,地里雇着成群长工,仓里囤着吃不完陈麦,钱柜堆着成摞银圆。豹子厌读书,好冶游,喜欢吹拉弹唱,吃喝嫖赌路数样样精通,外面欠下一屁股烂账,常有债主上门索债。大院良田踢腾光,亲爹被活活气死,豹子依旧活得有滋有味。关天豹挣钱门道是卖身,卖身不是卖身为奴,不是脱裤子卖尻子,而是卖壮丁,每次一百大洋,言无二价,现款现货,童叟无欺。别人被抓壮丁,一个个哭爹叫娘;关天豹却欢天喜地,不像去送死,倒似来享福。押解的新兵连连长看着纳罕,问他高兴什么,关天豹一脸傻笑:我最爱看打仗,大炮隆隆,机枪嗒嗒,手雷咚咚,比过年放炮仗热闹多了!又问长官啥时才能上前线,说自己都等急

了。说完,用抹得发亮的袖口擦去流得多长的鼻涕。连长被逗乐了,断定这货不是成色不够,就是脑子进水,警惕性慢慢淡了,买烟打酒都派关天豹去。关天豹不负长官信任,总是快去快回,长官越发放心,直至关壮丁不辞而别。连长蒙在鼓里,想着关天豹脑子缺根弦,会不会忘了回来的路?要不就是被别的部队抓了壮丁?直到部队开拔,连长还像傻婆娘等负心汉,站在路口伸长脖子张望,再想不到"傻子"此时正在妓院里快活——面前摆两摞卖壮丁大洋,左手搂个婊子,右手捏着骰子,吆五吆七喊个不停。仗着身子灵、脑子活,关天豹把自己卖了又卖,直至解放军风卷残云般扫荡过来,卖壮丁生涯方告结束。

兵油子带回一个南方口音年轻女人,细皮嫩肉、大眼睛高鼻梁、鸭蛋脸上两道弯眉,身上香气扑鼻。村口两间东倒西歪旧草房,关天豹出五块大洋顶下,收拾一番权做新房。村里年轻人看得眼里冒火,都羡慕土豹子开洋荤,问漂亮女人哪拐来的?天豹只笑不答。村里老人满脸鄙夷,这个说:这女人一看就不是好东西!八成是窑子里千人骑万人压的烂货,关天豹当祖宗牌位敬着。那个道:一个是乡里浪荡鬼,一个是城里烂婊子,两人早晚散伙!出乎乡党意料,浪荡鬼和烂婊子的小日子却过得有滋有味。那会儿自行车还是稀罕之物,非常人所能享用。解放后,秦县第一任县长从省城来上任的专车就是自行车。关天豹给自己弄了个县级待遇,淘换辆日本富士牌自行车,风和日丽天气载着婆娘四处游玩。男的戴礼帽,穿西服,打领带,蹬球鞋,打扮得不伦不类;女的着阴丹士林褂、黑裙白鞋,乌油油头发,粉嘟嘟俏脸,嘴唇抹得鲜红,仿佛城里女学生。关天豹边骑边快乐地自编自唱:

马王爷爷三只眼,女儿养大给谁家?
爹要我嫁我不嫁,要嫁只嫁关天豹。
女婿爱吃油辣子,媳妇爱调芥末汁。
屋里来了小舅子,扯了一碗拉条子,
油辣子加芥末汁,辣死你个小舅子!

媳妇逗得咯咯乱笑,两只粉拳在老公脊背咚咚乱捶。关天豹受到鼓励越发来劲儿,又唱:

商州麻糖耀州碗,蓝田饸饹岐山面。
豹子相亲没盯见,寻个婆娘爱吃蒜。
捏着鼻子亲嘴子,就像吃了臭干子,
闻着臭来吃着香,一天啃她十八遍!

媳妇笑得前仰后合,一个重心不稳从车上摔下,躺在地上直哎哟。豹子过来拉,媳妇两腿乱蹬撒开娇,说老公再胡编派,她就不起来。关天豹边笑边答应,将媳妇拦腰一

把抄起,抱上专车继续前行。骑出没多远,又传来豹子快乐吼声:

出嫁骑的小毛驴,省亲坐着八抬轿,
两边跟着老妈子,四周围满盒子炮。
大轿落地三声响,丈人岳母吓一跳,
扒住墙头朝外看,门牙笑掉两对半,
鸡毛今日飞上天,咱的女婿当了官!

地里劳作的乡党听见唱声笑声直起腰,老年人看了朝地上啐口唾沫;年轻人看在眼里再拔不出来,羡慕得直咂嘴:女的骚情,男的更骚情,俩货骚情到一块,日子过得真快活!

土改时,给兵油子划成分成了难题。有的说:豹子穷得寸土没有,评贫农理所当然;有的说关天豹应评破落地主,理由是那辆东洋自行车。工作组正犹豫着,又有人揭发关天豹的婆娘李招娣是从城里拐来的臭婊子。工作组组长是燕京大学生,老娘出身八大胡同被有钱人赎身。女组长对被压迫女性天然有同情心,当即拍案而起,粉脸涨得通红,操着一口悦耳的京片子教训土改积极分子:什么叫婊子?婊子就是妓女,外国叫性劳动者。性劳动者也是受压迫者,是被迫性劳动,是我们的阶级姐妹!说话要有分寸,要有阶级感情,不要一口一个臭婊子!要讲政策,讲立场!见组长发火,大家赶紧端正思想统一认识检讨立场,都说领导话有理:妓院里都是穷人家女儿,没听说哪个地主老财把自己闺女送去当性劳动者,都夸关天豹同志阶级觉悟高,不嫌弃受压迫阶级姐妹,省吃俭用买了辆半旧自行车,驮着翻身性劳动者四处游街,边骑边唱,向昔日压迫者呐喊示威!试问在座的谁有如此高的阶级觉悟?谁又能做到?贫协少了此人确是遗珠之憾。关天豹遂成了贫农队伍中一员。

大队成立民兵连,苦于没有军训人才,想来想去,想到关天豹身上。兵油子在国民党新兵连里受训N次,搞军训轻车熟路。正步走、匍匐前进像模像样;打靶、投弹中规中矩;拿大顶、翻筋斗,豹子般灵活。更有一手绝活:取对凳子,担了两头,身子悬空仍能挺得笔直。领导欣赏,群众佩服,众望所归的关天豹被任命为主管军训的副连长。公社举行民兵训练汇报表演,关副连长训练的民兵连在 15 个大队获总分第一。本已功德圆满,又想锦上添花,向阳大队民兵连列队从主席台前通过,关副连长一声令下,百十号人齐声高歌《三国战将勇》:

三国战将勇,首推赵子龙,长坂坡前逞英雄,
战退千员将,杀退百万兵,怀抱阿斗得太平。
还有张翼德,当阳桥前等,七啾喀嚓响连声,
桥塌两三孔,河水倒流平,吓退曹营百万兵。
云长武艺精,温酒斩华雄,孟德帐下显威风。

　　五关斩六将,保嫂寻皇兄,匹马单刀千里行。

　　领导听得惊诧,关副连长一挥手,民兵们又高唱《国民革命军军歌》:

　　打倒列强,打倒列强。除军阀,除军阀。国民革命成功,国民革命成功。齐欢唱,齐欢唱。

　　边唱边作欢呼雀跃状。胡闹! 牛头不对马嘴! 共产党领导的武装力量怎么唱起国民党军歌?! 上级下令严查,一查是关副连长所教。再查,民兵副连长混迹匪军非一日,主观虽为骗大洋,客观混成兵油子。无产阶级枪杆子怎能让这种人指挥?! 关副连长被清除出民兵队伍。骨子里不是正经庄稼人,当社员也不安生,无师自通阉猪劁牲口,闲时凭张油嘴自编自唱四处揽活,兼卖自制耗子药,日子远比普通山民过得滋润。

　　抱上孙子,关天豹升至"三爷"。屋里添人进口,李招娣和儿媳闹起矛盾。多年的媳妇熬成婆,多年的大道走成河。此地风俗:媳妇娶进屋,婆婆只管看门抱孙子,油瓶倒了都不扶。媳妇是外路客,不懂当地规矩,边烧锅边喊婆婆搭把手。世事颠倒,没大没小。婆婆不服指派,两下顶撞起来。儿子关长水回来,一头扎进媳妇屋再不出来。李招娣越发生气,躺在炕上高一声低一声叫唤。呻吟好一阵,儿子总算出来了,却不进屋,隔窗请安:"妈,你咋啦?"

　　老婆子拿腔捏调:"哎……我的心口疼。"

　　儿子纳闷:"晌午还好好的,这会儿咋闹开心口疼?"

　　婆子变成老妖精,乔装作怪:"哎……好我的儿呀,你妈被人气的!"

　　"谁? 谁敢气我妈?!"

　　"你媳妇! 你媳妇给你妈派活,把你妈气成这了!"

　　晓得家务官司难断,儿子嘴里支应:"狗日的皮痒了,想挨打! 我这就收拾!"边说边撤。当娘的高兴了,唤回儿子小声叮咛:"照尻子上打两下吓唬吓唬就行了,可不敢打脑袋。把你媳妇打坏了没人做饭。"过了一阵不见动静。莫非真把媳妇打坏了? 婆婆放心不下,爬起悄悄摸到小两口窗下,不听还罢,一听差点气死! 下面媳妇妖声浪气地说:"你打,你打,你咋不打了?"

　　"哄老婆子的话,你咋还当真了?"上面儿子气喘吁吁回答。

　　"你听你妈的,还是听我的?"

　　儿子嬉皮笑脸回答:"妈的话要听,媳妇的话也要听,归根到底还要听媳妇的。"说完,又是大动。李招娣这次真气得心口疼,睡在炕上再起不来。

　　关天豹出门贩山货,年关跟前才回家,见老伴瘦了一圈,问清原委笑了起来,挤着小嗓仿着老伴的腔调哼哼:

　　　　白母鸡,下黑蛋,生个儿子是浑蛋。
　　　　媳妇背在热炕上,趁热端上臊子面。
　　　　老娘撇进柴火棚,两天只管三顿饭。

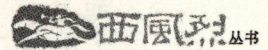

又学儿子声粗声粗气唱：

> 媳妇屋里刚一坐，我娘骂我黏老婆。
> 我说老娘别生气，将心比来都一理。
> 人的心尖都朝下，我爸从前也爱你！

李招娣"扑哧"笑了，在老公光头上拍了一巴掌，嗔道："老鬼！老了老了还老不正经。父子俩一路货！"

劝下这头，收拾那头。公公与儿媳不便斗嘴，就找儿子讨公道。冬闲无事，队里老少爷们都蹲在麦场负暄闲话。谝的正热闹，崖畔下面传来连串吼声："关长水领导，关长水领导您在哪里？！"喊声邪乎，大伙都站起，纳闷三爷唱的哪出？老兵油子走到儿子跟前，"啪"的一个标准军礼，操醋熘普通话问："关长水领导，在下有一事不明，特来向您请教：您媳妇凭什么给我媳妇派活？"

"哈哈……"周围人都笑了。

儿子的脸窘得发紫，赶紧问："爸，你咋了？"

"不咋，不咋，我就是想不明白。"老子满脸严肃，"李老师进关家连头带尾二十五年，一把屎一把尿养大了田桂花同志的丈夫。田桂花同志来关家总共才两年四个月零八天，孙子现穿着开裆裤。小田同志凭啥指派李老师？干什么都有个先来后到，当媳妇跟提拔干部一样，也讲个论资排辈。我婆娘没功劳也有苦劳，不能一条凳子上坐着吃凉粉，和您婆娘一般高。"

儿子分辩："爸，你弄岔了，家里没人敢给我妈派活。"

老子不接茬，厉声训子："你媳妇是人，我媳妇也是人！你爱媳妇，我也爱媳妇！从今往后，你媳妇再给我媳妇派活，那叫指屁吹灯——没用！"说完，背着手走了，撇下面红耳赤的儿子和笑得打滚的社员。

知青下到七队，三爷说闲话有了新话题、新对象。地头休息，三爷叫金进财猜何为"四乏"。知青们猜不出，央求三爷快说。三爷哈哈一笑："炸完麻花的油；卸了套的牛；下了工的知青；跑了马的球。"知青们骂老汉胡说。三爷不服，说我再来一段，让大家评评我老汉是不是胡说。老兵油子咳嗽几声，清清嗓子，出口成诗：

> 收罢庄稼想回城，男女知青搭伴行。
> 山高沟深路遥遥，占道招手喊车停。
> 司机手握方向盘，一见光头眼瞪圆，
> 手摁喇叭"敌敌敌"，脚踏油门"不不不"。
> 长辫飘飘至车前，司机脸上笑开颜，

撇下小伙直抹泪,来世做女不当男!

边说边配以各种开车动作,仿得惟妙惟肖。社员笑得直抹泪,知青边笑边骂:"油嘴老鬼,说的一点不错。"

地区文艺宣传队这晚在水库工地慰问演出。海报贴出,民工个个亢奋异常,干活比平日卖力许多,大锨抡出花,架子车下坡一溜风。多日未和老婆亲热,工地又见不到长头发,骤然来群漂亮姑娘,花枝招展在你面前连蹦带唱,搁谁也得激动。不激动,要么不是男人,要么有病!滩地搭起高高戏台,后边用芦席围就大棚,隐约瞅见红男绿女进进出出。传说女1号漂亮得让男人头晕目眩,引得许多年轻民工不远处遛来转去,欲偷窥女演员化妆换衣让眼睛占些便宜,刚靠近就被严阵以待的民兵厉声斥退!前事不忘,后事之师。女演员下去慰问被坏人乘黑乘乱占了便宜的惨痛教训以往不是没有。宣传队女演员百里挑一,个个都是领导眼里的宝贝,万一出事,可怎么向上面交代?保卫工作列为重中之重。

戏台前人头攒动,黑压压望不到边。月上柳梢,大幕拉开,风情万种的女报幕员扭动水蛇腰,步履款款从幕后走到台前。台上未开口,台下先喧哗,观众抢占位置,大呼小叫,你推我搡,直至节目开始,骚动才平息。千呼万唤始出来。万众瞩目的女1号终于出场,一亮相,金进财先愣了:女主角似乎有些面熟,像在哪见过?可惜离得远看不真切。正惦记着,站在场边一伙后生嫌自己位置不好,发声喊,合力一起向台前挤去,俗称"扛台"。会场顿时炸了锅,"轰"的一声,全场人都站起潮水般涌动,鞋踩落一地,人声鼎沸,大的喊,小的哭,间杂着女人被男人占了便宜的叫骂声。节目没法演了。女1号站在台上,别的演员也走出,一起朝台下看。"广大革命群众提高警惕,严防一小撮阶级敌人破坏捣乱!"大喇叭喊个不停,台下依然乱得像大群没王的蜂。见弹压不下,人保组长恼了:"说好话不听,做他个娃样子!"一声号令,台上"扑通、扑通"跳下五六十个值勤民兵,手持竹竿朝骚动处一通乱扫。聚光灯掉转方向,雪亮光柱在人群里射来照去寻找闹事者。"打!打!打驴日的!"全场群情亢奋喊声如雷。打谁还没闹清,就先呐喊,与其说助威,不如说添乱。几个闹得欢的被光柱罩住,脑壳随即响起噼里啪啦竹竿击打声,接着被反剪双臂押上台示众。高台教化立竿见影,见势头不对,观众再不敢添乱,齐刷刷双手抱头蹲下,以示自己是革命群众,绝非一小撮。"扛台"被打压下去,一小撮坏人被胜利揪出,革命节目继续上演。

金进财被人潮裹至台前得以近睹芳颜。大幕拉开,女1号袅袅婷婷重新走出,到了台前还未张口,台下金进财先惊出声:啥鸡巴女1号!这不是烂货余桃花吗?!"十八路"真能闯!三年不见,居然把自己的破车开进了地区宣传队,开上了舞台,还当上了女主角。女的漂亮,再敢于献身善于献身,没有攻不破的堡垒。一个破鞋呼风有风、要雨得雨,早早吃上皇粮;自己老实本分,能摸的奶子都不摸,还不是破衣烂衫叫花子一般缩在台下。又想起颜莉莉,和余桃花相比,俩人环肥燕瘦,各有所长,处境却

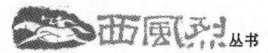

南枝北枝:一个锦衣绣服台上供万人欣赏;一个胼手胝足面朝黄土背朝天。金进财直叹老天不公:为什么破鞋总是比正派女人混得好?! 生气归生气,嫉妒归嫉妒,节目还得看。女1号表演红色芭蕾,全场情绪达到高潮。平心而论,余桃花舞艺还行,身子绷得紧、打得开、两个脚尖立地挺直,难度颇大的"擦地""倒踢紫金冠"舞得中规中矩,毯子功颇见功力,一袭红衣裹住窈窕身子,满台飘然旋转,颇有回雪流风飘若惊鸿的意境。金进财心里越发酸溜溜:"君莫舞,君不见玉环、飞燕皆尘土。"破鞋嚣张什么?! 看你蹦跶到几时?! 笑骂由你,舞自由我。台上破鞋舞得更欢,天生一副好身材,长腿细腰翘臀高胸,越看越惹火。台下男人瞅得嘴里啧啧有声,似饿死鬼盯见肥羊肉。金进财也未能免俗,看着,看着,又动了凡心,很没出息地胡思乱想:唉,破鞋就破鞋吧,只要还愿意让咱穿,我也认了。谁叫破鞋长得这么漂亮? 就是不知咱这张旧车票还能不能再上"十八路"。

　　回到工棚,民工们余兴未尽还在议论演出,都夸女主角舞跳得好,脸长得俏。嘴骚了一阵,又争论女主角叫什么。有的说叫"张翠花";有的说叫"韩美花";有的说叫"赵丽花","花"了半天,都没说对。金进财心里惆怅不想说话,被聒噪得不耐烦,忍不住插言:"你们都没说对。她既不姓张,也不姓韩,更不姓赵。她姓余,叫余桃花。"

　　"你怎么知道?"旁边人问。

　　"她以前找过我,要和我一起插队,做我女朋友,我没答应。"金进财轻描淡写,爆笑却差点将油毛毡工棚掀翻! 民工们笑得在大铺上乱滚,直笑得流出眼泪,都说:"妈呀,你小子可真能胡吹! 一个臭下苦的也不撒泡尿照照自己,就你这尿样?!"见大家不信,金进财认真解释。众人越发乐不可支,都说坏了,坏了! 女1号怕是狐狸精转世,金知青贪图美色被摄去三魂六魄,坐在这儿满嘴胡言,都道金进财犯花痴。既然没人信,咱就不说了。金进财闭嘴坐在铺上发愣越发像走火入魔。三爷不笑了,摸摸男知青脑门摇摇头,碗里竖起三根筷子,门口烧纸驱邪,连声叫:"金进财回来喽,回来喽!……"

　　……一双双血红眼睛死死盯住自己乳房和屁股,一双双粗黑大手距自己半裸身体近在咫尺,陷入包围的迷途肥羊随时会被大群饿狼撕得粉碎……这不是梦魇,而是真真切切发生在眼前! 余桃花半截身子泡在水里,连吓带怕抖得像秋风中树叶,想着今日在劫难逃,心里千悔万悔,直悔不该来蹚这库浑水……

　　水库工程指挥部找来,说今天是伟大领袖横渡长江五周年纪念日,工地准备搞游泳比赛向红太阳献忠心。会游泳男人好找,能下水女人难寻。女演员能歌善舞、多才多艺,游泳肯定也是行家里手,请一定支持。领队一听不敢怠慢,当政治任务布置下去。女演员会游泳的不少,报名的却不多。泳池游水是一回事;当着数千粗鲁汉子脱得光溜溜又是一回事。都推辞自己不行,没有脱的本钱。余桃花却跃跃欲试,一身曼妙曲线,此时不露何时露? 总不能皮皱肉弛时再在男人面前显摆。换上泳衣,三个年轻女人花枝招展来到水边。周围男人目光饿狼般贪婪,值勤人员却不知去哪了。两个女演员看在眼里多了个心眼,说让余桃花先下,试试水凉不凉。女1号当仁不让,脱了裹身浴巾,踢腿,下腰,展臂扩胸,光天化日众目睽睽之下,尽炫一身粉白嫩肉。熙熙攘攘的水库工地瞬间没了声音,无数双大手停下,无数个脑袋扭过,无数只眼睛死死聚焦在同一点……金进财正在大坝上拽着绳子打夯,远远看见大吃一惊:哪来的风骚女人?不看看这是什么地方,脱得光溜溜的,不怕民工们活吃了你?!

水库骤然响雷!无数条粗喉咙同时吼开:"快看包包馍呀!""快看光沟子婆娘!"无数辆架子车从大坝飞奔而下,跑得太快的刹不住脚,连人带车一起顺坡"噼里啪啦"翻滚;无数男人扔下铁锨镐头跌跌撞撞从高处冲下,直跑得脚下尘土飞扬弥漫半个天空。四面八方跑来的民工汇成浩荡人流直扑"光沟子婆娘"。三个女游泳选手被眼前场景吓得魂飞魄散!两个尚未脱鞋的撒腿狂奔,以百米速度赶在合围前冲出。余桃花见势不妙,鞋也顾不上穿,跟在后面拼命逃窜,往东跑了不远被人群拦住去路;掉头朝回跑又被西边人流截住,两路合围越逼越近。交际花最清楚情欲冲动的男人什么事都干得出,无奈之下纵身跳入水里。春光外泄的美人在城里男人面前,特别是在城里有权有势的男人面前所向披靡,狐媚屡试不爽,此刻却犯了致命大错——错误的时间、错误的地点、错误的观众、错误的表演。民工多是精壮汉子,离家日久,见母猪赛貂蝉,加之山地民风闭塞,除了自家媳妇,穿短裤的婆娘都未见过,更别说脱得光溜溜的女人。民工们像发情公牛看见红布,当下被撩拨得几近疯狂!认出水里"光沟子婆娘"就是昨晚在台上蹦跶的女1号,民工们越来越劲,岸边挤得密不透风。女主角游到东,民工们呼啦追到东;女主角掉头游到西,民工们又撵到西。来回折腾多次,就是上不了岸。余桃花不停地骂:"讨厌!讨厌!""流氓!流氓!"挣扎至筋疲力尽连连呛水。危急关头,单骑冲进重围。"金进财,救救我!"女主角像看到救星拼命呼唤……民工团团围住被救上岸的女1号,个个眼里喷火。金进财看势头不对,脱下汗臭刺鼻的汗衫遮住美人,大声斥责周围民工离远,包围圈却越缩越小。"嗵!"护花使者背上挨记冷拳,转过身,后腰又遭猛击。"哎呀!"余桃花捂着半裸屁股喊出声——不知是哪个土棍乘乱揩油。顾了左顾不了右,又有许多只黑手一起朝女主角雪白奶子和丰满屁股抓去……情况万分危急!金进财舍身救美,任凭万人拳头不停地落在自己身上……"抓坏人呀!一个也别让跑了!"二三十个持枪民兵朝出事地方跑来!像发情野驴看见饿狼追来,体内力比多瞬间从沸点降至冰点。"轰"民工们像炸窝蜂群四下散开,个儿赛个儿逃得飞快……饱受惊吓的女主角被赶来救护的领导扶起,哭得如带雨梨花。几位领导百般抚慰,争着给美人披上浴巾,绿叶扶红花般簇拥着走了。挨了臭揍的护花使者被撇在一旁,瘫倒在地无人过问……

工棚里躺了一周,金进财慢慢将息过来。见义勇为舍身救美,不说奖励,不说大喇叭扬名,工伤总要算吧,再能发些慰问品最好。见义勇为者来回找了一圈却无人理会。有往脸上抹粉的,没朝脸上涂黑的。地区宣传队女1号光天化日之下被众多暴徒凌辱,不是什么光彩事。当事人不愿提;肇事者怕人提;领导不想提。与此事有关联的统统得了健忘症,唯独挨揍的忘不了。金进财越说,领导越糊涂,实在想不起工地发生过什

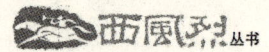

么事。金进财不知趣又寻了几次。领导烦不过，反问：你说自己见义勇为，谁能证明？你说你救人被打，打你的又是谁？可怜见义勇为者被万人拳头揍得晕头转向，一张脸没认下、一个名字叫不出。见原告无言以对，领导当即变脸，严正警告金进财：不准无中生有！不准胡说八道！不准造谣惑众！更不准往革命建设者脸上抹黑！倘若再胡搅蛮缠，必将严肃处理，绝不姑息！公公背儿媳朝华山——费力不讨好。金进财终于明白：这顿打算白挨了。

　　工地电机烧了送厂修理。金进财一上工就派出差，同行还是三爷。架子车走了两天到了地区，安顿下来，两人上街闲逛。百货大楼货架上稀稀拉拉，稍微好点东西都写着"凭票供应"。三爷要给老伴买双胶鞋，叫了几次营业员才过来，取下鞋扔在柜台上，人远远立着，手捂鼻子，白眼珠翻得像卫生球。伏天拉架子车，臭汗流个不停，又无换洗衣服，难怪遭人嫌弃。出了大楼，肚里饿得翻江倒海，连进几家食堂，只卖素面，不见荤腥。忍饥又走一段，寻见一家红肉煮馍馆，门口摆几张油腻腻桌子，金进财一屁股坐下，说好赖就是这儿了。红肉煮馍端上桌，看着厚厚一层肥汁上漂着几块核桃大肥猪肉，金进财哈喇子流了下来，美美挑了一疙瘩油泼辣子，老碗里一搅，香辣烫吃开。吃完不够，求三爷再买一碗。同伴为难地说："差费每人一天一元，都吃了，晚上拿什么住店？"金进财说："大热天，寻张破席随便凑合一晚。省了店钱当饭钱。"三爷一想有理，自己也馋，一人又要一碗。肥肉肥汁入肚，腹中开始咕噜，声音越来越大。金进财惊得脸上变颜变色：久不见油水，千万别滑肠，两块钱刚下肚就蹿稀，那可亏大了！挣扎着站起，买碗热茶喝下，肚子慢慢停止动静。底下刚好，上边又不对劲，只觉得脑袋阵阵发晕。三爷有经验，说这是醉肉，久不见荤腥，陡然多吃难免胃热上头。金进财听得纳罕：有醉酒的，有醉烟的，还有醉茶的，醉肉却第一次听说。怪事怎么都叫我碰上？吃饱喝胀，瞌睡上来，被连捅几下，醉肉的从桌上抬起头，睁着布满血丝眼睛疑惑地看着对方。三爷朝后努努嘴，金进财扭头一看，眼睛顿时直了：远远过来一对男女，挽着男人胳膊的不是别人，正是前几日被民工们追得乱窜的"光沟子婆娘"！男的穿件白的确良衬衫，时兴凡立丁裤裤线笔直，皮鞋油亮，偏分打理得一丝不苟，只是满脸壮疙瘩煞风景。女主角着真丝绣花套裙，华丽中透着飘逸，人美，又有漂亮衣服衬着，走在街上越发花枝招展。

　　一个臭烘烘的男人拦住去路。疙瘩脸吓一跳，身子护住女友，警惕地问："你，你想干什么？！"自恃救美有功，金进财笑指余桃花。美人捂着鼻子，轻蔑眼神像看一堆热气腾腾排泄物，拉着男友胳膊绕道而行，隐隐传来："一个臭要饭的……"目送美人远去的金进财脸上笑容僵住，气得浑身乱抖，黑血直冲脑门！好你个过河拆桥、忘恩负义、操纵男人的蛇蝎美女！真正是狐狸面，豺狼心！那天要不是老子舍命救你，你早被发情民工打了排子枪！"'十八路'，你个没人味、不知好歹、不晓饭香屁臭的东西！我操你八辈祖宗！"骂声惊动一街人，都立住看，看了一阵，也不知骂谁？再看骂街的，兀自红脖子涨脸唾沫星子乱溅，都想着这人有病。骂了不解气，撇下同伴一人去追。婊子翻脸不认人，老子当街泼狗血，让群众都晓得婊子是什么玩意儿！一对男女进了地委家属院,站岗的背着半自动。金进财猛然清醒:此处逗气任性不宜,更非撒野之地。装着寻人,从门卫那儿得知跟余桃花同行的年轻男人姓李,是地委组织部李部长的公子。李公子肯定不知自己戴了绿帽子,否则绝不会如此得意洋洋。金进财恶毒地想:将真相揭示给上当受骗者是每一个革命青年应尽的责任,有机会的话,一定要细细说与李公子听——在他未婚妻身上发生过的许多精彩故事。三爷坐着悠闲喝茶,见追人的快快回来,站起说:"骂够了?骂够了,咱爷俩也该挪挪地了。"找块阴凉地躺下,两人脚挨头睡了,一宿无话。

返回路上,金进财再憋不住,一五一十道出。三爷说:"那晚我还以为你中邪说胡话,闹了半天是真的,"又调侃,"桃花桃花满天飞,进财进财地上追,别人摘走你莫怪,该摘不摘你怪谁?"

金进财不爱听:"谁稀罕破鞋?白送我都不要!"

三爷笑道:"只怕傻小子口不应心!你要真不稀罕,那天就不会让人打个半死。这女人一双骚狐眼,绝非善类!你犯不着豁出命去救。"

金进财心想:老兵油子眼真毒,一眼就看出你心里想什么。昨天要是她一个,不理咱也就算了,谁叫咱当初把人家骂出门。偏偏跟个男的,不由咱醋劲大发。唉,破鞋漂亮真害人,明知又骚又臭,见了还光想穿。见同伴放不下,三爷笑道,"机不可失,时不再来。男人对付男人,该出手时就出手;男人对付女人,当下手时要下手!"崎岖小路弯弯曲曲伸向天尽头,路面被来往车辆碾出宽窄不一沟渠,天旱久了,里面满是浮土,脚起脚落尘土飞扬。架子车慢悠悠走在黄尘古道上,老兵讲起亲身经历:

我最后一次把自己卖了是民国37年冬里。以往新兵入伍都先在新兵连受训三个月再分往部队,这次受训两周就派往前线。我们班九个,除了我和班长,剩下不是胡子兵就是娃娃兵。别的班情况也差不多。一看这阵容,我就知道老蒋的天下是兔子尾巴——长不了,我卖壮丁卖到了头。部队开到一个叫郭庄的地方驻扎,村里除了一个瞎眼老头和俩傻子,有气的跑个精光。这下苦了我们当兵的,天寒地冻还被当官的逼着挖战壕。我偷偷瞄好地形准备晚上开溜。下午在村口担任警戒哨兵,西边远远奔来七八匹战马,跑跑停停,像是沿途检查工事。打头毛胡子披件美式草绿色军用风衣,领章将星闪耀。卫兵清一色加拿大司登式冲锋枪。我赶紧持枪立正,"啪"地行个标准军礼。马队已从我身边跑过,毛胡子又一把将马勒住,掉转马头用马鞭指指我。我一愣,不知出了什么事?忙往四下看。"叫你哪!"一位副官模样的对我喊。我赶紧跑过去,毕恭毕敬地问:"长官,您有何吩咐?"

"你眼瞎了!"副官大声斥责,"叫师长!"

师长问:"你是哪个连的,叫什么名字,多大了?"

我"啪"地又是一个标准敬礼,大声回答:"报告师长:我是暂编314师268团3营2连1排3班下等兵关天豹。关公的关,天地的天,虎豹的豹。我23岁刚过10天。报告完毕!"听我爆豆般一气说完,马背上的人都乐了,说这小子嘴皮子怪利落,当兵前八成是唱莲花落的。师长笑道:"你小子人机灵,姓也好,关云长是天下第一忠臣,

103

正巧我姓刘,你就保驾当我的勤务兵。"我一听暗暗叫苦,本想今夜逃跑,这下掉狼窝了。师部戒备森严,如何逃得了?我苦着脸回答:"报告师长,我笨手笨脚,怕伺候不好您老人家,还是让我打仗吧。"师长盯着我狞笑道:"你不怕打仗?难得,难得。等两下一交火,我派你第一个上去拼刺刀!"我一听差点吓尿裤,赶紧改口:"报告师长,关天豹明白了,您一身系全师安危,伺候您比打仗更重要,刺刀我就不拼了,还是给您当勤务兵吧。"进了师部我才知道,鸟了个勤务兵,原来是让我给师长新娶的三姨太倒尿盆。

新太太姓李,老爹在县城开茶叶店。李掌柜命中无子,连生五个都是女的,被街坊传为笑谈。李掌柜心里郁闷,两盏黄汤下肚就开骂:骂自己这辈子掉进母猪窝,生一个不带把,再生一个还不带把,生的全是赔钱货!部队驻防到此,师长和李家四小姐走个对面。四小姐正在念中学,一身女学生打扮,齐耳短发乌黑油亮,上穿鸭蛋青绉纱褂子,下着黑色长裙,袅袅婷婷走来,皮鞋后跟敲得青石板"嗒嗒"响。见毛胡子死死盯着自己,四小姐脸一红,拐进路边小巷。师长使个眼色,随行会意悄悄跟上……驻军头领前来拜访,后面一班赳赳马弁。李掌柜又惊又喜又怕,不知长官上门是祸是福。师长一介武夫,开口直奔主题:闻贵府有金花五朵,我孤身在外,求老先生送我一朵。李掌柜两口子再想不到长官是来求婚,一时不知说什么好。师长一努嘴,随行副官将缎面锦盒放在桌上。师长起身抱拳:来得匆忙,不及备礼,十根条子送四小姐打首饰,还望笑纳。赔钱货变赚钱货,李掌柜口不由心应了。师长没把自己当外人,当下改口叫开"爹,娘"。兵贵神速,戡乱期间国军婚姻更要速成,说定三天后接新人。得知要嫁的是在街上死盯自己的毛胡子,四小姐哭成泪人,寻死觅活不答应。老两口耐着性子劝:兵荒马乱,找个带兵女婿也好,再没人敢欺负咱家。毛胡子怕什么?毛胡子比小白脸会疼老婆。见四小姐还不点头,李掌柜恼了:"'前世不修,生在徽州。十三四岁,往外一丢。'你虽不是男身,也十六了,还不快给自个找个吃饭地方!放着黄澄澄金子不要,真是憨大!"拗不过爹娘,四小姐哭哭啼啼出门,成了刘师长三姨太。

蜜月未完,全师奉命开拔,仗打一路败一路,撤到郭庄接到上峰命令:314师原地死守,掩护兵团转移。我当勤务兵第三天下午,解放军追上在庄外交上火。解放军火力比国军猛多了,机关枪扫得像刮风,炮弹雨点般砸下!我虽当过N次新兵,真刀真枪还是第一次见,两条腿抖得像筛糠,拉住师长太太就往桌底下钻。怕什么来什么。"嗵"的一声,一颗迫击炮弹击穿屋顶,掉在屋中央直打旋!妈呀!我闭上眼,直说:"完了,完了!"等了一会儿还不听响,大着胆子睁开眼,炮弹头静静躺在地上——是颗哑弹!我松口气,再看身边女人趴在地上一动不动,摇一摇也不吱声——师长太太吓昏了。炮弹头在身边跳舞,搁谁也昏了。刚把太太从桌下拖出,师长风风火火闯进,将官服马靴不见了,换上士兵大衣和胶鞋,看看昏迷的姨太太,左轮顶着我脑门,恶狠狠地说:"我刘某今日郭庄托妻,把太太交给你。你在,太太在!敢扔下太太独自逃跑,我一枪打碎你脑壳!"未等我回话,师长又说,"阵地守不住了。你赶紧换上便服,等枪声停了,想法带着太太往西追部队。"说完匆匆离去。师长跑了,师长姨太太交给我。

104

我他妈又不是太监,凭什么让我给你照管小老婆?我换上便服正想独自开溜,外面忽然传来急促脚步声,夹杂着"缴枪不杀"声和"啾啾"流弹声。"哐啷"一声,屋门踹开,冲进几个解放军,黑洞洞枪口一起对着我!我吓得赶紧举起双手,哆嗦着说:"长官,千万别误会!我是老百姓。"师长太太醒了,一看这阵势,"哇"地抱住我后腰,浑身乱抖。几个解放军互相看看,把枪放下,为首的怀疑地上下打量我:"村里老百姓都跑光了,你怎么不跑?你究竟是什么人?"我强作镇静回答:"兄弟是小买卖人,来庄里收棉花,刚到就碰上打仗。"转过身,拍拍师长太太脑袋,煞有介事地说,"媳妇,别怕,咱们遇上好人了。几位是解放军大哥。解放军大哥最爱咱们老百姓。"接着唝道,"幸亏遇上亲人解放军,要是碰到国民党匪兵怎么办?兵荒马乱的,叫你别来你偏要跟着,说一天也离不开自己男人。"太太红着脸不吭气,旁边解放军都笑了。为首的说:"对不起,让你们小两口受惊了。"出了门,解放军又转回关切地说,"这会千万别出去!小心中了流弹。枪声停了再走。"

　　得知师长老公撇下自己一人跑了,三姨太一屁股坐在地上"呜呜"地哭。我急得屋里来回转圈,这可怎么办?领着太太往西追?西边是哪?甘肃?青海?宁夏?还是新疆?追上又能咋?还不是和师长一块送死。干脆一个人走得了。见三姨太哭得痛不欲生,我倒有些不忍。"我要回家!"师长太太哭着对我说。说得轻巧,吃根灯草。徽州离此一千多里地,兵荒马乱如何送你回去?你是落难女子,我却不是赵匡胤,唱不了《宋太祖千里送京娘》。见我不吱声,太太越发哭得梨花带雨。我看得心疼冒出一句:"这离我家只有二百里地,干脆咱俩一块回去。"三姨太停止哭泣,睁着两只水灵灵大眼睛疑惑地问:"去你家?去那干什么?"当了三天勤务兵,怕师长犯病,从没敢正面看过小太太,此刻才敢细细端详:卷发浓密、星眼明亮、粉面桃腮、糯米银牙,果然漂亮!难怪师长逃命都忘不了。妈的,师长能睡,我为什么不能睡?这么漂亮的女人最好给我当老婆。师长肯定回不来了,娶了师长姨太太,不怕师长打碎我脑袋,师长能保住自己脑袋就不错。我这人有个优点:关键时刻不知什么叫要脸,尤其在漂亮女人面前。心想嘴里就说出。师长太太一屁股坐在地上边哭边号:"我不,我不,我偏不!"哭声越来越大,我怕招来麻烦,说:"你不愿意就算了。你回你家,我回我家。咱俩大路朝天,各走一边。"见我真要走,太太"哇"地扑上,又死死搂住我的腰,"我不让你走!"是呀,我真走了,她怎么办?说是师长太太,实则还不满17岁,孤身在外,叫她如何是好?怀里拱着温软一团,让男人如何按捺得住?我心一横:叫你当我媳妇你不干,我要走你又不让,左右都由了你?!干脆来个生米做成熟饭。当下手时就下手!我拦腰将师长太太抱上炕扒了裤子。三姨太起先连蹬带踹,我一深入,立马不动了,随即紧紧搂住男人脖子。徽州女人想:什么太太?我不过是师长高价买的玩物。两相比较,勤务兵比师长强多了!危难之际,绝不会扔下老婆独自逃命,床上表现也远胜半老师长。那一刻,三姨太爱上勤务兵,认定此时压在身上的才是自己真正的丈夫,这辈子再不愿分开!事毕,三姨太红着脸也不看我,摸出梳子对镜梳理乱发。待收拾齐整,低头对我说:"咱们回吧。"我愣了,还要回徽州呀?就问:"回哪?"三姨太抬起头看着我,反问:"回你

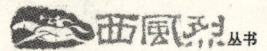

家呀。怎么,你反悔了?……"

金进财听得起劲,见三爷不说了,急得一个劲追问三姨太下落。三爷摇摇头,"师长太太没了。"没了?"没了"是什么意思?是死了还是回了徽州?看金进财一脸茫然,老兵油子哈哈大笑:"师长太太没了,李招娣还在,变成关长水他妈了!""哈哈……"一老一少双双仰天大笑,笑声像无数只鸽子扑棱翅膀发出的声音,笑声飞上朗朗天空,震碎黄尘古道的漫漫寂寥。

【招工】

满谷满坑都是延颈企踵苦盼招工的衣裳褴褛知青。镇商店门前蹲个花白头发,穿铁路制服棉袄,裹驼绒围巾,愁眉苦脸盯着地面发愣。见惯了蓝布头巾黑棉袄大裆裤,金进财看到城里打扮的格外亲切,像异乡邂逅熟人,挨着蹲下套近乎:"老师傅,从哪来?"老头抬起头,死眉搭眼看看金进财,停了一会才说:"西京。"

"老师傅,到这儿出公差,还是办私事?"

"都不是。"

"那你来干啥?"金进财纳闷。

"玩!"

"这兔子不拉屎、鸟不生蛋的穷地方有啥玩头?"金进财越发奇怪。

"我愿意!"

金进财恼了:老家伙吃枪药了!没招你没惹你,说话咋恁硷人!赖劲上来,故作关心地说:"我明白了:你老人家不是患少儿多动症未好,就是打小弱智。快回家去,跑丢了,家长上哪找你?"老头气坏了,腾地站起,手指头戳向金进财:"你!你……"气得说不出话。商店出来位高个子知青,见状狠狠推了出言不逊者一把,骂道:"赖孩,你狗日的又胡说啥?!这是俺爹!"金进财一听不对路,闹不好今天要挨耳刮子,赶紧仿着绿林豪杰抱拳向单老头致意,撇起江湖腔:"单老伯,失敬,失敬!久闻您老英名,真乃如雷贯耳!令先祖单公雄信义薄云天,单家忠义传家,至今仍是满门忠烈!今日得见,三生有幸!小侄有眼不识泰山,冒犯,冒犯!单老伯大人大量,还望恕罪。小侄有事在身,失陪,失陪!"说完,赶紧开溜。

街西头转一圈,两条腿不由自主又溜达至旅店。单老头也来了,依旧蹲在地上发愣。里面出来个漂亮女知青,叫赵媛媛,并肩是个披军大衣的男人。女知青身子紧贴军大衣,一脸媚笑,见门口围满知青,立马不笑了,抬头望天,直脖直脸走过。房间门开条缝,单老头率先抢进,金进财紧随其后。屋里坐着七八个女知青,有本大队的,也有

外大队的,见了金进财,脸扭一边,都作不识。屋里有俩中年男人,一个胖子,一个瘦子。胖子赤红脸膛,脑袋半秃;瘦子脸色青白,两颊瘦削,扫帚眉浓黑。胖子皱着眉问:"你们是干什么的?"单老头从内衣兜摸出个叠得有棱有角纸条,赔着笑脸,低声下气地问:"请问,哪位是铁路局招工组的谢组长?"瘦子斜倚在床上,懒洋洋回答:"我就是。"单老头走上前,双手将条子递上,毕恭毕敬地说:"谢组长,这是铁路局生活段司徒段长让我给您的条子。"谢组长屁股都不抬,漫不经心地说:"搁桌上吧。"见谢组长不当回事,单老头眼泪都快流出,苦苦哀求:"谢组长,我跑了几百里地专程找您,麻烦您还是看看。"

"有什么看的?!左右都是那几句话。"谢组长满脸烦躁,"出来到现在,不算打来的电话,说情条子就接了几百张!都要走后门,还讲不讲组织原则?党的纪律还要不要?"

"谢组长说得对!"胖子随声附和,"招工组有纪律,严禁不正之风,坚决杜绝走后门。别说一个副段长,就是天王老子写的条子也不行!你俩立刻出去!"看单老头死乞白赖不想走,胖子左手抓小的,右手揪老的,一起朝外推。单老头挣扎着扭过头,一脸谄媚,苦苦哀求:"谢组长,我走了。您留步,留步。条子放在桌上,请您一定看,一定看。"门"咣当"关上。"请您一定看,一定看。"谁怪腔怪调模仿单老伯说话?屋里传出爆笑!被轰出门的单老头复蹲下继续凝视苦难土地,像寻觅儿子能否被招工的最后答案。望着花白头发满脸褶子佝偻脊背,不满烟消云散,金进财愤愤地想:已是当爷的年纪,却为儿子装孙子任人奚落。难怪单老头说话像吃了枪药,搁我身上,点炸药包的心都有!

大队贫协主任又神气起来,扬言:"知识青年接受贫下中农再教育合不合格得我说了算!金进财不是很牛逼吗?不是看不起贫协主任吗?这回就让他娃子知道水有多深!"传到耳里,赖孩悔不该抢贫协主任的片子吃,骂自己不该坏塘取龟、掘窠求鼠。队干部吸烟陡然升级,贫协主任家更是红火,知青老鼠般一个个往里钻。偏偏贫协主任的婆娘嘴不把门——哪个知青送了礼,送的什么,送了多少,上工时一一说与人听,宣传得地球人都知道。金进财不想送礼也没钱送礼,灵机一动,跑到大队找李支书添油加醋奏了一本。得知牛向东打着推荐招工旗号捞了不少油水,支书醋劲大发,拍着桌子大骂:"鸡巴毛当令箭,牛向东算个球!姓李的还没下台,向阳大队看谁说了算!"金进财义愤填膺跟着骂:"是贫协主任大,还是支书大?究竟是谁领导谁?!这是原则问题!容不得半点马虎!一帮势利小人没长眼,上下尊卑都没闹清就急着乱舔沟子。送礼都没送对地方。这股歪风断不可长!无论什么时候,向阳大队都是李支书领导一切!无论办什么事,都得听李支书的!"马屁拍得顺耳顺气,支书频频颔首,当即褒扬:"说得好!你小错不断,大事明白,原则问题不糊涂!"取出《招工审批表》递给金进财,嘱咐:"填完赶紧送来。"歪打正着。金进财喜出望外,捧着招工表千恩万谢走了。

金进财回省城当铁路工人的消息传开,又有好事上门。妇女队长来了,后面跟个

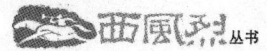

女的,门外远远立下,暮色苍茫,看不清是谁。妇女队长说找进财有事,当着众人面又哼哼唧唧不肯说。见俩人鬼鬼祟祟,知青们起了疑心。金进财送客回来被摁倒,信被搜出。几个脑袋凑到灯下一看,齐齐笑出声——马樱桃送来情书,其中佳句让集体户印象深刻:"你的前途似明月,咱俩友谊赛青松!"男知青乐不可支,都说山姑投来木桃,进财就应报以琼瑶;女知青笑贺"铁路工人走了桃花运。"深山出俊鸟。马樱桃大辫子乌黑,两颊樱桃般鲜艳,只是常年不刷的黄牙煞风景。金进财贫嘴饶舌,樱桃却爱听,边听边抿嘴乐,没人时,常塞给金进财一把松子、几个毛栗子什么的,还帮着拆洗被子,是金知青的山村红颜知己。生平第一次接到姑娘求爱信,金进财激动得翻来覆去睡不着:马樱桃是个好女孩,长得漂亮,干活利索,性子也好,未开口先笑,不像城里姑娘矫情任性、心口不一。樱桃屁股蛋也长得好,滚瓜溜圆,看着就让人动心。在家听老娘说"屁股大,生好娃",现在讲计划生育,这一点很重要。要是城市户口,或有工作,我求之不得。黄牙好办,豁出十管"白玉"牙膏,早中晚监督着刷,总能刷白。问题是成家后的日子怎么过?"贫贱夫妻百事哀。"好不容易挣扎上岸,不能再陷进去当"一头沉"。想起樱桃情诗,金进财无奈叹口气:"明月"咱不敢当,眼前路能有星星照亮就谢天谢地;"青松"还是留下吧,长在山里根深叶茂万年青,一旦挪进西京城,要不了几日就根枯叶落死光光。

隔沟望见马樱桃和一帮女社员锄地。男知青们正是调皮年纪,看收信人不在,齐齐朝对面大喊:"你的前途似明月,咱俩友谊赛青松!"喊罢,笑得打滚。山民们也跟着傻笑,笑完问何意,知青们只笑不肯说。樱桃从此见了金进财,像遇上冤家对头,俏脸蛋一扭,大辫子甩去,水汪汪眼睛流出许多怨艾。金进财天生怜香惜玉,心里瞀乱得像猫抓。

两周过去不见动静,金进财上公社打听。老左仍念葡萄糖交情,悄悄透露:"你还不知道?你已被吕卫生顶了!"吕卫生是同大队知青,尖嘴猴腮、一对鼠眼、名字卫生、行事龌龊,上中学时就是出色的告密者。集体户对其集体评价是:只要给好处,随时准备大义灭亲,哪怕是自己亲爹。金进财白脸变青脸,颤声问:"他凭……凭啥?"老左压低声音:"就凭你亲哥是劳改犯!"该死的十斤,蹲大牢还害人!"吕卫生还揭发:你二哥是省城造反派副司令,武斗被对立派打死;你不安心劳动,经常领着知青夜里偷鸡摸狗。"金知青听得透心寒,哀叹:本应勾结一起,岂料背后拆台!

颜莉莉与何尚书也功亏一篑。颜莉莉身怀鬼胎,在县医院门口徘徊良久,不敢进去体检;老和尚是三期肺病患者,发展到卧床大吐血,小和尚沾足老和尚的光——被想当然归类为结核杆菌携带者,举报者还是集体户。X光透视"胸部未见异常",凭什么体检过关又把我刷下?和尚不服,纠集一伙知青找招工组说理。谢组长是老江湖,事经多了,有门路的都招了,没招的爱嚷你就嚷吧,只当秋风过驴耳。黄副组长嫩了点,不晓得知青难缠,大声训斥:"招有招的理由,不招有不招的原因,你啰唆什么?!"副组长是复员兵,和衣裳褴褛的知青说话,口气却像大军区司令,又是初次招工,下来看

惯笑脸,难免气盛,气盛就会犯错——忽视挣扎到岸边又被踢下水的知青怨气。和尚还未答话,此时唯恐天下不乱的金进财抢先开口:"何尚书,你小子真是拎不清!到现在都不知为啥不要你? 黄组长革命生产两不误,招工专拣漂亮小妹妹,见裆里带把的就来气!"

和尚做恍然大悟状,忙问:"黄组长下来还有这任务? 一人一杆枪,你忙得过来吗?"

"流氓!"姓黄的气得大骂。

金进财肯定地说:"黄组长说得完全正确!我绝对是流氓!不是流氓,为啥把被招的女知青往包谷地引?"

当众曝光,黄副组长恼羞成怒,指着金进财大骂:"再敢胡说八道,我抽你个王八蛋!"姓黄的又高又壮,发起怒两眼瞪得像铜铃,一对狗熊般大巴掌更是吓人。金进财心里发虚,后退几步,偷偷瞄好逃跑路线,做好随时消失准备,然后壮着胆对骂:"姓黄的,你今天要不抽我,你不是王八蛋,你是黄八蛋!"旁边知青都乐了,齐夸金进财骂得新鲜。和尚一听要动手,立马来劲,脱了破棉袄,上身只穿件大洞连小窟窿的海魂衫,指着黄副组长说:"黄八蛋!你敢动我兄弟一指头,我今天让你头朝下,脚朝上!"姓黄的流年不利,今日遇上灾星。知青们无人劝解,都等着看笑话。偏偏黄副组长不知进退,见和尚瘦得像猴,心想痨病鬼的儿子能有多大道行? 要在女知青面前拾回面子,咆哮着冲过来。和尚闪过,侧身拧腰借力打力,一个"霸王甩袖"招数将对手撂出丈远! 知青占了便宜,撒腿朝外跑。招工的吃了亏,眼睛都红了,恨不得一口吞了对头! 一屋人都跟着跑出。大门口追上,黄副组长伸手去抓,和尚骤然身形一矮屈膝抱头,追兵猝不及防,奔马撞上绊马索,"哎呀"一声,高台跳水般直挺挺从和尚身上翻过,重重摔在三尺高台阶下,果然"头朝下,脚朝上。"围观知青笑作一团,都说黄副组长看似凶猛,原来尿包一个! 招工的挣扎着站起,脸皮蹭破,两掌磨烂。被刷下的知青一肚子鸟气正待发泄,围住假惺惺劝架,乘乱打便宜拳,军大衣上乱踏。黄副组长灰头土脸,一身烂泥,仿佛泥坑里打滚的骡子,气得破口大骂:"什么知识青年? 简直是一群土匪!"动静越闹越大,镇上街道堵得严严实实。公社头头被惊动,出来站在台上连吼几嗓子,闹事知青才散了。

喧嚣过后,集体户恢复往日平静,能走的都走了,走不了的只有继续待下去。年关将至,被招工折腾得身心俱疲的知青纷纷打道回城。有钱没钱,回家过年。集体户男的唯独金进财没走,不是不想回家,实在没法回。老大刚被重判,抢房的小舅子就杀了个回马枪,金进财幸亏逃跑快,才没被砸折腿。多少年了,一大家子住的还是两间穷阎漏屋,白天身子转不开,晚上一人放屁全家闻臭,想想都憋屈。外县插队的六个姐妹都要回家过年,长成大男大女再挤大通铺成何体统! 金进财无奈,只好待在队里和贫下中农过一个"革命化的春节"。颜莉莉和王美花也没回家,前者想是医疗站那摊离不开;后者压根儿无家可归。王美花的爷是捏面人的,王美花的爹是"炮兵司令"——挑

109

副担子，一头是炉子和风箱，一头是葫芦样黑转锅和长长的布袋，转街爆米花，到哪都是"嘭"的一声响。王美花被戏称"炮兵司令的女儿"。王家世代城市贫民，在城里无正经职业，前不久被街道敲锣打鼓送往农村，理由是"我们也有两只手，不在城里吃闲饭"。去后不久，家里给王美花来信，说那地方比秦县还穷，简直没法活。接到信，司令女儿缩在被窝哭了半夜：年头干到年尾，一天不敢歇，刨去口粮，自己反欠队上的，二十岁的大姑娘，连双不带窟窿的鞋都没有。哭罢还得装车上集市粜自己口粮接济父母。

碎玉般飞雪飘个不停，凄厉北风从屋檐缝隙呜咽而入，集体户寒如冰窖，尿盆液体冻成黄硬坨。清冷雪光隔着窗户纸透进，穷得只剩下四堵墙的屋里越显凄凉惨淡。"大寒小寒，缩成一团。"金进财蜷缩在被窝里，似睡非睡，似醒非醒，仿佛动物冬眠。隔壁终于有了响动，门"吱呀"开了，有人"喀哧喀哧"踏雪去了屋后茅房。"妈呀！"陡然一声惊叫，有野物"刷"地从后窗窜过。山里人烟稀少，狼亲戚串门常事，见人都不大避。狼有狼道，觅食都离狼巢远远的，不到大雪封山万不得已，极少祸害周围山民。山民也不招惹狼，两下倒也相安无事。金进财闻怪不怪，依旧使自己处于冬眠状态。"进财！进财！"屋后传来王美花惊恐叫声。金进财不搭腔，晚餐过去20个小时，得努力保存身上仅存热量。叫声越来越急，不应不行了。金进财有气无力地问："啥事？"

"狼！女茅房有狼！"

"狼有啥稀罕？四个蹄子一身灰毛，跟小时候你妈带你去动物园见的一个样。"

"不是狼，是狼吃……"

"下了几天雪，狼自然要出来寻吃的。"金进财来了气，"我说你们这些女的都是啥毛病？！头发长见识短，屁大个事都一惊一乍！"

"真的有事，你快出来看看吧！"王美花声音里透着害怕。

金进财叹口气很不情愿地钻出被窝，心里盘算：要没什么事，王美花一顿包谷糊糊算蹭定了。披上烂棉袄，趿着破鞋，一摇一晃走出门，屋外雪光灼眼，北风如刀，割得脸生疼。金进财连打几个喷嚏，赶紧裹紧破棉袄，茅房门口立住，头刚伸进，一条灰色野物忽地窜出，卷过的风挟着腥臊。金进财不怕狼，所见之物却让他心脏骤然狂跳——雪地里一摊血水冻成冰，当中是个尺把长被狼啃剩的肉团！前医疗站站长一眼认出那是什么！金进财脸色煞白，身上抖得像筛糠，未等王美花问，哆嗦着骂开："谁……谁家这么缺……缺德？！猪娃瘟……瘟死了不埋，让狼拖……拖到这儿！"赶紧取来老镢，崖畔下掏个窟窿，将残余肉团塞进用土掩埋。想想不放心，怕狗或野物刨开，拖来酸枣刺棵蓬个严实，再压上几块石头。重进被窝，身上冻得像冰块，急切暖不过来。金进财哆嗦一会，突然想起什么，赶紧穿好衣服下床，烧锅开水将几个热水瓶灌满，敲了好一会，门终于开了，映衬着冰天雪地惨白的脸……种瓜点豆的是谁？六六六被排除；没见她和外队谁有来往；本队集体户更不可能，眼皮底下的事，瞒得了别人，瞒不了我。琢磨来琢磨去，琢磨到脑袋瓜子疼，还琢磨不出是谁干的。

"日你妈！打死你个城里来的烂婊子！"雪地上几缕长发随风翻卷，脚尖雨点般落在蜷成一团的颜莉莉身上。贾支委匆匆赶来，对老婆低吼："回去！"恶婆娘叫骂着走了。颜莉莉摇摇晃晃站起,贾支委赔着笑脸去扶被一把甩开!围观社员散去,女知青独立雪地,右眼眶青紫,嘴角流血,两只大眼睛痴呆呆瞪着前方。金进财听见外面叫骂声走出,饲养室门前一幕全落在眼里……颜莉莉遭毒打,同伴都很气愤。大家询问缘故,女知青不回答,眼泪却似断线珠子往下落。集体户还在推究,贾支委却突然登门。领导首先向大家做检讨,说前段日子大队工作忙,对队上知青关心不够,问粮够不够吃?柴火够不够烧?说起招工,贾支委指山卖磨说豁出支委不当,也要上公社据理力争让七队知青多走几个。话锋一转,说外因固然重要,内因更关键,自己要给自己创造回城条件。首先要管好自己的嘴,不该说的不要乱说,谁胡说八道谁倒霉,最后谁也救不了你!敲山震虎,唯独金进财心里明白。

省知青慰问团来了,随行有地区、县、公社知青办头头。七队集体户门前站满四个兜,大大小小土狗像接到欢迎通知,一起热烈地摇着尾巴,人群里钻来钻去。慰问团团长是个廖姓老太太,慈眉善目,说话柔声细气,见知青衣裳单薄,关心地问:冷不冷?金进财指着墙上领袖画像一本正经回答:不冷!屋里有了红太阳,冬天不用穿棉袄。知青都笑。领导都装着没听见。得到慰问团肯定,贾支委满面放光,说知青小小年纪离开父母,落户在七队,自己义不容辞担起家长责任,不仅要抓好"再教育",生活上也要关心。廖团长听得满意,当即褒扬:大队干部要是都像老贾同志,我们少操多少心!可惜对上山下乡有深刻认识的基层干部太少。贾支委谦虚地表示:领导过奖了。我是党员干部,又是长辈,爱护知青应该的。金进财听得直犯恶心,仿佛吞了绿头苍蝇。梁主任认出在卡车上造谣惑众的落后分子:"这不是金进财吗?几年不见,你现在锻炼得怎么样?"支委抢风头,支书不乐意,这次抢先回答把偷鸡摸狗之徒说成一朵花,说金知青在广阔天地百炼成钢,是颗闪闪发光的革命螺丝钉。放在医疗站能给贫下中农看病;上山干活顶个强劳,不挑不拣,组织安排在哪就在哪默默奉献。梁主任听了满意地直点头。旁边人问:"你们以前认识?"梁主任笑道:"我们是老朋友了……"把四年前往事学了一遍。慰问团领导都笑了,满意地看着眼前"再教育"的成功范例,一起颂扬伟大领袖的英明决策,感叹上山下乡的重要性和必要性。廖团长当即指示,让县、公社知青办组织材料上报,将金进财作为"后进变先进"典型,刊登在下期《全省知青工作简报》上。"先进分子"脑子里此时有两个小人在争辩:一个说,那事没撞见也罢,知道了再装缩头鳖,还算男人吗?!一个说,官官相护。扳倒姓贾的,惹怒大队,只怕落个从井救人。心里踌躇不定,茫然看着积雪逐渐消融的坡地,黑色田埂汪出许多绿,片连片伸展开,示人以蓬勃生命力。金进财眼前一亮:道北知青就像蒺藜,可以被人轻视,但绝不容人践踏!纵然粉身碎骨,也要扎你个皮破血流!该出手时就出手!老子今天豁出去了!这口恶气不出,我非后悔一辈子!座谈会结束,慰问团起身要走,金进财上前拦住:"各位领导,我有一件重要事情汇报!"

梁主任看看表,说:"还有几个点要去,有事给公社知青办说。"

金进财回答坚定:"这事公社知青办管不了,县知青办也没辙,得给省上领导当面

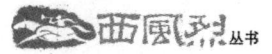

讲！"

梁主任瞪起眼睛——你一个小知青口气还不小！旁边廖团长摆摆手，和颜悦色地说："让小金说嘛。"金进财郑重汇报："我发现一个怪东西，事关上山下乡，想请各位领导看看。"发现"怪东西"，又"事关上山下乡"，慰问团再想不到是什么，都有些好奇，让快快取来。金进财取锨直奔藏宝之地。早春二月，山里地气寒，"怪东西"还未腐烂，干缩至黧黑僵硬一团，像风干后残缺不全的无头猴娃。大领导小干部围着锨，一起俯下身子研究，看了一阵，仍闹不明白是什么东西。廖团长工作认真，眼神不济，鼻子快挨上，还是认不出，抬头疑惑地问："这是什么东西？"

"胎儿。狼啃剩的。"金进财肯定地回答。声音不大，入耳却似平地一声雷！在场领导被震得齐齐蹦起！廖团长脸都白了，颤声问："在……在哪发现的？他……他是……是谁的？"

"集体户女茅房里发现，您说'他'能是谁的？"男知青反问。

廖团长胃里顿时翻江倒海，匆匆拨开人群，冲到树坑旁弯下腰"呕呕"狂吐，捎带着另外几个领导也赶紧各寻地方张嘴方便。梁主任黑脸变紫色，暴跳如雷："金进财！你今天非得给我说清楚！这，到底是咋回事？！"金进财笑眯眯指着面无人色的贾支委，咬牙切齿回答："您——得——问——他！"

……摩挲脊背的手仿佛蝎子爬，正在贾家埋头填写招工表的颜莉莉紧张得汗都出来了，接下的事情更可怕：男人右手老鼠般从衣襟底下窜进，一把攥住自己丰满乳房！仿佛黄蜂入怀，颜莉莉惊叫一声拨开手腾地站起，想骂不敢骂，一张粉脸涨得通红，拉开门闩要走。身后传来阴森森声音："出了这个门，那张表作废！"仿佛听到咒语，女知青中了定身法般呆呆立住。阴森森声音继续："实话告诉你：为招工来找我的女知青不是你一个！你不想回城，有人想回城；你不愿意，有人愿意。过了这村，可没这店！"门重新插上，贾仁义从背后抱住女知青："你又不是没跟男人睡过，怕什么？你聪明听话。聪明女孩不吃亏；听领导话的姑娘不走弯路！"说罢，胸有成竹将女知青抱起放在炕上，不慌不忙去剥身上衣裤。颜莉莉此时成了一截木头，咬紧牙关，紧闭双眼，泪水长流……几番折腾，颜莉莉担心的事终于发生：日渐眉高乳胀腹突。女知青红肿着眼睛去找造孽男人。过了几日，贾仁义塞过一个青霉素小瓶，里面装着黄褐色粉末，冷冷地说："空腹一次喝了！"小瓶里装的是麝香，山里獐子多，寻这个不难……

公判大会召开，轰动十里八乡。许久没演戏，日子寂寞，听说镇上审判"花犯"，大家激动得奔走相告，得知案情涉及漂亮女知青，群众更激动了。让"花犯"唱独角戏未免单调，按上面安排，各大队贡献了一批配角，由基干民兵押往会场。陪斗的有屡教不改的小偷；有被抓多次的破鞋；有顶撞领导的杠头；更多的是四类分子。男女老少都有，黑压压站了半个戏台。照例先是领导讲话，都照着稿子念，都是报上腔调。听得不耐烦，上面开大会，下面开小会，娃娃闹，婆娘吵，乱成一窝蜂。台上火了，拍了几次桌子还是

弹压不下。轮到公社吕副主任拿过话筒，全场肃静，上万只耳朵齐齐竖起，只等惊人妙语。吕副主任不负众望，指着台下大队干部，眼睛瞪得像牛蛋，大喝："你们这些骚驴！"大队干部你看我，我看你，不知什么意思。吕副主任接着说："你们背后说我是骚驴，可我嘴骚心不骚。不信，你们可以问妇联主任。"妇联主任频频点头，以党性人格担保句句属实。吕副主任破口大骂："你们官不大，胆不小，嘴上不骚心里骚！色胆包天，你们才是骚驴！"台下笑开锅，台上偷着乐，都夸吕副主任一针见血，说话真有水平！都看着"骚驴们"笑。一篙打落一船人。大队干部脸都红了，都悄声骂骚驴这驴日的！"女知青都是毛主席他老人家的亲娃娃。谁再敢胡骚情，贾仁义就是娃样子！"吕副主任一拍桌子，大吼，"把驴日的押上来！"话音未落，贾仁义被两个武装民兵反剪胳膊押至台前。一个胖大警察接过话筒念判决书。一听被判十年，台下观众齐齐摇头，叹息贾仁义的老二害了老大，这回亏大了——在外偷吃口鲜桃，却把家里倭瓜丢了。婆娘正当虎狼之年，肯定守不住。宣判完毕，胖大警察走到犯人背后，不慌不忙从兜里掏出法绳。全场情绪达到高潮，一起伸长脖子踮起脚尖，看贾仁义如何"受法"。法绳飞快绕几圈，胖大警察将犯人扛起摔下，随着绳头抽紧，贾仁义瞬间缩成粽子。"没绑紧，再捆驴日的一绳！"台下知青们不约而同喊出声！胖大警察顺应民心，松了绳扣，将贾仁义高高扛起，"咕咚"砸在地上，再次绷紧法绳。惨叫声传出多远，仿佛挨刀的猪。兔死狐悲。台下大队干部面面相觑，脸色都变了。赖孩生平第一次感到警察可爱，觉得这个世界缺了大盖帽还真不行，直悔过去不该跟警察叔叔逗着玩。

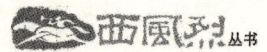

第五章
天意从来高难问

【虎落平阳】

凌晨,外面忽然传来急促脚步声。牢门打开,几个手持冲锋枪的战士冲进,押后吴管教瘦脸绷得铁紧,喝令:"葛振才、林华生、金占全穿上衣服出来!"一听自己是漏网之鱼,其余犯人暗自庆幸,竖起耳朵听外面动静。农场门口停着一溜卡车,中间两辆是死囚车,犯人一个个五花大绑,前面挂着大牌子,脖子后面插杆长长亡命标,上面打着红勾。每个犯人后面站俩持枪战士,摆出送犯人出"红差"阵势。金占全眼睛陡然一亮:同车立个年轻女犯。别的犯人一个个低垂脑袋面如土色,唯独她头颅高昂毫无惧色,一双黑亮眼睛凝视前方,苍白脸色遮不住青春的美丽,白皙颀长脖颈弯出美妙弧线,让人联想到高贵的白天鹅。"啪!"金占全结结实实挨了一脖拐。"看什么看?!"一个管教骂道,"甭急,等会有你好看的,今天就送你小子上路!"金占全心里咯噔一下:莫非要拿老子充数? 前几日听管教干部议论:外面又搞运动,叫"一打三反",又断续听见:……从重从快从严……抓几个典型……判过的也要重新判……金占全只是没想到杀到自己头上。

公审大会在县体育场召开。街道早早候满人,一个个欢呼雀跃,朝车上指指点点。看杀头是国人传统爱好,死囚车上年轻女性引起观众极大兴趣,大家都跟着车跑,都夸女犯人长得漂亮,都叹"可惜!"车进南关,人流汹涌,车越开越慢。女犯人努力吐出一团湿漉漉东西,扯开嗓子喊起口号!事发突然,街道顿时炸了锅!押解慌乱中揪住头发拳打脚踢,女犯仍挣扎着喊出声!死刑犯当众呼喊"反动口号"是严重政治事故。为防意外,上车前一个个都被注射麻醉药,嘴里塞紧棉花。忙中出错,打针偏偏漏了死不认罪的女犯。负责押解的县中队队长寡白着脸从驾驶舱跳下,就手从路边停靠的马车上抢过一把铁锨,蹿上踏板,锋利锨刃狠狠朝女犯人喉咙铲去!一锨下去,热血当即喷出丈远,像是铲断颈动脉,旁边金占全被喷了一身。车下观众齐齐惊叫!两名押解面无人色,抖得像秋风中树叶。顽强女犯人还在呜呜出声,中队长操起铁锨连连朝天鹅般优雅脖子铲去,一下、两下、三下……动作凶猛得像铲一条毒蛇,直到美丽红唇变成乌青再发不出声…… 惨烈一幕令同车人触目惊心,长这么大金占全没服过谁,却对女犯人非凡勇气惊叹不已!"男有刚强女性烈",暴风雨肆虐,倒下的是大树,屹立着的却是小草,女人看似柔弱,关键时刻往往比男人更刚烈!公审结束,死刑犯押赴刑场,五花大绑的金占全被一脚踹倒,和另一个死囚并排跪着。听老犯人讲:被"打靶"时尽可能张大嘴,让子弹从口腔穿过,能留张囫囵脸。金占全不想死相狰狞,照章办理。枪响瞬间,一团滚烫东西随即兜头泼来——血、脑浆、头骨碎渣糊了金占全半边脸……再上囚车,管教拔去金占全脖后斩标,笑道:"行!你小子不含糊,骨头真够硬的!从鬼门关回来没吓尿裤,马家滩劳改农场你是第一个!"又听议论女犯人,说别的死囚吃了枪子,两腿都要踢腾一阵,这女人却一动不动,真邪了……

多年以后,金占全从报上看到年轻女犯的英雄事迹:记者详细描述了殉道者斗争始末,却只字不提烈女玉碎经过。放下报纸,一声叹息,同一辆死囚车的乘客心里清楚——罪恶子弹射穿高贵头颅前,不屈灵魂已离开美丽身躯。

假枪毙没镇住金占全,吴管教十分恼火,当众警告新犯人:"打人毛病不改,马家滩绝没你好果子吃!再有一次,这里舒坦日子你就别过了,自个儿卷铺盖去严管队报到!"一听"严管队",犯人们挤眉弄眼幸灾乐祸,见管教回头,赶紧俯首帖耳。管教不待见新犯人,老犯人也跟着没好脸。不理就不理,都他妈人渣。我还落个清净。金占全依旧我行我素。事实证明:脱离组织,脱离群众,新犯人犯下大错!

这天下了工,金占全像往常一样躺在铺上来回滚几下,舒舒服服伸个懒腰,仿佛卸套骡子,手习惯地向褥子下摸去,却摸了个空,赶紧去翻挂在墙上的布兜,里面四盒卷烟也没了!金占全心疼得说不出话:小金豆两个月前探监捎来一条香烟,自己细水长流,却被三只手连锅端。"操他姥姥,哪个王八蛋偷了我的烟?!"金占全怒吼。干打垒里瞬间静下,片刻,又重新热闹起来,谁都不理会。金占全孤零零站在那儿干生气。看在眼,庞恭德得意地说:"今儿庞大爷高兴,老孙给咱来一段!"

"来一段就来一段。"一个叫孙振山的犯人应声唱开《坐寨》:

将酒宴摆至在聚义厅上,我与同众贤弟叙一叙衷肠。
窦尔敦在绿林谁不尊仰,河间府为寨主除暴安良。
黄三太老匹夫自夸志量,执金镖借银两欺压豪强。
因此上我两家比武较量……

"好!好!"几个同伙摇头晃脑纷纷喝彩。西皮原板过了,每人从兜里摸出盒"宝成"烟,撕开争着往"窦尔敦"嘴里塞,嚷着:"点上,点上。吸美了,给咱接着唱!""窦尔敦"接过,左右耳轮各夹两支,嘴里叼一支,嬉皮笑脸地说:"那我就抽鳖吸鳖不谢鳖了。"几个人都笑:"有那鳖孙愿意孝顺。你只管抽!"又远远睨着失主,挑衅眼神透着得意。新犯人槽牙咬得嘎巴响,拳头攥得铁紧,眼里喷火,恨不得将这帮毛贼乱拳打死!后面一只手悄悄拽了拽自己衣襟,扭头一看是邻铺老邓。

老邓在建筑设计院绘图,右派翻案被重判,半夜发高烧大汗淋漓满嘴胡话,求口热水不得。金占全初来乍到人性未泯,尚未修炼至对同伴痛苦听而不闻、视而不见的境界,爬起伺候病人折腾一宿。老犯人认定新犯人面恶心善,两人成了忘年交。见老邓使眼色,金占全再没吱声,躺倒独自生闷气。第二天在库房装车,乘周围没人,老邓对金占全说:"昨天的阵势你还看不出?那几个坏蛋故意撺火,幸亏你没动手。"

金占全余恨未消,气呼呼地说:"姓庞的什么玩意儿?!贪污犯还想在基建大队称王称霸。惹躁老子,早晚剁了贼爪!"

老邓笑了:"真是个愣头青!贼没赃,硬似钢。你说人家是贼,证据在哪?卷烟写你名字啦?众口铄金、三人成虎。人家一帮子,你单个周身长嘴也说不清。他们想借吴管教的手把你送进严管队!"

金占全不服:"管教干部也得讲理,总不能混淆是非,跟贼坐一条板凳。"

老邓摇摇头:"深渊有底,人心难测。你来马家滩才几天,知道什么?我进基建大队五年了,还不敢说摸清水深水浅。人没尾巴比驴还难认。就说庞恭德这小子,你知道他和吴管教是什么关系?"金占全摇摇头。老邓说:"表面上庞恭德经常挨训,那是开会做戏给别人看,暗地里两人沆瀣一气,黏糊得分不开。你再想不到吧?庞家经济条件好,经常偷着给吴家送东西。庞恭德成了领导眼里大红人,也是队上暗探,背后都叫他'二管教'。这小子真阴真坏!犯人发牢骚,他引风吹火、火上浇油,煽动大伙磨洋工,转身就打小报告。三队送严管队的都是他使坏!追红踏黑、狗跟屁走,见庞恭德吃得开、玩得转,孙振山几个吮痈舐痔,帮虎吃食,充二狗腿。"

金占全好奇地问:"严管队有多厉害?管教干部动不动就拿它吓唬人。"

老邓四下看看,压低声说:"'人心似铁,官法如炉。'比你更硬的汉子我也见过,从严管队出来,胡尥乱踢的野马变成阉牛,一个个俯首帖耳老老实实,叫朝东不敢往西。忍字头上一把刀,你得学会忍!马家滩不是道北。刑求之下,没有英雄!坐牢要有朋友,遭难彼此搭救。"一番话唤醒梦中人:得罪庞恭德,等于得罪一帮子,也就得罪了吴管教。从小到大,金占全没怕过谁,可想起那对阴冷的三角眼,还是忍不住打个寒噤。

出了一天苦力,被汗濡透的内衣紧贴前胸后背,说不出的难受,想换件干净内衣,这才发现箱锁被撬——20元钱、30斤粮票和一套崭新的棉毛秋衣统统不见!自己舍不得吃,舍不得穿,却给贼攒着。新犯人忍气吞声拉开被子躺下,觉得身子底下潮乎乎,掀开一看——褥子下面全湿了。"这是谁干的?!"金占全怒吼,肾上腺素瞬间涌上,浑身抖得像打摆子。犯人纷纷过来看却无人吱声。金占全只得和老邓挤一个被窝。累了一天,同伴呼噜打得震天响,金占全却翻来覆去睡不着,几次想把欺人太甚的庞恭德从被窝揪出痛打!

数次挑衅不见对方动静,庞恭德放下心:金占全表面倔头犟脑,原来是南山的核桃——砸着吃的货。洗完脚,喊一声:"姓金的,给我把洗脚水倒了!"屋里顿时静下,犯人们不说话都看着金占全,胆小的直往后缩。出乎所有人意外,金占全应了,端起盆又放下像想起什么,恭恭敬敬对二管教说:"你看我这猪脑子,这么重要的事,咋忘了给你汇报?"

"啥事?有话快说,有屁快放!"

"是好事,"金占全凑到二管教跟前,"不过……你看屋里这么多人,说话不方便。要不咱俩到外头去说?"

"你小子憋着啥坏?"庞恭德狐疑地看着突然恭顺的黑大个儿。

"借个胆我也不敢。经过哥儿几个一段时间帮教,我懂事多了,明白必须靠拢政府,团结群众,听庞大哥话,跟庞大哥走。咱没别的想法,只想找个机会在老哥跟前表现表现,你实在不相信就算了。"金占全一副立功心切模样。

"少他妈啰唆。敢哄我,大嘴巴子抽你!"庞恭德对金占全说的"好事"半信半疑,伸出肥厚的巴掌在面前晃晃。

"我哄我自个儿也不敢哄庞大哥,谁不知道您在队上是这个?"金占全伸出大拇指先送出顶高帽子,笑眯眯接着说,"您老澡盆子洗脸——面子大。想在基建大队待下去,咱得柳下借荫,靠您这棵大树遮风挡雨。"

"唔,这话在理,我爱听。"二管教终于信了。

孙振山几个也要去,都被金占全拦住:"谁都别去,不敢坏了庞哥好事,回来饶不了你们。"

出了干打垒,金占全领着庞恭德直奔猪圈。"到底是啥'好事'?你小子快说。"星光惨淡,地里麦子长至齐膝,四下空无一人,二管教心里发虚不走了。"好事,天大的好事!"金占全神秘地说,"前天挖土垫圈,我一镢头捣烂个陶罐,里面有个铜匣子,上面挂着铜锁。"听说挖出东西,庞恭德立马来了兴趣:"里面装的什么?"金占全摇摇头:"埋得年代太久,锈成绿铜疙瘩,撬了几下也没撬开。晃一晃里面'当啷'响,估摸不是金条就是银元宝。"金占全说得活灵活现,二管教听得两眼放光,急着问:"匣子放哪啦?还有谁知道?"

"我不敢往回拿,就手埋在猪圈粪堆。除了你,我谁都没告诉。"

"你做得对!保密工作很重要,这事对谁都不能说。"二管教对归顺者的忠诚予以充分肯定。

老母猪被黑夜潜入者惊醒,原地团团打转,龇着牙呼呼喷着粗气,搅得猪圈骚动不安。"在这儿!"金占全指着小山般粪堆。庞恭德捏住鼻子,用棍子在粪堆戳来戳去,什么也没发现。"你是不是记错地方了?"庞恭德着急地问。

"没错!绝对埋在这。心急吃不了热豆腐,你得慢慢找。"

献宝人说的肯定,掘宝人放下心,脱了衣服,一锨锨将猪粪翻到一边。金占全远远蹲着,惬意地抽着掘宝者的香烟,仿佛监工。小红点黑暗里一明一灭,大铁锨一起一落,

掘宝人挣出一身臭汗,还不见铜匣子,"到底在哪?!"二管教扔掉铁锹失去耐心。金占全掐灭烟不慌不忙过来,伏下身子装模作样看了看,手一指,故作惊喜地说:"这不是吗?!"

"在哪?铜匣子在哪?"庞恭德眼珠子瞪得溜圆,身子弯得像大虾,脸几乎挨上粪堆。"在这儿!"话音刚落,"咚!"腰眼仿佛遭锤击,二管教痛岔了气,双膝一软跪在地上,嘴大张却喊不出声。金占全点上烟,面对面蹲着,愉快地欣赏仇人脸上的痛苦表情。一支烟抽完,庞恭德缓过气,摇摇晃晃往起站,腰刚直起,胃部上端神经丛挨了一记左钩拳。这拳更狠!胃痉挛欲裂,二管教痛得流出眼泪,两手捂住胃部陷入半昏迷状态。半晌,庞恭德魂灵归窍,哆哆嗦嗦重新站起,被一个飞脚踢在坐骨神经上,劲道之足让他腾空飞起摔进粪堆!庞恭德滞留虚幻世界的时间大大超出施暴者预料,再睁开眼,面前还是对头笑脸。"不睡你妈,你不甘心叫爹。知道爹为啥揍你?"金占全问。善于审时度势的庞恭德迅速摆正自己位置,双膝跪倒苦苦哀求:"爹,我浑蛋!我该死!东西和钱都是我让偷的,往你褥子底下倒水也是我使的坏。我不是人!"边说边扇自己耳光。

金占全笑眯眯问:"还敢在爹头上跷尿腺吗?"

庞恭德慌不迭地表态:"不敢了,再不敢了。我要再使坏,我是老母猪下的!"

屋里人候至半夜,庞恭德一瘸一拐回来,灰头土脑、臭气熏人、一声不吭,脱去脏衣服钻进被窝,从头到脚蒙个严实。随后的金占全神色自若,像什么事都没发生。都纳闷这俩兴冲冲出去办"好事",二管教回来怎么成了如此模样?你看我,我看你,又不敢问。一夜无话。第二天出工,无论谁问起昨晚的事,金占全只摇头:"说不成,说不成。"尽管金占全不说,基建大队全体犯人却真切感到了二管教的变化——斗鸡遭瘟,彻底蔫了。

【缉拿】

花案女主角脸黥红字发配回生产队。男主角日子也不好过。大队干部见了检举人都气哼哼的,李支书更是白眼球多、黑眼珠少。金进财平时不动声色,关键时刻变戏法般给领导从洞里掏出个私孩子!真阴!真毒!真坏!看势头不对,金进财急于立功。那会儿刚用上日本化肥,开始给哪个队都不要,说"种地不上粪,等于瞎胡混"。没听说地里撒些白粒粒就能长庄稼。用过的都夸这东西管用,地里一撒,童养媳头上黄毛似的庄稼眨眼变得绿油油,呼呼往上蹿,省事又省力,比用粪催肥强多了!就是上面给得太少,像点眼药,实在不解馋。金进财有个表舅在市物资局当炊事员,近水楼台先

得月,搞点化肥该不难。队长将信将疑,知青大言不惭:"知道西京城物资局局长是谁吗?是俺亲娘舅!全市紧俏物资都归他管,买几袋化肥简单得跟——一样。"金进财穿得破破烂烂,想不到省城还有一门阔亲戚。陈队长满脸堆笑当即拍板。

金进财探亲带回山货,全家欢喜。得知儿子归意,金师傅肥头摇得像超大号拨浪鼓:"化肥、胶合板、木料、钢材都是紧俏物资,现在干什么都讲交换,咱贫家小户哪有那本事?你不该揽这事!"找到表舅也是这话。牛皮吹下怎么收场?总不能说本人刚回省城,娘舅就死了。金进财低头怏怏往回走,忽闻香气扑鼻,抬头一看,眼前是家老字号荞面饸饹馆。饸饹床圆木槽连根五尺长硬木杠,肥婆骗腿骑上抬起磨盘大屁股往下一蹾,"扑哧"一声,箅子里压出几十根粉条粗细饸饹,揪断扔进滚水锅。现压现吃,别有滋味。几张桌子都坐满,一个个低头吧唧。"怪道这家饸饹又细又筋,原来是肥婆沟子压出来的。"金进财看得有趣犯起贫嘴。"怎么说话呢?!入口的东西,你嘴里胡吣啥?!"问清老者为何发火,顾客都躁了,指着贫嘴骂道:"要吃饸饹你买票。不吃,夹紧你球嘴,赶紧揭瓦!(方言:离开)"犯了众怒,金进财心虚嘴硬:"我说老婆子骑木杠——压出的饸饹原汁原味。犯了哪条王法?碍你们什么事?吃河水长大的——管得宽!不吃饸饹来这干啥?脑子有病!"话说到这份上,不买票不行了。热饸饹端上桌,汤里飘着切碎的芫荽、蒜苗,上面一勺肉浇头,筷子一搅透鼻香。风卷残云一扫光,金进财意犹未尽,都说凉调饸饹比热的更好吃,也来一碗。红油、蒜泥、芥末,三辣齐下,金进财涕泪俱下,边吃边喊过瘾!刚出店门就后悔了:化肥没买上,钱进自家肚,回队如何交代?饸饹馆是给城里拿工资的开的,你一个穷知青也配进?我让你吃!我让你馋!金进财照嘴上扇了两下,告诫自己:只此一回,下不为例!谁知害馋痨就像抽大烟,再由不得自己。

第二天进城闲逛,逛到老樊家腊汁肉店,门前买肉夹馍的排起长队。金进财想不通:明明是"馍夹肉",为何叫"肉夹馍"?回家读《诗经》"鹤鸣于九皋,声闻于野"才明白:肉夹馍源自古汉语"肉夹于馍"。西京城毕竟是十三朝古都,馍里夹肉都透着古文化。再看馍,是刚出炉白吉饦饦馍,鳌子里烙成铁背蟹黄菊花心,外焦里酥,肉是五花肉,煮得烂熟喷香,尺多厚砧板上剁碎,一刀将馍劈开四分之三,将碎肉填进铺平,咬一口连香带烫满嘴流油,真正是肥而不腻、瘦而不柴。肉夹馍香味更胜饸饹一筹。金进财再走不动,肚里馋虫直拱到嗓子眼,努力说服自己:人世走一遭,火葬场烟筒早晚都得爬,吃了肉夹馍要爬,不吃日后也要爬。为何不吃?吃!免得蹬腿时留下遗憾。有一就有二,有二,难免三四……西京城老童家腊羊肉久负盛名,慈禧尝后赞不绝口,命随行邢庭维手书"辇止坡"店号赐予。西太后都挡不住的诱惑,金进财一介寒民如何抵得过?闻香只有乖乖掏钱。牛羊肉泡馍、葫芦鸡、黄桂稠酒、春发生葫芦头、德懋恭水晶饼、同州带把肘子……每次解馋都使金进财离回七队的可能越来越远。

金进财每日外出闲逛,晚上踩着点回家吃饭。儿子总吃白食,老爹脸色难看,今天终于发难:"天天早出晚归,你倒像个工作人。别人问我你家老八现在哪上班?闹了半天,是猪鼻子插葱——装象。居委会王婆催我几次,让你回生产队参加劳动,不能

总在城里闲逛！"

"我又没吃她的。狗拿耗子——多管闲事。"

"你吃我的了！老子问你，你打算在城里泡到什么时候？准备几时回去？你也二十岁人了，武不能卖拳，文不能拆字，一块料拨火长，拄门短。读了几本闲书，又不当饭吃，总不能赖在家吃老子一辈子！"此言点住金八死穴：城里闲逛半年，五百块所剩无几，如何回去？回去又怎么办？见儿子嘴里胡支吾，以为又想耍赖，老爹越发来气，当面下最后通牒：三天内必须滚出家门！

三天大限已到，金进财仍无滚意。老爹脸色更加难看，赖孩权当驴脸挂霜，该吃吃，该喝喝，压根儿不往心里搁。今天又踩着饭点回来，家里却没开饭动静，进厨房一看：锅里泡着脏盘子脏碗，敢情早吃过了；橱柜空空如也，明摆着坚壁清野。金进财自觉无趣，饿着肚子上床，翻来覆去睡不着，恨不得一把火将穷家烧了！早上临出门，金老爹火上浇油："从今儿起停伙，家里不养吃白食的！"

金进财漫无目的走在街上，心里茫然：有家难回，有队难归，穷途末路，伊于胡底？正郁闷着，远远听见汽笛声，眼睛一亮：吃饭当下成了问题，穷猿奔林，何不进秦岭深山投靠权百战？

权百战是金进财小学同学，老爹在火车站西闸口扳道。两人小时常从闸口钻进车站捡烟盒拾糖纸。权百战个儿小，身子却出奇灵活，练就一身飞车绝技，车速四十公里内上下如履平地，跳车姿势尤为潇洒：身子后仰，左脚前，右脚后，刚落地后仰瞬间转前冲，猛抢几步，两脚随即稳稳钉在地上。那会儿全国正热映电影《铁道游击队》。金进财和另一个叫夏坚强的同学看得眼热，嚷嚷着要跟权百战练扒火车，说艺不压身，有铁路就有活路，将来再跟小日本打仗，又是一支铁道游击队！三人燃香割指歃血结盟，权百战众望所归，出任大队长，金进财是政委，夏坚强屈居大队副。三人兴冲冲钻进火车站货场。权大队讲罢动作要领，金政委照猫画虎往下跳，身子却不敢后仰，只敢朝前蹦，第一次就摔了个狗吃屎，门牙磕掉半拉。大队副抓住扶手迟迟不敢往下蹦，眼看火车越开越快，车下急得大喊："快跳！再不跳，火车把你拉兰州了！"大队副舍命跳下，落地动作像狗熊打滚。金政委权大队笑得前仰后合。夏坚强果然坚强，自我解嘲："没事，没事。"正说着，骤然感到右脚剧痛，低头一看，鲜血已将鞋浸湿！脱了鞋，三人都傻了眼：右脚怎么看都显怪异，像是突然缩了几号，细看，脚后跟不见了！夏坚强再也坚强不下去，坐在地上抱着残缺不全的脚杀猪般嚎开……夏坚强终身"地不平"；教练权百战挨顿暴打；金进财罚一天不准进食。用金老爹的话讲："你干啥不行，非要练扒火车？纯粹是吃饱撑的！"

扒火车老交情在，权百战又是爽快人，到香火兄弟那儿混些日子估计问题不大。金进财扒上围墙，看看四下无人，纵身跳下翻过铁道上了站台。快车验票上车，门把得紧，蹭车的只好上慢车。车过兴平，女列车员锁了车厢两边门吆喝："查票啦！查票啦！"金进财看无路可逃，只好趴在茶几上装睡。"别睡了！票，你的票呢？！"女列车员抓住乘客肩膀猛烈摇晃。

"票？啥票？"金进财揉着眼，仿佛大梦初醒。

"火——车——票！"女列车员大声咆哮。

"坐火车还要票？"金进财睁大眼睛，故作天真地问。

"哈……"周围旅客都笑了，饶有兴致地看着眼前一幕。

"知道你脸比别人长得白，脸白也不能不买票。"女列车员岂是善茬，手一伸："补票！"金进财顺从站起，将身上钱悉数掏出，毛票带钢镚，总共一块六毛五。"还有，还有，都朝外掏！"女列车员穷追猛挖。

"没有了，真的没有了。我向毛主席他老人家发誓，再有一分钱我是小狗！"

"没钱你就坐车？你还要得大！"

"我也想买票，我也想坐着等你给我端茶倒水，可钱在哪？"金进财双手一摊，向观众诉苦，"俺是知青，队上一个劳动日才九分钱，年头干到年尾，还不够买口粮。你叫俺买票，俺拿啥买？俺也得有呀！你总不能让俺去抢吧？"邻座几个知青模样的也齐声附和。"人民列车人民坐，人民有钱要坐，人民没钱也要坐。难道人民没钱，就把人民往死里逼？"见有人帮腔，赖孩越发赖皮赖脸。"这话你留着给铁道部长说，给我说不上，我认票不认人。把鞋脱了！"油嘴滑舌逃票知青女列车员见多了，压根儿不吃这套，非让脱鞋检查。金进财死活不脱："本人是汗脚丫，一脱鞋熏死耗子。为了广大乘客健康，这鞋无论如何不能脱！"越不脱，女列车员疑心越重，威胁要叫乘警。见拗不过，金进财伏下身子，慢条斯理解鞋带。周围脑袋都好奇探来，想知道鞋里究竟藏了多少钱。鞋脱下，金进财以最快速度送到女列车员鼻子底下。臭鸡蛋味扑面而来！女列车员熏得直捂鼻子。旁边知青都笑了，满意地看着查票的着了道。金进财得了便宜还卖乖："我说味儿大你非让脱，熏坏了吧？这可不怪我。"女列车员吃了亏，气呼呼走了。旁边人担心地说："坏了！八成去叫乘警。一会儿非把你带到餐车收拾！"金进财心虚嘴硬："猴子骑山羊，坐一段算一段。大不了撵下车，我再扒下一趟。知青爷要钱没有要命一条！"

过了一会儿，列车员回来，屁股后头跟一个，绿色菱形臂章上的"列车长"象征权力和秩序。女的总比男的好对付，金进财松口气。女列车员指着金进财，恶狠狠地说："就是他！"女列车长站那儿不说话，板着脸把逃票的从头打量到脚，估摸身上榨不出油水，懒得理会，扭头吩咐部属："一到站，立刻让他下车！"说完转身走了。迎面过来位铁路制服，招呼"曹车长"。金进财听见起身跟在后面，到了车厢连接处，亲亲热热喊了声："曹大姐！"列车长回头见逃票的喊自己，疑惑地问："你是谁？"

"曹大姐，我是您弟弟的同学，去家里玩过，您忘啦？"金进财煞有介事。

"我弟弟的同学？我怎么没见过你？"

"这叫啥？这就叫贵人多忘事！车上一千多号人都得列车长姐姐操心，您日理万机，大小事都等您亲自处理，您一时半会哪还能记起我。"金进财一脸谄媚。

"你是我哪个弟弟的同学？"列车长继续盘问。

"我是您二弟弟的同学。"金进财决心蒙到底。

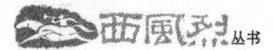

"我二弟叫什么名字？"

想不到女列车长如此难缠，金进财边挠头边说："叫……叫解放，"看脸色不对，赶紧改口，"叫建国？要不就叫援朝？"逃票的将那个年代男孩最常用的名字轮番往"二弟"头上安。列车长嘲弄："见了状元喊姐夫，遇上车长叫姐姐。年龄不大，瞎话不少！我二弟既不叫解放，也不叫建国，更不叫援朝。你就蒙吧。跟你一拨大的，还有叫'抗美''跃进''宪伟'，名字多啦！你接着往下蒙。"旁边旅客都笑了，愉快地欣赏蒙事者窘境。赖孩长处之一就是自己谎言被当众戳穿，仍能做到脸不变色、心不跳，当即作一脸难受："姐姐您怎么这样说话？太叫人伤心了！谁还没个三昏六迷七十二糊涂的时候？我不是一时想不起嘛！我蒙谁也不敢蒙车长，我肯定是您弟弟的同学！"女列车长终于明白眼前是什么货色，三角丹凤眼阴险地盯着逃票的，不怀好意地说："我终于想起来了！你没说错，你确实是我弟弟的'同学'！你回去踏踏实实实坐着，千万别乱跑。到地方了，我自然会让你下车。"

逃票的安然无事，知青都佩服地说："伙计，行啊！女列车长最难说话。这趟车我们坐了多少次，没见过她放过一个逃票的，今天却对你网开一面。你都给她说了些什么？"金进财得意忘形，向旁边一个漂亮女知青吹嘘："咱是谁呀？蒙她个小小列车长，还不是手到擒来、小菜一碟。以后你想混车，跟我一起走，保你平安无事！"女知青崇拜地看着逃票的，连连点头。说话间列车到了宝鸡，知青们起身道别。金进财恋恋不舍，从车窗探出大半个身子，频频挥手，向美丽女知青惜别。

列车再启动，天已黑下。火车开始拐着"Z"字爬坡，老牛般"呼哧呼哧"开一阵又"哐当"停下。坐慢车真烦人！动不动就停下避让，为上行或下行火车让出线路，一停再没个时间。到家得磨到什么时候？坐这破车算倒了八辈子霉！旅客纷纷抱怨。被放一马，逃票者心情愉快，转将屁股坐在铁路局一边做起周围旅客的思想工作："点背莫要怨社会，命苦不要怪铁路。花钱少的人必须给花钱多的人让道，社会主义中国是这样，资本主义美国也是这样，要不怎么说有钱的王八大三辈。快车只停大站，慢车小站都停。大站都在大码头，小站都是小地方。有福之人生在州城府县，无福之人生在穷乡僻壤。怒伤胃，气伤肝，牢骚太盛防肠断。穷达有命，谁也别怪，要怪只怪咱命不好，生在穷地方。不过咱们也别泄气，铆足劲儿奔通都大邑。成了大地方人，兜里有了票子，咱爷们出门也坐快车，硬座不坐坐卧铺，还非得是软卧。列车员非但不敢找麻烦，还得端茶倒水小心伺候……"金进财口吐莲花，正侃得起劲，大嘴忽然僵住——列车长恶狠狠指着自己，两个穿白色工作服的餐车厨师虎视眈眈步步逼近！逃票的知道不妙，想跑已来不及。女列车长一张圆盘子脸定得平平，面对逃票者庄严宣布："你无票乘车又拒不补票，按照铁路有关规定，请你立即下车！"金进财心虚地瞅瞅窗外，荒山野岭漆黑一团，前不着村后不着店，夜里下去可怎么办？逃票的赖着不动，嘟囔道："让我下车也行，到站我才下。"见金进财不肯乖乖就范，列车长后退半步，举手"啪"地一个标准敬礼，大声说："请你支持列车工作，自觉维护客运正常秩序！"说罢使个眼色。俩胖大厨师一人架条逃票者胳膊横拖倒拽。金进财不肯"支持列车工作"，更不愿"自

122

觉维护客运正常秩序",拼命蹬着两条腿作徒劳挣扎,一路杀猪般嚎叫:"曹车长!我真是你弟弟的同学!你会后悔的!"掉在地板上的挎包被一同扔下车。旅客纷纷从车窗探出头,指指点点,饶有兴致地争睹逃票者悲惨下场。金进财兀自喋喋不休,纠缠镇守车门的胖大厨师,妄图重新上车。女列车员幸灾乐祸:"你不是能得很嘛?你这会咋不能了?!"车上刻薄鬼跟着落井下石:"'点背莫要怨社会,命苦不要怪铁路。'这可是你自己说的。前面山高路险,老弟一路走好!"

　　左边百丈深渊;右边壁立千仞;身前身后是黑洞洞隧道。山风凛冽,逃票者忍不住打个寒噤,早不让我下,晚不让我下,偏偏这会儿把我撵下车,列车长用心险恶!金进财蹦起朝逝去的列车破口大骂:"曹车长真操蛋!你个口是心非两面三刀的流氓女车长!"骂完又暗暗庆幸:幸亏那个漂亮女知青提前下车,没看见刚才一幕,否则,今天真把人丢到姥姥家了!硬着头皮往前,隧道漆黑,漫长得似乎永远到不了头,跌跌撞撞之际,前边骤然传来一声大喝:"谁?!站住!"一道光柱射来。见金进财还往前走,随即传来拉枪栓声音,"再走就开枪!"金进财吓得赶紧站下,颤声喊:"别,别,千万别开枪!我是好人!大大的好人!"手电光柱在逃票的脸上身上盘桓片刻,又传来严厉声音:"拍着巴掌朝前走,不许停,停下就开枪!"金进财赶紧回答:"不停,不停,保证不停。只要不开枪,俺巴掌拍到天亮都行。"走到隧道口,看见一杆半自动对着自己!"蹲下,慢慢把包打开!"看清挎包里只有几件换洗衣服,守隧道战士声音缓和下来:"你是干什么的?"

　　"报告班长,我是知青。"金进财学着闲人对当兵的统称。

　　"知青不在集体户待着,半夜三更钻隧道里干什么?"

　　"我去找同学,没钱买票,只好拿两条腿量铁道。"

　　"胡扯!我看你不像知青倒像盲流。最近连续发生破坏铁路设施案件,丢了不少钢轨上扣件,你不能走!"

　　"班长,你就别抬举我了。我哪有破坏铁路的胆?反倒是铁路破坏我。我老老实实坐车上,没招谁没惹谁,除了没钱。别的错都没有。列车长也不跟我商量如何妥善解决,就找餐车俩大胖子把我扔下车。咱好赖也是祖国花朵,哪经得住铁老大这么破坏,到现在走路还一瘸一拐。"

　　战士被逗乐了:"好一张油嘴!不急,到了地方你慢慢编,看你能不能编出花来。"

　　见当兵的不信,金进财说:"我真是知青,在秦县永红公社向阳大队插队。班长,你要不信,我给你唱首《知青之歌》。"说着五音不全唱起,唱到"告别了爹娘,告别了家乡,我们来到荒山野岭穷乡僻壤……孩儿过去多么健壮,如今瘦得可怜,母亲手摸着孩儿的小脸,泪水落在胸前……"战士脸上紧绷肌肉松弛下来。一曲唱罢,当兵的笑了:"没错,是知青!你走吧。朝前十八公里就是你要去的地方。"金进财如遇大赦拔腿就走。走出不远,后面又喊:"站住!"莫非真把我当疑犯抓回?金进财慌了,是跑,还是束手就擒?正犹豫着,追兵已到跟前,从兜里掏出纸包递上,里面是两个芝麻烧饼,又塞上抽剩的半盒烟,关切地说:"饿了垫垫肚子;走累了抽根烟解解乏。"金进财

连声道谢。当兵的摆摆手:"我入伍前也是知青,看见你,又想起集体户那帮还在受苦的穷兄弟。"

寻到地方,天已蒙蒙亮。发小痛说一夜遭遇,权百战笑得前仰后合。金进财生气地说:"我差点掉山沟喂狼,亏你还笑得出!"

权百战忍着笑说:"想不到女列车长恁操蛋。她见我们从来躲得远远的。"

金进财不信:"你就吹吧。那婆娘实在难缠,又有餐车俩大胖子助纣为虐,你又没长三头六臂。"

"我们蹭车从来集体行动,不上车便罢,要上就是一个连!逃票知青坐满车厢,列车长哪敢惹?乘警都视而不见。"

金进财叹口气:"明白了,这就叫法不责众,这就叫人多力量大。"又感慨,"闹革命靠的是劳苦大众,打土豪分田地是这样,蹭车逃票也得这样!"

一觉醒来,权百战几个还在打牌,肚子饿得咕咕叫,摸到灶房却是冰锅冷灶,金进财屋里屋外转了几圈,不见开饭意思,实在扛不住,觍着脸打听什么时候能吃上饭。大鱼大肉不敢想,哪怕有碗玉米面糊糊填饥肠。权百战看看桌上闹钟,说不急,列车到站还得一会,扔过半包麻饼,说先垫点,等会请你吃好的!有吃的,金进财再不吱声,心里纳闷:请我吃好的跟列车到站有什么关系?莫非权老爹不扳道改当餐车厨师?又过半个时辰,权百战将手里牌一撂,说快到点了,咱们也该动了。四人脱去衣服换上别着路徽的铁路制服,有的持盏信号灯,有的拎把列检锤,有的拿面信号旗,怎么看都像跑通勤的铁路职工。金进财瞅着奇怪,未等自己发问,权百战说,你安心坐着,我们去去就回。时间不长,四人拿着吃的回来,烧鸡、香肠、包子、面包、煮鸡蛋,还有瓶开了盖啤酒。权百战递过盒饭说趁热快吃。金进财揭开:底下白米饭,上面豆角焖肉,风卷残云般几下划拉进肚。主客坐定,琳琅满目摆了一桌,金进财看得心花怒放,却假意埋怨:"都是自己人,买这么多吃的干啥?太破费了!"四人听了都笑,却不接话,只劝:"吃菜,吃菜。"

隔日,四人仍是按点出发,仍是满载而归。金进财再问,四人仍是"王顾左右而言他"金进财起了疑心悄悄把权百战叫出盘问。被逼不过,发小老实交代是从列车上"顺"的。光天化日、众目睽睽之下,如何"顺"得许多东西?又如何下得了车?金进财再想不通其中奥妙。权百战笑道:"你小时常把'一窍不得,少挣几百'挂嘴上。今天就给你开窍。此处虽为小站,却是秦岭绝顶,来往列车都要在这儿停车。乘停车工夫,哥四个一人招呼一车厢,挨窗口察看,见茶几放着好吃的就停下搭讪。乘客见咱穿着铁路制服,都想是站上职工,料不到空手套白狼。列车刚启动,哥几个紧跑几步,将瞄好的吃食一举拿下!旅客反应过来,车已开出老远,咱还站在那儿一个劲招手喊'再见!'谁见都以为是来送人的。实不相瞒,你前天吃的盒饭就是从一个大胖子手里叼来的。大胖子刚拿起筷子,盒饭却不翼而飞,气得从窗口伸出肥头对着我大叫。"

金进财叹道:"'鼠有鼠路,蛇有蛇道。'高,实在是高!士别三日,当刮目相看。几年不见,你小子比以前出息多了。"又担心地问,"总这么干,会不会翻把?"

"小站人少,晓得知青难惹,看到的都装着没见,两下井水不犯河水。再说哥儿几个只顺些吃的,别的一概不动,不是什么大事,够不上立案。咱办事把着度,见好就收,适可而止,连啃十天半月窝头,肚子实在缺油水,才下山扫荡。见你来了,这两天跑得勤了点。有头发谁装秃子。见了咱们小学同学,千万别提这事。不到山穷水尽,谁愿干这丢人事?哥儿几个不是谁的口中食都夺,重点盯卧铺,特别是坐软卧的阔佬。老弱病残妇女儿童的吃食,咱从来不动。"

金进财对同窗做法予以充分肯定:"'乞丐是好汉的后路。'乞讨分文要和武要,你们文武兼有,技高一筹,可谓'高要'。"又说,"有吃,有玩,够刺激却不担风险,咱也上山入伙。再去一定带上我!"自嘲,"权大队、金政委从小立志献身革命,长大却被迫干起绿林勾当,真是天意从来高难问。"

几个吃两条线的再想不到,与此同时,几百里外几个知青作下一桩惊天大案波及秦岭绝顶。

……中医医院门口站满欢迎人群,恭候鱼轩莅止。中央首长夫人从京城来,慕名找院里一位名老中医看病。几个知青经过看见崭新的红旗轿车,凑到跟前好奇地朝里张望,乘司机没注意,手从车窗伸进将后座上一件新军装顺走。僻静处翻兜,都吃一惊——摸出一把袖珍手枪!城里当天炸了锅!警察撒网布控,线人四下打探,局子挂号的一律被请进说清案发时间自己在干什么,证人是谁,审来查去却毫无线索。老公安一致断定:不像坐地虎干的,只怕过江龙所为。一张更大的网随即撒开,火车站和长途汽车站成了重中之重……

快到车站,权百战忽然停住脚步,担心地说:"'左眼跳财,右眼跳灾。'今天出门右眼皮跳个不停,莫非要出事?哥几个多加小心,见势头不对赶紧撤!"进站一切如常,站台上三三两两立着候车旅客,站牌下坐个老盲流,穿得破破烂烂,耷拉着脑袋打盹儿。权百战放下心,一使眼色,四下撒开,再想不到哥几个已是鼎鱼幕燕——被破草帽下一双鹰隼般眼睛死死盯住!几个"顺"吃的正在向被抢旅客挥手喊"再见!"突然一声呼哨,仿佛川剧变脸,七八个装扮成旅客的警察猛扑过来将毛贼摁倒捆成粽子。四鼠同穴,一网打尽!旁边实习生吓傻了,听老头喊:"这人也是一伙的!"方灵醒过来发足狂奔!前堵后追,见不是路,金进财一个箭步蹿下站台。隔着几股道的煤车缓缓启动,实习毛贼拼出最后力气抓住车厢脚蹬,两腿却灌铅般沉重。火车越开越快,逃跑者身体随疾风飘起!"快抓住!"生死关头,头顶传来喊声,两个扒煤车回家的女知青伸出援手……

两个小学同窗日后街头重逢。权百战告诉金进财:哥儿几个抓进去被逼着要枪。俺哪有偷枪的胆?刚说"不知道",审问的就是几耳光!除了没灌辣椒水、压杠子,别的滋味都尝了。说把你也要缉拿归案!关了几天,忽然又都放了,说盗枪案破了。当地长途汽车站一个惯偷提供线索:说那天看见几个知青模样的上了北去客车,其中一位肩上搭件新军装。警察顺藤摸瓜一路寻去……几个毛贼半夜试枪,将死狗拖回集体户剥皮开膛,正研究是清炖还是红烧,警察破门而入……

125

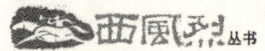

【口是祸之门】

"高要"美梦破灭,金进财无精打采走在回队山间小道。远远传来鞭炮声,不知队上谁家办喜事?娶媳妇吃蒸碗,嫁闺女下喜面,没想回来正是时候!正高兴着,迎亲队伍浩浩荡荡下来,打头是辆崭新飞鸽自行车,车把正中系个碗大红绸结,推车的新郎戴呢帽,穿新衣,五短身材,獐头鼠目,形象猥琐。车后载着新娘,从头到脚一身红,羞答答低着头。两下一对眼,金进财傻了眼:红颜知己嫁给别人!金进财不想养植"青松",目睹"青松"移植到别人家,心里却酸溜溜的,再看新娘眼里飘来的幽怨,越发不是滋味,呆呆目送马樱桃远去。金进财惆怅半晌,转身低头前行,到坡下一抬头——陈队长正从坡上往下走!队长眼睛瞪得溜圆,又惊又怒:骗子居然还敢回来!"队长,我回来了!"金进财抢步上前紧紧拉住队长手使劲儿摇晃,声音充满惊喜,像战场上打散的士兵历经千辛万苦找到了部队。队长被闹糊涂,也跟着一起摇晃,摇了一会儿反应过来,甩开骗子的手,怒冲冲问:"你回来干啥?!"

"我是七队人,不回七队我去哪?"

"钱呢?"

"啥钱?"金进财犯了糊涂。

"交给你买化肥的五百块钱!"

"队长,你别急嘛,容我慢慢给你讲。"金进财耐心解释,"回去第二天我就找了俺舅,他满口答应,说亲外甥的事不帮帮谁?马上批条子叫我去农资公司开票。我兴冲冲赶到那儿,一摸兜,坏了!钱被贼偷了!"队长不说话,冷眼看着骗子表演。金进财继续朝下编:"我赶紧到派出所报案,三天两头去催,说我们那穷,社员钱来得不容易,请他们抓紧时间破案。据说已有线索。我怕队上着急,先回来报信。"

"你现在就回去!"队长斩钉截铁。

"回……回去……去干啥?"知青结结巴巴。

"等破案。什么时候拿到钱,你什么时候回来!"

"听说又要招工,我怕耽误了。"

"你还想招工?你还想回城?"贫协主任突然冒出,狞笑着正告对头,"做你娘的大梦!共产党天下你休想!"正讥讽着,又过来个冤家。刘瘸子一拐一拐走到跟前,故作惊讶地说:"这不是金进财吗?我当你这辈子再不闪面。姓刘的又回了医疗站,还是站长!你不是能捣鬼吗,准备什么时候再来夺权?"

单口难敌众舌,只得且战且退。集体户门锁被撬,金进财一惊赶紧推开门,当即傻

眼——灶被扒,炕被拆,屋里堆满破烂农具,铺盖卷扔在墙角,积了厚厚一层灰。揭开瓮盖,剩下的半瓮高粱面不翼而飞。邻居老蒋告知:是贫协主任领人干的,说你不回来了,也不准你回来!问起集体户近况,老蒋说当兵、招工、办病退陆续走了,剩下女知青一个。颜莉莉没犯病像死人,几天不说一句话;犯了病,一会儿哭一会儿笑,山里山外乱跑。这几日没见人,不知跑哪了。以往热热闹闹的集体户如今死气沉沉。金进财孤独地坐在门槛上,看着天色慢慢黑下,心里说不出的凄凉……

缓过神,知青又去找队长:"我的房子被队上占了,你让我晚上住哪?"

"你爱住哪住哪,睡野地也行。"

"我的口粮被人偷了,没吃的了。"

"丢了你自认倒霉,没吃的你饿着!"

金进财恼了:"我户口在七队,生是七队人,死是七队鬼,你当队长的凭什么不认我?!"

"钱!五百块钱!"队长伸开大巴掌,"我认钱不认人!钱拿回来你就是七队人,拿不回来你就不是!"

金进财无奈,上老蒋家蹭了碗玉米糊糊喝,天黑无处可去,只得夹铺盖卷去饲养室和喂牛老汉挤一个炕。

天空蓝蓝的,太阳红红的,更难得没有风,金进财靠着麦秸垛享受着初冬太阳,远远看见队长满面笑容朝自己走来,心一紧:队长昨天一副凶相,今天却变笑面虎,肯定没好事!赶紧闭眼装睡。队长俯下身子,声音是从未有过的亲切:"进财,进财,你醒醒。"

"我耳朵没聋。"进财依旧闭着眼。

"我想跟你商量个事。"

"有事快说,有屁快放!别耽误我瞌睡。"

"上面通知咱队增派一名修战备公路的民工,队里几个干部商量,都说让你去最合适。"

妈的,出民工差就想到我,都说我"最合适",好事怎么从不找我?山里修公路苦得要命,累且不说,十天半月碗里见不到菜叶。最要命的是不知什么时候天上落石头!死人的事时有发生,每个大队都摊上了。外公社一个知青上工地不到两个月,就被爆破崩起的飞石削去半个脚掌……金进财阴阳怪气地问:"队长,有没有搞错?你不是认钱不认人吗?我不是被开除队籍了吗?这会儿怎么又想起我?"

"开个玩笑你咋还当真了?你金进财永远是咱七队人!"

"我这人老实,又是个死心眼,为丢失公款的事本来就想不开,被你一骂,更不想活了,正在这琢磨怎么个死法。你也给咱参谋参谋:是喝'1059'干脆,还是上吊痛快,或者去跳崖?"

"别、别,你可别吓唬我,要死也别死在这儿。'豹死留皮,人死留名。'死在七队轻如鸿毛,死在工地那叫重如泰山!还能给你立块碑。"队长循循善诱。

妈的,不去怕是不行,赖在队上没人管饭,上工地好赖混个肚圆。金进财迅速作出正确抉择,腾地坐起,胸脯拍得"嘭嘭"响,出语豪爽:"'士为知己者死。'只要你队长看得起咱,上刀山下火海一句话!不过,那五百块钱怎么办?让我赔我可赔不起。钱,是给队上办事时丢的,你当队长的要站出来说句公道话!"说到这,无赖又倒下去。怕金进财变卦,队长赶紧双手托腰将骗子当老太爷扶着坐起,故作激动地说:"痛快!兄弟你够意思,老哥我也不含糊!只要你肯替老哥担沉担去修路,那钱只当风吹了,以后谁也不准提!"心里早盘算过:你城里家咱也见过,屋里破破烂烂没一件值钱东西,比俺农民还穷!你拿什么赔?先把骗子哄到工地,没砸死,算你小子命大;砸死,五百块只当是骗子丧葬费。

"队里什么时候派人换我?那地方不是人待的,时间长了我可吃不消。"金进财提出最后一个条件。

"老规矩,三月一换。一天不让你多干!"击掌成交。

冤家路窄。第二天出门又碰上贫协主任。金进财睨着冤家,笑眯眯边走边唱:"想要害死我,瞎了你眼窝!我是舀不干的水,扑不灭的火……"牛向东不知何意,对头走远才反应过来,蹦着高大骂:"你骗钱赖债倒成了白毛女,我追讨公款反成了黄世仁。驴日的把贫协主任不当干部,回来还得收拾!"

上了公路,前面隐隐传来华阴老腔吼声,唱词自撰:"金蛋蛋、土蛋蛋都是蛋蛋;白面馍、黑面馍都是馍馍;丑媳妇、俊媳妇都是咱媳妇;男子娃、女子娃都是俺娃……"远远看见一个知青模样的人,背着油渍渍黑糊糊行李卷,扭动肥臀,母鸭般一跩一跩边走边唱。金进财心里一动快步撵上,待看清是谁,自己先笑了。对方扭头也咧开大嘴。两人击掌,像地下党对上接头暗号,相互一问,都是被本队队长连哄带骗弄去修公路的。同伴姓蒿,大名蒿景,永红公社无人不晓。蒿景暴得大名,缘自懒得出奇,窝囊得稀罕。蒿家是西京世家,先祖立有军功,官拜左翼八旗汉军副将,北门里将军巷繁衍十五代。蒿家一度是西京城名门,城里黄金地段都有房产,人称"蒿半城"。膏粱子弟多不成材料。蒿老爷子吃花酒,掷色子,抽大烟,捧戏子,败家本事样样精通,家产踢腾干净,三进大宅院卖得只剩下两间偏房,成了地道的城市贫民。花开花落,宠辱不惊。蒿老爷子随遇而安,将军巷口支个连环画书摊兼卖花生瓜子梨膏糖,靠哄娃娃钱糊口,还有个大爷毛病:挣够全家今日嚼裹儿,立马收摊,绝不再风吹日晒。粮店都认得这家子——别人家买面整袋走;蒿家买面论斤,天天端盆来。蒿老爷子自有算计:零售称给的高,十天半月下来,多吃二斤面。偶有古城遗老巷口路过,瞅着摆摊的脸熟立定端详,认出眼前卖梨膏糖的正是昔日一掷千金的蒿大少。"乌衣巷口夕阳斜",往日富贵恍如隔世,遗老嗟叹不已领小辈前来观看,将现世宝当败家活教材。

长房长孙蒿景是祖父掌上明珠,整日跟老爷子逮蟋蟀、喂鸽子、养金鱼、玩花花牌,斗鸡遛狗,耳濡目染,风花雪月路数皆通,正经本事全无,染了一身破落子弟混世界毛病。蒿景没考上高中成了社会青年,终日在城里闲逛,1964年被街道动员下乡,说

省上在秦县建了一所共产主义大学,半农半读,学制两年,毕业回省城分配工作。熬够两年,共产主义迟迟不到,"文革"却来了。共大散伙,蒿景被分到永红公社务农。闲人在城里尚能胡乱打发日子,下乡谋生洋相百出。上山挖地,休息时别人都忙着拾柴,蒿景却躺在阳坡呼呼大睡,收工时,甩手掌柜般空着两只胳膊朝下走。上年纪社员劝他:现成柴火不拾,下雪天你娃烧什么?蒿景嘿嘿一笑:有今儿不顾明儿。冬天来了再说冬天的事,现在不是还不冷吗?暴雪封门,闲人大寒索裘,环顾屋内,能烧的都烧了,生米如何做成熟饭?忽然有了主意,用锨把将糊顶棚报纸统统戳下,报纸烧光,一盆高粱米只煮得半熟,照样狼吞虎咽。又熬过两天,屋里再找不出能烧的。蒿景冻饿交加,缎子被面和被里早换了吃食,只剩下一床破棉絮,蜷缩在里瑟瑟发抖,长发蓬乱,仿佛穴居野人,行状凄惨,与寒夜乞丐无异,这才后悔天晴时没捎捆干柴回来,想来想去再无他法,只得将床板从中破开,一半留着容头过身,得睡且睡;另一半拿来生火,炒了半麻袋高粱米放在床头,饿了嚼一把。尿憋了,小便套根胶皮管接到窗外躺在床上排泄,吃完尿毕接着再睡,赶上深山冬眠的熊。几年下来,蒿景的胃百炼成钢,断顿时,能一气在床上躺三天三夜;有吃的时候,可以不停地进食。社员都称蒿景"吃饭不知饥饱,睡觉不知颠倒。"蒿景所在一队到十四队,中间六个知青点。这天蒿景去十四队给队上办事,官差私肚子,每路过一处集体户都厚着脸皮蹭饭,不挑不拣,冷热不拘,剩饭也行,只当打发上门乞丐。据蒿景自己保守估计:不到两个时辰,总共下肚十二碗热汤面、八个冷窝窝头、四碗高粱面糊糊,外加半锅蒸洋芋。更奇的是蒿景还练出某些偶蹄动物特有的反刍功能。公社开知青会,蒿景不停地嚼,却没见往嘴里塞东西,都瞅着纳闷。旁边有女知青,蒿景顾忌形象不肯说,被逼不过,只得承认清早偷掰队里十多个玉米棒子一锅煮,怕人发现吃得急了点,没细嚼就咽下,胃实在克不动,只好反上来再嚼一遍。

每年开春,蒿景挨家挨户送去鸡娃,本队送,外队也送,说单只难养,拜托"寄养"在贵鸡窝。一只也是养,一群也是养,家家都应了。到了冬里,鸡娃长成大公鸡或肥母鸡。蒿景登门将"寄养"出去的鸡一一领回,杀两只带回家过年,其余的赶集卖了。知青都叹服闲人生财有道。蒿景每年出多少天工早盘算好,能拿回口粮绝不再干。冬里出工一天不落,因日头短活路轻工分好挣,到了收麦或锄二茬包谷,不是这儿疼就是那儿痒,赖在床上不动弹。

那年割麦,蒿景懒病又犯了,缩在屋里不露面,躺着躺着,忽然肛门憋胀。屋外传来响动,蒿景透过门缝一看,暗暗叫苦:割麦的已至门前,打头的正是队长!上茅厕吧,怕队长催自己出工,不出门又实在憋不住,只得就地方便。正屙着,响起敲门声。队长来寻磨镰水,进屋只觉臭不可闻,再看蒿景躺在床上哼哼唧唧装病。"你屋里咋这臭的?!"队长捏着鼻子问。

"昨天下的老鼠药,怕是老鼠死屋里了。"蒿景回答有气无力,似乎病得不轻。

"赶紧寻见撂出去,免得屋里生蛆。"队长说着弯腰去拿脸盆。蒿景说声不好,跳下床去拦已不及。脸盆揭开,底下是泡新鲜大便。队长恶心坏了!摔盆蹦到一边,指着闲人破口大骂:"你驴日的是人还是畜生?!咋屙在屋里?!"

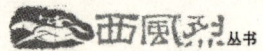

"不是我屙的。"

"是谁屙的?!"

"是向阳大队知青屙的。我让他们上茅厕,他俩说屎到沟门子来不及了,屙完也不打扫就跑了。"

"这伙知青咋这瞎(坏)的?!"队长半信半疑。

"队长英明,说得一点不错!"闲人赶紧附和,"68年下的不如64年来的。我们受过共产主义高等教育,他们纯粹是西京城闲人。新知青比老知青更瞎,这叫一代不如一代!"

新老知青走了不远,看见前面一个老头拉辆空架子车,不紧不慢走着,互相一挤眼,追上问:"老汉贵姓?哪个公社的?去哪?"

"免贵姓高,永红公社的,去黑虎岭工地。"

"来得早,不如赶得巧。"金进财高兴地说,"咱们都是一个公社的,也去那儿修路,你给咱把行李拉上!"说完,也不问高老头愿不愿意,一起将行李扔在车上。卸了负担,身上轻松许多,又吹嘘起各自英雄事迹,从偷鸡摸狗到聚众斗殴,挪用公款吃喝也全盘端出。蒿景羡慕得直咂嘴,跟在后边的高老头却边听边摇头。

晚上旅店歇息,两人闲得无聊轮番拿高老头开涮。蒿景说:"你恁大年纪,队上咋还叫你出民工差?肯定是混得窝囊一辈子娶不上媳妇,五保户受人欺负。"又道,"你这身衣服就叫人看着不顺眼!咱山民就是山民,黑棉袄大裆裤蓝布缠头是本色,你却穿四个兜咔叽制服,混充哪门子国家干部?"金进财更恶毒,说出的话差点把高老头气死——"你蒿景有眼不识金镶玉,拿着人参当棒槌!高老头方面大耳、一副官相,以前绝对是吃皇粮的,官还小不了,科长打不住,至少是县团级,估计是犯了错误开除公职发配农村老家了。你问犯的什么错误?根据我对党的领导干部多年的观察无非两种:前者是捞油水捞过了头;后者是老二害了老大。高老头必定犯了风流罪过。别看他头发花白,还花眉光眼梳个大背头,路上一见有些姿色的小媳妇大姑娘就两眼灼灼放贼光。红尘客梦虽已碎,问柳寻花心不死!高老头好了疮疤忘了痛,穿四个兜怀旧兼寻春,老了老了盼着还能再来场艳遇。高老头,你说我猜得对不对?!"蒿景笑得满床打滚,直夸进财同志分析得有理有据丝毫不错。再看高老头,脸上变颜变色,眼眶里只剩俩白眼珠子,后槽牙咬得嘎巴响,腮帮子一努一抽,像是即将中风。

第二天上午到了进山公路口,候在路边的公社干部满面笑容朝自己奔来。挖耳当招,金进财受宠若惊,迎上准备一一握手道乏,却被一把推开,都抢着和拉车民工握手。一声"高书记",惊醒梦中人。闹了半天,高老头就是公社新上任的高山书记!俩知青面面相觑,都傻了眼。

"高书记,你怎么一个人来了?还拉辆架子车?"

"初来乍到,人地两生,想一个人走走,熟悉熟悉情况。工地急需架子车,我顺便捎来。"高书记看着两个同行人,"干部还是要下基层。这趟果然不虚此行,从他们嘴里

知道许多东西。"

"他们说了些啥?"干部们狐疑地看着俩知青。

"都是我们平时坐办公室听不到的。特别是这位小青年。"高书记不怀好意地指着金进财,"别看他年龄不大,貌不惊人,干的却都是惊人的事!让我当书记的很长了些见识。我准备请他在大会上讲讲,让大家都听听!"

金进财听得暗暗叫苦。"口是祸之门。"一张臭嘴就爱胡说八道,吃了多少次亏,毛病再改不掉!认官为民,噬脐莫及,真想照自己嘴上抽几下!更要命的是:金进财虽未猜对高老头身份,高书记犯的错误却一点没说错。高书记是好人,当官是好官,工作勤恳,体恤民情,关心下属,爱护女性,就是老大管不住老二,从行署专员一直退步至公社书记。高书记虽屡屡犯错,群众对高书记依然尊重。没想被知青揭开旧脓疮,还讥讽自己"问柳寻花心不死"。高书记恼死了金进财!工地知青们得知赖孩拿公社书记寻开心,都幸灾乐祸,都说耗子舔猫鼻梁,你小子这回死定了!晓得这回祸闯大了,金进财倒驴不倒架,装作满不在乎,告诉大家,也是安慰自己:"不知者不为罪。找机会跟领导解释解释。高书记水平高,知道我和他闹着玩,话说开了,啥事没有。"

过了几日,瞅见领导简易房只有书记一人,金进财做了几次深呼吸,觍着脸溜进屋"解释"。一见犯上者,正在洗脚的高书记眼睛鼓起,出气顿时粗了许多。看顶头上司脸色不善,金进财心里直打小鼓,鞠躬屏气,伏低做小,掇凳捧屁捧上擦脚布,孝子般抢倒洗脚水。书记一言不发,冷冷看其表演。金进财胁肩谄笑,沉痛忏悔:"报告书记:我小时得过脑膜炎,稍大脑袋遭驴踢,智力低下在革命街出了名。自己有脑无髓,有眼无珠,千不该,万不该,悔不该胡说八道冒犯领导。我是小和尚念经——有口无心;狗戴嚼子——胡嘞;屎壳郎打喷嚏——满嘴喷粪。您大人大量,千万别跟无知小人我一般见识……"未等解释完,高书记指着门,恶狠狠骂道:"滚!你这无赖!"仿佛癞皮狗遭踢,忏悔者夹着尾巴灰溜溜滚出门。

【驮驴】

木房子是修路物资集散地。运输队从那儿运回开山炸药、钢钎和粮食补给,跑一趟两头见黑。山高路险,东西全靠人背肩扛,民工们自谑"驮驴"。金进财背负沉重炸药箱攀登在崎岖山路上,每往上拔一步都喘得像拉风箱。挣扎到营地,箱子外面洇湿一大片——汗衫、毛衣、绒衣……直到棉袄,七件衣服全被汗浸透。卸下炸药箱,早累瘫了,别说擦澡,屙屎的力气也没,土生土长的山民都喊受不了。驮驴身上寄生虫以惊人速度繁殖,从里到外,从头到脚,排长队爬行的是灰色虱子,衣服夹缝结串不动的

是白花花虮子，捉也捉不完，掐也掐不尽。每天晚上，驮驴们仿佛扎堆逮虱虮的猴子和吸血大军进行一场毫无取胜希望的战争。金进财掐不过来，索性拿牙咬得哔剥响，弄得满嘴血，边咬边骂："让你喝老子血！"越捉越多，只好"火攻群虱"。工棚里拢起几堆火，身上臭烘烘的驮驴们脱得一丝不挂，光腚挨光腚围着火堆，提起衣服被褥边聊边抖，虮子雨下，虱子纷落，火堆"噼啪"乱响！金进财叫花子弹琴穷快活，笑谑：哪个学生娃弄不懂什么叫"赤体上阵"？什么叫"臭味相投"？什么叫"扪虱而谈"？什么叫"虮虱相吊"？来这儿一看，不教就明白。

三个月期限已到，却不见来人替换，数次捎话，队上也不理会。金进财恼了，给陈队长下最后通牒：再不来换，自己就大腿贴邮票——走人！队里很快捎来信——"你硬要回来，队上也不阻拦，只是丑话说在前头：你上工不记工分，不分口粮，都用来顶债！倘若你识大体，顾大局，以队上利益为重，坚持到公路竣工，队上自会考虑你的利益云云。"署名"七队全体社员"，还盖了队上印章。啥鸡巴"七队全体社员"，肯定是刘瘸子和牛向东使坏！陈队长是个炮筒，肚里没那么多花花肠子。先哄来修路，再断我后路。这招儿叫什么？"关门打狗"？"过河拆桥"？还是"上树搬梯"？金进财气得发昏却又无奈。

夜里飘起鹅毛大雪。清早起来，天地间白茫茫一片，河水上冻，咳唾凝珠，工地全线停工。金进财暗喜：老天有眼，今天美美睡个懒觉，睡起再清理身上虱子。正高兴着，指挥部传来命令：运输队照常出动！冰天雪地，北风如刀，千山鸟飞绝，万径人踪灭。驮驴们背着炸药箱走在白雪皑皑的山路上，这个说：哪是人干的活?！上辈子造了什么孽，老天爷罚我受洋罪？那个道：大雪天，生产队骡子马都不下地，俺还得背着东西上山。下辈子托生高脚牲口也比当驮驴强！

前面拐弯处站满人。到跟前一看，金进财倒吸口凉气：冰雪隆冬的阴坡令人胆寒，羊肠小径冰面光滑如镜泛着寒光，左边峭壁，右边深渊，嶙峋怪石龇牙咧嘴候在下面，凶险赛过踏虎尾、涉春冰、泥船渡河。再看自己脚下，鞋底花纹磨平，沾水就打滑，光底对光面，玻璃般陡坡如何下得去?！驮驴们冻得浑身发抖，年龄小的哭出声，应了"打不哭骂不哭，娃娃冻得呜呜呜"。雪虐风饕，下不去也得硬下，总不能活活冻死在山上！硬着头皮刚走出两步，"咕咚"滑倒，挣扎着站起，又摔个仰八叉。金进财平时不烧香，还拿清信男女开涮，说如来六字真言"唵嘛呢叭嘧吽"实为"'乃'俺把你哄'也"。身处险地，赖孩由无神论者变虔诚信徒，呼唤救命佛祖，从烧高香到做法事许了无数愿，两手扶地屁股边往下挪，边念辟邪避难真言。见有人打头，驮驴们纷纷跟上，冰糖葫芦般结一长串。坐行过半，后面的身下一滑惯性下冲，脚蹬到金进财背上才刹住。后面停住，前面挨了一脚却刹不住，越滑越快，前面就是拐弯处，坡上坡下同时惊叫起来！金进财吓得两眼发黑，带着哭腔大喊："救命呀！下边老哥帮帮忙，快把我拦住！"坡下人看得胆战心惊，齐齐回应："拦不住！你往崖上撞！"危急时刻，路边贴壁而立的驮驴伸手拽了一把。滑行者陀螺般转圈背背炸药箱撞上石崖，才勉强刹住未冲下悬崖。惊魂归窍，金进财谢过救命恩人。看被救的衣衫褴褛，说话却是西京口音，救人的奇怪地问：

132

"俺家成分高，天生下苦命，不来干不行。你省城来的知识青年，怎么也跑这要命地方受罪？"此时不提身份还罢，一提，怒火直蹿脑门！金进财破口大骂："啥鸡巴知识青年？！俺和你老哥一样，都是二劳改！"

一路摔了无数跟头，泥猴般挣扎着爬回。往日嘈杂的工棚此刻死般寂静，民工们阴沉着脸，驮驴归来也无人理会。一个叫史鸿文的知青面如土色，颤声告之："假女子刚被砸死！"……岩石上结冰，滑得赛过抹油……爆破声响过，又陆续回到施工面上……假女子操起撬杠往下撬爆破后的危石，半间房大土石突然塌下……刨出来还能站着说话，过了片刻却一头栽倒大口吐血，时间不长断了气……卫生员说是内出血，神仙来了也没治……

假女子大号贾世梅，小个子、窄肩膀，说话从不带脏字，更不会偷鸡摸狗，是知青异类，见人总是温和地笑，和陌生女人说话还会脸红，腼腆得像个小姑娘。知青们都叫他"假女子"。假女子劳动不行，干妇女活，拿妇女工分，在以劳动力软硬衡量个人价值的生产队里颇受白眼。贾世梅二胡拉得好，月白风清时，总是独自坐在屋后山坡上操琴，银色月辉罩住周身，人也显得圣洁高贵许多。《听松》《二泉映月》《光明行》《江河水》《赛马》《病中吟》……一曲接一曲从弦下泻出，行云流水，翩绵飘邈。一曲《良宵》更让人听得回肠荡气，与唧唧虫鸣、呜咽山泉、轻吟微风、麦苗拔节声融汇一起，真正是天籁之音。星空高邈，心底明澄，听着，听着，脚底有暗流涌动，渐渐汇成一渊深潭，沉浸在里，仿佛凝听行吟诗人倾诉人间疾苦：草民哀怨、游子思乡、情人离别……浮躁喧嚣的心灵安静许多，星空下弥漫着淡淡惆怅，遂有铁姑娘被似水琴声融化。铁姑娘叫穆兰檀，浓眉大眼，手大脚大嗓门大，肩膀宽得赛门板，四下牙颚透着男性刚强，上唇茸毛如铺层烟灰，乍看像长了胡子。穆兰檀劳动不让须眉，二百斤重麻袋扛起就走，除了没长喉结，一举一动都像男人，不仅力量过人，性情更是刚烈。队里强劳力上山挖地，穆兰檀一把老镢抡得上下翻飞，比男人挖得还快，滚瓜溜圆屁股撅得老高，像匹奋蹄年轻牝马，不看前头，只瞅后边倒也诱人。队里一个二流子耍骚，凑到跟前嬉皮笑脸摸了一把，被反手一记脆响大耳光扇倒，揪住头发从半山腰直拖到山脚，四五个男劳力都拉不开。穆兰檀从此威名远扬，再没哪个男人敢骚情。

贾世梅的破胃对付细粮还行，和高粱米简直就是上辈子结下的冤家对头，两边一见面，立刻打得不可开交，痛得满地打滚哭爹叫娘。穆兰檀听得心疼，拿出自己平时舍不得吃的白面，薄薄擀了面片，撒上葱花，做好送去。贾世梅对穆大巴掌敬而畏之，病号饭却来之不拒。女的缸里白面一天天少下去，男的吃是吃，却不见感情升温。贾世梅这天胃病又犯了，比以往都厉害，开始大口呕血。外面下着雨，穆兰檀将自己被褥铺在架子车上，轻轻将假女子抱起放好，从头到脚用油布遮严实，拉车奔往二十里外镇卫生院。连日阴雨，河水暴涨，河面宽阔，水流湍急。见贾世梅呕血不停，穆兰檀急红了眼，就近寄存车，背起假女子下河。未蹚到河中间，水已漫过腰。岸上人看得心惊，都扯着嗓子喊："不敢再走！快回来！"穆兰檀救心上人情急，咬着牙趔趔趄趄继续向前，几次差点被急流冲倒，仗着腰腿力量过人，踉踉跄跄挺住，一步步挣扎到对岸……怕冷水激了犯病,出院过河,还是女背男。搂着女人脖子,背上男人呜呜哭出声。女的奇怪地问:"你哭什么?"男的没回答,却脱口叫声:"妈!"眼泪鼻涕抹了女人一脖子……贾世梅是苦孩子,小学一年级时,老爹戴上右派帽技术员贬为工人。母亲随即与老爹离婚。看别人家孩子有娘疼,心里苦却说不出,母子只有梦里相会。生平第一次和女人有肌肤之亲,恍惚趴在母亲背上,由畏生爱。一声"妈",触动铁姑娘内心柔软处,女大男四岁,男女之情又添母爱,越发温柔体贴。穆兰檀给男友开小灶,粗粮自己包圆,兼带洗衣拆被缝缝补补,人前人后提起假女子,一口一个"俺世梅",口气就像说儿子。知青们笑谑:假女子找了个媳妇妈。两人并排走尤具可观性:女高,男低;女黑,男白;女的威威武武,男的文文弱弱。对比强烈,反差鲜明,阴阳颠倒。谁见谁纳闷:男女实在不般配,怎么会是一对?鞋子合不合脚只有穿的人知道。不管外人如何评价,两人依旧好得蜜里调油。

穆兰檀根正苗红,父亲和三个哥哥都开大卡车,进省汽车运输公司顺理成章。贾世梅因是右派狗崽子,需要在广阔天地继续接受再教育。都想到两人关系结束。过了半年,一辆崭新解放牌大卡车威风凛凛驶进麦场。全队男女老少都跑来看,羡慕之余又为贾世梅担心——哪有女司机丈夫当农民?这回肯定吹了!贾世梅自觉不配,嚅嗫着说:"你……你以后不要来了,咱俩的事……算了。"女司机眼一瞪,吼道:"来不来,算不算,还由了你?!"转身从车上卸下两袋白面,一手拎一袋进屋。"先吃着。吃完我再开车送。"女司机柔了嗓子,"把心放肚里,别胡思乱想!实话告诉你:我晚上睡觉都梦见你坐在山坡上拉胡胡。假女子这辈子注定是穆家媳妇,把你嫁给谁我都不放心!"贾世梅感动得一塌糊涂,拱在女朋友怀里大恸,像见分别日久亲娘。女人大巴掌轻轻拍着小男人的瘦脊背,哄孩子般嗔道:"一个大老爷们,动不动就哭天抹泪,也不怕别人笑话。快别哭了!"又说,"我来时都想好了,招工不要咱去球!咱还不稀罕去他那破单位。干脆办病退回城,待在家天天拉你的胡胡,我就爱听这个。'嫁汉嫁汉,穿衣吃饭。'大不了我养你一辈子!"咱俩究竟谁是汉子?假女子破涕为笑……

陡坡平地,油毛毡搭灵堂,木工班抬来赶做的棺材,顾不上刷漆,停在条凳上白晃晃刺眼。吴大队走进工棚喊人:"一会入殓,来几个帮着换衣服!"给死人换衣服按说不算什么,可那是在山外。山里阴气重,忌讳多,工地上连着凶死,都怕触了死鬼晦气。民工们你看我,我看你,都装没听见。站起来的全是知青!贾世梅平放在芦席上,铰开身上破衣,瘦弱躯体根根肋骨清晰可辨,仿佛中药店飞龙,皮肤惨白发亮,像尊蜡人,令人心酸。毛巾打上香皂,知青们蘸着热水将尸体从脸到脚细细擦了,刮净胡子,手脚指甲齐齐剪了,稀疏头发梳成一边倒。共患难的兄弟死得太惨,总得让他干干净净香喷喷上路。给死人换衣遇上难题——尸僵穿不上。金进财低声劝:"兄弟,我知道你不想走,心里撇不下媳妇妈,死不瞑目。可咱不是阳世人了,该舍还得舍,该走还得走。"伸手将假女子半睁眼睛合上,又劝,"假女子,'人凭衣服马凭鞍'。阴间估计和阳世差不多,以貌取人势利鬼怕是更多。你初做新鬼总要穿戴齐整,别一去就让那帮老鬼下眼观,笑咱家境贫寒穷鬼一个。哥儿几个都在这儿伺候你呢,福安、合安、新生、庚民、

银皋都来了,全是六八届下乡的穷兄弟,一个外人也没有。好兄弟,快把衣服换上。咱阳世没混出人样,到阴间不能再当窝囊鬼。来!听哥哥的话,先把右胳膊伸出,对,对,就这样……"

县知青办梁主任赶来协助料理后事,见了金进财气不打一处来,心想砸死的咋不是这个坏种?!金进财上次露的那一手让梁主任吃足苦头——省上通报批评,县领导大会点名臭骂,检讨写了无数,差点把官也丢了。赖孩若无其事,紧握梁主任双手使劲摇晃仿佛老友重逢,嬉皮笑脸说:"欢迎老朋友,知青娘家人到了!"

夜深沉。不远处工棚里鼾声大作,像拉着几百台风箱。棺材小头点盏长明灯,寒风吹过,光线下斑驳的黑暗随之晃动,越显鬼影幢幢。一同守灵的知青乏得像摊泥,顾不得许多,棉大衣裹住头,倒在刚给死人换过衣服的芦席上呼呼大睡。金进财翻来覆去睡不着,索性爬起,端灯揭被从头看到脚,看到死人脚上那双高帮细帆布新球鞋,心跳骤然加快许多——眼前正是自己做梦都想得到的东西。这才闹清自己为何失眠。踹寡妇门,挖绝户坟,那叫缺德,死人脚上扒鞋也够损的。听老辈人讲逃难路上流民割食死人肉,尸身扒衣御寒,想不到自己也沦落到打亡灵主意的地步!想起阴坡冰面死里逃生,金进财一阵后怕,顾不得廉耻,硬着头皮央告死人:"假女子,不是哥哥心狠,硬要抢兄弟脚上鞋穿。我是被逼无奈!等时来运转,我一次送还十双新鞋,单的、棉的、胶的、皮的都有,让你穿到来生转世。上有天,下有地,进财绝不敢食言!"再看死人脸,惊得手里汽灯乱晃——浮现一丝笑容!金进财赶紧拉被子将死人脸盖上,心慌得像要从胸膛蹦出,宽慰自己:我说死鬼是穷鬼,死鬼笑我也是穷鬼。"兄弟,对不住了!"狠狠心将新鞋从死人脚上扒下,穿上正好,像是给自己预备的。不能让亡魂赤脚,穿自己破鞋更不合适。金进财潜至带队干部住的简易房,听里面睡熟了卧倒爬进,黑暗里摸来摸去,摸到技术员床边牛皮鞋,原路倒着爬出。拿回灵棚擦净鞋给死人穿上,拉开被子再看:死人脸越发灿烂,笑得嘴角咧开!金进财怕得不行,苦苦哀求:"假女子,求求你!我胆小,你千万别吓唬我。球鞋换皮鞋,牛皮面、八成新,兄弟你不吃亏,是我给你换的。我明白:笑就是同意。穿上皮鞋,兄弟你踏踏实实上路吧。"

天刚亮,简易房传出叫骂声——技术员赤脚满地转圈就是找不见自己的皮鞋。干部们把民工吆起挨铺搜查,翻了个底朝天也不见踪影,再想不到技术员的皮鞋正在死人脚上穿着。金进财跟在破案队伍后面贼喊捉贼:"谁藏了隋技术员的'三接头'?赶快交出来!我们的政策想你也知道:'坦白从宽,抗拒从严!胁从不问,首恶必办!'现在交出啥事没有,等搜出来就不好看了。你可想好了!"

贾世梅的父亲来了。父子极像,不同的是满头白发,见人点头哈腰,眼神里露出怯懦。进了灵棚,看过儿子遗体,父亲出人意料没有哭,只是红了眼睛。治丧小组怕家属难缠,提前敲定抚恤金底线。出乎大家意外,父亲左一个"依靠组织",右一个"相信领导",尸体就地埋葬,补偿绝口不提。领导放下心,一致赞扬贾师傅深明大义,儿子牺牲不提任何经济要求,化悲痛为力量,不愧是省城来的同志,政治觉悟就是高!不像思想

落后农民借死人压活人,借机敲公家竹杠。两种思想境界比较:一个天上,一个地下!值得我们好好学习发扬光大。没想,父亲不提经济要求,却提出政治要求——坚决、强烈、一定、必须追认儿子为革命烈士!烈士称号须经省民政厅批准,县里哪有这个权力?官员们耐心解释,父亲却一句听不进:"我儿子是抢修战备公路牺牲的,既然是'牺牲',为什么不能评烈士?为什么不给评烈士?"车轱辘话说了一遍又一遍,流着泪苦苦哀求各位官员,最后"扑通"跪倒,给各位领导连连磕头。旁人又气又笑——哪有这么死乞白赖争"烈士"的?见头头不松口,父亲开始绝食。看架势烈士争不上,不仅儿子不能入土,老子也准备"牺牲"在此。官员们被折腾得没脾气——政治觉悟低的难缠;政治觉悟高了更叫人头疼。请示过县领导,双方最终达成协议:县里同意追认贾世梅同志为革命烈士,并将材料上报,同时以县革委会名义给烈士亲属单位发公函,请对方"在政策范围内给因公牺牲的烈士亲属予以照顾"。追悼会隆重召开,高书记上面慷慨激昂致悼词,金进财下面冷嘲热讽:"摔了的是好盆,死了的是完人。贾世梅生前是臭狗屎,死后成了一枝花。"

　　烈士父亲身上装着协议底稿,上有高书记和梁主任联合签名,走时神态安详,眼神甚至透着……满意。知青们大惑不解,都说贾老爷子不是脑子进水就是受了刺激。同院王福安恶狠狠地骂道:"闭了球嘴!你们知道个屁!贾世梅两个姐姐也是知青,熬成老姑娘还待在山里出不来。表面替死者争名分,实则为活人求生路!'右派崽子'招工单位可以不要,'烈士胞姐'总得考虑。为争'烈属',跪在地上给人磕头,可怜白发老父心!"

　　全场默然。

　　"有鬼!有鬼!"出去解手的民工跌跌撞撞跑回工棚。叫声惊醒梦中人,鼾声统统打住。"鬼在哪?"几百双眼睛都带着问号。"嘘……"有谁做了个噤声手势,工棚里静下,都竖着耳朵听。隐隐传来凄厉嚎声,仿佛女鬼夜哭,又似孤狼寻伴,更像母兽痛失幼崽,荒山野岭黑夜听着格外瘆人!莫非狼嚎?立遭众人反驳:开山炮天摇地动,别说狼,老虎也吓跑了。几个胆大民工战战兢兢走到棚外,隐隐约约看见远处有火苗闪动,再张望,又不见了。被砸死的知青不是埋在那儿吗?今天头七,肯定是冤魂显灵!民工粗鲁,却打骨子里迷信。你看我,我看你,发声喊,逃命般窜回工棚,相惊伯有,一夜难安。金进财心里有鬼,听说假女子显灵,立刻想到鞋,蜷在被窝里筛糠……

　　天边渐渐泛起鱼肚白。"贾世梅坟上趴个死人!"民工纷纷跑出来看。远远望去,斜对面山坡上孤零零树个新坟,四周白雪皑皑,坟包却是黑色。有人趴在坟头一动不动,像是死了。几个知青想看个究竟,壮着胆子蹚过河,一步步近前。穿一身蓝工作服的"死人"被脚步声惊醒,一骨碌翻身站起。坡上陡然刮来凛冽北风,坟上纸钱灰烬漫天飞舞,像一群群黑蝴蝶。知青们都愣了——眼前正是让假女子死不瞑目的媳妇妈!得知男友惨死,穆兰檀险些疯了,八百里地只用了五小时,差点把解放车开散架!开到公路尽头,孤身夜走山路,一直摸到男友坟前,直到哭累了迷迷糊糊睡去……斯人已去,阴阳永隔。人亡琴在。看见男友遗留的二胡,女的搂在怀里再不松手。得知烈士女友上坟,领导都来安慰。穆兰檀铁青着脸,官员们只好将手缩回,脸上都有些讪讪的。祭奠完毕,穆兰檀一言不发扭头就走。怕出意外,领导叫几个男知青远远跟着。穆兰檀身高步大,跨沟越涧两腿生风,把后面男知青累得直喘……卡车疯狂行驶在山间公路,拐弯处也不减速,像要与惨死男友同归于尽!"嘀!……"骤然响起凄厉喇叭声,声音撕心裂肺,在深山峻岭里回荡,似号啕,似哀鸣,更似阴阳永隔生死诀别!望着卡车消失在公路尽头,金进财唏嘘感叹:"'黄叶落,青叶掉,阴司路上无老少。'贾世梅阳寿虽短,却有个生死不弃媳妇妈,这辈子没白活!汽车轧罗锅——死也直(值)了!"说完无人接话,一扭头,愣了——人人泪流满面,感情磨砺得石头般粗糙的知青此刻都哀哀哭了。

工地接连死人,民工情绪波动,工程进度明显慢下。领导连夜召开鼓劲动员大会。高书记果然水平高,讲话富有鼓动性,开篇郑重向大家透露绝密:我们修的路直通三线军工腹地,是条秘密战备公路,地图不标明,代号"207工程"。书记"饰智以惊愚",公路为什么修在如此险峻地方?就是让天上间谍卫星看不见,炸弹炸不着,导弹打不到。除了防天上的,还要防地下的,严防特务搞破坏!前天半夜发现敌情,特务躲在深山朝天上打信号弹!想不到世界竟然如此险恶!台下民工听得一惊一愣。高书记鼓励大家:你们每打一个炮眼,就是在敌人脑袋上钻个窟窿;每次爆破,都是向帝修反开炮!第一次意识到自己手中钢钎铁锤炸药包竟是如此重要,金进财热血沸腾,和众民工一起振臂高呼:"头可碎,血可流,誓死打通'207'!让毛主席睡个踏实觉!"阐明民工们肩负的历史重任,书记话锋一转,金进财立即掉入冰窖——"工地不是真空地带,同样分左、中、右三种人。个别落后知青说了许多错话,干了不少坏事,已滑落到危险边缘!敌人正在向你招手!"听领导话头不对,金进财临渴掘井,垂首默念:"南海普陀落伽山大慈大悲救苦救难灵感观世音菩萨",盼神仙保佑台上看不见自己,躲过一劫。回想一路受的窝囊气,高书记怒火熊熊,目光炯炯,指着台下大骂:"我说的落后知青就是你!'懒馋贪占变',你犯错根源就是太懒太馋!工地是改造人思想的好地方。像你这号东西更要出大力、流大汗,在艰苦环境里痛加改造!别人轮换,你不能换,必须在运输队干到底!"霹雳轰顶!金进财呆若木鸡。书记狞笑着说:"让你接受'再教育',你却越教育越坏!说到底,是我当书记的失职。只要我还在永红公社,你就休想走!教育不好金进财,高山对不起毛主席!"台上雷霆震怒,台下噤若寒蝉。坐在身边的同伴纷纷挪开,蒿景已不知去向。众目睽睽之下,金进财孤零零坐在被告席上,垂头丧气,面如土色,一副"新四类分子"倒霉相。

月亮艰难穿行在厚重云层里,时而露出惨白的脸,向大地洒下惨淡月光。百丈峭壁下传来"哗哗"水流声,滔滔河水银色巨蟒般蜿蜒奔腾向前,河床里卧着奇形怪状大大小小石头,湍急河流撞上激起无数白沫……金进财独自坐在悬崖边,默默凝视脚下黑暗深渊。起风了,风越刮越大,冬季山风透骨寒。金进财却坐在冰冷石头上一动不动。妈的,我是嘴贫,我是嘴臭,我是说话不把门,可你姓高的脸上没刻字,我怎么会知道你是公社书记？歪打正着，说你"寻花问柳贼心不死"，我就"已滑落到危险边缘"，就得把驮驴当到底，就得烂在鬼都不伸手的地方，还有没有天理？！"不怕官，就怕管。"恶了高书记，得罪顶头上司，可怎么得了？走投无路的赖孩开始胡思乱想："父不正，子奔他乡；君不正，臣投外国。"草间求活不得，索性走胡走越，实在不行当特务，先混个肚圆，再把电台、手枪、活动经费统统骗到手，最好是美元和金条……咱不怕女特务上美人计，将计就计，大不了先奸后杀……找机会反正，还得给我算个"起义人员"。回城肯定没问题，好工作还得尽我挑。想到此，金进财站起双手握成话筒对着远处喊："特务，特务，你在哪？！我是知识青年金进财！"喊破嗓子不见回音，又拾把干柴点着，仿电影镜头，将火把左三圈、右三圈、上三圈、下三圈，来回晃了无数圈也不见风骚女特务前来接应。图谋投敌者泄了气，将山风吹灭的火把踢下沟底，一屁股坐下。还他娘"敌人正在向你招手"，我倒过来向敌人招了半天手，也不见人家理会。跟招工一样，特务不是想当就能当，也得有门路，也要有"谢组长"照应。不正之风哪都有，特务机关也免不了。什么叫有家难归？什么叫有国难投？什么叫投奔敌营找不到门？累累若丧家之犬的金进财此刻尝到滋味。以往读《林教头雪夜上梁山》，只觉得热闹，此刻心有灵犀一点通，高俅逼林冲亡命，高山逼我跳崖！情景交融，悲从中来，此刻此地心情与《夜奔》暗合：

按龙泉血泪洒征袍，恨天涯一身流落。专心投水浒，回首望天朝。急走忙逃，顾不得忠和孝。良夜迢迢……红尘中误了俺五陵年少。实指望封侯也那万里班超，到如今生逼做叛国红巾，做了背主黄巢……

唱至凄凉处，以往少年不知愁滋味的赖孩愁上心头：枯黄冬草也有过春茂夏荣。"一弦一柱思华年。"我人世上活了二十一年，时乖运蹇，连根草都不如，做人真失败！"路在何方？"千古一问。瞻念前途，不寒而栗。人生惨淡，不如纵身跳崖一了百了……转念一想：都说"叫花子还有三年好运"。人，不会晦气一辈子！金进财朝深渊摇摇头，"宁在世上走，不往土里埋。"好死不如赖活。女朋友没混上，带把肘子葫芦鸡没吃够，跳下去，对不住自己！一声冷笑：内外夹攻，上下联手，把我当成案上肉、脚下泥，想咋剁咋剁，想咋踩咋踩。瞎了你们狗眼！也不看看老子是谁？老子是革命街金八、道北赖孩！高山说我"别看他年龄不大，貌不惊人，干的却都是惊人的事。"算他老小子说对了！黄昏一盏灯，看你还有几时明！比一比，看谁活过谁！赖孩想此还了阳，起身仿林冲夜奔，拉开山膀，飞起旋风脚，边舞边唱：

……似这鬓发萧骚，我的行李萧条。此一去，博得个斗转天回，高山（高俅）！哇，老贼！管教恁海沸山摇。

木房子是古镇，只有一条老街：青石板路面坑洼不平，两厢木屋像两排老态龙钟的老妪老翁，屋顶青苔森森，墙壁霉斑处处，山墙木雕残缺不全，沿街排门油漆剥落殆尽，裸露出褐色木头，透着岁月沧桑。走在街上，恍惚回到百年前，房犹如此，人何以堪？莫名忧郁涌上心头……木房子对面山上有座小庙，庙里有个老和尚。红色狂飙刮进深山,小庙荡为平地,老和尚被迫还俗,当地人都按其俗家姓氏称许居士。居士面容清癯,慈眉善目,说话柔声细语,一望便知善人。冰天雪地驮驴们冻得瑟瑟发抖行状可怜。许居士看得不忍,自家门前支口大锅,赈济运输队民工每人一碗热汤,内容虽是粉条、豆腐、青菜、萝卜之类,喝下却暖到心里。

　　驮驴们挣扎到木房子,檐下今日不见大锅摆出,门板糊上白纸,金进财心里一惊,赶紧进去看个究竟。许居士四肢平平躺在床上,脸上蒙块白布——圆寂多时。几个善男信女正忙着料理后事。寒夜起来煮汤,许居士骤然出身冷汗,汗珠黄豆般大小,透着油亮,摸着黏手。居士自知大限已至,叹道:回顾平生,事事如律而行,处处依法治心,众善奉行,去无所憾,只是以后谁来照顾这些下苦人?帮灶的来时,居士已在床上坐化。金进财焚香默哀,躬身退出,四顾茫然:许居士功德圆满,去了西天极乐世界。贾世梅也死了,早死早托生,去了百八烦恼。剩下我等俗人还在世间苦熬,何时是个头?摸摸兜里两个蒸馍,冷硬似铁,热水也不得一碗,叫人如何咽得下?腹内空空,炸药箱沉重,更兼风雪交加,想着返程四十里山路,由不得心里发憷。

　　路过公路后勤部门前,里面飘出煮肉香气,金进财使劲吸溜鼻子,两条腿再拉不动,不顾同伴催促"快走!"卸下炸药箱独自进去。前院堆着如山物资,后院房子挂着棉门帘,隔窗也能听见划拳声。桌上七碟八碗,指挥们个个喝得红脖子涨脸。进了指挥部都有官衔,官衔都是"指挥",哪怕县革委会阿猫阿狗。木房子"指挥"满街走,一时比狗还多,绒领大衣不穿一律披着,都作领导视察状。路上指挥见指挥,"牛指挥""吕指挥""邱指挥"互称官衔,虽是虚衔,却叫得起劲,听得过瘾。屋里肥吃海喝,酒酣气益振;屋外越看越饿,越饿越气:民工在前方流血流汗,有的把命都搭上,吃不上蔬菜,野菜下饭是常事,荤腥更难见,后方指挥们却吃得满嘴流油。金进财气不过,低头满地寻砖,准备砸碎窗玻璃再逃跑。忽然传来响动,金进财赶紧隐了身子。对面屋里走出个黑胖子,肥脸油得放光,腰系油渍渍围裙,去了后面厕所。金进财像嗅腥耗子飞快溜进伙房。案板堆满菜盘,琳琅满目。金进财饥火烧肠,眼里喷血:这帮指挥比老子身上虱子还可恶!金进财抓把酱牛肉塞进嘴,撕个鸡腿边啃边骂:"我让你们吃,我让你们喝老子的血!"操起醋瓶朝里尿,每盆凉菜都倒些。

　　帘子一掀,厨子回来,见厨房进了生人,眼睛瞪得溜圆,厉声问:"你是干什么的?!"

　　"我是运输队民工。"

　　"你嘴里吃的啥?"

　　"啥也没吃。"鼓囊囊腮帮子以惊人速度恢复原状。

　　"兜里装的啥?"

　　"除了虱子,啥也没有,不信你来检查。"说着将裤兜翻出抖了几下。

　　"运输队的不去背炸药,跑厨房干啥?!"

　　"我肚子饿,实在背不动。"

"这不是街道饭馆,我也不是你爹,你饿不饿我管不着。快滚!别把虱子抖屋里。"

驮驴立着不动,厨子过来朝外掀。正推搡着,对面门开出来一男一女,男的秃脑壳、肥得像肉球;女的大辫子、水蛇腰、脸上抹着厚厚雪花膏,走路两瓣屁股蛋一扭一扭。男女喷着酒气来到厨房,问:"老曲,菜好了没有?好了赶快接着上。凉菜不够酸,再加醋!"曲厨子满脸堆笑,殷勤地说:"安指挥、花指挥,你们放心。味道哪儿不合适,你们只管说。"拿起老金家秘制勾兑特供精醋往每个盘子里又倒了些。金进财穿着扣子掉光破棉袄、腰系电线、头发脏乱像毡片,上面粘着白花花虮子,怎么看都像要饭的。女指挥乜斜,男指挥嗔怪:"他是谁?怎么进了厨房?!后勤重地,闲杂人员赶快叫走!"听口气不对,厨子赔着笑脸说:"这是俺侄子,不是外人,给家里捎封信马上就走。"听说是"侄子",俩指挥不吭气了,端着堆得满满的红漆托盘出了厨房。

"你想砸老子饭碗?还不快滚!"

"我错了。"金进财低头认罪。

"错了?什么错了?你哪错了?"厨子疑惑不解。

"我不该往醋瓶里尿尿,不该倒进菜里让指挥们吃。"

"你……你胡说!"厨子面无人色。

曲厨子将信将疑夺过醋瓶,一嗅腥臊刺鼻,所言果然非虚!厨子大惊失色,身子摇晃了一下,扶着桌子才没摔倒。金进财越发痛悔:"我有罪!我该死!我不该往醋瓶撒尿。一人做事一人当,我不能连累叔叔。我现在就找领导坦白,向指挥们请罪!"说着,作势朝外冲。曲厨子如梦方醒:好一个无赖,自己却冒认"侄子",再长张嘴也说不清。要是指挥们知道菜里加了怪味,我就惨了!越想越怕,急得拦住无赖苦苦哀求:"不敢,千万不敢说!你说了,明天我也得去当驮驴。你就积积德吧,求求你了!"声音透着末日来临的凄惨。作恶者当下感动得良心发现,转而急脉缓受,无奈地说:"咱俩无冤无仇,我也不想害你。可我这人有个毛病——肚子一饿人就急了;人一急脑子就犯糊涂;人一糊涂就开始胡说。你得帮我把嘴堵住!"为了让无赖"不犯糊涂",塑料袋装满酱牛肉、香肠、腊肉和炝鲜藕,见无赖不点头,咬咬牙,又添只烧鸡。"外面刮着西北风,还得来点暖身的。"金进财盯上西凤酒。正在讹诈,安指挥来厨房寻油泼辣子,连夸老曲这回凉菜调得好"味道窜得很!"厨子哭笑不得,指着驮驴说:"是俺侄子帮着调的。他在省城大馆子帮过厨,最清楚领导口味。"金进财满意自己为领导开胃做出贡献,连攥拳带咬牙硬憋住没乐出声。

送出门,厨子要无赖赌咒发誓绝对保密。金进财笑眯眯回答:"守口如瓶,有吃有喝;给酒给肉,打死不说!金某最讲诚信,言而无信还没学会。"见厨子不放心,无赖摆出一副大义凛然的样子,庄严保证,"老哥你办事够意思,老弟我也不含糊。实不相瞒:兄弟是读书人,老百姓称文化人,官话叫知识分子。读书人崇尚气节,疾恶如仇,心如铁石,轻生重义,一诺千金!就是把我抓进保卫组严刑逼供,坐老虎凳,灌辣椒水,压杠子,指甲缝里插竹签,吾膝如铁,誓守机密,宁死不招!"

【英雄是怎样成长的】

"207"指挥部前天召开电话会议,永红公社因工程进度慢受到点名批评。高书记着急上火,下令驮驴队暂停运输,全体下工地打炮眼,午休取消,人停锤不停!领导黑着脸,民工们后背都长了眼,再不敢扎堆闲聊,工效比往日提高许多。爆破声间隔响起,发闷发沉都是炮眼打得深且直,飞起碎石少,掀下土方多;声音脆响发飘,碎石满天飞,动静闹得大,实际效果差,不用问,准是二半吊子干的活。炮声停止,放炮员脸上变了颜色——少响一炮!头头们一听都急了,都骂咋球弄的!"臭"炮不响,没法清理爆破现场,几百号人都得干耗着。见领导都盯着自己,放炮员脸吓得煞白,结结巴巴说:"再……再等,等一会,马……马上就……就响。"高书记听得不耐烦:"还'马上'呢,等到'驴上'也响不了!你到底去不去排?!"放炮员抱头蹲在地上,回答带着哭腔:"高书记,你饶了我吧。家里上有老娘,下有五个娃,我实在去不成。"高书记行伍出身,见不得怕死鬼,破口大骂:"真他娘尿包软蛋!放在打仗那会,我一枪崩了你!"气呼呼说,"都他娘怕死,我不怕死!你们年轻人站着看,我老头子下去排险!"边骂边脱大衣。几个干部赶紧拉住。

吴大队急着喊:"谁下去把'臭'炮排了,放半月假,工分照记!"

面对领导召唤,大家都忙碌起来,有的埋头修理工具,有的仔细观察地形,有的全神贯注端详手中的铁锤钢钎。

"放一月假!"奖赏加倍。

"我去!"终于有人站出。齐齐扭过头,关键时刻挺身而出的竟是金进财!赖孩以往作风——危险当前,荣誉就让给别人。今天莫非吃错药?知青们大惊失色,纷纷上前劝阻。

"赖孩,你疯了?!"

"进财,你千万别去!"

"英雄轻故乡,圣人无死地。"赖孩拍着胸脯豪迈地说,"为了革命,为了毛主席他老人家能睡好觉,为了早日在帝修反心窝插上刀子,金进财粉身碎骨也心甘!"

此言对了高书记脾气,愤怒复仇者转眼变成慈祥长者,当即褒扬:"疾风知劲草。你平时胡说八道,关键时刻不含糊。小子有种!排了险我给你记功!"语气里透着期待。金进财越发慷慨激昂:"'士为知己者死,女为悦己者容。'一腔热血只卖给识货的高书记!您风行草偃,冥顽如我都被感化。今天豁出这一尺七杨柳小蛮腰、四十八公斤干巴肉,我也要下去把'臭'炮排了!报答领导知遇之恩!"民工们都笑了,死到临头,西京城下来的社会油子还耍贫嘴! 知青们却谁也笑不出。金进财戴上安全帽,煞紧腰间电线,系好鞋带,临行前朝众知青拱拱手,语气骤然沉重许多:"万一走到半道'臭'炮响了,看在一块下乡份上,拜托诸位把我与贾世梅并排埋了。进财别的不怕,只怕做荒山秃岭孤魂野鬼。我先谢过了!"见金进财去意已决,大家心里酸酸的,只点头说不出话。"'马后桃花马前雪,出关争得不回头!'俺去也!"排险者长啸一声,乱石堆中猿猴般蹦跳而去,飘逝在白雪皑皑深处。

好一阵不见动静。众人等得心焦,突然传来一声巨响,飞起碎石像漫天放礼花,声音惊天动地,虽无"海沸",果然"山摇"! 尘埃落定,仍不见排"臭"炮的出来。"毕咧,毕咧! 金进财毕咧!"一起朝炮响处跑,远远看见排险者一动不动躺在碎石堆里,安全帽滚落一边。坏了,坏了! 高书记急得连连跺脚,工地上死个农民好办,知青身亡却麻烦多多,再来个争"烈士"苦主却如何是好? 直悔不该同意金进财排险。干部们冲到跟前,死人摇摇晃晃坐起,满头满脸血,醒来第一句话像电影里英雄人物台词——"同……同志们,都安全吧?"高书记看着重返人间知青,激动得不知说什么好。赶上指挥部下来察看工程进度,金进财越发乔张乔致,扯掉身上破棉袄,赤裸着瘦骨嶙峋身躯,蓬着狮鬃般长发,高举十八磅铁锤,血流满面,双目怒睁,大吼:"头可碎,血可流,越是艰险越向前! 誓死打通207!"边喊边朝前冲。干部们感动得一塌糊涂,都上前劝阻。金进财拼命挣扎,怒喝:"谁也别拦我! 谁拦我跟谁急! 金进财生是革命人,死是革命鬼! 忠不避危,今天我死也要死在前线!"随行有省报记者,工地跑了几天没遇上新闻线索,正郁闷着,骤然目睹舍身排险英雄,精神大振端起相机一通猛拍……

英雄壮举以最快速度刊登在省报二版头条,通栏大标题《黑虎岭上显英雄》,副题"记抢修战备公路舍身排险英勇负伤的下乡知青金进财",配发评论《英雄是怎样成长的》。记者妙笔生花,金进财豪言壮语砂金般字里行间熠熠闪光,读了不掉泪都不行。只是英雄照片有些煞风景——头缠染红绷带,精赤上身,举大铁锤,龇牙咧嘴,模样狰狞,不像抢险知青,倒似穷凶极恶的日本神风特攻队。

这是一个需要英雄、制造英雄、推出英雄的年代,英雄的全部意义在于给芸芸众生树立榜样,引导群众前进在革命大道上。金进财顺势而出,无赖无意间成了英雄。报纸送到革命街,全店轰动! 都说金师傅的儿子这回把事干大了! 闹好了还能上北京见主席。金老爹初见照片吓了一跳:大儿在里面没出来,四儿又跟谁玩命? 请同事念完报纸才晓得赖孩成了英雄。自从老大被判了重刑,金家自感人前抬不起头,老娘更忌讳"犯人""劳改"之类字眼。唯有金老爹想得开,时常开导老伴:"有儿不笑坐监的,有女不笑卖逼的。"又说,"'龙生九种,九种不同。'我养了十三个儿女,不信就没一个有出息的!"预言应验,英雄父亲拍着胸脯自豪地说:"没看是谁的种?! 老金的儿子关键时刻不含糊!"

瞅瞅四下无人,蒿景伸出大拇指:"高! 苦肉计玩得不错,老弟这下定能逃出苦海。"

金进财故作糊涂:"你说的啥?我咋听不懂。"

"那套花话哄别人还行。老前辈面前,你小子就别玩哩咯啷了!"

金进财笑了:"生姜还是老的辣。哄谁也哄不了你。"

蒿景强烈要求"分我杯羹",说:"嘴上缺个把门的,得拿好吃的堵!"

金进财哭丧着脸:"哪来好吃的?有好吃的还能留到这会儿?在城里倒是吃了不少好的,早就变成大粪肥田了。"

蒿景一声冷笑:"装蒜不是?!耗子从面前跑过,姓蒿的也能一眼看出它偷了几两油藏在肚里!我问你,昨天半夜,你小子缩在被窝里偷吃什么?"

金进财纳闷:"黑灯瞎火,你咋知道我吃东西?你能猜出吃的什么?猜出我就给。"

蒿景撇撇嘴:"老哥是水晶灯笼,隔着八个铺,就晓得你啃的烧鸡!"冷笑道,"不光能猜出吃的,我还能猜出穿的。你脚上那双新球鞋哪来的?要不要我猜猜来历?"

金进财慌了,连喝:"打住!打住!"直叹,"君子善断,小人善猜。"由鸡想起二队曾有济,想起自己和蒿景干的促狭事。曾有济高度近视,面相又老,和女朋友李蝶华站在一起像差着辈。男女不般配成了曾有济心病,对所有企图和李蝶华搭讪的男性冷眼相对保持高度警惕,每天只关心两件事——女朋友行踪,锅里咖喱鸡。曾有济家里经济条件好却出奇吝啬,蹭其一顿饭难于上青天。知青上门,民办教师第一反应抢先锁灶房,挎书包作上课状,哪怕面条已下锅。金进财和蒿景路过二队,问:"老曾,怎么你一人在屋,蝶华呢?"

"蝶华赶集还没回来。有事吗?没事我去学校上课了。"曾有济边说边锁门。金进财闻到咖喱鸡香味,眉头一皱,坏水冒上:"她还没回来?坏了,坏了,这下出事了!"一脸担心。

"出什么事了?"锁门的手停住。

"老曾,这事本不该给你说。可咱们是哥们,不说,显得弟兄们不够意思。"

"我俩也是左右为难。"蒿景心领神会。

"你俩说话别绕弯子,蝶华到底出什么事了?"曾有济急了。

"老曾,我俩说了你可要挺住。你要是听了受不了,我俩可不敢说。"

"老曾,真要是发生什么变故,你可一定要想开。大丈夫何患无妻。"蒿景紧敲边鼓。

"我们刚从集上回来,看见……"金进财欲言又止。

"看见什么了?快说呀!"曾有济追问。

"看见……"金进财猛吸口气,像下了最后决心,"看见李蝶华和一个男的手拉手在集上闲逛。"

"蝶华……和男的……手拉手?你们没看错人?"民办教师脸色大变。

"千真万确,一点没错!我俩看得清清楚楚。男的大高个,长得精神,戴着手表,不像知青倒似城里工人。俩人手拉手进了镇上食堂。我俩悄悄跟在后面,透过窗户一

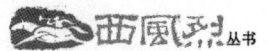

看……看见……嗨,简直没法说!"金进财又卖开关子。

"你,你又看见什么了?"曾有济哆嗦着问。

"老曾,你要挺得住,你要坚强!"金进财出语惊人,"我看见蝶华用筷子夹片海参往男的嘴里塞。"

"往……往男的嘴……嘴里塞?!"曾有济面如土色,肩上书包"扑通"掉地。

"老曾,你还愣什么?!快去找蝶华呀!"蒿景鼓动。

"这……"曾有济急欲寻美又放心不下锅里,在女朋友和咖喱鸡之间做艰难抉择。

"再不去,只怕生米做成熟饭!地里包谷已一人高,男女往里一钻谁也看不见,吸根烟能捏个泥娃娃,撒泡尿工夫就把好事办了。"金进财危言耸听。

"这就是蝶华不对。老曾把你当小妈供着,好吃的尽你,衣服脏了帮你洗,你怎么还背着男朋友干那事?不像话,太不像话!我们实在看不下去!"蒿景痛心疾首。

"只怕蝶华一失足成千古恨,再回头已是百年身。"金进财火上加油。

"别说了!"曾有济怒发冲冠、心如刀割,蹬着破自行车狂驶在山间小路。俩骗子翻窗入室兴高采烈围锅大嚼咖喱鸡,还自鸣得意"要得可口,锅里下手"……想到这,金进财无奈叹口气:"屎没屙下先把狗引来。吃屎的把拉屎的给箍住了。算我晦气,劫道撞上打闷棍——黑吃黑。"

躲至僻静处,两人连吃带喝。蒿景一边叹息"最近肝不好",一边不停地喝60度烈酒,片刻工夫,半瓶西凤进肚。同伴保证守口如瓶,金进财如实交代成为"英雄"经过:……"臭"炮导火索被滚石砸灭……瞄好藏身地方。重新点燃……炮响过后,摘下安全帽,捡片带尖石头照自己脑壳砸去……血流得不多,要装就装像……狠狠心,咬咬牙,照头上又是一下,血抹一脸倒地装死……没想神差鬼使阴差阳错成了"英雄"……就像流民祖师爷朱元璋坐龙廷后和刘伯温密室聊天所说:本想着哥儿几个一路打家劫舍,没想到弄假成真……听罢去梯之言,蒿景哈哈大笑。金进财交底:"这招叫'擂砖',是我本家二大爷杀手锏,着实的看家本领。逃难那阵,流民沿门托钵,俺二大爷穷家不去专找大户,大宅院门口脱个光脊梁拿半截砖照胸脯上拍,来个武要,给少了还不干。遇上一毛不拔的主,二大爷拿半截砖照自己额头上来一下,抹个花脸,两眼翻白,口吐白沫,躺地两条腿交错乱蹬,像抹了脖子的鸡。自家门口躺个快死的人,满脸是血,搁谁也怕!主家只得自认晦气,馍口袋装满,再饶上几十个铜板,说好话赔笑脸,这才将二大爷打发。"

蒿景担心地问:"隔三差五拿半截砖拍,你二大爷脑壳受得了吗?"

金进财笑了:"外行了吧?这叫'一窍不得,少挣几百'。今天我高兴,不传之秘说与傻哥哥:那伤不是砖拍的,剃须刀片眉弓轻划一道涂上凡士林,伤口一碰就裂,就势将血抹个满脸花。谁见了都以为伤得不轻。俺二大爷尝够甜头,常念叨'要饭三年,给个知县都不换'。这里名堂多了,一时半会给你说不清。哪天闲了,我再给你开窍。"

蒿景叹道:"活到老,学到老,今天又长了学问!我算明白了:难怪贵家乡尽出些混社会的溜光锤。"

144

"溜光锤是不搭帐篷的吉卜赛,山高敢上,水深敢蹚!不像你张嘴就是'蒿家是西京城老户,住了三百年十五代'。兔子转山坡,转来转去离不开窝。哪晓世界海阔天空?"捡根丢弃的锤把舞动,边舞边仿京剧道白:"'酒发雄谈,剑增奇气,诗吐惊人语。'敢问金将军意欲何往?想你我大营共事四年,情同手足,今宵一别,两人不知何日重逢,思之好不令人伤感。呔!蒿将军为何作妇人之叹?岂不闻'将军不下马,各自奔前程'。丈夫各行其志。吾已看破红尘,挂印而去,愿做一闲云野鹤,浪迹天涯。万人如海一身藏,仗着三尺龙泉,到处除暴安良。"舞几个剑花,唱起西皮慢板,"'大地春似海,丈夫国是家,龙灯花鼓夜,仗剑走天涯。'俺老金玩的就是胆大闯天下,潇洒走四方。"

蒿景笑得直不起腰:"一个驮驴还想除暴安良?你把牛逼往烂吹吧。还他娘仗剑呢,手里最多是根要饭的打狗棍。"

金进财对准同伴脑袋高举锤把,半真半假道:"'风云无便,未容鸿鹄轻举。'擂砖天知地知我知你知。你小子要敢卖我,我就说你是幕后主使!不行!我越想对你越不放心,干脆杀人灭口!咱俩商量你怎么个死法,是我把你砸死再从崖上踹下摔个粉身碎骨,还是你自己寻棵歪脖树吊死?我赞成后者,一来给你留个全尸,二来省得我动手。你看中不中?"

"中你娘的头!"同伴气得大骂,"我卖谁也不能卖光腔背靠背捉虱子的穷兄弟!蒿景至大至刚,你把我当什么人了?太叫我伤心了!"说着两手捂脸"呜呜"地哭,哭着哭着,"扑哧"笑出声,口吻带着仰慕:"说句心里话:咱公社新老知青108个,我只服一人。此人是谁?就是你!你问为啥?就因为你小子比我还赖!你眼尖皮厚嘴利,鬼心眼儿比谁都多,到哪也不吃亏。更绝的是关键时刻敢出手!就说你给姓贾的当众整出个死孩子那一手儿,全县摇了铃!你不光赖,肚里还有货,堪称自学成才。无赖不可怕,就怕无赖有文化!无赖有文化,走遍天下都不怕!哲人头脑、无赖言行,别看你小子现在落难,那叫泔水缸里捞灯泡——脏是脏点,一通电照样放光。老弟绝对是人中骐骥,日后必能驰骋千里。老哥慧眼识人,还等着沾你光呢。可怜我这种老实人,一辈子只能看别人吃肉,连口汤也喝不上。"

金进财被逗乐了:"你还老实?你要是老实人,狗都不吃屎!你小子是有贼心,没贼胆。"吃完喝尽,俩人挨着出恭,边屙边念报上"排险英雄"事迹,边念边乐,笑骂记者弱智,高书记和干部们脑子进水,最后将"英雄"一撕两半擦了屁股。

脸蛋红扑扑回来,知青们一见起了疑心,骂道:"俩货真不够意思!有荤腥拿出来,别藏着掖着吃独食。"

金进财赶紧解释:"我上了蒿景这小子的当!他说后山有户人家,灶房梁上吊块熏肉。我一听,就想弄来让哥儿几个解馋。谁知白磨了鞋。到那家一看,肉早吃完了只剩一截肉皮。蒿景是什么货色大家都知道,狗见稀屎,拿起肉皮就舔。我再骂他也不听。骂着,骂着,我也扛不住了,夺过来边骂边舔。"

"瞧你俩那点出息!"同伴们信以为真,又开始奚落金进财,"进财,不是大伙说

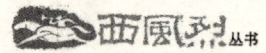

你,你现在也算是英雄人物,总得注意点自己形象,别总是赖皮赖脸的,狗肉上不了席面!"

英雄忙不迭地点头:"是,是。同志们批评得太对了。我知道大家对我期望很高,也晓得自己身上毛病不少,再加上蒿景之类坏人勾引,时不时犯个小错误。我也想尽快改正成为真正英雄,但事物发展总要有个过程,还请大家今后多多教育帮助。"

英雄脑袋挂彩,安全帽却完好无损。心存疑惑的还有卫生员:英雄脑壳一对窟窿如同孪生兄弟。高书记终于明白无赖是怎样速成为"英雄"的。英雄形象一旦树立,扳倒也难。世上只有朝自己脸上抹粉的,没有抹黑的,只是便宜了金进财。这家伙以前是个不折不扣的无赖,现又升级至光棍加骗子。无赖光棍骗子三位一体,天下只有他想不到的事,没有他不敢干的事。看着简易房旁堆积如山的炸药箱,高书记打个寒噤——敢在自己头上下手,肯定把别人脑袋更不当事。滚!叫这个浑身游民习气的无赖滚得越远越好,我这辈子都不想再看见他!

金进财煤油灯下忙着收拾行李,转身吓了一跳,才发现不知什么时候颜莉莉来到身后,两只深潭似的眼睛幽幽地盯着自己。"明天你也要走了?"女知青精神萎靡,以往白皙圆润脸庞如今枯黄消瘦。同伴看得心酸:我一走,集体户只剩下她一人。一个女孩子孤身在外,遭受非常人所能忍受变故,为社会不容,被家人唾弃,荒山野岭如何熬得下去?"招到秦城一棉。回不了省城,单位也不理想,没法子,只能凑合。"金进财脸上淡淡的,努力掩饰内心喜悦。对仍在苦难中的同伴炫耀自己幸运,既不明智,也有失厚道。

"进财,我,我对不起你。医疗站的事……我……"颜莉莉欲言又止。

"你对不起我的事多了!玩'丢手绢'时,你就涮我。三年级和你同桌,刚过'三八线',你一句不说就大打出手,我胳膊现在还疼,估计是那会儿惨遭毒手留下的后遗症。你爸爸是学校老师,我挨打敢怒不敢言。你是我命里魔障。咱俩打交道总是我吃亏。"金进财故意调侃,努力使谈话气氛变得轻松。

"进财,你是好人!"颜莉莉肯定地说。生平第一次被称作"好人",金进财谦虚地垂下眼睛,嘴上谦虚:"你就别夸啦,我还差得远。"心里却想:现在哪还有好人?不是人防人,就是人害人!我也不是什么好鸟。

"你嘴严,看见了也不乱说。"女知青赞扬由概括到具体。

"我看见什么了?我什么也没看见。"男知青揣着明白装糊涂。

"我看见你了,看见你趴在墙头朝下偷窥。"

金进财生平第一次脸红:"长这么大,就干了这么一件没起色事,还让当事人发现。你……你不恨我吧?"

颜莉莉摇摇头,凄然一笑:"没你出手相助,见义勇为,我早被人欺负死了!我遭难时,一块下乡知青只有你站出来,只有你把我当人!你从不在背后骂我,更没当面侮

辱。你敢作敢为,是真正的男人!我悔呀,悔我有眼不识好坏人!"

金进财叹口气:"戏如人生,人生如戏。不是奸臣设计害忠良,就是痴情女遇上负心郎。你沉溺戏里不能自拔,我旁观者清却难相救。算了,权当咱交回学费。"

颜莉莉颤声说:"进财,我……我知道你……喜欢过我。早知今日,我当初就该和你……好。我……我悔死了!"

晚了,太晚了!人见人爱的红苹果沦为道旁苦李。金进财痛心地想:光是"六六六"我还能忍,又添个姓贾的还弄出个死孩子,承受力再强也招架不住。中国不是法兰西,你是茶花女,我却做不了亚芒,蹉跎岁月,各自生存比男女之情更重要。相濡以沫不如相忘于江湖。金进财心口不一:"好我的颜莉莉,我知道自己长得对不起观众,缺乏男人魅力,你就别拿困难户开涮了。"

女知青眼泪流了下来:"是我配不上你。要是你不嫌我脏,不嫌我是烂货,今晚让我陪你睡,算是回报。"说着,就要宽衣解带。像打翻五味瓶,男知青心里什么滋味都有,一把拉住颜莉莉,动情地说:"别这样,千万别糟蹋自己!在我眼里,你永远是浊水红莲,永远是留一对毛刷辫、佩'三道杠'、穿白衫蓝裙的小姑娘!"颜莉莉靠在金进财肩上哀号。男知青轻轻拍着女知青脊背,泥佛劝土佛:"谁还没个走背运的时候,过了这个坎就好了……道路是曲折的,前途是光明的……你是早上八九点钟的太阳,世界归根结底还是你的……坚持到底,就是胜利……敌人一天天烂下去,我们一天天好起来……"不劝还罢,越劝,颜莉莉哭得越凶,毫无希望地活着,无异行尸走肉。金进财阵前换招,为落难同伴描绘美好前景:"你找男友的眼光不可思议,找谁也不能找我!你前途光明,我的路漆黑。你早早戴上三道杠当上班长,我直到小学毕业也没通过少先队考验;你次次考第一,年年三好生,虽有你爹关照,自身努力也很重要,我却连个小组长都没混上;你是公社、县两级知青积代会代表,我是鸡鸣狗盗窥阴之徒。世上只有藤缠树,哪有树攀藤?莫急,莫慌,锅底有肉,迟到的客人未必只能喝稀粥。白马王子在后边候着呢。只怕你届时拳打脚踢笤帚扫,还应付不了众多追求者。紧俏物资非要当处理品卖,你着哪门子急?"一听"男朋友",颜莉莉越发伤心,直哭得捶胸顿足:"他骗我,你也骗我,你们都骗我!"

金进财说闲话是头份,讲正经却差得远,自认这辈子玩不了人,当不了思想政治工作者。治丝益棼,看看还不行,又换招数,将颜莉莉使劲推开,恶狠狠骂道:"哭顶个球用?死生由命,富贵在天。命中有难,你躲也躲不过!"被吼了一嗓子,颜莉莉反倒不哭了,痴愣愣看着对方。金进财缓了语气:"你是个好女孩,老天有眼看着呢!吉人天相。你会遇上一个真心喜欢你的好男人,生一堆好孩。"又道,"人生一瞬间。几十年眨眼过去。到那会儿咱俩都老了。我背着花骨朵般小孙女,你牵着虎头虎脑小孙子,金爷爷,颜奶奶道北街头邂逅。我关心你血压高不高?你操心我心率齐不齐?我抱怨儿子不孝顺,你说自家媳妇更操蛋!说起当年事,颜奶奶哈哈一笑,胸脯拍得'嘭嘭'响,说那算个屁!只当做场梦。颜莉莉还是颜莉莉,奶奶我照样子孙满堂!"

颜莉莉破涕为笑:"你就会拿甜话糊弄人,可我偏偏爱听。"

雪夜深沉。两人并枕躺在床上说话,不提现在和将来,只说同学少年时,讲到趣处不时笑出声。男女沉浸在往日幸福中,不约而同唱起小时常唱的那首歌"让我们荡起双桨,小船儿推开波浪,海面倒映着美丽的白塔,四周环绕着绿树红墙……"蓝天、白云、艳阳、红领巾、歌声悦耳、笑声朗朗、小鹿般在草地上奔跑……一幕幕回映眼前……唱着,唱着,颜莉莉泣不成声,哽咽着说:"进财哥哥,我真想永远长不大。我们的命为什么这么苦?!""进财哥哥"没有回答,也无法回答,看着偎在怀里一脸憔悴的颜莉莉,心锥刺般疼痛,一遍遍抚摩女知青头发,像拥着一母同胞亲妹妹。无边柔情春潮般漫上,此刻竟有血脉相连感受,心灵像被清水洗过,一丝邪念也无。没有欲,只有情,只有怜惜之情。蹉跎岁月寒夜,一对男女知青相拥入睡,仿佛两小无猜儿女互相温暖对方,任凭外面狂风呼啸、飞雪漫天……

第六章
厕所民谣原创者

【求子】

阮逢春精神压力越来越大,同以往一样,这月底下又见红,探亲归来的希望像太阳底下五颜六色肥皂泡,膨胀后复归破灭。亲娘舅"四清"被戴上"不法地主"帽子,为保证教师队伍纯洁,省师范学校高才生被贬至纱厂改造。从政治边缘回到革命主体位置,阮逢春明白唯一资本是自己的姣好面容。看车工咬定青山不放松,拒绝了厂内外众多追求者,立志非现役军官不嫁——不挑长相,不计年龄,只论官职。老姑娘最终嫁给师职鳏夫——空军某基地主任,比自己只大19岁。进了红色保险箱,阮逢春诸事顺利,婚后八年连升三级——从小组长、工段长,爬到厂中层,现又副职转正职,接任织布车间总支书记。唯一不遂心事是怀不上孩子。女人起先以为是自身毛病,寻遍大小名医,试尽偏方秘方,服后却似担雪塞井、掬沙壅河,遂怀疑到老公身上。基地主任大怒,说我和前妻又不是没生过,你后娘见不得前房俩孩子,才送到他奶奶家。播下的都是良种,只怪土壤贫瘠。床上床下吵了无数次,男人才勉强同意上医院。待看到诊断报告,基地主任傻了眼——"精子数量不足,活力不够。"铁证面前,老公承认老婆土壤肥沃,自己播下的却是瘪瘪种子,改良热情却不高。老公不急,急死老婆。主任归来,都被监视着吞下江湖医生开的密制送子大药丸;书记探亲,总要提上一塑料桶健肾生精汤药。壮阳膏散丸剂用多了,水不济火、阴阳失调,又有如虎似狼少妻频频请战,难免露出怯来,又添阳痿毛病,洪炉点雪,自感对不起千里迢迢来种人的老婆,借口有敌情躲在作战值班室不敢回家。"老少配,两头睡。"撇下娇妻独守空房,半夜蒙上被子偷偷哭鼻子。

女人不育,好比母鸡不产蛋,当事者不自在,旁观者也觉得怪异,恨不得掰开产门看个究竟。总支书记不会生娃成了群众中心议题。阮逢春正在如厕,门响进来丙班一对军干家属。俩娘们自恃身份高贵,干活拈轻怕重,拉是非三天三夜不累,是织布车间一对有名的搅屎棍。俩婆娘不知隔档后面有人，扯到新书记身上。隐约听见"有病""管子不通""石女"又拿家禽打比方，说阮逢春脸蛋漂亮，却腿粗腚肥像老母鸡，肚里蛋化成油，难怪生不出。不像咱俩，劈腿一个，再劈又是一个，个个都带把，给婆家立了大功，男人不把咱们当娘娘供着都不行！叽叽嘎嘎一阵大笑。笑毕，两只下优质蛋的母鸡心满意足地走了；不下蛋的母鸡听得手足冰凉，浑身哆嗦，差点跌进蹲坑，又不好追出训斥，越发焦躁。

上中药店抓药，耳朵逮个朦胧信：一棉西边百里外有个古渡口，古渡口北面有个小山，山上有个紫云观，"文革"中道观被毁，观里供的毗蓝婆菩萨落个身首异处。沉寂多年，菩萨又开始显灵，连连给附近村民托梦：要求善男信女重修道观，再塑金身，接续香火，以保一方百姓平安。村人惊诧不已。前两条为上面不容，不敢大动土木，香火却比以往更盛。受了祭祀香火，娘娘果然显灵，多是有求必应，更奇的是：凡来求子，回去必定怀胎，生下的多是圆头方面大胖小子。有病乱投医。阮书记本是唯物主义者，对鬼神之说不屑一顾，眼下求子心切，见说得肯定，由不得怦然心动。

熬到周日，阮逢春早早出门，戴项旧军帽，帽檐低压，脖子系条廉价化纤围巾，身上是打扫卫生时穿的旧衣服，与货场抡大锨卸煤的女民工无异——怕烧香拜娘娘撞上熟人。下了汽车一路打听寻来。古渡口河道干涸，两岸柳树砍伐殆尽，残留着高高低低树桩，一艘古船靠在岸边，不知已停泊了多少年，遍体乌黑，百孔千疮，几成朽木，仍屹立不散架，和物质终将消逝的观点作顽强抗争。

紫云观在山顶，说是道观，既无围墙，又无正殿，齐膝深野草丛里搭了三间草棚，权充道观。门口贴副对联："白鹤早立古渡口，青牛已至紫云观。"掀开帘子进去，供台上香火缭绕，摆着水果、清油点心之类供品，正上方挂张凤冠霞帔的菩萨画像。神像不知是哪位乡土艺术家杰作——脖戴项圈、璎珞垂胸，左右手分持宝印、宝伞、宝剑和火焰、盘长、环珠，五官比例失调，两只眯缝眼，一张血盆口，双耳垂肩，丑陋得像老妖婆，却抹俩红脸蛋。两边对联分别是："初入神山，尔等心须诚且敬；瞻拜仙姑，众生涤凡沐高风。"棚里挂了七八条红绸被面，是善男信女送来还愿的，上面别着纸条，分别用毛笔写着"有求必应""大慈大悲""送子娘娘"之类褒语。草棚外围群脏兮兮乡下婆子，龇着烂黄牙，唾沫星乱溅，争夸娘娘灵验。菩萨不像菩萨，道观不像道观，和想象中的紫云观相差太远。阮逢春失望之余，安慰自己："山不在高，有仙则名。"双膝跪倒，两手合掌，默默祈祷，求菩萨早赐麒麟子。磕罢起身，取出香火钱双手捧到供台上。旁边管事婆子见钱两眼放光，拿起小槌在磬上连敲三下，告知娘娘今天又有进账。出了草棚，阮逢春无情无绪朝回走，忽然听见后面喊："大妹子，你等等！"扭头一看：管事婆子沿着羊肠小道，母猿般连蹦带跳蹿下来。香客不知出了什么事，赶紧立住。"大妹子，你是来进香求子的吧？"婆子问。

求子的愣了，忙问："你是谁？你怎么知道？"

"我姓邱，住得不远，就在古渡口南岸村。昨天晚上菩萨托梦，说今天有贵人进香求子，让我好生招呼。等来等去不见人，没想应在大妹子身上！"邱婆子头顶绷着两个

高高的环型发髻，穿一领黑不黑黄不黄仿制道袍，下身绿灯芯条绒裤子，蹬双解放牌球鞋，打扮得道姑不像道姑，俗人不像俗人，一双三角眼透着狡黠。看眼前婆子不像善良之辈，香客心存警惕当即否认："求子不错，我却不是什么贵人。我在建筑公司下苦当小工，天天在工地和灰搬砖。"

邱婆子嘿嘿一笑："你要是下苦人，这世上没享福的了！别看你穿得不咋样，瞒得了别人，哄不了我！大妹子天生富贵相——银盆大脸、柳眉杏眼、细皮嫩肉，一双手嫩得像春葱。出手更是阔绰，一看就知是场面上人。"说着凑到跟前，"大妹子，我可是奉了娘娘谕旨来帮你。真人面前不说假话。你给我交个底儿：是你有病？还是自家男人不办事？"听了回答，邱婆子双手一拍，脸上笑开花："这就对了！女的有病，治起来麻烦；男的不办事，咱找的神医一治一个准！"阮逢春来了兴趣，忙问神医怎么个治法？邱婆子神秘一笑："天机不可外泄。你什么都别问，只管跟我走。到了地方，你就知道了。只给你透一句：没找神医前，媳妇是公公不疼、婆婆不爱，三天两头挨男人揍；让神医看过病，回去就抱上大胖小子，全家把媳妇当娘娘供着。"见求子的被吊足胃口，邱婆子话头一转，叹息世风日下、人心不古，如今善男信女太少，自己虽有心为菩萨修庙却无处化缘。求子的听出弦外之音，赶紧许愿：邱姥姥救苦救难，想必是菩萨转世。只要回去能怀胎生子，我日后一定重重酬谢。邱婆子嘴一撇："行啦，行啦，别给俺老婆子灌米汤！好听的我耳朵里灌多了。末了，哪个都是'媳妇娶进房，媒人扔过墙'。媳妇烧香求子时说的千好万好，待抱上孩子再不露面。婆婆倒是来了，至多拿条破被面来观里糊弄娘娘。当上多了，我再不信！"邱婆子越说越气干脆停下不走。求子的无奈，只好答应今天玩现的——神医看罢即付报酬。

进了村口，七八个婆子蹲墙根负暄闲话，见邱婆子领着个媳妇模样的过来，都不说话，一起盯着阮逢春看，边看边相互挤眉弄眼，有的还哧哧偷笑。阮逢春看在眼里，由不得纳闷：我半拉子老婆，有什么好看的？邱婆子拽香客一把，催促快走！骂这些婆子都不是东西！好吃懒做，不务正业，就爱拉是非、说闲话。日子过不到人前头，自己不想办法，就会坏别人家好事。邱婆子家在村西头，孤零零独院，四邻不搭界，开了大门铜锁，阮逢春跟着朝里走。屋檐下柴火堆旁有了响动，一道油光黄影平地飙起，"呼"地蹿上来！求子的"妈呀"一声，跌坐在地。扑倒贵人的是条大黄狗，牛犊般大小，蓬头蓬脑，看上去十分凶猛。扑倒生人，大黄狗兀自不肯罢休，瞪着两个深棕色眼珠子，鼻子蹙成一团，龇着白色獠牙，脖子上毛奓得多高，逼住坐在地上的香客"呜呜"咆哮！邱婆子将阮逢春拉起，赶上踢了大黄狗一脚，骂道："老黄，你狗日的眼瞎了？！贵人上门，你不来欢迎，反要下口。"一听是来送钱的，老黄脖上奓毛立刻耷拉下来，热情摇起尾巴。贵人战战兢兢双手奉上吃剩的半个面包和两个鸡蛋。冒犯贵人却受赏，老黄换了狗脸，目光温柔如水，浅唱低吟示歉，毛茸茸大尾巴摇得欢，恭恭敬敬将贵人送进正房。

正房香案并排供着"玉皇大天尊圣主玄穹高上帝君"和财神赵公明"金龙如意正一龙虎玄坛真君之神"牌位。四面墙上都贴着符箓，浓墨酣畅，草蛇狂舞，俱是张天师

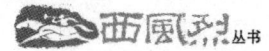

画符。符箓旁各贴张红纸，歪歪扭扭写着一行毛笔字，求子的凑到跟前细看，东墙是：张天师在此，诸小鬼回避。西墙写着：九天娘娘凤驾已至，善男信女有求必应。南墙贴着：太上老君急急如律令敕。北墙更邪乎：玄武大帝披发仗剑降龙伏虎。阮逢春不禁莞尔：群仙荟萃，该来的都来了。神医莫非踏罡步斗、仗剑作法、打通三界、驱疾去病的道士？招呼客人坐下，邱婆子说去请神医，让求子的安心坐等。听院门关上，阮逢春站起，好奇地掀开里屋帘子——里面不大，只有茶几和一张床，床单不甚洁净，中间分布着几点可疑图案，仿佛糨糊干后痕迹。听外面传来响动，香客赶紧迎出。邱婆子满面春风走在前，后面跟个雄赳赳大男人。进来的男人不仅个儿大，脑袋更大，活像肥猪头，五官更是无一不大，暴突眼、大嘴，鼻头赛过紫皮独头蒜，一双招风耳更大得出奇，叫人联想到种猪。神医怎么这副德行？阮逢春心里腻歪，又想人不可貌相，脸带猪像，心中豁亮，异人多是异相，异相多有异术。邱婆子把阮逢春叫到里屋，招呼着脱鞋上床，出去时没头没脑说了句："你安心在里头治病，我在外面守着。"神医关上门，一句不说先脱衣服。阮逢春瞅在眼里，不知什么意思，看到治病先生去解腰间皮带，才意识到事情不对，赶紧翻身坐起，厉声喝问："你……你要干什么？"

　　脱裤子的大手停住，神医反问："你不是来借种的吗？"

　　女人越发诧异："借种？借什么种？"

　　神医哈哈一笑："当然是借我的种！你放心，我做善事不要钱。不过，撒种耗精费力，整出一身大汗，大姐总不忍心叫我白干。等事办完，大姐去村口供销店买两瓶猪肉罐头、一瓶'太白'，给我补补身子，最好再来盒好烟——一包'陕青'。"女香客这才明白神医是什么货色，拿什么"治病"，当下气急败坏，破口大骂："放屁！放屁！放你妈的屁！"

　　"不借就算了，骂人干啥？！怀不上娃找我借种的婆娘多了，省城的都有，哪个都比你年轻，比你漂亮。不是邱婆上门求我，我才不稀罕借给你这半老女人！"

　　"我操你娘！你娘才借种呢！"

　　遭此奇耻大辱，阮逢春移羞做怒，捡起地上鞋掷去，被男人一一躲过。女人越发来气，抓起茶几上玻璃杯子就砸，神医脑袋没砸上，身后窗玻璃却"哐啷"碎了。踩板凳扒窗户偷窥西洋景的邱婆子"哎哟"一声，连凳带人一起翻倒……阮逢春仍不罢休，急赤白脸满屋转圈寻家伙。见受辱女人玩命，神医慌慌张张跑了。阮逢春穿上鞋赶紧朝外奔。邱婆子一瘸一拐追出，跟在后面大叫："站住！你往哪跑？！赔了我东西再走！"阮逢春像没听见，越跑越快。跟在主人后面的老黄被闹糊涂了：贵人怎么转眼成逃犯？人脸咋说变就变？比俺狗脸还变得快！才吃了人家面包鸡蛋，追，还是不追？倒有些两难。老黄正做着狗的哈姆雷特式思考，狗肚挨了主人一脚。"老黄，你狗日的眼又瞎了？！愣着干啥，还不快给老娘抓住！她再跑，你就下口！"桀犬吠尧，各为其主。老黄不敢违命，腰身一弓，四蹄点地，刮风般追出。阮逢春不怕人，却怕狗，见老黄像颗长了毛的炮弹对着自己滚滚而来，两腿先软得拉不动。四条腿远比两条腿仁义，老黄没学会说翻脸就翻脸，念着面包鸡蛋交情，只噙着逃犯裤腿不让走，等候主人发落。邱婆子气咻咻撵上,嘲笑:"跑啊,你怎么不跑了?让你先跑出二里地,你也跑不出老娘手掌心!"一伸手,"掏钱!砸烂的茶杯、窗户玻璃、老娘摔伤的看病费,还有我帮你借种的辛苦费。"一听"借种",阮逢春又恼了,看看守在一旁龇牙咧嘴的老黄,不敢发作,嘟囔道:"谁借种了?破鞋才借种呢!"

邱婆子讥笑:"没借种?鬼都不信!大白天插门,一个老娘们四仰八叉躺在外人床上干啥?莫非脑子进水?!不借种,人公子为啥张口跟你要东西?!"

老黄跟着猞猞两声,表示赞同主人观点。香客无奈掏出钱包,神婆一把抓过。阮逢春伸手去抢,老黄立刻"呜呜"发威,只得松手。邱婆子拉开钱包拉链,喜得啧啧有声:"好家伙,恁厚一沓!你还真有钱!今天该我老婆子发了。"老黄认得花花绿绿钞票,见主人欢喜,自己有肉骨头啃,跟着蹦跳欢呼。钱包里夹着工作证,邱婆子翻开一看愣了,对着照片仔细端详本人,吃惊地说:"乖乖,还真没看出来,你居然是书记!"又说,"书记都有钱。有钱,你就多出点,只当帮助困难群众。我老邱一向仁义,从不干斩尽杀绝的事,给书记留下五块钱路费。"扔回钱包工作证,邱婆子郑重地说:"阮书记,拿了你的钱,临别赠你句良言——女人不生孩,人前放屁都不响,哪怕你是书记。没有亲生孩,老了谁来管?做鬼都恓惶。该借种时还得借!人公子腌臜看不上,就找小白脸效劳。书记有权,有权就用,有权不用,过期作废!"开导完毕,邱婆子喊道:"老黄,送你阮大姑上路!"话音未落,老黄立刻大声咆哮,颈毛奓起,张牙舞爪,作势欲啮!阮逢春吓得撒腿就跑不敢回头,只听身后狗吠,不见老黄追来……

【茅坑诗人】

纺织厂大车间严禁烟火,厕所成了休息室。两边蹲满出恭屎子,穿破汗衫烂背心趿拉双破鞋的辅助工居中照样喝茶聊天吹牛,没赶上饭点的还拿个冷馍啃。外单位的见了纳罕,一棉人却见怪不怪。大厂人才济济,辅助工里藏龙卧虎,发配至此的有有历史问题的教师,有迟迟不得解放的老干部,有顶撞领导的刺头,有分配进厂需要脱胎换骨的大学生。时运不济,人人怪话连篇,个个牢骚满腹,厕所成了小道消息交流中心和闲话段子原产地。赖孩爱说闲话,这下找到臭味相投之地,觅见志同道合同志。仗着智者真传自身天赋,金进财博采众长脱颖而出,很快成为全厂公认的"厕所民谣原创者",戴上"茅坑诗人"桂冠。那会儿当兵的吃得开,金进财为纱女总结找军人女婿规律:

一海军,二空军,实在不行找陆军。两个兜不行不行,四个兜可以可以。排长太小,连长刚好,营长难找,团长政委好是好,胡子扎得受不了!

厕所民谣当天传遍全厂,听到的都笑,笑完都夸话丑理端。

　　自从误成"抢险英雄",金进财对报纸嗤之以鼻。笑记者智商偏低;讥长篇大论是超级粪便。进厂不久,赶上"大批判带来大变化"运动,省报派袁记者驻厂抓典型。袁记者是报社头牌名记,屁大事都能"指点江山,激扬文字",擅长装腔作势,善写高屋建瓴、居高临下、振聋发聩、滔滔不绝的大块文章,遣词造句讲究气势磅礴,多用排比、对仗、比兴、三叠,文字富丽堂皇,善用名言警句,动辄"是可忍,孰不可忍!"语调铿锵,严厉时正气凛然,煽情处催人泪下,读了头昏脑涨上虚火,以假为真,熏陶一腔弱智的热情,留下说话办事冒傻气后遗症,造成脑残。袁记者但凡出手便被老总定为重点稿件,铁定一版头条,少说也是半个版。报社同仁看得泛酸,称其"袁一版"。座谈会上一问一答,都按既定程序走,异口同声,百人一面,明知演戏,却不敢马虎。金进财平生最恨谁假模假式,见袁记者眼空无物把众人当猴耍,当下来气!轮到自己,不奔正题,却和袁记者东拉西扯聊家常,边聊边作同情状,聊完直叹"记者可怜"。袁记者不解,追问"记者可怜"什么意思?厕所民谣原创者"嘿嘿"一阵坏笑,即席赠袁记者打油诗一首:

　　　名记辛苦半辈子,点灯熬夜写稿子。
　　　在家冷落了妻子,出门顾不上孩子,
　　　三代住间破房子,花钱兜里缺票子,
　　　镜片熬成瓶底子,为了一版署名字。
　　　我上茅坑屙稀屎,屙完忘记带手纸,
　　　低头撕片破报纸,拿你名字擦沟子!

　　话音未落,全场笑翻!厂宣传部部长强忍笑,呵斥金进财:"不许胡说!"再看袁大记者,大白脸气成猴屁股!袁一版被捧惯了,自我感觉良好,今天却被个小工人糟蹋得一文不值,锦绣文章喻为擦屁股纸。仿佛春宵百金名妓(记)贬为三铜板一晚土娼,袁一版怒发冲冠,暴跳如雷,不是宣传部长拦腰抱住,今天非要和推纱工拳脚理论一番!

　　一棉西邻机械厂,机械厂人爱踢球,曾在省工运会夺冠;一棉东邻制氧厂,制氧厂人爱文艺组建军乐队,地区开大会常被请去助兴,军号嘹亮,金光闪闪,颇有面子。一棉除了漂亮脸蛋再无露脸事,倒不时爆出野合被抓的花边新闻。一棉女工找外边的居多,老公探亲无住处成了老大难。厂招待所一层辟为三十个单间,美其名曰"探亲房",辅助工私下戏称"炮房"。怕小两口住进去赖着不走,招待所现金交易,睡一晚收费壹元。那年是一棉结婚大年,外地来厂老公能拉一火车,炮房早早抢住一空。守着井却解不了渴,小夫妻两眼血红,鼻孔喷火,憋出满脸疙瘩,胳肢窝夹块塑料布夜里四处乱转,寻找行人道之地。转来转去转到野外洼地或防空洞,点着亮一看:莫道君行早,更有早行人,地上到处是白花花安全套。两口子顾不得脏,铺上塑料布匆匆上马,偏偏被高度警惕的民兵小分队盯上,正到要紧处被当场拿获,一路推推搡搡带进治安办公室。

女人连羞带怕,脸色惨白,浑身乱抖;男人脸涨得通红,像头愤怒公牛,咆哮着要"见你们领导!"屡抓屡放,金进财为此新创厕所民谣:

> 机械厂的脚头硬,制氧厂的嘴能吹,
> 棉纺厂的脸蛋美。想造人来没有窝,
> 野地踏蛋被活捉,野鸡不捉捉家鸡,
> 捉进局子也白捉,谁叫一棉不垒窝?

民谣传到上面,领导亡羊补牢,火速通知各车间:老公探亲期间夫妻外出须带结婚证,结婚证不在身边的去厂保卫科补开证明,以免"造成不必要的误会"。

民兵小分队兴起,好工人厂里舍不得派,去的多不是好鸟。金进财冒犯名记被上面视为捣蛋青年,也被打发去。听说在防空洞里抓对野鸳鸯,金进财立马来了精神,瞅女的面熟,怕回厂见面不好看,缩在人后偷听对话:

问:你俩刚才干啥呢?
答:办事。
问:办什么事?
答:办正事。

队长火了,"啪"地一拍桌子,说:"分明是乱搞,还敢说'办正事'。放老实点!"男的一脑门子官司,也"啪"地一拍桌子,回敬:"谁乱搞了?!你说话客气点!我俩是合法夫妻,谁敢说不是'办正事'?!"

夫妻不在家办事,却钻防空洞,莫非脑子进水?见审案的不信,疑犯主动拿起桌上电话说要打你快打,别耽误俺两口子睡觉!电话打去,问清女的叫孙凤英,在一棉验布车间,男的叫胡青年,是省剧场舞台灯光音响师,俩人确系合法夫妻。抓人的闹个无趣。队长说:"走吧,走吧。以后有事在家解决,别躲在防空洞里'办事'。"金进财躲在后边挤着小嗓帮腔:"黑大半夜的,女的跟男的钻防空洞,我们没修炼成火眼金睛,谁能分清是'家鸡'还是'野鸡'?'办事'也不挑个地方,尽给治安工作添乱。"

照明师没好气地说:"我没房,不在外面'办事',上哪'办事'?!要不去你家?"

金进财嬉皮笑脸回答:"我也想学雷锋做好事,可没娶媳妇哪来的家?要不你上俺队长那儿。他家有两间房,腾出一间正好'办事'。"听的都笑。

"放你狗臭屁!我家又不是配种站!"队长恼了。

照明师却当了真:"队长,你放心,我不白用。按厂里探亲房房价,公平交易,一次一块,再多我也掏不起。同意的话,我回去多叫些没房的,轮流上你家'办事'。"

未等队长回答,部下调侃:"恭喜队长,肥猪拱门——好事来了!你守在家门口一手验证,一手收钱,只要有'合法执照'就大开绿灯,让夫妻们排队进去'正常营业'。这叫一举两得:既解决小两口燃眉之急,咱家也创了收。"家里三个光葫芦,饭量赶上

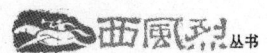

三头猪,队长是罗锅上山——前(钱)紧。听票子来得容易,由不得动心,嘴上却说:"这、这怕不合适吧?"

金民兵善解人意:"一个愿租,一个愿赁,有什么不合适?民兵小分队的宗旨就是打击敌人、保护人民。咱们不能光捉奸抓破鞋,也要为合法夫妻生活保驾护航。这叫为人民服务到了家,上了床。"阶下囚成座上宾;自家变炮房,请男男女女轮流上床"办事",自己还要在门口站岗放哨。队长被角色瞬间转换弄昏了头,一时半会儿适应不了。上级还在忸怩,下属过去一把从椅子上拽起,说:"有钱不挣是傻帽儿!你有啥不好意思?!回家赶紧把大房腾了,换上新枕巾新床单干净被子。人家是年轻夫妻,小别赛新婚。拿红纸剪窗花糊了,点上红蜡烛,营造些喜气,一来让人家宾至如归;二来咱家也图个开张大吉。"

到了一棉探亲热退潮,民兵小队长家赚得盆满钵满,损失也有——"办事"先后晃折七根床腿。

没房的夫妻团聚难,住厂母子宿舍也不易——九平方米房子一分为二,晚上两对夫妇进一个门,上的却不是一张床。住的憋屈,矛盾就多。我嫌你孩子拉屎臭,你嫌我屙尿骚;我指责邻居偷走咸鱼干,你诅咒隔壁窃取饺子馅。有个别起了坏心的,就琢磨如何把屋里另一半赶跑。乘东边男人不在,西边男人乘虚而入。半夜狂风大作,雷鸣电闪,东边女人骤然睁眼,床头立个黑影,两手高举过头像是吊死鬼!惨叫惊动整座楼!灯亮了,吊死鬼却不见了……嫌疑最大的西边男人被带到保卫科,审来查去,最后定性:夜半撒呓挣,走对了门却上错床,险些一失足成千古恨!

家属楼竣工成了全厂上下关注的头号大事。单位分房,环环相扣,住母子宿舍的想搬进简易房;住简易房的想住平房;住平房的欲上新楼;没房的更想借此机会占据一席之地。八仙过海,各显神通——有拿领导条子来找的;有上面打电话要求关照的;有挺着临产肚子赖在办公室不走的;有以自杀相要挟,扬言和"分房办"同归于尽的。按下葫芦浮起瓢。厂里发了狠话:分房一看工作年限,二看单位工龄,排队打分,三榜定案,谁的面子也不看,谁闹也不行!一榜基本公平;二榜来个微调;三榜风云突变。排在前头的下来,后面的上去,说是分房也要奖励先进,不搞一刀切,凡有荣誉称号的都要加分,厂里混得有头有脸的都遂了愿。分房榜涂遍污言秽语,旁边贴满"XXX欺骗组织,外面有房"匿名状和"誓死不跟流氓XXX同住一室"公开信。领房钥匙之日,大车间厕所骂声不绝,都撺掇茅坑诗人来一首。金进财当仁不让脱口而出:

《观本厂分房三榜有感》
厂级领导朝前走,中层干部人人有,
班长组长手拉手,剩下工人狗咬狗!

厕所分房民谣一夜传遍全厂,下面叫好,上面震怒!"有感"定性为"造谣惑众,

唯恐天下不乱"，造谣者被认定"欠修理"！

上千台织机齐齐开动，噪音震耳欲聋，带轱辘流动黑板应运而生——推着四下转，举着喇叭喊，呼唤织工抬头看告示。军宣队进厂，编制改建制，车间改称营，轮班称连，各级领导称呼也依次改为营长、教导员、连长、指导员。乍听不像工厂倒似军营。流动黑板充满火药味，屁大事都能扯到路线斗争阶级斗争，不是"遇事先看线，红线拼命干，黑线对着干"，就是"最近疵布增多，各班提高革命警惕，密切关注阶级斗争新动向"。

金进财心里腻歪，分内活推不掉，边写边骂："车轱辘话说了一遍又一遍，就会吓唬老百姓，真他娘烦人！"落后言论被积极分子听见汇报上去。指导员恼了，会上泼妇般破口大骂："写革命口号出流动黑板你嫌烦，你每天吃了屙，屙了吃，怎么不嫌烦？！"全连都笑，一起看着推纱工。金进财也跟着笑，笑完站起反驳："指导员，吃了屙，屙了吃，那叫猪。除了吃喝拉撒睡，遇事都要想一想，问一个为什么，这叫人。猪头和人脑的最大区别就在于此！论身份，你是指导员，我是辅助工；论人格，咱俩平等，是阶级姐弟。你把阶级兄弟比做猪，你觉得合适吗？！"一贯正确的领导吃瘪，群众都很开心，想笑不敢笑，咬牙硬忍着，一个个脸上挤出许多怪相。指导员毕竟久经阶级斗争沙场，转眼换上另一副面孔，和颜悦色地问："小金，你说你'遇事都要想一想，问一个为什么'，那你最近都想些啥？对什么事情有疑问？说出来让大家听听。"

"国家大事！"回答毫不迟疑。

"国家大事？"指导员笑容异常亲切，"好，很好！请你具体说。"渔网张开，只等鱼往里钻。久经运动的老职工都捏把汗，担心青工因言入彀被祸。两名运动骨干迅速左右凑来，一脸明媚，或促膝或抚背，热情鼓励傻头鱼赶紧咬钩。

"计划生育！"金进财回答响亮。听众都捂着嘴笑，知道好戏开场。指导员略有些失望，却不肯放弃引蛇出洞击其七寸阳谋，继续往下引导："对，对。计划生育是国策，十分重要。你有什么意见，布袋装核桃——稀里哗啦一起朝外倒。"

"我意见大了！"金进财义愤填膺地说，"咱们天天抓阶级斗争，为什么阶级敌人却越抓越多？我琢磨来琢磨去，终于琢磨通这个理——问题的要害是没把计划生育和阶级斗争结合起来。"推纱工高论听着怪新鲜，指导员来了兴趣，鼓励道："有创意！说，你继续往下说。"

金进财深谋远虑地说："阶级斗争要从婴儿抓起。'龙生龙，凤生凤，老鼠生儿打地洞。'要想彻底消灭阶级敌人，就得制止他们繁殖后代，决不能心慈手软！以后大肚子婆娘来医院生娃先查家庭出身。凡是走资派黑五类，生下男孩，二话不说，拿手术剪'喀嚓'先把输精管剪了；生下女孩，'啪'立马拽断输卵管，让地富反坏右断子绝孙！粮店也要为阶级斗争服务。粮本分红黑两种，红本是红五类，白米细面供上；黑本是黑五类，只能消化粗粮，里面一律掺上避孕药，让他们干使劲却弄不出孩子。农村也不能放过。咱们不是养了好多科学家吗？不能让他们白吃干饭，限期让他们研究出断子绝

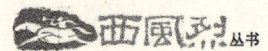

孙特效药。每个生产队划块地专供黑五类，庄稼抽穗扬花时把药一洒，打下粮食吃了自然绝育。黑五类每年只有死亡人口，没有出生人口，坚持若干年，阶级敌人没有了，天下也就太平了。"指导员越听越不对味，却一时挑不出毛病。金进财接着说："事情都要一分为二，这个办法好是好，也有弊病。"

"什么弊病？"指导员追问。

"阶级消灭了，敌人完蛋了，斗争饭的食槽子没了，您吃什么？我正为这事发愁呢。"

"你，你……"指导员气得说不出话，好一阵才憋出，"金进财，你年龄不大又没结婚，什么输精管、输卵管却都清楚，思想复杂得很！"

金进财笑了："报告指导员，本人下乡时当过赤脚医生，人体解剖是必修课，所以思考国家大事往往从医学专业角度出发，和思想复杂扯不上。我再次纠正领导错误：我串联上北京，亲眼见过红太阳，亲耳聆听伟大教导说'你们要关心国家大事，要把文化大革命进行到底'。我虽是小小推纱工，每月只开四十块零二毛，却牢记领袖教诲，位卑未敢忘忧国。愚者千虑，必有一得。刚谈了自己对国家大事的一点想法，就被您扣上'思想复杂'的大帽子。莫非您对他老人家指示有抵触情绪，想让我们吃了屙，屙了吃，永远像猪一样活着？"想给猎物上套，没想猎物反把猎人套住。看指导员结结巴巴不敢反驳，连长赶紧宣布散会。

省纺织局组团来厂检查技术练兵，正聚精会神看织布工操作，忽听喇叭声响，一抬头，面前流动黑板上写着：特大喜讯！！！——厂招待所现有空房，凭结婚证登记。房间有限，新婚第一，军属优先。老同志注意发扬风格，克服生理需要，灵魂深处闹革命，狠斗私字一闪念！检查团看得忍俊不禁。喇叭呜呜，黑板转过，另一面内容更精彩：周末度假牢记计生，上床快活勿忘国策。切记！谨记！下班后育龄女工一律到工会委员处领取——破折号后面没写字，红色粉笔画个男性生殖器，惟妙惟肖！检查团刚才还一脸严肃，此刻个个捧腹绝倒！

检查团前脚走，连长后脚气势汹汹冲进纱包房："金进财，你想干什么？！"指导员站在旁边不说话，三角眼上下打量肇事者。推纱工一脸无辜，反问："我老老实实上班，兢兢业业工作，没招谁没惹谁，又犯了谁家王法？"见金进财拒不认罪，连长越发恼火，朝黑板上猛踢一脚，厉声质问："你画的这叫啥玩意儿？！是何用心？！说！"

"报告连长，这不能怪我。本人初中只上了半年，避孕套的'孕'字还没来得及学，就被动员上山接受贫下中农再教育。我怕写错别字，闹出三豕涉河、乌焉成马、鱼鲁杂揉的笑话，让兄弟厂讥讽一棉人没文化，只好取其形而代之，说来说去还是为咱厂。金进财光明磊落、俯仰无愧，耿耿丹心世间皆知！黄油抹裤裆——不是屎也怀疑是屎。进财天生窦娥命，宣传国策也被误认别有用心，我打小被人冤枉，早已习惯，多一次也没啥。"金进财一副天真无辜的模样。

连长信以为真，缓了语气："'孕'字不会写不要紧，可以写成安全套嘛。"

金进财作恍然大悟状:"闹了半天,避孕套就是安全套。我今天又长了学问!进财冥顽不灵,绠短汲深,只配推纱;您才高八斗,通今博古,连长当仁不让。见贤思齐,心慕手追,我做梦都想有您那两把刷子。您也别太保守,勤指点着,别让咱俩差距越拉越大,紧追慢撵还是跟不上。"

马屁拍得舒服,连长脸上阴转晴。旁边指导员阴着脸说:"阎王爷贴告示——鬼话连篇。金进财,我算认清你了:满嘴瞎话,一肚坏水!"

金进财笑眯眯回应:"过奖,过奖。这是进厂以来我听到的对本人最离谱的评价。"

【帮教】

初进美人窝,想着找漂亮媳妇手拿把掐,却不料屡战屡败。推纱工自嘲:这才叫撑死眼饿死屌,这才是住在河头没水吃。痛定思痛,金进财先在自身找原因——老父金玉贵,五个儿子分别叫金占全,金满囤,金有余,金进财,金都来。一听就是穷急生疯、做梦都想发财的人家,透着出身贫寒根底浅。破名字早该改了!叫什么好呢?想来想去,自古佳人配才子。才子都是英俊小生,就改叫"小生"吧。主意已定,填表"又名"一栏郑重写下"金小生"。以后和漂亮姑娘搭讪,不说秦腔,不说河南话,只撇一口醋熘普通话,开口闭口都是"我小生如何如何"。小生出击,还是屡战屡败,最终明白事情坏在自己的工种。

赵明珠是厂文艺宣传队主角,美目今日忽然哭成水蜜桃。弄清原委,大家都说亏大了,叹惜:"让人白睡了!"说者无心,听者有意。金进财动起心思:赵明珠肌肤雪白脸蛋俊俏,高胸蜂腰翘屁股魔鬼身材更是惹火,是厂里一等一的大美女。辅助工平时只有仰视的份儿。如今美女遭弃,沦为众人笑柄,自己何不乘机"烧冷灶"?只是想到吃大学生剩饭,心里难免有些泛酸,酸过又自我安慰:找漂亮姐当媳妇的男人,谁敢保证自己老婆是原封?谁敢说自己头上没戴过绿帽子?只能宽大为怀既往不咎。金进财拿定主意,一会送茶水,一会帮着照看织布机,频频向受伤芳心送温暖。

职工灶窗口人头攒动,你推我搡挤成疙瘩,不像买饭,倒似流民争舍饭。随便凑合一顿算了。赵明珠没情没绪坐下,热气腾腾饺子忽然从天而降,一抬头,又是推纱工那张热情洋溢的脸。金进财巴巴地端来酱醋,催促:"趁热快吃。"

"我吃了,你吃什么?"

"我不爱吃饺子,请你帮我消灭。"

"不爱吃,你为啥要买?"

"我不爱吃并不代表你不爱吃。我看你站在那儿盯着饺子不眨眼,由不得心疼。当即痛下决心:今天就是挤扁身子打烂头,也要让小赵吃上饺子。"美人对崇拜者的忠心予以肯定,送上多情一瞥。女人吃饺子,男人啃冷馍。正吃着,金进财忽然冒出一句:"明珠,你的事我都知道了。"

"我有啥事?你知道什么?少跟我胡嚼蛆!"美人警惕地抬起头。

将欲取之,必先挫之,杀杀美人傲气。"唉!"金进财长叹一声,语调充满同情,"'痴情女子负心汉',自古皆然。放在宋明清,女子上当受骗不得了!那会儿兴理学,讲究'饿死事小,失节事大'。多少像你一样的红颜不是含恨自行了断,就是被关进猪笼哭爹喊娘沉池塘。搁元代倒不打紧,老蒙不认这个,只识强弓利箭奔马快刀,玩的是'着锦绣,食佳肴,乘骏马,拥美妇',看谁不顺眼,赶上去'咔嚓'一刀,脑袋就当西瓜切了!人家粗是粗了点,可办事痛快,不像咱们汉人,骑马打仗本事不行,光会玩阴的,整出许多假文明、臭礼数,软刀子杀人,而且专杀弱女子。自己三妻六妾,却不容女子失身。如今妇女翻身,封建余毒还在。就拿你的事来说吧,明明咱是受害者,却被众人泼了许多污水,我……唉,不说了。"推纱工满脸不平,摇摇头,欲言又止。

"你怎么说半截留半截?说呀,你都听到了什么?"美人脸上变颜变色。

"人言可畏。说什么的都有,有的简直没法听!我都不好意思学嘴。中国人就这德行——朝受害女子身上吐口水,作孽男人倒没事。我气得黑血直往头上冒,真想和乱嚼舌头的玩命!又一想,清除封建余毒得几代人努力,非小生个人一朝一夕之功,咬牙硬忍,只当一群蠢驴放屁。你不必太难过,过去的事就让它过去。'路边打草鞋,有人说长,有人说短。'该吃吃,该喝喝,啥事别往心里搁,权当缴了学费。下回咱们擦亮眼睛,提高警惕,情场再战。"

"你胡说什么?!"美人脸刷地吊下,不看送饺子份上,早拂袖而去!

"我不是胡说,是真说。"金进财交心,"我当初要是知道这事,豁出命也不能让你上当受骗!'十个眼镜九个坏,剩下一个性变态。'四眼流氓表面文明,心地肮脏,始乱之终弃之,比胸无点墨的地痞更坏!要不怎么说'知识越多越反动,读书越多越流氓'。你纯洁得像刚织的白坯布,哪斗得过流氓大学生?狗日的欺人太甚!只要你一句话,我立马宰了王八蛋!这些天你憔悴许多,我看在眼里,我、我心里难受!"说着,皱着鼻子抽紧喉咙哽咽几声,装模作样抹眼角,似乎动了真情。动情的话令人感动,痛苦中的女人眼睛湿润了。"'小姑未嫁身如寄,莲子心多苦自知。'找对象不能光看条件,还要看内心,要找就要找像我这样靠得住的。"话题巧妙转移到自身,"小生本事不大又没钱,唯有一肚子书加忠厚善良。平平淡淡才是真。跟我处朋友,仿佛大胖女人过小桥,少了份诗意,多了些朴实,只是现在姑娘不识货,把好男人耽误至今。就说那个流氓大学生,你这么好的姑娘他还拿脚踢,枪毙他个龟孙都不亏!换了我,把你顶头上怕摔了,含嘴里怕化了,只差当祖宗牌位供着。"男人窥视美女脸上表情,心里暗自得意——谈话效果似乎还不错,半真半假地问:"你是天上明月高不可攀,我不敢妄

自多情,至多偷偷瞄上两眼饱饱眼福。世事如白云苍狗,谁能想独占花魁的最后竟是卖油郎?今天我给自己打了半天气,最后鼓足勇气大胆问一句:你说老天爷会不会也给我一次当护花使者的机会?"

"再胡说我可真恼了。"美人娇嗔。赵明珠发现以往不屑一顾的推纱工身上有许多优点:贫嘴滑舌却不惹人厌,天生情种,最会怜香惜玉,绝不像忘恩负义的流氓大学生提起裤子不认人。美人笑靥让小生备受鼓舞……

推纱工持续向挡车工骚情,逃不过一双双雪亮眼睛组成的监管系统,甩不脱无数伺隙匿踪的八爪章鱼,躲不开刺探异端思想的众多包打听。那会儿女青年找对象都主动向组织汇报,领导政审批准,方敢放心办事。床头有指路明灯,才能播下革命种子。赵明珠和流氓大学生恋爱没请组织把关吃了大亏,这回眼看又要落入陷阱,组织岂能坐视不救!副连长攻心伊始,赵明珠临阵倒戈,主动交出本外国书,书名《向上爬》。金进财用资产阶级腐朽思想腐蚀女青年,铁证如山,不容抵赖!军代表浑身浸透革命汁液,对来自资产阶级国家的一切东西本能地保持高度警惕,听了汇报拍桌大骂:你敢削尖资产阶级脑袋向上爬,我就用无产阶级大脚往下踩!

制高点发令枪响,部属踊跃"捉坏人",都把帮教令金进财猛挖落后思想根源当做自己义不容辞的责任。痛打落水狗是邀宠捷径。

"小金,你醒醒。今天班组会放在你宿舍开,大家都到了,你快起来!"班长率队杀上门。

"我,我患了重感冒,实……实在……爬……爬不起来。"金进财声若游丝,手哆嗦着从枕下取出病假条。窝蜂难犯,高挂免战牌,讨伐部队顿时泄了气。工会组长想起自己职责,随口问:"你吃饭了没有?"

"没,没有。从……从昨天到……到现在,水米未……未沾牙。"金进财就等这句。

"不吃饭哪行?人是铁,饭是钢,一顿不吃心发慌。"七嘴八舌。

"师傅们说得对。可大灶上的饭,我……一看就……够了,实在吃……吃不下去。"大家转而议论感冒了吃什么好。最后统一认识:还是手工热汤面好,擀薄切细,多放姜葱醋,吃完乘热捂被子睡一觉,醒来感冒就好了。听清病号饭安排在谁家做,金进财立刻还阳,探出脑袋叮咛:"要想病好得快,酸汤面里还得卧俩荷包蛋,多倒小磨香油。不敢忘了!"

第二天还是酸汤面。金进财用筷子一挑,随即将碗重重蹾在桌上,面带愠色厉声训斥:"化纤布混充精纺高支全棉,糊弄瓜蛋!没有荷包蛋,算什么病号饭?关心同志咋也搞起偷工减料?!都是老同志,受组织教育多年,这样做对吗?'不遭人忌是庸才。'进财悔读南华,不为人容,但毕竟是你们的阶级弟兄,你们怎么忍心这么干?!鸡蛋事小,感情事大。伤感情了!不吃了!把没蛋的面条端走!"说着,抹开眼泪像受了天大委屈。做病号饭的积极分子闹个大红脸,倒像自己做了亏心事,再三解释:鸡蛋凭票供应,这月的早吃完了。金进财不依不饶,说没有了你可以出

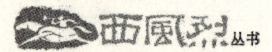

去借嘛，咱二班十八号人，难道连俩鸡蛋都找不出？说出去也不怕兄弟班笑话！别的积极分子赶紧回家煮了鸡蛋送来，喋喋不休的落后分子才闭嘴。连吃三天病号饭，推纱工病不见好，口味却急剧提高，说酸汤面卧荷包蛋吃腻了，想换换口味，改为米饭炒菜。炒菜最好从城里有名的国营二食堂端，那儿的招牌菜是海参烩三鲜，扬州厨子掌勺，口味地道，别的馆子可比不了。再来个酸辣肚丝汤，多放胡椒，喝了好发汗。几个积极分子气得发昏，说再下去这货还要吃八碟子八碗、满汉全席！指导员深谋远虑：杀猪还得先喂肥了。再忍忍，待他病好了慢慢算账！海参烩三鲜和酸辣肚丝汤端上，金进财夹个炸得焦黄肉丸放进嘴，有滋有味嚼着，嘴里吧唧有声。旁边人看得直咽口水。病号饱嗝响亮，满意地说："多谢诸位师傅关心，我的病好了八成，再来顿大葱羊肉馅饺子有望痊愈。羊肉性热，对治疗风寒感冒好处大大的，不过饺子必须纯肉，掺菜不行，影响疗效。"听了此言，在场所有人都想掐死病号！见大眼小眼恶狠狠瞪着自己，金进财笑眯眯说："什么叫前功尽弃？什么叫为山九仞功亏一篑？缺了这顿羊肉饺子就是。算了，你们识字不多又不爱看书，一孔不达，诌文的再听不懂。这么说吧，进庙烧香上山拜佛，九十九个头都磕了，只差最后一个就功德圆满。我的话说完了，磕不磕，你们看着办！"

帮教会上副连长率先发难，骨干们紧跟扒粪式批判：金进财躲在臭气熏天厕所和各类渣滓沉瀣一气编黑段子恶攻各级领导；不尊重老师傅，小组发电影票每次都抢好座位；见了漂亮女同事嬉皮笑脸没个正经相；雪天路滑，哪个女工漂亮，金进财就帮人家抱娃。旁人问抱的谁的娃？他说"我的"。同志们据理反驳：胡扯！你媳妇都没哪来的娃？金进财回答恬不知耻：谁说俺没媳妇？昨晚刚娶的，身边剪发头就是。不信，你们问她！金进财表面学雷锋，意在吃豆腐，流氓本性大暴露！具体罪行具体分析，充分体现辩证法的魅力。群众批判由内涵发展到外延，纷纷运起革命诛心法，大小坏事都安在金小生名下，不是不干，是没机会干，现在不干，将来也要干！小生哀叹：一尺的脑袋，扣上八尺的帽子，身为下贱，万恶归焉。听了推纱工犯下和将要犯下的种种可怕罪行，大家无不咋舌咬指，都说简直就是逆天而行！几位运动骨干悲愤交加，控诉时哭得上气不接下气，两片嘴唇抽搐不止，哀叹现在政策太宽，宽得没了边，坏人翻了天！资格最老的一位张牙舞爪，熟练运用三段式批判——因为全厂青工居多，所以必须树立反面典型；因为金进财造谣惑众，所以批倒批臭；因为枪毙一个人挽救一大批，所以立即镇压金进财都值！说到激动处，猛扑过去掐反面典型的脖子，被拉开后动了痰气，口吐白沫当场晕厥。

骚动过后，党小组长义正词严，继续声讨："金进财下流无耻，散布'姑娘奶是金奶，小媳妇奶是银奶，生娃婆娘奶是猪奶'。我今天当众质问金进财：你，一个未婚男青年，是如何知道的？！"

群犬吠怪："问得好！金进财今天必须当众说清楚！不说清楚，我们革命群众绝不答应！"

金进财泰然回答："本人插队山区当过赤脚医生，山姑奶、山婆奶见过无数。毛主

席教导我们:实践出真知。本人从医疗实践中获得乳房知识不足为怪。"拷问者听后释然,转而议论乡下奶子和城里奶子区别,女的津津乐道,男的喜见乐闻。嬉笑打闹一团。批斗会变成评奶会,群雌粥粥,越批越不上道。指导员又开始猛烈咳嗽。大家被提醒,意识到评奶有损批判者们高尚道德,火速从乳房现象回归政治问题,一致指明推纱工已堕落至悬崖边上,处境万分危险! 同志们慷慨激昂,对落后分子堕落的主观因素和客观原因做深入剖析,同时指出金进财若能痛改前非,组织和同志们还是欢迎的,前途也是光明的;倘若一意孤行,拒绝挽救,只能在错误泥潭里越陷越深,以致不能自拔,变成畜类坠入万劫不复深渊! 大家循循善诱,主角却春风过驴耳,眼观鼻,鼻观心,意守丹田,徐徐运气。吐纳间,腹内忽然轰隆作响,脐下一股热气沿任脉盘旋而上,至顶门百会穴顺督脉缓缓而下,过哑门,经神道,越腰阳关,翻长强,复归关元。金进财暗喜:小周天终于打通! 和尚传的功法没白练。

  领导对挽救效果既满意又疑惑,满意的是金进财从始至终闭目沉思,无论大家如何批判,却一言不发,看模样已"触及灵魂深处";疑惑的是落后分子变化太快,平时无理还要强辩三分,今日为何判若两人? 连长责令金进财当众表态,连叫几声不见吱声。旁人推了几下,面壁者方从虚空返回现实世界,迷迷糊糊反问:"表态? 表什么态?"都以为落后分子装蒜,想笑不敢笑。大家苦口婆心,却落个老太太吐唾沫——白痰(谈)。练气者气定神闲。批判者气急败坏,厉声说:"顽抗到底死路一条! 金进财坚持反动立场,绝无好下场,早晚进监狱!"在场的都愣了,副连长此言从何而起? 金进财玩世不恭,也晓得帽子一旦扣上不是好玩的,蹦起破口大骂:"老子根正苗红,岂容你造谣污蔑! 害贤为嫉,害色为妒。不容我肩膀上长着自己脑袋,总想陷害我!"

  副连长乜斜金进财,狞笑发难:"马家滩劳改农场基建大队有个犯人叫金占全,一贯对抗政府,抗拒改造。他,是你什么人?!"鬼魅现出原形,惊雷过后一片沉寂,都瞪眼看着金进财,犹如看着一条大蟒。会场只有一个激昂声音,条分缕析、鞭辟入里,俨然老胥断狱:"你大哥是重刑犯,你二哥是武斗副司令,命案在身死有余辜! 你以为填写《履历表》'家庭成员'一栏隐瞒不报,就能蒙混过关?! 隐藏再深的阶级敌人我们也能挖出来! 你是'杀关管直系亲属',自然对社会不满。你闲话段子多,根源在此!说你坚持反动立场,没冤枉你吧?!"金进财目瞪口呆,像被当众扇了一耳光。指导员频频点头赞同,三角眼鹰瞵鹗视推纱工,一张旧社会脸笑容恐怖!

  领导拿金家倒霉事说书,运动骨干随后鞭尸,斗臭金进财成了革命群众的业余爱好。小生饱尝株连滋味——中国版高种姓婆罗门沦为不可接触的低种姓;根正苗红的金进财降至阶级社会里新的政治贱民!

  "金进财,你想干什么?! 离我远点!"赵明珠柳眉倒竖,杏眼圆睁。呵斥惊动车间,几百双眼睛一起看过来。连长赶来厉声说:"上班时间严禁串岗! 你,马上回到自己岗位!"众目睽睽之下,求爱者像乞食挨踢的狗一样溜走……茅坑诗人从来拿别人开涮,今天轮到自己吃瘪。辅助工都说有趣,围住推心置腹。这个说找对象就怕一相情愿，愚公移山精神可嘉，但还得面对现实：推纱工追厂花，那叫墙上挂门帘 —— 没门儿！那个说豆腐渣贴门联两不粘，压根儿不是一路。更有刻薄的，说金小生光屁股推碾子 —— 磕碜一圈。多亏嘴尖皮厚，要搁别人，非找根绳寻个僻静处吊死！"宁拆一座庙，不破一门亲。"闹清厂花变脸原委，又都骂毕兰花缺德。

小生运交华盖，三年连升三级，从"捣蛋青年""落后分子"直至"资产阶级思想代表"，黑名单上越爬越高，牢牢坐稳一棉"问题人物"头把交椅。被妖魔化的金进财沦为一堆臭狗屎，喧闹嘈杂的车间仿佛噍类靡遗的沙漠，没有交流，只有冷漠和隔绝；又似一尾陷入沉闷泥沼孤立无援的鲶鱼，只有独自挣扎。政治另类饱尝被摈弃被孤立的厉害，仿佛黥面犯人，到处都是胳膊肘。金进财成了老和尚手里木鱼，会上次次敲打，先勒令恭读《南京政府向何处去？》《敦促杜聿明等投降书》，接着被痛批，断言其"捣乱失败再捣乱再失败直至灭亡"。女领导横眉竖眼，凶得像撞见赖账嫖客的老鸨；革命群众紧随其后，搜根剔齿，吹毛索瘢，义正辞厉。金进财俯首帖耳，噤若寒蝉，跋前疐后，左支右绌，动辄得咎。被"帮教"得满头大包的推纱工哀叹：得罪一个女人危险，恶了一群革命女人，那叫屁眼拔火罐 —— 嘬屎（作死）。再逼表态，金进财一脸沉痛："蓬生麻中，不扶自直。小生躬逢其盛，有幸生在革命时代，活在革命群众窝里。雨露雷霆，莫非天恩，金某唯有俯首承受。"

耳闻目睹"群帮群教"威力，都说金进财被批被弃后像换了个人，终于"触及到灵魂深处"，都断定异类最终被拉入批量化生产一统标准。副连长刐方为圆颇为自得，逢人便讲：还以为金进财有多大道行，不过是南山的核桃 —— 砸着吃的货！

肥臀刚刚落座纱包，惨叫随即响彻会场！都以为老毕发急症，赶紧往起拉。不拉还罢，一拉叫声越发凄厉，仿佛腚被蝎子蜇了。副连长一尻子坐上头彩 —— 油壶嘴从肛门扎进！毕兰花两手乱抓边嚎边转圈，模样实在滑稽，统统笑翻！指导员扶着油壶，连长指挥几个男工将副连长尻子朝天抬上担架，一路吵吵嚷嚷将伤员送到厂医院。裤子铰开，扒成光腚，几个男医生围着老娘们屁眼研究好一阵，都说油壶嘴扎进太深，贸然拔出有风险，须送市里大医院处理……

男厕所出土春笋般竖起无数大拇指，都夸小生能士匿谋，引而待发，不出手便罢，出手则人仰马翻，天摇地动！茅坑诗人越分辩，众人越不信；厕所民谣原创者越严肃，大家越想笑。金进财满脸冤屈："毕兰花没长眼，哪不坐非要往油壶嘴上坐。近视眼婊子拉客 —— 钱也没挣下，人也没认下。却胡咬我不放。墙倒众人推，鼓破人乱捶。一帮狗朝屁走的家伙见我忠厚老实都来欺负，把屎盆子硬往金某头上扣。小生誓不敢当！"说着挨个儿作揖，"丁公凿井，曾参杀人，流言止于智者。拜托各位老哥嘴上积德！"

【修 理】

　　红色时代,工作单位都兼有无限制不受监督的执法功能,关押、审问、逼供,一条龙作业,保卫部门权力大得令今人不可想象。领导口含天宪,看某人不顺眼,随时可以让"进去",进去想怎么改造就怎么改造,不受任何监督,被改造者只有改造的份儿,理所当然没有任何权利。一棉落后分子学习班设在厂西北角,和群专组两块牌子一套人马,选址经过慎重考虑:一是地偏干扰少,有利修理学员,促其改造思想重新做人;二是脱胎换骨难免整出动静,邻近猪圈容易遮掩,远远听见,分不清猪吼还是人叫。学习班的合法性不容置疑,提出疑问的人被领导认定其立场有问题。

　　群专组来到车间将疑犯押往学习班。晓得大事不好,辅助工们面色戚戚。金进财求仁得仁,含笑致意,不像疑犯,倒似昂首挺胸走向刑场的英烈。

　　屋里脸朝外头朝墙蹲着四男一女。推纱工挨着剪发头蹲下,一对眼,金进财笑了:女的是樊白桃,老公叫范大宝,两口子是厂里一对活宝。

　　金进财骤然想起厂里出了惊天大案——有人下毒谋害老公!樊白桃莫非就是花案女主角?金进财越发好奇,恨不得马上问个究竟,探讨投毒时心情,苦于背后有民兵监视,身子挨着却没法开口交流案情。外面传来响动。麻达黑着脸大步流星闯进屋,一句话不说,对准女疑犯屁股狠狠一脚!樊白桃身子猛地朝前一栽,脑袋结结实实撞在墙上。前撞后踢,樊白桃不干了,蹦起一手捂头,一手捂尻子,质问凭啥打人?!麻达劈胸揪住女学员,掏出醋瓶蹾在桌上,喝问:"说!里面放的啥?!"

　　"我,我不知道。"看见罪证,女疑犯蔫了。

　　"你不知道?好办。我马上让你知道!"麻达咆哮着开始转圈。

　　"我说,我说。我往里面放了煤油和香蕉水。"女疑犯见势头不对,立刻交代。

　　"还有,还有!"审讯者穷追不舍。

　　"还有……还有尿。"

　　"谁的尿?"

　　"……我,我的。"

　　"你是人还是畜生?说!为啥往醋瓶里尿?!"

　　樊白桃从头招来:二婚夫妻凑钱买了只烧鸡。鸡腿、鸡翅一人一个,倒也公平,剩余的说好明天接着吃。樊白桃半夜醒来放心不下,进厨房一看只剩下鸡头鸡爪鸡屁股。女的气得发昏:买烧鸡钱各出一半,凭什么你多吃?!你不让我吃,我让你好吃难消化!樊白桃往醋瓶里掺些作料。范大宝早上起来不见老婆发作,心里疑惑:不像樊白桃平日作风。琢磨一上午,想不通这个理。午饭时,疑问终于有了答案:捞面条浇老陈醋,入口却不是往常滋味。拿过醋瓶一闻,男的脸上当即变色,结结巴巴问:"你往醋瓶里倒了啥?"樊白桃余恨未消,狞笑着说:"你不是属耗子的吗?不是爱半夜偷吃吗？里面放的都是耗子爱吃的——'毒鼠强''三步倒'都有，怕你一时半刻死不了，还加了勺'1059'。"范大宝半信半疑，樊白桃暗自得意，接着吓唬："私房钱你偷着塞哪了？赶紧朝外拿，算你多吃多占的赔偿。等会儿你想说也来不及了，去了阴曹地府还是个欠债鬼！"男的信以为真，冷汗顺着脊梁往下淌，腹中隐隐作痛，想着药性发作，脸吓得煞白，两条腿也软了，挣扎着拉开门，对着楼道大喊："来人哪！救命呀！樊白桃投毒杀人啦！"闻声赶来的群众黑压压挤满楼道。范大宝连惊带吓已说不出话，手颤抖指着桌上罪证。几个人抢着闻，闻了都说"有毒！"不容凶手分辩，立刻兵分两路，一路拿着罪证押着疑犯浩浩荡荡直奔厂群专组；一路风风火火将被害者送往厂卫生院洗胃、灌肠……看管都乐了，蹲着的也没憋住。"啪！"麻组长猛击桌子，对着学员大吼："笑什么笑？！等会轮到你，让你笑个够！"人命案可遇不可求。麻达要抢头功，一人带着罪证兴冲冲直奔公安局。一听厂里出了投毒大案，公安局紧张起来，法医验来验去，除了醋、煤油、香蕉水和人体排泄物，鼓捣半天也没发现毒药，白忙活半天。内保科长数落麻达："老麻，你干保卫工作也不是一天两天了，遇事咋还像小青年一惊一乍？我们这儿忙得鞋掉了都顾不上提，你就别提瓶老娘们臊尿添乱了！"麻组长在外受了凉风，回来对着女学员打喷嚏："一个尿，一个喝，一棉咋出了你俩一对腌臜货？真他娘膈应人！连累我也跟着丢人。"光骂不解气，麻达抓起醋瓶口朝下塞进樊白桃衣兜，混合液体滴滴答答流一地。组长在冒牌学员屁股猛蹬一脚，骂道："快滚！滚回家继续朝醋瓶里尿，让你那傻屌老公接着喝！"

麻达真名麻有良，生得膀大腰圆，脑子却不大灵光，三年学徒期满，简单图纸都看不懂。锻工房师傅气得用指头敲打徒弟脑袋，直骂："徒弟要都像你这样笨，非把师傅气死，教你真麻达（方言：麻烦）！"逸闻传开，都管麻有良叫"麻达"，时间一长，真名反倒鲜为人知。"文革"一来，麻达咸鱼翻身，受气包变成人人怕，两条粗胳膊派上用场，打铁改打人，造反骁勇异常，动辄把对方放翻在地，靠着大巴掌威力，当仁不让坐上厂群专组头把交椅。学习班打人不叫打人，叫"修理"，挨一耳光谓之小修，吃两耳光叫中修，抽三耳光属大修。厂里哪个齿轮或螺丝钉生了锈斑，犟头倔脑不好好运转，经麻组长一番修理，管保服服帖帖。学习班开办年余，修理过的学员超过三位数，经住麻达大修的迄今尚无。麻组长修理前一言不发，瞪着眼，背着手，围着学员不停地转圈。神经战委实厉害——进门就修理倒也罢了，于无声处响惊雷最可怕，赛过古代棚琵挏压握炭流汤。新学员久闻旋风霹雳掌赫赫威名，个个战战兢兢，人人诚惶诚恐。麻达转到东，赶紧哆嗦着用左手护住左脸；麻达转到西，立刻用颤抖的右手护住右脸，两手交替换个不停。麻达转着，转着，却不急着出手，意在加大悬而不响的威慑力。待学员紧绷神经稍一放松，骤然炸响——吃上耳光的无不应声而倒！挣扎着从地上爬起，学员个个天旋地转，人人眼前金光乱闪，半晌寻不着北。被修理的多了，一棉有了说法——不怕麻达瞪眼，就怕麻达转圈。

于小飞的未婚妻在杂货店卖锅，虽满脸雀斑却有婚房。萝卜不能两头切。勤杂工

认了命。谁知时来运转,拉煤渣的架子车换成翻斗车,虽在司机堆排末位,也算握上了方向盘。卖锅的哭得死去活来——想不到一个拉煤渣的也要当陈世美!找媒人,找厂里,找领导……能找的都找了,该做的工作都做了,于司机却王八吃秤砣——铁了心。女方一筹莫展之际,幸遇高人指点。麻组长收下重礼,对手握专政大权有了新感受,拍胸脯保证:区区小事,包我身上!婚期不变,婚事照办。兔崽子想当负心郎,咱闺女可不是秦香莲。三天之内,让他乖乖上门负荆请罪!

"于小飞,你色胆包天,竟敢强奸少女!"群专组组长出语惊人。

"我不是强奸,我,我是……。"

"你是啥?你是强奸犯!一棉这么多男职工,女方为什么只告你?"

"……我……她……俺俩……"学员支支吾吾说不清楚。

"背着牛头不认赃,不见棺材不落泪。"麻达取出病历"啪"地拍桌上,狞笑道,"这就是你强奸少女致其怀孕,又逼迫堕胎的证据!白纸黑字,铁证如山。你还有什么说的?!"

于小飞慌了:"我不是强奸……是通奸。"一想不对,男未娶,女未嫁,和通奸扯不上,赶紧改口,"不是通奸,是同居。"话音未落,霹雳罩脸!仿佛开车撞墙,只觉天旋地转,耳里"嗡嗡"乱响,依稀听见骂声:"放着座上宾不当,偏要去做阶下囚。铁了心要吃八大两,我现在就成全你!马上通知分局刑警队把强奸犯带走!"拿起电话装模作样拨号。学员吓坏了,挣扎着按下话键,苦苦哀求:"麻组长,我求求您了,千万不敢打电话!我爸有心脏病,我妈是高血压。儿子进了局子,他们不吓死也得急死!您就行行好吧。"

麻达无奈叹口气:"都是一个厂的,我也不想把同事往劳改窑送。你在里面黑水汗流背砖,我想起也难受。俗话说'贼咬一口,入骨三分'。女方一口咬定你强奸了她,我也没法。"于司机这才晓得其中利害,直悔自己千不该,万不该,不该睡了卖锅的,吓得哭出声:"麻组长,不,不,麻师傅,麻叔叔,求求您了,一定拉侄子一把。您不能见死不救!"

"我这人心软,见不得谁哭。厂里好说,问题关键是女方能否撤诉。"

负心郎当即表态:"我痛改前非!我重新做人!我回头是岸!您高抬贵手,让我出去找她当面认罪。只要她愿意,我马上跟她结婚!"

麻达连连摇头:"这事不好办!女方正在火头上,估计希望不大。不过,总得试试。"又说,"我好人做到底,亲自出面做女方家长工作,帮你说说好话。"于小飞感动得一塌糊涂就差给麻组长跪下,刚出门又被叫住:"记住,态度决定一切!三天之内,我见不到结婚证,你就卷铺盖去你该去的地方!"

半日办了两桩大案,麻达十分佩服自己的办案效率,特别是于小飞一案,盆满钵满,还两边落人情,事情办得漂亮!正得意着,身后传来掌声,扭头一看:鼓掌欢笑的是金学员。麻达奇怪地问:"你为啥拍巴掌?笑什么?"

"我命好,遇上青天大老爷了!我的冤屈马上就要昭雪,我高兴啊!"

167

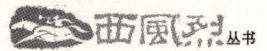

"你胡说什么?谁是青天大老爷?"麻达越听越糊涂。

"就是您呀!外面都传遍了,您还不知道?"

"都说我什么?"麻达伸长脖子好奇地问。

"说您刚正不阿执法如山,铁面无私不惧权贵,明镜高悬片言折狱,听微决疑断案如神。夸您包公转世,日判阳,夜断阴,天地共敬,人鬼同钦,是当代麻青天!"

麻达笑得嘴都合不上,假惺惺谦虚:"我大大小小断了几百件案子,厂里厂外虽有些虚名,哪有你说的那么神?我最烦听奉承话,你就别灌米汤了。"

"看看,又谦虚了不是?!我就纳闷:伟大人物怎么都像您一样?事干得越大越谦虚。"金进财一本正经地说,"我没进来时还不大相信,今天耳闻目睹,我真服了——麻组长虽有霹雳手段,却是菩萨心肠,风行草偃,善于把祸事变喜事,将冤家化亲家,比只会大喊'开铡'的包文正更胜一筹。叫'麻青天'都太委屈,应称您为'赛包公'!群专组有您掌舵,真是全厂人的福气。"像三伏天喝了一大碗冰镇酸梅汤,麻组长身上三万六千个毛孔都透着舒坦,满意地舒口气,由衷惋惜:"可惜咱厂像你这样的明白人太少!现在外面流传谣言,说学习班动辄修理学员。我讨厌说'修理',喜欢'压力'这个词。人无压力轻飘飘。特别是臭老九,读了几本书就不把工人大老粗放在眼里,三天没压力就翘尾巴。不施压怎么能行?!群众里再多几个理解治保工作的,群专组开展工作就容易多了。"

看着眼前紫红色肥脸,金学员说不出的厌恶,就像面对一头低等动物,讥讽:"麻组长说得太对了!要不怎么上面天天喊要教育群众,引导群众。这些人单练还行,聚堆非坏菜。一当群众干什么事都不用自己脑子,墙倒众人推,鼓破人乱捶,就他妈会瞎起哄。现在的群众更堕落到不可救药,东倒吃猪头,西倒吃羊头,智商集体沦落到猪的水平,除了上床打炮玩耍,下床挣钱养家,开会跟着喊口号举拳头,别的什么都不懂,真正的群氓!群众教育稍一放松,一个个就误进了茄子地,最后还得靠群专组修理挽救,让组长您费心费力把群众往正道上领。"麻达听得入耳入心,频频点头引为知音。新学员话锋一转:"话说回来了,百密难免一疏,纵然是神仙下凡,也有失算时。就拿诸葛亮说吧,上晓天文,下知地理,未出茅庐就算定三分天下,也有用人看走眼痛失街亭的时候。毕兰花一案案情复杂,咱们不能一棵树上吊死,应该跳出框框看问题,破案思路不妨更开阔些。我的看法是:破案还是要以阶级斗争为纲。毕兰花同志出身贫苦,三岁逃荒要饭,五岁上街卖唱,七岁跟耍猴的父亲跑江湖,夜里和大公猴一头睡,白天人猴结伴上街卖艺,敲一下锣,翻一次跟头,敲得越急,翻得越快,翻不动就挨鞭子抽。十岁被老爹领到妓院,老鸨上下一打量,捏着鼻子问:你家闺女这是咋长的?头上七八窝烂疮、稀稀拉拉几根黄毛,脑壳前奔楼后马勺、一对烂眼边,倭瓜脸长满牛皮癣,暴突牙雷公嘴、前鸡胸后罗锅、外加一对罗圈腿,怎么看都像猴变人最后一下没变好!你不是来烧香,是来拆庙的!走走走,快把丑八怪领走,免得把客人吓跑了。别说卖钱,白送窑子都不要!"

早闻厕所民谣原创者嘴贫,没想贫到这份上。周围人笑得打跌,麻组长也咧开大

嘴。新学员越发正经,厉声喝道:"别笑了!严肃点!阶级感情哪去了?!我可没瞎编,这都是毕兰花同志在忆苦思甜会上亲口说的,时间、地点、人证都有,就差没录音。毕兰花虽没人相,却因此逃过一劫——没被自己亲爹卖进妓院。这就叫坏事变好事,符合辩证法。毕兰花苦大仇深,见了阶级敌人就手痒,扇右派分子耳光,踢走资派下身,女教师头发一揪一缕,'牛棚'鬼哭狼嚎!话说回去,夜半过坟地,走的次数多了,难免撞上屈死鬼。阶级敌人收拾多了,阶级斗争就找上你。老毕这次遭难,估计十有八九是着了阶级敌人的道。话说回来,像我这类贫农出身、根正苗红、工作积极、追求进步、拾到钱包立刻上缴、赈灾捐款次次争先的好同志是破案当然依靠力量。"麻达听着,听着,忽然觉得哪有些不对——这家伙一会儿"话说回来",一会儿"话说回去",他到底想说什么?再一想,更不对了——群专组抓金进财是来过堂的,不是叫来聊天的,更不是请他来指导破案的。麻组长威严地咳嗽一声,睨着推纱工狞笑道:"行啊!你年纪不大,道行不浅,不愧是老江湖。三转两绕,差点让我这老群专也上了你的套!"

"麻组长,您说什么?我怎么一点都听不懂?"学员满脸疑问。

"你就别狼吃青草——装羊了。这是什么?你还认得吧!"作案凶器取来放在桌上。专案组长神色严峻,仿佛揭穿惊天阴谋。金进财弯下腰仔细端详,小心翼翼摸摸二尺长油壶嘴,抬头反问:"这不是给织布机加油的专用油壶吗?我人笨眼拙见识浅,实在看不出有什么稀奇处。麻组长,您发奸如神,给咱掌掌眼,开导开导下愚。"

"群众的眼睛是雪亮的。你作案过程早有人举报!老实交代!这把油壶是谁偷放进废纱袋的?"

"我咋知道?我要能掐会算就不推纱了,早被公安局请去破大案要案。白狗偷食,黄狗当灾。进财忠厚善良,行不逾方,冰清玉洁,人品贵重,怎么会堕落到设圈套往老娘们屁眼里插油壶嘴?亏群众想得出来!谁是'群众'?'群众'又是谁?!现在的群众很是混沌,仿佛南山顶上一窝猴——一个逑虱都逑虱;猴王捋球都捋球。"

听金进财骂得新鲜,旁边人都捂嘴偷笑。

"你骂群众是一窝猴,你又是什么东西?!"麻组长质问。

"我当然是异类!"金进财严肃回答,"肩膀上长着自己的脑袋,这是人和猴子的根本区别,想让我返祖变回猴子任意愚弄,本人誓死不从!"

周围笑声更响。新学员越发来了精神,滔滔不绝,如下坂走丸:"现在有些人动不动就拿群众当幌子,以掩盖自己害人目的。群众啊群众,有多少坏事借汝之名而行?这次的'群众'又是哪个王八蛋?是张三李四还是王二麻子?管窥蠡测,吠影吠声,兰艾不分,跖狗吠尧,啥球'群众'?!纯属阴沟里耗子——不敢见阳光。舌上有龙泉,杀人不见血。自己蹄子没缠紧,却嫌别人脚大。现在的群众素质太差,造谣惑众,信口雌黄,点鬼火,刮阴风,背后捅刀子。金进财光风霁月,砥节砺行,'宁鸣而生,不默而死',唯一'罪过'就是爱说真话。如此好人都惨遭群众陷害!推纱工越说越上劲儿,"老天爷刚打盹儿,世上好人就受磨难。老天爷你快睁眼吧!"

要不是刚才马屁拍得舒服,旋风霹雳掌早扇在揣着明白装糊涂的脸上。麻达此刻

169

有修理的劲儿却无修理的心,摆摆手说:"你就别耍贫嘴了。你小子运气不错,遇上我今天心情好。给你实说吧:你的事麻烦大了!派出所几次来要人;军代表指示查个底儿掉。人证、物证俱在,天王老子来也救不了你!看在你会灌米汤的份上,咱俩今天不伤和气。纸笔都在桌上,你把作案的过程详细写一遍。我也免了三推六问,彼此两便。材料交上去,该咋处理咋处理。"扭头嘱咐看管:"你们两人一班,轮换盯着他写交代材料,啥时候写完啥时候让他睡觉。少写一字也不准合眼!"

看管多是从各车间临时抽调来群专组帮忙的,晓得是兔子尾巴——长不了。当着组长面,个个凶神恶煞,声如怒虎,拍桌子,摔板凳;头头一走,转眼换副面孔。看管给面子,学员会做人,钱朝桌上一拍,自有人屁颠屁颠去买酒买菜,捎带着陪吃陪喝。金进财边喝酒边告诫诸位看管:"眼下社会像舞台,大家都是演员,有的唱红脸,有的唱白脸,有的唱三花脸……《红楼梦》说得好:一个个你方唱罢我登场……上了台,只当做戏,谁也别较真……潮起潮落,云卷云舒,连台本戏也有闭幕时……公门里面好修行,缺德的事少干……谁把演戏当了真,进了角色出不来,等下了台,那叫自个儿跟自个儿过不去!"几个看管奉承:"金师傅一看就不是平地卧的,眼下虽有些小小磨难,日后一定发达。弟兄们奉命行事,金师傅还要多多包涵。"新学员边忙着对付鸡翅,边含混不清回答:"好说,好说,俺心里有数:大狗汪汪小狗叫……你们见了当官的是人脸,见了工人变狗脸……官身不由己,怨不得你们。"

麻组长鼻子都气歪了!早上进门,学习班满屋酒气屁臭,桌子底下倒几个空酒瓶,一地鸡骨头,几个看管躺在凉席上睡得正香,办公桌上鼾声大作,新学员脱得身上只剩条裤衩,枕撂办案材料,白肚皮一起一伏。16开纸上除了《我的交代》四字标题,依旧白板一张。咆哮声里,看管和被看管的慌不迭地爬起。麻达挥动白纸,气急败坏质问:"姓金的,你给脸不要脸!就欠学习班修理!说!你为啥一字不写?!"

"忘了。"

"什么忘了?"

"中国字。认下的中国字全忘了!"金进财肯定地说,"您老人家旋风霹雳掌实在厉害,四巴掌放翻两对。谁看了不怕?我这人天生胆小,一紧张,把学会的字都忘了,估计是惊吓过度得了急性失忆症。"新学员沉痛宣布,"极度恐惧使本人智力受到严重摧残,已处在弱智和正常人临界点,往高了说是三岁孩子水平,简单对话还行,写方块字万万不能!"

进了学习班,看管如狼牧羊,学员无不俯首帖耳、战战兢兢。忽软忽硬、胡搅蛮缠、公然耍赖的角色还是第一次遇到。麻达一时不知所措,待反应过来,气得"哇哇"大叫:"你这号赖货就欠修理!刀快不怕脖子粗。失忆不要紧,我马上就叫你长记性!"随即风车般转起,旋风霹雳掌刚发力,案犯"扑通"一声,直挺挺朝后倒下,像戏台上表演"摔僵尸"。麻达纳闷:耳光子刚蹭着面皮,人怎么就倒了?莫非掌上功力见长?照案

犯屁股一脚踢去,骂道:"少装死狗,滚起来!"金进财双眼紧闭,僵卧在地。看管去拉,一个拉不动,再来一个,刚把案犯拽起,"妈呀!"两个看管惊叫着同时松手跳开——金进财两眼翻白,头歪一边,血水从口中源源涌出,染红赤裸胸脯!麻达见状也吓一跳:这家伙莫非犯了什么急症?赶紧俯身观察。学员症状越发凶险,先是弓起身子一阵激烈痉挛,伴着"呕,呕……"抽气声,接着两脚交错着疯狂乱蹬,仿佛鸡被抹断气管,怎么瞧,都是垂死挣扎!旁边人看得心惊肉跳。"尿了!尿了!"随着周围惊呼,学员裆下迅速汇成积水,裤衩湿得像刚从水里捞出,随着一声长长抽气,再没动静,身下随即发出阵阵恶臭……坏了,坏了!都说人蹬腿咽气时才会大小便失禁,这家伙莫非真要死了?!麻达冷汗淌了一脊背,顾不得脏臭,将学员搂在怀边摇喊:"金进财,金师傅,小金,你咋啦?你快醒醒!"声音亲切得肉麻。任你再摇喊,新学员却声息全无。金进财被打死了!在场的面面相觑,麻达更是手脚冰凉——用耳光子教育挽救学员是一回事,刑讯逼供闹出人命是另一码事,闹不好,吃八大两轮到自己!"你们都看见了吧,我可没碰着他,金进财是自己犯病倒下的。"麻组长急着统一口径。几个看管你看我,我看你,都不吱声,人命关天,谁都怕往里搅和。末了,啤酒和老马家烧鸡起了作用,昨晚吃得最快、喝得最多的率先表态:"别问我!这里边没我什么事。我什么都没看见,什么都不知道。"有样学样,几个看管纷纷附和。众叛亲离,四面楚歌,麻达气得发昏,部下平时见了自己毕恭毕敬,"组长"不离口。这会儿还没闹清新学员是死是活,就一个个当起缩头鳖。王八蛋!统统是乌龟王八蛋!顾不上跟部下算账,背起赤裸裸疑犯往厂医院跑,几个看管慌慌张张跟在后面。组长下面发足狂奔,疑犯上面继续大小便失禁,屎尿顺着麻达脊背往下淌,淅淅沥沥滴了一路……

"金进财被修理成了疯子!"暴行激起公愤!已毕业的老学员们火上加油,绘声绘色,到处控诉学习班恐怖。

探视者如过江之鲫蜂拥而来。茅坑诗人头发蓬乱,目光呆滞,坐床面壁,见病房来人,先是抱头哭喊:"怕怕,别——别打,饶命呀!我——我不敢啦!"继而圆睁双眼,挥拳怒吼:"革命人杀不绝!怕死不革命!打倒日本军阀!革命者万岁!"男职工看得叹息再三;女职工见了唏嘘不已——几天不见,能言善辩、给大家带来快乐和笑声、用厕所民谣反映群众心声的金进财就被摧残成这般惨样!年纪轻轻成了疯子,这可咋办?!领导们面面相觑,不知所措。金进财是欠送学习班修理,小修即可,岂能"杀头以治斜眼"?过了,过了!连长心怀内疚,柔声问:"小金,连里同志来看你了,你还认得我们吗?"

"走遍天下,好吃不过肉夹馍……西京城'老樊家'最香,入口即化、肥而不腻、瘦而不柴……想吃得去早,晚了买不上。"伤员回答。

"小金,你身上哪不舒服?"工会组长挤上前。

"吃牛羊肉煮馍。最好用手掰……掰的馍不能大,不能小,如同蜂头最好,两面带皮,煮着才入味……机器切馍省事,却不好吃,吃着黏牙。煮馍师傅一看掰的馍,就知

来的是老吃家还是二眯子……给老吃家好好煮，对二眯子不上心。"

这家伙怎么不认人光记吃？想起推纱工情史，别人不识，心上人总记得吧？躲在人后的赵明珠被推到前面，大家满怀希望地问："进财，你快看看谁来了？"金进财睁大眼睛，像是不认得，看着看着，"扑哧"笑了，色迷迷去拽美人衣角，说："我认识。把她烧成灰，我也认识！她是副食店卖臭豆腐的，身上一股子臭味，迎风臭十里。臭豆腐闻着臭，吃着香。我想吃，她不卖。"美人粉脸窘得像红布。听众乐不可支。

"小金，告诉你一个好消息：毕师傅出院了，再休息几天就能上班。你听了高兴吗？"指导员边说边窥视推纱工脸上表情。当了无赖三年领导，推纱工是什么货色指导员比谁都清楚，严重怀疑金进财"失忆"。

"昨天半夜，惠书记来了！"金进财神色凝重，回答仍牛头不对马嘴，"惠书记戴呢子帽，穿灰毛料中山装，右上衣兜插两杆钢笔，脚蹬黑皮鞋，进门紧紧握住我的手，连声说小金对不起！我来晚了，让你受冤屈了！你是好青年、好同志！"大白天说鬼话，大家面面相觑。惠书记已过周年。是金进财病中出现幻觉？还是惠得宝夜半显灵？指导员刀条脸煞白——惠书记火化穿戴打扮说得丝毫不差！"惠书记对我说了半宿知心话，鸡鸣五更才走。"金进财神情肃穆，郑重复述鬼话，"惠书记说知人知面不知心，做鬼才能把活人认清……你们甲班就有个忘恩负义东西！我得病住院，她天天往医院跑，一听我确诊肝癌，再不闪面……阳间当过官的鬼在一起闲聊，都叹息：领导夫人得病，部下全是孝子贤孙；到了咱们患绝症，不见一个王八蛋上门！……我老伴想让她照顾，少看几台织机。我尸骨未寒，她就翻脸不认人。老伴在我遗像前几次哭诉，让我做鬼都不安生！没良心的东西，摸摸心口想想，你是怎么上去的？！"大伙这才听明白死鬼怨恨谁，都看指导员。武仁芳直冒冷汗——这些事金进财怎么会知道？莫非冥冥中真有本账？说陕北话诀窍是：舌头不转弯，鼻子不透气。小生症状发作，在场的毛骨悚然，不折不扣正是惠书记声音！附体亡灵操着米脂方言破口大骂："多行不义必自毙嘛！整初（人）害初（人）损阳寿嘛！俄（我）老伴生（身）体不好，一顿吃不哈（下）一个某某（馍馍），你还雪上加霜！武仁芳，乍狗日的是秋后的蚂蚱——蹦跶不了几天了嘛。等见了面，俄（我）再跟乍狗日的算老账嘛！"书记冤魂刚去，烈士英灵又来附体。金进财骤然发作，怒目圆睁，一蹦多高，拍胸大呼："敌人又冲上来了！同志们，为了胜利，向我开炮！开炮！！开炮！！！"

惊人表演让探视者集体晕菜。邵院长所下"严重脑外伤造成精神失控"权威诊断，如同皇后的贞操，不容置疑。小生失常不忘爱美，大家转而担心"金进财同志"会不会突然发作，光天化日众目睽睽之下把漂亮女护士按倒在病床。邵院长愁眉苦脸回答："什么事都可能发生。任何约束对脑残患者都不起作用。斗私批修不行，谈道德讲纪律无济于事。金进财的病情还将进一步恶化，直至发展到行为完全失控。医院只能防范于未然。"

金进财的病情发展不出院长所料，疯了似的转圈暴走，无缘无故地傻笑，头发乱蓬蓬，脸上脏兮兮，身上气味刺鼻。护士惊呼声中，病号噌地攀上墙头，时而凌空蹈虚，

时而金鸡独立,时而疾走如飞。医院哗然!夜深沉,金进财的狂躁症越发严重,幽灵般游走在厂医院屋顶。几位上夜班女工路过,顶上骤然传来凄厉叫声,当场吓尿裤。屋顶夜半歌声搅得病号无法入睡。值班医生束手无策,只得打电话请示厂领导。军代表清梦被搅,气得大骂:"不要理他,摔死最好!"

正要将金进财送往精神病院的当口,驻厂军宣队奉命归建。没了后台,麻达气焰收敛许多,逢人便说:"我冤枉!我没打金进财。你们问谁能证明?我自己证明。谁说瞎话谁是大姑娘养的!"

目睹屋顶狂躁症发作,新上任厂革委会主任疑疑惑惑出了厂医院大门,这人得的什么怪病?忽然觉得身后有人,回头吓一跳——疯子先是对着自己傻笑,接着咧开大嘴,捶胸顿足"哇哇"大哭,似乎受了天大冤屈却说不出……新主任是刚从"牛棚"解放的老干部,闹清推纱工是被修理疯的,耳里又灌进麻达许多恶行,不由怒火中烧拍案而起:一棉是共产党天下,绝不能容忍迫害群众的事情发生!遂以茅坑扔炸弹——激起公粪(愤)为由,将麻组长一撸到底贬去扫厕所。接到厂劳资科通知,麻达蛤蟆吃芥末——只剩翻白眼。台上何等威风,再想不到今日狼狈。去厂清洁队报到当晚,家里窗户爆响,玻璃碴碎一地——屋里飞进黑砖。厕所上岗第一天,被修理过的怒目而视;未被修理的冷嘲热讽。麻达像受气的小媳妇,骂不还口,小心翼翼扫地,头都不敢抬,生怕一句话没说好,挨了众人老拳……

省医院新进高压氧舱,据说能促使濒死的神经细胞复苏,对大脑损伤有相当疗效。新疗法在金进财身上收到的效果连脑外科专家都感到吃惊——两个疗程下来,推纱工恢复如常,满面红光走出医院。该患者作为典型医案和重大医疗成果,刊登在最新一期《神州医学》。重现大车间男厕那一刻,欢声雷动!万里旋风刮不倒,千钧霹雳不低头。金进财舍身除害,是好汉子,是真汉子!茅坑诗人满面春风,双手抱拳,频频向诸位致意,为回报欢迎盛情,当场口占一首:

　　初被学习心惊惊,修理临身也平平,
　　旋风霹雳等闲过,一路春风返茅坑。

【借种】

废品屋隐隐传出动静,里面堆满废纱管旧木梭,平时鲜有人进,谁会躲在里面?阮逢春好奇地推开门,看见纱包垛后露出个光脊背,雪白皮肤缎子般滑爽。这是谁?

脱得赤条条干什么?! 阮逢春心一紧,以为撞上男女偷情,蹑手蹑脚摸去。光脊背听见身后动静,猛回头——原来金进财猫在这里。推纱工上班偷偷溜出洗澡,回来躲此换衣服。阮逢春目光无意朝下一溜,惊得差点失声,心头小鹿乱撞,粉脸羞得通红,自己来干啥都忘了,一句话不说,赶紧朝外逃。金进财脸皮厚不在乎春光外泄,低声骂:"这娘们,不吭不哈溜进来,吓老子一跳!"

求子归来,阮逢春把邱婆子恨得牙痒痒,想报案又怕坏了名声,车间领导、党员干部、基地主任夫人、师范学校高才生,却中了乡下神婆圈套——先遭人公子侮辱,又被老黄撵得乱窜,钱也被搜走。传出去,别人非得笑掉大牙!想来想去只得忍了。恼羞过后,想想神婆的话也不无道理:女人不生孩,如同做了亏欠事……名义上儿女有一对,别说将来给你养老,现在见面都不理,仿佛见了冤家对头……你亲妈得癌症死的,又不是我谋害,岂有此理!……也想过抱养一个,却总不甘心,不是自己身上掉下来的肉,终究不亲……基地主任这辈子没指望了,得另起炉灶……借种?借谁的种?……想想都羞死人!不借种又怎么办?不借种哪来孩子?……国外已开展人工授精,不知国内什么时候开始……人工授精也有不足之处,男女不见面,隔口袋买猫,谁知是黑是白?……施种者不仅要自身条件好,还必须可靠,上哪去找……一筹莫展之际,骤然撞见"威武大将军"。阮逢春豁然开朗——众里寻他千百度,蓦然回首,那人却在,灯火阑珊处……金进财无论长相、身体都行,个头也凑合……最喜人的是那身白缎子似的皮肤,看着就舒服!比又老又黑的基地主任强多了……自己人到中年,腰粗腚肥,眉眼却依然俊秀……强强结合,男女各取所优,生下孩子肯定漂亮……阮逢春越想越美,仿佛粉团似的大胖小子已抱在怀里……借就借吧,我没意见。大将军威武,必能毕其功于一役。借种须速战速决,免得男女纠缠不清闹出麻烦……就是不知金进财干不干。这家伙赖皮赖脸,估计还能通融,只是如何说得出口?……正踌躇着,老毕又来纠缠领导,强烈要求组织对"油壶嘴事件"一查到底,本人为革命负伤,上级得有说法!麻达栽了跟头,谁也不想再蹚这池浑水。你老毕不是省油的灯,油壶嘴戳屁眼活该!阮逢春心口不一:"毕师傅,你放心。现在是无产阶级专政时代,组织上肯定要一查到底。不管谁干的,不管他有意还是无意!"心里暗喜:未扯帆先送东风——"油壶嘴事件"来得正是时候,威武大将军入吾彀中,敢不上床效力!

金进财被传,教导员严肃告之:"小金,你的麻烦大了!为老毕的事,派出所又来找厂里,要把你带走!"西瓜皮擦屁股——越擦越腻歪。推纱工脸上变色。教导员话锋一转:"电话打到车间被我挡了。无凭无据,岂能随便把人带走?!"见顶头上司替自己说话,金进财伸出大拇指由衷赞叹:"教导员不惧强权一心为民,大义凛然正气在胸,职工拥戴,万家生佛。"猛拍马屁,"老金家上辈子烧了高香,让我遇上好领导,不仅蕙心兰质,一笑倾城,而且天纵英明,理论政策水平令普通干部望尘莫及,厂级领导也只能高山仰止。您讲话唾珠咳玉,指示字字珠玑,天花乱坠,顽石点头,真正是秀外慧中!群众都纳闷:省纺局局长怎么不是您?要是能被您领导一辈子,该是金进财多大

的福气！"口吻带着仰慕。高帽子是假，却人人爱戴，女书记也未能免俗，看推纱工越发顺眼，笑罢想起找下属本意，摆摆手，示意拍马屁暂停，说："此事也该结案了。你把事发经过写清楚，明天中午交来，我在家等你。"又表示，"只要织布车间还是我当家，你就不会有事。不过以后你必须听话，支持领导工作。我有困难，你也要帮助解决！"堂堂总支书记有什么"工作"要一个小小推纱工"支持"？顶头上司有何"困难"要下属"帮助解决"？金进财顾不上琢磨，胸脯拍得"嘭嘭"响，撇起看家的江湖腔："金进财受人恩惠记千年，绝非忘恩负义市井小人。从今儿起，你就是我亲姐姐，我就是你亲弟弟。上刀山，下火海，只要姐姐一句话！兄弟誓为先驱蝼蚁，纵然肝脑涂地，也决不反悔！倘若食言，天打五雷轰！"阮逢春听得满意，抿嘴笑道："先别卖你的油嘴。信言不美，我要看实际行动！"

金进财按时来到领导家。天热，半掩门前悬张竹帘，推门进去，外屋空无一人，里屋门虚掩着，金进财喊声"姐姐"，一脚踏进当即傻眼——眼前肉光煌煌，肉色生香。女上司玉体横陈，上身赤裸，身体珠圆玉润光滑丰腴，仿佛熟透浆果。金进财虽赖，除了颜莉莉却再未见过女人裸体。云谲波诡，眼前一幕令人心惊肉跳，误闯禁区的男部下赶紧朝后退。"别走，过来嘛。"床上嗲声嗲气，一双美目依然闭着。送到嘴边的肉吃不吃？金进财羝羊触藩——进退两难。"快来嘛"，又是一声娇唤。金进财身不由己，移船就岸，一步步挪到床前。女领导双目紧闭，两颊酡红，像喝醉酒……金进财按捺不住腾地骑上，一把拽下红裤衩仿佛惊涛骇浪里一艘航船，年轻见习水手在老船长指引下驶向远方，一会儿抛上高高浪尖，一会儿坠入深深谷底……随着疯狂颠簸，身下女人欲仙欲死，两条肥白大腿把年轻男人腰身紧紧夹住，呻吟声越来越大……男部下吓坏了，生怕外面听见，赶紧拿东西捂嘴……久旱逢甘霖。毛巾被挡不住女人快活叫声……云雨过后，男人侧身躺下，爱抚裸女光滑润洁胴体。女人仍闭目沉浸在爱河，两颊赛过粉底桃花，娇艳异常。金进财越看越爱，忍不住去亲。女人慢慢睁开眼，美目惺忪，像刚从梦中醒来，看见年轻男人笑脸近在咫尺，女书记陡然变脸！翻身坐起拉过毛巾被遮住裸体，厉声喝问："是你？！你怎么上了我的床？！乘我睡着冒充我丈夫强奸我。你、你好大胆子！"年轻男人被女人变脸闹糊涂了，结结巴巴分辩："不……不是强奸……是……是通奸，你，是你叫我……"话未说完，一个大耳刮子抽得山响！女书记指着门，骂道："放屁！滚！快滚！再不滚，我喊人了！"

"别喊，千万别喊！亲姐姐，亲姑奶奶，我求你了！我滚，我马上滚！"

男下属逃至安全地带仍惊魂未定，捂着火辣辣左脸，再想不通女上司为何像吃奶孩子的脸——说变就变。片刻间冰炭两重天。痛定思痛，越琢磨越觉得里面大有文章——是开门揖盗？还是请君入瓮？或与老毕联手设下圈套？金进财被"强奸"一词吓坏了！奸污军属十恶不赦，厂里早有先例。自己只顾逃命，擦过精液的裤衩还遗在床上，铁证如山，岂容抵赖，只要她一句话，进四堵墙板上钉钉！越想越怕，身子乱颤，满头大汗，面色煞白，神情惶急，仿佛热地蚰蜒，毒日头下疯了似的来回兜圈。路过同事看得纳闷，金进财上下牙磕得"嗒嗒"乱响，颤声回答："……我……我打……打摆子……身上发冷……晒……晒太阳……"

非年非节,外地上班儿子突然跑回,说话前言不搭后语,像丢了三魂六魄。赖孩打小天不怕,地不怕,三天两头在外惹事,这会儿却闷坐对墙发愣。"知子莫若父",准是在外闯了祸,祸事小不了!父亲紧着盘问。早晚瞒不过,儿子扭捏一阵,把"强奸教导员"经过从实招来。老爹听得大惊失色:"你、你吃了豹子胆?!书记都敢操,领导也敢奸!你、你、你……你老寿星吃耗子药——活得不耐烦了!"事情挑明,赖孩反倒豁出去:"老子就是把她睡了!敢睡,就不怕她咬老子球!俺俩的事,又没旁证,她告我强奸,我咬定她利用职权诱奸处男。上了公堂,还不定谁输谁赢!"金老爹听得对路,勾起一身豪气:"此言有理!男人远在外地,老娘们独守空房,把单身小伙叫到家,自己赤条条睡在床上,想干什么?!究竟谁强奸谁,还是桩糊涂案。俺孩是未拆封原装小伙,却被个半老婆娘破了童子身!我当家长没找你算账,你还猪八戒上城墙——倒打一耙。女教导受活够了,完事翻脸不认人。没门儿!"鼓励儿子,"有种!不愧是我儿!老金家没事不惹事,有事不怕事!你俩不咬便罢,咬就咬她个血淋淋!"

强奸犯壮着胆子回厂,一切如常,悬着的心慢慢放下。女教导仍不苟言笑一脸正气。路上遇见,金进财觍着脸招呼,阮逢春冷若冰霜视若无物。"女人心,海底针。"男部下绞尽脑汁也测不出女书记心思。

女书记探亲归来像换了个人,粉面含春,眉梢眼角都浮着盈盈笑意,脸上晦气一扫光,抗战八年,终于种上!老蚌怀珠,老枪新贡献上了男厕当日头条新闻。听辅助工们乱侃,推纱工也跟着笑,笑着笑着,忽然不笑了,模模糊糊觉得哪有些不对,隐隐觉得……觉得书记怀孕似乎跟自己有……有关系!金进财扳着指头算日期,算来算去,本人再脱不了干系。我的妈呀,这可怎么得了!……孩子生下算谁的?基地主任会不会认账?……阮逢春来个翻脸不认人,月子孩撅给我,那可怎么办?……奶粉、鸡蛋、蜂蜜,营养品一样少不了,还有入托费,四十块零二毛如何养活两个人?……厂里只有母子房,没听说父子间,爷俩上哪住?……干脆来个背着牛头不认赃。没领结婚证,谁也不能强迫小生当爹!这手怕不行,铁证如山,小进财摆在那儿,不是想赖就能赖掉的……躲过一劫,又逢一难。金进财越想越怕,远远偷窥女书记腰身,愈发胆战心惊——书记肚子像充气皮球,越看越大!正在犯愁,接到传唤:速去总支办公室。姓阮的今天怕是要跟我摊牌——讨论赡养问题。是福跑不了,是祸躲不过。肚里孩子俩人的,能劝她打掉最好,实在不听,孩子生下来,赡养费我至多认一半,再多要,我也出不起,总不能养活儿子饿死爹。

男部下心怀鬼胎去见身怀鬼胎女上司。"站好!"阮逢春脸紧绷,口气仍是顶头上司对下级,不像有过片刻恩爱,倒似被奸余恨未消,"连里反映,说你不安心工作,上白班乱跑,夜班偷着睡觉耽误送纱,到处找不着你,险些造成大面积停机事故。你想干什么?!"谈工作不谈胎儿,金进财放下心,仗着曾和女上司光腚相见,故敢敞开心扉:"运纱车拴个馍,狗熊来了都能推。谁安心干谁缺心眼!落地俱是赤条条,谁也没口衔银汤匙。技术工种都被有门路的占据。小生我就该推一辈子纱?"话出口又后悔了:人家公事公办,我还枉自多情,当着领导面发牢骚,岂不自找没趣?出乎意料,庄重女领导不见了,媚笑让年轻男人想起床上荡婆娘。"不安心就对了!伟大领袖都说:'人往高处走,水往低处流。有时也要手脚并用地爬一下,如上山,叫爬山。'那本《向上爬》我也看过,有句话说得真好:'人生如阶梯,不爬不要来。'男人不干事业,枉在世上走。一辈子甘心平地卧的,不是爷们!"教导员平时马列主义不离口,"革命青年是块砖,哪里需要哪里搬"常挂嘴边。裸拥换来赤诚相见,男女睡没睡过大不一样!

"知我者阮姐也!你给弟弟换个岗位,调出大车间最好。实在不行,去车间机修房上个常日班,学个钳工、车工也行。"男部下见兔放鹰。

"不愧逃荒要饭家出身,瞧你那点儿出息!说来说去离不开车间。'向上爬'诨号白叫了!'大丈夫当雄飞,安能雌伏?'"阮逢春目光炯炯,激励腹中胎儿的父亲奋勇朝上爬,"我想让你上大学。刚得到消息:局里给咱厂三个工农兵学员名额,分给织布车间一个。"乞浆得酒,政治贱民意识翻身机会到了!上床要上领导床,好处果然大大的!金进财兴奋之余猛送高帽:"'超埃尘以贞观,何落落此胸襟。'阮书记不愧巾帼丈夫女中豪杰!一句话唤醒梦中人!凭什么我只能做螺丝钉,就不能去当顶梁柱?!小生聪明绝顶,又是饱学之士,却被小人压迫日久导致精神阳痿。崔半仙推算我二十四岁前一路坎坷,后经高人相助,才逢凶化吉,遇难呈祥。小生有才无命,本想浑浑噩噩虚度一生,幸遇您点化,也仗着自己一点慧根尚存。千里马常有,伯乐不常有。您金针度人,我一苇渡江。阮书记生死肉骨,是我命中救苦救难的女菩萨!"

教导员笑道:"好一张油嘴!交大、纺院让给别人,你去了也是活受罪。三人中你成佛在后,上唐都大学倒合适。中文系出万金油,摇摇笔杆子,卖卖嘴皮子,到哪都能混,正对了你这油嘴滑舌。"又说:"上面有我在,问题不大,就是连里推荐这关有些麻烦,要靠你自己多做工作,抓紧时间表现,尽快改变大家对你的印象。"

"不就是武仁芳、毕兰花挡道吗?俩妇人不足为虑,玩她们还不是老厨师揉面团——想咋揉咋揉。倒是有件事让我放心不下……"

"什么事?"

"就……就是那……那件事。"金进财死死盯着书记微微隆起肚皮,硬着头皮,结结巴巴地说,"我……我是说,咱……咱俩关系……"女上司脸色骤然晴转阴,男部下咬咬牙,索性豁出去:"您的肚子一天大似一天。我看在眼里,就像老太太踩电门——只剩下抖了。"身怀鬼胎,当事男女麻秆打狼——两头害怕。阮逢春下意识拽拽衣服遮住凸起腹部,出口的话赛刀锋:"金进财,别给脸不要脸!咱俩没有也不可能有任何关系!闭紧你的臭嘴!你要敢出去胡说八道,坏了我的大事,我绝饶不了你!让你活着比死了还难受!你走得越快越远越好,明白吗?!"

仿佛三伏天跌进冰窖,瞬间从头顶寒到脚底,推纱工明白自己和女上司的关系——我赠你精液,你送我上大学,这是出卖男贞回报!俯首谦恭回答:"阮书记,本人明白:我是一心想爬出社会底层的道北于连;您却绝非为情而狂的德·瑞那夫人。

将军虽猛,用过即弃。未出厂门,您我永远是上下级关系;离开一棉,咱俩大道朝天,各走一边。"女书记默默点头,长吁口气,像耗尽精神,闭目示意下属离去……

【突变】

纱女都怕伏天上夜班,白天热得睡不好,后半夜还得苦熬。上下眼皮频频打架之际,忽听"呜呜"喇叭声响,一睁眼,瞌睡统统吓跑!面前流动黑板上杀气腾腾,赫然写着:现在凌晨五点半,最后决战时刻已到!疵布就是帝修反,鼓起劲头瞪圆眼,瞄准敌人开炮!轰!轰!!轰!!!背面内容更邪乎:忠不忠,看行动!优质高产献红心;疵品低产藏黑心。车间是战场,木梭是刀枪,红线黑线大搏斗,看你站在哪一方!冲啊!杀!杀!!杀!!!武指导严厉得像女子监狱看守,看了连呼"解馋"!恶狠狠说:"阶级斗争,一抓就灵。看谁吃了豹子胆,再敢上夜班打瞌睡!"又感叹,"小金脑子来得快,倘若改邪归正,倒是抓阶级斗争的难得人才!"

金进财骤然变脸,见人不笑不说话,遇上有官衔的,越发笑容可掬。都觉笑容怪异,像硬从脸上挤出——粗看,皮笑肉不笑;细看,只有半边脸在动。毛骨悚然!金进财不仅变脸,行动也大变,上班生龙活虎,推车一路小跑,分外活抢着干。厕所绝对不泡,后面叫,推纱工庄严宣布:"没见小生正在追求进步?薰莸不同器。我堂堂革命青年怎么会跟你们这些落后分子扎堆?"趿拉双破鞋义无反顾朝前走。背后传来笑骂。厕所民谣原创者"追求进步",就像婊子立贞节牌坊,令人忍俊不禁。只是不明白茅坑诗人唱的哪出?

一个男工精赤上身睡眼惺忪走出宿舍,看看周围没人,掏出裆里家伙,闭眼对着墙角撒尿,蒙眬间红光闪耀,抬头睁眼,身上一阵哆嗦,吓得赶紧夹住尿——墙上黄纸红字赫然写着:彻底肃清林彪一类政治骗子在卫生方面流毒!!!剑拔弩张,字有碗大。又有人出来小解,看了墙上标语,吐吐舌头,乖乖上外面厕所。

第二天,又添新标语——流毒不除,腥臊不止!坚决铲除流毒祸根!

第三天的标语越发杀气腾腾——从路线斗争和阶级斗争高度认识随地小便实质!坚决反击卫生领域黑潮泛滥!流毒不除,斗争不止!流毒不灭,誓不收兵!

大家看得心惊胆战,不知什么来头,是不是又要搞运动?金进财住的男工单身宿舍是加盖的,上下三层无厕所,撒泡尿都要下楼。都嫌麻烦,楼道拐角蜕变成小便池,冬天勉强能忍,夏天多远闻见臊味。打扫卫生的婆子每天边往楼下扫黄澄澄刺鼻液体,边破口大骂:"不要脸,不是人!都是猪!"听见的都装着没听见照尿不误。台上领导威胁逮住阉了,台下职工偷着笑,生活小节,谁也不当事。没想几幅政治标语立竿见影。

标语谁写的？厂办从宣传部、保卫科、房管科直问到厂医院，查找结果令上下大跌眼镜——作者居然是厕所民谣原创者！一棉四千职工，想不到觉悟最高的竟是一个辅助工，更可贵的是从"两个斗争"高度剖析随地小便，提纲挈领，纲举目张，阶级斗争，一抓就灵，老大难一朝解决！这个青工不简单！阮逢春鲜花著锦，贼面贴金，硬将无赖说成金不换。金进财被厂里树为先进典型。稿件送到报社，袁记者看罢连连摇头，就事论事，平淡无奇，既无"灵魂深处闹革命，狠斗私字一闪念"详尽心理描写，更未联系当前斗争形势，缺乏气势和深度，须另起炉灶推倒重来。袁一版亲自出马，瞅"小金"眼熟，想起三年前当众拿自己开涮，镜片后一对近视眼顿时鼓起多高，仿佛暴怒龙睛。金进财故伎重演，两手握住名记一条胳膊使劲摇，言语谄媚："盼星星，盼月亮，终于将您老盼来！一棉人大旱望云霓，大家想死您啦！"殷勤地扶至沙发坐下，敬烟递茶，又找把扇子不停地给"袁老"扇凉风。连摇带扇，"袁老"糊涂了，眼前盈盈笑脸怎么也和顽劣青年联系不到一起。莫非自己老眼昏花认错人了？宣传部长乘机把水往浑里搅："你老人家该重配眼镜了！小金插队时就是赫赫有名的抢险英雄，现在是咱厂先进典型。跟你捣乱的是别人。那厮刺头一个，专讲歪理，一贯抗上，大报头牌名妓（记）都敢糟蹋，你说狗日的胆子有多大？寻着挨收拾！果然犯事进去了，这会儿正在里面背砖呢。"得知糟蹋自己的家伙"进去了"，名记心情畅快，采访顺利进行。

名记领衔的长篇通讯《小金拭尘重上阵》很快在省报头版刊出，大意是："小金原是下乡知青，当上排爆英雄后居功自傲放松思想改造，进厂后因工种不理想一度消沉。自从开展'批林批孔'，小金恍然醒悟，终于明白自己中了林彪一类政治骗子流毒，毅然拭去思想尘埃，抖擞精神重上阵，从'两个斗争'高度狠批各类政治骗子，决心安心本职工作，艰苦岗位再立新功……"名记毕竟是名记，出手果然不同凡响，张贴标语过程写得波澜起伏、惊心动魄，如同火星撞地球，特摘录一段，以飨读者：

……金进财同志手捧红色标语，一步一个脚印朝流毒泛滥处坚定走去。刺鼻腥风扑面来，心有朝阳何所惧！金进财只觉胸中豪情澎湃，眼前万杆红旗展，脚下步步响惊雷！每前进一步，都表达了青年工人对伟大领袖的无限忠诚！每前进一步，都是对林彪一类政治骗子的无情批判！每前进一步，都是无产阶级"文化大革命"的又一次胜利！……

拜读完自己的先进事迹，明白"大道在便溺"，赖孩连叹："服了，服了！"笑骂，"老袁同志绝对是旧社会三流小报记者日出来的——真他娘能胡编！老家伙叫'袁一版'都亏，应奉为'故事大王'！"当日另一则新闻令金进财脸色骤变——省领导会见外宾，臧藏殊在座，身份是"省有关部门负责人"。

推荐上大学名额正式下达，近来表现抢眼的甲班推纱工被车间提名。指导员如梦方醒：金进财猪鼻子插葱——装象，自己又一次被耍！老毕像得了狂犬病，两眼血红，口吐白沫，从车间咬到厂部，还扬言告到省局。

月明星稀，万籁俱寂，忽然天摇地动！大车间里上千只日光灯管一起摇晃。"地震啦!"恐怖叫声瞬间传遍全厂,沉浸在睡梦中的男男女女海啸般涌出。年轻女工着小背心花裤衩逃命,逃至安全处自感不雅,又不敢上楼取衣,只好蹲在黑地……厂里两对夫妻因地震闹离婚。地震时,男人只顾自己逃命,撇下楼上老婆孩子不管。老婆后面喊得越凶,男人逃得越快,边跑边嘟囔:"到了这会儿,谁还顾谁?!"武仁芳此刻没了辙:老公虽是空军大队长,总不能开轰炸机回来救灾,仨丫头关键时刻不顶用,家里没个男人真不行。熬到天亮壮胆回家补觉,女儿睡得像死狗,当妈的却不敢睡着,空酒瓶子倒放桌上当警报,随时准备逃命。响起急促敲门声。"是你?……你来干什么?!"指导员满脸警惕。"刚地震,我就想起咱家,赶过来看看。有需要帮忙的,你只管开口!"推纱工真诚不容置疑。

谣言像满天乌鸦,飞往城市每个角落——昨晚4.2级是预震,老天爷先洒点胡椒面儿,一周后才是大震,8级也打不住!阎王爷已敞开大门,单等大批横死鬼报到。非常时期,宁可信其有,不可信其无。建材商店里积压多年的油毛毡当天被抢购一空,铁丝、钉子、木条也宣告脱销。一棉职工和全市人民一样,见缝插针,疯狂地掀起抢盖防震棚高潮。眼见家家防震棚搭起,自家还没一点着落,武仁芳心里督乱得像猫抓。连里几个男工远远躲开,大难将至自顾不暇,这会儿犯不着舔当官尻子。一无建材,二无人手,武仁芳彻底抓瞎,给老公打电话又哭又骂。大队长也没辙,只能一遍遍劝慰老婆"要依靠组织,依靠群众"。群众果然显灵。金进财变戏法般拉来满满一架子车木料和两捆油毛毡。部下以德报怨,领导又喜又愧,要付材料钱,推纱工坚决不要,说都是"借的",地震过后"再还不迟"。晓得部下惯会通神捣鬼,再不问建材出处。辅助工边干边拿金进财开涮。这个说:这可不像咱小金平时作风,里面肯定有文章!见大队长不在家,你小子莫非想乘虚而入?那个称赞:学会给当官的舔沟子了,进财有进步!金进财笑眯眯回答:"无利不起早,该舔不舔也不对!"安顿妥当,茶不喝,烟不抽,大家都要走。来帮忙的不是自己属下,怎能白使唤?武仁芳过意不去。辅助工们给同行撑台面,都说别谢我们,要谢你就谢进财。不是小金面子大,摆下满汉全席我们也不来!撅嘴骡子卖个驴价钱。进财古道热肠嘴贫心善人品高贵,今天你认清了吧?

谣言像满天乌云被风吹散,防震棚随之消失,一切回归正常。危难见真情。地震期间,全连二百多号人唯有金进财伸出援手。武仁芳会上几度哽咽:"我过去工作不深入,偏听偏信,许多事情冤枉了小金。他却忍辱负重,以德报怨,一切以革命工作为重。今天当着全连的面,我向金进财同志道歉!"说完深深鞠躬。军属固然光荣,家里没男人的苦处却只有自己知道,想起闹灾期间金进财主动上门送温暖,几个军属纷纷说起推纱工好处,讲到动情处,"呜呜"放悲声。指导员跟着抹泪。以哭领哭,以泪导泪,像听到号令,纱女们均作伤心状,有泪没泪一律俯首掩面嘤嘤助泣。革命时代,人人是演员,见群众表演集体到位,金进财差点笑出声,赶紧将脑袋埋进臂弯,肩胛骨一耸一耸,伤心得仿佛不能自已。随着一声咳嗽,哭声戛然而止。指导员斩钉截铁地说:"这样的好青年不上大学,谁上大学?!工人阶级必须占领上层建筑。大学不被金进财这样有革命觉悟的同志占领,我们工人阶级绝不答应!"忘记自己不久前曾热烈支持金进财被押去"修理"。全场响起热烈掌声。像落后生突然被封为学校"三道杠",金进财故作腼腆,扭捏着对众人露出羞怯微笑。

一旁恼了副连长,蹦出打横炮,指着金进财怒吼:"你们都上了他的当!他是潜伏在革命群众队伍里的坏人!是披着羊皮的狼!"会场鸦雀无声。"小金是自己同志。说话要有凭据!"指导员拉下脸。明知"小金"一肚子坏水,却急切举不出,"……他他……我我……"最后憋出一句"他往我屁眼里塞油壶嘴!"费力将粗腰弯至90度,肥臀对着众人,用手比画戳进深度。爆笑像无数只鸽子噗噜噜飞起,在场的一个个捂着肚子"哎哟"。毕兰花越发来气,大肚子一鼓一鼓,像只愤怒母蛤蟆。金进财站起笑眯眯回应:"毕师傅说得对,我绝对是坏人!运动初期批斗会上,我第一个跳上台,当众扇厂党委尹书记耳光,直扇得口鼻喷血门牙脱落!全厂老同志都对此记忆犹新。尹书记虽然调离,在外单位还是书记。打着红旗反红旗,迫害党的好干部,我是一头披着羊皮的肥母狼!"台上摘奸发隐,不留余地;台下笑声夹杂议论。毕兰花目瞪口呆。指导员冷冷地说:"小金是好人还是坏人,组织自有结论。散会!"会场瞬间空无一人,撇下毕兰花独自对着无形敌人大声咆哮。

声讨别人前,先把自己屁股屎擦净!总支书记神色严峻像出了大事。老毕看在眼倒有些忐忑不安。谈话对象保证守口如瓶,阮逢春略略透点口风:厂革委会最近接到省上转来一封信,信是一位重新恢复工作的领导写的,指控毕兰花看守"牛棚"期间"草菅人命,疯狂残害革命老干部……本人强烈要求:对混入工人阶级队伍的坏分子毕兰花绳之以法!老毕"残害的老干部"不是一个,自己也闹不清写催命信的是哪位?追问是谁?阮逢春不说,让当事人自己猜。老毕扳着指头战战兢兢一个个朝下猜,猜到一个重掌大权领导,阮逢春不说"是",也不说"不是",似乎默认。当头响霹雳!老毕傻了眼,捶胸叫起屈来:"冤枉啊!'牛棚'打人的不是我一个,为啥偏偏咬我?!"

阮逢春不以为然:"打领导的女同志可就你一个!你出手又黑,所以上面牢记在心。你也是老同志了,说话怎么比小青年还冲动?!干事怎么就不计后果?!领导又不是你儿子,想揍就揍?!"

毕兰花苦着脸分辩:"咱那会儿不是响应上面号召造反吗?只说走资派永世不得翻身,谁知才几年落水狗就上了岸。早知今日,我敢打俺爹也不敢打领导。哪个傻逼龟孙瞎了眼,才会和当官的过不去。"

总支书记危言耸听:"对你,车间能保尽量保,实在保不下,我也没办法。回家抓紧时间,该拆的拆,该缝的缝,该洗的洗,做好坐牢准备,免得事到临头乱了手脚。家里人手够不够?不够,你赶紧吱声,我派几个手脚麻利的去帮忙。当妈的虽然不在,组织上也不能叫你五个孩子穿单衣过冬。木匠戴枷——自作自受。你进去怨不得别人,只是连累了家人。'女人恋前夫,男人爱小婆。'你老公正当壮年,独守空房也难,又有一官半职,做媒的肯定不少。'伏天的日头,后娘的拳头。'只怕孩子们日后受苦!"

毕兰花听得心惊胆战,仗着根正苗红、膘肥体壮、心狠手黑,从来都是拎着"坏分子"帽子往别人头上扣,做梦也想不到轮到自己头上!情急之下"扑通"跪倒,苦苦哀

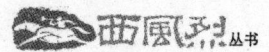

求:"阮书记,我求求你了!看在老同事份上,上面下来调查时,多多替我说些好话。厂里受什么处分都行,就是千万别让我进监狱!俺家小五子才三岁,离不开娘!"说完,哇哇大哭! 总支书记同情地说:"我是放屁拍桌子 —— 遮得住响,遮不住臭(丑)。你干的那些事群众都知道,想遮掩也难。事情虽然难办,看在五个孩子份上总得试试。车间有我在倒不打紧,只怕众口难防。别人还好说,就是金进财那张乌鸦嘴实在厉害,没事都能编出些事,何况你的事本来就不小!"

"那可咋办?!"毕兰花又急又恨又怕。

"不好办。这家伙像臭狗屎,一旦沾上抹不去擦不掉。"

毕兰花忽然想起:"对了,金进财不是想上大学吗? 车间赶紧打发他走啊!"

"你现在不反对了?"教导员调侃。

"不反对,龟孙才反对! 谁反对金进财上大学,谁是乌龟王八蛋! 谁生的孩子没屁眼! 谁缺了八辈子大德!"老毕此刻心情比当事人还迫切,急赤白脸表态,"别说让他上大学,就是明天让金进财上天安门,当选中央委员,我都没意见。只有一条:这家伙走得越快越远越好!"

阮逢春坚决赞同:"说得对! 留下这个无赖,将来不知还会闹出什么幺蛾子,赶紧打发走人!"暗暗发笑:杀猪杀屁股,总也杀不死,对付老毕之类恶人只能一剑封喉,以毒攻毒。

金进财上大学消息传开,赵明珠后悔不迭,如同小股民错把手里大黑马当成垃圾股,刚抛出就眼看连拉涨停版,悔得直想扇自己耳光! 金进财正在吃饭,美人走来柔声问:"进财,离厂手续办完了?"

"嗯。"工人大学生头都不抬,十二分冷淡。

"进财,你,你还恨我吗?"话里带着颤音。

"仇无大小,只怕伤心。怪我有眼无珠,错把毒蘑菇当盘好菜,光看外表漂亮,不知内里歹毒!"

"我上了毕兰花的当! 你就原谅我一回,求你了!"美人泪眼盈盈。金进财虽非英雄却难过美人关,叹口气,从对方碗里撅块肉送进嘴,算是谅解。"进财,以后能给我写信吗?"美人眼神似幽似怨,秋波闪动,频频放电,摄人魂魄。这么快就直奔主题? 金进财倒有些意外,低头琢磨如何回答。看饭厅人已走空,美女加大电压仿佛无意间解开粉红衬衫扣子。觑着雪白的乳沟,金进财春心荡漾,电击般瞬间从头顶麻到脚底,摇晃一下差点把持不住,正要举手缴械,转念一想:倘若我还在难中,美人会送上门吗? 断然摇头,问:"你就不怕我这坏人以后连累你?"

"你不是坏人,你是好人,是大好人! 你心地善良,待人热情,同情弱者,坚持正义,还有,还有……"漂亮面孔笨肚肠,只恨喝的墨水少。

"你又错了! 我打小就是革命街远近闻名的坏蛋 —— 拉人家的灯费人家的电,尿人家的墙角碱人家的砖,教人家的小孩学抽烟,俗话'三大害'一样不少,现在也不是好人。毕兰花说我蹲号子是早晚的事。这点,她还真没说错。"又问,"假如咱俩现在确定关系,我日后落到住房免费吃饭供给制,你会一直等我吗?"

美人认真想了想,老老实实回答:"我,我恐怕做不到。"

"你说了半天,这句才是大实话。"金进财放慢语速,争取时间多看几眼,无偿欣赏美人酥胸的好事不是每天都会有,评论一字一顿,"明珠同志,人生就像一条大河,有险滩,有漩涡,有急流,更有狂风恶浪。你总想顺风顺水,我注定逆水行舟。山羊上山,水牛下水,神仙进庙,小鬼归坟。咱俩压根儿不是一路!"

妙龄美女可弃,半老徐娘难舍,豁出再挨耳光也要当面感激。一棉最后一晚,金进财潜入家属楼轻轻敲响门。仿佛事先约定,门即刻开了,男人被一把拉进屋,丰满滚烫身子扑个满怀。怀孕女人体内激素水平升高,身子变得格外敏感,梦里都馋男人。金进财受恩深重,来时仔细刷牙,香皂洗净身子,抖擞精神意在报恩。阮逢春居功自傲,当仁不让,明朝天各一方,今宵卸重负般放下谨慎,一解闺房饥渴。男人两膝发软,热汗淫淫;女人娇喘吁吁,欲仙欲死,双双搂抱倒在床上。阮逢春叹道:"有了今宵这辈子没枉做女人!"两人互诉衷曲。听完紫云观求子经过,金进财笑岔气。女人一双粉拳在男人身上乱捶,娇嗔:"好心说与你听,反拿人家取笑!除了自家丈夫,我从没被男人碰过。不是求子心切,守了三十七年贞节怎会毁在你这魔头身上?!烧了半辈子香,临了吃碗狗肉 —— 坏了道行。罢罢罢,我俩既已这般,索性痛痛快快爱上一晚。"金进财欣然领命…… 一夜男欢女爱,阮逢春沉醉在春梦中直至阳光满室,迷迷糊糊伸手摸去,枕边无人,睁眼一看,共度良宵的青年男子早已不辞而别……

宝贝儿子过周岁生日,母亲收到一封匿名信,里面只有一首《卜算子》。阮逢春边看边笑:"还是要上大学,比厕所民谣大有长进!字也漂亮多了,颜筋柳骨,像正经临了几天帖。小家伙不忘根本,还算有良心!"看着,笑着,眼泪却滚珠般落下。"道一声去好,早两泪双垂。"本想一借了之,水尽鹅飞,谁知歪打正着,弄成忘年之恋!面对永不停止的阶级斗争走马灯,白天戴着革命面具上演庄严滑稽戏,台上一本正经扯淡,人前说些神圣废话,长夜独守空房,闺中寂寞难耐,乏味的政治婚姻沉闷得如同一潭死水。"故人何在,前程哪里,心事谁знать?"金进财在时不觉什么,人走了,才念起他许多好处:那张油嘴带来多少欢笑,床上表现更比基地主任强出百倍…… 食髓知味,夜夜梦见小冤家,却叫人如何割舍得下?襁褓里骤然传出哭声,哭声惊破怨妇春梦!为人母者浑身哆嗦,强按下心猿意马取火焚词。光明过后,一段畸情孽缘灰飞烟灭……

第七章

大麻子来咧

【唐俑 秦权】

　　建筑工地遍地钻孔，堆满手臂粗泥柱，仿佛成群恐龙屙下巨型大便。铲筒不时塞满朽木渣，钻探工田麻子边磕边骂："倒了他娘血霉，又探出个烂棺材板！狗日的往哪儿埋不行，非埋田爷这儿！"

　　"胡骂啥？材财相连，你小子今儿八成要发，一会儿探出金元宝可不能独吞。"组长郑瘸子逗趣。

　　"做你娘的大梦！木屑是杨木的，棺材里躺着穷鬼。"

　　"这有什么讲究？"一旁翟平安好奇地问。

　　"里面学问大了！想知道不？想知道先给师傅上颗烟。"田麻子卖开关子，美滋滋吸着徒弟敬的卷烟，接着说，"古代有种异兽叫猥，羊不像羊，猪不像猪，喜食地下死人脑子，却最怕闻柏木味，凡是柏木做的棺材它都不碰。所以古代大户人家埋人，棺材板必须是柏木，讲究三寸厚。家境不宽裕的死了老娘，买不起柏木棺材，两帮、顶盖、棺底可用松木凑合，前后档头非得柏木，要不老娘舅这关先过不了。穷人家的就惨了，几块杂木薄板胡乱钉个匣子草草发送，麻绳拦腰一捆，抬到墓地棺材不散架就行。师傅我干得年头多了，一看探出的木屑就知地下埋的是老财还是穷鬼。"翟平安听历史老师讲过"黄肠题凑"，晓得黄心柏木做棺椁是王公葬礼，却不知柏木还有此功能。徒弟听得入迷，田麻子来了兴致，指着手里铁铲问："师傅考考你：这铲为啥不叫北京铲，也不叫上海铲，偏偏叫洛阳铲？"徒弟摇摇头。"洛阳九朝古都，皇亲国戚达官贵族怕被人盗墓，遍设假坟。近代一个姓李的洛阳盗墓贼发明了这玩意儿，觉得哪有戏就在哪钻探，白蜡杆铲把绑根绳，二十米深的地方都能切到，铲头带上土质木屑或杂物，真坟假墓一目了然。洛阳铲逐渐流传开，建筑公司盖楼前先用它钻眼，探明地下有无墓穴、暗洞、地下水。你说盗墓贼聪明不聪明？"

"过去的盗墓贼聪明,现在的更能行。老光棍掏座古墓就能换个小媳妇,你们说能不能?"郑瘸子说。

"哈哈……"周围钻探工都笑了。

"放你妈的屁!"田麻子恼了。

"放你妈的屁!"郑瘸子不甘示弱。

"你敢再说一句?我把你狗日的脑浆铲出来!"田麻子举起洛阳铲。

"你敢?!你小子试试。"郑瘸子毫不怯阵,操起铲子一瘸一拐迎上。

"说说咋还真恼了?都是狗脸,说变就变!"旁边人赶紧把两个剑拔弩张的家伙拉开。田麻子活也不干了,扔下洛阳铲,气呼呼走了。

郑组长没说什么,田麻子咋就恼了?翟平安纳闷。"真是没事找事!田麻子最烦谁提这个,郑瘸子偏偏哪壶不开提哪壶。"钻探工老李头从头说起,"田麻子他爹是北郊田家湾人,因家穷,三十大几还没娶上媳妇。那天村里死人,喊老光棍去打墓坑,歪打正着,挖着挖着和一座砌着雕有朱雀白虎青砖的汉墓道挖通。全村轰动,都跑来看稀罕。墓道又黑又长没人敢进,老光棍耍贼大胆独自钻进墓室,点着亮一看:棺材早成朽木,除了骷髅架什么都没。墓室东南角放个半尺高绿釉陶罐,里面盛满黄米似的东西,掏出细看:是黄澄澄砂金!出墓坑怕遭哄抢,老光棍贼生急智,大喊'谁要金子?!'朝高处连扬几把。天上下起黄金雨!男女老少滚成疙瘩满地抢。老光棍乘机跑了,在外吃喝嫖赌晃荡数年,直到解放才回村,用剩余钱盖了一院房,娶个拖油瓶小寡妇。田麻子打那起改了姓。"

"还有这事?"翟平安将信将疑。

"那一带老人都知道。"老李头补充道,"都过了几个月,还有人不死心,拿罗面细筛在扬砂金地方扫土过筛,还真筛出几粒金子。"

"南方才子北方将,陕西厚土埋皇上。"另一个钻探工插言,"秦中自古帝王州,好东西多了!就拿这破破烂烂缺边少角的汉瓦当来说,咱们见了拿脚踢,外地人可拿它当宝贝。干了这些年,古墓见了不少,出土的铜镜、麻钱、汉罐、陶俑能装一车。上档次东西罕见,古墓让历代盗墓贼不知掏摸了多少遍,值钱的早弄走了。前年北郊盖机电大楼,挖出个明朝墓。这墓倒没被盗,揭开棺盖,尸体好好的,脸上颜色都没大变,身穿仙鹤翔云红色官袍,头戴纱制朝冠,两侧各有一翅,脚穿黑色朝靴,跟舞台上唱戏的穿的差不多。尸体很快风化,脸变成烂紫茄子样。棺材里的陪葬品被看热闹的抢个精光。"

"那可咋办?"翟平安听得入神。

郑组长冷笑道:"咋办?一个个乖乖送回,盗窃文物犯国法!田麻子学他后爹,将一个羊脂碾玉杯藏在裤裆。派出所传去一亮铐子,田麻子当场吓尿裤,哆哆嗦嗦交出赃物。听文物局人说,有条上朝围的镶玉腰带却始终没找到,据说值老鼻子钱。不知便宜了哪个王八蛋!"

翟平安对文物情有独钟,老钻探工一番话为他寻宝开辟新蹊径。别的小青年业余时间忙着找对象,谈恋爱,翟平安却蹬着破自行车,带上自制寻宝工具——三尺长钢

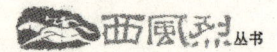

铲,另端焊上耙齿,到各建筑工地转悠。每逢掘开古墓,翟平安像一条嗅觉灵敏觅食腐尸的鬣狗,悄无声息出现,躲在旁边窥视。考古队刚撤,翟平安就一头扎下墓坑,这儿撬撬,那儿扒扒,寻觅漏网之鱼。寻宝者多有斩获,不是捡个缺边带豁汉罐陶仓秦砖汉瓦,就是拾到锈迹斑斑铜镜或五铢钱。老娘嫌墓里东西脏,不让往家拿。儿子被聒噪得不耐烦,索性在外租房。夜深人静,灯下反复摩挲拾来的宝贝,对照自订的《文物》《收藏》杂志,翟平安出古入今,神游八极,思接千载,重回汉唐……

市建公司昨天在灞原掘开一座古墓。寻宝者顶风冒雨蹬车前往。春雨潇潇,桃花艳湿,草色青青,灞柳如滴,田野寂静,行人绝迹。古墓是大型砖石墓,分前后两室,长三十多米,墓道呈斜坡朝下延伸,里面有四个天井和一对供奉用壁龛。翟平安在黑洞洞墓道口绊了一跤,爬起摁亮手电筒一看:脚下是断为数截的青石墓志铭,上面刻有四神图案,精美细腻,刀法传神。待看到"邵建初"三字,翟平安心跳骤然加快许多:此人及其后代大大有名,为唐代首屈一指刻工,当时就有"黄金易得,邵刻难求"之说,能请动"邵刻"的绝非等闲人家!拭去墓志上泥浆,仔细拼到一块,篆题"大唐故副大都护赐辅国大将军李铁成墓志铭"显现。碑文部分被毁,连蒙带猜,大致弄清墓志记载:

"墓主字亮,灵武郡人,安史之乱时,以副都护率部从郭子仪平叛,至德二载九月,香积寺一仗,身先士卒,斩敌首级千余。配合回纥兵收复长安时,亲冒矢石,率所部攻入城,收复两京,多有战功,稍迁副大都护,赐姓李。宝应元年,随诸节镇合围史逆朝义于莫州,十二月二十三日夜,金疮复发暴卒军中。有诏哀伤,追崇礼秩,赠辅国大将军。宝应二载元月十六日,葬于灞原。墓葬规格按正二品制。"

翟平安一阵狂喜:这是自己至今所见规格最高的古墓!

墓道越往里壅入的防盗流沙越多,仅能勉强爬行。翟平安心情逐渐暗淡下来,以往经历告诉他:辅国大将军在此安家落户1218年,在本人之前拜访国姓爷的不速之客绝不止一个! 不出所料,墓室里除了一堆枯骨外再无他物。寻宝者气得破口大骂:"操他奶奶! 谁这么缺德?! 扫荡得一干二净,什么都没给你翟爷留下!"骷髅一对黑洞望着生人,大张着没牙的嘴,像是嘲笑盗墓贼一无所获。翟平安越发来气,一脚将骷髅踢飞,骂道:"什么辅国大将军,自个墓都守不住,有个屁用!"骷髅滚了几滚停下,死死瞪着来人,像是记下盗墓贼真面目。寻宝者心有不甘进入耳室,钢铲在淤土里乱捅,"嘭!"突然触到硬物。像野狗发现肉骨头,翟平安双手并用飞快刨土。工夫不大,张牙舞爪镇墓兽和面目狰狞天王像相继出土,可惜或缺胳膊少腿,或色彩残缺。唐风厚丧重葬,二品大员按制少说殉葬冥器70件。会不会还有漏网之鱼? 右耳室挖掘片刻,一尊三彩釉马俑头部现出,小心翼翼拨去上面淤土,寻宝者惊喜地发现马俑背上骑个怀抱琵琶胡姬! 来自大宛的汗血马在汉朝被称为"天马",骨相嶙峋耸峙、状如锋棱。马俑形象生动,釉色斑驳灿烂。"所向无空阔,真堪托死生。"好一匹紫光腾目神清骨峻的西域神骏! 马上胡姬眉目似画,肌肤如玉,樱桃小嘴鲜艳,珠帽偏戴,翻领窄袖,足蹬长靴,马背上怀抱琵琶素手拨弦尽显万种风情,除了靴子和马尾有数道浅裂纹,整尊俑完好无损。真是个好东西! 比省博物馆展出的唐三彩漂亮多了。老天不负有心人!

要不是怕惊动外面,探工真想痛痛快快吼上两嗓子!正高兴着,"扑通!扑通!"墓坑相继跳下人!翟平安大惊失色,赶紧伏下身子,屏住呼吸,一动不敢动。强光在墓道里射来晃去,最后在先行者身上停下……

"看见什么没有?"上面人急着问。

"里面壅满流沙,看不清。"

"等天黑了,咱们带锨再来。"

几个盗墓贼瞬间消失得无影无踪……寻宝者惊出一身冷汗:自古以来,盗墓发现奇珍异宝见财起意干掉同伙的事时有发生,更何况素不相识狭路相逢的同行。要是几个贼人知道墓穴有宝,非得留下我与辅国大将军永远做伴。擦去额上冷汗,连道:"万幸!万幸!"熬到天黑,翟平安将残缺不全的冥器请进墓室,硬挣着在上面拉泡半干不稀大便,用土薄薄掩上,给后来同行留下见面礼,夜色里裹俑凯旋……

大龄青年终于搞上对象。急欲结婚的翟平安忍痛割爱把天马胡姬俑卖给了文物贩子,面对六位数存折和新购三室一厅,美女在众多追求者中做出正确抉择。婚后不久,翟平安在报上看到一则消息:纽约嘉士得昨天举行中国瓷器及工艺品专场拍卖会,经过一番激烈竞投,一尊中国唐代天马胡姬俑以158万美元价格成交,创下历次拍卖会上中国唐三彩成交价新纪录。买主是位不愿透露姓名的石油界大亨,通过电话投得。文物专家普遍认为:这尊保存完好的天马胡姬俑异常精美,如此造型的唐三彩独一无二,传统三彩釉面上的描金彩绘也是首次见到,代表中国唐朝粉彩陶俑工艺最高水平。由于其不可替代性,文物专家一致认为还有较大升值潜力。文章附有这尊唐三彩彩照。"宝马归新主,何必见旧人。"翟平安直看得眼前发黑,浑身瘫软,痛苦地认出稀世之宝曾归自己所有……

建筑市场越来越不景气,工资经常拖欠。翟平安办了停薪留职,在古玩市场盘下铺面,年头干到年尾,挣的钱刚够嚼裹。老婆嚷嚷着把店转让,买主也来了几次,翟平安却死活不松口。"三年不开张,开张吃三年。"古玩行靠的是耐心和运气,老娘们头发长见识短,只盯着眼皮底下。大财在命,小财在运。翟平安坚信自己命中有财运,还会遇见天马胡姬俑之类好事。深秋时节阴雨连绵,古玩市场行人稀少,看看今天又没指望,许多店铺早早关门。翟平安干坐在店里,百无聊赖地看着马路积水里一个个瞬间破灭的水泡发愣。一个披雨衣的黑脸汉子店门前讨水喝。见客人包裹沉重,掌柜起身让座,殷勤端来香茗。黑脸汉子顾不上道谢,一仰脖全灌进肚,连喝几杯,才腾出嘴:"早上吃的羊肉泡,半天没喝水,把人能渴死!转了一圈,就你这儿赏咱茶喝。老板,你是嫽人!"又说,"我带了几件东西,想让老板看看。"说着将脚下提包拉链拉开,摸出个用报纸裹得严严实实的东西,小心翼翼放在桌上。什么好东西?翟平安迫不及待解开报纸,看了却大失所望——是件八寸高汉铅绿釉陶仓,汉墓里常见,也就值仨瓜俩枣。见掌柜不感兴趣,黑脸汉子又取出件尺把高清代铸铁佛像,面目销蚀得模糊不清。

掌柜泄了气："另一个是啥？要还是这类货，就不朝外拿了。"

"还是铁家伙，都认不出是啥东西。俺村八十多岁的老汉都没见过。"

"既然来了，拿出看看吧。"掌柜已不抱希望，手都懒得动。黑脸汉子把外面裹的破布解开，露出个包浆厚重、苍翠斑驳、半边糊泥、空心高体折肩小钮瓜棱式器物。翟平安心里"咯噔"一下，两眼放光，死死盯住眼前物件——像是高古三代青铜器！乡下人不识货拿宝贝当铁疙瘩。自从倒腾古玩，翟平安对商周秦汉青铜器格外留意，鼎尊爵觥彝之类见了不少，眼前器型纹饰却是第一次看到。古玩店掌柜拿在手，强忍内心激动，装作漫不经心地问："这东西从哪弄来的？"

黑脸汉子愣了一下："不是弄来的，是俺先人传下的。"

"你家住哪？"

"渭河北岸子。"卖主显然不愿说出具体地址。

"北岸子地方大了。"

"俺家在咸阳塬上，离正阳镇不远。"

翟平安顿时明白东西来自何方，黑脸汉子是何许人。装作无足轻重，将青铜器放回桌上，将错就错地问："这铁疙瘩你打算卖多少钱？"

黑脸汉子拿不准："这……你看着给吧。下雨天，别叫我白跑一趟。"

翟平安故作豪爽："我看你是个痛快人，咱俩就痛快办！我给你一千块钱，只当隔布袋买猫：蒙对了，算我捡个正经东西；错了，权当我请你喝酒交个朋友。"话在情在理，送货人满口答应。翟平安又主动添了二十块，说是来回车费。黑脸汉子高兴了，当即表态："老板够意思！再有东西，我还给你送来！"

送客回来，翟平安将各类青铜器图片拿出一一对照，无论农具、工具、兵器、乐器，还是存世最多的礼器，统统对不上号。莫非赝品？翟平安随即摇头：显微镜下四层包浆清晰可辨，器型、纹饰能作假，绿锈底下的枣皮红却绝对没错，历经千年沧桑才会有此颜色。擦去左边糊泥，表面微微凸起，像是铭文！取出拓纸铺在桌面含水喷去，将发潮的拓纸贴上，再用扑子匀匀地上墨，拓完慢慢取下。不出所料，拓纸现出41个小拇指指甲盖大的小篆，可惜年代久远漫漶不清。古董商取出放大镜，照《篆法指南》细辨，直到眼睛酸得睁不开，才最终认定每个字。这段铭文眼熟，像在哪见过。翟平安琢磨片刻，猛地一拍大腿："'秦王扫六合，虎视何雄哉！'我知道这是什么东西了！"从史书上查出当时所下诏文："二十六年，皇帝尽并兼天下诸侯，黔首大安，立号为皇帝，乃诏丞相状、绾，法度量，则不壹、歉疑者，皆明壹之。"书上所载始皇帝诏文和这件青铜器上铭文一字不差。闹了半天，它就是秦权（权俗称秤砣，秦权是秦官府批准的标准砝码）！虽比不上天马胡姬俑价值，也够上国家一级文物！被天上掉馅饼砸晕脑袋的翟平安高兴之余又有些害怕。

半年过去，平安无事，古董商的心逐渐放下，却遗憾那会儿光顾着秦权，没细盘问送货人详细地址，白白把个财神放过。

【一生儿爱好高尖鼻】

"男要浓眉,女要高鼻。"金进财坚定认为女人五官里鼻子最关键。女性鼻梁笔直,鼻头纤巧,秀气毕现,人也显得聪慧。金老师择偶标准传为笑谈。亲朋好友牵线,先后见了百十个女人,清一色塌鼻梁圆鼻头,有几个更不像话,干脆鼻孔朝天鼻梁塌得像猩猩。金老师看得气闷,转念一想:急也无用,需慢慢寻访。寻来访去,金老师访进大龄青年行列,精神萎靡不振,上班无精打采。校长看在眼,明白部属害了什么病,悬赏红娘奖,号召全校教师集体寻访高尖鼻。

同事带回喜讯:南郊和平商场袜子柜台有一美姝,鼻子绝对符合金老师审美标准。金进财兴冲冲赶去探美,果然名下无虚——鹅蛋脸、眉黛青鬟、双瞳剪水、乌油油大辫子,尤为难得的是鼻子纤巧挺直,仿佛西亚美女。当下色授魂予,一双脚牢牢钉在地上。高尖鼻被看得不耐烦,乜斜着眼,送给好色男人一对白果仁。爱美者自感无趣,讪讪而退,心里却再放不下:可知我一生儿爱好高尖鼻,今日觅到,不做第二人想!借买东西搭讪的青年男子天天都有,色盛者骄,高尖鼻见多了,遂以不变应万变——满脸冰霜,说话惜字如金,拒人千里之外。金老师炙冰使燥,话没搭上,尼龙袜子倒买了几打。

教室坐满望子成龙的家长。台上一声咳嗽,台下鸦雀无声。金老师拿出期末考试成绩单正要开念,骤然瞥见最后一排坐个美貌女子,细看,正是自己日思夜想的高尖鼻!绞尽脑汁不得,美人却自己上门。金老师越看越爱,呆呆立在台上,嘴张着却说不话,直看得高尖鼻含羞垂首。台上人越发走了三魂六魄。见班主任神情异样,台下家长都扭头往后瞅,有人看出名堂大声咳嗽,全场响应,教室像突患流感。金老师灵醒过来,按下心猿意马,猛咳几声,压下满场骚动……

散会后,家长围住金进财,都是一脸忧愁,都说孩子考试成绩不理想,都"拜托金老师费心,把孩子学习抓紧"。金老师最烦听这话:说得轻巧,吃根灯草。我拿什么'抓紧'?是学校给我多发了奖金?还是家长私下给金老师送了红包?至多过年拿卷破挂历糊弄老师。不送礼,给老师介绍个漂亮对象也行,却从没有家长关心老师的婚姻大事,好像老师精力只能放在教书上。也不想想金老师老大不小了,除了白天育人,也想夜晚造人。物质刺激、精神鼓励全无,却叫老师如何"抓紧"?金老师满脸不耐烦:"俗话说'种瓜得瓜,种豆得豆。'你孩子是包谷豆,我总不能给你种出大米!成才不成才,首先看学生,其次看家长,最后才是老师。全班52个学生,每个家长都叫我抓紧,我又

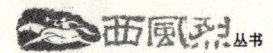

不是哪吒太子,没长三头六臂,抓了这个顾不了那个,我抓得过来吗?!老师我发育期间,正赶上'三年自然灾害',自幼营养不良,打小身体就弱。我也想拼了命抓紧,只是苦于没有革命本钱,一累头就晕,现已积劳成疾。再逼我抓紧,非落个英年早逝!"金老师越说牢骚越盛,"家里但有办法,谁愿当猢狲王?老师是个苦差事,高人不爱做,低人干不了,好事咱从不敢想,学生不出事就阿弥陀佛!干得好,没人看见,苦得像拉车的牲口,却没精料喂你。成绩上不去,轻了挨骂,重了遭辱。金进财是天下的苦命人,不幸沦落至此,早晚不是累死就是死于营养不良!"

众家长听得哭笑不得——请班主任抓紧,他却满口歪理。如此话痨老师,少见!

老师正在教育家长,远远瞅见高尖鼻推着坤车朝校门口走去。机不可失,时不再来。金老师借口"有事",冲出包围圈直奔美人而去,到了跟前又有些失望:美人一双短腿,走路略带罗圈,难怪大热天不穿裙子。又想:腿短就短吧,十全十美上哪找?罗圈就罗圈,"三年自然灾害"过来的孩子,有几人身体没落痕迹?本人虽不罗圈,个子却不高,都是"瓜菜代"过来的苦孩子,叹口气:先保高尖鼻吧。问清美人芳名叫孟小燕,是班上孟大宝的姐姐。金老师眼珠一转,先是对孟大宝智商予以高度评价,说该同学天赋灵犀,一点即通,初见即惊为神童!倘若再有老师精心培育,因材施教,日后定成大器。姐姐心里疑惑:班上倒数第一名是脑膜炎后遗症患者,弟弟紧随其后,"神童"从何谈起?金老师坚持己见:男孩调皮,精力通常没放在学习上,孟大宝只要抓紧,绝对是可造之才!又强调:育才像盖楼,不能老师一头热,家里也要紧密配合。孟小燕听得高兴,拜托金老师"抓紧",表示一定和班主任"紧密配合"。美人吹气胜兰,老师心旌荡漾,一语双关:"'抓而不紧,等于不抓。'只要你紧密配合,从今儿起,我就抓紧不放,不大见成效,决不罢休!"

熬到第二天天黑,估计美人已下班回家。金老师打发蜡,擦鞋油,从头到脚捯饬得明光铮亮,像枚刚车出的零件。照照镜子,尚嫌不足,将学校开联欢会剩下的胭脂翻出,淡淡抹了脸蛋,顿显精神焕发,山鸡舞镜般摆弄一番,自己验收过关,这才骗腿上车去学生家"抓紧"。班主任夜访,全家感动。金老师故伎重演,又把神童吹嘘一番。孟老爹听得高兴,腰间取下一大串钥匙,眯着眼从中挑出一把开了橱柜,把珍藏的南糖、炒花生、五香豆、瓜子之类凑了四碟,端上茶几。见孟老爹端碟子的手直哆嗦,金老师明白孟家待客之道是可看不可吃。金老师不伸手,孟老爹放下心。孟大宝一跃成为神童,心里得意,越发觉得金老师可亲,先代吃五香豆,又拿出家里相集让老师欣赏。与孟小燕合影的军人浓眉大眼,身材魁梧,英气勃勃,教师自愧不如。

金老师遂将"抓紧"转移到柜台,三天两头往商场跑。见弟弟的班主任来了,女营业员热情相待。金老师装了一肚子名人逸事、花边新闻、市井掌故,嘴皮子赛过走江湖卖狗皮膏药的,不是将学生的姐姐侃得一愣一愣,就是将学生姐姐逗得"咯咯"笑个不停,直感叹金老师学问大,比和指导员在一起有趣多了——男朋友就会一本正经做思想工作。

商场不设职工灶,都是自己带饭。孟妈妈是药罐子,钱都送进医院,菜里难见荤

腥。孟小燕同往常一样,无滋无味吃着,骤然瞥见金老师满头大汗匆匆赶来,将保温饭盒放上柜台,说声:"趁热快吃!"扭头就走。孟小燕打开盒盖,热气裹着香味扑鼻而来——皮薄馅饱,黄澄澄鸡汤上撒着鸡丝,是西京城有名的"大麻子"馄饨。第二天饭口,"大麻子"又来了。孟小燕要付钱,金老师坚决不收。营业员好奇地问:"金老师,你怎么知道我爱吃这个?"再想不到是自家弟弟提供情报。金老师脉脉含情盯着高尖鼻,柔声说:"心里装着谁,自然会知道。"孟小燕粉脸羞得通红,晓得话题危险,进去容易出来难,低头吃馄饨,只作没听见。追求者很快在商场摇了铃,熟悉的保温饭盒一露头,营业员齐齐操着秦腔,怪腔怪调朝着袜子柜台喊:"'大麻子'来咧!"金老师满面春风,频频招手致意。

绯闻很快传到男友家,又以最快速度反馈到新疆。指导员来信海阔天空讲了通人生理想、革命情操、道德纪律,结尾点了"大麻子",说:"相信你一定能把握好革命友谊和男女感情界线。"意识到事态严重,直悔不该贪嘴,营业员让弟弟带话:坚决谢绝"大麻子"进场!金老师不理,仍以蚓投鱼,直至孟小燕声色俱厉当面下达"大麻子"驱逐令!营业员哄笑声中,金老师灰溜溜提着饭盒离开……

孟小燕担心老师报复学生,悄悄问弟弟:"金老师最近对你咋样?"孟大宝睁大眼睛,天真地说:"金老师对我好得很,比那个当兵的还好。"告诉姐姐,"金老师可关心你了。说你柜台一站就是一天,让我回去帮着干家务,别让姐姐太辛苦。"金老师以德报怨,营业员倒有些过意不去。

天气骤冷,老娘肺气肿老病又犯了。孟小燕放心不下,下班直奔医院,走到病房门口,里面传出阵阵笑声,隐约听见熟悉男声。孟小燕一惊:金老师来病房干什么?赶紧止步偷听。里面正在讲笑话:"有个结巴子在街上摆茶摊,来个结巴子要喝茶。买茶的结巴子指着茶杯问:多——多——多——少钱,一——一杯?卖茶的结巴子回答:五——五五——分钱一——一杯。买茶的生气了,质问:你——你——你学我——干——干啥?!卖茶的反问:谁——谁——谁学——学你了?!买茶的越发生气,指着卖茶的鼻子说:就——就——就是——是你!卖茶的也恼了:谁——谁学——学你,谁——谁谁——是——是小狗!俩结巴子止吵着,老掌柜来了,闹清原委,赔笑代儿子向客人道歉:对——对——对不起,他——他——他不不——是学——学你,他——他是——学——学我!"一屋人笑得喘不过气,屋外人也没憋住。老师说完笑话要走,说是回去改作业。孟小燕赶紧闪远。病号们恋恋不舍,送到门外,再三叮咛:"来噢,再来噢。"金老师笑容满面回答:"一定,一定。"

床头柜堆满水果和营养品,妈妈换下的衣服洗得干干净净,连袜子也洗了。一问,果然是金老师所为,怎么都拦不住,说"闲着也是闲着"。同房病友都羡慕孟妈妈上辈子烧了高香,积了个好儿,得知不是儿子,断定必是女婿,至少也是女儿的男朋友。听说是"儿子的班主任",病房人都瞪大眼睛:世上居然还有这号班主任?白天在学校给学生讲课,晚上来病房给家长洗脏衣服臭袜子说笑话,还提来大包小包礼物。这样的班主任天上罕见,地上绝无,怎么偏偏就让你家碰上?得知模范老师还是单身,家有待

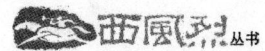

字闺中的,纷纷打起金老师主意,都拜托孟嫂做媒。这个说我姑娘长得白白净净,可招人喜欢了;那个说我闺女身材直溜溜的,脊背平展得像案板,谁见谁夸;另一个更干脆,说俺家仁妞都没找对象,金老师随便挑,看上哪个是哪个;最后一个索性搞起物质引诱:房子、家具都是现成的,只要小金老师愿意,什么都不用他操心!营业员听得心里酸溜溜的:自己虽和金老师划清"男女感情界线",却不愿别的姑娘染指,更舍不得"大麻子"。女人不想付出,却愿意男人对自己做贡献,占着茅坑不拉屎,爱情天平上摇摆的女人多不讲理。孟小燕拉下脸,面对老娘,凶声恶气说与周围听:"人家金老师已有对象,你就别瞎操心了!"

"不会吧?金老师刚才还给我说他没有女朋友。"

"人家又不是你儿子,犯得着事事给你汇报?!"

老娘无故吃瘪,嘟囔道:"俺闺女今天吃枪药了?嗓门咋恁大!"

孟小燕恶狠狠说:"有病也闲不下你的嘴!"一把拽过被子,将老娘劈头盖脸蒙住。见孟小燕如此厉害,同病房婆子们吐吐舌头,再不敢妄想乘龙快婿。

商场女同胞精于计算,特别是婚姻大事。金老师热销让营业员犹豫,眼下中学教师行情看涨,送上门的抢手货,自己却拒之门外,会不会犯了历史性错误?一夜翻来覆去,孟小燕起来昏昏沉沉,路上受些风寒,熬到下班回家,身上发热,晚饭没吃就上床睡了。早上起来略感好些,又硬撑着去上班。到了午餐时间,想着饭盒里冷馍咸菜,全无食欲。跑顺的腿,吃惯的嘴。天天鸡汤馄饨,不觉得什么,骤然改回,一时真难适应。孟小燕不想见金老师,却怀念"大麻子",下意识朝大门口瞅了又瞅。"大麻子"再不会来了,孟小燕叹口气,无情无绪坐在柜台后面,才吃几口,骤然听见外面大喊:"'大麻子'来咧!"商场人爱逗乐子。以为是同事捣蛋,孟小燕没理会。喊的人越来越多,喊声越来越大!孟小燕一抬头——柜台立着熟悉的保温饭盒,甜腻腻笑容居高临下对着自己!"趁热快吃。"金老师仍是那么和蔼可亲,像从未被驱逐。营业员终于明白:自己遇上生平最难缠的顾客,像贪吃老鼠被诱饵黏住,想甩掉?难!孟小燕愣着不动。金老师舀勺馄饨,怕烫,吹了吹,隔着柜台,伸长胳膊巴巴地往孟小燕嘴里送,口气像哄孩子:"乖,听话,吃了这口。鸡汤治感冒,吃了病就好了。"金老师旁若无人,旁边营业员看得肉麻,边笑边捏着鼻子一齐喊:"酸!"孟小燕羞得从脸红到脖子,夺过勺子,娇嗔:"讨厌!"心里却再恼不起来。金老师顺手将美人剩饭倒进塑料袋,说是拿回家"喂猫"。

大厅里美女吃着热腾腾鸡汤馄饨,大门外男人冒寒风吃剩饭。来的次数多了,商场上下混个脸熟,进进出出都拿金老师开涮:"咱放着'大麻子'不吃,要吃冷馍咸菜,莫非脑子进水?"金老师摇铃打鼓,扯旗放炮,要的就是众人皆知,越发满脸幸福甘心如荠——商场同事都认定伊是我的女友,卖袜子的只能就范。见到的都笑,笑完都叹息世上居然有如此痴情的男人!都说孟小燕"过了"。卖袜子的坚决否认老师"男友"身份。女营业员一致反驳:"你不是人家女朋友,为什么天天吃送上门的'大麻子'?"

"少管闲事!我又没让他送。他爱送不送!"

"谁耐烦管你们三角破事！"玩具柜台姚娜娜半真半假道，"你要看不上，老师让给我。"旁边跟着起哄"我要！""给我！""'大麻子'是我的！"孟小燕心里美得不行，嘴上却说："我都烦死了！你们现在拿走最好。"一听这话，几只手同时抢保温饭盒。孟小燕慌得赶紧按住，郑重声明："老师能给，'大麻子'不能给！"

今天随"大麻子"一块来的还有张电影票，孟小燕爽快应了。不就是陪金老师看场电影吗？吃了男人那么多"大麻子"，总得给男人一点甜头。只要自己牢牢把握住"男女感情界线"，见机行事，有什么风吹草动拔腿就走，同时对付两个男人，经验丰富的女营业员自信游刃有余。从电影院出来，天已黑了。俩人沿着城河漫步。春草茂盛，万物生长，春情萌动，空气里浮动着丝丝暧昧气息。河岸每隔几步，就有对情侣，或轻偎低傍，或搂抱热吻，路人经过，也不回避。寻块干净地坐下，孟小燕往旁边挪挪，拉开距离，郑重地说："金老师，你以后不要给我送馄饨了。"

"为什么？你不是最爱吃'大麻子'吗？"金老师明知故问。

"商场的同事都笑话你。"

"我给女朋友送馄饨，他们为什么要笑话？"

"我有男朋友了。"孟小燕纠正对方口误。

"那与我无关。你有男友，我管不了。我，却只有你一个女友。咱俩交往，你有了更多选择机会，我有了幸福和希望。你总不忍心看着我在黑暗里苦苦挣扎吧？总得让我见点光明吧？"说着，轻轻揽住美人削肩。孟小燕哆嗦一下，做好随时逃跑准备，等了一会儿，不见金老师进一步动作，紧绷的身子又放松了，坚持道："金老师，你真的不要送了。那样对咱俩都不好。"

"不能和你比翼双飞，纵然烟霞满天，生活又有何情趣？"金老师语调哀伤，回答颇具鸳鸯蝴蝶派神韵。

如此痴情男人偏偏让我遇上，孟小燕幸福地问："你准备送到什么时候为止？总得有个头吧？"

"送到夺得花魁那天。这就像马拉松赛跑，谁坚持到底，谁就能胜利。小车不倒只管推！我只要还有一口气，爬着也要给你送去。谁叫你长得如此美丽动人，第一次见面，我的魂就被你勾走了。"

"你真坏！脸皮真厚！我发现你是个大赖皮！"孟小燕笑道。

"男人不坏，女人不爱；小伙不赖，姑娘不跟。你说得不错，只是发现晚了！"金老师骤然露出赖孩原形，一把将学生的姐姐搂在怀紧紧噙住红唇。风云突变，营业员想逃已来不及，嘴里"不不"拼命挣扎。顾了脸顾不了身，男人大手伸进内衣，拽掉奶罩，在两个乳峰交替揉搓……挣扎很快变得有气无力，"不不"换成呻吟……另一只大手像推土机，在徒劳阻挡中，势如破竹地朝女人隐秘处前进……失控，完全失控！孟小燕什么都想到了，就是没想到以往可亲可敬的金老师突变无赖，霸王硬上弓！主动瞬间变被动，孟小燕哭着整好衣服，看着眼前无赖笑脸，恼羞成怒，抬手狠狠一记耳光！声音脆响，左右不远处的两对情侣被惊动，一起站起朝声响处窥视。行动前什么都想到了，就是没想吃了美人耳光，金老师左脸火辣辣，眼前冒金星，情绪大受打击跳起就走。撇下孟小燕一人，号了几声，觉得不对——占便宜的跑了，我哭给谁看？站起赶紧追。边追边检讨：想吃"大麻子"，却不愿埋单，占小便宜吃大亏。姓孟的便宜不好占，非叫姓金的好吃难消化！追上拽住，黑水晶珠般眼球含泪，似幽似怨又似恨。金老师看得心疼，站住不动，豁出再挨几记耳光。营业员开口直插软肋："你爸、你妈是干什么的，弟兄几个？家里有没有房？你存款多少？……"

强行接触使男女关系发生质变——"金老师"降格为"进财"，除了最低生活费，每月工资须上缴理财高手，作为筹建爱巢之用；"大麻子"立即打住，过去吃别人的有滋有味，现在吃自己的如何咽得下；男的停止打牌、闲谝一切无聊无益活动，业余时间全部用于外出讲课、家教之类创收；寒暑假办培训班，一天也不能闲，男人就是拉磨的牲口！金进财叫苦不迭，孟小燕冷冷回应："谁叫你招惹我？你当漂亮媳妇那么好娶？"又说，"'官凭印，虎凭山，女人凭的男子汉。'你要是没养老婆的本事，趁早吭气。咱俩各走各路，谁别耽误谁！"金进财像负重牲口在面前晃动娶得美人归的胡萝卜诱惑下一步一步朝前挪。美人收钱不含糊，付出却吝啬，至多赏个香吻，任凭老师巧舌如簧百般引诱，桑间濮上坚决不去。金老师直抱怨"一边饿死驴，一边草闲着。"

朝孟家女婿终极目标前进路上，又跳出个挡道的。孟会计扒拉了半辈子算盘珠子，善于精打细算，女儿美貌奇货可居，父亲待价而沽，总想找个前途光明家境殷实的女婿，老有所靠。转眼又到期末，孟会计兴冲冲去开家长会。待公布考试成绩，孟会计大失所望——孟大宝仍徘徊在五十名之后，毫无"神童"迹象。"神童"鼓吹者却忽然变成女儿男友！项庄舞剑，意在沛公。班主任终于露出狐狸尾巴！孟会计失望之余，鄙视金老师上不了桌面的小把戏，毫不隐讳对其道德品质的猜疑。女婿应该像算过的账——清清楚楚，干干净净，分厘不差，经得起时间检验。两相比较：指导员待人诚恳，一身正气，干部家庭出身；金老师虚头巴脑，油嘴滑舌，家居贫民区。孰优孰劣，一目了然，老会计对后者连连摇头。

"我爸说你不是党员，又没钱。"孟小燕传话。

"上面正给我压担子，列为重点培养对象。"金进财煞有介事地说，"'不怕秀才衫子破，只怕肚里没货。'就凭咱这聪明绝顶的脑袋，你看我像一辈子没钱的人吗？"

"我爸嫌你家在革命街，还是……是河南人。"

籍贯与生俱来，岂能随意改变？煞费苦心拿下高鼻梁，未来丈人又打横炮。金进财心里不快，脸上带笑："看来我岳父对河南人不了解，三人成虎，以讹传讹，搞地域歧视，对河南人有成见！中国历史上有三位感天动地、光昭日月的大英雄，俱是俺河南人。第一位是汤阴岳飞，'洙泗上，弦歌地，亦膻腥。'要不是岳武穆郾城大败金兀术的拐子马，只怕现在满街还是羊膻味。第二位是'碧血丹心'史可法，祥符县人。史阁部以一介书生督师抗清，遗书'一死以报国家'，城破力竭被俘。豫王多铎亲自劝降，史可法慨然道：'城亡与亡，吾志已决，即劈尸万段，甘之如饴，但扬州百万生灵，不可杀戮。'从容就义。第三位是抗日英雄杨靖宇。日寇进犯,三十万东北军一枪不放跑了,河南确山县好汉毅然顶上,出任东北抗日联军第一路军总指挥,率军誓言'抗联从此过,子孙不断头。'直至弹尽粮绝、壮烈殉国。"金老师继续启蒙,"你姥姥家里不是敬着菩萨吗?你知道佛经是谁取回来的?"

"唐僧。"

"唐僧籍贯是哪?"

被问者摇头。

"看看,这就叫数典忘祖!天天念经,取经人是什么地方人都不知道。金老师今天有兴致,给你补补课:自从盘古开天地,三皇五帝到如今,中国文化人里谁最风光?首推玄奘!印度取经归来,'道俗奔迎,倾都罢市',唐太宗亲自出城以国礼迎接。玄奘圆寂,全城送葬,百姓跪了几十里地,唐高宗哀痛,叹曰:'朕失国宝矣。'玄奘俗家姓陈,讳祎,洛州缑氏,今河南偃师缑氏镇人。河南一度王气所在,北宋首都在开封,那会儿的人都以会说河南话为荣,多少人哭着喊着争当河南人。"说着叹口气,"靖康之变,东京几乎一夜间成了空城。百姓跟着朝廷南逃,直到现在,杭州等地方言还带着河南味儿,当地有名的张小泉剪刀铺是汴梁人开的,卖羊肉汤的准是开封人后裔。天灾战乱如同卷地狂风,将世代生息在家乡土地上的豫人连根拔起。狂飙过后,尘埃落定,中原流民像风暴刮来的草籽扎下根,再贫瘠的土地只要飘来雨水就能起根发苗,在异地他乡生长,开花,结果。土著起初与外来户不相往来。土著嘲讽'河南担',难民讥刺'此地猴',各自生活习俗互当笑料。难民说土著懒,土著说难民脏。难民说土著胡扎势穷讲究多,土著说难民没大没小没规矩,说难民将好东西糟蹋了,肉片木耳黄花粉条海带豆腐一锅熬,只会做大烩菜,好好的面条非要煮成糊涂面,难民说土著粗,擀的面条像裤带,烙的饼像锅盖,辣子是道菜,碗大得像盆,唱戏和打架分不开。岁月流转,造化弄人,两边最终尿到一个壶里——结成儿女亲家。金孟两家也逃不脱这条铁律。"

"不要脸!鬼才和你用一个尿壶。"

"河南曾是中华文脉所在。东晋南朝那会儿,无论士大夫和寒人,无论北人南人都用洛阳语音保存传播其典雅文化。圣哲老子出生河南鹿邑。豫人文象首推先秦庄子,后有秦代李斯、汉初骚体赋大家贾谊、东汉著名赋家张衡、正始文学代表阮籍、西晋潘岳、南朝山水诗人'二谢'、北朝文坛领军人物庾信、齐梁钟嵘。唐朝河南籍诗人群星璀璨,诗圣杜甫、岑参、元结、元稹、王建、刘禹锡、韩愈、李贺、李商隐……衣冠南渡,读书种子撒到浙江,细翻当地文化名人族谱,估计和河南都有瓜葛。风流倜傥郁达夫绝对是北宋天下闻名的'洛阳才子'后裔。智力输出令中原文脉大伤,850年来,文坛元帅竟再无河南籍。'唐诗,晋字,汉文章。'每个朝代都有自己的文化高峰,如今天降大任于我,中兴重担历史地落在河南籍革命街文人肩上。"金进财摇头晃脑,摆出一副当今之世舍我其谁的架势。

"你真了不起。"女营业员被侃晕了。

"'说破英雄惊煞人。'我虽学贯中西,满腹锦绣,却贵有自知之明,和以上河南籍

大家相比,我只能算这个。"金老师谦逊地伸出小拇指,说,"还要努力,还得努力。"

孟小燕又有些怀疑:"我怎么从未见你写的东西出版?别说'烧饼',报纸上'豆腐干'都未见过一块。哪有不写诗的诗人?不出书的作家?不写文章的文人?你大学同学孙建新几年前就出了诗集,初次见面就送我两本。"

金老师脸红了,瞬间又恢复常态:"小家子气了不是?要不怎么说女人头发长,见识短,错把白糖当碱面。真金不镀,假金方用真金镀。满足于在报上三天两头发'烧饼'的,都是镀金文人,往高里拔是三流。三流文人挣的稿费只够买白菜萝卜,却个个大言不惭,高自标置,不是自命'著名作家',就是被同伙封为'天才诗人',假誉驰声,互相吹捧,光屁股撵狼——胆大不知羞!你拿我和孙建新比,岂不是拿天比地?孙建新什么玩意儿?文痞一个!出的书臭了街,哄骗'女文青'有一手。幸亏你不爱读书只爱钱,否则,早遭他的毒手!"

想起城河岸遭遇,年轻姑娘气愤地说:"没遭文痞毒手,倒先遭你毒手!见了漂亮姑娘死皮赖脸往上贴,贴不上就硬下手,是不是你们文人都有这流氓毛病?还老师呢,就这样为人师表?!"

身为教育工作者,求爱却采取"快捷方式",当事人承认这样做"不大合适",接着辩解:"金老师发乎情,难止乎礼。要怪只怪你长得太美!守正出奇和流氓毛病两码事,人民教师前者偶尔为之。'大行不顾细体,至人不拘检括',只要拥得美人归,当下手时要下手!"又说,"'五百年必有王者兴,其间必有名世者。'文坛短一点,领袖三百年出一个。中国长篇小说站得住的只有一部《红楼梦》。自郐以下,自称天才或被吹捧为天才的,不是水货就是假冒伪劣。像我这样一流文人不屑写'烧饼'和'豆腐干',深藏若虚,讲求一鸣惊人。'大匠不示人以璞。'几个大部头正在肚里憋着呢,一旦问世,必定压倒元白,朝成暮遍,洛阳纸贵!"

"你的书能挣多少稿费?什么时候出?"营业员最关心经济效益。

教师叹口气:"惭愧,惭愧,简直没法提!搁外国,十辈子也吃不完。中国不行,中国人爱看书的不多,更舍不得掏钱,不把码字的当事。文人自古就是皇上养的玩物,地位近似乐工、戏子,现在也好不到哪,待遇还赶不上副科长。难怪文人越来越少,都削尖脑袋改行奔仕途。一缺十求,争着当孙子,凡见领导摇尾巴,见老百姓横眉冷眼,说话爱拽文的小官员,不用问,以前不是作诗的就是写小说的!'有人漏夜赶考场,有人辞官归故里。'我也知'是官比民强',却天生硬骨头,喝不了领导洗脚水。书生本色,直道而行,埋头枯守,默默耕耘。'常遣笔墨慰小我,独无心情见大人。'我就是这号衰人。"又叹息,"长安米贵,居大不易。唯独文章不值钱。长篇小说稿酬少得可怜,最多买套两居室。"

"能买套房还嫌少?"孟小燕瞪大眼睛,催道,"那你还不抓紧写?"

"你以为写书是母鸡下蛋,屁眼一努就是一本?文化讲究氛围,夜读还须红袖添香,更别说写书了。这阵子我心都在你身上,再静不下来。'编筐窝篓,全在收口。'想住新房,快带嫁妆过门,热汤热水伺候着,让你老公安心写完。"

革命街文人哄得了年轻女营业员，骗不过精于计算的老会计。坠入情网的女儿只知未来公公"在区商业局主管副食分配"；未谋面的婆婆在"运输系统独当一面"；"大哥武艺高强侠骨柔肠，在外地保密单位任职"；"二哥是'烈士'，已牺牲多年"。再问，答案都含混不清，像是涂改过的账本。金老师情况不明，家庭家境可疑，老会计像初见假账，本能地嗅到一丝可疑气息。"家有三斗粮，不当孩子王。"一个区准二流中学教语文的，就像割老鼠尾巴炖汤，能有多大油水？漂亮女儿嫁给穷教师，孟会计认定是桩赔本买卖。准备给儿子换班的同时，父亲明确无误发出信息：班主任再敢纠缠学生姐姐，家长就到学校演出《闹天宫》！

两下僵住。

【改正】

街上车流滚滚，劳累一天的人们急着往家奔。侯卫东像往常一样，骑车抄近道回去，车刚拐弯，一条汉子对着自己猛冲过来！侯卫东躲闪不及，连车带人一起摔倒。撞车的像伤得不轻，坐在地上抱着右腿一个劲儿"哎哟"。大街上从不缺看热闹的，瞬间围了个水泄不通……"咋回事？闪开，闲人闪开！"三个歪戴帽、敞胸露怀的家伙边拨拉人群边往里挤。被推的正要发作，扭头一看：推人的满脸狰狞，晓得是街道闲人，惹不起躲得起，赶紧闪开。挤到跟前，为首的刀疤脸"哇"的一声怪叫："这不是俺兄弟吗？你咋啦？谁把你打了？谁吃了豹子胆？谁他娘活得不耐烦了？！"

撞车的指着侯卫东控诉："就是他！我好好走在路边，他车骑得飞快，对着我就撞！腿被撞断了。"说完，抱着腿又"哎哟"喊痛。刀疤脸一步步向肇事者逼来，十指交叉一翻腕，指关节嘎巴乱响，恶狠狠说："你咋骑的车？！长眼是出气的？！恁宽的马路你不走，偏往俺兄弟身上撞。明白了：你看俺兄弟忠厚老实想欺负！"

侯卫东看得胆战心惊，语无伦次地分辩："不不，不是，我不是……"

"当然是你的'不是'！光说个'我不是'就完了？"刀疤脸不依不饶。

"妈呀，疼死我了！"大哥出头讨公道，撞车的喊得越发邪乎，抱着"断腿"在地上滚来滚去……侯卫东终于反应过来："不是我撞他，是他撞我。"

"啊哈！"刀疤脸一声怪叫，骂道，"猪八戒上城墙——倒打一耙。你老小子胡说八道，颠倒黑白，一看就不是好球攮出来的！"

"你、你，你怎么张口骂人？！"见围观的越来越多，侯卫东壮着胆子质问。"骂你？老子还揍你呢！"一掌掴在脑壳！呢子帽打飞，周围随即响起笑声——秃脑瓜明晃

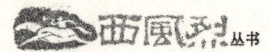

晃,周围稀稀拉拉几根长毛,努力盘旋在脑门中央,寒风里可怜地摇摆。官员的光葫芦只有家人得见,今日却当街曝光。侯卫东脸涨得通红,屈辱地弯身拾帽子,却被刀疤脸一个同伙抢先踢开,追过去再拾,又被另一个同伙踢回。踢来踢去,像是练习传球,观众笑得越发开心。刀疤脸将呢子帽踩在脚下,侯卫东弯腰去拾,混混一跺脚,哆嗦的手吓得赶紧缩回……呢子帽当坐垫,几人合力将"断腿"架上自行车后座,勒令侯卫东推往医院看伤,大道不走,只许走小巷。推了没多远,"断腿"直喊痛得受不了,得让人背。武力胁迫下,侯卫东只得背起伤员,背上没走多远,"断腿"又来新花样,说还是痛得不行,需要骑在官员脖子上。见肇事者不肯就范,瞅瞅四下无人,俩同伙一左一右剪住胳膊,刀疤脸左手勒脖,右拳杵住官员面门,恶狠狠说:"你跪不跪?再敢不跪,我一拳打断你龟孙鼻梁!"混混手腕虎头刺青狰狞,脸上深紫色"蜈蚣"煞是吓人!侯卫东魂飞魄散,想喊"救命"却挣不出声。

　　危急时刻,身后有人说话:"四条汉子欺负一个半拉老头,真有出息!"

　　刀疤脸扭身回应:"说谁哪?这是谁在跟咱爷们儿叫板?!"

　　"是我,是我姓金的!"巷口走来一人。

　　"哎哟呦,我还以为是谁呢?原来是金八哥!多日不见,八哥可好?"刀疤脸一脸谄媚。金八没搭理,走近一看,吃惊地说:"咦?这不是工程局'摘右办'的侯主任吗?快快松手!"听完原委,金八说,"快送医院!事有事在,你们商量解决,千万别动手。"说完,扭头要走。侯主任拉住金八哥,像抓住救命稻草,苦苦哀求:"金师傅,求求你了,你千万不能走。人真的不是我撞的,你得说句公道话。"

　　刀疤脸瞪起眼睛,骂道:"再说不是你,我一刀豁了你的嘴!"

　　金八摆摆手,叹口气:"真他娘邪门!这条路几年没走了,今天第一次路过,事情就偏偏叫我撞上!没见也就算了,见了不管又不行。谁让两边都是朋友?罢罢罢,看在我面上,这事儿算了。"

　　伤员不干了:"那我的腿咋办?总不能白让他撞折了。"

　　金八眼一瞪:"咋?!姓金的说话从啥时候起不管用了?道北没人听了?!"

　　"你找死呀!"刀疤脸骂了伤员一句,赔着笑脸谦卑地说,"不敢不敢,借个胆,我们也不敢。道北地面,天老大,您老二。谁敢不听八哥的话,除非他活得不耐烦!"说完,将呢子帽连土带泥重重拍在光头上,从腰间拔出雪亮攮子在官员脸上使劲捺了几捺,骂道:"算你老小子走运,要不是金八哥面子大,今天非得放你龟孙半盆血!"

　　侯主任吓失三魂六魄,直到四个闲人不见踪影,才慢慢还阳,只是两条腿软得拉不动。金八自告奋勇护送上路,一手推自行车,一手亲热地搂着主任肩膀,边走边语重心长教诲:眼前的路是黑的。有钱难买早知道。人活着不容易,干什么都得小心,骑车得这样,"改正"也得这样。要不,谁也不知道明天路上还会撞上什么人,还会发生什么事。兄弟救得了你一时,却救不了你一世……钱多头发少,权大胆子小。年过半百,万事看开,安全第一。您五张的人了,上有老,下有小,是屋里顶梁柱,一身安危系全家幸福,所以更要多自珍重,一路走好……都是朋友,听俺金八一句肺腑之言:'公门里面好修行。'侯主任切记广结善缘，择高处立，就平处坐，向宽处行。积德行善才能逢凶化吉……"

金八哥就是金老师。十天前，金老师和侯主任结下"朋友"。

孟小燕的二叔在工程局工作，因给领导提意见，"反右"时由技术员降为工人，成了不戴帽的右派——内控使用，享受右派待遇。身患肝病的技术员发配到"苦甲天下"的宁夏西海固改造，每月只发二十八元生活费。大忙天，地里不见"老右"身影，生产队长骂骂咧咧来到破窑前，喊叫几声不见答应，进去一看：技术员躺在土炕上死去多时，两眼睁着，泪痕未干，像是放不下远在兰州的妻女……死讯传到单位，一个人也未来。技术员就地葬了。孤女寡母只想着这辈子再见不到阳光，谁知破瓦片也有翻身一天。得知给右派"摘帽"消息，二婶像戏台上的秦香莲，拉着两个小丫头到处讨公道，从工程队、处里，一直找到局里，却都不得要领。组织人事部门"审干""定案"积极，却最烦"翻烙饼"。乍暖还寒时节，"改正""平反"难免磕磕绊绊。二婶没辙，天天坐在大伯子家里哭。见弟妹一家恓惶，老会计有心无力，只能陪坐叹气。难事让急于立功的金老师知道，自告奋勇陪二婶去局里"改正"。

摘掉右派分子帽子办公室简称"摘右办"。走廊长条椅上坐满了右派或右派丧属，等着上级甄别、复查、改正。负责接待的工作人员一身国防绿，系着风纪扣。"我是八处十三队职工孟柱国的爱人，我丈夫含冤去世，我……"

"孟柱国的事处理过了！"国防绿见"老上访"又来纠缠，满脸不耐烦，"孟柱国不是右派，谈不上'摘帽'，死因是'病故'，按'正常死亡'处理。组织结论早下了。"国防绿看着报纸，头都不抬。

"我丈夫不是'正常死亡'，是被逼死的！他有病没钱看，他死不瞑目，他死得冤呀！撇下我们孤女寡母……"说到伤心处，二婶放声号啕，两个小妞也跟着哇哇大哭。国防绿像草菅人命庸医，压根儿不把丧属哀痛当回事："给你说了多少次！孟柱国不属于'改正'对象。别在这儿胡搅蛮缠，再闹也没用！走走，快走！"

"你说人话，还是放狗屁？！"金老师不干了，劈手夺过报纸扔在地上。

"你，你是谁？！"国防绿从椅子上蹦起。

"我是你金大爷！我看你龟孙欠揍！"

"你，你敢？！"

"你有种朝大门口走，咱俩单挑！谁不去谁是王八蛋！"金老师几下脱去棉袄，拽着国防绿领子朝外拉！摘右办大乱，工作人员一起上来解围。里屋侯主任被惊动，毕竟是领导，水平比普通工作人员高多了，和颜悦色问清闹事行凶的是孟柱国老婆的"娘家侄子"，接着不怀好意地问："贵姓大名？哪个单位的？以后有事好联系。"闹清面前是掌管"摘帽"大权的侯主任，金进财故伎重演，双手抱拳，满口江湖腔："失敬，失敬！兄弟有眼不识泰山，惊动侯主任！兄弟鲁莽，抱歉，抱歉！"说着将帽子歪戴，解扣敞怀，挽起袖子，右手大拇指朝后翘起，活脱脱一副街头混混相，自报家门："兄弟是道北的！免贵姓金，人称金八。不是自吹，兄弟在道北也算有头有脸，你站在革命街一问，敢说无人不晓！兄弟没单位，自个儿管自个儿，时兴话叫'个体户'。兄弟现在东天桥卖五香酱猪头肉，祖传配方、味道正宗。侯主任想吃了，兄弟我明天给你提张猪脸来。"

一听"道北的"，工作人员互相看了看，来"摘右办"要求改正的不是痛哭流涕，就是喊冤叫屈，像金八这样两句话没说好，揪着领子就要"单挑"的还是第一次遇到。革命街革命群众的凶猛早有耳闻，没想今天打上门！侯主任泄了气：有组织管的咱不怕，就怕体制外的闲人，更怕没单位管的滚刀肉。主任谢绝"酱猪脸"，开口"政策"，闭口"规定"，十分原则。见金八听得不耐烦，侯主任运起以柔克刚功夫，说孟柱国同志"死得蹊跷，问题复杂，只能慢慢来"，又说"再研究研究，有消息了通知你们。"看了字条上联系地址，主任起了疑心，一笔道劲好字怎么也和"卖猪头肉的"联系不到一起。见官员上下打量自己，金八笑道："破字难入法眼，让侯主任见笑了。道北藏龙卧虎，门口卖糊辣汤的老匡头，补鞋的蔡婆子，随便拉一个都比我写的强。兄弟还未入流。"说着举起国防绿桌上的记录本，指着上面字说："大家看看，这字像不像狗爬？打眼一看，一页就有三个错别字，文理更是狗屁不通！我儿子刚上育红班，写的都比这强。也不知小时候你爹咋教你的！""摘右办"爆出快活笑声，众多苦瓜脸第一次绽开笑容。男女工作人员咬牙使劲不笑，肚子却一鼓一鼓，像一群正在憋气的青蛙。金八越发来劲，教训起国防绿："裤裆里搭棚——好大个鸡巴架子！你，一个小小政工干事，衙门毛病得的深！'门难进，脸难看，话难听，事难办。'说的就是你这号！阎王好见，小鬼难缠。奉劝你一句：别总琢磨着整人、害人、训人，有工夫了看看书，练练字。字是人脸面，你自己不要脸不要紧，别塌了'摘右办'的台，捎带着侯主任也跟着丢人——咱们这儿好赖是个要害部门，怎么混进个半文盲？！"国防绿的脸窘成猪肝色。侯主任怕"卖猪头肉的"再说出什么难听话，忍着笑按住肩膀朝外推。到门口，金八转身拱手："不劳远送，留步，留步。我只说最后一句：狗走百里吃屎，狼行千里吃肉，我金八受人恩惠记万年。兄弟恩怨分明，结草衔环也要报答侯主任大恩大德。只是兄弟性子急，等不了许多时候，十天之内，兄弟在家恭候佳音！"

十天过后仍无动静。金老师回去请将，演撒泼演悲情当街耍光棍，勇斗巷从不乏高手，立在巷口路灯下一声召唤，当下走来十多个闲人。革命街别的都缺，却从不缺替人出气的角色。半大小子一律不要——初出茅庐，只顾出手痛快，却不知下手轻重，万一闯下大祸可怎么收拾？咱们目的是"改正"，打的是政治仗，不是去放血。最后挑了三个老资格闲人，俱是社会秩序一贯捣乱者，惯会见机行事，擅长"与公安机关打交道"。最赖的一位十六岁搞大了邻家女孩的肚子，闹出婆婆、儿媳同屋坐月子的逸闻。侯主任见惯人间生死，炼就铁石心肠，降伏此类油盐不进的老政工，威慑力度尚嫌不足。金老师想来想去，想到匪头身上。

匪头叫聂振彪，上小学就和警察结下不解之缘。十三岁那年，为买过年供应的冻带鱼，聂振彪和插队的混混动起刀子。兄弟俩捅他六刀，他回敬十二刀，满地血能把人滑倒！围观的都吓坏了。俩闲人当街捅翻一对，聂振彪浑身是血却屹立不倒，浴血一战奠定江湖地位，脸上刀疤是玩命的留念。审讯警察又惊又怒拍案大骂："你小小年纪,就如此心狠手黑,长大还不成了土匪头子?!"聂振彪由此得个诨号"土匪头子",简称"匪头"。偌大道北,匪头除了服气金占全,别的闲人都不放在眼。过了而立之年,匪头想着该成家了,只是名声欠佳,面部二寸余长刀疤更透着杀气,两眼一瞪,脸上肌肉抽搐,深紫色刀疤随之凸起,密密针脚清晰可见,像条愤怒蜈蚣,端的吓人!当街对阵,常令对手不战而逃,妞们更是望而生畏,谁也怕当压寨夫人。前年腊月二十八傍晚,东天桥下沿铁道走个乡下妞,挎个蓝印花土布包袱,满脸煤灰,身上脏兮兮,一看就知扒货车来西京城的。街上游荡的三个闲人起了歹意,借口抓"逃票",拉拉扯扯把乡下妞往黑地里拽。匪头性子烈,一对拳头却只打硬汉,见不得男人欺负女人,当下大怒,撵上去,三拳两脚打跑了仨闲人。匪头转身要走,被乡下妞一把拉住,说大哥一看就是好人!天黑了怕再遇见坏人,求大哥帮着找个过夜地方,等天亮了,俺再进城寻亲戚。领回家,热水香皂净了头脸,灯下一照,匪头看直了眼:两眉如刷,双目似星,皮肤白里透红,地道美人!姑娘叫美娥,逃婚跑出来的。未婚女婿不成器,爱赌钱,把酒当饭,输了要喝,赢了更要喝,哪醉哪卧,成了乡里笑柄。匪爹匪娘摸清姑娘底细,晓得土匪儿子机会来了,一起叹气作同情状,说嫁谁不能嫁酒鬼,跟谁不能跟赌徒,美娥姑娘逃婚算是逃对了!好吃好喝款待。救美结局通常是美女爱上英雄,美娥也未能免俗。美娥给老家大伯去信,让帮着做爹娘思想工作,说"自己自由恋爱,已在省城把女婿寻下,坚决要求退婚……"结婚证明没来,婆家找来。匪头夜夜搂着美人睡得正美,忽然被告知人归原主,真正是与虎谋皮。匪头一声怒吼,抢把利斧劈头砍去!未婚女婿一行见势不妙,拔腿就逃。匪头边骂边追,直杀得前女婿再不见踪影……结婚证是啥?不就是张纸吗?没那玩意儿,男女该睡照睡,更不耽误种人。抱上眉清目秀小丫头,匪头喜得合不拢嘴,从此金盆洗手,退出江湖,一门心思琢磨如何养活老婆孩子。琢磨来琢磨去,效法春秋时代老祖宗、名刺客聂政的活法——"鼓刀以屠"。匪头腰间揣把风快利刃,骑辆破自行车,车把挂串麻绳,满世界寻狗。有买的,更多是空手套白狼。血淋淋驮回,剥皮开膛,红辣椒、白胡椒、大红袍花椒、八角、茴香一锅烩……经营"老聂家五香狗肉"的是女人,实在卖不动,男人才出面。匪头立街头,据肉案,持尖刀,脸上紫蜈蚣暴起,一双剑眉倒竖,俩只彪眼圆睁,怒视兜里有钱却不肯光顾的路人!被"照"住的闲人心发慌,腿也软,晓得是霸王卖肉,赶紧过来"照顾生意"……

老街坊请将,聂振彪答应走一遭。怕匪头手黑,金老师再三提醒:点到即止,见好就收,千万不敢动刀,坏了兄弟大事!匪头笑了,连说兄弟放心,老哥自从有了俊媳妇亲闺女,就皈依佛门带发修行一心向善,现在屠狗不屠人,放血只放四条腿的,两条腿的就免了。

侯主任终于挣扎到家,一进门,全家都吓坏了——当家的面如死灰,神情恍惚,像惊吓过度。官员一头栽倒在床,待还阳,已是三天之后。刀疤脸成了官员永远的噩梦,半夜几次惊醒。侯主任视单位坏人如草芥,却怕社会闲人,痛定思痛,想起诸多古训:明枪易躲,暗箭难防;不怕贼偷,就怕贼惦着;秀才遇见兵,有理说不清……侯主任病愈下床办的第一件事是寻访孟柱国遗孀。

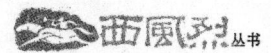

"摘右办"一把手家访,令孟家深感意外,二婶感动得直掉眼泪。侯主任沉痛检讨:说自己太忙,以前未顾上亲自抓孟柱国同志一案,让家属受了许多委屈。得知孤女寡母境况,自己难受得一连几天吃不下,睡不好。接着无限深情地怀念起"老孟",说孟柱国同志工作勤勤恳恳,技术精益求精,做人任劳任怨,是难得的好同志。斯人虽去,却永远活在我们心中!最后强调:当年处理孟柱国同志,自己就持不同意见,只是迫于形势,无奈说了违心话,做了违心事,现在复查,果然是桩冤案。值得自己欣慰的是:这桩冤案是在我侯卫东手里"改正"的!《孟柱国同志逝世善后处理协议》超出家属期望。见领导体恤民情,孟会计灵机一动:孟大宝压根儿不是念书的料,智商往高里说勉强"正常",绝不是什么狗屁"神童",何不乘机搭上这趟便车。遂咳嗽一声,说弟妹膝下无子,早将孟大宝过继。"儿子"即将初中毕业,决心继承"父亲"遗志,将祖国工程建设事业进行到底!主任也爽快应了,双方签字。孟会计老脸笑开花,将锁在柜里的老四样珍重取出待客。二十三年冤屈,一朝昭雪!屋里洋溢着喜庆气氛,更有说不完的感谢话。侯主任壮着胆子问起"娘家侄子",得知"下乡办货未归",胆子陡然大了许多。想起饱受惊吓,官员又气又恨,再忍不住,当众揭穿金八丑恶嘴脸:《日出》幕后有个金八,革命街也有金八,此金八比彼金八更阴、更毒、更坏!真正是口蜜腹剑,笑里藏刀!金八指使几个流氓截道,演了出假撞车,刀疤脸唱红脸,金八唱白脸,阴阳怪气软里带硬说了许多威胁的话,恐吓我就范。跟侯卫东玩这手儿还嫩了点!我干政工三十年,什么事没经过?什么人没见过?一眼识破双簧戏,看穿金八真面目!我怕吗?不怕!我怕什么?!虽然不怕,党的政策还得落实,该"改正"的还要"改正"。我是堂堂国家正处级干部,受党教育多年,怎么能跟一个"卖酱猪脸"个体户一般见识?侯卫东以德报怨,就是要让金八扪心自问:上有天,下有地,你这样做,对得起自己良心吗?别人被"改正",无不感激涕零;我给金八的亲戚平反,酱猪脸没吃上,却险些挨刀子!天地良心何在?!金八还有没有人性?!你们评评理,看我冤不冤?!说到伤心处,侯主任几度哽咽……

一屋人听得满头雾水,唯独孟小燕心里明白,当即断然否定:"不可能!八哥虽然厉害,却最讲道理,绝不会干半路截道的事,一定是你误会了!"未等官员争辩,伶牙俐齿的女营业员又说,"就算是他干的,也是被你们逼的!这叫官逼民反,不得不反!"

"改正"当日傍晚,匪头左手拿鸡腿,右手端碗"西凤",蹲在椅子上边啃边喝,满嘴醉话:"赖……赖孩,哥儿几个不……不含糊,你小子也够……够意思。以后再有谁……谁家'改正'不……不了,只管来……来叫哥儿几个。照今晚这个标……标准来一桌就……就行。穷人家就免了!龟孙干部都……都他娘欠收拾,一收拾就学……学乖了!"

"聂哥功莫大焉!不放屠刀,却结善缘,解危难,重然诺,轻生死,积厚德,平冤案,真乃人间活佛,不愧智深再世!"金老师伸出大拇指,高度评价匪头义举,"'仗义每从屠狗辈',从古至今,概莫能外。古有聂政、'爱燕之狗屠'荆轲、朱亥、樊哙、张飞,今有道北好汉！多亏哥儿几个行侠仗义，天地间才留下一点正气，孤女寡母方得以申冤！"对匪头观点，金老师予以充分肯定："严重的问题是教育干部，特别是吃政工饭的！年年搞阶级斗争，斗来斗去，斗得一点人味都没有，从不把百姓冤屈、别人死活当回事！这帮家伙一个比一个左，全他妈铁石心肠，说好的没用，跪下磕头也不行，非得咱们开导教育——让整人、害人的也受点冤枉，吃点苦头，晓得滋味难受，才能恢复人性！"

金老师立下奇功，二婶感激不尽，自告奋勇做起大伯子思想工作，直夸金老师要文有文，要武有武，呼风得风，唤雨来雨，嬉笑怒骂皆成文章，不出手便罢，出手便是石破天惊、乾坤倒转！和印象中的文弱书生大不一样。如此女婿打着灯笼也难找，大哥你还犹豫什么？！要不是俩女儿太小，我定要抢先招金老师为婿！孟会计对金老师有了新认识，两相比较，看出革命街文人长处：指导员虽好，总不能穿着军装闯进"摘右办"，揪住改正的领子喊打喊杀，更不能指挥部队战士半路截道，解决老大难问题，还得靠金老师请来的一方豪杰。老祖先孟尝君逃出函谷关，靠的也是鸡鸣狗盗之徒，自古办大事只问结果，没谁会细究过程。非常时期自有非常之人，非常之事则需非常之人采取非常手段。革命街文人大有潜力！孟会计遂松了口：金进财不是很能行吗？弄套新房估计不难。有房，婚事可以考虑；没房，免开尊口！猢狲王不能当了，趁早改行！入仕途最好，其次进新闻单位，记者白吃白喝白看戏，进公园不买票，还能三天两头拿红包。身虽不能任，却心向往之，无冕之王职业优越性一直为循规蹈矩谦卑谨慎老会计所憧憬。营业员跟着涨价：除了时下娶媳妇必备，还得一台彩电，没有大彩电，不领结婚证！

听了孟家父女最新择婿要求，金老师仰天长叹：做孟家女婿为什么这样难？！

【新郎赛过魔术师】

"哪位是金老师？"语文教研室进来个伟岸丈夫。以为学生家长来访，正在批改作业的金老师低头回答："我就是。请坐。"过了一会儿，不见吱声，金老师纳闷地抬起头，吓得赶紧站起——大汉两眼喷火，怒视自己！金老师哆嗦着问："你？你是？"

"我叫梁铁军，从新疆来，找你有事！"见来者不善，同事互相使个眼色悄悄溜了。金老师什么都想到了，就是没想到指导员对高尖鼻的热爱程度甚至超过了自己。接到女朋友断交信，指导员仿佛五雷轰顶，连着发来几封航空快信，一个劲儿追问："为什么？！"却都泥牛入海无消息。指导员请假回西京，父母家也未顾上回，提着两个大旅行包直奔商场。孟小燕像见到债主，自知理亏，低头不敢正面相对，翻来覆去只有一句：我信上都说了⋯⋯孟大宝见利忘义，将姐姐新男友底细出卖给前男友。问已发展至何种程度。孟大宝犹豫片刻,经不住新军装诱惑,如实交代偷窥班主任和姐姐亲嘴……前男友听得心如刀绞。

这个名字早有所闻。被找的松了口气——不怕"最可爱的人",就怕不明底细、打了就跑的社会闲人。金老师热情伸出双手,对方冷眼相对断然拒握。金老师态度却更加热情:"梁同志从新疆来?稀客,稀客!那儿比西京冷多了,已下雪了吧?"梁同志不接话,冷冷看着情敌。"新疆是个好地方!"金老师自说自话,"吐鲁番葡萄、哈密瓜、库尔勒香梨、阿克苏长粒大米,还有无花果、长绒棉、烤全羊……屯河西红柿日照时间长,昼夜温差大,口感好,内地西红柿压根儿没法比。新疆最有名的白酒,号称'新疆第一酒'叫什么……老窖?伊宁老窖?好像不对。有个'伊'字,但肯定不叫伊宁老窖。实在想不起来,你给提醒提醒。"

"伊力老窖。"梁同志不知不觉被引进感兴趣话题。

"对,对。就叫伊力老窖!我喝过,真是好酒!少数民族实在,酿酒也实在。不像内地一些酒厂,偌大厂区连个烟囱都没有,全靠收购小酒厂的酒重新勾兑,出产的酒年份比建厂时间还长。人家伊力老窖烈而不冲,醇香满口,和汾酒一个路数,真正的清香型!"

"不是清香型,是浓香型,和五粮液是同类香型。"梁同志纠正。

"不对吧?我怎么喝都觉得是清香型。"

"你弄错了,是浓香型。"

"肯定是清香!"

"绝对是浓香!"

"要不就是清香和浓香混合型。"

"不对!是纯粹的浓香型。"

两人争执不下。争着,争着,捍卫浓香的梁同志依稀觉得哪有些不对,自己千里迢迢赶回似乎不是为了和情敌讨论伊力老窖的香型。金老师敏锐察觉话题就要发生危险大逆转,赶紧拉回既定轨道:"说到新疆白酒,不能不提新疆葡萄酒。新疆葡萄得天独厚,新疆葡萄酒却一直没在国内外打响,不能不说是遗憾。新疆好东西多,深加工却有待加强……"梁同志先是点头,接着摇头,努力挣扎着将思绪从伊力老窖、新疆葡萄酒中摆脱。

"新疆是个好地方。那里的少数民族姑娘真漂亮,比汉族女孩俊多了。梁同志没打算在当地找一个?"酒是挡不住了,金老师努力将话题引向男人们更感兴趣的领域。"部队有规定,尊重少数民族地区风俗,不支持军人和驻地的少数民族姑娘谈恋爱。"指导员严肃回答。"遗憾,太遗憾了!喀什古城我去过,绝对美女如云!姑娘个个浓发卷曲,五官轮廓鲜明,高鼻梁,两眉如画,深邃眼睛乌黑明亮,修长身材裹着艾德莱斯绸黑色连衣裙,步履轻盈,一笑百媚生,初见惊为天人!梁同志不在驻地找对象真是遗憾!"金老师又是摇头,又是啧啧,由衷为对方惋惜。

指导员终于醒悟过来,"啪!"拍响桌子,单刀直入:"姓金的,你是怎么把别人的

女朋友勾引到手的?!"主人指指旁边椅子示意来客坐下,自己靠在藤椅上据理反驳:"梁同志,提请你注意语言文明!那叫'吸引',不叫'勾引'。"是"吸引",还是"勾引"?教师与军官展开辩论。两词一字之差,意思大相径庭。事关原则,涉及军地关系,主人严防死守。客人辩得不耐烦,结束字眼之争。

"孟小燕选择我,因为本人魅力。"金老师得意洋洋。指导员嗤之以鼻:"就你?"也难怪对方不信,两人站在一起,无论长相还是个头,金老师都差得远,唯一优势是脸白。金老师耐心向情敌解释:"'好马看腿,好汉看嘴。'男人身上最大的魅力是什么?不是长相,不是块头,是幽默。幽默是什么?恩格斯教导我们'幽默是具有智能、教养和道德上优越感的呈现。'和你相处,孟小燕感觉是小学生见了班主任,只有受教育的份儿;跟我在一起,像听笑星说相声——全是乐子。要想公道,打个颠倒。你要是女人,你愿意跟谁?是愿意天天受训,还是日日笑个不停?方底圆盖,两不相合。孟小燕同志经过慎重考虑,对自己择偶标准及时改正。"

"那你也不能不讲道德,挖别人墙脚!"客人气愤地说。

"大谬!此言大谬!女朋友不等同有夫之妇。咱俩公平竞争,和道德问题扯不上。"金老师振振有词,"不能因为你梁同志起跑早,一度领先,最后夺魁就一定是你。这就像马拉松赛跑,靠毅力,拼实力,后来居上者多。只要我姓金的遵守竞赛规则,不在人背后下绊子,所作所为就无可指责。你的话是对我人格的严重污蔑!我本该追究,又一想,自古'有理不打上门客'。考虑到你远道而来,又新近失恋,心情可以理解,咱俩又刚刚进行了一番友好谈话,男人以友情为重,我就不和你一般见识了。"金老师摆出一副宽宏大量模样激励情敌,"情场如战场。要像真正的战士一样勇于面对失败!在哪跌倒,在哪爬起,干工作是这样,搞对象也得这样。这才叫男人!"

面对不按游戏规则出牌的无赖,指导员气昏了,什么叫偷换概念、胡搅蛮缠、颠倒黑白?今天算领教了!"姓金的,你是无赖!"失败者气急败坏。金老师"扑哧"笑出声,故作惊讶:"奇了奇,怪了怪,你怎么知道我是无赖?我小名就叫赖孩。"又夸对方,"不愧是搞思想政治工作的,三句过后,就能看透人本质。你没说错,我就是无赖,彻头彻尾的无赖!"

"我真想揍你!"客人忍无可忍,攥紧醋钵大拳头。

金老师哈哈一笑:"揍我?不可能,绝无可能!孙悟空脑袋箍着紧箍咒,您有'三大纪律八项注意'管着。"又说,"等您脱下军装,倒有可能。不过到了那阵,我和孟小燕的儿子都该上学了。您的气也该消了。"指导员忍无可忍,隔着桌子劈胸将无赖提得两脚离地。金老师慌了神:好大力气!一拳非把我天灵盖砸扁了,边挣扎边拼命提醒对方:"人民军队爱人民。部队有规定,'不许打骂老百姓'……"

"放心,我不打你。我不会为个无赖犯错误!"胳膊轻轻一挥,教师重重跌进藤椅,军官指着情敌鼻子警告,"姓金的,以后好好待孟小燕,不许欺负她!否则,等我脱了军装还得揍你!咱俩老账新账一起算!"

轮到金老师想不通,结结巴巴问:"你、你凭、凭啥?!"

"凭我俩谈了四年恋爱！凭我给她写了128封情书！凭她被你这无赖骗了！你信不信？倘若不信，你现在就试试！"大拳头又攥紧了。

"我信，我信，我太信了。谁不信谁是小狗。"金老师胆战心惊，生怕情敌情绪失控一拳打来。好汉不吃眼前亏。胜利者连连服软，只想让情场失意者赶快离开。指导员猛地拉开房门，挤在门外偷听的老师们猝不及防，像倒了的多米诺骨牌，一个压一个跟跄着跌进……

一场军地爱情纠纷顺利解决。金老师像什么事情没发生，想唱就唱，该笑就笑。倒是同事放不下，问："金老师，前天来找你的大个子是谁？"

"那是我弟弟，幼时被别人抱养。现在来认亲。"

"你弟弟？真看不出，长相南辕北辙，进门凶神恶煞。把我们都吓一跳。"

"一家六兄弟，唯独他被送人。弟弟有怨气，大家要理解。"

"你弟弟不光有怨气，似乎还有过节，为争什么要与你动手？"盘问不怀好意。

金老师哈哈一笑："我弟弟被少数民族家庭抱养，又在边疆待了多年，性格豪爽，说话直来直去，喜怒形于色。不像咱们内地汉人阴阳怪气，话里有话，还有个特别可恶的毛病——躲在门外偷听别人隐私。"

"美在城北"业余模特大赛公告吸引众多眼珠，主办单位是电视机厂，大赛宗旨是："积极引导城北居民健康向上生活情趣，树立正确世界观，通过大赛发掘美，展现美，弘扬美，从而全面提升城北广大群众审美意识……"用的全是大词，很有些"宏大阐述"味道。金进财看得齿冷：道北人自有道北的审美意识，用不着别人引导、树立和提升，更不明白欣赏模特走猫步和"树立正确世界观"有何联系。不过，比赛还是要看的，台上靓妞穿着暴露，台下爷们看了养眼。前提是穿泳装当众亮相的不是自家姊妹。最后一句让金进财怦然心动——获得前六名的选手，各获彩色电视机一台，规格分别从32英寸至14英寸。上世纪八十年代，彩电还是"王谢堂前燕"，难入寻常百姓家，台上走走步，就能抱回一台，自己正为结婚彩电犯愁，没想应此！金进财当即摆脱对模特比赛偏见，把自家八个姊妹挨个排队。数来数去，就属九妹有戏。老九起初坚决不干，说一个女孩家脱得光溜溜的，站在台上任人品头论足，羞死人了！这回轮到金八教育九妹"树立正确世界观，全面提升审美意识"，说就凭你这条件，不拿个32寸，也得扛回个29寸，有便宜不捡是傻帽儿！经不住哥哥一再撺掇，老九羞答答应允参赛。经过三天模特速成训练，九妹含羞上场，仗着自身先天条件好，初选、复试一路绿灯。

决赛当晚，金家兄弟早早来了。傻子六最起劲儿，嚷嚷着要"背回俺妹子的大彩电"。上别人家蹭电视看，常被撵出，这回自家有了大彩电，每晚非得看到"再见"。决赛分休闲装、泳装、晚装三个环节展示和表演测试。九妹出场亮相，金家兄弟站起拼命鼓掌，频频示意周围熟人邀掌。九妹五官端正，长颈、宽肩、细腰、窄臀，两条长腿光滑润洁，天生模特坯子，除了皮肤黑点，挑不出别的毛病。再看另外11个模特，一个略胜一筹，三个旗鼓相当，其余皆不足虑。金进财暗自得意：老九这回算来对了！顶不济也

得抱回台14寸。接下来是泳装比赛,看着,看着,金进财觉得有些不对——别的女模特胸脯都鼓起多高,老九却是"太平公主"。人家闺女咋怎会长?该大的地方都大。暗暗捏把汗:坏了,坏了,要输就输在胸上!担心果然成真,决赛南风不竞。见六台彩电都有了主,傻子六彻底傻了,嘴大张说不出话,流下两行浊泪。主持人宣布获胜选手名单,已被淘汰的老九忽然从后排窜到台前,一把抢过话筒,指着获奖模特大声说:"观众同志们,我向大家揭发:她们的大胸都是假的!这几个刚才躲在更衣室往泳衣里塞棉花被我发现。"全场哗然!有笑的,有骂的,有叫倒好的,口哨声一片……金进财如梦方醒,气得"哇哇"大叫,彩电事小,丢人事大,老猫被耗子烧了胡须,赖爷家居然被人耍赖!我妹子不能白脱了让众人看,今晚纵然讨不回彩电,也得来个猪尿脬打人——不疼臊得慌。人民教师腾地蹦上椅子向人民群众呼唤公道:"坚决取缔假乳房参赛资格!""老九不能走!""依法维护比赛公平!"傻六怒不可遏,蹦着高大骂:"还我妹子大彩电!谁不还我日你妈!"卖肉的随声附和:"严查注水肉!""打倒假冒伪劣!"全场大乱!观众跟着起哄:"强烈要求获奖选手当众验明正身!"傻六喊着喊着喊拧巴了。观众统统笑翻!金进财呵斥傻哥哥:"傻六你胡喊啥?!不是假奶奶,是假奶!"傻子六这才晓得自己喊错了,赶紧改口:"打倒假奶!不打倒假奶奶!"闹清哥哥们发难是给台上妹子讨公道,台下哄然叫好!正往外走的都立住看,都说今晚没白来,都赞这一家子表演的压轴节目最精彩!主持人夺回话筒,大喊:"全体保安紧急进场维持秩序,严防一小撮不法分子搞破坏!"金家兄弟不甘束手就擒,手抓足蹬,拼命挣扎。傻六到了这会儿还不忘奖品,高呼:"还我大彩电!"这当口,台上骤然一声响亮,全场皆闻!看见自家兄弟吃亏,九妹心急火燎,正要跳下台助战,获得第六名的选手在旁幸灾乐祸:"穷急生疯,跑来讹彩电!不要脸!"火上浇油,九妹冲上前一记大耳光将假乳房扇倒……

"请问菲娜小姐,您在大陆举办个唱的日程如何安排?"抢先提问的秃顶老记者一脸谄媚。

"日程是酱紫(这样子)的。此地个唱一结束,马上到北京、上海、广州等八个城市巡回演出,需要连唱半个月,好累好累哟。"歌星撇着港台腔,神情慵懒,翘着兰花指,说不尽的矫揉造作。台下实习记者看得牙都酸倒了。"菲娜小姐,您的大陆演唱为何首站选在西京?有没有特别缘故?"一个头发烫得似狮子狗的女记者挤着小嗓问。旁边经纪人代答:"菲娜小姐先在英国皇家音乐学院深造花腔女高音,又去美国朱丽叶音乐学院专攻通俗唱法。菲娜小姐十三岁移居海外,一颗赤子之心却始终不变,对祖先繁衍生息的黄土地怀有特殊感情,故将首站选在这里。"娱记们似乎对这个答案很满意,一起低下头速记。唯独金进财坐在那儿满脸不屑……

为达到未来丈人择婿标准,金进财琢磨着改行,遇见有门路的熟人就"拜托"。赶上《秦报》扩版,经在副刊当编辑的大学同窗牵线,金进财进了报社,试工期三个月。老同学再三告诫:报社竞争激烈,记者靠稿件说话,要想站住脚,头三脚必须撂响!金进财听了不敢大意,提前认真做了"功课",顾不上吃早饭就匆匆赶往西郊宾馆。大堂沙发坐满,各路娱记汇集,恭候歌星大驾光临。熬到红日当头,歌星还未露面,肚子却饿得咕咕乱叫,好容易盼到几辆小轿车鱼贯驶进宾馆。"来了!来了!"娱记们一阵骚动,举着长枪短炮蜂拥而上,却被随行人员拦住,说菲娜小姐刚才用完午餐,现在是休息时间,新闻发布会改在下午三点,具体地点等候通知。再等三个小时!娱记们嘟囔着重返大堂,刚坐下就被保安朝外撵,理由是"说话声音太大,影响贵宾午休。"娱记们贪图凉快赖着不去。大堂经理走来,脸上挂着标准职业笑容,揶揄:"请各位客人开房休息。这里不贵,住半天才四百八。"一听此言,全体记者跳起一起朝外走。烈日炎炎,实习生躲在屋檐下仍汗流浃背。金进财以往只知记者名头好听,再想不到赶着拍马屁,还被叱来吆去,自嘲这才叫"只见贼偷吃,没见贼挨打"。旁边娱记告诉金进财:名人架子大,文艺界明星更难伺候,今天的事是家常便饭。记者里以娱记最背,油水不多,脸色却不少看。老娱记两鬓染霜,面似靴皮。实习生看得心酸——论年纪,老记者能当歌星她大爷,却低三下四跟在后面装孙子。早知如此,老子才不当这劳什子记者!

台上主持人口吐莲花,台下实习生越听越不耐烦,什么狗屁新闻!饥渴热交加,攒了一肚子火直待发泄。又有娱记提问:"菲娜小姐,请问您什么时候出新唱片?"经纪人接过话筒:"新唱片录制工作已经完成,最晚十月份就可以和广大歌迷见面。"接着舞动双臂,神情振奋宣布,"另外再告诉诸位一个特大喜讯:截至上周末,菲娜小姐今年首张唱片销售量已突破一百万!"台下又齐齐响起笔纸摩擦窸窣声。

"我提两个问题,"决定回校继续当猢狲王的金进财举手,"菲娜小姐,网上传闻您小学没念完,就被家里送到县剧团学唱河南坠子,一唱就是八年。同期赴海外留学深造,莫非您分身有术?"台下传出低低笑声。菲娜小姐只作没听见,脸上波澜不惊,像久历风浪。主持人却恼羞成怒,一把抓过话筒,指着金进财,气急败坏地质问:"你是谁?跑来捣什么乱?你是哪家新闻单位的?!"金进财决心将采访进行到底:"请你注意语言文明!我是正常采访,非你所谓'捣乱'。真实是新闻生命。本着对读者负责的态度,我提问第二个问题,请菲娜小姐本人回答。您原名不叫'菲娜',大号王二妞,小名麻花,取这么个乳名,是不是和令尊早年从事的职业有关?"实习生猴儿吃麻花,满拧。窃笑升级为全场爆笑!主持人脸都气青了,当即宣布实习生"擅闯会场,立即出去!"主办方震怒,笑声骤停。几个人高马大的保安围上,将实习生推推搡搡朝外搡。等着散会后拿"交通费"的娱记们迅速端正立场,齐齐扭头"惊看",仿佛瓷器店闯进一头公牛,纷纷议论:"这是谁?""没见过。""听说是来《秦报》实习的。""新来的实习生?难怪不知高低,口无遮拦。""看模样,年纪也不小了,咋还恁不懂事?"刚才和实习生恳谈的老记者也瞪起眼睛。金进财气得发昏……

大彩电无着落,无冕之王难当,女方又催着看新房,这可怎么办?金进财一直不敢把女友领回见父母,生怕穷家把美人吓跑,落个鸡飞蛋打前功尽弃。金老师琢磨出个赖招,找几家亲戚商量,都被断然拒绝,只好来寻姑妈。听了侄子锦囊妙计,姑妈满口答应。娘家五个侄子，老大蹲监，老二暴死，老三傻子，老五侏儒，想想都替大哥恓惶。四侄终身大事，姑妈不管谁管？姑妈态度令侄儿十分满意："'亲姑姑，假姨姨，红眼妗子。'关键时刻，还得靠亲姑姑！"女营业员认门之日，"婆家"收拾得整整齐齐，一副万事俱备、只待新人进门阵势。老头子邋里邋遢，说话颠三倒四，上不得台面，早早被打发到公园打太极拳，规定练够三百遍才准回家。仨表弟深明大义，拿了犒赏酒钱，个个欢呼雀跃，说请四表哥放心办事，不喝到天黑我们决不收兵！金老师当即褒扬："'姑表亲，辈辈亲。'不光姑妈、姑爹疼我，老表也个个骨肉情深，非要玉成表哥好事。"见面介绍，金进财舌头一滚，姑妈"姑"字免去，只剩下"妈"。里间作新房，家具是新的，四十八条腿齐备，还有一台"如意"牌18英寸彩电。"妈"借口外出。金老师再捺不住欲火，一把将美人抱上床。孟小燕扭捏几下，想着验收基本合格，"妈"也叫了，该给男人一点甜头。毛脚女婿"先塑菩萨后盖庙"。可怜未来老丈人蒙在鼓里，还琢磨着给金老师使新招，再想不到女儿阵前倒戈……

新婚妻子哭都没泪，新郎赛过魔术师，眼睛一眨，老母鸡变鸭，戏法一个接一个，令人头晕眼花，无所适从：先是"婆家"变为"姑家"，"妈"变成姑妈，"爹"回归姑爹，三个"小叔子"复员老表；接着男人宣布"搬家"，说"住楼房太憋闷，接不上地气儿"，要搬到"院子宽敞能跑车，夜里清净无噪音"的地方。营业员下班回去，新房已改在学校楼梯间安营扎寨，新家具连同电视机统统失踪，一问，说是向学生家长借的"新婚道具"，现已物归原主……走进勇斗巷，魔术师丈夫最终大揭秘，婆家给初次登门的新娘印象只有两字——可怕！两间低矮破旧厦房，里面拥挤得像兔子窝，屋里除了桌子板凳床和两口木箱，一无所有，真正的贫民窟！婆家人更上不了台面：秃头公公肥得出奇；婆婆一副痴呆相；边抹鼻涕边盯着自己傻笑的大伯子；侏儒小叔子……新娘看傻了眼，做梦都想不到自诩学富五车、口若悬河的丈夫竟出自眼前人家！全家围着桌子吃饭，婆婆不吭不哈出去。孟小燕正低着头，骤然一根猪尾巴悬在眼前摆动！婆婆提溜着酱猪尾巴的手不干不净，指甲缝满是黑泥，没等新娘反应过来，猪尾巴已掉进自己碗里。大伯子又傻笑起来。"呕……"的一声，胃里翻江倒海，新娘再忍不住，捂着嘴奔出，弯腰在院里树下"哇哇"狂吐……新媳妇没吃卤猪尾巴，婆婆又要去捞，被几只手一起摁住……金进财将猪尾巴塞进自己嘴，若无其事地说："没事，没事。这是怀孕反应，小燕有了。"

小金豆一脸坏笑："四哥，你真行！刚结婚俺嫂就有了。"几个妹妹低着头，"哧哧"地笑。

新郎面不改色："傻兄弟，你哥过三张的人了，狼多肉少，不先下手怎么能行？以后跟哥学着点，该下手时要下手。"

金老爹感叹："大麦不熟小麦熟，砟子跑到楼前面。养了五个儿，没想先从老四这儿抱上孙子！"

孟会计精细了大半辈子,没想老了老了惨遭革命街文人算计!老头子自感吃了大亏,气得发昏,大骂女婿是骗子、不折不扣的无赖!说自己早看出金进财不是玩意儿;埋怨女儿有眼无珠,拿金子换烂铁;兄弟媳妇被定性为"丧门星"暨"乌鸦嘴"。孟会计愤然宣布:从今日起,和骗子划清界限,严禁无赖女婿登门!传话过来,女婿哈哈大笑:老家伙不识时务。此一时彼一时也!从奴隶熬到将军,俺已是你女儿合法老公。不让登门正好,我还不耐烦看你那张老枯搐脸。

第八章
酒友

【醉鬼】

天热得令人喘不过气,蝉声噪得心烦。张金海撂下修车扳子,搬张躺椅睡到门前槐树下,破草帽遮脸打起瞌睡。迷糊间,有人进了身后自行车修理铺子。车铺老板闭眼喝问:"干啥的?!"

"脚蹬子滑丝,换个新的。"

"错了,错了。脚蹬在右边铁架子顶上。甭乱翻,拿过放好!"张金海说着睁开眼,见顾客提个十斤装塑料桶,里面黄澄澄的,随口问:"咋买恁多醋?"

"不是醋。刚灌的冰镇啤酒。"顾客说着拧开桶盖,"咕咚咕咚"连灌几口,喝完抹抹嘴,满意地说:"爽,真他娘爽!"张金海看得眼都直了:大热天喝冰镇啤酒,那叫啥劲头!给个神仙也不换。"老板,来两口!"啤酒桶递来。

"初次见面,这,这多不好意思。"张金海言不由衷。

"这有啥不好意思?我姓金,爱喝个小酒。不怕老哥笑话,为贪杯没少挨老婆骂。烟酒不分家。今天你喝我的,明天我喝你的。给!"说着硬塞到手上。车铺老板眉开眼笑:"金老弟,咱俩害的一个病!男人不喝酒,枉在世上走。酒是什么?酒是我亲爹!老哥恭敬不如从命。"随即鲸吸长川,冰镇啤酒凉透五脏六腑,全身三万六千个毛孔都透着舒泰,长长舒口气,"痛快!真他娘痛快!"

"好酒量!"顾客跷起大拇指,提兜取出个荷叶包,里面裹只油汪汪烧鸡,问,"老哥这会儿有没有空?要没啥事,咱哥俩喝两口?"

"有空,有空,小孩穿大棉袄——到处是空。"张金海喜出望外。豁出脚蹬不要钱,这顿酒还是赚了。谁知姓金的非要付钱,说送是送,买是买,交情归交情,生意是生意,越是朋友越要分清,如此交友才能长久,这是金某做人原则!车铺老板听得肃然起敬,连说"有理!有理!"边赞边举桶痛饮……

姓金的半月来了五次,次次如此。张金海忍不住问:"兄弟,你为啥三天两头请我喝酒?"

"'相见亦无事,不来常思君。'"酒友回答坦然。

"真的不为啥?"张金海眯缝着眼,仔细观察对方脸上表情。

"你说这话什么意思?请你喝酒还喝出错?!不是我小瞧你,你穷得像鬼,我拔根汗毛都比你腰粗!"酒友气得满面通红,站起要走,嘴里嘟囔,"算我瞎眼认错人,再不来了!"

"鸭子打鸣,你咋还鸡(急)了呢?老哥逗你玩呢。"张金海一把拉住。

"我是碗大的西瓜,四指厚的皮——心里太实。给个麦秸秆就当棒槌。你以后说话少来弯弯绕。我最受不了这个!"

"算老哥嘴里胡吣。我做东,给老弟赔罪。"修车的从身上掏出一把毛票。

"就你那俩钱?留着给俺嫂子打醋吧。"金进财讥笑。

四瓶啤酒、一瓶太白见底,张金海醉得开始真正的胡吣:"兄弟,哥哥命、命苦啊!哥哥被、被老丈人骗了!你嫂子本、本不是现在这个,本该是我、我的小姨子!"说罢,趴在桌上"呜呜"哭。姐妹易嫁,有听头!金进财来了兴趣,拉过椅子,边拍酒友脊背边鼓励:"酒后吐真言。说呀,往下说呀,心里不痛快,说出来就好了。"

"我……我不说,我嫌……嫌丢人。"

"你这就不对了!我是谁?我是你朋友。"金进财继续开导,"朋友是什么?朋友就是耐心听你倒苦水,为你指出路的人。"

"说……说来话长,一时半会说……说不清。"

"易妻的故事都很长。没关系,你慢慢讲,我爱听。"

"那……那我就说了。说……说出来,你……你不能笑话。"

"说吧,说吧。家家有本难念的经,谁笑话谁呀?"

得到酒友绝不取笑的保证,张金海开始倾吐满腹苦水。

我从小订下娃娃亲,未婚妻是县城杂货店贺掌柜的二闺女。长到十六岁,我心智开窍:眼下提倡自由恋爱,反对包办婚姻。咱长这么大,还没见过媳妇,无论如何得见一面,要是麻子丑八怪,坚决退婚!那会儿封建,男女婚前不许见面,爹怕人笑话,坚决反对,说早打听过了,白妞是个能行女子,面擀得好,针线活拿得起,还念过两年书。说爹亲自给你看下的媳妇,你还有啥不放心的?说聘礼下的棉花洋布不算,白花花现大洋就铺了一桌,就冲这,买个高脚牲口,它也得是个双眼皮!任爹说出花来,我还是不放心,还是想见白妞。借口到集上卖辣子,起个大早,一气挑到二十里外县城。寻到丈人家,院门关着,我压低帽檐,隔墙一个劲儿吆喝:"卖辣子咧!半尺长红线线辣子!晒干了,擀面面,多放盐,泼滚油,闻着香,吃着辣,鼻涕涎水一起流!红线线辣子来咧!"喊了一阵,不见动静。我不死心,继续扯着嗓子吆喝。"哐啷",大门开了,走出个年方二八小丫头。我第一眼就喜欢上了:黑油油大辫子,脸白得像糯米粉团,乌溜溜一对眼珠，红红嘴唇。小丫头对我挥挥手："我家不要辣子，别在这儿喊了，快走，快走。"

"我家辣子好得很，一个虫眼都没有，你再看看。"

"不要，不要。"

"你再看看嘛。"

"你这人咋恁啰唆?！说不要就不要。快走！"小姑娘瞪起眼睛，越发可爱。

"白妞，回来！"随着喊声，出来个黑胖女子——黄毛，肉眼泡，脸黑得像在炭窑打过滚。俩人站在一起黑白分明，美丑立见。黑女子像晓得我是谁，撇撇嘴："我还以为谁在门口吆喝卖辣子，原来是这货！"凑到白妞耳朵跟前，边睃着我边说悄悄话。白妞小脸瞬间变得通红，捂着耳朵说："不听！不听！不听黑狗念经。"关门时对我做个鬼脸，娇嗔"讨厌！"

心里长了翅膀，走路脚下生风，一路想着白妞俊俏模样，我美得嘴都合不上。到了家，妈问辣子卖了多钱？我这才想起：辣子堆在丈人门口，担笼却忘了往回拿……打那起，白妞像钻进我脑袋里的长虫，一到晚上就出来作怪，整夜梦见和她紧紧缠绕一起，害得我三天两头洗裤头。心里想得紧，就琢磨着如何才能让媳妇早早过门，先拐弯抹角做娘的工作："你老人家年纪大了，身体不好，家务活该添帮手了。"娘说："不用！我能吃能干，蒸馍一顿吃五个，面粉一次扛两袋，要帮手干啥？"工作做不通，我开始找茬，说娘做的饭难吃。端上桌的热腾腾臊子面不吃，偏要啃冷馍就酸菜。爹看出端倪，咂着烟嘴慢吞吞说："你才多大？就急着娶媳妇，小心折了你娃阳寿！"我不服气："村里比我小的都能娶媳妇，我十六岁过零八天，为啥不能？""啪！"爹把烟袋锅一摔，斩钉截铁地说："有那劲你还不如多干点活！"说着，从柴火棚里取出遗在白妞家门前的担笼，"哐啷"扔我跟前，说你丈人连东西捎回句话：家里不缺辣子，女婿再不要送了！又骂，"你小子丢人不要紧，捎带着老子也跟着臊皮。"热脸贴冷屁股。我一下泄了气，讪讪地说："不送就不送，谁稀罕给他老家伙送。有本事别让你姑娘出门，养她一辈子。"停了会儿，又凑过来觍着脸问，"爹，你好赖给个准话，咱家啥时候让白妞过门？让我有个盼头。"爹白我一眼："瞧你那点出息，八辈子没见过女人！"说，"再过两年！满十八就给你娶媳妇。"

爹的话就是王法。没法子，我只得苦熬。

那年冬里突遭祸事。一头驾辕骡子惊了，拉着大车街上狂奔，爹躲闪不及被撞倒，大车从屁股上轧过……人废了，心里烦，爹被人诱骗抽上膏子，烟瘾越来越大，还非云土不抽。时间不长，辛苦攒下的家当就被踢腾得所剩无几。贺掌柜听到风声来探虚实，见亲家成了大烟鬼，家里光景大不如前，屁股没坐暖就要走，水也不肯喝一口。看势头不对，爹急了，再不坚持到"十八岁"，央求媒人说合，要把白妞娶过门。出乎预料，亲家爽快应了，婚事定在腊月二十六。迎亲那日，好容易熬到宾客散了，我慌不迭地冲进洞房，新娘从头到脚一身红，羞答答垂首盘腿坐在炕上。我喜冲冲上去揭了盖头，仿佛劈头挨记闷棍——新娘不是白妞！仔细一看，是那天见过的黑丑女子……"错了！错了！弄错了！"我跺着脚连哭带号。新娘仍稳坐在那，像与己无关。哭喊声惊动前面，爹过来一瞅也愣了，拐棍将砖地戳得嗵嗵响，大骂："上当了，上当了，上大当了！出的骡子价买回条驴。定下白妞，进门咋成了黑妞？！"第二天一早，爹雇辆手推车直奔县城，下了车，一瘸一拐找贺掌柜讨公道。枣木拐棍将亲家院门敲得山响，爹破口大骂："姓贺的，你个大骗子！骗子你出来！今天当着大家面，咱俩理论理论！"看热闹的将门前围得水泄不通。都纳闷：昨天新娘吹吹打打出了门，今天公公就来打山门，唱的哪一出？更有刻薄鬼大胆假设：贺家小姐莫非石女？或早被野男人开苞？门开了，贺掌柜满面笑容走出，像什么也没发生："亲家来了！"亲亲热热拽住俺爹胳臂朝里走，取出早已备下的上等膏子，让亲家"香一口"。抽大烟的十个有十个不要脸，爹言不由衷抽上。吞云吐雾过足烟瘾，爹的火气消了许多，待四百块现大洋完璧归赵，脸上怒容换笑容。骗子回归亲家。俩人勾肩搭背出了院门，对看热闹的挥挥手，不耐烦地说："散了！散了！该干啥干啥去！俺俩亲家逗乐子，有啥好看的？！"

爹揣着失而复得的大洋和亲家送的一包云土，庆幸反败为胜，挽狂澜于既倒，心里得意，摇头晃脑唱了一路上党梆子。当晚逼我圆房。"她，她不是……"未等说完，爹一拐棍把我抡倒！指着我骂道："什么'她不是'，都是你不是！"谆谆教导，"只要能干活，就是好媳妇。脸蛋白了又能咋？白脸蛋长不出现大洋。"

我不肯就范，抱着头分辩："我要娶的是白妞，不是黑妞。"

"对，对。她就是你想娶的白妞。"爹欺我小，公然颠倒黑白。

"错了，错了。白妞我见过。她是黑妞！"

"放屁！你爹给你定下的就是黑妞。哪来的白妞？！再说'错了'，我打死你！女人上了床都一样。什么白妞，黑妞，灯一关，都是黑的！"

"就是错了嘛。"

"你再说一遍！"拐棍又举起。

棍棒下面出孝子，我只好委委屈屈进了洞房，从此落下个毛病——"错了，错了"成了口头禅。

饭馆打烊，金进财架起醉鬼朝外走。张金海喝得腿脚酥软，走路踉踉跄跄，身子仿佛夜行人提的马灯晃晃悠悠，几次跌倒，最后干脆挂在酒友脖子上，被一步步往回拖。暮色里闪过归家鸽群，压后是一只白鸽，鸽尾附着鸽哨，声音忽高忽低忽远忽近，仿佛空竹在云霄抖动，撒下满天抑扬顿挫。醉鬼立住不动仰头看天，手颤抖着指向高空，嘴唇哆哆嗦嗦："兄弟，那……那飞的是啥？"

"是只白鸽。"

"错了，错了。你……你喝得比我少，咋比我还醉？那不是我小姨子白妞吗？"

"你才醉了，那不是白妞，那是白鸽。"

"嘻嘻，你骗我，那就是白妞！咦？日怪了，白妞咋长……长了翅膀？"张金海"呜呜"哭了，"我知道，穷家养不住，她，另……另找阔家了！"

金进财乐了，自编自唱："天上有只白鸽，地上有个白妞，一个更比一个白，一个更

比一个美。白鸽飞走了，贺白妞不见了，张姐夫的心碎了！"

张金海边听边哭边嘟囔："呜呜……飞吧，飞吧，倒了霉再回、回来……呜呜……姐夫家房檐下，什么时候，你都、都能遮风避雨！"走着，走着，醉鬼停下不走了，在身上乱摸一气，说"钱包丢了"，非要酒友"交出来！"挨了大嘴巴，钱包不要了，醉鬼又坚持要酒友娶自己妹妹，说妹夫是"流氓"，跟野娘们私奔，撇下一儿一女，啐了口唾沫，骂流氓妹夫"什么东西！"转而夸金进财有福："不费劲就当爹，儿女双全，多、多美！"金进财哭笑不得，声明自己有媳妇。醉鬼说："家有媳妇不要紧，只当老弟外面包、包二奶，按月给、给她娘仨生活费就行。"又挨一嘴巴，醉鬼再不提"包二奶"，宣布"要当官！"问："区委郑书记你、你认识吧？"金进财摇摇头。醉鬼神秘兮兮地说："给你透个信，你给咱保密：郑书记家人修车我从不要钱。街道办缺个副职，郑书记非让我干。我说我不干副的，那太、太屈才，要干就干正职！书记说寇主任得了癌症，送进火葬场就让我接班！"说着掉头就要去街道办，看"寇主任死了没有"，酒友生拉硬拽才把醉鬼拖回。

到了楼下，醉鬼挥手告别："兄弟，回去吧。咱哥俩今天喝得尽兴！哥哥改、改日请你喝酒。"一抬腿绊倒在台阶上。金进财不放心，架起上楼。上到四楼，张金海指着西边的门，说"到了，到了。"门两边贴着大红对联："但愿和合百千万岁；为歌窈窕一二三章。"醉鬼看得纳闷："错了，错了。这是谁贴的？写的啥意思？哥哥是老粗。兄弟，你喝、喝的墨水多，你给看看。"

"这是新婚贺联。你家谁结婚了？"

"错了，错了。老弟拿、拿我开涮不是？"醉鬼指着酒友傻笑，"我是家长。家里谁、谁结婚，家、家长能不知道？开、开国际玩笑！"

金进财也纳闷："我不哄你，真的是新婚贺联。莫非贴错地方？"

"我明白了！"醉鬼恍然大悟，拍拍自己脑袋说，"现在的女、女人真不得了！男人出去喝、喝个小酒，她就敢逮空跟、跟别人结婚！结你就偷偷结呗，还敢公、公开贴喜联。你说她、她胆子有多大！"说着朝门上猛踹，大骂，"屋里的奸夫淫妇，统统给我滚、滚出来！"

门开了，出来个戴眼镜年轻男人，怒冲冲质问："你找谁?！你踹门干啥？"

"我不找你。我找你、你屋里女人！"

"你找她干啥？她又不认识你。快走！"酒气刺鼻，眼镜晓得遇上醉鬼，赶紧关门。张金海拿膝盖顶住门，大声嚷嚷："错了，错了。我不走！这是我家。该走的是你！她敢……敢说不认识我?！她是我用、用花轿抬来的，是我老婆！她是俺、俺仨孩她妈！我就问她一句：为啥一、一女嫁二夫?！犯了重婚罪，眼里还有没有王、王法?！贺黑妞，你给我出来！"声讨惊动全楼。下面传来尖声叫骂："张金海，你狗东西猫尿灌多了，跑到别人家门口发酒疯！"看见从三楼撵上来的老婆，才闹清踹错门，张金海"嘿嘿"傻笑不停："错了，错了。我才出去一会儿你就搬家了？动作还怪快。让我跟人家闹……闹了个小误会，真不好……不好意思。"转身对眼镜挥挥手，"错了，错了。兄弟，关门，

215

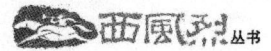

关门。小两口继……继续睡！改天请你喝酒。哥哥当面赔……赔罪。"

老婆揪住醉鬼老公耳朵往家拽。旁边酒友赔着笑脸："嫂子，我叫金进财。咱们虽未见过面，却常听张哥说起你。张哥没事，就是今天高兴喝多了点。你放心，他一会儿就好了。"贺黑妞白了酒友一眼，阴阳怪气回答："我就说他咋喝成这厮样？原来外面有好兄弟照应！我有什么不放心的？你送他回来干啥？下次索性把他一回灌死，喝醉了让汽车撞死，我倒省心！"

酒友听着不对，嘴里支吾着赶紧开溜……

【贪财和尚】

海清禅院隐在白云深处。传闻经禅院住持开光的菩萨格外灵验，迎回家供上，瞎子重见光明，聋子听见说话，瘫子下地，疯子明事，癌症患者身上瘤子突然消失……金老爹听得动心。能者多劳，迎佛重任自然落在四儿头上。金老师从来敬鬼神而远之，事关孝道，也说不得许多。

停车场离禅院还有半个时辰路程，赤日炎炎，山路弯弯，孝子走出一身臭汗。山坳处阴凉地有两个和尚歇息，中年的右小腿打着石膏，年轻的脸上带着幌子，旁边是几包中草药，像是下山看病归来。年轻和尚兀自愤愤不平："到哪不是出家？他再这么霸道，我就转到别处寺庙挂单！"中年和尚劝道："'和为上，忍为高。'他打人的事，省佛教协会已点名批评，以后或许能好点。"和尚行凶？新鲜！一旁香客来了兴趣，凑过去问个究竟。和尚起先不肯说，看在可口可乐份上，最终开了金口：有个民营企业家找到海清禅院，要给已故老母连做七七四十九天法事，日夜祈禳，超度亡灵早赴西天极乐世界，敲定二十万价码。香烛纸马备齐，老板又不来了。一打听，别的寺院中间插了一杠子，将值钱死鬼撬跑。禅院住持迁怒典座办事不力，属下争辩几句，被一脚踢倒，腿当时就断了！年轻和尚说了句公道话，又被巨灵掌掴翻。出家人咋恁野蛮？！香客听得舌挢不下，得知住持法号"宝云"，心里一动：像在哪听说过？却急切想不起来。

青石大牌坊雄伟，三间间山门宏阔，禅院高塔耸立，殿庭雕梁画栋流光溢彩。赶上农历七月十五佛教盂兰盆会，又称"鬼节"，殿外香烟袅袅，殿内梵呗声声，善男信女虔诚拜忏，和尚用扩音器念佛经超度亡灵，满山回音，假得一塌糊涂。大雄宝殿佛塑轩轩，幡幔熠熠，法器荧荧，两边对联写着："白象俯首情愿座下永相随；青狮咆哮甘心坛前同受戒。"金老师平时不烧香，临急抱佛脚，双膝跪倒，闭目合掌祈祷老娘病愈。睁开眼，只见执事僧斜视自己，手中小铜锤却不落下。拜佛的心里明白，摸出张五十元钞票塞进功德箱，磬声同时响起。见香客拿得出手，一旁知客脸上有了笑容，主动问施主有何愿心？得知来意，和尚笑容越发灿烂，双手合十，连诵"阿弥陀佛！"夸施主至诚至孝，难得难得！迎回菩萨，一定显灵！巴巴地将施主送到住持面前。

禅院领导两道白眉，满面红光，颈上挂串黑油油乌木佛珠，腆着大肚子，着一袭明黄袈裟，通体鲜亮，没有出世之态，但觉富贵逼人。香客、住持一见面，几乎同时叫出声："老曹！""小金！"难怪法号听得耳熟，住持原来是瓜客！旧雨重逢，互问近况。瓜客重遁空门，从执事僧、监院，一直熬到住持。宝云和尚将海清禅院中兴归功于己，说老衲接任住持以来，广结善缘，香火鼎盛，才有寺院今日，自我介绍：本人已是"处级干部"，出入"有专车"。和尚在红尘与世外之间游走，以结交达官贵人为荣，拿出"布施簿"炫耀，开口省长、书记，闭口总裁、经理，嘴上说每日应酬太多，不堪其扰颇以为苦，脸上却透着得意。香客听得俗不可耐，戏谑："古人云'袈裟未著嫌多事，著了袈裟事更多。'法师何不摆脱烦恼复还俗，脱去袈裟再种瓜？"和尚听得不悦，又得知故人进步不大，只是穷教师一个，随即收敛笑容，神情怠慢许多。香客说明来意，住持公事公办："迎菩萨易，开光难。僧人须诵三天三夜《地藏经》，替造孽者忏悔，方能灵验。虽说我佛慈悲，一心度人，施主也要尽些人事才好！"看出福地宝坊刀子比机场餐饮还快，施主顾不得喝小沙弥送上的茶，战战兢兢打听："'云来云去见佛心。'敢问宝云上人，迎尊菩萨多少'人事'才行？"和尚指着身后泥菩萨说："按尺论价，一尺高六六六，二尺高八八八，三尺高九九九，讨个口彩。概不还价！最好请尊大的，越大越灵验。"金进财听得腾地蹦起，指着泥菩萨骂道："供起来是佛，玩起来是泥。这么个破玩意儿也敢漫天要价，狮子大开口！"话刚出口，自觉失言，照自己嘴上连扇几下，"呵佛骂祖，该死！该死！弟子一时情急，用词不当，菩萨见谅，莫怪，莫怪。"

住持见怪不怪，口气不像恭迎菩萨，倒似贩卖西瓜："看故人面上，打个九折，再不能少。"

"三百！"

"八百五！"

"三百五！"

"八百！"砍至七百，住持再不肯降，说海清禅院上下六七十位常住僧人，眼下又要扩建寺院，开销太大。菩萨易请，善门难开，还请施主见谅。和尚敲竹杠请施主"见谅"，被宰施主找谁"见谅"？旧相识连连叹气：和尚种瓜时是好同志，怎么一当领导就学坏？棺材里伸手——死要钱！难怪老爹说：交朋友交瓦匠铁匠，莫交道士和尚——只有你出的，没有你进的。

两个故人还在讨价还价，知客急急来报："万副省长到！"住持从椅子上弹起，说声"请稍候"，匆匆离去。香客坐了好一阵，仍不见住持回来，等得不耐烦，隐隐听见后边客房笑语喧哗，闻声寻去，透过窗棂望进：里面装饰一新，墙上挂满名人字画，茶具精美，与僧房待客不可同日而语。居中红木太师椅坐个白胖子，摇着黑绸扇，高谈阔论，在座的都频频点头称是。住持半个屁股挨着椅子，点头哈腰，老脸堆满媚笑，与待己相比，可谓前倨后恭。香客心头火起：看客上茶，拣佛烧香，到哪都是势利眼，和尚也未

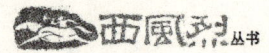

能免俗！一怒之下，拂袖而去！香客空手出门，知客唯恐买卖泡汤，追出提醒："施主，忘迎菩萨了！"施主头也不回，硬邦邦撂下一句："我敬佛却不信贪财和尚！铜臭满禅院，菩萨被熏坏，迎回也不灵，留着哄瓜蛋。"刚念完经就骂和尚。知客脸上变颜变色，双手合掌，连诵佛号："阿弥陀佛，罪过！罪过！"金老师成了神台猫屎——神憎鬼厌。帮忙做斋饭的七八个居士齐齐瞪起眼睛，揎衣捋袖，连喝："站住！"负责内卫的僧值也闻声赶来。千夫所指、万目睚眦，和尚居士都欲痛打亵渎神灵者！金老师若不是逃得快，一顿饱打再少不了。

住持命小沙弥取来布施簿，恭恭敬敬递上。大官正要写下善款数目，忽然面露不豫，鼻孔哼了一声，提起的毛笔又重重放下。众人不解，都凑过来看，住持瞠目结舌，上面墨迹未干，赫然写着一首五言律诗：

《故人呈宝云住持》
巧种东陵瓜，苦修得奇气，
单叉挑恶豹，降贼旧知名。
身遁空门里，心在红尘中，
老僧生媚骨，只为阿堵物。

【挖坑】

车铺老板惦记朋友，更思念免费美酒，边修车边朝马路张望，幻想酒友和美酒同时出现……瞄来瞄去不见踪影。张金海叹口气：估摸老婆说了什么难听的话，酒友气得再不来了……死老婆子真可恶！喝之不竭的盛酒宝葫芦硬被你砸了。等老子有了钱，非把你休了！谁不休谁是王八！张金海咬牙立誓。修完车，站起长长伸个懒腰，大张的嘴忽然僵住，眼珠子瞪得几乎掉出眼眶——酒友头发蓬乱，愁眉苦脸，蹲在对面人行道上，茫然地看着来往车辆，手里提着喝剩的半瓶白酒……"兄弟！"修车的大喊一声，一个箭步蹿过马路，怀着失而复得的喜悦心情紧紧拉住酒友，"多日不见，兄弟你去哪了？"

"你……你是谁？"金进财浑身酒气，茫然地看着张金海，像从未见过。

"兄弟，你怎么啦？我是张金海，你不认识我了？！"

"张……张金海？"金进财转动眼珠，努力思索着，骤然抱头重新蹲下，好不容易挤出一句："哥，我……我遇上难事了！"见金进财终于认出自己，张金海放下心，顾不上说话，先抓过酒瓶猛灌两口，长长嘘口气，这才拍着酒友肩膀安慰："不怕，兄弟不怕，

天塌下来也不怕！有哥哥我在，你什么都不用怕。"说着，就要"找地方细谈，帮着拿主意"。

随着瓶中酒节节下降，张金海酒酣气益振，口气不像街道修车的，倒似黑帮老大："兄弟，快说，跟谁在酒桌戗上了？谁吃了豹子胆敢欺负我兄弟？咱爷们现在就找他兔崽子算账！千儿八百人咱叫不来，二三百号我一句话！"金进财一句不说，只是痛苦地摇头。"是你欠谁钱，人家上门逼债？要是这，我可帮不了你。哥哥啥都不缺就是缺钱，心有余而力不足。"金进财继续摇头。"我明白了，肯定是你给哪个男人戴了绿帽子，被人家抓了个现行。要不就是后院起火，老婆红杏出墙？"张金海断言。

酒友仍摇头不语。

"错了，错了！人生在世，无非酒色财气。四样不沾，你愁哪门子？"张金海实在不明白。

金进财最终吐露实情：单位搞多种经营，成立"多经办"，有百十号人报名竞争经理。自己轰轰烈烈脱颖而出，五十万启动资金到账，货源也联系好了，却苦于找不到繁华地段门面房，跑了半月，还是一点着落没有。领导说不能占着茅坑不拉屎，你开不了张，就另换人！……经理当不当倒不打紧，关键是丢不起人——屙出的屎岂能缩回？听罢酒友诉苦，轮到张金海摇头："这事难办！十亿人民九亿商，还有一亿等开张。现在董事长满街走，总经理多得赛过蚂蚁上树。沿街门面房成了香饽饽，热得烫手！不瞒你说，就我这下雨就漏的破修车铺子，天天都有几拨人找上门，追着赶着问我转让不转让，都被我一口回绝。临走还不死心，塞给我的名片，头衔个个大得吓人，不是XX中心总经理，就是XX公司董事长。说一旦回心转意，千万别忘了打电话！我就纳闷：做那么大买卖，怎么都惦记着我这间破房？看来董事长总经理过剩，门面房难找！"见酒友一脸失望，张金海说，"不好办，也得想法办！咱哥俩边喝边商量。"扭头招呼服务员，"再上四个扎啤！"

四杯扎啤见底，酒友仍没想出办法。金进财摇摇晃晃站起，说："回去。"

张金海结结巴巴问："你……你回去咋办？"

"回去给别人腾地方。看人家挣大钱，看人家吃香的喝辣的。"金进财酸溜溜地说，"谁叫咱没本事。挣不来钱咱就不喝了。明天起把酒戒了！"酒友一听急了：你戒了不打紧，我上哪喝不要钱的小酒？天天看别人喝，还不得馋死我！紧着劝："错了，错了！兄弟，听哥哥一句：什么都能戒，酒不能戒。酒是什么？酒是老爷们贴身小棉袄，是男人精气神。宁舍老婆不舍酒！"咬咬牙，"哥哥我豁球出！不就是间门面房吗？把我的车铺赁给你，你看行不行？"

金进财重新坐下，迟疑着说："这……这怕不合适吧？"

张金海一拍胸脯，豪爽地说："有什么不合适的？为朋友不惜两肋插刀！再说，你讲义气，够意思，肯定不会让哥哥吃亏。"金进财感动得红了眼圈，哽咽着郑重宣布：车铺老板的慷慨令自己重新恢复男人之间存在真正友谊的信念。再三感叹："什么叫肝胆相照？什么叫义重如山？什么叫为朋友两肋插刀？今天我算明白了！我上辈子积

了什么德？今生遇上你这个好哥哥。服务员，再上四个扎啤，一斤猪耳！"一对忘年交动了真情，头挨头，手握手，互相说了好些披肝沥胆、不离不弃的话。张金海杯杯进肚，金进财却顺着凳子腿偷偷往地上倒……

火候已到，金进财从兜里掏出张纸放在酒友面前："恭敬不如从命。咱们现在就把手续办了。"

张金海努力保持脑子里的最后一点清醒，狐疑地问："这……这是什么东西？"

"不是东西，是合同。"金进财解释，"还是咱俩初次见面那句话：交情是交情，生意归生意。"张金海醉眼惺忪，看合同模糊一片，手哆哆嗦嗦，签字歪歪扭扭。金进财拿出印盒让摁指印，看着指头上鲜红印泥，醉鬼指着酒友傻笑："嘻嘻……兄弟，你……你小看人。怕我变卦，你早有提防，跟我来……来这一手儿。你以为我看……看不出？错了，错了。我人醉心不醉，我什么都……都清楚……我是谁？我是张金海。张金海一言既出，驷马难追！"

金进财点头称是："哥哥是痛快人，是君子。这条街上都知道。不过君有君道，商有商道，咱们还是先小人，后君子。"将信封递上。修车的眉开眼笑："错了，错了！房子还没腾，租金先……先就给了……兄弟真……真是实诚人。给的太……太多了。要不，我少拿点？"抽出两张紧紧攥在手里递过，对方刚说不要，手赶紧缩回……

昨晚酒喝多了，早晨起来头疼得厉害，两碗小米粥就着腌芥菜疙瘩下肚，方觉得好受些。张金海摇摇晃晃来到修车铺，门口早候着俩人，是一墙之隔和平商场的，为买车铺这块地方，来了无数次。酒鬼有请必到，有酒必醉，指天画地，信誓旦旦，酒醒了，卖房的事却翻脸不认账，说错了，错了！酒桌上的话岂能作数？那叫放屁不臭，发誓不灵。你们权当扯淡。谈来谈去，最后底线是：商场不是正在盖家属楼吗，拿套单元房来换。商场古经理气坏了——一间破草房换套新两居室，心太黑了！当下悬赏：谁能把买房合同签下，不拘工龄长短，新家属楼任选一套！以为商场又来泡蘑菇，修车铺老板不耐烦地说："快走，快走！我说不卖就不卖。不答应我的条件，天王老子来了也不行！再泡也没用。"

俩人对视一笑，说："老张，今天来不是跟你谈买房，是问你什么时候腾房？"

"腾房？腾谁的房？谁要腾房？"

"当然是你腾房！你把房卖了，合同上签名还认得吧？"

张金海疑疑惑惑接过，一看彻底惊呆——合同钉是钉铆是铆，自己指印、签名一应俱全！"错了，错了！"车铺老板一蹦多高，"准是你们伪造的！我什么时候答应过卖房？从没签过这破玩意儿！"说着慌不迭地将合同撕个粉碎。

"那是复印件。早防着你这手儿，原件在我们手里攥着呢！白纸黑字，岂容耍赖！合同有法律效应。赖也无用！"见张金海不认账，来人笑眯眯启发："老张，你好好想想，你昨晚跟谁在一起？"张金海皱紧眉头，努力思索……昨晚和金进财在一起……先喝白的后喝黄的……总共是一瓶白酒、八个扎啤……后来酒友掏出盒印泥……再往下又干了什么？……想起来了，他让我在一张写字的纸上摁手印……还说什么

220

"先小人,后君子"……错了,错了!我答应"租房",怎么忽然变成"卖房"?!张金海如梦方醒,破口大骂:"金进财,你个大骗子!我把你当人,你给我挖坑!三天两头供我小酒喝,原来灌的迷魂汤!我张金海瞎了眼,怎么没看透你这无赖?!"

古经理笑得合不拢嘴,与港商合资扩建商场今天就可以进行!车铺骨头难啃,换了几拨人也没拿下,没想金进财小试牛刀就全胜而归。老师还是厉害!意外的是:立功者主动提出放弃悬赏。经理纳闷:"你不是没地方住吗?到手的房子怎么不要?"

金进财笑答:"现在不是住房紧张吗?我是商场家属,只能多干工作给领导分忧,哪能伸手要待遇给经理添麻烦?您常教育职工:工作要高标准,享受要低标准。孟小燕很受感动,回家就对我讲,听得多了,这点觉悟我也有了。房子就让给更困难的老同志住。""大麻子"战胜四个兜的逸事古经理早有所闻,能把商场头牌花旦弄到手,道行肯定不浅。经理狐疑地看着对方,小心翼翼地问:"你是不是另有打算?"

金进财跷起大拇指:"还是经理圣明!我没开口,您就猜出来了。"轻描淡写地说,"我条件不高:经营场地扩大后,只求以内部职工名义承包两个家电柜台,价格嘛,优惠三分之一就行。"古经理像误吃黄连,脸皱得像风干橘皮,眼下租赁柜台成了香饽饽,家电柜台热得烫手,上面条子都应付不过来,这家伙却一次要俩,还要求大幅降价!经理脑袋摇得像拨浪鼓:"不行,不行!你要求太高,这事不好办。"

金进财笑嘻嘻问:"真的不好办?"

"真的不好办!"经理口气不容通融。

"既然不好办,咱就不为难领导。"金进财起身就走,到了门口,没头没脑地说,"学校最近事多,我忙得不可开交。商场要是惹上官司,我怕没时间出庭。"听话里有话,经理赶紧拿起桌上"卖房合同"细看,不由暗暗叫苦:"买方"白纸黑字写着"金进财"!这家伙年纪不大,鬼心眼儿不少,看来早有预谋。经理立马改口:"现在的年轻人咋都是急性子?我说不好办,并不是表示这事绝对不能办。你先坐下,咱们慢慢商量……"

签了承包合同,金进财高兴之余又有些发虚:打过八折,两个家电柜台年租金也得儿万八,还须一次付清。东挪西借,还差八万八,这么多现款上哪去凑?脑子一闪:家里现藏件稀罕东西,何不拿出应急。

文史不分家。语文老师对历史文物颇感兴趣,光棍汉闲暇无事,常去西京文物商店闲转,去了N次,只见收了些碑帖拓本及玛瑙、宝石、牙雕之类上不了档次的小玩意。扫"四旧"将好东西扫荡殆尽,漏网人家噤若寒蝉,店里再收不上像样东西。老店员提起过去辉煌,都摇头叹息。三年前小暑那日,金进财和往常一样,溜溜达达又进了文物店。天热,一个顾客没有,老店员溜回家睡午觉,留个学徒支应门面。金进财进去时,学徒正趴在柜台上梦周公,哈喇子流出多长,听见脚步声,学徒强睁开眼,见进来的是熟人,头未点完又睡过去。无情无绪坐了一会,金进财起身要走,门前竹帘一掀,进来个高身量老汉,花白头发,穿粗布褂,脚上是自制布鞋,两裤腿挽得多高,提个蓝粗布包裹,一副乡下老者打扮。老汉满头大汗顾不得擦,轻轻敲响柜台面,小心翼翼地问:"师傅,麻烦你醒醒,我就问一声,咱们店收不收古董?"一听是"卖古董"的,金进财来了兴趣,停下看个究竟。学徒美梦正酣,连叫几声未醒。顾客放大嗓门,学徒梦中惊醒,瞪着血红眼睛,满脸烦躁:"喊叫啥?!刚合眼,就被你咋呼醒了。"看面前是个老农民,越发来气,眉心皱成疙瘩,捏着鼻子,手不停地在面前扇,大声训斥:"靠后!离我远远的。一身汗臭能把人熏死!"未容对方再说先封口,"隔三差五都有乡下人来店里,拿着不知从哪掏来的破烂撞大运,把人腌臢得饭都吃不下!文物商店只收传世品,不收出土的。上不了台面的破玩意儿别朝外拿!"乡下顾客顾不得计较城里学徒恶劣态度,赔着笑脸说:"东西绝对是传世的,麻烦师傅给看看。"蓝布包裹着檀木官帽筒,里面装顶乌纱帽。这叫什么古董?金进财在旁差点儿笑出声。学徒越发烦躁:"这是文物店,不是戏园子。你咋把唱戏的家伙拿来蒙事?!走,走,快拿走!"

老汉分辩:"不是唱戏用的,是官员顶戴,祖上传下的。要不是老伴儿有病急等钱用,谁会卖先人?我今年七十三,快入土的人不会骗人。麻烦师傅你给估估价。"金进财心里一动,接过细细端详:乌纱帽薄如蝉翼,丝织物光洁鲜亮平滑精美,做工极细,一看就非出自民间。老汉擦汗的白毛巾已成乌色,金进财动了恻隐之心,劝道:"东西像出自明朝织造局,年代看着也够。老汉年纪大了,跑一趟不容易,能收就收了。"

"十五!"学徒口气像是打发上门叫花子。

"才十五元?!"老汉差点哭了。

"十五元你还嫌少?我一月才挣公家十八元!"

老汉颤声哀求:"刨去来回路费,我才得了六个元。师傅你行行好,再加点,再加点。"俩人不像收购古董,倒似论堆处理过季萝卜。说到二十块,学徒死活不加了,说自己就这么大权限,叫老汉明天再来,不过也别抱多大希望,估计加不了几块钱。"金子给了个破铜价。这么大的店,碰不上识货的。罢罢罢,我不卖了,省得辱没先人,拿回去祖坟前一把火烧了!"说着收拾起乌纱帽,赌气出门。

望着佝偻背影,想起乡下饿死姥爷,金进财动了恻隐之心。追出去,卖古董的已不见踪影,老汉两条鸳鸯腿的行进速度大大超过预料,连奔带跑一气追过几条街,仍不见踪影,立在十字街头朝北看:蓝粗布包裹正一蹿一蹿朝前奔。金进财追到鼓楼下截住老汉,掏出工资袋,气喘吁吁说:"老叔,把东西卖给我。这是刚开的工资,总共五十二块五毛,给我留下十块伙食费,其余全归你!"透过石头墨镜,老汉认出刚才在文物店见过。见老汉不接茬,金进财掏出工作证:"我是穷教师,再要,一文也无。我是文化人,文化人喜欢文化东西。你就卖给我吧。"一番话打动老汉,叹口气:"罢罢罢,听你此言,也算物归其主、货卖识家。拿去吧,好生收着,别糟蹋了东西。"金进财向卖主打听乌纱帽来历,老汉摆摆手,话音带着哭腔:"好我那教书先生,你就别问了。说出来,端的羞死人!我祖上随燕王靖难,建都后从英国公张辅四讨安南,又随成祖五次出塞亲征,襄助军机多有功劳,官拜兵部侍郎,封正三品,家里现放着铁券上书'奉天靖难',《明史》里有名有姓!到了我辈,沦落到卖祖宗官帽子,真叫羞先人!"说着红了眼眶,一拱手走了。

金老师花近一个月工资买顶官帽,起初只道盲者得镜,回去越看越觉得乌纱帽不是凡物。今天要不是遇到迈不过的坎,再舍不得出手。

【平安阁不平安】

世道艰难流民迁徙,梁上君子剧增,鬼市应运而生。每月逢五逢十头四更天,小东门内马道上间隔亮起"气死风"羊皮灯笼,沿途地摊摆着来历不明各式衣服、毛料布匹、古钱、紫砂壶、秦封泥、康雍乾民窑青花、恐龙化石、铜制器皿、古玩玉器、砚台笔洗、瓷器木雕、年画木版、月饼模子、驴皮影连杖杆、提线木偶、珍本秘籍、官帽筒子、马蹄袖子、竖钟插屏、蜡烛扦子、水烟袋、水晶眼镜,偶尔还能遇见盗墓贼刚从大户人家墓里取出的"老货"……东西比时价低许多,鱼目混珠真假难辨,能否捡漏,全看各自眼力。八国联军攻陷京城,两宫仓皇逃至西京,随行宗室贵族兜里虽有银票,票号却远在沦陷京城,急切变不了现,只得将随身携带的珐琅鼻烟壶、玉石扳指、古玩等拿到鬼市贱卖。西京城百姓印象最深的首推端郡王载漪的儿子。大阿哥肥得像猪,打扮怪异,举止粗鲁,不爱读书,却什么下三烂玩意儿都喜欢,来西京没几日,就和当地一帮纨绔子弟混在一起,终日风花雪月,戏园子起哄叫倒好,为抢好座领着太监们跟护驾甘勇打得不亦乐乎,兴致来了,扮装拜山的黄天霸上台唱出《连环套》。皇嗣胡闹成了西京城百姓茶余饭后谈资,都说这宝货登了龙庭,大清国不亡那叫无天理!古城张姓文人写首七律讥讽大阿哥,诗曰:

> 北京城外枪声急,西京城内醉太平,
> 枇杷门巷寻常见,麻雀馆外几度闻,
> 台上重现黄天霸,台下惊指大阿哥,
> 黄金销尽顽铁在,赖有皇储承大清。

都想在未来"真龙"身上押宝,挖空心思给皇储送些稀罕物件。送的多了,大阿哥不当事,收下左手赏与婊子,右手赐给戏子。送礼的只想着大阿哥奇货可居,岂料造化弄人。皇储回京被废名号赶出宫廷,大清亡后沦为小贩,挑担沿街叫卖"真正的王致和臭豆腐",穷困潦倒不知所终。巴结皇储的宝贝辗转流入西京鬼市……

曙光未现,鬼市熙熙攘攘,来的有贪小市民,有吟风弄月骚人墨客,有破落世家子弟,还有见不得阳光的神秘人物。烛光里人影幢幢,有买的,有卖的,按规矩只问价钱不问来路。挣钱的多是低进高出来回倒腾的贩子,凭着炼就的火眼金睛,将摆摊的上下一打量，货的出处心里有了底，抓住卖主急于脱身的心理，黑了心杀价，买到手屁股不挪窝就地再卖一水，弄好了有对本赚头，不济也能买半袋洋面。鸡叫三遍，东方即晓，鬼市散了。贩子回到自家窝棚，内当家接过银圆，笑得合不拢嘴，温酒，切猪头肉，炸花生米，殷勤伺候。闻到香味，小子小妮一齐围上，扒住桌子张开小嘴巴巴望着像待哺群雏。当爹的夹起花生米，边挨个往嘴里塞边启蒙："城里就是好！比守着乡下老家那二亩盐碱地强多了。西京满街道都是现大洋，就看你们长大会不会拾。"

太阳升起，鬼市消亡。东门外古玩市场兴起。长街两旁，大大小小有几百家店铺，门前摆着钢丝床支的摊子，瓷器、陶罐、古币、玉雕、鼻烟壶、铜器、烟斗、木雕、造像、砚台、老钟表、古旧地毯、印章石料应有尽有，还能看到西藏唐卡和早年间小孩满月戴的"长命百岁"银锁。店里挂的是真假难辨的名人字画、碑帖拓片还有古墨、秦砖汉瓦和明清家具。街头至街尾，秦汉唐宋元明清，一路信步看到今。乌纱帽连进多家古玩店，掌柜都不看好，说从未收过，不摸行情只肯代卖。卖家来时兴冲冲揣着一团火，此刻被浇了个灰飞烟灭。走到"平安阁"，门前没支摊子，也无伙计招呼客人，掌柜捧着紫砂壶品茗，漫不经心看报，一副姜太公钓鱼，愿者上钩架势。金进财瞅着侧影面熟，立住打量，掌柜蓦然抬头，四目对视，两人几乎同时叫出声：

"贼娃子！"

"赖孩！"

"你狗东西还活着？！"

"你驴日的咋还没死？！"故人重逢，搂在一起，又拍又打，亲热得不行。

"贼娃子"就是探工翟平安。孟子曰："眸子不能掩其恶。胸中正，则眸子瞭焉；胸中不正，则眸子眊焉。"圣贤之言用于翟脸最合适。翟平安眼睛浑浊，眼神暗淡无光，眼珠游移不定，总像在窥测，不偷人都像贼娃子。关中人发音"翟""贼"不分，翟平安因个子瘦小，一副贼眉鼠眼相，故得此雅号。贼娃子和金进财小学同班，两家同住一院。贼娃子的父亲是车站货场装卸工，壮得像黑铁塔；母亲是菜场营业员，人未到香风先到，诨号"一枝花"。翟家仨孩是否一个爹下的种是勇斗巷群众心里永远的谜：老大叫铁蛋，跟爹像是一个模子倒的；老三果果是女孩，细条条白净净长得像妈；老二黄脸，鼠眼八字眉，小嘴像画上古代仕女，和爹娘毫无相似之处。同院田大娘屡次暗示：翟老二酷似菜场商主任。老娘们的闲话像走街串巷小贩卖的香油，靠不住的居多，加上盖房时两家为争地界打过架，所以未被群众完全采信。人丑，来历可疑，爹不疼娘不爱，贼娃子被家长打得受不了，小小年纪几次离家出逃，多亏革命群众警惕性高，没流窜多远，就被小脚侦缉队押送回家。三年自然灾害，家家数米下锅。装卸工趁周围没人从货场弄点豆饼回家，一枝花藏起，严防老二偷吃。贼娃子鼻子赛猎狗，藏哪也能找出，临了三个孩子数他吃得多。豆饼奠定翟平安与金进财坚钢关系。爹死娘嫁人，翟平安当了拖油瓶，离开勇斗巷。俩人以后又在一个公社插队，招工各奔东西，没想多年后在此重逢。

贼娃子与昔日判若两人：中分梳理得一丝不苟，戴金丝边平镜，白纺绸对襟扣褂子插根钢笔，脚蹬内联升步鞋，手持白折扇，左手无名指套个镶金翡翠戒指，儒不儒，商不商，不伦不类，一副暴发户附庸风雅的模样，感觉活像个冒名顶替的骗子，和过去的猥琐形象怎么也对不上号。看见乌纱帽，古董铺掌柜瞪大眼睛，掩了门，取出《中国历代官服图解》灯下反复对照，半晌抬起头，冷不丁问："给我说实话，这东西是从哪个博物馆偷来的？"

"放屁！贼娃子才偷东西。老汉我还没学会。这是金家祖传的。"

"你哄得了别人哄不了我。老金家逃荒要饭来西京，穷得像鬼，怎么会有这东西？"发小打死不信。听罢乌纱帽来龙去脉，翟平安叹口气："憨人天照应。如此大漏偏偏让你个白脖捡了！我细看了，这顶乌纱帽尺寸、制式都对，确系明朝传下。朱元璋推翻元朝，不容'先王衣冠礼义之教混为夷狄'，下令取消男子发辫，尽复汉室衣冠，大体以唐宋为本，故又称'唐服'。明朝衣冠十分讲究，上至天子，下到庶民，都有定制，文武官员的冠服分朝服、公服和常服三种。朝服头戴梁冠，公服头戴幞头，常服则头戴乌纱帽，身穿圆领衫，腰束带。明朝乌纱帽存世的都不如这顶品相完好。我劝你留着。'卖不如买，买不如藏。'捂上三年五载，准能卖个好价。"

"我可等不到那时候。东西看着好，你收了？"

"你别说，我还真看上了！你开个价。"

金进财挠挠头，实在拿不准，又将球踢回："看着给吧。咱俩一块玩过尿泥，你总不好意思让我吃亏太多。"

翟平安说："宝货难售。朋友难还价。这玩意有市无价，遇上喜欢的，十万、八万是它；自己找上门，三百、五百人家还嫌贵。这样吧，我帮你把六万八窟窿补齐，东西典在'平安阁'，钱算是借的，利息就免了。"

金进财心里满意，嘴上却说："真他娘无商不奸！看我在难处，乘机占我便宜。再让些！"

主人笑道："买菜求益，账没你那个算法。'典字千年债，卖字不回头。'万一你生意做砸了，落个血本无归，你杨白劳喝不了卤水，我黄世仁却只能自认倒霉。要不你再出去转转？保不定撞上个肯出大价的主儿。"

客人赶紧打住："换生不如守熟。还是那句话：物归其主，货卖识家。我谁也不给，就是你了！"

买卖成交，皆大欢喜。主人慷慨表态：有什么稀罕东西都往"平安阁"送。竹马之交，价钱好说！博古架上琳琅满目，客人看得羡慕不已："你小子发了！开店的本钱哪来的？该不是偷的吧？"

主人微微一笑："蛇有蛇道，鼠有鼠路。其中奥秘，不足与外人道。"

四辆崭新皇冠轿车鱼贯开至和平商场门前，军乐队鼓号齐鸣，热烈欢迎专程前来庆祝合资开业港商。金进财挖坑有功忝列欢迎人群。董事长是个糟老头，眼泡浮肿，脸色青黄，稀疏背头打着发蜡，额头不停冒虚汗，一看便知是酒色之徒，不是兜里装着支票，谁也没兴趣看第二眼。随侍长姣美人吸引无数眼珠：精致脑袋高高盘个发髻，雪白脸毫无瑕疵，一身笔挺的玫瑰红西装套裙，白衬衫尖角领子外翻，三寸高跟皮鞋橐橐有声，身材惹火，长颈长腿高胸，屁股又大又圆，不摸也知弹手，腰身佳绝，迎风杨柳般款款摆摆，行步灵动，宛如蛇服绣衣，印证"万种风情尽在腰"。在场妙龄女子论风韵，红西装套裙一时无二！在场男人都看直了眼。董事长挨桌敬酒，红西装套裙袅袅婷婷紧随其后。轮到这桌，大家都端起酒杯。四目相对，认出精心修饰的佳人竟是余桃花！故人大惊：这烂货多年不见，怎么会跟港商混到一起？面前男人张惊失怪，眼前女人神色自若，像从未见过金进财。余桃花嫩指似春葱，吐气如幽兰，一一含笑碰杯，依旧是气定神闲的微笑，依旧是风月无痕的从容，依旧是宠辱不惊的淡定，风度里透着雍容华贵。俏佳人代董事长一饮而尽，举空杯向大家致意，挽着老板胳臂轮桌敬酒。生张熟魏围满一席，金进财心里放不下，悄悄问身边廖姓港商："余小姐现在泰顺达公司担任何职？她先生今天也来了吗？"

"金先生有没有搞错？她不姓余，姓梅，叫梅艳群。梅小姐刚从加拿大回香港，至今小姑未嫁。"说着暧昧一笑，"梅小姐现在是麦董的'生活秘书'。"

旁边港商调侃："'生活秘书'就要找梅小姐这样的啦，看着养眼，用着舒服。廖老板何不也照此聘一位？"

廖老板连连摇头："梅小姐一看就是很贵的那种啦，我们这号小商人可养不起。"

在座郭老板略知交际花底细：梅小姐最初身份是中资机构驻港办事处文员，来港不久辞职下海，真实姓名待考。梅小姐只订婚不结婚，弹丸之地，先后闹出七位大龄未婚夫，本人一位王老五远亲不幸中招。愤怒的未婚夫群起殴之，梅小姐被揍得鼻青脸肿。脸上刚好，梅小姐就消失在大洋彼岸，石榴裙下不乏新的崇拜者，也留下数不清的账单……欲海沉浮，梅小姐修炼成职业"生活秘书"，专为阔佬提供全方位零距离服务。麦董是梅小姐新中的头彩。

服了，服了！不服不行！"轻薄桃花逐水流"，余桃花仿佛寄生藤缠摇钱树，生来就会攀高枝，仿佛污水沟里泔油，无论哪股水泛滥，总有本事浮在上面。又纳闷：算起来，"生活秘书"也已四张，"男到三十一枝花，女过三十豆腐渣。"妖精却非但不显老，反而越发狐媚，天天向上，越攀越高。金进财叹口气，不得不承认：余桃花已修炼成精，宛如深潭古井，再摸不清底有多深。无论气质和诱惑男人的魅力，那些仅凭脸蛋漂亮的小丫头压根儿没法比。除了外表，老妖精在床上肯定还另有一功，要不怎么把香港老板伺候得像偎灶老猫，寸步难离。"老女上马，必有妖法。"能降伏老妖精的只有上苍。

看见"生活秘书"又想起颜莉莉。

集体户解体，颜莉莉病情越发严重，脑子时而清楚，时而糊涂，上面把她安排到公社卫生院，因工作多次出错被退回……夜深人静，身份不明男人翻窗入室……消息传开，屡遭强暴的女知青沦为远近闻名的"半开门"，脑子越发昏聩，产下个不足月女婴，只有猫崽大小……公社下来调查强奸者，受害者痴痴瞪着大眼睛，所答非所问，查

来查去,只知女婴其母不知其父,最后不了了之……颜莉莉去上工,放在地头的竹篮被拼命朝外爬的婴儿压翻,小脸在地上蹭来蹭去,像瘦弱小猫发出阵阵哀鸣……女儿死去之日,母亲彻底疯了!怀抱死婴顶着烈日坐在打麦场上直至婴儿发出臭味。陈队长夺下尸体埋进饲养室粪堆……土地分田到户,各忙各活路,没谁有闲心过问一个疯子的死活。老知青回队问起昔日同伴,村民漠然回答:你们走后第二年冬里,疯子再没回过村,大雪天破衣烂衫的,估计早冻死了……你们问尸首?那倒没见过,沟口有双她趿拉过的破鞋,八成喂了狼……

物伤其类。金进财次次听得心如刀割,半晌说不出话,槽牙咬得嘎巴响,脸上颜色白了青,青了白,异常难看。"一起插过队;一起扛过枪;一起分过赃;一起嫖过娼。"是当今人际关系"四大铁",其中"插友"居首。四年集体户生活经历像同一母体孕育了一样心心相印。没有插队经历的人,无法理解老知青之间少小离家共患难的感情。物欲横流社会,人情恰似草上霜,相濡以沫经历更显宝贵,不带任何功利色彩的感情仿佛陈年老酒,随着年龄增长,越发醇厚,又似出土文物,弥久越珍。这感情不是亲情,却胜似亲情。像听到自己亲姐妹任人糟践,金进财此时杀人的心都有!

早上刚上班,区教育局分管人事的莫副书记打来电话。莫书记是金老师牌友。金进财人前叫"书记",单处喊"老莫"。麻将搭子一路琢磨:老莫叫我有什么事?章副校长今年到站,莫非局里想让我接班?一定是这样!我这"候补道",也该放实职了。兴冲冲敲响书记门,进屋看见沙发上坐俩陌生面孔。莫非上级组织部门下来考察?小小副科级,区教育局就能拍板,怎么会惊动上面?正胡思乱想,莫副书记一句话叫金进财跌入冰窖:"两位同志是公安局的,找你了解情况。"说完掩门出去。便衣警察不说话,冷冷打量来者。金进财越发毛了。

"你叫金进财?"

"是,是。"金进财赶紧点头。

"知道我们为什么找你?"

"不知道。"金进财拼命摇头,心里却咒骂千刀万剐的贼娃子。

"你是真不知道,还是假装不知道?"

"我真不知道。"

"那好。我问你认识一个叫翟平安的吗?"

"哪个翟平安?"金老师揣着明白装糊涂。

"你认识几个翟平安?"年轻警察朝金进财俯过身子,饶有兴趣地问。

"我认识三个翟平安:一个是二马路剃头的,结了三次婚,被仨老婆戴了三次绿帽子;另一个是南小巷卖梆梆肉的,也是倒霉蛋,嗜赌如命,却十赌九输;还有一个是大同园澡堂搓背的,拾到顾客的手表想财迷,被揍得鼻青脸肿。不知您问哪一位?他犯了哪条罪?"金进财一本正经回答。"啪!"茶杯蹾起,茶水四溅,年轻警察拍桌怒喝:"金进财,放老实点!再装蒜就把你带走!"

"我又没犯法,凭啥带我走?警察咋啦?警察也不能不讲理!"金老师一脸无辜。

"不见棺材不落泪。我现在就能带你走!你信不信?!"年轻警察掏出手铐。老警察拦住年轻警察,脸上露出柔和的微笑,说话和风细雨,仿佛慈祥老教师开导顽劣小学生:"金老师,我们一来先找莫书记了解你的情况。领导对你评价很高,说你政治觉悟高,业务能力强,工作兢兢业业,还是学校语文教研组组长,从未听说有任何违法乱纪的事。我们相信组织,也相信你,要不,就不在这儿和你谈了。"金进财松口气,痛感和上级搞好关系的重要性,人可以藐视一切貌似庄严的东西,但绝不能和管自己饭碗的闹僵。老警察推心置腹设身处地:"你的事不大,讲清楚就完了嘛。我弟弟跟你都是初六八届,至今还在工厂抡大锤。你有今天不容易,千万珍惜!人到中年日过午,摔倒容易爬起难。何苦为别人断送自己前程?"生姜还是老的辣。老警察软中带硬有情有理有节的一番话让老师彻底缴械。

"你们问的是在古玩市场开店的翟平安吧?看我这猪脑子!"金进财拍拍前额作忽然想起状。

"你认识的'翟平安'真不少。"年轻警察刺了一句。

"你俩什么关系?"老警察问。

"谈不上关系,仅是一面之识,我们很久没见了。"金进财轻描淡写。

"不对吧?翟平安交代半月前还去过你家。"老警察翻开记事本。

贼娃子呀,贼娃子,你都招了,我犯不着替你顶缸。金进财又拍开脑袋:"这脑袋咋长的,里面一堆糨糊!我又想起来了,他是来过一趟。"如实交代提包来龙去脉:

梦中响起急促敲门声,夜半骚扰的是贼娃子。金进财满脸不高兴:"神经病!没看几点了?你还出来梦游?"

"没办法,想来想去这事只能找你。"

"什么事非得半夜来?"

"有件重要东西想在你这寄放两天。"

"什么东西?"金进财注意到翟平安手上提包。见发小满脸紧张,翟平安笑了:"请金老师放心,包里一不是军火,二不是毒品,三不是人头,是件值钱货。不是偷的,不是抢的,是我掏钱买的。"

金进财还是不放心:"那你为啥不放在自家,非要搁我这儿?"

"我那儿人多眼杂不安全,搁你这儿保险。你放心,过几天我就来拿,绝不会影响你进步。"

金进财最清楚翟平安是什么货色,半夜上门绝无好事!正想找借口拒绝,女主人从布帘后走出。贼娃子说:"嫂子,不好意思,打搅你休息了。等货出了手,我给侄子买架钢琴。"女主人眼睛都亮了:"真的?!那可太感谢你这当叔叔的了。"儿子已有两年琴龄,一首完整曲子也弹不下来。营业员培养钢琴家痴心不改。翟平安豪爽地拍拍胸脯:"碎碎个事情,包我身上!"孟小燕更加激动,不理会老公在旁使眼色,拍着胸脯大包大揽:"有事尽管来!"不速之客走后,主人又想起老爹谆谆教导,把老婆好一顿埋怨,说不该替贼娃子保管东西。翟平安打小就鬼鬼祟祟不干好事,只怕将来累我。"平安阁"不平安!明天一早,说什么也得把提包送回去。沉浸在许愿中的老婆不爱听:"一个破组长也混充人物,贪官污吏抓完也轮不到你头上。你们学校管基建的王校长早发了,人家老婆戴的啥?白金钻戒!跟你这骗子无赖加穷鬼窝囊透了!让孩子学琴,却买不起钢琴。老同学看不下去主动赞助,你还假充圣人。不就在咱家寄存个包吗?屁大个事儿看把你吓的!你明天敢把东西送回去,咱们后天就离婚。"孟小燕怒冲冲上床,给老公个冷脊背。偷来的锣鼓敲不响,骗来的老婆面前总归理亏。男人心里也贪图钢琴,提包最终留下……

　　年轻警察撬开提包锁取出秦权,老警察兴奋地说:"没错,就是它!"
　　"这是什么稀罕物件?"当事人凭直觉猜出眼前不是凡物。
　　老警察反问:"听说过秦俑将军头被盗的事吗?"
　　"知道,知道。西京城传遍了,我还能不知道?前天晚报登了,标题是《盗将军俑头先杀你的头》,大盗已枪毙!这桩惊天大案一定是两位联手侦破的。不愧是大侦探!浑身上下透着精明精干,是西京城一对福尔摩斯。佩服,佩服,兄弟打心眼儿里佩服,佩服得五体投地!"金进财跷起大拇指,胁肩谄笑,努力拍警察同志的马屁。正拍着,忽然觉得哪不对,警察突然问秦俑头干吗?金老师感到一丝不祥,立刻闭嘴。警察脸骤然沉下,仿佛狼外婆露出白森森獠牙:"秦权、秦俑都是国家一级文物,堪称国宝!你身为人民教师、国家干部,竟敢替盗墓贼窝赃!盗窃国宝的下场你既然知道,却敢顶风作案,你胆子不小啊!"金进财脑袋发晕,两腿哆嗦,早知案情重大,哪敢跟警察同志逗着玩。"误会,误会,绝对是误会!'满街贴告示,还有不识字的。'我真不晓得!早知包里是国家重要文物,豁出命,我也要将盗墓贼当场制服扭送公安机关!"金进财迅速转移目标,破口大骂,"翟平安,你个贼大胆!国宝你都敢盗,还嫁祸于我,真是可恨可耻可恶至极!警察师傅,逮住这小子绝不能轻饶,枪毙都太便宜!最好按咱们秦朝老祖先的刑罚治罪。那会儿的死刑有腰斩、枭首、弃市、戮尸、坑死、凿颠、抽胁、镬烹等,给翟平安挑个'车裂'最合适。先将狗日的五马分尸,再把四条断肢分别悬挂在东南西北四个城门楼子,首级插在钟楼尖上,让来往行人都受受教育,看谁还敢打国宝的主意,看盗墓贼还敢不敢前仆后继……"
　　"你咋恁多废话?!你当还是有皇帝那会儿?"年轻警察粗暴地打断金进财的话。
　　"这不叫废话,这叫建言献策。"金进财振振有词。
　　"没看出来,你政治觉悟还不低。"老警察讥讽。
　　"过奖,过奖。我也是红旗下长大的,受党教育多年,起码的思想觉悟还是有的。"金进财越发起劲,"本人一得之愚:现在犯罪率居高不下,国宝都敢盗,绝对是刑法太宽!咱们祖先秦国人为何'勇于公斗,怯于私仇'?就是因为刑法严酷。什么'连坐法''鼓励告奸''轻罪重刑''刑用于将过''不赦不宥'……海了去!老百姓梦里都怕,谁还敢以身试法?倘若不信,你们按古代刑罚做两个娃样子试试。要不立竿见影,

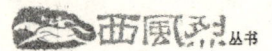

大见成效,你们来找我。"

"闭嘴!没工夫跟你扯淡!"年轻警察一脸烦躁。

"别急嘛,让我把话说完。咱仨是革命同志,出发点一致,目的都是为了打击犯罪分子,让国宝永远留在祖国怀抱。所以,更要集中群众智慧,发动群众办案……"金老师兀自喋喋不休。

"你话比屎还多!再啰唆,立马把你铐了!"年轻警察忍无可忍。嫌疑人勉强闭嘴。"说!翟平安还把什么东西放你家了?!"警察显然想扩大战果。

"没有了,除了这个,绝对没有!我向毛主席他老人家发誓,再有一件,我是地上爬的。"金进财拿手比画王八,坚决否认。

"翟平安国宝都放心交给你,可见你们关系不一般!坦白越早,交代越彻底,你越主动。要是心存侥幸,企图蒙混过关,我们一旦查出,你麻烦可就大了!你不是说认识好几个叫'翟平安'的吗?快说,他们是你的上家还是下家?给你的文物都藏哪了?!不说马上把你铐走!"年轻警察二次拍出铐子,声色俱厉步步紧逼。

"没有了,真的没有了。我说的都是实话。要是再有,我是孙子养的。"金进财吓坏了,赶紧告饶,"我该死,我不是东西,我是混账混蛋乌龟王八蛋!我刚才不该和您贫嘴,更不该跟您逗着玩。从小我爹就教育我,跟谁逗都行,就是不能和警察叔叔逗着玩。小时候,我一直记着他老人家的话,见了警察叔叔先敬礼后说话。长大了,怎么把爹的话给忘了?没娘的孩子是棵草,没爹的孩子不得了!没啥不能没爹,人不管长多大,都得有爹管着,没爹管的孩子容易犯错。我知道:警察师傅生气了,我的前景很不妙!您大人不记小人过,宰相肚里能撑船,千万别和我一般见识。我就认识一个叫翟平安的,剃头的、卖肉的和搓背的'翟平安'都是我瞎编的。"俩警察仍不信。大势不好,就地卧倒。绝望中的金进财使出当年钻裆叫爷的看家本领,顾不得羞耻,"扑通"跪地,苦苦哀求:"警察叔叔,我天生胆小,你们可别吓唬我。我向组织上发誓,我给你们写保证书,真的没有了。要是有,查出来你们马上把我枪毙!"见警察不为所动,金进财换上一脸媚笑,"报告两位领导,我上有老,下有小,老娘得了痴呆症,三天两头往外跑,全得靠我往回找。贵单位我是无论如何不能去的!我去了,夜里找老娘的任务还得靠警察师傅,那不是给你们添麻烦吗?虽说人民警察爱人民,但大冷天夜里让你们挨冻受累,叫我这当人民的怎能忍心?求求两位,你们把我当个屁放了吧。"

俩警察被逗乐了,互相看看,大概觉得眼前尿包软蛋厚颜无耻模样,怎么看也不像有贼胆,至多是"被人利用,误入歧途"。见事情似乎有转机,金进财加强表演效果,号啕大哭泪流满面,一副幡然醒悟痛改前非模样。教书匠信誓旦旦,悔罪表情让人心痛:从今天起,金进财余生将与一切犯罪现象作斗争,再没有比金老师更圣洁更遵纪守法的教育工作者了。警察满意地看到法制教育威力,收起铐子,让疑犯在讯问笔录上签字画押,临出门撂下一句:"将来有事,我们还会找你!"

第九章
儒商

【非关风月 吾自多情】

　　金老师单位拿工资，外面做生意。同事们耳闻目睹如同心窝捅刀子。为了不让大家红眼病加重，家电商办了停薪留职。金老师虽已下海，却讨厌开口钞票闭口钱，不屑与言行粗俗、胸无点墨的买卖人为伍。金老师崇尚高雅，欣赏幽默，不忘自己知识分子身份，自称儒商，只愿和具有同等智力的人相处，身边逐渐形成圈子。儒商们周末聚会，轮流做东，入会须具备两个条件：有钱，受过高等教育。

　　暮色四合，"将进酒"酒楼门前悬挂的八个大红宫灯亮了，洒下满地橘红。门迎又换新丽人，面容俊俏，身材高挑，一袭红旗袍，开叉开得不能再高，两条雪白大腿灯光下暴露无遗，吸引来往男人眼球。金进财看在眼，笑骂："孙建新这骚驴，祸害一个又一个，早晚遭报应！"

　　孙建新毕业分配到外省一家文学杂志社，白天编稿，晚上奔波于各个文学讲习班诲人不倦。乍暖时节，满街道都是文学青年，见了孙老师毕恭毕敬，老师想不牛逼都不行。谁知得意没多久，杂志封面西洋女郎半裸照大大超出革命同志承受力，两位老干部看得拍桌大骂，气得双双中风，被送进医院抢救，留下口歪眼斜后遗症。上级遂以"奶大超标，裸露太多，影响恶劣"为由，下令杂志停刊。孙建新想不通，每次提起都诅咒吴老太爷遗子遗孙，直至看到网上评选中国十大著名禁令之一"报考公务员乳房要对称"，终于明白：在中国，女人乳房一直是敏感问题——暴露程度、大小、是否对称，关系社会正气和政府形象，上级领导高度关注不足为怪。孙建新改去古籍出版社。夫子堆里，没人把工农兵大学生当正经粮食。孙建新知耻而后勇，白日当小媳妇，夜里笔耕不辍，十年内自费出版四本诗集，加入省作协，成了货真价实诗人。文学热退潮，文学青年崇拜偶像由诗人改为大款。知音少，弦断无人听，孙诗人诗集迄今一本没卖出，还欠下一屁股债，亲友送遍，剩下的堆在床底演变为老鼠窝。初次见面，落魄诗人就从随身提兜摸出本诗集，工工整整签名，或"指正"或"惠存"，死乞白赖送人，赔本赚吆喝。日子过得恓惶，老婆领着孩子弃诗人而去。生不逢时，诗人活得忧郁，脸上总是一副怀才不遇、落落寡合神情。金进财看得心酸，遂死了混进文坛成名成家的念头，反过来劝老同学："大家都是穷光蛋，老兄埋头写诗，那是高雅；万众一心奔钱去，你还一句句朝外憋，这叫傻帽儿。眼下诗人算什么？弱势一族，角色尴尬。群众眼里纯属经济转型期社会闲杂人员！"

孙建新还要坚守，酸溜溜回答："诗是心灵的呼喊。我心里实在放不下缪斯。"

金进财又劝："写诗就像谈恋爱。没谈过恋爱是人生缺憾，可恋爱不能当饭吃，过日子还得柴米油盐。诗人首先不能饿死，不饿死才能坚守。"

诗人最终抵不住生存处境的逼迫，受不了亲友怜悯的目光，毅然投笔从商，齐肩长发剪去换成商人板寸，赠诗集改为递名片，头衔一个比一个响亮——总经销，总代理，总经理，总裁。仗着脑子灵光脸皮厚，攀上一个有权的远房亲戚，倒完指标倒额度，几年下来，瘦骨嶙峋诗人变成脑满肠肥小老板。金进财揶揄："新诗死了，诗人活了，可悲可喜可贺！孙诗人现在成熟多了，一听'钱'字，一对招风耳立马竖起，两眼灼灼放贼光，如同瞅见漂亮女人。"只是诗人清高余毒未尽，不能提诗，不能提出书，每次说起，都是一脸酸相，自怨自艾，神神叨叨，仿佛金进财逼良为娼，自己受了天大委屈！金进财笑骂："你们这些末流诗人作家得的一个病！出书仿佛母鸡下蛋，叫唤得满世界都知道。拾起一看，原来是枚臭蛋，白送都没人要！你却痴人做梦，还要出《孙建新文集》，裹王娘之脚条，长者更臭！"

孙建新和"将进酒"女老板关系是个谜。问"表妹"称谓由来，女老板笑而不答。都说孙建新居心不良，冲着漂亮女服务员而去。本人坚决否认，被盘问不过，承认和两位门迎有过几次"工作谈话"。不久，漂亮门迎被不动声色的表妹相继炒了鱿鱼。金进财断言："'表哥'和'表妹'的关系远比大家想象的复杂。据我察言观色，老同学的角色是情人、合伙人、保护人三位一体。"自从有了开饭馆的漂亮"表妹"，孙建新堕落为饭托，凡认识的有钱人都不堪其扰，特别是有权签单的。金进财三天两头接到老同学电话，万变不离其宗，说来说去最后总要落在饭局上，打听最近有无家长请客或者宴请客户，千万不要忘记将饭局放在"表妹"处！有一次，金进财醉醺醺去找老同学闲聊。自己重要客户在别人饭馆消费，孙建新脸色当下就不好看，待听说一桌酒席花了两千多块，饭托脸上变颜变色，像误喝醋精，又像丢失巨款，脸上肌肉不停抽搐，仿佛即将中风。金进财看得不忍，更怕老同学受刺激猝死，再三表示痛改前非，以后有屎有尿一定屙在"表妹"处，保证肥水不流外人田。

家电商走进包厢，里面一阵欢呼，三人都站起迎接。高个子叫王国章，其父曾任国民政府时期江苏商会副会长。王国章在计划经济时代就显出经商遗传基因，典型案例是用辆旧飞鸽自行车换了三立方木材指标，指标转化成五合板，五合板倒腾成化肥，化肥演变为水泥，水泥又与钢材交换，最终定格为盖房急需的楼板。经过一连串令人眼花缭乱的商品交换，王国章手里紧俏物资越聚越多，打着滚儿升值，最终换来一间半旧房,顺顺当当把媳妇娶进门……王国章现做二手汽车生意,三天两头往南边飞,油水捞多了,身材臃肿得像汽油桶,臀比肩宽,腹比胸高,坐在沙发上像放倒一堆肥肉。这家伙最喜欢跟名女人交往,什么影视演员、歌唱家、戏剧名角、名模、公关小姐、电视台漂亮女主持……都笑王总吃饱撑的,四张半了,还学小白脸玩些领掌献花、请客吃饭、寄明信片的小把戏,也不摸摸自己胡子!混社会的女人左脸写"名",右脸是"利",不看在鼓囊囊钱包份上,谁有耐心跟你个半拉老头周旋?汽车商蹙眉回答:幼稚!几个小兄弟还是幼稚,太让老哥失望!藩篱之鹦,你们什么时候眼光才能看远点?知名度是生产力,美色是金钱,名女人就是经济效益。说着神秘兮兮拿出一张过塑照片请在座的欣赏:照片上女人是位著名电影演员,曾是金进财的青春期偶像,虽已过气,风韵犹存,女的穿着内衣坐在男的怀里,脸贴脸,说不尽的缠绵。金进财酸溜溜问:这得花多少钱?王国章一笑:不贵,也就是倒辆车的利润。女演员想出国定居,手续一直办不下来,慕名找到我,来个一锤子买卖。照片本想留作纪念,歪打正着,让我派上大用场。上次去海口进货,头寸周转不过来,港商是头次打交道,非得现款现货。我灵机一动,仿佛无意间亮出照片。对方当即对我刮目相看:王老板好厉害,大明星都包得起!我淡淡一笑:这算什么?打个电话的事。老板要是看得上,下次我叫她陪你。港商听得眉开眼笑,生意当场成交!

"金老板,为何姗姗来迟?莫非艳闻传到弟妹耳里,不许你晚上出门?"王国章调侃。

"借她个胆也不敢。金某如今出有车,食有鱼。若非'糟糠之妻不下堂'古训,早把她休了!"

"几天没跪搓板,膝盖发痒,你就胡吹吧。"小个子谭伟男打趣。

"胡吹是你谭老板专利,能把黑的说成白的,肥的说成瘦的,低的说成高的,死的吹成活的,我可不敢掠美。给哥儿几个说说,又准备了哪些骗人的玩意儿,想蒙哪类傻瓜?"

"这不能怪我。谁叫买保健品的不用脑子?'次次都上当,当当不一样。'广告要是真的,我岂不成了神仙?再说保健品这玩意儿吃了治不好,也吃不坏。精神作用大于物质作用。真人面前不说假话。眼下'男怕秃,女怕肥,小孩就怕不聪明。'这是谭某目前主攻方向。这拨闹完,就改上性保健品,什么阳痿、阴茎短小、性冷淡,举而不坚,坚而不久……统统能对付,赛过伟哥!广告创意我已策划妥当:重金聘请金老板出任保健品形象代表,金枪不倒,现身说法,威武大将军亮相,当场惊倒一片!慕杀多少老爷们,一个个哭着喊着抢购,只怕把柜台玻璃都挤碎了。"

一桌人都乐了,夸小鬼子就是鬼,一挤眼一个鬼点子。

金进财回敬:"'烈女不嫁二夫,忠臣不事二主。'大将军岂能为金钱所动?除了伺候我媳妇,外人休想!"

孙建新笑骂:"你俩都是属狗的,离不得,见不得,离开想,见了咬!"

谭伟男是一家广告公司法人,也是种种来历不明药品和众多打一枪换一个地方

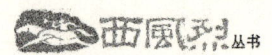

以防受骗者找上门的保健品公司西北总代理。谭老板老家在哈尔滨,援建大西北时随父母来到西京,身世和其代理的保健品同样可疑。坊间传闻谭伟男的老娘是日本艺伎,鬼子战败后流落街头,嫁给谭师傅时肚里已"有货"。谭伟男本人对此不置可否。谭老板代理产品的商品名字一个比一个玄乎,有"蓝贵人全真雪容膏""西宫还坤归元瘦身带""一穿灵凌霄健步增高鞋""九转阴阳还魂丹"……随着国内糖尿病患者爆炸性增长,又新推出"雪山神龙藏传降糖三十八宗密味"。谭伟男兼广告策划总监,凭着念历史系肚里攒下的那点野史,探赜索隐,钩深致远,推向市场的每样商品,拐弯抹角最终都能和帝王将相高僧真人祖师大德老尼活佛挂上钩,慈禧太后是当仁不让的主角,保健品配方不是"西宫秘方",就是"盗自东陵"。电视屏幕里,谭老板宝相庄严,语调铿锵,信誓旦旦,大言不惭,与漂亮女主持狼狈为奸,跟众药托一唱一和,给患者带来一个个"轰动""惊喜"和"重大突破"!金进财次次看得吐血,大骂:书念到狗肚子里了,文人堕落莫过于此!说起来,同胞们真好糊弄,随着电视、广播、报纸广告高密度全方位立体轰炸,居然次次都让骗子得逞。谭伟男闹了个盆满钵满,平均两年换辆新车,房子已买了三套。骗子得意之余透露:下次"西北战役"将主打"美国高科技保健品",什么纳米技术、基因改造、生物工程……高科技应有尽有,专治令医生头疼的痼疾绝症。骗子也有走麦城时,出口美国的三千打"三界玄功灵圣健肾雄裆宝"上月惨遭代理商悉数退货。老外不识货,硬把国粹固本养生保健精品定性为"具有一定保暖功能的裤衩",一条没卖出!谭伟男事后检讨:鬼佬难忽悠,好东西还是留给同胞享用。

客人齐了,女老板袅袅婷婷过来挨个儿敬酒。"几日不见,表妹越发漂亮,孙表哥怕是更心疼了。"家电商调笑。女老板不接话,嫣然一笑。金进财扭头问孙建新:"我托你找表妹的事进行得咋样了?次次来这儿,你都拿漂亮表妹馋我,也不问问老同学如何受得了?"

"表妹好找,满大街都是,你要多少?卖鸡蛋的,打烧饼的,端盘子的……一抓一大把!只是你嫌丑爱美,明明是咱金家逃荒路上失散多年的亲表妹,只因丑了点,你小子就睁眼不认;漂亮的不认你,你却瓜皮搭李树,强认人家做亲戚。"

男士们乐得前仰后合,表妹笑得花枝乱颤。表妹姓葛,具备风流娘们三个基本特征——眼大、乳大、屁股大。儒商们戏谑"葛三大"。金进财涎着脸说:"凭什么漂亮表妹被你独霸?!表哥轮流当,今年该金某。"握住女老板白嫩小手,边摩挲边说,"好招人疼的表妹!咱俩商量件事:你把孙表哥甩了,跟金表哥好。"客人手背被筷子结结实实敲了一下,主人急赤白脸地说:"想干什么?!把爪子缩回去!你当是在幼儿园过家家呢?"见孙表哥吃醋,旁边的打圆场:"金老板喝高了!心里话岂能随便朝外说?"

华灯初上,满街辉煌,春风和煦,阵阵花香。马自达行驶在长安路上,车厢内手机声此起彼伏,夜总会、歌厅纷纷来电邀客,语气透着对大款的恭敬。金老板得意之余,思绪跨越时空:"诸位老板,我想起一首唐人绝句,写的是诗人在长安境遇。说来也奇,诗里情、景、地,竟和我们此刻暗合!作者年龄也和吾等相仿。此诗几位老兄一定读过。

我念发句,你们依次接着背,谁背不出,罚谁今宵埋单!"众人响应。

"昔日龌龊不足夸,"

"今朝放荡思无涯。"谭伟男抢先咏出次句。

"春风得意马蹄疾,"王国章接续第三句。

"一日看尽长安花。"孙建新答出结句。

"不错,不错。在座果然都是风流儒商!"金老板夸奖兼自夸,"孟郊进士及第那年已46岁,策马奔驰在春花烂漫长安道上,神采飞扬,心花怒放,志得意满,赴曲江池宴集同年。此诗正合吾等此时心情!"

谭伟男接话:"新科进士宴罢,后面还有精彩节目:集体留宿平康里。妓女爱慕新科进士,曲意逢迎,使尽周身解数。一夜风流,缱绻之余做诗留念,其中新状元裴思谦写的《平康留宿》最妙:

银缸斜背解鸣珰,小语偷声贺玉郎。

从此不知兰麝贵,夜来新惹桂枝香。

千年之后,咱们几个新文人坐着马自达,沿当年长安道'看花',同是春风得意,同是恣意取乐。古今一理,是名士自风流。"

金进财笑骂:"猪鼻子插葱——装象。风流是到处留情,下流是到处流精。你们往高里说,是一对半下流文人。"

孙建新回应:"风流,下流,左右一样,把猫叫咪。李白'玳瑁筵中怀里醉,芙蓉帐底奈君何';小杜'十年一觉扬州梦,赢得青楼薄幸名';柳三变'今宵酒醒何处?杨柳岸晓风残月';董解元'秦楼楚馆鸳鸯帏,风流稍是有声价';关汉卿自封'普天下郎君领袖,盖世界浪子班头';唐伯虎'醉舞狂歌五十年,花中行乐月间眠';汤显祖'古来才子多娇纵,直取歌篇足弹诵';罗隐'钟陵醉别十余春,重见云英掌上身';蒲松龄梦遇神女,穷秀才沉浸春梦:'帐悬双翡翠,枕贴两鸳鸯。'你们说以上大家是风流还是下流?自古文人无行,'一为文人,便不足观',寻花问柳、饮酒狎妓自是文人本色。"

金进财笑骂:"尔等轻薄无行,俱是竹林名士遗子遗孙,'故去巾帻,脱衣服,露丑恶,同禽兽'。"又感叹,"二十年眨眼过去!念往昔,吾辈真是'龌龊不足夸':我在纱厂推车,找对象逮萝卜拎萝卜,逮青菜拎青菜,人家还愿意不愿意的;孙兄在机械厂倒铁水,满手烫疤;王兄在臭烘烘废品收购站打包,身上一股垃圾味;谭兄最惨,小个子穿双齐腰大胶鞋,天天在县酿造厂水泥池里踩辣椒酱,高考两试两北曝鳃龙门,如孟东野《再下第》所言:'一夕九起嗟,梦短不到家。'应举心不死,空将泪见花。三试得中,谭兄终于从酱池里挣扎出来……如今日日美酒,夜夜笙歌,多亏咱们年轻时不甘雌伏,奋力拼搏!"正说得起劲,忽然想起自己上大学不是搏来的,是用精子换的,赶紧打住。

孙建新附和:"文凭改变命运,这一把咱们算搏对了!"

金进财听得发笑,想起同窗"搏"史。孙建新年轻时称得上帅哥,还能诌几句情诗,铸造车间开天车的几个小姑娘一度为他争风吃醋。孙建新一个不要,却主动追求厂图书室管理员。管理员丑且不说,脑子也欠火候。都说孙建新脑子进水,想不到浇

铸工另有所图。两人关系确定不久,在厂政工组长、未来丈母娘筹划下,准女婿顺顺当当被推荐上大学。女方怕事情有变,一再催男方结婚。孙建新总以"男儿应以学业为重"搪塞,暗地却和声乐系一个漂亮女生勾上……政工组长从来都是收拾别人,再想不到被一个小青工算计!恶气难咽,领着女儿来校闹了几次,将莫须有劣迹整理成材料,面呈校党委,强烈要求"将流氓坏分子孙建新清除出工农兵大学生队伍,退回原单位"。孙建新不堪其扰,草木皆兵,有一次被厂政工组长堵住宿舍门,慌乱间欲从二楼往下跳,被金进财一把从窗台拽下塞进床底……

王国章叹息:"有牙没锅盔,有锅盔没牙。才快活几年,底气就被掏空,落个肾亏腰疼上楼大喘气。小姐真害人!"

金进财调侃:"王兄切记古训:'利剑不可近,美人不可亲,利剑近伤手,美人近伤身。'年轻不知尿中用,老了非得气喘病。"车厢响起幸灾乐祸笑声:"劝赌不劝嫖,劝嫖两不瞧。王兄,您老人家就使劲造吧!"

马自达最终停在"凤之巢"舞厅门前,里面隐约传出音乐旋律,朦胧红光透着暧昧。王国章刚进去,莺莺燕燕立刻围上争相献媚,"刘哥,刘哥"叫个不停。汽车二手商转身叮咛:"逢场作戏,对人皆可夫的小姐千万不能讲真话。我是刘大哥,你仨也把姓名改了。"

领班进来问:"刘老板,今天叫谁陪你?"

"我喜欢嘴巧的,还是叫娜娜吧。"

"这三位呢?"

"先给小个子老板找对大奶子。先天不足,后天恶补。喂足人奶,让小老板争取往上蹿一蹿。"谭伟男飞起一脚,王国章笑着躲过,又指着孙建新说:"老帅哥爱小的,唤个雏来。这位嘛……"看着金进财直挠头,"这厮难伺候。干脆都叫来,让老板吃自选餐。"

领班神态活像牲口贩子,赶羊般吆进一群小姐,高低胖瘦黑白都有,占了大半个包厢,莺叱燕咤,推推搡搡。金进财赖劲上来,跳到茶几上,挥动胳膊大喝:"肃静!肃静!花花元帅现已升帐!"屋里顿时静下。"全体听我口令:面朝南按个头大小一字排开!"等站好队又下令:"立正!向右看!从左到右,挨个报数!"小姐们不知何意,叽叽嘎嘎笑成一团。"号令不行,主帅无能。将两个抗命者推出辕门斩首示众!以明军纪!"说着跳下地,将两个笑得最欢的小姐推出包厢。怕取消陪侍资格,其余小姐再不敢笑,"1、2、3、4、5、6……"乖乖挨个儿报数。男人们笑谑:"哪里是选小姐,分明是孙武操练女兵!"金进财还不罢休,冷着脸说:"声音太小,像三天没吃饭,动作更是松松垮垮。门外列队,重新入场!"整肃完毕,号令"出发!"金进财哼着雄壮的《运动员进行曲》,昂首挺胸,有力挥动双臂,走在队伍最前面,到沙发跟前,行了一个军礼,领着小姐大呼:"老板好!老板们辛苦了!"

三个老板笑得沙发上打滚,胡乱应着:"小姐好!小姐们辛苦了!"

领队又问:"炮弹上膛没有? 小费准备好了没有?"

几个男人边笑边答:"万事俱备,只等开炮!"

花花元帅下令:"1、4、7号留下投入战斗,其余原地解散!"未选上的觉得被客人耍了,出包厢转身朝门猛踢。孙建新大怒跳起去追,小姐瞬间逃得不见踪影。金进财把余怒未消同伴拽回,笑劝:"自古'戏子无义,婊子无情'。诗人跟小姐斗哪门子气?"

"这位老板,你不能一竹篙打落一船人。"吊在王国章脖子上的娜娜不干了,"我只喜欢刘大哥,他来了我谁都不陪。刚才还有个温州客人悄悄叫我,说多给小费,我都没答应。"

客人一脸惊喜:"乖乖,真没看出来,'凤之巢'藏个从一而终烈女!伊是小姐第一人,赶明给伊立个三丈高两丈宽的贞节牌坊,大力表彰,弘扬正气,一来流芳百世,二来全家也跟着脸上有光。"小姐听得都捂着嘴乐。娜娜闹个红脸,老板怀里扭股糖似撒娇:"他欺负我! 你管不管?!"

"别理他! 这厮嗦长三尺,死的能说成活的。你岂是他的对手?"王国章笑道。

"有道是'三生修得同船渡,十世修来共枕眠。'咱们今晚相聚是缘分。我代三位客人报家门。"金进财先介绍孙建新,"这位是韩国来的客人,大名朴(嫖)得欢。"包厢响起笑声。指着王国章:"这位大哥姓什么大家都已知道,也不知令尊咋给你取了这么个缺德名字? 叫刘(流)得多,由不得人往邪处想。"笑声更响。拍拍谭伟男肩膀。"该客人是日本鬼子,现任索精株式会社中国区公关部长(不长),东洋名'龟头小郎',简称'龟郎'。别看这小子长对萝卜腿,却和他当皇军的爹一个德行,都是属骚驴的,见花姑娘就想糟蹋! 笨狗扎了个狼狗势,还假模假式给自己取了个中国名,叫什么'西门武大'。"窃笑骤然升级为爆笑! 介绍者仍不罢休:"龟郎有个毛病,歌厅付小费总想赖账,小姐岂是省油的灯,红唇偷偷在白衬衫后面盖个'印记'。回家被龟婆发现,龟郎脸被抓个稀烂,又罚跪一夜搓板。前日龟郎今又来。俩人缱绻之际,龟郎偷偷用红色碳素笔写下'欢迎走后门!'小姐屁股上的欢迎词被奸夫发现,醋海翻澜,大屁股几乎被皮带抽成四瓣……先是拖欠性劳动者工钱,接着在性劳动者臀部使阴招,你们说龟头小郎有多缺德! 堪称歌厅祸水小姐的害!"客人统统笑翻! 几个小姐笑得捂着肚子蹲在地上。谭伟男冲上去撕嘴,金进财边招架边喊:"打倒日本帝国主义!"看对方不住手,化掌为刀,作势砍向龟郎脑壳,一边高歌:"大刀向鬼子们的头上砍去,全国武装的弟兄们,抗战的一天来到了……杀! 杀! 杀!"两个老板最终将一对斗架公鸡拉开。谭伟男呼哧呼哧喷着粗气,狠狠地瞪着赖孩:"你叫什么? 在歌厅干了些啥? 有种也说给大家听听!"金进财面露戚戚,低下头,故作沉痛:"说出来,请女同胞千万不要笑话! 我名如其人,大号卜(不)会应(硬),小名软蛋。为此,娶了三个媳妇先后跑了一对半。今天到歌厅拜师学艺,请各位不吝指点,建言献策,言传身授,帮我早日得到"性"福。"说着向小姐鞠躬,"初次见面,承蒙关照,请多多指教。"

娜娜边笑边说:"我知道几位姓什么了! 他仨不姓朴,不姓龟头,也不姓卜,跟我大哥一个姓,都姓流。营养好心眼坏,都是流氓哥哥!"

金进财说闲话无人能比,却缺乏艺术细胞,跳舞像推独轮车,唱歌声嘶力竭。儒商们戏谑:金老板不愧是肉食工作者家庭出身,一亮嗓,再委婉抒情的歌曲都能听出杀猪的韵味。只得藏拙看别人表演。坐在小姐跟前,想到家里媳妇。有了钱,孟小燕爱财本性暴露无遗,每晚算账成了最大乐趣,除了儿子和生意,跟老公几乎无话可说。孟小燕不想性事,金进财却不愿"断交",勤勤恳恳按时交"公粮"。缺了兴致,底下干涩,疼痛多快活少,金进财几次正在奋力耕耘,都被孟小燕催促:快点,快点!你还有完没完?!情绪大受打击,草草了事。最恶劣一回,老公即将撒种时被老婆从身上掀翻在地……紧要关头受阻,威武大将军久久不能"雄起"。正规医院治不了,金进财只好去找江湖郎中,有的说是"马上风",有的说是"见花败",服了十几服汤药还未完全恢复。想此,金进财闷闷叹口气,怀疑自己年轻时一味追求高尖鼻,是否犯了原则错误。又想起日前邂逅:周日商场比平时热闹许多,金进财像往常一样,早早来自家柜台帮忙。听身后声音耳熟,正在调试音响的金进财扭头,四目相对,两人都愣了!多年未见,一夜情人老矣!鬓角已有白发,眼角鱼尾纹清晰可见。阮逢春牵个粉雕玉琢般少年,一双美目来自母亲,塌鼻子却是父亲原版!金进财立身:"你?"死死盯着少年,"他?"男的一开口,女的脸上变颜失色,仿佛白日见鬼!倒退几步,拽上儿子夺路而逃。"小阮,小阮,你跑什么?!""小阮"头也不回,越走越快,像是后面狼追。喊话的是个矮胖老头,将军肚腆得多高,一身绿军装,却无领章帽徽,想是阮逢春退役丈夫。母子匆匆逃离,胖老头莫名其妙,打量眼前男子,急切间看不出蹊跷,掉头去追"小阮"。金进财跟着追出几步,猛地醒悟,赶紧站住……父子相见却不能相认,对面如隔千里,金老师久久难以释怀……

金进财孤零零斜倚在角落打盹,唤醒时一脸郁闷。谭伟男打趣:"金老板被小姐炒了鱿鱼,躲在角落暗自伤情,独自垂泪到天明。"

王国章纳闷:"男人该享的福都享了,老弟为何一人向隅?"

孙建新说:"浮生若梦,为欢几何?何不学古人秉烛夜游,遍觅美色,让金老板尽兴?"

"免了!到哪都一样,等闲之辈难入金某法眼。"

"咱们连去八家看花,结果都差不多。老板娘见客人要走,撇开凉腔:'你们是找小姐,还是寻七仙女?小姐不缺,七仙女还没下凡呢!得耐住性子慢慢寻。寻到胡子白了,或许能寻到。'老鸨说话真操蛋!"谭伟男悻悻地说。

金进财却认为老板娘话丑理端:娱乐行业优秀人才严重流失已是不争。年轻漂亮的或被金屋藏娇,或参加电视选秀搔首弄姿待价而沽,或进草台班唱花旦等挂红给老板骚情,剩下的多是箩底橙。偶尔遇上个顺眼的,一番温存过后,金进财犯了教师职业病,想凭自己一张嘴改造歌厅桑拿,端风俗,正人心。金老师育人布道另辟蹊径,不谈理想,不提道德,更不说法,而是从伊的来历说起。金老师启蒙:人从何而来?远论是猴变,近说"父精母血"。胡适有诗曰:'虽一人得奖,要个个争先。'几亿精虫里,唯你破卵而入,勇夺第一。你说你有多伟大,赶上奥运冠军!伟人本应做伟大的事,你却自轻自贱,沦落风尘,令人扼腕叹息。听罢布道,仿佛醍醐灌顶,伊如梦初醒,第一次晓得自己伟大,自身价值严重低估!金凤凰当草鸡卖。伊越想越悔,不是潸然泪下,就是痛哭流涕,严重的还寻死觅活。伊当即表示金盆洗手,痛改前非,再不人尽可夫。儒商们叹服,遂将金老板封为"歌厅牧师""桑拿教师"。可惜引导难以持久,再度上阵的伊们更加凶猛地投入性工作中,誓将被金导师误导的肉金损失统统夺回!宁可继续自卖自身,也不愿胼手胝足,成为伟大劳动人民中的一员。再见金导师,伊们一律将头扭过,装作不识,弄得导师十分郁闷。

谭伟男笑道:"在歌厅玩高雅,可谓扯淡;与小姐谈人生,对牛弹琴!金老师走错门找错人!"

金进财一声叹息:"非关风月,吾自多情。是真名士自风流,生来怜香惜玉,怎一个'情'字了得?'不幸周郎竟短命,早知李靖是英雄。'此挽联是名妓小凤仙为蔡松坡所撰,暗含小乔、红拂夜奔故事,典故用得贴切,咏时每每为之心动。我只想仿先贤故事,于风尘中得一红线红拂红颜知己,相聚敞开心扉,海阔天空,无话不谈;烦闷时,吴侬软语,巧言宽慰;危难时,堪托生死!'美人如玉剑如虹。'人生在世,得一节高义重的美人知音,此生无憾!"想起青年时经历的几个出色女人,越发觉得眼前小姐满面村气,言语无味,萧然意远,不由长叹:"'曾经沧海难为水,除却巫山不是云。'古调独弹,向何人操?红颜知己,可遇不可求。枉负俺剑气箫心!众里寻她不见踪,不如回家见周公,来个梦中相会。"说完,伸个懒腰站起要走。孙建新跷起大拇指:"情种,金老板果然是情种,堪称天下第一!"骤然惊呼,"哎呀,我怎么把这茬给忘了!"像突然想起重要事情。

"你小子属野驴的,一惊一乍!"谭伟男骂。

"你年纪不大,记性却差。我表哥在宝鸡酒厂当头,你死乞白赖让我陪你去拉广告。实在拗不过,咱俩上周去了,有无此事?"

"确有此事。只是你表哥铁公鸡一个,让我白花了汽油钱。"

"途中发生什么事?"

"没有啊。"

"徙宅忘妻,真是猪脑!我问你,出西京城西行百里,何处因何人何事闻名海内外?"

"六军不发无奈何,宛转蛾眉马前死。花钿委地无人收,翠翘金雀玉搔头。君王掩面救不得,回看血泪相和流。"金进财抢先答出。

"聪明,金老板果然聪明。'马嵬坡下草青青,今日犹存妃子陵。'"

"马嵬坡是有名,可和我有什么关系?"谭伟男一头雾水。

"蠢猪!真是头蠢猪!老房子着火——没得救了。再提醒你一句:杨贵妃墓西去数里,有一歌厅叫'帝王春',还记得吗?"

"记得,记得,当然记得!"谭伟男提头知尾,"咱俩不是在那儿邂逅一位年方二八的绝色佳人吗?"

一听"绝色",金进财来了兴趣,重新坐下,急不可耐地问:"真有佳人?没问叫什么?"

"董艳娃。艳丽的艳,娇娃的娃。名如其人,果然是艳丽娇娃!"

"名字一听就知是关中道的柴火妞。没劲!"金进财泄了气。

"什么毛病!别人以貌取人,你以名字取人。"孙建新批判。

"你以前瘦得像饿惨的猴,现在放屁油裤衩,不是还叫'金进财'吗?只能说你赶上改革开放好时候了,关名字个屁事!"谭伟男笑骂。

"说正经的,我问你俩,此艳娃生得究竟如何?"金进财放不下。

"芙蓉如面柳如眉","雪肤花貌参差是"。一人一句,仿佛哼哈二将。

"露馅了吧?一个歌厅小姐怎么会长得如同杨贵妃?果然是齐东野语。"

"信不信由你。杨贵妃长得什么样,谁也没见过。艳娃咱可是亲眼见过:'肌肤如玉鼻如锥',绝对倾城倾国!"孙建新投其所好。

"还是高尖鼻?!"金进财越发惊喜。

"啧啧啧,真是秀色可餐!那个白呀,简直就是凝脂!那个美呀,粉脸赛桃花,简直没法用语言形容,哎呀呀……"谭伟男牙疼般哼哼。

孙建新一脸神秘:"不光人长得美,艳娃更有许多奇异之处:云鬓高耸,唐时流行发型,虽是当红小姐,却不在'帝王春'固定坐台,隔三差五不定,总是夜深沉潜来,鸡鸣头遍起身即去。来无影,去无踪,谁也不知她是何方神圣。问起,说是附近人家侍女,乘主人外出会客,偷偷溜出游玩。歌厅人觉得蹊跷,偷偷跟踪。艳娃迈着莲步款款而行,看上去不疾不徐,却风般飘去,眨眼在贵妃墓不远处消失……跟踪的寒毛倒竖,却不敢声张,怕风声传出把客人吓跑。"

谭伟男煞有介事:"最不可思议的是:时下当红歌星、影星,她一个不晓,说起公孙大娘剑器舞、乐工李龟年、彭年、鹤年三兄弟、琵琶名手三曹——曹保、曹善才、曹刚,宜春院宫女排演歌舞、梨园坐部伎子弟习奏乐曲、别教院教授乐工新谱词曲《满园春》《明妃怨》《苏幕遮》《婆罗门引》《暇方怨》,曲江春日丽人行,华清池赐浴前朝旧事……却一一道来,如数家珍。见我俩听得入迷,艳娃索性取来红丝紫竹箫,呜呜咽咽吹了一曲《雨霖铃》,说是李三郎为杨贵妃亲手谱制的曲子。"

"听上去如何?"金进财问。

"此曲只应天上有,人间能得几回闻。"

"盛唐燕乐,御苑绝响。"

俩人又一唱一和。

谭伟男接着说:"艳娃身上有股奇香,非麝非兰,更非化妆品,幽幽沁人心脾。孙建新好色同志们都清楚,看着、闻着,老毛病又犯了,捺不住淫心,偷偷去握美人雪白小手,谁知刚碰上,触电般缩回。我觉得蹊跷,也悄悄摸了一下,我的娘呀!柔若无骨,冰凉刺髓,简直就是死人手!细看艳娃,衣裳无缝,灯下无影,绝非生人!我俩面面相觑,脸上变颜变色。美人看在眼里,道声'告辞',起身匆匆而去。"

孙建新接着弥缝："我俩追出，朗朗春月下，只见一袭彩衣舞动春风，霓裳薄若蝉翼，通体透明，衣袂翩翩，风中蝶动，水裙风带，飘逸有致，脚下白雾涌动，凌波踏浪，恍若仙子，真正是'千歌万载不可数，就中最爱霓裳舞。'人间百媚千娇骤然幻化为凌虚仙子，我俩全看傻了！骤然一阵阴风刮过，寒彻肌骨，再睁眼，已无影无踪，只剩下冷月寂寂，春花寞寞……"

金进财骇然。王国章惊诧。

孙建新补充："艳娃告诉我，她姓董，小名叫双成。"

金进财心一动：奇了！巧了！太真成仙后，随侍仙女也姓董，小名也叫双成……暗自思量：马嵬坡……古行宫……帝王春……香魂虽散，香骨犹存……海外仙山虽好，却难耐寂寞……民间早有传说：春分时节，坟草萋萋，取杨贵妃墓土用清水调和每日晨起擦脸，女子无不肌肤细嫩，白净如雪。如今日日遍地风流，夜夜春情泛滥，莫非天人感应，太真思凡，人鬼情未了……再看孙建新和谭伟男，两人一脸肃穆，不像打诳语。金进财点点头，肯定道："有其主，必有其仆。杨玉环名列中国四大美人，贴身侍女自应绝色。"

孙建新继续加温："得知客从长安来，侍女细问长安事。董艳娃询问：金市是否还像往日繁华？我听得一头雾水，长安城哪来的'金市'？"

金进财叹息："蠢材，果然是蠢材！唐长安城内设有'东市''西市'，供中外贸易之用。口语'买东西'即由此而来。西市又称金市，九宫格局，以经营丝绸、纸张、茶叶、瓷器、珠宝、香料、衣肆、药行为主，是丝绸之路起始点。内有'波斯邸''胡姬酒肆'等外商经营的货栈客店，胡姬如花，当垆卖酒。李白有诗云：'五陵年少金市东，银鞍白马度春风。落花踏尽游何处？笑入胡姬酒肆中。'你这头蠢驴如何晓得？"

孙建新连连点头："佩服，佩服。还是金老师学问大。我们凡夫俗子哪里知道？"

金进财接着试探真假："唐代崇尚女人丰肥之美。杨贵妃天姿国色，却不知究竟有多胖？身高多少？贴身侍女想必知道。董双成讲过没有？"

谭伟男坦然回答："当然讲过！折合现行度量衡，杨玉环体重一百三十五磅，身高一米六二。董双成也是'丰肥浓丽'，按现在选美标准，主仆都略显肥。"丝毫不错！金进财脸上当即变了颜色。杨玉环受宠时体重、身高是国学大师陈寅恪考据所得，此段逸事鲜为人知，金进财也是最近才从一位史学家那儿听说的，由不得诧异："奇了！入得庙堂，落得坊间。这位艳娃果然大有来历！"

谭伟男随即印证："美人早逝，幽宫不甘寂寞，出游也是有的。明人张岱《西湖梦寻》早有记载：'苏小小者，南齐时钱塘名妓也，貌绝青楼，才空士类，当时莫不艳称。以年少早卒，葬于西泠之坞，芳魂不殁，往往花间出现。'倩女显魂早有先例，不足称异，金老师莫为辽东之豕。"

"累累黄土，尚动人青鬓之思。"唐人已有"钱塘苏小是乡亲"追慕之句。金进财怦然心动，还要盘问。王国章一挥手："百闻不如一见。周六晚上，弟兄们西门外集结，兵发马嵬坡！是人是鬼还是仙，总要见他个分晓！"金进财举双手响应，说不能亲近芳泽，听听天宝遗事、贵妃秘闻也是好的。"得成比目何辞死，愿做鸳鸯不慕仙。"纵然被董双成诱去魂魄，也是死在花下风流鬼。"生得相亲，死亦无恨。"人活百岁，终有一死，死，就要死得其所！

【访艳寻欢】

"傻帽儿还在西门外等集结号呢。"孙建新说。

谭伟男摇头道："大情圣早偷着去马嵬坡了，这会儿正在向萝卜献爱心呢。"相视大笑。

王国章看看表："快九点了。这家伙可能不来了。你俩也够缺德的，小心挨收拾……"正说着，嘴忽然张着不动，眼睛瞪多大。孙建新诧异，赶紧回头——背后是张恶脸！"你……"刚开口，半瓶啤酒迎头浇下。金进财举起凳子砸向另一个骗子！谭伟男见势不妙，躲在王国章背后，一个劲告饶："老哥，老哥，咱们有话好说，有话好说。"金进财怒不可遏："一对乌龟王八蛋！把老子涮惨了！什么董双成，原来是个糠萝卜！"一只脚踩在凳子上，指天画地，唾沫乱溅，控诉自己寻艳悲惨遭遇：

窗外，秋雨绵绵；室内，辗转反侧。金进财满脑子都是着霓裳羽衣起舞的"董双成"。孙建新称其为"情种"，真没说错。如何熬到周末？真真把人急死！马嵬镇不远，何不捷足先登？熬到暮色四合，金进财开始敷粉、涂油、剃须、描眉、发胶固定发型，耳后、腋窝淡淡抹了法国香水，皮鞋擦得雪亮，像赴约姘头精心打扮，对镜捯饬直到满意。家电商向老婆告假，说"去宾馆看深圳客户，聊得晚了，就不回来。"今天营业款差五分钱对不上，孟小燕锲而不舍埋头算账，哼了一声，头都不抬。

马自达冒雨向西疾驰，一路打听寻到地方。霓虹灯招牌的"帝"字不亮，只剩下"……王春"，墙面斑驳，像害痢疾。闲坐小姐一窝蜂涌出将轿车团团围住，扒住车窗，"大哥，老板"叫个不停。隔窗一看：个个土头土脑，满口醋熘普通话，仿佛村姑改行。喇叭声惊动老板，见门口停着小车，赶紧出来迎客。一群小姐簇拥着有钱嫖客走进歌厅，脸上带着欢喜，好像找到迷途知返的浪子。包厢情况更不堪：霉味刺鼻，猩红色化纤地毯踩得发黑；壁纸多处开胶，上面有许多可疑污垢；茶几被烟头烫出数不清的黑斑；沙发破烂不堪，边上露出生锈弹簧……金进财皱起眉头，不是为了寻访绝色，自己一分钟也不愿待在这破地方。老板察言观色："别看'帝王春'地方不怎么样，小姐却个个会玩，隔岸掏火、玉女吹箫、老汉推车，十八般招数一应俱全，保您尽兴而归，下次还想来。"又问，"您看上哪位了？我马上给您叫。"

金进财掏出名片递上，说："不急，不急。老板贵姓？我有话问你。"

老板看着名片肃然起敬:"原来是金总大驾光临! 失敬,失敬! 我免贵姓冯。金总有什么吩咐?"

金进财掩上门,凑到耳边问:"双成来了没有? 我今晚特意从西京城赶来会她。"

冯老板被金总神秘兮兮模样弄糊涂了,反问:"双成? 谁叫双成? 双成是谁? 我怎么不知道?"

贵宾对回答很不满意,奚落对方:"这才是问道于盲! 双成在'帝王春'挂头牌,艳名远播,我在西京城都听说了。你怎么会不知道? 咋当的老板?!"

客人说得肯定,老板越发糊涂,再不敢说自己"不知道",赶紧叫领班。领班尖嘴猴鳃,说话油腔滑调,听了断然否定,说"帝王春"开张到现在,从未来过一个叫"双成"的小姐。见金总满脸失望,冯老板对领班说:"你再仔细想想,附近歌厅有没有叫'双成'的? 有的话,立即去调,多花点钱也行,一定让金总满意!"

领班回答肯定:"本地叫'双成'的确有其人,不过都不在歌厅,一个是前街专看花柳病的牛双成大夫,一个是西头卖羊杂碎的马双成掌柜,裆里都带把,调来金总也不要。"这才是牛头不对马嘴! 金进财情急之下,骤然想起双成大名。老板一拍大腿,连说:"有有有,就在后面! 您早说董艳娃不就结了?" 瞅着客人奇怪地问,"'帝王春'养了十五六个小姐,你怎么偏偏找她?"

客人坦然回答:"我俩旧相识,专程来看望。"得知董艳娃的"男朋友"来了,老板、领班你看我,我看你,满脸疑惑。金进财看在眼,纳闷地问:"莫非她正在接客,不方便?"

领班"扑哧"笑了,说:"她接哪门子客? 正和面呢。"

"和面? 和什么面?"轮到客人犯疑。

"在厨房和面蒸馍。'帝王春'养了十几头小姐,天天等着喂。"领班做个揉馍动作。

"妈的,这些小姐给我挣得不多,一个个却比猪还能吃,两天就得一袋面。想不到开窑子也会赔钱!"冯老板粗鲁地骂道。

"你怎么舍得叫她干这个?!"金进财听得心如刀绞,如花似玉的娇娃捧在手心还怕化了,怎么能当粗使丫头?"不蒸馍,她又能干啥?"冯老板反问,见金总不悦,赶紧换上笑脸,"我明白了。常言道'萝卜白菜,各有所爱。'像您这样的大老板,身边绝对是美女围着。您老人家西京城吃腻大鱼大肉,稀罕口野味儿,来乡下尝鲜。"掉过脸吩咐领班,"去,另找人揉馍,叫董艳娃速来伺候!"自己随着出去,招呼给贵客上茶。乘此刻无人,金进财正领带理西服擦去皮鞋泥点,自觉满意了,才在破沙发上正襟危坐恭候美人。

"董小姐到!"领班躬腰站在门口,一手前伸,一手背后,做"请入"状。金进财站起迎接,随即惊得跌坐在破沙发上——董艳娃模样堪称狰狞! 肥项少发,秃眉泡眼,鳖面龅牙,一脸麻坑,两条短腿,上身却粗壮异常,胳膊粗得赛过碗口,一对大奶如同两座摆钟,像头刚从非洲丛林走出的母猩猩。丰肥有余,浓丽全无! 董艳娃搓着手上面糊嘎巴,粗喉咙大嗓子问:"你是谁? 从哪来? 咋会知道我?"

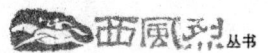

"我姓金,从西京城来,找你打听个事:这一带歌厅,除了你,还有没有女的姓董,小名叫双成?"寻艳者抱着最后一线希望。

"没有,绝对没有。女的就我一个姓董,我小名也不叫双成,叫萝卜。"

"叫什么?萝卜?"金进财"噗"的一声,进嘴茶水又喷出。

"俺娘在地里刨萝卜时生下我,所以取了这么个小名。"萝卜摩挲着猪尾巴粗细的黄毛辫子朝老板飞媚眼。

仿佛瞅见动物园铁笼里母猩猩对自己搔首弄姿,挤眉弄眼,金进财恶心得直想吐。仙女未来,来了无盐。孙建新、谭伟男两个王八蛋!寻艳者恍然大悟。外面传来响动,门被推开,七八双好奇眼睛一起往屋里瞅,争睹萝卜有钱男友风采。金进财站起,小姐们嘻嘻哈哈又都跑了。果盘、啤酒、小吃、卷烟……争先恐后上桌,压轴是瓶来历可疑的"法国干红"。送上门的肥猪非痛宰一刀。此处不可久留,借口小解,金进财偷偷溜出……

轿车刚发动,歌厅一群人喊叫着追出:"抓住赖账的!别让他跑了!"冲在前面的领班高举大棒,中间是冯老板和一群小姐,压后的萝卜提把菜刀,摆动两条小短腿,边追边喊:"姓金的,我操你妈!快给老娘小费!敢赖账,老娘活劈了你!"泥团暴雨般袭来!小车后半截顿时成了黑色,马自达在泥泞小道狼狈逃窜,后面莺莺燕燕喊打喊杀,紧追不舍……马自达冲出马嵬镇,司机仍胆战心惊,生怕后面车追来,慌乱中方向盘打偏,轿车一头冲下公路……连日秋雨,地里稀软,车越挣扎轱辘陷得越深……家电商忍痛将身上名牌西服脱了,裹了破砖石块塞在车轱辘下……马自达挣扎上来,车主狼狈不堪——阿玛尼面目全非,皮尔·卡丹成了两坨泥疙瘩……

小姐知音,歌厅情种,扮演的角色自己都觉得可笑。回想被一帮小姐追得屁滚尿流,金进财像只饱受捉弄的愤怒公蟹,口吐白沫,两臂乱舞,恨不得将两个信口雌黄的家伙撕个粉碎!寻艳者振臂高呼,愤怒声讨:"两个大骗子!孙建新,你还我'皮尔·卡丹'!谭伟男,你赔我'阿玛尼'!"俩骗子和旁听者统统笑翻,受骗者控诉至最后,自己也忍俊不禁……

家电商被捉弄得苦,发誓再不参加狗屁周末聚会!酒桌上缺了金进财,热闹顿减,都道"无车公不乐",纵然三顾茅庐,负荆请罪,也要请金老板回归儒商队伍。同志们千呼万唤,金进财姗姗迟来。"金兄息怒,且喝了这一杯,待俺俩将功补过。"谭伟男恭恭敬敬将酒杯端起。

"滚滚滚,给我滚远点!一见你这还没板凳高的东洋骗子,老子就气得朝后尿!"金进财余怒未消。

"金老弟,不要一棍子把人打死嘛,总要给国际友人一个立功赎罪的机会。"孙建新劝解。

"滚一边去!你小子更不是玩意儿!小鬼子害我,我能理解,毕竟非我族类,加上亡我中华之心不死,什么坏事都干得出!你堂堂中国人不当,却做东洋狗,和小鬼子勾

在一起,一唱一和,算计中华精英。'汉儿学得胡人语,却向城头骂汉人。'你就是那号龟儿!"

"金老板,勿以小人之心度君子之腹。想带你品尝正宗绿色食品,这回可是真的。"

"什么正宗绿色食品?"王国章好奇地问。

"你还真信了他?孙建新什么东西?!中国人败类,文化圈渣滓,品行杂滥,言语刻薄,心机阴险。放在抗战那会儿,绝对是正宗汉奸!现在又和东洋骗子搅和一起,更坏得头上长疮,脚底流脓!"金进财骂归骂,耳朵却竖起。

"热脸贴冷屁股。好心当驴肝肺。罢罢罢,伤了弟兄们的心,不说了。"孙建新佯装抹泪。

"有话快说,有屁快放!"金进财粗鲁地骂道。

孙建新这回没骗人,"绿色食品"指良家妇女。说大前天晚上,经人牵线去了南山桃花堡,和下岗女工春风一度。在座几位都来了兴趣:这倒新鲜!感受如何?孙建新跷起大拇指,赞不绝口:"绝对是洞房花烛夜!小姐是小姐,良家妇女是良家妇女,感觉大不一样!轻分罗带,粉面含羞,尽管都是出卖颜色,却做得像真夫妻。凌晨分别,伊搂住我脖子依偎在怀许久,情意缠绵,巫山云雨,倒让我恋恋不舍,比提起裤子不认人的小姐强多了!出得门来,芳草绿地,曲径通幽,桃花似海,夭夭灼灼,其盛若霞。此情此景,不由想起唐人崔护《题都城南庄》。"摇头晃脑唱起秦腔《人面桃花》:"去年今日此门中,人面桃花相映红。人面不知何处去,桃花依旧笑春风。"

金进财胃口一下被吊起:"桃花满天红,时空大倒转,情景地暗合,绝对有情调!浮生若梦,为欢几何?风流才子何不同赴城南寻芳。人面桃花,春风一度,梦回唐朝。明晚就去行不行?"

王国章笑骂:"你小子上辈子绝对是条癞皮狗,转世扒掉狗皮披上人皮,仍记吃不记打!"

金进财自嘲:"这才是'花不迷人人自迷'。蓼虫忘辛,没法子,谁让咱天生情种?'红尘苦寻红拂女,凤巢难觅小凤仙。世间茫茫皆不见,惟余多情金小生。'"又说,"俩骗子号准金某的脉,雅谑不失儒商本色。大人大量,我就不与两个小人一般见识了。"

马自达扎入公路车辆洪流朝南山疾驰。随着灯火辉煌市区越来越远,道路坑洼不平,路灯光线昏暗,路边桃花粉湿妖红,让人联想到今晚艳遇。小轿车在岔道处停下,蹲在阴影里几个中年男人不约而同站起,孙建新从车窗探出头,对其中一个招招手,对方颠颠跑来,点头哈腰,脸上堆满巴结笑容。孙建新交代几句,扭过脸对同伴说:"今夜各自为战。你跟他走。老弟悠着点,莫乐不思蜀。"

金进财跟着瘦男人高一脚、低一脚走在坑洼不平路上,四周死气沉沉。不仅断电,通往厂区的公交车也停开,厂家属院前垃圾如山,气味熏蒸,进了大门,里面死寂像进坟场。黑暗里烟头时明时灭,几双眼睛死死盯着陌生人……家属楼像人至衰年,手电光圈下的墙面布满老年斑,坑坑洼洼的台阶缺边掉瓣,过道堆满破烂,空气里飘浮着陈旧霉败气息……虽有思想准备,眼前情景还是出乎意外,是不是俩骗子又给我上套寻开心?……寻欢者几次停下脚步,犹豫着是不是往回转……好奇心最终占了上风。

半截柜上放台黑白电视机,冰箱也是旧的,洁净难遮贫困。里屋走出一个穿着碎花棉布睡衣的女人,细腰长腿,胸挺臀翘,身材颇为惹火。"您来了!"声音似乎耳熟。金进财一惊,仔细打量半开门:女人清汤挂面发型,脸颊遮得严严实实,刘海儿几乎盖住眼睛。月朦胧,鸟朦胧,烛光里难识庐山真面目。见女人神态自若,金进财放下心——不是旧相识。瘦男人悄悄开门出去,女人拿件大衣追出,两人在门外小声争执了一会,男人最终接过御寒衣服。金进财听得纳闷:一个皮条客,一个半开门,怎么会如此恩爱?莫非绑锅做皮肉生意发展到搭伙计?

"你家住了几个人?"客人问。

"我这儿有啤酒、葡萄酒,还有饮料。您想喝点什么?"女人答非所问。

做爱前喝点酒是个不错的主意,一是调节屋里气氛,制造情调;二是微醺中放得开。"来瓶王朝干红。"金进财说完,又有些担心,"你这儿怎么收费?"女人垂下眼睑,像小学生面对数学老师难题,小心翼翼回答:"特殊服务一百,过夜两百。酒水另算。"

"另算?"怕关门打狗,客人追问。

"您放心,我不会多要,酒水比进价只加百分之三十。"

经济问题搞清,回归工作作风问题,客人故作豪爽:"什么三十、四十的,听着就小家子气!你陪我喝,只要今夜让哥哥尽兴,小费好说!"问对方叫什么,女人低声回答:"小萍。"一瓶干红见底,客人微醺。陪酒女举止得体,言语温柔,更妙的是通晓诗词,晓得杜工部"黄四娘家花满蹊",知道陆放翁"斜阳古柳赵家庄",读过黄景仁"似此星辰非昨夜,为谁风露立中宵"。妙哉!今宵邂逅妙人儿,再不鸡婆同鸭公讲。客人来了兴致,搂伊在怀凑在脸上嗅,嘴里除了葡萄酒清香,再无异味,"绿色食品"果然好!金进财高兴了,搂住接吻。伊脖子扭来扭去,似乎不愿让客人亲嘴。越扭男人越有兴致,手从领口伸进摸乳,不摸还罢,一摸大失所望——老帮子冒充小白菜,"小萍"原来是老妇!金进财一下倒了胃口,迅速将手从睡衣里抽出。假冒伪劣泛滥,风月之地也不能幸免,又上当了!

女人察觉客人情绪变化,努力陪着小心:"老板,我陪您再喝一杯。"

"不喝了,喝也没劲!"

"那……咱们现在……上床?"女人背身解睡衣。

"打住,赶紧打住!"金进财连连摆手,"给我说句实话:您老人家今年高寿多少?"

女人身子僵住,显然不是第一次遇到同样问题,嗫嚅着反问:"你……你看我有……有多大?"

"花甲未到,四张早过,身上皮松肉弛,怎么摸都是年过半百。只想醉入花丛,却被哄进垃圾坑!要说小姐您也不容易,恁大年纪还操皮肉生涯,称得上宝刀不老,老当益壮!"金进财恶毒评论。见半开门不吭气,客人越发来气:"家有家规,行有行矩。咱既然当了性工作者,就得按这行规矩办事。我肉金一文不少,你却老黄瓜刷绿漆——

扮嫩。欺骗一个忠厚老实心地善良的嫖客,老阿姨你不觉得有悖职业道德吗?"

女人分辩:"我年纪是大了点,却比年轻的会体贴人。您一试就知道。不会让您花冤枉钱。"

客人仍不依不饶:"你这陈年锅盔太硬,我怕磕掉牙;和老太太上床,我怕晚上做噩梦;走夜路遇鬼,算我今晚倒霉。不说了,结账!"话音未落,电灯忽然亮了,屋外欢呼,屋内惊呼!瞅着眼前女人,男人倒退几步,简直不敢相信自己眼睛!结结巴巴地问:"你……你不是苏姐、苏卫萍吗?……怎么……会是你?……你怎么也卖身?!"见被熟人认出,暗娼索性破罐子破摔,瞪着对方挑衅:"没错,我就是苏卫萍!一进门,我就瞅着你眼熟。卖身怎么啦?生人、熟人一样,卖谁都他妈是卖!"

嫖客暗娼相识于三十年前回家路上。苏卫萍扛袋面粉赶班车,累得云鬓散乱,香汗淋漓。金进财平时世事洞明,路遇美人,怜香惜玉,骤然发昏,抢过面袋扛在自己肩上,连物带人一齐送回家,扎扎实实学了一回雷锋。得知对方是高六六级的,比自己整整大五岁,金进财泄了气,暗暗埋怨自己糊涂,死了"发展"念头。雷锋不能白学,金进财以后多次跑去蹭饭,混熟了,遂以"姐弟"相称。招工出来,两个老三届再没见过。山不转水转,没想今晚遇上,人还是那个人,身份却都变了:一个是老板,一个是下岗工人;男的买春,女的卖身。

"想玩,你快掏钱;不玩,闲话少说,赶紧揭瓦!别耽误我做生意!"暗娼下了逐客令。

"啪!"金进财掏出十张百元大钞拍在茶几上,恶狠狠说:"请神容易送神难。想撵我走,没那么容易!你不是想要钱吗?我出一千块,买你一晚上!说!为什么干这个?是不是遭人胁迫?我不能看着你被人糟践!领我来的大茶壶是谁?!老子活劈了他!"

暗娼捂住脸,"呜呜"地哭,断断续续地说:"……进财,你千万别这样……不要骂他……他是迫不得已……他是你姐夫……我男人……"什么?领嫖客来家睡自己老婆,世上居然有这号男人?!金进财简直不敢相信自己耳朵,鄙夷地骂:"什么狗屁男人,真他娘活王八!苏姐你怎么找了这么个下三烂?!"

"不许你侮辱我丈夫!滚!拿上你的臭钱快滚!"暗娼骤然歇斯底里,抓起钞票朝嫖客脸上掷去,"我恨你,我恨你们这些有钱的臭男人!仗着有几个臭钱,从不把人当人。你们每次碰我,我都恶心得想吐,真想把你们脏爪子剁了!"

金进财被扭曲的脸吓坏了,抱住女人胳膊,慌不迭地回话:"姐,苏姐,好我的亲姐姐!是我错了,是进财错了……姐姐是好姐姐,姐夫也是好姐夫,嫖客不是玩意儿,小舅子更不是东西,不该胡说乱放屁,更不该……咳!不提了,马尾穿豆腐——简直没法提。一朝卖身,终身是娼,纯属陈腐观念。工作没有高低贵贱之分,性工作也是工作,妓女也是人,都是劳动者。猪朝前拱食,鸡往后刨食,都是为了生存。不知者不为过,千万给兄弟一次改正错误的机会!"暗娼扒住嫖客肩头大哭。弟弟拍着姐姐脊背劝解:"太阳出来了。娘家人来了。满天乌云散了。一河冰冻开了。'生产队里开大会,诉苦把冤申。'咱们有冤申冤,有苦诉苦,把心里委屈都倒出来,千万别憋坏自己。"窗外乌云遮月,屋内呜咽不绝,劝说改为劝唱:"月亮在白莲花般的云朵里穿行。我们坐在高高的谷堆旁边,听姐姐讲那过去的事情。那时候,姐姐没有钱……"

女人转啼为笑,笑中含泪:"讨厌!口水多过茶。贫嘴毛病一点没改!"定定地看着男人,"我原以为你变坏了。没想到你……你还……还算是好人吧。"

嫖客哭笑不得:"苏姐,你就别对着和尚骂贼秃了。我知道自己不是玩意儿……我要是好人,天下好人都死完了……哪有好男人跑到好人家糟蹋好女人?!我错了!我走……我现在就走!弟弟调戏姐姐,我成了畜生,我没脸见人!我出门就寻根绳吊死!"说完掩面起身。

暗娼拦住去路,苦苦哀求:"你不能走!更不能死!求求你,听我说完再走。我不愿在你心里永远是妓女……我俩相继下岗。男人在木材加工厂找了份工作,干了三个月,左手两个指头被电锯锯掉,送进医院,老板扔下两千块钱再不见人影……"女人哽咽了,"男人废了,终日在家闷坐……那天去学校接女儿,天热,女儿想喝冰镇可乐,翻遍身上口袋,凑不够两块五毛钱,只好将女儿手里可乐又退了。摊主讥笑,旁人蔑视……男人想不开,偷偷吞下半瓶速眠宁……女儿赶到抢救室,抱住爸爸哭喊:爸爸,我再也不喝可乐了!爸爸你千万别死,等我长大挣钱养活你和我妈……一家三口紧紧搂住哭成一团!……下岗职工日子苦闷艰难,似乎进入漫长的黑暗隧道,再看不到光明。附近厂子相继倒闭,想做个小生意也难。待业时间长了,一个个萎靡不振,浑浑噩噩,家属院摆满麻将桌,打牌倒成正业。周围离婚的越来越多,有人劝我也走这条路,说你守个残疾人苦日子何时是头?我说是老天爷让我们走到一起,日子实在熬不下去,全家一起服毒!"暗娼泪流满面,嫖客听得心酸。女人接着说,"时隔不久,我遇见一家歌厅领班——和我一同进厂的姐妹。爱人起先坚决反对我去当小姐,但不去歌厅又能去哪?要么都饿死,要么去做鸡。我们总得活下去……客人动哪都行,就是不能亲嘴,我要为老公留下一块儿干净地方……男人不放心,深夜候在歌厅门外。我掸去他身上雪,他用残缺的手笨拙地为我系上大衣扣子,自行车载着贫贱夫妻在雪地艰难前行,一路摔了无数跟头……领班照顾我,让我先陪客,可常常被退回,没出包厢门,就听客人骂:老婆子充小姐,也不撒泡尿照照自己……人活到这份上还不如一条狗……歌厅待不下去,我只得改在家接客,谁知第三夜就遇上你……

镜框里的女儿笑容灿烂,秀眉俊眼像母亲。"姑娘学习好吧?"金进财换个轻松话题。

"在北京念大一,刚评上奖学金。"妓女母亲语气透着欣慰。买春客由衷感叹:"老天爷是公平的!"自己儿子从小施以舶来"铃木教育法",每天一早逼着跑步,跑完听贝多芬交响乐,听罢喝益智多维牛奶,喝毕练健脑操,考试成绩却永远令父亲伤心母亲断肠,学校同事戏谑:"土鸡娃受不了笼养;山猪崽吃不惯细糠。"

电话铃声骤然响起。"好闺女,妈妈也想你。"暗娼语调欢快,像什么事也没发生,"家里都好……你爸上班了,晚上去一家饭店守夜。我也找到工作了,在家政服务公司当钟点工……你问我累不累……平时不轻松,今天总算遇上好人。这家男主人姓金,对我很客气,活不累,钱给的不少……我闺女说得对,人家对咱好,咱要对得起人家,妈妈一定给人家好好干……"

买春客越听越不是滋味,如坐针毡,蹑手蹑脚拉开门悄悄溜了……

【喜丧】

年迈人难敌一夜风刀雪剑,金大娘辞别人世。噩耗传来,久不走动的亲戚纷纷赶到勇斗巷,冷清已久的老金家重新热闹起来。流落古城的金氏家族有条规矩:喜事不请不到,丧事不请自到。至亲聚齐,开始各忙各的:帮灶的、烧茶水的、接待吊客的……人多好干活,巷口搭起灵棚,灵桌供着遗像,四周围满是花圈挽幛。金家葬礼颇具老乡庄子鼓盆而歌古风——丧事办成喜丧。音响里流行歌曲循环往复全无悲凉之雾;娃娃们嬉笑打闹;男人们聚精会神搓麻将,赢的把牌一推喊:和了! 输的齐齐叹气边总结得失边朝外数钱;媳妇们毫无忌讳,素衣素面鲜见,多是大红大绿,戴首饰,抹胭脂,嘴唇抹得像喝了鸡血,嗑瓜子拉闲话,嘻嘻哈哈笑个不停……金大娘花圈丛中露出慈祥笑容,亲切注视着前来吊丧的亲朋。

二儿暴死让金大娘深受刺激,大儿重判雪上加霜,脑子一年比一年糊涂,发展到红烧肉里出现黑煤球。金大娘什么都忘,唯独不忘家里陈年老卤。金家老卤已有二十多年历史,黑红透亮,卤出的东西透鼻香,吃了都说好。金大娘把老卤视为至宝和自己人生价值所在,谁要也不给,却乐意贴煤贴工夫给邻家卤肉卤下水,图个赔钱赚吆喝。夜里恍惚瞅见贼翻窗入室,赶紧翻身坐起摇醒枕边人:老头,老头,快起来! 有贼进咱家偷老卤! 金老爹三天两头被骚扰,豆腐掉进灶灰坑——拍也拍不得,抹(骂)也抹(骂)不得。小金豆想个招:饼干桶灌进茶叶水,混充卤水。金大娘走哪提哪,寸步不离。不见群众上门卤猪下水,金大娘耐不住寂寞,主动走出去为人民服务。附近人家都知道金师傅老伴脑子有病,谁也不敢招惹。金大娘不得要领,直纳闷一街人为何忽然都改了口味? 体现人生价值的劲头越挫越坚,服务区域越扩越远,从道北走到城里,从城里走到城南,直至终南山下……门外立个风尘仆仆、头发花白、体态臃肿的老婆子,问主人:"你家卤不卤猪下水? 俺家老卤可香了!"看老婆子不尴不尬,主家联想到神经病,赶紧关门。老婆子不肯走,一个劲敲门:"别怕,俺不要钱,俺为人民服务。给你家白卤,白卤还不中吗?"见敲不开,老婆子叹口气,转身去敲另一家门……金大娘很快摇了铃,成了西京城名人。街头闹市常见胸前吊个饼干桶的胖老婆子,目光坚定、嘴唇紧闭、不屈不挠地走在体现人生价值、为人民服务的金光大道上。金大娘成了街头一景、市民逗乐对象,一群毛孩子跟在屁股后面,快活地大叫:"谁卤猪尾巴嘞?!谁卤猪大肠唉?!谁卤猪耳朵呀?!白卤不要钱呦!"

今天学雷锋迷了路,金大娘心里着急,见一个给菜场送冬菜的老农经过,伸手将三轮车拦下,说好两块钱送回家。老农问:"你家远不远?"金大娘手一指:"不远,就在前面。"搂草打兔子,顺路的钱为何不挣?谁知这个"不远"似乎永远到不了头,老农蹬出一身臭汗,还是"就在前面"。老农不耐烦,停下车问:"老嫂子,你家到底在哪?早知道就不拉你了,挣你这两块钱真难!"金大娘立在车上,右手平伸,凝视前方,像座塑像,再问也不回答。老农这才明白:老婆子脑子有病,忘了自己家在哪。这可咋办?总不能整晚蹬三轮奔向"前面"。拉到热闹处,老农哄骗老婆子下车,说"到你家了",想扔下一走了之。金大娘这会儿又有几分灵醒,挣扎着死活不下车,大声嚷嚷:"没到!没到!这不是俺家!"喊声惊动过往行人。街上几个小闲人问清原委,都拿老农寻开心。这个拍着老农肩膀说:"恭喜,恭喜。老汉,好事来了!你俩年纪差不多,她满脸双眼皮,你脸像糠萝卜,谁也别嫌谁,干脆拉回家给你暖被窝。"那个说:"前面有家饭馆,老汉给咱们弄上一桌,你俩喝个交杯酒,我们都是证婚人。以后有谁问起,大家作证你俩是自愿结合,绝非拐带。"最后一个更可恶,煞有介事地问老农:"什么成分?"老农不知何意,回答"贫农"。对方一拍巴掌,说:"这就对喽!瓜老婆子给你献爱心、送温暖来咧!天天喊为贫下中农服务,这回服务上炕头。"老农气得大骂,捆菜麻绳拧成绳鞭作势要抽。几个小闲人笑着跑了。又有干部模样的问清姓名、地址,然后正告:"你既然收了人家的钱,就是合同关系,成了甲方乙方,就必须负责到底!半路把病人甩了极不道德,从法律上讲属于单方违约。天这么冷,眼看要下雪,病人万一冻死在半道,你绝逃脱不了法律干系!人命大如天。小心她家找你算账!我们都是人证!"老农哭丧着脸:"西京城这么大,我上哪寻她家?要不,咱俩一块去寻?"干部连连摆手:"那是你的事。我还忙着呐。"旁人也劝:"送佛送到西,帮人帮到底。你权当学雷锋,做好事,每条街挨着问,坚持到底,总会找到。"老农叫苦不迭,说自己倒了八辈子血霉,今晚遇上傻老婆子,又埋怨自己不该贪小,这下成了冷手沾上热沥青——再甩不掉。老农只好继续"学雷锋",边骑边骂,每骑一处,停下车,扯着破锣般嗓子呐喊:"谁家把老婆子丢咧?!谁家丢了老婆子呦?!快出来接你妈呀!"

老金家此刻闹翻天。八个闺女一起哭娘,傻儿嚎得像杀猪。全家紧急出动,又动员邻居亲友一起去寻,折腾一晚,还不见人影。雪越下越大,都担心金大娘冻死沟壑。天亮时分,金大娘坐着三轮车出现在革命街头,从头白到脚,整一个雪人,脖子上仍吊着饼干筒……快到家门口,金大娘像认得路指引前进。离巷口不远,远远看见一排花圈,金大娘让车停下,向过往行人打听:"谁死了?"

"是个老汉,听说姓安。"

"死了好,一死百了!"金大娘说着一阵激烈咳嗽,咳过继续发表高见,"安老汉死了就不受罪了。人活在世上就是来遭罪的。为啥小孩一出娘胎就拼命哭?他知道是前世冤孽未消,今生是来赎罪的!"发表完人生感言,金大娘继续前行。几个儿女边往

这儿跑边哭喊:"妈呀!你一晚上跑哪了?把我们都急死了!"老太太看着抱住自己大哭的儿女愣住了:"你们是谁?是老安家的吧?安老头安息了,孝子孝女不去哭爹,抱着我哭个啥劲?!你们认错人了!快松手,咱们都有事,你们回去哭爹,我出来卤猪下水,多少人都等这口儿呢。为人民服务一天也不能耽搁!"说罢,转身又要出去。几个儿女赶紧去拦,老太太死死抱住饼干桶,拼命挣扎,大叫:"抢人啦!救命呀!"喊声引起路人注意,警惕目光一起投来,看来看去,和劫财劫色都对不上号。儿女哭笑不得,将老娘硬架回去……老伴平安归来,金老爹高兴了,死拉硬拽,非让"农民老大哥认个门"。送出门时,俩人都喝得红脖子涨脸。老农再三表态:"老弟,你放心!弟妹再跑丢,你只管来喊我。我和弟妹泡了一晚,我知道她爱往哪钻,我一找就找着了!"

金大娘最终没逃过此劫,回家当天就发起高烧,高烧很快转为大叶性肺炎,医院竭尽全力还是没抢救过来……

孝子披麻戴孝跪一地,唯独不见老八。家里大事都靠金进财,虽说被人坑惨了,但瘦死的骆驼比马大,他不出血谁出血?主角缺场,戏没法唱。从老家赶来奔丧的老娘舅恼了,颤巍巍走到灵棚前,抡拐棍将茶壶茶杯砸个稀烂,大骂老八不是娘养的,是石头缝钻出来的!看势头不对,男人们悄悄收了麻将,女人们不敢大声说笑,一起伸长脖子朝街道张望,等待葬礼主唱和钞票一同归来……终于盼到寻人的回来报信:老八和媳妇正在法庭唇枪舌剑,营业员红脖子涨脸动了粗口,遭到法官训斥;金老师有理有节从容对敌,获得听众一致好评。离婚论战正酣,估计还得一会儿才能来。

盼星星,盼月亮,终于盼来外面呼天抢地:"娘呀,我那亲亲的老娘呀!饺子最香,老娘最亲。没了娘,儿也不想活了!你老人家就带你这不孝的儿一起走吧!"声音洪亮,底气十足,比谁闹的动静都大。金进财穿上孝衣跌跌撞撞扑向灵前,捶胸顿足,连号带诉,痛不欲生,只是眼泪一滴也无。周围人无动于衷,几个年轻的还捂嘴偷笑。见无人劝,孝子越发号得惊天动地,排比对仗,合辙押韵,抑扬顿挫,一哭三叹,比时下胡编乱造电视剧煽情多多。过往行人被吸引,纷纷停下脚步欣赏孝子哭亲。金进财越号越起劲,老娘舅越听越不耐烦,站起朝外塌屁股赏了一脚,讥讽:"行了,行了!大伙都听见了,知道孝子到了!你娘有你这孝顺儿算她造化。起来吧!"孝子就等这句,立马站起,脸上像雷阵雨过后的七月天——转眼又是阳光灿烂。金老爹看在眼大骂:"狗日的心真硬!"孝子笑眯眯辩解:"'临穴频抚棺,至哀反无泪。'真孝子不流泪,号的都是假孝子,做给外人看的。孝不孝,看行动!家里盖新房,我出大头;老娘的生活费住院费,我统统包圆儿;过七十大寿,我孝敬老娘一套金首饰。如此孝子西京城打着灯笼难找!您老中形式主义毒太深,只看表面不看实质!"

丧事大总管过来问:"老八,你家献的花圈买回来了。你媳妇、儿子叫什么?老球写挽联在外面催呢。"

金进财笑嘻嘻回答:"媳妇儿子都免了,只写我一个。"

大总管不解:"只写你一个?那俩呢?难道和你不是一家子?"

金进财一脸轻松,像说旁人家事:"老婆正被别人泡着,儿子也快不是咱金家人了,狗日的不跟咱姓金了,要跟后爹改姓钱。"

亲戚们都笑了,饶有兴致地问:"老八,怎么搞的?越混越背!钱被骗光不说,老婆儿子也混丢了。"

金进财快活笑道:"屁大个事!妻子如衣裳,该换就换。老婆算什么,她前脚走咱后脚立马谈一个,长得更漂亮,下次领回来让你们开开眼,只怕大家陷在眼里拔不出来。儿子嘛,只当在姓钱的王八那儿寄养,我乐得省心省钱还省力。树高千丈,叶落归根,儿子长大还得改姓金,血浓于水,还得认我是亲爹!"

亲友边笑边赞:老八没说的!万事想得开,天塌都不怕,日娃不管娃,活得真潇洒!又有人夸奖:别看老八当了人民教师,身份成了国家干部,骨子里还是咱革命街人,拿得起,放得下,说话直来直去,不像臭文人穷酸饿醋。二老表在旁开逗:"老八,大半年不见,又有长进。刚才哭灵那两下从哪学的?有板有眼,亲戚们听了感动得不行,一个个直掉眼泪。"

金进财正色回答:"什么叫学的?那叫天性流露、情不自禁!据我多年观察,小辈哭丧分四类:儿子哭娘——惊天动地;闺女哭爹——真心实意;媳妇哭婆婆——虚情假意;女婿哭岳母——黑驴放屁!你们中间谁是黑驴,赶快交代!不承认?不承认也没关系,谁脸红谁就是黑驴。看看,二老表脸红了吧?我给亲戚们学学,俺二老表是咋哭他丈母娘的。"说完捏着鼻子"昂……噗!昂……噗!"驴一般先嘶鸣后放屁,声音惟妙惟肖。听众笑得前仰后合,脸上能刮下霜的老娘舅也没憋住,孝子孝女实在绷不住,低头咬牙硬忍,脸上都是一副怪相。二老表一脸尴尬,不笑强笑。

孝子不说自己晚到,却在意谁家没来,绕着饭桌挨个儿点数:"三爷,二叔,四哥……"发现少一家,立刻破口大骂:"建国家的呢?人都死完了?!他老姑奶归天,兔崽子竟敢不来哭丧!"旁边一迭声回答:"来了,来了。"又一起喊,"建国!建国!死哪去了?!"建国慌慌张张从厕所钻出,边跑边系裤带,嘴里应着:"在这儿!在这儿!报告四表叔:我早来了!"金进财转怒为喜,拍拍表侄肩膀,夸奖:"好,好,来了就好。建国懂事,比他死鬼爹明理。"老亲戚们都乐了。见小辈人不明就里,金进财说起家族葬礼的经典故事:"建国的爹在区政府当科长,是老金家西京做官第一人。穷人乍富,挺胸叠肚。金科长看重自个儿身份,见了贫民亲戚鼻孔朝天。接到报丧,金科长操着官腔淡淡地说:'知道了。'再无下文。过了两年,自家老娘凤返碧霄,家里设下灵堂,挨家报丧,却一个也不来,去催,像约好的,淡淡的都是那句话——'知道了。'金科长急了眼,请上族里长辈,披麻戴孝挨家磕头。亲戚们最后来了,却横挑鼻子竖挑眼,办丧事花钱大大超出预算不说,还得挨训,把个孝子整得直悔早知今日,何必当初。"金进财总结,"皇帝还有草鞋亲。亲戚乡党面前不敢牛逼,那叫吃肥肉喝冰水光腚睡冷炕——寻着找不自在。惹恼知根扒底的,非把你拉肚蹿稀屙一炕的糗事统统抖搂出来!山不转水转,谁都有给人下话时。真到求人时,别说你个小科长,堂堂市长也得给人回话!"

见众人不信,金进财说起从秘书那儿听来的官员糗事:

前些年兴起打家具热,木料行情看涨。外县一个农民急等用钱,将自家棺材板装上架子车,拉往省城想卖个好价,撞上工商所打击投机倒把,棺材板被没收。农民闯进市政府,指名点姓要见巴副市长。一见面,副市长认出来人是自己出了五服的本家,论辈分该叫爷,虽然孙子年龄比爷爷还大一轮。未等本家诉完冤情,领导先一脸不耐烦——什么狗皮捣灶的事都来找我!推说工商局不归自己管。本家恼了:"一个巴字拆不开,怎么只能我给你帮忙,你就不能给我帮忙?!"副市长说:"我堂堂市级领导,怎么会找你一个农民帮忙?有没有搞错?!"见贵人多忘事,本家爷越发生气,拍桌开骂:"混账东西!你家老人下葬,是谁帮忙往墓地抬棺材?!抬人那阵,你甘当孙子把我爷长爷短地叫。把你爹你妈埋了才几年,你孙子就翻脸不认爷?"秘书想笑又不敢笑,掉过脸硬忍着,装着没听见。副市长闹个大红脸,赶紧告饶:"好我的爷哩,你老人家就甭在这儿混闹了,好歹给我留个脸!你说咋办我就咋办还不行吗?"副市长请农民坐上自己专车,乖乖领着爷去工商局讨要棺材板……

亲友们听了直笑,笑罢齐齐感慨:血缘关系是条无形绳索,任你跑到天涯海角也挣不脱。

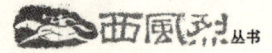

第十章

贼爷

【翡翠手镯】

　　孟大宝被分配到工程队抡洋镐，吃不了苦，泡病假跑回城。姐夫买卖火爆，妻弟看得眼热，嚷嚷要跟着学做生意。老师清楚自己学生智商，胡吃闷睡一无所长，本想拒绝，却架不住枕边风。到了广州，金进财先去家电市场摸行情，报过型号、价格，同行都瞪大眼睛，问金老板："有没有搞错？"有的更干脆，说按这个价，别说六百台录像机，六万台也统吃！金进财越发疑心，像小心翼翼前进在埋着地雷的小路，生怕一步踏错引爆。金进财见识过沿海渔村"日本造"，外壳真假难辨，线路板则出自大字不识老娘们之手，线路焊得歪歪扭扭，粗一道细一道，像月子孩儿蹿稀。一气验了二十台，图像、线路板看不出任何破绽。韦老板在旁不耐烦，叨叨自己亏大了，要不是查走私风声紧，天大便宜怎么会落到你金老板头上？金进财不理会，仍坚持要一台台过。孟大宝虽已加入工人阶级队伍，骨子里仍是少爷坯，看着堆积如山的纸箱暗暗叫苦，本想来繁华之地享乐，没想把自己当装卸工使！折腾到半夜，韦老板说住的地方已安排好，请两位休息。金进财寸步不离，说要留下看货。韦老板也不勉强，只把哈欠连天的伙计带走。

　　第二天一早，韦老板说请两位喝早茶。久闻粤式早茶花样多多，姐夫却死活不去，小舅子嘟嘟嚷嚷，摔摔打打，撅嘴吊脸闹出许多怪相。金进财看得躁气，当着外人面不好发作，忍了又忍。韦老板看在眼里，起身去叫外卖，虾饺、烧卖、肠粉、叉烧包、萝卜糕、鲮鱼球之类提来两大兜，又沏壶冻顶乌龙。孟大宝看得欢喜，蹲在地上狼吞虎咽。去银行兑付汇票前，姐夫把小舅子叫一边，千叮咛，万嘱咐，不能离开货柜车一步！孟大宝正同时对付鸡扎和排骨饭，满嘴流油，头都顾不上抬，鼓囊囊腮帮子勉强挤出一句："知道，知道，我都知道！你说了多少遍：怕人掉包，让我严防死守！"从银行回来，小舅子果然老老实实守在车前，金进财顾不上说话，爬上车仔细查看：录像机包装盒胶带纸完好无损；红笔做的记号都在，这才放下心。又问小舅子中间离开过没有？孟大宝一脸委屈,说你咋不相信人? 屎到肛门口,我都硬憋着不敢去出恭,边回答边放响屁边捂着肚子往厕所跑……

集装箱到站第二天,和平商场门前贴出"特大喜讯",上写"本商场家电部新进一批日立原装最新型号录像机,数量有限,欲购从速!!!"经理室里,金老板眉飞色舞,听众一脸羡慕,正侃得起劲,门"嘭"地被撞开!家电柜台营业员慌慌张张闯进:"金总,你、你快去看看,外边出、出事了!"

"慌什么?!出什么事了? 是不是为抢购录像机打起来了? 多叫几个保安维持秩序。"

"不是人闹事,是录像机闹事,不是闹事是出事。咳! 我一时说不清,你自己去看吧。"

"录像机怎么啦?"货主赶紧将手里紫砂壶放桌上。

"箱子里都是砖头!"

货主一脚踢翻椅子朝外跑,听众后面紧跟。看到打开的包装箱都傻了眼——塑料泡沫里夹着板砖! 上当货主顾不上乘电梯,三蹿两蹦下了五层楼梯直奔商场库房。听说进的货有问题,保管员赶紧叫装卸工帮着验。拆箱过半,里面除了砖头还是砖头! 金进财拨打电话,被告知"对方已停机",韦老板像从人间蒸发。家电商再也挺不住,两手抱头蹲在地上……孟小燕闻讯急赤白脸跑来,看见一箱箱砖头,两眼翻白"咕咚"倒地。金进财吓坏了,将媳妇搂在怀,"小燕,小燕"高一声低一声叫魂。苏醒的媳妇更吓人:披头散发,龇牙咧嘴,面孔扭曲,喉咙"呜呜"有声,像发怒母虎。母虎左爪挖去,男人脸上留下五道血痕;右爪抡过,老公脖子渗出血滴。母虎扑上还要施暴,被几个女职工架住。母虎泼辣哭叫,顿地村骂:"金进财,平时你五马长枪,牛皮吹得震天响,咋会叫人家骗得这么惨?!呜呜……你赔我的钱! 赔我的150万! 呜呜……老娘倒了八辈子血霉,嫁给你个大傻屄!呜呜……我跟你离婚!"受骗老公自知理亏,打不还手,骂不还口……围观的越来越多,孟小燕越骂越凶。见老婆没完没了,金进财忍无可忍:"夫妻本是同林鸟,大难来时各自飞。你话说到这份上,我就脱裤子放屁——照直了嘣。离就离,谁不离谁是龟孙! 实话告诉你:想跟我的大姑娘多的是,哪个都比你年轻漂亮,哪个都比你温柔多情。"听见的都笑。金进财越发来劲:"走个穿红的,来位穿绿的。两口子好比拿钱干活,换个东家,一拍两散。我倒是为你发愁:不离婚的女人是个宝,离了婚的女人不如草。出了金家门,你可别哭着喊着又要回来!"见倒霉老公竟敢还嘴,孟小燕咆哮着卷土重来,俩人撕扯成一团……

姐夫杀气腾腾闯进屋,小舅子还在梦家庄遨游。金进财一把将孟大宝从床上拽起,恶狠狠问:"说! 看货时你跑哪了?!"

妻弟眨巴着眼,好一阵才迷瞪过来:"我、我哪也没去,就在货车跟前守着。"

金进财强压住火:"大宝,咱们的货出了点问题。你给姐夫说实话,说出来我不怪你。你中间到底离开过没有?"

"只离开一会儿,"孟大宝瞒不过,只得招认,"司机喊我去后面房里看花花带,我起先不去。司机说,香港花花带可好看了,内地看不到,非让我去看。还说他替我看货……我、我就去了……"

"什么花花带?"

"姐夫,你也忒老土,连这都不明白!花花带就是脱成光腔,先是男压女,后是女压男,一个个哼哼唧唧。啧啧,可好看了!"小舅子兴致勃勃告诉姐夫,"要说人家老广真够意思,初次见面就请我看花花带,看了还送给我两盘。啥时候俺姐不在家,我让你开开眼。姐夫你放心,我这人嘴严。咱俩在广州住旅馆,半夜小姐打来电话,你说声音甜又糯,开门让小姐进屋聊……这事我都没给俺姐说。"金进财再忍不住,"啪!"抡圆胳臂照大宝胖脸一记耳光。傻舅子捂着腮帮子叫起屈:"你不看就算了,装什么假正经!凭啥打我?!你以为你还是班主任?姓金的,我才不怕你呢。等俺姐回来,我告她你欺负我,告你在外面泡小姐,让我姐和你离婚!"

失败在什么时候都被证明是"孤儿"。金进财破产消息传开,老板们唯恐避之不及,面对急欲借钱翻本的老友,儒商们不是顾说他事,就是大叹穷经,直至醴酒不设、言辞不敬、态度轻慢……联想行侠仗义的革命街好汉,金进财叹道:"仗义每从屠狗辈,负心多是读书人。"只得淡出儒商圈子。困窘中想起翟平安,要是他在,估计能拉兄弟一把,却不晓得这家伙死哪了。为填窟窿,家电柜台转让,马自达廉价处理,十年辛苦化作黄粱一梦。领导拿金老师下海险遭呛死的悲惨经历说书,教育广大教育工作者安心教育岗位。重返讲台的破产家电商沦为全区教育系统笑柄。

牛毛细雨下个不停,路上行人稀少。金进财裹上雨披骑车出校门。一辆黑色别克轿车悄无声息从后追上,不快不慢紧贴左侧。金进财以为对方要拐弯,赶紧朝右让,谁知越往右让,轿车越往右拐,一直挤到马路牙子,"咕咚"一声,连人带车一起摔倒在人行道!金进财爬起破口大骂:"浑蛋!你眼瞎了?会不会开车?!"别克停下,一个西装革履、油头粉面的家伙从车里走出,朝金进财鞠躬,恭恭敬敬地说:"金老师,真对不起!又让您老人家受惊了。"天哪!这家伙从哪钻出来的?金进财像看见外星人,吃惊地说不出话……

三杯下肚,想起自己在警察面前的狼狈相,金进财骂道:"你小子把我害惨了!"翟平安笑着拿出一沓百元大钞,说是"给侄子还愿",又取出一个精美首饰盒,说"送给嫂子的"。打开盒盖,紫红色天鹅绒垫上是只碧绿色翡翠手镯。金进财拿起仔细端详:手镯晶莹润泽,碧绿颜色似春水,看得眼睛发润,感觉异常舒服。"很贵吧?得多少钱?"

"你猜猜看?"

"怎么也得两千块吧?"

翟平安一笑:"真是老帽儿!这是地道冰种满绿玻璃翠,出自缅甸老坑,市面上见不到。'黄金易求,翡翠难得。'估价少说两万美金!"

金进财大吃一惊:"这么贵!我可不敢要。"

"我送嫂子的,又不给你,你推辞什么?再说又不是我掏钱买的。"

"来路不明的东西,我老婆就更不敢要了。还是留给弟妹吧。"金进财想起秦权。

翟平安眼神暗淡下来,恶狠狠骂:"别提那贱货,她不配!"

"两口子干仗狗皮袜子没反正。生恁大气干吗?"

"我俩早分手了!"

"有钱就换老婆,你也跟着赶时髦?那么漂亮的媳妇你也舍得?"

"咱俩发小,不怕你笑话。贱货让我当了活王八!"

成也萧何,败也萧何。事情最终坏在送宝人身上。黑脸汉子盗墓事发,文物贩子没来,警察却找上门。面对人证,翟平安铁嘴钢牙一口咬定"铁疙瘩"早扔了,连夜将秦权转移,进了看守所才松口……同许多倒霉囚犯遭遇一样,翟平安释放归来痛苦地发现还有更倒霉的事等着自己——老婆和自己朋友在卧室床上快活……奸夫是古玩市场大户,长年雇五六个伙计,常来"平安阁"谈天说地,论古道今,不时给漂亮"弟妹"送点小礼物。只道谢胖子是好人,却原来黄鼠狼给鸡拜年——没安好心!愤怒的椅子在肥头上砸散架,奸夫血流满面夺门而逃。受辱丈夫骑在奸妇身上,拳头雨点般落下。给男人戴了绿帽子的女人自知理亏,不哭喊,不讨饶,双手抱头一声不吭。男人直打到胳臂累得抬不起来,瘫坐在地,受伤狼一样哀号……

"古玩街每一个掌柜都知道的丑事,唯独我被蒙在鼓里,都把我当傻鸟。"当事人一脸悲愤。

"'朋友妻不可欺。'姓谢的乘人之危,真他妈不是东西!"金进财愤愤不平。

"收拾他早晚的事!古玩市场我没脸待下去了,连店带货低价盘出。房子留给她。毕竟做了七年夫妻,再对不起我,也不能斩尽杀绝。分手时她哭了,说自己一时糊涂上了谢胖子的当,问我有没有挽回的可能。我说老公在号子受罪,家里女人被野男人养得又白又胖,天下没有这个理!离家后,我买辆二手摩托骑着下乡,每日漫无目的四处乱窜,到处吆喝'收麻钱,收古董,收旧家具!'和城里收破烂的没啥两样。不同的是,农民是进城收破烂,我是下乡收古董。年头跑到年尾,值钱东西一件没见,唯一收获是有了联络图。"

"联络图?什么联络图?你上威虎山当土匪了?"金进财越听越糊涂。

贼娃子笑了:"又老帽儿了不是?帝王陵陕西居全国之首,皇帝就埋了 72 个!靠我一人寻宝,累死也跑不过来。收古董无非两招:一是开店守株待兔,名气传出早晚有人送货上门;二是在各陵园区附近设点,培养眼线,一旦有东西出土,眼线会立即通知你。狼多肉少,慢一步就会被别的文物贩子抢先。干这行,没眼线你是瞎子聋子,别人吃肉你连汤都喝不上!自然,眼线也不会白干,该出血时就得出血。有的眼线同时给几家干,偷偷把一方收购文物的活动告诉另一方,如同双重间谍。"寻宝人取出笔记本电脑输入密码,屏幕显示联络图全貌。金进财粗略看看:每个联络点眼线姓名、住址、联系电话一应俱全,大约百十号人,国家重点保护的秦始皇陵、汉高祖长陵、汉武帝茂陵、汉文帝霸陵、唐太宗昭陵、唐高宗武则天合葬乾陵都被覆盖,以青铜器窖藏闻名的周原遗址中心——扶风、岐山、眉县一带眼线最多。翟平安得意地说："西北、山西、河南等地都建起联络网，这些地方文物圈子有什么大动静，我当天就知道！不是自夸，咱现在也算有头有脸，圈儿里谁见都尊声'贼爷'。你小子以后也得改口，别再张口闭嘴叫我'贼娃子'。"

金进财笑骂："少拿大肚子夯人！穷儿乍富，脾胸叠肚。娃也罢，爷也罢，在我眼里你永远是个贼！我现在就把你干过的事儿回忆回忆。"

像革命时代无数无学可上的半大小子一样，两人终日在街上浪荡，成了地地道道的小闲人，从菜场黄瓜、西红柿到商店干鲜果品、水果糖、糕点饼干，什么能吃"趁"什么。两人不认为是偷，权当消磨时间的小游戏。进商店通常一前一后，装作互不认识，一个缠住营业员装作要这要那分散注意力，一个趁机下手。小闲人给副食商店留下深刻印象，每次出现，女营业员们像老母鸡看见老鹰盘旋，引发阵阵骚动，挤眉弄眼互发警报，护鸡娃般紧紧护住各自柜台。跟着厮混的一个小闲人"趁"过了界，手"误伸"进别人兜里，被群众扭送派出所。警察叔叔打开钱包不禁哑然失笑——里面只有一毛钱和四两粮票。倒霉蛋落个颇为掉价的诨号——"一毛四"。风水轮流转。谁也没想到，三十年后，"一毛四"在京城演艺圈儿混成腕儿。每当看见"一毛四"在屏幕上装扮英雄威武不屈大义凛然满口豪言壮语，金进财和翟平安就笑得打滚……翟平安那天不知从哪弄来辆崭新的大链盒飞鸽自行车，同伴见了害怕，劝他赶紧送回。翟平安满不在乎，说过够车瘾再送，第二天上街兜风，被带人满世界找车的失主撞个正着。翟平安美美挨了顿万人拳头，被迫将赃物挂在脖子上游街。围观的把马路堵得严严实实，公共汽车排成长串，乘客长颈鹿般一个个伸长脖子从车窗探出头欣赏贼娃子尊容。棍棒胁迫下，满脸青肿、汗流浃背的翟老二边走边敲破脸盆边扯着嗓子喊："我是贼娃子！我不要脸！我是偷自行车的贼娃子！"游到自家门口，一枝花母老虎般冲出拦住去路，躺在地上连哭带喊，老翟赔着笑脸又作揖又敬烟，一场闹剧才收场……

贼爷无奈，自嘲："'宁逢恶宾，不逢故人！'汉高祖威加海内归故乡，还被乡亲揭老底骂个狗血淋头，何况我翟平安？"接着说，"眼线提供的消息，十有九次没什么价值，放空居多。就像买彩票，能否中大奖，全看耐心和运气。撞上一次，够你吃一辈子！大前年冬天，渭北辛家堡子村打井时掘开一座西周早期墓，里面文物被村民哄抢一空，县文管所闻讯赶来，只剩一座空墓。我接到眼线电话，掏高价雇出租车从西京城连夜赶去。眼线领我到主家，院里已站了几拨人——'莫道君行早，更有早行人。'文物贩子鼻子个个比狼狗还灵。主家两个儿子把住门，带钱来的方可进屋，没带钱的一律免谈。一看货，我愣了——三件全是西周早期青铜器！其中价值最高的是件尺多高兽面纹提梁壶，细雷纹填地，两两相对夔龙纹，腹饰大饕餮面，器底盖内都铸有铭文，品相完好无损。此为西周贵族祭祀祖先的礼器，百年难遇。多少人收了一辈子古董，也无缘一见，今夜叫我撞上！这就叫命中无时莫强求，命里有时终须有！我强忍内心激动，作出淡淡样子问价。三件齐走二十万，单件八万元。卖主是民办教师，略知文物价值，想出仨核桃俩枣的钱把东西骗走门儿都没有。我倾其所有拿出六万二，卖主仍是铁嘴

钢牙一口价,抹手表,撸戒指,交手机,刚上身的皮夹克都脱给人家,才抱回提梁壶。"

"提梁壶卖了多少钱?"金进财好奇地问。

"财不露白。卖给谁?卖了多少?不能告诉外人,这是圈子里规矩。只给你透一句:去年开春,建筑队包工包料为眼线家盖了一栋白瓷砖贴面、铝合金门窗二层小楼。埋单的是我。"贼爷说罢反问,"单位现在一年给你开多少钱?"

"皇粮饿不死,吃不饱。一年工资加奖金,满打满算两万。"

"听着惨了点。'乱世黄金,太平文物。'现在官员受贿最喜古董,这行大有可为!下海跟我干吧,年薪十万,年底花红另算。"

"我能帮你干什么?"

"我想重操旧业开家古玩店。光打游击不行,还得有根据地。我下去撒网,你守株待兔。守店得懂行,还必须是自己人,外人是茶壶盖上放鸡蛋 —— 靠不住。"

只怕兔没待到,先把警察待来!贼爷贼胆包天,案底绝非秦权一桩,跟盗墓贼搅和,好吃难消化。少年时穷得只剩下三大件,敢和警察叔叔逗着玩儿,随着腰包鼓起日子好过,对警察同志慢慢有了敬畏之心。屁股决定头脑,位置决定立场。经济变迁带来立场转变 —— 富婆、阔佬希望街上警车越多越好;小偷、妓女盼着警察越少越好。金进财断然谢绝:"杀头生意永远有人做。刀口舔血我却干不了。穷就穷点儿,心里踏实,夜半敲门心不惊。你现在光棍一条,一人吃饱全家不饥。我上有老下有小,再被警察传去收拾,老婆孩子先受不了。钢琴钱我替儿子收下,翡翠手镯你拿回去。"

贼爷失望地摇摇头:"你呀,吃皇粮太久,人都傻了,胆子还没耗子大!过去那个天不怕地不怕的赖孩哪去了?本不想告诉你翡翠手镯来历,怕嫂子犯忌。看你疑神疑鬼的,我实说了吧。去年立秋那日,我开车去东郊,半道看见马路旁挖个三亩大的坑。我心里一动,将车停下,沿坑边转圈,看到右边坑壁有块桌面大地方颜色发黑,明显与别处不同。我下到坑底装作小便,抬头仔细观察:发黑东西是柏木棺材档头,上面漆皮剥落、红漆绘制的云纹花卉图案隐约可辨。民工们不远处忙着打地基,乘无人注意,我操起地上半截钢筋狠狠捅了几下,已成朽木的棺材档碎成几块,露出里面呈黑灰色锦被。我心头一颤 —— 棺材里是富贵人家长者,从未被盗!我装着若无其事,蹲在坑边抽烟,等待下手机会。到了中午,民工们三三两两爬出大坑回工棚吃饭。最后一个扛着镢头上来,我迎上递根烟,问:'伙计,想不想发财?'

'发财?我做梦都想发财。可上哪发财?'

'拿上镢头跟我走,叫你干啥你干啥。好事来了!'民工跟着我兴冲冲来到棺材下面,我往上一指:'就是它,给我朝外掏!'

'你说的发财原来是掏棺材!这叫啥球好事?挖墓要遭报应。晦气事我不干!'

'废话少说!棺材藏有东西,弄出咱俩对半劈。'

'掏出棺材里面没东西咋办?'民工半信半疑。

'不让你白干。掏不出东西,给你50块辛苦费。'

随着镢头起落,黄土一块块朝下掉,洞越掏越大,'哗啦'一声,烂棺材、墓室砖和土块一起从半空塌下！民工躲闪不及半个身子埋在土里。我将他拉出,抡镪砸烂棺材挑去锦被:尸体化为黧黑骨架,绸子寿衣成了残片……枯骨撂到一边,镪头没刨几下,腐灰中露出黄灿灿东西。蹲在一旁的民工抢先将东西抓在手——金耳环、金戒指各一副,死者是富贵人家老太太。民工笑得合不拢嘴,连说:'发了,发了！今天大发了！'我却高兴不起来,从棺材材质、尺寸和寿衣看,随葬应该不止这点东西。我不甘心,将烂棺材板刨来刨去却再没新发现,正想停手,扭头瞅见民工偷偷把什么东西往土里踩。贼爷面前耍'花子',你小子还嫩点！我过去一把将合作人推开,刨出圆条镯,心里暗喜,嘴上却说:'瞧你那点出息！真是土包子进城没见过世面。一个绿石头手镯,不值什么钱,也值得你装神弄鬼？'耳环戒指对半分,没费口舌;手镯他也想要我也想要,两人僵在那儿。磨到最后,我把戒指耳环都给了他,临了,还要去我没抽完半盒红塔山香烟,才换回手镯。大路朝天,各走一边,两个掏棺合作者余生都不会再见。你放心收下翡翠手镯,再不会有警察找上门。"贼爷语气转凝重,"秦权的事让你和嫂子受惊了。我心里过意不去,一直想找机会补偿。我家底细你都知道:爹死娘嫁人,哥哥妹子除了缺钱时想到我,平时再不联系。翡翠手镯送嫂子还有个意思,给你一家三口留个念想,看见它,还能忆起世上曾有个叫翟平安的人。"

金进财感到一丝不祥,强笑道:"喝多了吧？没人催你小命儿,听上去怎么像临终遗言？"

贼爷苦笑道:"我是喝多了,可心里明白！'少年子弟江湖老',圈儿里混了多年,我清楚自己干了些什么——掘坟盗墓最是缺阴德,损阳寿,十恶不赦！太尉前陇右节度使朱泚在长安称大秦皇帝后,唐藩镇之乱达到最高潮。唐德宗无奈下了《罪己诏》,怀柔诸藩,宽免从犯,连'皇太弟'朱滔都被'念其旧勋',认定'路远必不同谋'。唯独不放过掘陵的朱泚,诏曰:'朱泚反易天常,盗窃名器,暴犯陵寝,所不忍言,获罪祖宗,朕不敢赦……'古今中外,盗墓掘坟的没有一个好下场。埃及法老陵墓里刻条咒语:'谁敢惊动法老安宁,必将死去！'发掘国王谷法老陵墓时,咒语果然应验,23人先后神秘死去,死因至今无法解释。1958年'大跃进',为迎接领导来地宫检查卫生,北京定陵博物馆将万历皇帝和两位皇后的原棺原椁抬上宝城扔进山沟。事后去寻,金丝楠木棺椁早被附近村民捡走。其中一户村民将棺椁改做板柜,小孩在里玩耍,板柜突然合上,一对宝贝儿子被活活闷死！这些年,掘坟盗墓我干了不少,按《唐律疏议》对'发冢者'处刑,我这'开棺椁者'少说被绞二十回;按《大明律令》,则'开棺见尸,不分首从皆斩';搁在前清也得斩立决。'始作俑者,其无后乎',我掘墓盗俑损了阴德,老天罚我无后！近来我一合眼,就见辅国大将军立在面前,金盔金甲手持寒光闪闪宝剑,指着我怒喝:'大胆毛贼,还我天马胡姬俑来！'岁在龙蛇,谶纬不祥,白日梦鬼,想是我气数将尽。"

"常走夜路难免遇鬼。听我一句:从此金盆洗手,老老实实过太平日子。"

贼爷回答令人毛骨悚然:"哀乐中年,混一天算一天。我现在说人不是人,说鬼不是鬼,吃的阳间饭,干的阴间事！像我这样在圈子里已有名气的想不干也不行——多

少人还指望靠我发财呢。上线下线名字、地址、手机号码都存在电脑上,谁干过什么,货去了哪,我都清楚,突然不干掐断线,他们能放过我吗?再说这行来钱容易,就像吸毒上瘾,又似小姐卖淫,再由不得自己。江湖险恶,盗墓阴毒。哪一日报应来了,我暴死荒郊野外古墓,看在发小份上,你一定来祭奠亡灵,招引迷魂归来。"发小听得凄惨,还要相劝。贼爷截断话头:"人在江湖,身不由己。眼下有两笔旧账急着要算,一时顾不得许多!"转过调侃对方,"你的事我略有所闻。论起你比你那傻哥哥精多了,怎么会让个三流香港骗子晃荡得找不着北?"听完受骗经过,贼爷笑喷了:"见过傻孩子,没见过一对傻姐夫傻舅子!"又说,"和商界骗子过招,逃得快,天上人间;逃得慢,悲惨世界。道上几个朋友专干替人追债营生,要不要找他们替你讨回公道?"

"那太好了!只是我眼下阮囊羞涩,拿不出讨债费用。"

"讨回债,对方拿三分之一;讨不回,一文不给。"

金进财听得肉痛,哭丧着脸说:"你给讨债朋友说说,能不能少要点?"

"有你那么算账的吗?这种无头债放在别的债主身上,非得对半。看我面上,已少要二成。你怎么还不知足?"

"'熟人不少算,三八两毛半。'这就叫宰熟。罢罢罢,只当走个骗子,又遇上截道。"

"你小子和穿开裆裤那会儿一样,淡球话忒多!事情办成,自有人找你。一提我名字,你立马把账结了。千万不敢晃荡人!曾有人事后赖账,结果被……"贼爷住嘴化掌为刀朝自己手腕剁去。金进财看得倒吸口凉气。

【鉴宝专家】

花梨木大理石案上,展开一幅清宫廷画家意大利传教士郎世宁的大手卷——《大阅图》。乾隆当朝六十年,大小战役打了十次,自封"十全老人"。金进财研究过此段历史,承认乾隆是中国历史上最幸运皇帝,却不赞同清史称其"十大武功",认为跟农贸市场猪肉一样——注水。画面上乾隆戴头盔,着铠甲,佩腰刀,挂弓袋箭囊,骑匹雪白神骏,威风里透着富丽堂皇。贾行长和一位姓钱的客人看得赞不绝口,金进财却不动声色。

"没问题吧?"贾行长憋不住了。

"这幅画儿您花多少钱收的?"

"是祖上传下的。"

"没花冤枉钱就好,那我就敢说了。恕我直言:此为赝品!"

"不可能!此画以前请几个专家看过,都说是真的。"姓钱的客人坐不住了,急赤白脸分辩。

鉴宝专家笑了:"行家越鉴定越怕——不敢说真话,不便说真话。说是真迹皆大欢喜,断为赝品砸了买卖,落个两头不是人。金某在外枉担虚名,既然错把我当人物请来,又付了鉴定费,我得对得起主家,凭良心说话!"

贾行长催问:"你说是假的,假在什么地方?"

"这幅假画下了工夫,确实能蒙人!入选乾隆内府《秘殿珠林》正编的钤五玺:'三希堂精鉴玺''宜子孙''乾隆鉴赏''石渠宝笈''乾隆御览之宝',画面上一个不少。仔细辨别还是能看出破绽:'乾隆御览之宝'椭圆朱文钤盖不合规矩,本应打在本幅中上,却钤在本幅左方。郎世宁融中西画法于一炉,特别注意画面透视和明暗,注重写实,尤工画马。'画犬马难,画鬼魅易。'此马毫无精神,四条腿粗细不成比例。最露馅儿的是乾隆提着马缰的手,死肉一团,毫无活气!行话说'画人莫画手,一画便出丑。'这是清代造假画——仿'臣字款'北京后门造。我以前见过几件。"

"真画值多少钱?假的市价如何?"主人最关心这个。

"一个天上,一个地下。真迹按眼下行情在京城置套四居室搭辆进口奔驰还有富余;赝品换辆二手夏利您还得倒找。"

贾行长泄了气:"妈的,只说现在假冒伪劣多,没想到古人也玩这手儿。"

鉴宝专家乐了:"清早开门七件事——柴米油盐酱醋茶。古人一件也少不了,不造假,吃什么?远的不说,仅清代以来,有名的造假除了上述仿'臣字款',还有河南造、湖南造、广东造扬州皮匠刀。最有名的当属苏州片,越是大名家的越敢造,你想要什么有什么,张择端的《清明上河图》流传在世的有几百卷!苏州片子不能一概而论,有的水平相当高,几可乱真。高手工匠画了一辈子,功力本已不弱,只苦于地位卑贱无甚名气,只好卖死人头。行话叫'老充头'。"

贾行长又取出一幅古色古香、画面黑黄色的绢本画,说:"这幅山水画是朋友所赠,说是明代'吴门四家'之首沈周的大作。"

卷轴拉开,金进财只瞄了一眼,就说:"不看了,收了吧。"

贾行长脸色都变了:"怎么?又是假的?!"

姓钱的客人急了:"不可能!绢本请纺院教授看过,绝对是明代宫绢、江南贡品,供宫廷画家作画专用。"

"人生百岁,纸寿千年。绢本确系出自明朝,画却欠年份。"

"怎么可能?"在座的都不信。

鉴宝专家耐心解释:"说穿了也不稀奇。明代的画距今几百年,若收藏条件不好,虫蛀水浸,画面破损厉害,也卖不上价。造假的将名头不大品相太差的明绢画低价收了,上笼小火慢蒸,然后用软毛刷将墨色轻轻刷净,阴干熨平后在上作假。此画破绽在钤印上:沈周的'启南'朱文方印,清代收藏大家梁清标'净心抱冰雪'印章,右下角清怡亲王胤祥的收藏印,印文刀法雷同,砂晕深浅浓淡相似。由此断定,三颗假印为一人所刻,造假者用同一印泥钤盖。典型的'真绢假画'。"

贾行长连连点头，直说："有理，有理！"姓钱的坐在那儿，脸上一阵红一阵白，不成颜色。

夫人在旁提醒："你不是收了一套官窑瓷器吗？宝贝似的，谁也不让碰。金老师来趟不容易，干脆请一块儿看了。"

行长一拍额头："我怎么把这茬儿给忘了？"

趁主人取货当口，客人朝鉴宝专家拱拱手，悄声说："金老师真是大家法眼，使人顿开茅塞。佩服！佩服！不过，我有一言相劝：有些话点到即可，挑明了对谁都不好！"鉴宝专家听了一愣，不知对方何意。

官窑瓷器果然精美！四个茶杯色泽鲜艳，富丽堂皇，壶身让人眼睛一亮：上是蓝天红日，下为波涛碧海，中间一条昂首吐珠摆尾探爪蛟龙。看了都说好！鉴宝专家不动声色，待看到壶底青花六字楷书款识，放声大笑！主人客人全愣了，贾行长面如土色，战战兢兢地问："难……难道又是假……假的？"面对满案赝品，金进财忍笑回答："东西仿得还行，底款却露馅。若署'大明万历年制'还能蒙人，'大明神宗年制'则贻笑大方——错把明神宗朱翊钧死后庙号当成其在位年号！帝王庙号始于汉朝，宗庙正殿供奉的祖宗神位按左昭右穆排列。中国陶瓷器用帝王年号款最早见于三国，传世有吴"赤乌十四年"款青瓷器。至明朝永乐，瓷器正式署帝王年号款形成定制。明官窑瓷器铭文均用在位皇帝年号署款，如'大明宣德''大明成化年制'，断无用其死后才有的庙号署款之理！有清一代官窑瓷器沿袭此制式，款识均为在位皇帝年号。只怪制赝者读史不求甚解，才造出此非驴非马！"听罢"金一眼"鉴宝，贾行长成了"假行长"，瘫坐在那儿说不出话，此刻心情好似辛辛苦苦将孩子们拉扯大，临老才知生下就抱错了，多年心血枉费！姓钱的再也坐不住，悄悄溜了……

贼爷一走如"赵老送灯台，一去更不来"，金进财热切盼望的心渐渐凉了。贼爷暴发史却给他启发：古代帝王"事死如事生，事亡如事存"，引来无数盗墓贼，数千年来绵绵不绝，和妓女一样，同为最古老职业。金老师翻开尘土堆积故纸堆，沿着历史轨迹寻辨盗墓贼依稀踪迹——盗墓文字记载初见于汉，汉武帝时，文帝霸陵已被盗掘，《汉书》记载"盗发孝文瘗钱"。汉武帝厚葬列诸首，驾崩时"茂陵不复容物"，守陵的多达5000人，结局却最惨，文字记载的盗墓就有数十次。汉武帝生前最珍爱的是玉箱、玉枕与瑶石手杖，为西胡渠王进献，入葬仅四年，地宫随葬的三件宝物就惊现扶风古玩市场。侍臣们为推卸责任，胡诌根据出售宝物者长相判断，他就是已葬的汉武帝本人。汉宣帝元康二年，武帝生前藏于地宫的《杂经》三十首现世，侍官辨认是武帝殁物。赤眉进军关中西征受阻，"乃复还，发掘诸陵，取其宝货"，长陵吕后尸身遭凌辱。茂陵羡门被掘开，"赤眉取陵中物，不能减半……"东汉光武帝刘秀"诏修复西京陵园"。"夕阳残照，汉家陵阙。"此时墓已十室九空，徒留哀伤！厚葬诲盗，深藏地宫的"玉柙金缕"阳间却四处都有；"玉鱼昨封于圹中，金碗早出于市上。"丁姬送葬规模"贵震山东"，建墓多达五万人，汉哀帝一死，王莽就"举奏丁、傅罪恶"，掘冢发棺，"二旬皆平"，夺傅太后、丁太后玺绶，更以民礼葬之。魏文帝《终制》曰："自古及今，未有不亡之国，亦无不掘之墓。"《晋书索𬘘传》记：愍帝时，盗发汉霸、杜二陵，"多获珍宝"。黄巢多次盗掘帝陵，茂陵被洗劫一空……

官盗甚于窃贼流寇。东汉初平元年，相国董卓借车驾西迁之际，"又使吕布发诸帝陵及公卿以下冢墓，收其珍宝"。曹操筹军饷，为障人眼目，特设"发丘中郎将"、"摸金校尉"，专职盗墓，"所过隳突，无骸不露"。掘梁孝王陵，得珍宝七十二船，养兵三年。刘豫政权有专司盗墓官职的"河南淘沙官""汴京淘沙官"。明万历年间，盗陵索性披上合法外衣。矿监陈奉奏称有地方百姓发掘到唐宰相李林甫妻杨氏之墓，获黄金巨万，诏令将所获墓葬充公。陈奉乘机尽掘境内大墓，"开矿监督"摇身变为"掘坟使者"。万历二十七年，太监梁永奉旨到陕西征收名马货物，率手下士卒发掘秦地历代帝王陵墓索其财宝，并以地方官抗旨、不肯合作为名，杖死县宰郑思颜、指挥刘应聘多人。巡抚顾其志奏曰："秦民万众共图杀永。"被大理评事评为患"酒色财气"四病的明神宗却将奏章"留中不发"……

盗墓贼与厚葬者博弈，胜者最终是前者。《水经注》记魏张詹墓碑背刊"白楸之棺，易朽之裳，铜铁不入，丹器不藏；嗟兮后人，幸勿我伤！"他坟被毁，此墓得保。瞒天过海二百余年，历经三国、两晋，直至南朝宋元嘉六年，张詹墓终被掘"初开，金银铜锡之器、朱漆雕刻之饰灿然……隐以金钉。"白居易诗中叹曰："一朝盗掘坟陵破……奢者狼藉俭者安，一凶一吉在眼前。"大诗人犯了以偏概全错误。《闻见后录》载："张侍中耆遗言厚葬，晏宰相殊遗言薄葬，二公俱葬阳翟，元祐中俱为盗所发。侍中圹中金玉犀珠充塞，盗不近其棺。所得已不胜负，皆列拜而去。宰相圹中但瓦器数十，盗怒不酬其劳……遂以斧碎其骨。"金进财阅此不禁抚掌莞尔——厚也厚不得，薄也薄不得。呜呼！却叫冢中枯骨如何安葬是好？

"要想富，挖古墓，一夜便成万元户"成为古今人民共识。金老师想发横财却自认没那个胆。世事相辅相成，有盗的，有买的，就有造假的，鉴宝顺其衍生，如同卖淫买春中间少不了皮条客。金进财立志当"鉴宝专家"。原本懂些皮毛，又拜文物店退休老人为师，几年下来，断代准头已十有八九。老行家鉴定常常一手托两家，说话含糊，故弄玄虚，只说东西好，不说东西对不对。金进财说话丁是丁，卯是卯，老医少卜，不由人不信。官员最忌露富，文物局博物馆的不能找，免得烧香引来鬼。不要票子要文物的领导都私下找金老师掌眼。金老师以行家自居铁口直断，古玩行名气越传越远，外地也慕名寻来，只要付鉴定费，有求必应。现在造假者太多，水平有待提高，十件"宝物"往往九件被金进财看出破绽，人尊"金一眼"。

周日，鉴宝专家同往常一样去了八仙庵古玩市场，正转悠着，一位黑大汉迎上，满面笑容地说："金老师，巧了！西京城地方邪，说王八遇见鳖，讲神仙撞见高人。正念叨着您，就在儿这碰上了！"

金老师看对方眼生，迟疑着问："你是……"

黑大汉哈哈一笑："您老真是贵人多忘事。我是大发公司张经理。您替谭厅长、

娄局长鉴定古董,我都在场。"

鉴宝专家还是想不起,问:"有事吗?"黑大汉鬼鬼祟祟看看四周,咬着耳朵说:"我兄弟最近见了几件东西,说是墓里出的老货。卖主开价不高,可咱吃不准。请几个行家看了,都怕打眼。想来想去,古玩圈儿里只有您眼力如刀。"说着跷起大拇指,"'金一眼'断的东西,谁敢说个'不'字?都夸您一言九鼎。您无论如何给兄弟帮这个忙,现在就劳动大驾跑一趟。鉴定费翻番,别人出一千,我给两千!"

出租车开出城,黑大汉拨通手机:"金老师一会儿就到。你俩原地候着,按最高标准订桌酒席,验完货请金老师喝酒。"红包等着,还有吃有喝,金老师心里更美了。出租车跑了一个小时,还没到地方。鉴宝专家纳闷:到底在哪?还有多远?黑大汉笑眯眯说:"马上就到,前面拐弯就是。"出租车拐上岔道,在不见人迹的垃圾场停下。鉴宝专家越发奇怪:怎么跑这儿来了?黑大汉打发走出租车,笑着解释:"买卖双方都不想让对方知底,所以选在此。让您受屈了,等会儿一定要多喝两杯。"一声呼哨响亮,垃圾山后走出一高一低两个家伙,目露凶光,满脸杀气,绝非善类!鉴宝专家看在眼,心发虚,颤声问:"东西在哪?"

"在这儿!"专家后腰挨了狠狠一脚,当即被踹趴下。

"你为啥打人?"鉴宝专家爬起质问。

"啪!啪!"两记脆响耳光。这次是黑大汉动手,笑脸变恶面,大骂:"为啥打你?就因为你长了一张吃屎的臭嘴!"鉴宝专家此刻方晓事情不妙:不知什么时候冒犯了哪路神仙,上了人家圈套!连连向三位豪杰作揖告饶:"诸位老哥且慢动手。都是吃文物饭的,一门同气,咱们有话好说。兄弟哪儿得罪了?请当面指出。兄弟一定负荆赔罪。皇帝老子杀人还要给个罪名,老哥们岂能不教而诛?"小个子不由分说,"咚!"一个冲天炮直奔面门。专家倒驴不倒架,边擦鼻血边撇江湖腔:"打得好!一看就知有功夫!不打不相识。仨朋友我交定了,今天的酒我请!"

"没看出来,你老小子长副好口条。"黑大汉讥讽。

"过奖,过奖。兄弟不才,吃的开口饭,嘴皮子不利落怎么能行?"金老师赔着笑脸。

"你他妈哪来怎多废话?!再啰唆,割了你口条下酒!"高个子飞起一脚踢在老师腔上。

"咦?巧了!咋在这儿遇上俺安阳老乡?"金老师作欢喜状,边揉屁股边撇安阳腔,"老乡见老乡,两眼泪汪汪。你见老乡不问好先给一脚,还要割老乡舌头!老乡,我看你面熟。俺老家在高楼庄。你家在哪?是九府胡同?是御路街?还是裴家巷?"

一听乡音,高个儿脸上缓和许多。黑大汉狞笑道:"给你交个底:不是我们兄弟跟金老师过不去,是有人要和你算账!得人钱财,替人消灾。金老师,兄弟们得罪了!"边说边挽袖子。困兽犹斗,岂能束手待毙。"着家伙!"金老师飞快地从地上抓把浮土扬在对头脸上。黑大汉"哎呀"一声,原地不动揉开眼睛。鉴宝专家只顾逃命,一脚踏在空玻璃瓶上,身子平着飞出!两个打手追上,将鉴宝专家反剪双臂。黑大汉眯着一只眼过来,大耳光令逃跑者眼前星光灿烂,黑虎拳、窝心脚、铁砂掌,轮番招呼,鉴宝专

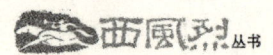

家此刻成了练武沙袋,直揍得发昏……三人协力将鉴宝专家倒拖至垃圾坑旁。小个子拔刀要将专家嘴豁了。金进财惊呼:"老乡救命!老乡救命呀!""安阳老乡"做好做歹劝住。黑大汉恶狠狠骂道:"今天给你娃教个乖:把逼嘴夹紧!再敢胡说乱放屁,下回要你小命!"一人捉头,一人提腿,喊声"下去!"鉴宝专家躯体空中画道弧线跌进两丈深垃圾坑。

……右手钻心疼痛让鉴宝专家从昏迷中醒来,身旁传来"呼噜,呼噜"声,硬挣着抬起头,不看则已,一看顿时魂飞魄散——三头猪瞪着小眼,两头咬衣服,一头正有滋有味地啃着人手!我的妈呀!金老师"呼"地坐起!猪也吓一跳,不约而同后退几步,闹清眼前是活人,三头猪掉转屁股沿着垃圾堆爬上坑跑了……附近村民将垃圾场变养猪场。脸朝下趴着一动不动的鉴宝专家被一头垃圾猪发现,凑在跟前嗅了半天,猪脑子拿不定主意:这玩意儿到底能不能吃?唤来同伴共同研究。鉴宝专家倘若醒不过来,就成了垃圾猪口中餐、腹内食!鉴宝专家浑身被冷汗浸透,想要站起,无奈身上疼得厉害,顾不得周围令人作呕腐臭,只好躺下将息。三个家伙为何对我下此毒手?"挑明了对谁都不好!"如同轰雷电闪,鉴宝专家一下全明白了:鱼有鱼路,虾有虾路。我挡了造假的财路,难怪人家要断我活路!高价买"文物"走官家的大礼,我说是假的,能不遭人恨吗?"祸福无门,唯人所召。"鉴宝专家再不敢当,否则早晚送命!看着血肉模糊右手,金老师一阵哆嗦:要不是老天有眼,让我及时醒来,自己非活活喂了猪!捺不住满腔悲切,直想喊出声一吐胸中郁闷,索性躺在垃圾堆上吼开《周仁回府》:

　　死别一月未入梦,衔恨泉台鬼哭声。
　　夜寂寂,风冷冷,
　　孤鬼在西还在东……

正吼得起劲,一辆满载垃圾自卸大卡车驶来,听见坑里唱戏,赶紧踩刹车。司机立在坑边,低头奇怪地问:"你在底下干啥呢?"

"你耳朵又没聋,没听见我在唱戏?"

"你怎么睡在垃圾堆上唱戏?"

"此处为何不能唱戏?天当被,地当床,睡着软和,唱着痛快。这叫垃圾坑里唱戏——自得其乐。想想都好玩,你不下来试试?"

司机听不懂鬼话,不耐烦催促:"说话三丈高,两丈低,一听就知脑子有病!爱唱你就睡到一边唱,别耽误我倒垃圾!"

鉴宝专家头发黏截葱皮,脊背糊张擦过大便的手纸,鞋面满是烂菜泥,一瘸一拐挣扎着往上爬,仿佛一袋活动垃圾,边爬边用京剧韵白念道:"天下熙熙,皆为利来;天下攘攘,皆为利往!名利场上谁能停歇?尔等且看滚滚红尘,又有哪一个不是神经病?!"见神经病患者出坑,司机讥讽:"你不在垃圾坑玩啦?"鉴宝专家听了非但不生气,反而哈哈大笑,摆摆手,一语双关:"不玩啦,再不玩啦!看着好玩,下去才发现垃

圾坑不好玩。不好玩咱就不玩了。"蹒跚着向金乌坠落处走去……

【狼吃狼　冷不防】

半拉脸斜倚在宾馆房间沙发上，左脸红色胎记引人瞩目。眼线恭恭敬敬端坐一边，靠墙蹲个戴石头墨镜、留山羊胡、右脸长着蚕豆大黑痣的老汉，裤腿高高挽起，两腿满是泥浆，周身烟袋油子味加臭汗味。"坐沙发上嘛，蹲地上多难受。"半拉脸对客人说。

"咱乡里人坐不惯那软家伙，还是蹲着舒坦。你请坐,你请坐。"老汉态度卑恭。

半拉脸将"三五"牌香烟递过，老汉摆摆手："乡里人抽不了洋烟卷，俺自个儿带的有。"说着从腰里抽出旱烟袋，满满撮了一烟锅，"吧嗒吧嗒"抽开。劣质烟叶威力惊人，一锅未完，屋里人全体咳嗽；二锅喷来，集体朝外逃跑。眼线将老汉烟袋夺下，打开门窗透气，努力肃清毒雾。乡下老汉毛病真不少，不让抽旱烟，先是毫无顾忌地连放响屁，接着大声咳嗽，黄痰一口接一口吐在猩红地毯上，穿着破布鞋的脚在上面跐来跐去……半拉脸看得直犯恶心：真他妈土鳖一个！懒洋洋地问："说吧，你那儿有什么货？"

"货？啥货？"老汉一头雾水，看着半拉脸，不明白何意。

"就是你前几天给我说的事。"眼线一旁提醒。

"唉。说不成，说不成，说出来真叫羞先人！"老汉满脸羞愧。

"啥事嘛？你卖货和先人有什么关系？"半拉脸来了兴趣，坐直身子。

"唉。这事简直没法开口，叫外人知道非得把牙笑掉。"老汉叹口气，"我们村叫回龙村，村里大多姓杜。听我爷爷说，杜家一位祖先在唐朝做过大官，生前死后皇帝赏了许多东西，墓就在村后小山上。这两年，盗墓的越来越多，把杜家老祖宗盯上，经常半夜来骚扰，坟包上旧坑刚填又添新洞。村里人听见动静去追，没等到跟前，贼就跑了。前天晚上，又来了几个盗墓贼，和村里护坟后生交起手，拿砖头把我一个本家侄子脑袋砸破，人现在还睡在医院。"

"那你找我干什么？"半拉脸不解。

杜老汉脸红了，犹豫片刻，嗫嚅着说："想……想请你晚上去把墓给……给悄悄挖了。"

半拉脸大吃一惊："你说什么？！"干这行年头不短，却从未听说请外人挖自家祖坟。

"唉，但有一点办法，谁会干辱没先人的事？都是让盗墓贼逼的！村里拿事的合计：老墓迟早保不住，与其便宜外人，不如自己先把墓里东西取出换钱，村里凡姓杜的，家家有份儿。"

半拉脸不解："这事又不难，你们为何不自己挖？"

杜老汉说："都怕挖先人墓，谁也不愿落个忤逆罪名。再说挖古墓犯法，外人挖了一走了之，上哪去找？"

半拉脸连说："有理，有理。"接着问，"挖出的东西怎么办？你们想卖多少钱？"

杜老汉狡黠一笑："谁挖的优先卖给谁。听说老墓东西值钱，你一个大老板肯定不会亏待我们下苦人。"

起风了。天上乌云翻卷，星光惨淡，寂静山村增添几分神秘。后山远远吼起秦腔《苟家滩》，声音慷慨苍凉：

彦章打马上北坡，新坟更比旧坟多。
新坟埋的汉光武，旧坟又埋汉萧何。
青龙背上埋韩信，五丈塬上埋诸葛。
人生一世莫空过，纵然一死怕什么？

"唱得好！"半拉脸和三个马仔悄悄摸上来……杜老汉当着客人面，率几个杜家子孙跪下朝老墓三叩头，一脸肃穆："今晚惊扰老祖宗。先给先人唱上两出，不肖子孙在此请罪。"

挖墓出奇顺利，两次压缩性爆破就贯通墓道。以往都是马仔下去，今晚头领探宝心切亲自出马。青砖箍就墓道通向深处，半拉脸一步步向前摸去，墓室渗水，地上散落着锈迹斑斑"开元通宝"。光柱罩住纹饰精美的精铜三足盘，上面跪个宫女模样小铜人，右手举盏宫灯，将散落墓砖挪开，一尊完整无损的唐三彩骆驼出现在眼前，淤土里又摸出一块绿釉16兽蹄状足辟雍砚，砚底阳篆"唐常宁宫"，像是御用之物。仿佛阿里巴巴钻进四十大盗藏宝山洞，半拉脸看得眼花缭乱。看到古墓取出的宝物，三个喽啰喜笑颜开。半拉脸对杜老汉说："三件货你开个价。"旁边马仔提醒："大哥，还是按老规矩办。"半拉脸扭头问杜老汉："咱们找个地方先验货后谈价。"杜老汉蹲在地上，眼巴巴瞅着三件宝物不吭气。半拉脸催问，"你老汉怎么不说话？"

"我……我不卖了。"

"你开什么玩笑？！"半拉脸蹦了起来。

马仔急了，去抓装货的蛇皮袋。杜老汉身后几条汉子当即变脸："咋？想抢？！你们试试，能出回龙村算你四个本事大！"头领看势头不对，抽了马仔一嘴巴，骂道："不懂规矩的东西，滚一边去！"转身换上笑脸，"咱们有话好说，有话好说。君子一言，驷马难追。说好的事就不能变。"

杜老汉哭丧着脸："我一见东西心里就难受。杜家后代怎么沦落到如此地步？连老先人都卖！死后怎么有脸去见祖宗？！"抱头蹲在地上"呜呜"地哭，哭声透着祖坟被掘的凄惨……

盗墓现场待的时间越长,越不安全。半拉脸心急火燎又无可奈何,只有耐住性子劝:"东西是身外之物,旧的不去,新的不来。你老人家把东西变成钱,后代日子过好了,先人地下有知也高兴。"

杜老汉抹去眼泪:"唉,没办法,谁叫咱混得不如人。你在价钱上不能再亏俺们。"

半拉脸忙不迭地说:"那是自然。你老开个价。"

"六十万!"杜老汉一副言不二价的模样。

天价令半拉脸深感意外:"你老人家有没有搞错?三件破玩意儿要六十万!开国际玩笑!两万块还差不多。"

杜老汉笑了:"你把咱农民当瓜娃哄哩!这三件东西上了北京古董拍卖会,价钱翻一番也打不住,电视上经常放呢。现在老墓里东西越挖越少,觅宝的可越来越多。你要嫌贵咱就免谈,跟在屁股后面的买主多的是。"说完,招呼几个汉子,"把东西拿上回村!"半拉脸终于发现貌似鲁钝的老农实则大智若愚,再不敢轻视对手:"您老甭急嘛。咱们再商量,再商量。"

"商量不成!价差得远!"

煮熟的鸭子还能叫飞了!半拉脸急了,"啪"地打开密码箱,指着满箱钞票说:"总共二十万,验完货,连箱子给你!身上再有一分钱,我是丫鬟养的!"

杜老汉仍不松口,擦着火柴,抽出一沓钞票仔细验看……不远处村庄忽然传来激烈狗吠,间或有手电光柱闪动。一个村民慌慌张张跑来,气喘吁吁报告:"镇派出所来人了!说听见爆炸声,怕有人盗墓,要上来查看!"隐隐传来疑似警车的警笛声。在场的全急了,都看着主事。杜老汉一跺脚:"罢罢罢,金子当铜卖了!你们带上宝贝快走!"老鼠掉米囤——乐得东西不分,几个盗墓贼顾不得验货,抱起装宝口袋就跑……杜老汉后面吼起《夜逃》:

　　悲惨惨,好似丧家之犬,
　　凄凉凉,宛如失群孤雁,
　　耳边厢,传来马嘶人喊,
　　猛回头,又见敌兵追赶,
　　心儿颤,腿儿软,
　　夜逃顾不得山高路险……

直唱到"皇冠"红色尾灯消失在弯弯山道……杜老汉一把揪下山羊胡,抠掉粘在脸上黑痣,露出贼爷原形:"三年等个闰腊月。今天总算出了这口恶气!戏唱完了,咱们也该走人了!"

如同鬼魅见不得阳光,三件"宝物"在白天一一露出原形:青铜三足盘闻着有股怪味,舌头一舔是酸的,斑驳和绿锈为化学药水"作秀";唐三彩骆驼上细小裂纹不是风化造成,是临时用强酸腐蚀;盘龙古砚背面款识被认出是新刻的……看着自己费尽心机花大价钱弄来的"宝贝",半拉脸彻底傻脸,瘫在沙发上一句话也说不出……古玩街地摊上的赝品,自己竟花了二十万! 听说过老墓"挖坑",想不到自己上套! 杜老汉不知何方高人,演技赛过大舞台名角,环环相扣欲擒故纵惟妙惟肖从头到尾滴水不漏,连自己这惯给别人下套的老手都没看出破绽。年年打雀,没想昨夜让老雀啄瞎眼!

进"文谢斋"游客一拨接一拨,导游和伙计们使出浑身解数推销,解囊者却寥寥无几。临近黄昏,古玩市场的游客越来越少,谢胖子掩不住满脸失望——今天又白忙了。正要打烊,一辆黑色别克轿车驶至门前,下来一位西装笔挺气宇轩昂的中年男子,身后跟个衣着华丽的美貌女子。伙计精神一振,赶紧迎上招呼。中年男子背着手将多宝格货架看过,不屑地摇摇头。一旁察言观色的谢胖子开口:"先生、小姐,楼上请。"楼上房间收拾精致:名人字画条幅、红木桌椅、酸枝云石桌、紫檀木多宝格琳琅满目。客人落座,伙计端上细瓷茶具泡的六安瓜片,掌柜递上一支芙蓉王。中年男子摆摆手,无名指钻戒耀眼,从衣兜里掏出一个纯金烟盒,盒盖上镶着烁目的红蓝宝石。谢胖子被豪客气势震慑,赔着笑脸,小心翼翼地问:"先生贵姓? 在哪发财?"女秘书递上烫金名片"美国永发国际实业公司董事长邝思霓工程博士"。

"原来是邝董光临小店,失敬,失敬。"谢胖子一脸谦恭。

"董事长来西京签订合资建厂协议,想买几件古董、名人字画带回美国赏玩。不知贵店有无宝货?"女秘书问。

"有,有! 二位算找对地方,这条街就数我这儿货最全。"谢胖子取出一面色彩斑驳的唐朝海兽葡萄铜镜,一个清朝中期造"大明宣德炉",恭恭敬敬放在董事长面前。

"这种货色香港中环的荷李活道一抓一把,不稀奇!"董事长不屑一顾。

"谢老板,邝董难得来你们这种小店,别把送上门的财神放跑了。"女秘书插言。

"是有好东西,不过进价高。"

"我买古董从来只看货,不论价!"董事长颇不耐烦。

掌柜听得肃然起敬,不敢怠慢,打开保险柜取出一尊尺余高佛像,容颜高古冷峻、排线状衣纹、璎珞雕琢精美。谢胖子说:"此为大唐鎏金铜佛,造型、品位都没的说,一看就知是宫里供奉。买它花了我二十万。"舌头一卷,佛像进价翻了两番。董事长仔细端详:佛像高髻螺发,佛身涂金宝相花和火焰珠,着通肩袈裟,闭目凝神,赤足立于覆莲底座上,两旁各侍立一菩萨。见客人点头,谢胖子又拿出一卷黄绫裹古画,殷勤介绍:"此手卷是明朝大画家仇英的《华山访高士图》,布局紧凑繁密,你看画工有多细! 几百年了,颜色还是那么鲜艳。下款'十洲仇英'。还有同代名家文征明的题款,卷后有明代大收藏家项子京的'项墨林鉴赏章'、'子京所藏'章印,千真万确是真迹! 有人想出高价买下,我一直舍不得出手。"

董事长不动声色:"谢老板干这行多少年了?"

"掐头去尾二十年。"

客人讥笑:"那你也算是老行家,怎么会看走眼,把赝本当宝贝?!此画笔法虚弱无力,毫无神韵,和真迹相差甚远!"

谢胖子一脸尴尬,不笑强笑:"邝董真是大家法眼。刚才是开个玩笑。实不相瞒,此画收进时已请几位行家鉴定,果真是清代中期苏州工匠所造。"

"你到底有没有真东西?要是没有,我就不耽误你生意。"

谢胖子犹豫片刻,说:"是有件镇店之宝,轻易不给人看,今天既然碰上真菩萨,我就破例了。"从保险柜取出一幅古画,"这件太珍贵了,是八大山人真迹《枯藤寒鸦》,清代大收藏家庞元济《虚斋名画续录》已著录。"谢胖子边说边展开立轴。董事长眼珠顿时被画面牢牢吸住:残山剩水,风景寥落,墨笔寥寥勾勒的枯藤上栖着一只乌鸦,瑟瑟寒风中缩头夹颈,一双眼睛白多黑少,睥睨人间,不屑与宵小为伍的傲然之气跃然纸上!题款"驴屋驴",钤有上文白文"冷眼向天"、下文朱文"山僧"两印。本幅上还钤印有"冶溪渔隐""安仪周家珍藏""退谷老人"等多位清代著名鉴赏家的收藏鉴赏印记。放下手中放大镜,董事长连连感叹:"神品!真是神品!一看就大开门。三百年来,雪个真个无人可比!"

"邝董真是方家!"谢胖子一旁奉承。

"哪里,哪里。差得远,喜欢而已。谢老板爬罗剔抉,不愧是收藏大家。"见到真经,财神菩萨态度客气许多,"谢老板,两件东西我都要,开个价吧。"

"说实话,我本想留着传代。既然您看上了,我也只好忍痛割爱交您这个朋友。两件您给三十万美金。"

"成交!"见财神爽快,谢掌柜脸上表情仿佛割肉,直悔刚才开价低了。

……铃响三遍,房门开了。谢胖子眼前一亮:卞秘书睡眼惺忪,乌黑长发瀑布般倾泻,慵懒神情好似贵妃出浴。细瞅:乳峰高耸,蜂腰丰臀,美妙胴体一览无余,薄绸睡衣里一丝不挂!谢胖子春心荡漾,哪里还把持得住,转身吩咐护宝伙计楼下大厅等候,自己带着两件宝物兴冲冲踏进温柔乡……俩伙计等到大黑不见老板下来,上楼敲门里面也没动静,晓得人事不好赶紧报警。饭店保安开门进去,谢胖子躺在地上像条死狗,吐了满身秽物……

"好了,好了,没事了。老板醒了!"谢胖子再睁眼,已是第二天上午,看着身上病号服,心里直纳闷:这是到了哪?……卞秘书含情脉脉送上巴西咖啡,醇香满口,一杯未完,如花笑靥逐渐模糊起来……色鬼依稀回忆起被美女麻翻前最后一幕。得知宝物和漂亮女秘书不翼而飞,谢胖子恍然大悟:"卞秘书"是雇来给老子编凯子的臭婊子;"董事长"是江湖骗子,"邝思霓"是"诳死你"谐音!受骗掌柜脑子受了刺激,沦为古玩市场祥林嫂,一遍遍向生张熟魏痛说自己悲惨遭遇:"我怎么就看不出来?光瞅女秘书漂亮,谁知人家玩的是美人计。我有多傻,睁着两眼往坑里跳!你们说说,我是不是傻鸟?"

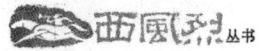

【赖爹斗赖孩】

  鉴宝专家在垃圾场吃了大亏——左肋折了两根,右膝半月板撕裂,鼻青脸肿门牙脱落,落下阴天头痛后遗症。床上躺了俩月,金进财挣扎着下地,一算账,挣下的"鉴定费"不够养伤。倒霉事一桩接一桩,金老师自嘲:别人倒霉喝凉水塞牙,我走背运是吃饭硌牙,拉屎肛裂。复婚的孟小燕对倒霉蛋老公彻底失望,开口"傻逼",闭口"离婚"。金进财将孟小燕的周期性发作视为高压锅喷汽阀排气,只要能减压,噪音就不必计较,笑眯眯纠正口误:"亲爱的,你把老公性别弄岔了,我不是傻逼,我是傻屌。"

  半夜电话铃突然响了。"找到他了!"话筒里没头没脑传来一句。

  "找他?他是谁?你又是谁?"金进财莫名其妙。

  "你说我是谁?你又最想找谁?"对方反问。金进财此时才明白"谁"打来的电话,"他"又是谁,激动地说:"他在哪?我找他算账去!"

  对方冷笑道:"你有没有搞错?货、款当面点清,出门概不负责。你凭什么跟人家算账?这骗子打一枪换一个地方,骗一回改一次名字。找他费了老鼻子劲。他真名陈阿水,老底子是宝安乡下泥腿子,'文革'期间偷渡去了香港。"

  金进财狠狠地说:"王八蛋!一肚子番薯屎还没拉净,先学会算计金大爷。我非得起诉他!"

  "这家伙骗人不留把柄。闹上法庭,你也是贼骨头打官司——场场输。眼下又在踅摸你这号冤大头,正忙着下套呢。你找他没用,得叫他找你。心急吃不了热豆腐,耐心等着。"

  "请问,金老板在家吗?"又听到熟悉的太监腔,金进财恨得牙痒痒。

  "我就是。您哪位?"

  "我是香港永发公司的韦济深。"

  "香港?姓韦?不认识,你打错电话了。"

  "金老板开玩笑啦。你我做生意又不是第一次,真是贵人多忘事。"

  "似乎有这么个人,"金进财声调像正在努力思索,"想起来了,终于想起来了!你住娘胎时姓陈,有了人形姓韦,中间又改了几次名字,现叫司马文涛。哎,我说你这人怎么回事?莫非孙猴子生的,再没个正形,总是变来变去。怪不得是人都记不住你的原形!"话筒里没了声,过了一阵,嗫嚅着传来:"我……我的事,金老板是……怎么知道的?"

  "'到处有人情,有雨好借伞。'金某朋友遍天下。摸你底细,张飞吃豆芽——小

菜一碟。我还晓得你现在上海襄阳市场开商铺,专营伪造名牌,上周批出去两箱假冒路易·威登手袋,七百块半打。我没说错吧?"

"厉害!金老板果然厉害!为人仗义,广交四海。兄弟正有要事拜托:我儿子丢了,你得帮我找回来!"声音带着哭腔。

"你有没有搞错?!咱俩三年没通气,一来电话就叫我帮你找儿子。下回你小老婆跟人跑了,你也来找我?"

"小老婆跑了不要紧,儿子才是命根子。没他,我一天也活不下去!"陈阿水瞒着香港大老婆,内地金屋藏娇,如愿以偿得了个大胖小子,老来得子,视若珍宝,谁知七岁独子前天下午突然失踪。事情蹊跷,估计十有八九是冤家对头所为,不敢贸然报案,琢磨来琢磨去,琢磨到被自己骗得最惨的人身上……

债主这才明白讨债帮用的什么招:绑票是重罪,对付骗子却绝对管用,心里叫绝,嘴上为难:"这事难办。谁知道你在外面干了什么亏心事,得罪了哪路神仙?不过话说回来了,难办也得办,金进财知恩图报,谁让咱们合伙做过买卖,你让我占了大便宜?估计人贩子已把香港陈少爷卖到山里,正在给人放羊,一天清汤寡水两顿稀饭,少爷饿肚没人管,羊不上膘人就得挨鞭子!"受骗者满意地听到话筒里传来轻声抽噎,火上浇油,"遭罪还在其次。怕就怕陈少爷人回来了,身上却少了零件。"

"少……少……零件?你,你这话什……什么意思?"骗子颤声问。

"'吃得咸鱼抵得渴。'对你来说不是什么大事,大不了儿子这辈子不做男人做太监。"金进财语调轻松,"我听说南方一些大款寻着法子壮阳,怕就怕童男两睾丸被人割去做春药引子。"

电话那头呜呜哭出声:"那可怎么得了!金老板,你大慈大悲行行好!呜呜,可怜我陈阿水年过半百才得子。呜呜,看在大慈大悲观音菩萨面上,求你一定帮我找回儿子!"

金进财憋住笑,一本正经回答:"帮忙是一定要帮的。谁叫你我是老朋友?不过咱们都是做生意的,商人无利不起早。咱们就按商道规矩办。我给你帮忙,你也得给我帮忙!"

"我能帮你什么忙?"骗子小心翼翼地问。

"事儿不大,"金进财轻描淡写地说,"你卖给我的六百台日立录像机半道被人掉包,本钱、利息加运费总共230万。你得帮我找回!"

"230万?!数目太……太大!这……这事不好办。"

"好办不好办,自己看着办!我忙着呢,没工夫和你扯淡!""啪"地挂了电话。

金进财夜半醉醺醺归来,楼道灯坏了只好摸黑,上到楼梯拐弯处,模模糊糊瞅见台阶端坐条汉子,居高临下一言不发。金进财吓坏了,以为遇上打劫,倒退几步,壮着胆颤声问:"谁?是谁在那儿?!不吭声我就喊了!"黑影里汉子不吭声,只是"嘿嘿……"笑个不停。金进财越发毛骨悚然,待听出是谁,不耐烦地骂:"'母牛尿多,瓜子笑多。'大半夜，你不在家睡觉跑这儿装神弄鬼。犯哪门子神经？！"汉子笑够了才说话："你听出来了？我不是鬼，我是老六！嘻嘻，你胆子还怪小，一点不经吓！"傻六是来催医药费的，"咱爹说了，要不到钱，就让我赖在你家不走。路上我都想好了，你要是不给钱，我就天天黑了坐你家门口学鬼叫。我学的可像了，能把你吓死！你不信？不信咱俩现在就试试！"说着，两眼翻白，伸长脖子，大嘴一撅，"嗷……"的长长一声怪叫，声音凄厉，赛过抢险汽笛。夜深人静，鬼叫瘆人！楼上楼下顿时一阵骚动。家里有男人的都跑出来察看，见是金家兄弟造怪，客气的将门摔得山响，不客气的大骂"神经病！"傻六意犹未尽，挺胸收腹深吸气，准备再美美来一嗓子。金进财拿傻哥哥没脾气："别，别，我信了！你嚎得赶上鬼叫。我胆小，你可别吓唬我。"赶紧掏钱打发傻六走人……

　　儿子失而复得，家道中兴喜讯传到革命街，父亲的病又犯了。金老爹的病和四儿钱包鼓瘪成正比，儿子有了钱，金师傅头晕心悸小病不断，须频频进补，红参、生晒参、西洋参、阿胶、鹿茸龟板、蜂王浆、十全大补膏一样不能少；儿子挣大钱，金师傅病情加重住院；儿子破产，老子痊愈。住院三天，还不见有钱儿子露面，金师傅沉不住气，派小金豆去催医药费。盼来盼去，只盼来五百块。老十三学嘴："俺哥说了，年纪大了，谁还没个小病小灾？咱爹的病不在身上，关键是'思想有问题'，让他老人家'排除杂念，多晒太阳，加强锻炼'。病自然就好了。"金师傅听了气得发昏，大骂："老八良心让狗吃了！"又派傻儿子上门索要。讨钱归来，老爹先是高兴，细看差点没把鼻子气歪——一叠钱里最大面额是二十元，剩下多是毛票，赖弟弟欺负傻哥哥不识数。金老爹恨得牙痒痒：赖爹斗赖孩，看谁赖过谁！

　　"救命呀！"话筒传来凄厉嚎声，仿佛冤魂索命。女教导主任吓得赶紧挂电话。铃声又响，再拿起，"救命"声越发凄惨，像是垂死挣扎。女主任听得寒毛倒竖，花容失色，好容易才闹清非白日闹鬼，而是弥留之际父亲控诉不孝之子，向学校领导求救！消息传开，舆论大哗，都说金老师怎能如此对待病入膏肓老父？！韩校长是孝子，最恨谁虐待父母，铁青着脸来到教室喝令部属放下教鞭，火速赶往医院看望病危老父。

　　"欢迎，欢迎！金总大驾光临！大家热烈欢迎！"儿子脚刚跨进病房，老爹立刻从床上坐起使劲鼓掌。一屋病号肃然，都向"金总"行注目礼，不知来的什么大人物。父亲下床握住儿子胳膊使劲摇晃，点头哈腰，脸上堆满谦卑笑容，抽噎着说："金总，您来了！您老人家能在百忙之中抽空看我，我实在是感动，感动得实在受不了！我不过是个卖肉的，早早退了休，要啥没啥，怎么把您老人家都惊动了？！"转身向大家介绍，"这位是大名鼎鼎的金进财、金总经理！说起来金总不是外人，是我四儿。'三十岁前看子敬父，三十岁后看父敬子。'儿子把事干大了，兜里有钱了，难免牛逼烘烘，辈分随着颠倒。现在我是儿子他是爹！别说普通人，我当儿的想见爹也难，须上面批准、提前预约，才能被他老人家接见。"病房顿时笑开锅，正在打针的护士笑得针也不推了；床上病人笑得东倒西歪；一个未拆线的捂着伤口，皱眉咬牙边乐边"哎哟"。

金进财笑嘻嘻向听众解释:"'多年父子成兄弟。'俺爹老了老了,爱跟儿子逗乐子。"转身问爹,"你老人家连发十二道金牌召我来,究竟为何事?"儿子揣着明白装糊涂,父亲越发来气,摊开肥巴掌:"你是风吹大的?你是喝老子血长大的!乌鸦反哺,羔羊跪乳。这可是你说的,我都记着呢!现在该你管老子了。拿来!老子的医药费!"

"我那份不是给了吗?"

"才五百块?治鸡眼都不够!你当是打发上门借钱的穷亲戚?!"

"你怎么光盯着我不放?那十二个男女难道不是你亲生的?你不能总是响鼓重槌敲,钢鞭打快牛。钱难挣,屎难吃。现在的家电生意是剃刀片——利薄。都把我当阔佬儿,我哪来的闲钱。"

父亲缓了语气:"你这是拿天比地。那十二个一没挣钱本事,二没学历,吾身顾不了吾身,怎么能和你比?金家就出了你一个大学生,就数你有出息。能者多劳,爹有困难不找你找谁?"

"你这会儿想起我了?小时候给我买张电影票你都不肯;买根冰棍拿菜刀切成块,你没多分我一块;插队时我回家多住了几日,你那张脸赶上驴面挂霜,赛过催债黄世仁!拔锅熄火,坚壁清野,狠心把我赶出家门……"儿子和爹算起陈年旧账。

"'父母爱如虎,爱谁谁受苦。'当年不是我硬着心肠赶你外出闯荡,你哪有今日出息?"

"不光是经济问题,还有感情问题。我实在不愿来,来了心里难受。"

"你有什么难受的?"

金进财瞥了旁边收拾床铺的婆子一眼,叹道:"爹还是那个爹,娘却不是那个娘了!睹物思母,儿何以堪?"父亲在儿子腰眼戳了一下,悄声道:"胡说什么!谁是你娘?你娘过世三年早托生了。我没领结婚证,你哪来的后娘?她是……是我新交的女朋友。"

儿子乐了,讥讽:"你老人家真行!七张把了还春心萌动。别的老头爱钱怕死没瞌睡,你老还多一条——交女朋友。"

父亲正色道:"少见多怪!眼下单身老头、老婆交朋友的海了。我们单位张书记年纪比我大,找的女朋友比我的还漂亮,年龄比她还小,才四十八!当儿的饱汉不知饿汉饥,老子找女朋友也是出于无奈。'满堂儿女,不如半路夫妻。'我住院全靠女朋友伺候,你在哪里?"

"我不是忙嘛。"儿子分辩。

父亲冷笑道:"我知道你忙。你忙得很!裆里夹个赔钱家伙,天天晚上在歌厅桑拿忙!"

"不赔小财怎能赚大钱?客户来了总得应酬。做生意都这样。"

"你忙就不要爹了?三番五次都把你叫不来。要不咱爷俩商量商量:我和女朋友一刀两断,今晚就搬你家住。免得你看见她心里难受。"

儿子慌不迭地摆手:"免了,免了。看见她伺候你,我心里好受多了。百孝不如一

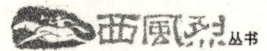

顺。随你老人家泡女朋友。"

正说着,值班医生进来催办出院手续。金师傅两眼一瞪:"我病还没好,出哪门子院?回家病情恶化谁负责?!"嚷嚷着要"找医院领导"。医生不接话,只看旁边病人亲属。儿子拦住老子去路:"我来时已找过科主任,说你有老年病症候,无器质性病变,完全可以回家静养。"

"我不走!我有病!我要住院!'七十三,八十四,儿女眼里一根钉。'你怕花钱,想哄老子回家等死,我偏不上当!"金师傅拿被子蒙住脑袋,赖在病床上不肯起来。儿子对父亲展开思想教育:"爸,这就是你的不对了!俗话说'七十三,八十四,阎王找你商量事。'你老该吃的吃了,该喝的喝了,孙子也有了,七套寿衣早已备好,丝绸棉毛都有,该享的福都享了,还想活到什么时候?迷恋女朋友,贪生怕死,思想意识极不健康!现在的老头怪得很!年轻时个个谈革命理想,人人讲无私奉献,真正是一不怕苦,二不怕死!见了年轻姑娘更不敢多瞅一眼,生怕人家骂'流氓'。老了,老了,脑筋急转弯迎来第二春,比赛着风流,纷纷找女朋友非法同居,黄花晚节不保!看来,中国人多大年纪都离不开组织管教。不过话又说回来,老头找女朋友总比找小姐强,花钱不说,只怕染上脏病,撞上'扫黄'捉将官里去,还得叫儿子缴罚款领人,落个为老不尊。前天晚上,警察突击扫荡西大街'红凤'歌厅,买春老头抓了一卡车,年纪最大的一位八十三了!拄个拐棍,走路都颤颤巍巍。苍髯皓首,老迈之躯,春情激荡!我就纳闷:你们这些老头哪来恁大劲?"

"放屁!你说的是人话吗?!"被窝下面传出骂声。

"话丑理端,忠言逆耳。我为儿的喜欢说大实话,你当爹的还别不爱听。父母生老病死,自然规律谁也改变不了。做儿女的只能尽人事、知天命。人生百年,终有一死。大限一到,你老就应含笑入地,视死如归!"

"放你妈的狗臭大驴屁!"肥头从被子钻出大骂。

劝老父"含笑入地,视死如归"未遂,儿子转而搞起物质刺激,掏出一沓钞票晃晃:"看好了,总共三千块!咱们来个有奖出院。晚出一天,扣掉一百,直至扣完。过了这村可没这店。要,还是不要?你老人家想好了。"看着花花绿绿钞票,父亲随即改口:"我不是不想出院,我是生气。"

"你生哪门子气?"

"我气你把钱花在婊子身上,却不愿花在老子身上。老子想不通。就要变着法花你的钱!"

"现在想通了?"儿子把钱递上。父亲一把抓去,笑眯眯回答:"通了,通了!火到猪头烂,钱到思想通。你爹的思想问题就像下水道堵了,我儿孝顺钱就是那'一炮通'!马上出院!"

儿子板起脸训父:"缺钱你好好说话,别动不动就给学校打电话喊'救命'。我为人师表,被你闹臭了,叫金老师以后如何上讲台教育学生?"

父亲承认:"这招是赖了点,都是叫钱逼的!一没钱我就急了,一急难免糊涂,一糊涂就出此下策。以后我一定注意。今天就给你保证:爹以后不到万不得已,坚决不给我儿使赖招!"

【何必再缠绵】

"将进酒"门前冷落,两扇玻璃大门蒙满灰尘。八个大红宫灯剩下一对半,寒风冷雨里颤颤地动。爬墙虎沦为枯枝败叶,红衰翠减,一派惨淡。门口白纸黑字,乍看像讣告,近看是"本店转让"告示。金进财结账从此路过,看在眼,惊在心,赶紧停车问个究竟。大厅围满人,外围是愁眉苦脸讨要工资的服务员,里层是横眉怒目房东和一群剑拔弩张供货商。孙建新困在中间,脑袋低垂,满脸沮丧,仿佛正在接受审判的疑犯。

"说!欠我的货款什么时候给?!"

"正在想……想办法。"

"我的16万块房租呢?!"

"也……也在想办法。"

"又是'想办法'。屁话!你他妈颠来倒去就是这句屁话!"

"来了七次,没见你还一分钱。你哄鬼呀?!"

"打!"不知谁喊了声。

"打!打!打!!"群情响应。

"哎哟!妈呀!"欠债人连连惨叫。

"龟孙把老子害惨了!大冷天,连买羽绒衣的钱都没有。把你皮夹克脱了让老子穿!"打头的是个毛胡子,说着就从身上扒衣服。孙建新拼命挣扎,早被几个债主摁住将皮夹克剥去,欠债人腕上手表也被一把拽去。

"这件开司米不错,我要了!"

"皮鞋是我的!"

"毛料裤子给我!"

"老哥手下留情,求求你们啦!"见拦不住,被摁在地上的孙建新拼命喊,"救命呀!抢人啦!"

"住手!"金进财实在看不下去,蹿上圆桌一声吼!

大厅顿时静下,齐齐望着立在桌上的不速之客。"你是谁?跑这儿充什么大尾巴鹰?!"毛胡子轻蔑地问。

"我姓金,道北的!你黑道白道都打听打听,西京城有头有脸的谁不认识我?"金进财拍拍胸脯,反问,"笨狗扎了个狼狗势,你又是什么东西?!"道北敢玩命的居多,又瞅见门口停的小轿车,毛胡子摸不清来头,气焰骤然降了许多,指着孙建新说:"我们都是来找他要钱的。杀人偿命,欠债还钱,天经地义!"

"我们都是他的债主。旁人少管闲事!"周围齐齐响应。

金进财哈哈大笑:"巧了!此事刚好和我有关系。你们是他的债主,他是我的债主。今天就是来还钱的!"说着跳下地,拉开随身皮包,取出一沓钞票拍在桌上。看见钱,在场几十双眼睛都亮了,气氛骤然缓和。金进财调侃:"都给我说清楚:今天的事和姓金的有没有关系?要说没有,算我狗咬耗子多管闲事,我拿上钱立马走人!"

"有关系。"众口一词。

"没听见,再说一遍。"

"有关系!"声音洪亮,比上街游行喊口号还整齐。

"既然和我有关系,就得听我的。"金进财命令,"快让孙老板穿上!又不是截道打闷棍,人身上剥皮,像什么样子!"

孙老板被剥得只剩背心裤衩,像寒冬里拔了毛公鸡,蹲在地上瑟瑟发抖。皮夹克还给欠债的,开司米、毛料裤子、皮鞋、手表复归原主。债主忙不迭搬来椅子,恭恭敬敬请大老板坐下。问清欠债总额六十五万挂零,金进财暗暗吃惊,却装作毫不在乎:"我还以为欠了多少!这几个钱就闹到喊打喊杀,瞧你们那点出息!"

毛胡子赔着笑脸:"您是大老板,自然看不上。我们做小本生意的,还指望它养家糊口。"

"孙老板从不亏下苦人。先从本店清起!"金进财心里有数:潮州厨子是包厨,报酬预付;服务员月薪低,十三个人万把块就能打发。今天不出血,想收场也难!"我们的呢?"见下苦人拿到钱高高兴兴走了,供应商和房东急了。"慌什么?!事有事在。千年的账单会说话,想赖也赖不了。今天钱没带够,三日后来结账!"见追债的迟疑着不肯动身,金进财戏谑:"诸位来得匆匆,'将进酒'没备下满汉全席,只泡了一池子脏碗脏盘脏筷子。等没等头儿,盼没盼头儿,诸位都请回吧。"一帮债主你看我,我看你,估计今晚再折腾也没戏,只好悻悻离开。毛胡子将别在后腰明晃晃砍刀拔出,恶狠狠撂下一句:"姓孙的,睁眼认清:下次来是它跟你算账!今日看金老板佛面,放你一马。三天后我见不到钱,咱按讨债规矩办:老子不动手,你自己砍!一万块一刀,一共十三刀,必须刀刀见血!二回来还拿不出钱,你再接着砍!"

孙建新连惊带吓,脸像刷过白灰的墙。金进财看在眼,纳闷地问:"酒家经营得好好的,怎么突然就烂包了,还欠下一屁股烂账?"忽然想起什么,环顾周围不见葛三大,追问:"表妹躲哪了?两个人的事,总不能让你独自顶缸。"孙建新被触到痛处,蹦起破口大骂:"啥鸡巴表妹,是他妈'婊妹'!臭婊子把老子坑惨了!"经理表妹怎么忽然变坑人婊妹?见瞒不过,孙建新羞答答讲述上当经过:"婊子是'紫罗兰'歌厅当红小姐,初次见面我就被她迷住。婊子轻易不让我动她,说自己是好人家女儿,卖艺不卖身。我听了心里越发迷恋,还为她写了首情诗:你是天上皎洁的明月,我是地上疯狂的海洋。清辉洒满海洋,海洋映照着月光。纵然知道你高不可攀,我也要掀起万丈狂澜!

努力跃上苍穹,直到海枯石烂,追至地老天荒……"

金进财笑出声:"确实疯狂,也够酸的。给婊子写情诗,有趣!老男人装情窦初开,你也不嫌恶心?"

孙建新哭丧着脸:"都怪我色迷心窍。那天她打传呼让我去,说自己明天就要回老家,再不来了,觉得我是个好人,特意告别。我惊问为什么,回去又准备干什么?婊子说客人越来越难应付,昨晚有两拨为争她在歌厅打架,啤酒瓶乱飞,血流一地,差点闹出人命!江湖凶险,自己怕了,几年下来多少挣了些钱,回去准备在县城开个饭馆混日子。我心里不舍,再三劝她不要离开西京,大码头方能靠大船,省城怎么说都比县城好混。见我真心恋她,婊子绕到正题,说眼下就有个机会,南郊有座酒楼低价急待转让。我俩说定合资接下,婊子当经理,嫖客是法人,按股份比例二八分红。彼此关系内部明确为合伙人,对外互称'表哥''表妹'。当晚,我俩上了床……开始,我对合伙人尚有提防之心,活期存折、印章攥在手,流水天天对账,事无巨细亲自过问。见她管理兢兢业业,账目一分不差,时间一长,紧绷的弦慢慢松下……这婊子堪称火眼金睛,男人一进门,就能看出是不是有钱的主,笑脸相对,曲意逢迎,回头客越来越多,又惯会撒娇发嗲,天天转着圈儿给'表哥'们打电话,哄来照顾'表妹'生意。男女相拥进包厢,俏声浪语不断……我看在眼,听在耳,难免吃醋。婊子搂着我脖子哄:'亲老公,别生气。我跟他们玩虚的,只为了钱,和你才是真的。等钱挣够了,我再不理他们,和你结婚好好过日子。'我脸绷着,心却软了……奶奶上周三去世,我赶回老家奔丧,路上忽然接到前妻电话,说儿子出车祸,正在医院开颅抢救,急等钱交医疗费!老婆成了人家老婆,儿子却永远是自己儿子。我心急火燎跟婊子通电话让备下十万元现款……风风火火夜半赶回酒楼,收银员说今天一万三千块营业款都被葛经理悉数拿走……屋里值钱东西统统不见,室外空调都拆了,存款提空,八十万元国库券一张不剩,合伙人给我留下一屁股烂账!我赶紧报警,一查,'葛英'身份证是假的!"说完"呜呜"地哭,边哭边说:"进财,我这回亏大了!血本无归,还欠下一屁股烂账。呜呜,早知婊子这么黑,杀了我也不敢招惹她。呜呜,我五张的人了,天天有人拿刀上门催命。呜呜,我可怎么办?!"

"你问我,我问谁?筑室道谋,问也白问。大主意得你自个儿拿!非要让我说?你连夜开溜,来个'三十六计,走为上策'。"

"去哪?"孙建新瞪大眼睛。

"海阔凭鱼跃,天高任鸟飞。天下大了,去哪都行。上莫斯科当倒爷,下印度洋亚丁湾入伙索马里海盗,改名换姓潜伏金三角,少则三年,多则五年,准混成家产过亿国际闻名大毒枭。一些国家闹独立,去那儿也是个不错选择,一旦革命成功,还不封你个副总理干干?出国访问,一下飞机就是红地毯,大小官员伺候着,那个风光体面,比在国内当个小老板强多了!债主见欠债国宾也只能干瞪眼。北极圈内国家不能去。那里冬季漫长易得忧郁症,每年自杀人数远高于其他地区。忧郁症加思乡病,双管齐下,内外夹攻,最后必定自寻短见!西大街有个卖肉丸胡辣汤的娘们跟老公离婚,出国定居去了北欧,没熬过半年就从24层楼跳下,随主人一同移民的京叭也因思乡心切,忧郁症严重,叼根绳套个圈,自己把自己吊死了。像你这号多愁善感的诗人,没事还死呀活呀的,估计三个月都扛不出去,不是拿斧头劈别人脑袋,就是用菜刀抹自己脖子。还有一条:任谁说出花来,阿富汗绝不能去!小心被挟裹进基地,被迫当人肉炸弹,老了,老了,孙诗人落了个粉身碎骨,还不如留在中国吃'砍刀面'。"

"说着,说着,你就胡说开了。我一介文人,哪有杀人放火贩毒的胆?"诗人一脸苦相。

"'要当官,杀人放火受招安。'不是胡说是古训。你胆小怕死,事情倒有些不大好办。要不你来个火线入教,参加某个有教会背景的国际慈善组织,被派到非洲宣扬主的教义。白天有大象、狮子、长颈鹿和短尾猴跟你做伴;晚上睡吊床,小凉风吹着,一群黑娘们围着伺候,真正的活神仙!这回你尽管放心,非洲娘们虽说肤色黑嘴唇厚,可为人忠厚,绝不会像咱中国'婊妹'动不动就卷款私奔,来个闪你没商量!人家嫁夫随夫,从一而终。面对莽莽丛林、珍禽异兽和众多黑美人,你重操老本行,届时必定灵感大发,文思泉涌,佳句不绝。诗集题目我都替你想好了,叫《一个中国先锋派诗人在非洲丛林的艳遇》,开篇'啊,献给我心中的黑色维纳斯!'图文并茂,配上照片:左右拥着黑美人,背后站群挤眉弄眼春情萌动的母猩猩,你一副非洲大酋长打扮,全身只兜块护裆布,头上插满羽毛,佩俩大耳环,手持长矛,耳轮夹根钢笔,坐在当中对着镜头傻笑。出版后笃定一炮打响!国内国外编辑追着向咱约稿,书商哭着喊着要求包销,咱端起架子爱理不理……"

"行了,行了!"孙建新不耐烦地打断话痨,"我已破产,现在是掉油锅,坠苦海,万劫不复!你不想法帮着捞人,还拿老同学穷开心。"

"破产非你孙老板专利,金某也曾经历。金门如市,金心如水。我破产,看透世情寒透心;你破产,识破人心惊破胆!'婊妹'误作'表妹',你不吃亏谁吃亏?!自己酿的苦酒自己喝。孙建新同志勃起因女人,衰落因女人,认命吧。"老同学越说越损,"你俩合伙一年十个月,按五十岁正常男子每周一次性需求,'办事'不过百次。算算账,真正是一炮万金!我就说眼下二奶行情看涨,原来是你小子暗地哄抬人价!"

孙建新哭丧着脸说:"总想着'一日夫妻百日恩,百日夫妻似海深。'再想不到小婊子早憋着坏。你这张乌鸦嘴也有份!见她不是撺弄'扫荡一空,卷铺盖私奔',就是'给姓孙的来个鸡飞蛋打,人财两空'。煽多了,搁谁也得起坏心。"

"生儿子豁嘴,只怪媒人?'婊妹'若是无缝的蛋,下蛆也没用。只怪你有眼无珠!自古救急不救穷。我思想境界低,打小落后,自认学不了雷锋。今天这一万三千块借你解围,将来得还我!"

"送佛送西天,救人救到底。你再借我一笔款子应急,谁让咱俩是兄弟?"

"我落难你下眼观,你倒运我被兄弟,这让人很郁闷。"又问,"王胖子和小鬼子呢?他俩一直是你坚钢,岂能袖手旁观?"

"你还不知道?王胖子出事了!他参与走私汽车,犯下惊天大案,警察正满世界找他呢。泥菩萨过江——自身难保。这会儿还不知在哪个耗子洞里藏着呢。"咬牙切齿骂，"小鬼子真他妈不是玩意儿！我刚出事，他就匆匆赶来，说交情归交情，生意是生意，'将进酒'欠他八千块广告费，电视台广告部追他要钱呢，把我刚买的摩托罗拉手机一把抓去！交这样的朋友算我瞎眼。狗屁坚钢！"

金进财轻蔑地说："什么玩意儿！"站起要走。"急什么？再聊一会儿。"孙建新极力挽留。金进财伸个懒腰："该说的都说了，再聊索然无味，何必再缠绵。咱俩拔灯吹蜡，各回各家；小孩想娘，各找各妈。走了！"孙建新努力抓住救命稻草，死乞白赖哀求："进财，老同学、好兄弟，现在只有你能救我。你为人仗义，不愧是男子汉、大丈夫！王胖子、小鬼子给你提鞋都不配。今天的事也就是你挺身而出。我想好了：你先帮我渡过眼下难关，咱俩再合伙经营酒楼，挣了钱对半分。你要嫌少，四六开也行，实在不行，三七开。你怎么不说话？明白了，还是嫌少，罢罢罢，我豁出去了，谁叫咱俩关系坚钢？大不了二八开！我去泡壶好茶，咱弟兄俩坐下慢慢合计。"

孙建新端着茶壶出来，人车都不见了……

阮逢春以后境况是王小二过年——一年不如一年。丈夫去世，存款被前房两个孩子捷足先登。一棉倒闭，工厂被港商收购，香港老板不要思想政治工作者，只认熟练技工。总支书记有了新称谓——下岗职工。母子坐吃山空，几年下来，积蓄所剩无几。房漏偏逢连阴雨，儿子考上大学、房改都急等用钱。一提借钱，亲友唯恐避之不及。阮逢春急火攻心，突发脑溢血，抢救过来已成废人，老同事见了无不吃惊：头发花白、面色青黄，脸庞浮肿，精神萎靡，偏瘫失语，昔日精明强干女领导成了臃肿病妇！多亏身边有个孝顺儿子，每逢青天朗照、暖风和煦，都要背母亲下楼晒太阳。趴在儿子温暖脊背上，阮逢春暗暗感激神婆忠告，庆幸自己当年决断……

母子困窘之际，忽闻足音跫然。一陌生男子寻上门，当面问清是"阮大姐"，将随身提包递上，说是代老朋友还债。问哪位老朋友？来人不肯讲，只说受人之托，匆匆离去。客人走后，儿子打开提包，里面有个黑色塑料袋，解开一看，母子双双傻眼：里面是四四方方两摞百元大钞，封条未拆像刚从银行取出。儿子追下楼，撵至厂福利区大门，路边停辆轿车，走近一看，驾驶座上是送钱人，后排坐个西装革履中年男子，正目不转睛打量自己。儿子心里一动：此人怎么看着有些面熟？对视片刻，未等开口，轿车绝尘而去……儿子心里疑惑：世上老朋友多了，却从未听说谁拿二十万元送人情。"老朋友"究竟何许人？欠了母亲什么债？回家问妈妈。妈妈也纳闷，描述完长相，心里认定一个人，却没法对儿子挑明……草长莺飞，杨柳依依，春梦了无痕，病弱老妇轮椅上忆旧，前尘往事，恍如隔世。从那日起，阮逢春常常对着窗外喃喃自语，儿子在旁，却不晓得母亲念叨什么，问也不说。念的是首《卜算子》，爽肌戛魄之境、酸心刺骨之字，焚词二十年，女人仍能一字不差背出：

金雕翻怒翼，拂尘上云天。身陷泥沼赖君拔，遗爱谢春恩。去也不回首，留也莫相思。世事难得各遂愿,何必再缠绵。

【古墓贼魂招不得】

　　同学会呈越演越烈之势,大学、中学、小学,男女照名单一网打尽,现又向幼儿园、托儿所蔓延。同学会充满暧昧气息:上山下乡前男女速配如火如荼,许多配对出于种种原因未成,玫瑰色记忆却珍藏心窝,几十年后重续旧情时有所闻。金老师反对"同学会,同学会,拆散一对又一对",却赞同"同学会,同学会,没醉佯醉一头睡",戏谑:大家都已为人父母,人间烟火碌碌多年,有旧情就应复萌,借酒遮脸,今宵勾却相思债,免得留下终身遗憾,落个死不瞑目。

　　位子、孩子、票子、房子是同学会永恒话题。同学会有温情,也有冷淡,成功人士财大气粗,从政官员趾高气扬,灰头土脸、自惭形秽的全是下岗工人。金进财素有犯上毛病——"说大人则藐之,勿视其巍巍然",见谁以官为威,装腔作势,就气不打一处来。小学同学会遇上一对官员夫妇。夫人长脸,龅牙,雷公嘴,一口醋熘普通话,是金进财平生见过的最庸俗女人。龅牙把老公不叫老公叫"朱处",滔滔不绝告诉众人:我和朱处坐专车来的,奥迪A6,配专职司机。上面已找朱处谈话,朱处就要升副局。朱处肥头大耳,肚子鼓得像临产孕妇,举止庄重,舒行缓步,轻咳微声,端坐不苟言笑,以养未来局体。金进财想不起朱处是谁。邻座启发:"大鼻涕"你总还记得吧?听到熟悉诨号,金进财由青眼纳人变白眼拒人,"啊哈!"仰天怪叫。周围人都吓了一跳。朱老爹是道北澡堂搓背工,工资低孩子多,朱来福同学永远处在半饥饿状态,一副饿死鬼兼邋遢鬼模样,鼻子底下常年挂两筒黄鼻涕,流进嘴再拿袖子擦,两个袖筒擦得明光发亮。同学都嫌朱来福腌臜,谁也不愿跟"大鼻涕"坐一条板凳。赖孩那会儿没少欺负大鼻涕,在其头上跷了无数尿臊。目睹大鼻涕官相,同窗感叹不已:狗尾羊头亦巨公,腌臜货居然步步高!

　　朱处官架十足,眼高于顶,面无表情,答话惜字如金,一律双音节词。有不知趣的问:"处长月薪多少?"——"保密";"主管业务?"——"规划";"贵公子现在干什么?"——"读书";"学什么专业?"——"艺术";"在哪上大学?"——"巴黎"。回答像领导干部批文件。应了官场那句老话——人无风趣官多贵。处长巍巍乎可畏,同学凛凛而生惧,满桌肃穆,不像同窗聚餐,倒似长官赐宴。金进财看在眼里,抽噎几声,掏出手绢拭眼角。一桌人看得纳闷:好好的你哭什么?"我心里感动,感动得实在受不了。"金进财作垂泪状,"'不图今日复见汉官威仪!'"肚里有墨水的笑出声。处长不晓其意,依然官相庄严。

最后一道凉菜是酱驴肉,金进财一见,"啪!"地将筷子拍在桌上,双手合掌,连说:"阿弥陀佛,罪过,罪过。暴殄天物,罪莫大焉!"不就是盘驴肉吗?为何大惊小怪?金进财解释:"列位不知,据省上有关部门最新统计:关中驴存栏数仅有八千余头,全省县处级干部已逾四万,二者比例1:5。不是说叫驴就一定比县处级值钱,两者也无任何可比性,眼下十羊九牧,县处级远多过关中驴却是不争事实。自古'物以稀为贵',受保护的应是稀罕动物,没听说猪不准杀。拿破仑曾下令:科学家和驴子走在行军队伍中间。自古'马上出名将,驴背出诗人',唐人郑綮称'诗思在灞柳风雪中驴子背上'。李白、韩愈、孟浩然……都曾于驴背吟得佳句。老杜云'蹇驴破帽随金鞍','骑驴三十载,旅食京华春'。苏东坡道'往日崎岖曾记否,路长人困蹇驴嘶。'放翁言'此身合是诗人未?细雨骑驴过剑门。'吴师道《跛跨驴觅句图》曰:"驴以蹇称,乘肥者鄙之,特于诗人宜。"宋人画李杜,皆有《骑驴图》。驴背成了众多大诗人创作平台。这畜生不骄不躁,不忘自己出身,真情率性,从驮人到拉磨套车,始终保持劳动者本色。不像有些蠢猪,吃了几天精料上了膘,就忘自己姓啥为老几。官无常贵,民无终贱。猪能宰驴不能杀,处长可下汤锅驴不可下!"全体喷饭,一桌人笑得满地找牙。对着和尚骂贼秃。朱处纵然是头蠢猪,也听出是在拿自己开涮,脸上肥肉气得直抽搐。金进财仍不肯打住,恳切地告诉在座诸位:"眼下中国问题多多,根子就在处长比处女多,科学家比科长少,倘若叫驴和大陆官员比例颠倒过来,则国家幸甚,黎民幸甚!"朱处所到之处,见的都是巴结笑脸,从未受过奚落,脸上颜色白了青,青了白,"你、你、你……"了一阵,憋出俩字:"放肆!"

熬到宴会结束,朱处第一个起身。金进财后面怪腔怪调吆喝开道:"肃静!回避!让领导先走!"奥迪开出几步又停下,前面立条松狮犬,肥腚对着轿车。喇叭响了又响,松狮犬却充耳不闻,撅着肉嘟嘟嘴,眯缝着眼,回头漫不经心打量车里人,一副我是宠物我怕谁赖样。金进财大喝:"哪来的癞皮狗?快滚!看把你牛逼的!你以为你猪外甥是处长就敢看不起人?"爆笑压倒喇叭声!赖着不走的松狮犬吓跑了。大家笑夸金老师不愧是文化人,骂人不叫脏字。金进财笑道:"'官高一阶,品下一级。'朱来福同学在校谦虚谨慎,除了偷吃女同学课桌抽屉里零食,别的毛病没有。'一行作吏人不识',官场毛病得得深!金某心慈术狠,去沉疴须下猛药!"心里骂:同窗聚会为叙旧,却见官员抖威风。鸟了个同学会!晓得同学当官就伟大,我余生永不见你行不行?!

人情淡漠今天,未污染感情像新鲜空气般难得。老知青怀旧情绪日浓,越发看重没有任何事务性内容和未掺杂任何功利目的的聚会。酒过三巡,金家客厅喧闹起来,互相拿年轻时尴尬事打趣,不时爆出哄堂大笑。电视里正热播一部知青题材连续剧,男女主角堪称一对当代罕有的倒霉蛋,却慷慨激昂地向世人宣告:虽饱经磨难,我们仍"青春无悔"!金进财看得心头火起,大骂一对男女受虐有瘾,轻骨头犯贱!宫刑过后忘了痛,纯粹太监心态!面对逝去青春,可以感伤,因为留有蹉跎岁月伤痕;不要说什么"无悔",那是对老知青智商和记忆力的双重侮辱!你"青春无悔",我"青春"连肠子都悔青了——脱肛、肾下垂、当牲口不如的'驮驴'、冒死排险、照自己脑袋开窟窿……根正苗红犹自可,"黑五类"狗崽子更饱经磨难——招工成了炼狱。家有娇女插队,父母早添白发;儿子下乡,家长必减阳寿。让走过炼狱的青春"无怨无悔",纯属扯淡!金老师谑称:太监摸裆——嘴上不悔,心里不爽。太监被剥夺生育权严禁出宫,知青被剥夺受教育权撵出城市,前者被阉肉体,后者荒废学业虚耗青春,都是报废一族。"青春无悔"怎么听都像老公公回忆少时去势,纵然结尾堆满溢美之词,仍遮不住通篇自怨自怜气味。

在座混得背的居多,亦不愿"无怨无悔",齐齐叹息自己生不逢时:发育时遇上"三年自然灾害",读书年龄被撵下乡,人到中年下岗,倒霉事怎么都叫老三届遇上?气氛沉闷下来。金进财不爱听丧气话:"大男人长吁短叹,怨妇情结有屁用!命犯灾星谁也逃不脱。'泰坦尼克号'未下水前,被吹嘘为'世界上最坚固的邮轮','永不沉没',谁知处女航就触冰山沉底。一千五百多名倒霉蛋淹死只能自认倒霉!事理相通,千百年之中,千万辆车里,你早不乘、晚不坐,偏偏上了上山下乡这趟车,乘客被告知'行驶在金光大道上',谁知前面路越走越窄,直至翻倒沟里!挣扎着爬出,包扎了伤口还得往前走。无端投笔去从农,老三届在劫难逃,怨天尤人无用。生于何时何地,只能听天由命。认命不服命,拼命为自己杀出一条血路!这叫'赌场三十年,各算各的账,各装各的钱'。"

一直闷头喝酒的何尚书警官终于开口:"你们听说没有?贼娃子死了!"

"怎么死的?"

"什么时候死的?"

"死在什么地方?"

七嘴八舌,一连串追问。

"春节前的事。北原牛庄一个被盗古墓里发现了他,脸色青紫,死于窒息,尸体被老鼠啃得稀烂,身上没有任何可能说明身份的东西。警方按无主尸体处理。我看到一份尸源协查通报,根据尸体照片认出他。"

老同学惨死令众人嗟叹不已。金进财如雷轰顶,面色土灰,浑身颤抖,半晌说不出话。密云不雨,久谶终凶,翟平安噩梦应验!

噩梦缘自街坊老黄头。老黄头是老光棍,独住一间朝肆暮家街面房,靠卖瓜子花生干果之类谋生。老黄头养了只大花猫,每天好吃好喝当儿子待。大花猫喂得油光水滑,胖嘟嘟像头小猪,走路肥臀一扭一扭,脖上系红绸带,拴个小铜铃,走哪"叮当"乱响。这猫通人性。小孩子调皮拿石头砸它,大花猫跑回家蹦到老黄头怀里"呜呜"告状。老黄头立马拄着拐棍颤巍巍挪到街上,唾沫星子乱溅,日爹操娘天打五雷轰乱骂一通。时间长了,没人敢惹老黄头的心肝宝贝。那年冬天,老黄头小铺两天没开门,大花猫扒住门缝一声接一声惨叫。邻居们被惊动,撬开门一看,老黄头趴在地上,身子早硬了。大花猫守在尸体旁哀哀叫个不停,谁喂食都不吃。老娘们看得直抹眼泪。殡仪馆来人将尸体抬出屋,一阵寒风将遮尸布掀开,黑紫色脸陡然暴露,两眼半睁!挤在最前面看热闹的贼娃子被鬼脸吓坏了,"妈呀!"一声惨叫,逃命般窜回家。贼娃子被魇住:自己成了古墓僵尸,黑暗里一群老鼠爬来爬去,见僵尸没动静,老鼠胆子越来越大,有的咬手,有的啃大拇脚指头,还有一只爬到脸上伸出尖爪准备抠出眼珠子当消夜……贼娃子终于"诈尸",光脚跳下床在黑屋里不停转圈,挥舞胳膊和看不见的老鼠们拼命厮打,嘴里不停地喊:"我不!我不!……"老翟被吵醒,拉亮灯结结实实赏了撒吃挣的一记耳光,小翟才灵醒过来。翟平安梦醒心有余悸,告诉赖孩:火烧水淹刀砍斧剁枪毙汽车轧,都比一个人孤零零趴在墓道喂耗子强,太可怕了!老天保佑,千万别让我那样死!

怕什么来什么。四十年后,噩梦应验——贼爷比老黄头死得还惨!老绝户咽气时,身边好歹还有大花猫守着,贼爷却活活喂了耗子,成了荒原古墓孤魂野鬼!

……朔风从北塬上吹过,寒夜田野死般寂静,邻近村庄沉浸在睡梦中,偶尔传来几声狗吠。田埂上突然传来急促脚步声,四个鬼魅般黑影潜至。"啪!啪!啪!"三击掌后,小丘背后闪出一个瘦小身形。"贼爷,人都到齐了。"为首的走过恭恭敬敬对小个子说。

"人靠得住吗?"

"靠得住。是二十里外蒋村的三个土混混。咱们要干什么,他们一概不晓;我的底细,他们也不清楚。工钱说好了,每人一千块。先给一半,事毕再给一半。"

"这两天风声紧,千万小心!"

"贼爷,你老人家把心放进肚里。我老炮办事什么时候蒸过夹生馍?"老炮是贼爷北塬眼线,真名秦栓虎,诨号来自早年一次盗墓——墓室发现个一拃长、红萝卜粗细、中间带眼儿玉石棒,盗墓贼不知什么玩意儿,改为烟袋嘴,整天噙在口里向人炫耀。后经行家点破,才知是西汉性器——深宫宫女至死难见零件齐全男人,只好托太监私下从外面买性器进宫自慰,老宫女把性器当宝贝,用小木匣装了随葬。玉石棒成了笑柄,熟人见了无不打趣:女人捅下面的东西,你老哥为何往嘴里塞?有瘾?秦栓虎从此落个诨号——老炮。老炮知耻而后勇,刻苦钻研业务,爱岗敬业,胆大心细,逐步成长为一名优秀盗墓工作者,眼线升级为得力助手,鞍前马后随贼爷干了些大事,自然也没少挣钱。

贼爷领着一行人来到小丘南面,踢开一堆枯草,露出地面茶杯口大黑窟窿,看看表说:"我已探明:土层厚12米,下去直达墓道。打上来的墓土我仔细看过,汉墓无疑。离天亮还有五小时,抓紧干来得及!"……应急灯蒙上红布透出朦胧,压缩式爆破将窟窿炸成洞……两个时辰不到,老炮压低嗓子兴奋地喊:"通了,通了!"便携式雅马哈发电机开始旋转,风通过软管源源不断送往墓道……

贼爷叮嘱老炮:"上面仔细招呼!"踩着绳梯狸猫般下到坑底。越走淤泥越多,顶灯照去,上方有个脸盆大盗洞,流入雨水将墓道泡成泥潭。只顾脚下,抬头瞥见人影紧贴墓道壁!贼爷大大小小盗了几十座古墓,堪称贼胆包天,也惊出一身冷汗!哆哆嗦

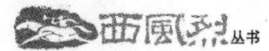

嗦壮着胆子照去：是具白色骨架，这才放下心，骷髅天灵盖隐约一道裂痕，两个黑洞凄惨地望着不速之客，像是痛诉冤屈，身边是朽成残片的马灯。贼爷明白：这是盗墓贼见财起意，接过从墓道递上的殉葬品将同伙砍翻！时空倒转，惨痛一幕浮现眼前，贼爷深深体会到盗墓贼临死前的无助与绝望……看骷髅模样，坐此少说三百年！兔死狐悲，物伤其类。贼爷伤感不已，合掌祈祷："前辈，您死得冤！您老人家保佑后辈平安出去，我一定到寺里地藏王前为您烧香上供，求菩萨早日超度您投生好人家，转世永不干此行！"恭恭敬敬拜了三拜，小心翼翼绕过白骨架继续前行。走出七八步，后面"哗啦"一声响亮！贼爷战战兢兢扭头看去：盗墓贼散架，白骨满地，骷髅滚落一边，两个杯口大黑洞仍死死盯着自己！一阵惊悸从心头滚过——莫非人鬼感应，冥冥中警示于我？此行凶多吉少！不如就此打住赶紧上去。转念一想：贼不走空，何况贼爷？富贵险中求，舍命不舍财，豁出去了！走进墓室，里面为双券顶青砖砌就，地上一把柄首铸环状直身单刃铁刀锈色斑驳，靠墙摆着一对绿釉陶罐，七八个汉代百戏陶俑或金鸡独立，或掷盘杂耍，或踏鼓而舞，形象生动传神。从墓室规格看，墓主身份不低，随葬值钱物早被先行者盗走。十墓九空。"秦公一号大墓"掘开时，黄肠题凑上的盗洞就有265个，考古队十年挖掘，最后面对的是186具殉人和金铜玉器珍宝洗劫殆尽的墓穴。贼爷安慰自己："拾到篮里就是菜"，总算没白来，蹲下用绵纸将汉陶俑一一包裹，小心翼翼放入编织袋，忽然感到胸口憋闷……

"不许动！"听见爆炸声，县公安文物特派室匆匆赶到。老炮和土混混们魂飞天外，顾不得地下贼爷死活，像一群惊枪野狗疯狂逃窜，眨眼消失在茫茫夜色……警察们围着汉墓仔细察看，除了盗墓贼丢弃的发电机、应急灯和散落一地的雷管炸药，再没新发现。停止送风，硝烟、古墓霉味、尸骨腐朽气息混杂，令人窒息。"老炮个王八蛋，在上面搞什么鬼？！"贼爷拖着装得满满的蛇皮口袋艰难地向前挪。快到洞底，几道雪亮光柱射下，隐隐传来说话声……贼爷大惊失色，这才知道上面出事！

黎明晨光熹微。村民越聚越多，轮番张望墓洞，七嘴八舌议论。墓道封闭千年，严重缺氧，困在里面的盗墓贼呼吸困难，两眼发黑，头痛欲裂，觉得自己就像落入陷阱快要咽气的孤狐，周围是一群馋涎欲滴的猎犬。贼爷抱着最后一丝希望苦撑，盼着老炮来解救自己……警察向闻讯赶来的村长交代："我们回去向局里汇报，这摊子交给你了。白天黑夜不能离人，防备盗墓贼再来。"

村长为难地说："马上就要过年，家家都忙着。白天好说，晚上天寒地冻，你让谁来？依我说干脆把洞填了，大家都省心，剩下的事过了年再说。"

"下面情况不明，怎么能先填洞？要不你派个手脚麻利的下去看看？"

看热闹的村民们一听，吓得纷纷后退，生怕被点名。上年纪村民连连摆手："不敢，不敢。老墓里毒气大得很，人下去万一熏倒，咋个弄上来？早年间，咱庄里挖红苕窖就熏死过人，可不敢再冒险！"村民们随声附和。一个正发愁没钱过年的土棍站出，拍着胸脯自告奋勇："村里给我一千块钱，我豁出命下去探个明白！"村长恼了："滚一边去！你捣什么乱？有一千块钱我还下呢，轮得上你？！"哄笑声中，土棍讪讪走开。警

察听得不耐烦,一商量,挥手示意填洞。"刷!"随着第一锨土落下,已陷入半昏迷的贼爷意识到自己即将被活埋!盗墓贼拼出最后力气,惨叫一声"救命!"就再也发不出声。微弱呼救被洞口边村民听见,赶紧喊:"下边有人!"警察立即制止填土,一起跪在洞口侧耳倾听,却听不到一点动静。几道光柱又一起射下,也未发现任何异常。

"喂!底下有人吗?有人快吱声,没人就填洞了!"连喊几遍,仍无动静。

"怪了!我明明听见底下有人喊'救命'。"听见叫声的村民分辩。

"大家都在这儿,怎么就你一人听见?怪事!肯定是老墓女鬼勾你,小心半夜到家寻你!"闲得无聊的村民们有了新的取乐对象。自称"听见救命"的村民脸都吓白了,再不敢坚持。

奄奄一息的贼爷趴在墓道,眼睁睁看着一锨锨黄土从洞口落下,眼前浮现出最后幻觉:一群棕色大老鼠围住自己,瞪着淡红色眼睛,露出尖利牙齿……

知青聚会那日起,金进财隔三差五梦见贼爷。昨天晚上,翟平安又来了——披头散发,满身泥浆,立在床前,一句不说,泪汪汪看着儿时伙伴……金进财梦中惊醒,冷汗淋漓,再也无法入睡。看在翡翠手镯份上,孟小燕同意老公专程祭奠"遇难同学",招引亡魂归来。

雪后乡间小道泥泞难行,摩托骑一段,推一段,直至下午才进牛庄。问起死去的盗墓贼,村民们一个个警惕地打量陌生人,却无人搭理。最后看在钱的份上,一个年轻人答应带"家属"到出事地方。枯黄的草在寒风中飘动,看不到任何生物活动的迹象,隆冬时节的北方旷野鲜有生气。带路村民指着一个尚未填平的大坑,说:"文物局紧急发掘清理,掘开墓道发现他趴在那儿,两手各攥一把泥。天冷,尸首还没腐烂。不过,那张脸真够吓人的……"村民摇摇头,再没往下说。带路的拿到钱走了,剩下金进财孤零零站在旷野,凝视着阴森森墓道,心里阵阵翻腾:翟平安呀翟平安,纵然你干了多少见不得天日的事,都已遭天谴!往事随风而逝,留在我记忆里的你,永远是那个两眼骨碌碌转个不停的小个子,永远是"困难时期"偷偷塞给我豆饼的贼娃子……香烛点燃,酒香四溢,鞭炮炸响。神婆不跳,菩萨不到。薤露蒿里,招魂须有挽歌。金进财即席创作,仿招魂巫祝,击掌长歌,摇摆起舞,歌词曰:

呜呼!吾与汝共居陋巷同窗九载,谁料一语成谶汝俄然物化!孤坟冷月,阴风残阳,草木萧萧,水寒刺骨。信守旧约,吾今前来,来招汝魂。魂兮魂兮,切勿奔南,南有峻岭,山魈狡黠;魂兮魂兮,切勿往北,大河奔流,水怪潜伏;魂兮魂兮,切勿向西,西部荒原,豺狼出没;魂兮魂兮,努力向东,东望西京,是汝故居。雁塔巍峨,城墙环绕,亲友咸集,张幡招魂,三牲五鼎,美酒盈盈,鞭炮齐鸣,平安识路,魂兮归来!

尚飨!

招魂舞舞姿笨拙,挽歌曲怪腔怪调,招魂者却忘我投入,连唱带舞,蹦个不停……

祭奠至天黑,招魂者爬出墓道。摩托驶出牛庄不远,大灯照见前面路上站俩人,招手示意停车。"你是贼爷的朋友吧?"两人左右围住。"我是。有事吗?"这俩人看上去鬼鬼祟祟不像好人。金进财多个心眼,摩托没熄火。

"贼爷拿了我们两件硬货,一直没给钱。现在他死了,这债你得替他还!"

"咱们素不相识,凭什么让我还债?"

"别揣着明白装糊涂!你俩不一伙怎么会跑来吊丧?都是道上人,咱们今儿把话挑明:要么把货原封不动还了,要么给我们二十万,否则……"大个子威胁着扬了扬手中木棒。旁边瘦子握把雪亮军刺,阴沉沉盯着"贼爷同伙",饿狼般眼睛令人心悸,出口的话更瘆人:"给你实说了吧,你进庄打听贼爷,立刻有人给我们报信。我俩一直盯着你。你要不替死鬼还债,今晚就轮到你进老墓!"原来是黑吃黑,鬼打鬼!金进财故作轻松回答:"好说好商量。都是道上弟兄,拿刀弄棒的干什么?不就是缺钱花吗?我替贼爷清了!"说着解下身上背包,一扬手扔在路边,"钱在里面,都给你们!"瘦子低头去找,金进财乘大个子扭头分神瞬间,猛轰油门!对方躲闪不及被摩托挂倒。车疾路滑,冲出不远,摩托连人重重摔倒。吊客眼冒金星、左腿痛得钻心,挣扎几次还是站不起来。叫骂声、脚步声越来越近……金进财连痛带急掉下眼泪:"贼娃子,拉我一把呀!"随着心灵呼唤,冥冥中猛地传来一股力量,吊客终于挣扎着站起。车蹿出同时,沉重大棒砸在摩托工具箱上……吊客猛催油门,以最大速度狂飙,直到车轮触到坚硬柏油马路,才放下紧悬的心,发现内衣已被冷汗浸透……遥远云层泛着红光,霓虹灯映照夜空,那是亲爱的西京城召唤远处黑暗里的游子。摩托开至极速,像展开翅膀飞翔。金进财告诉自己:回城第一件事就是喝个烂醉,永远忘却该死的贼爷和黑域里的**魑魅魍魉**。

第十一章

拿灯

【梦中的大蘑菇】

窗台上放着"金匮肾气丸""男宝"等各种壮阳药。一个戴眼镜中年男人握对八磅哑铃对着大衣柜镜子练扩胸。男人细胳膊细腿,肚腩凸起,体形像只巨大青蛙,没拉几下哑铃,就累得呼呼直喘。男人停下,努力鼓起胳膊上核桃大肌肉块,扭头问:"快看,我的二头肌是不是又粗了?"躺在床上看书的许柔柔没搭理,翻过身厌烦地给丈夫一个冷脊背……

恢复高考第一年,许柔柔考入师大,毕业分到邻省省城一所中学教语文,一教就是十八年。许柔柔的老公在市委秘书处摇笔杆。女的本以为找了个乘龙快婿,男的却被实践证明是个彻底的失败者——干了二十多年,还是个主任科员。眼看同事一个个升迁,老秘书怀才不遇愤世嫉俗,回家喝点小酒就开始骂山门,从处长骂到秘书长。骂上司都是饭桶,骂领导有眼不识金镶玉,骂同事只会巴结上司,写的材料观点不明思路混乱毫无文采狗屁不通,叹英才生不逢时,叹世无伯乐,叹明珠空抛荒草间。骂归骂,第二天上班,老秘书见了大小官员依旧点头哈腰,依旧写些永远正确面面俱到的废话稿,做工间操时,依旧抢先站在秘书长屁股后面,依旧堆出一脸甜腻腻假笑。压抑太久,从精神阳痿发展到底下也硬不起,夫人脸色越发难看。老秘书慌了,四处寻医,中药西药吃了无数仍不见效。后遇高人指点:壮里必先强外,欲壮肾气必先强其筋骨,体格结实,血脉就活,血脉一活自然硬。不信去问拉架子车的板爷、扛大包的哥们儿,晚上和媳妇上床,想软都软不了。老秘书如获至宝,踅摸来哑铃,早晚舞动,练了半月,胳臂不见粗,底下不见硬。昨天睡到半夜,忽然有点意思,大喜过望,趁热打铁赶紧上马,谁知刚进去就软塌塌败下阵。先搅清梦后败兴致,许柔柔一怒之下将老公踹到床下。老秘书自知肾虚理亏,爬起灰溜溜去客厅沙发睡了。女人如虎似狼年纪,却遇上瘟公鸡,许柔柔越想越委屈,忍不住落泪。

老公床上不行,出门也是软蛋。今年春节回娘家时路过瓜摊,牌子上写着"两元一斤,不熟包换"。摊主满脸横肉,大冷天剃个秃瓢,一望便知不是善茬。许柔柔挑个大瓜,切口一看"白瞪眼"。摊主却说:"我选的包换,自选的就得给钱。"许柔柔生气了:"你这不是耍赖吗?"摊主将西瓜刀拍得山响:"耍赖?!老子压根儿就是无赖!今天少一分你都走不成!不信试试!"老公吓得脸色煞白,乖乖付钱,西瓜也不要了,拽着正在理论的许柔柔就走,边走边开导老婆:"好汉不吃眼前亏,好鞋不踩臭狗屎。该让就得让,在外面不能由着自个儿性子一意逞强。"

许柔柔不爱听:"泥人还有个土性。你怎么连个屁都不敢放,看着你老婆被人欺负!"

老秘书学着市委书记口吻,高屋建瓴教育老婆:"许柔柔同志,事物都是变化的,世界上没有不变的东西。任何时候都要一分为二,刚才的事也要辩证地看:那家伙肯定是个劳改释放犯,看上去他像占了便宜,其实是'多行不义必自毙',早晚还得被专政机关收拾。咱们表面上吃了亏,白扔了三十六块四角钱,却避免了一场流血冲突,甚至是人命官司!这叫破财免灾,坏事变好事,应该高兴才是!"

听了老公高论,老婆气得发昏:天下竟有如此肉头的男人!许柔柔脚下快了许多,将提着年货的老秘书远远扔在后头,再喊不回头。那个被岁月淹没的宽肩膀浮出水面。许柔柔委屈得差点落泪:换他在场,谁敢欺负我?!什么是男人?敢为心爱的女人上刀山,下火海,那才是男人!晚上默默流了会儿泪,迷迷糊糊睡了,朦朦胧胧有个黑糊糊毛茸茸大蘑菇似的东西耸立眼前,许柔柔吓一跳,东西似曾相识,像在哪见过?却怎么也想不起。大蘑菇驱之不去,一合眼,又浮现眼前。许老师被梦魇折磨得头昏脑涨,心烦气躁,安神补脑养血定心的丸散膏片吃了不少,梦里大蘑菇却相会不误。心病还需心药医。许柔柔决定去找心理医生。

医院精神卫生科设在门诊大楼顶层,里面只有一个年轻医生,百无聊赖地将报纸翻来翻去。许老师在门口来回转悠,等来等去不见高年资医生。心理治疗在国内是新兴学科,医生自然年轻,人不可貌相,或许面前就是只"海龟"(海归)。许老师说服自己。患者上门,心理治疗师顿时来了精神,殷勤拉过凳子请风韵犹存女患者坐下。听完患者自诉,心理治疗师笑了,胸有成竹地解释:"你的症状不是生理上的,而是心理出了问题。根据弗洛伊德的梦幻心理学和精神分析学综合分析,你梦到的事物,意识认为它是不洁的,可耻的,持排斥态度,潜意识却认为它是干净的,可爱的,表示热烈欢迎。"心理治疗师随手在处方笺上画了个大蘑菇图形,问春情萌动女病人:"这和你梦里的像不像?"许老师点点头。心理治疗师接着启发:"你再看看,它像人身上的什么器官?"蓦然忆起多年前金家一幕,粉面羞得通红!心理治疗师不管不顾继续解释:"梦总是源自过去,是外界事物在脑海的反映。你看到的东西形状类似阳具,夜里入梦引起联想,这很正常,属于人潜意识里的性本能。"望着比自己儿子年龄大不了多少的心理治疗师,女患者脸红得发烫。心理治疗师穷追猛挖夜梦"大蘑菇"思想根源:"我是医生,你是教师,咱们是文明人、文化人,都受过高等教育,用不着不好意思。你是教中文的,《游园惊梦》一定熟悉。杜丽娘天生丽质,养在深闺,游园睹阳春烟景生情,体内性荷尔蒙陡然大量分泌,情思难抑,白日梦美少年分花拂柳而来。一见即爱,宽衣解带,'须作一生伴,尽君今日欢。'古人、今人性心理一样。弗洛伊德说:'梦是愿望的达成。'根据你梦境分析:你们夫妻性生活不和谐,你潜意识里期盼有外遇,内心与自己遵循的道德规则起了冲突。"心理治疗师越说越起劲,从力比多到性压抑理论,从菲勒斯中心主义到福柯、拉康,古今中外四管齐下,海阔天空侃了半天,中心意思是:夜有所梦,日有所思,性压抑造成的心理苦闷须宣泄,否则,会憋出大毛病!仿佛剥得一丝不挂暴露在陌生年轻男人面前,庄重女患者再坐不住,腾地蹦起,抓起手提包逃命般窜出精神卫生科。

回家路上直骂流氓医生放屁,说的都是什么下流玩意儿!平静下来又觉得心理治疗师不全是胡说八道,精神分析似乎沾点边,属于话丑理端。又想起金占全,二十三年没见,也该出来了,不知这家伙现在过得怎么样?没有一个女人会忘掉真心爱自己的男人,哪怕对方是杀人放火的山大王。岁月像筛子,筛掉的是怨恨,留下藕断丝连的牵挂。朝夕相守,却是厌倦到老;江湖一别,偏偏至死难忘。爱,有时真是无理可讲,尤其是女人到中年。

暑假第一天,许老师坐上西行火车,虽早有思想准备,再见舅舅还是吃惊不已:歪了半边脸,涎水从嘴角淌个不停,看见远道来的外甥女,舅舅左眼睁右眼睁,眼泪流得多长,却呜哩哇啦说不出完整句子……贪吃贪喝的回报——两年三次脑梗。舅妈老了许多,头发白了大半,边给老公洗尿布,边向外甥女抱怨:"让你舅舅少吃一口油大的都不干,最爱吃猪下水,见了卤大肠更不要命。第一次发病就让他忌口,再劝都不听。说反正已这样,活一天是一天,吃一口少一口。顾嘴不顾命,他不脑梗谁脑梗?"拉了会儿家常,话题拐到金占全身上,舅妈说:"出来几年了,街东头开了家小饭馆,名字怪里怪气,叫什么'二十四桥明月夜'。革命街人穷,有几个下得起馆子?生意勉强包住,刚够一家三口开销。"

"他爱人也是道北的吧?孩子多大了?"

舅妈一撇嘴:"家门口姑娘谁会跟他?劳改农场出来已是胡子拉碴半拉老头,一条胳膊落了残疾,还没钱,只好在农村老家找了个二婚头,到现在还报不上城市户口。男的底下有病,上床不办事,女的为这没少跟他打架,有点名气的大夫找遍了,偏方也试了,还是怀不上。你舅舅念旧,看他可怜,念叨着拉一把,小饭馆开张帮着烘场子,手把手传了几个特色菜。你舅舅三年前列车上捡个弃婴,是个妞,又白又嫩,一双大眼睛,长得怪喜欢人。家里没妞的看见都想要。你舅舅谁也不给,巴巴抱回来,问金占全要不要。两口子一看爱得不行,抱回去宝贝似的养着,取名金枝,这会儿都能满地跑了。"大蘑菇与"不办事"怎么也连不到一块,公牛般雄壮的男人怎么会种不上娃娃?纯属黑色幽默。许老师越想越滑稽,只想早点见到往日冤家。

"二十四桥明月夜"字体优雅,流美于外,一望便知出自老球之手。店名因人而设,

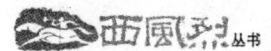

老板娘不似月下吹箫玉人,定是半老徐娘。饭馆门面不大,里面只能摆六张桌子,生意果然清淡——饭口上只有稀稀拉拉几个人,一个个光膀子,趿拉鞋,吆五喝六划拳,喝的散白干,下酒菜是粉皮、腐干、花生米之类,一望便知是没钱还爱喝两盅的街道闲人。许老师走进,目光一起投来——女人戴顶雪白的巴拿马细草帽,架副灰色太阳镜,穿白底红花真丝连衣裙,打扮入时,风姿绰约,气质不凡。凤凰进鸡场,时髦女人怎么跑这儿吃饭? 都有些纳闷。拣张干净桌子刚坐下,身后粗声大气问:"吃啥?!"开票肥婆腰粗得像木桶,屁股大得触目惊心,眉毛画得像两条僵蚕,三角眼倒竖,一脑门子官司,仿佛谁吃饭不给钱,又像性欲过剩难满足。

"你们这儿卖什么?"

"自己看!"油腻腻菜谱扔来。哪能这样对待上门顾客?!想着自己是来寻梦的,不是来吃饭的,许老师耐住性子问:"听说你们店有几个特色菜?"肥婆一听,重新打量客人:听口气像肯花钱的主儿。丑婆娘收起对漂亮女人的嫉恨,殷勤为贵客斟茶,笑眯眯说:"你算问对了!别看俺这地方小,还真有几个叫得响的招牌菜,什么冰糖甲鱼、椒盐脆皮肥肠、温拌腰片、山蘑煨仔鸡、樟茶熏鸭、烤羊排、酸辣三鲜肚丝汤,色香味俱全。城里大酒楼也没这水平,吃了保你还想来。"

"主厨是谁? 从哪请的?"

"俺家开的夫妻店,掌勺的是俺男人,姓金,祖传厨艺。"

进嘴茶水差点喷出! 不是出自本人之口,许柔柔绝不相信,眼前庞然大物竟是金占全老婆! 老球出狱老毛病不改,依旧胡拽文乱拍马屁。金占全剑眉星眼鼻直口方,宽肩阔背细腰长腿,堂堂一表,凛凛一躯,担任国旗护卫队擎旗手都合格,是多少女人梦中情人。英武汉子却找个丑恶婆娘,真叫人想不通! 许柔柔好奇地想尝尝恶煞厨艺:"来个冰糖甲鱼,再上个烤羊排。"老板娘站着不动:"甲鱼贵得很,四十多块一斤,买回你要是不要了……"未等说完,女顾客掏出两张百元大钞。老板娘笑眯眯接过,转身进操作间招呼备菜,随即传出尖声叫骂:"要你这样男人球不顶! 饺子馅儿到现在还没剁好。踢一脚动一下,真他娘蔫驴屁崩出来的!"外面喝酒的都笑了,一起拍巴掌,夸老板娘骂得有水平,骂得新鲜,听着过瘾解馋,欢迎再来一段! 许老师却听得目瞪口呆,这是骂谁呢? 总不会是骂恶煞吧?

恶婆娘刚走,门外皮球般滚进个胖嘟嘟小妞,直撅撅朝天辫、雪白脸、红红小嘴,一双乌溜溜大眼睛惹人爱。小妞奶声奶气喊:"爸爸,我要吃雪糕!"帘子一掀,走出个头发花白男人,身上蓝布大褂抹得像油渍麻花,佝偻背,倾着腰,像匹不堪重负瘦骨嶙峋的老马,脸色黑里透青,纵横交错的皱纹写满人世沧桑,眼神透着无奈,像破产企业衣食无着老工人,又似进城寻不着活干在劳动市场苦等的上年纪民工。许柔柔看得目瞪口呆:这就是金占全? 这就是当年威震一方的老大? 这就是自己千里寻旧梦的结果?! 女人不愿相信眼前事实,面前却千真万确是金占全——残余左耳和刷子般两道浓眉验明正身。许老师呆呆坐下,藏在心里的什么东西瞬间碎了……

小妞扭股糖似的在爸爸怀里撒娇。男人摩挲着女儿小辫,翻遍自己衣兜,无奈地说:"钱都在你妈那儿,我身上一分没有,等她买菜回来再给你买。"小妞被惯坏了,一屁股坐在地上,两脚乱蹬,边哭边喊:"不嘛,不嘛,我现在就要!"男人蹲在旁边低声下气哄着,小妞就是不起来。旁边人取笑:"老金,你真是球不顶!怕媳妇也不是这么个怕法。道北投票选'妻管严',你绝对排第一!从明天起改姓'严'得了。"众人哄笑。男人不接话,只是一个劲儿苦笑,又细声柔气哄女儿。许柔柔看不下去,上前将小妞从地上拉起,说:"金枝跟阿姨走,阿姨给金枝买雪糕。"见有人出头埋单,小妞立马不哭了。这是谁?恍惚有些面熟,像在哪见过,隔着太阳镜看不清。男人疑疑惑惑打量许柔柔,既然能叫出女儿名字,大概是老婆在外面的熟人。男人满脸赔笑:"不好意思,让您破费了。"点头哈腰送到门外。许柔柔没接话,牵着金枝小手出门。她宁愿昔日金哥庾毙深牢大狱,也不想看见今天这张谦卑的脸!

小妞左手拿雪糕,右手半拖半抱一个长绒小熊玩具,进门就喊:"爸爸,爸爸,你快看!"男人一惊,忙问:"你拿谁的?"小妞自豪地说:"是我的!阿姨给买的。"长绒小熊胸前一撮白毛,圆鼓鼓大眼睛憨态可掬。小熊可爱,价格不菲,小妞每次进商场都闹着要买,两口子看了又看,下不了决心。女的骂男人没本事,造人你造不了,养孩你养不起,给小妞买个玩具都没钱,嫁给你窝囊死了!今天总算遂了女儿愿。男人心里好受些,这才发现进门只有金枝一个,忙问阿姨去哪啦?女儿将一个厚信封递上:"阿姨让我交给你。她不来了,让你菜也别做了。"男人抽出一看,是叠百元大钞,心里一动,这才晓得来客是谁!赶紧去追。街上人声嘈杂,汽车川流不息,男人伸长脖子张望,不见初恋姑娘影子……

大蘑菇再不来骚扰,许柔柔一枕黑甜。太阳升起,满天乌云散了,梦魇消失得无影无踪。青春时代孽缘宿债竟以如此方式了断!难过之后如释重负:我再不欠什么,回忆之门将永远封闭。人生苦短,来日无多。过去的都已过去,只盼平安度过余生。女人叹口气,决定与命中注定的男人牵手,为老秘书的雄起而努力,为营造幸福家庭而斗争,只是心里谜团解不开:大官面前装孙子的小吏固然从精神到肉体都会阳痿,藐视社会称霸一方的恶煞为什么也沦落到球不顶?

【钢铁是这样融化的】

鹰隼般眼睛巡视台下,被罩的犯人胆战心惊,赶紧低下头,钩子般射线最终在金占全脸上停住。吴管教一拍桌子,恶狠狠说:"三中队极个别人坚持反动立场,抗拒无产阶级的劳动改造,煽动越狱,狗胆包天!"猛然大吼:"金占全,站起来!"霹雳轰顶!金占全懵了,站起结结巴巴地说:"我……我没……我没有煽动越狱。我冤枉!"咬

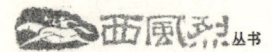

断猎物喉管前还要戏弄一番,吴管教脸上表情让人联想到豺狼,桌子底下取出个口袋,将里面铁锤、錾子、锯片刀"哐啷"倒在桌上,指着越狱工具,狞笑道:"这是什么?!"话音刚落,台下七八只手同时举起:"我揭发!""我检举!"吴管教做个暂停手势,盯着金占全咯咯笑了,笑声恐怖,仿佛鸱枭嗅到死尸气味:"姓金的,人证、物证俱全,你还有什么说的?!"骤然变脸,"给我捆了!"埋伏的一拥而上,金占全被七八条粗胳膊按跪在地,一条绳索捆粽子般紧紧捆了。庞恭德激动得满面放红光,振臂高呼:"金占全对抗改造,拒不认罪,绝无好下场!""金占全不投降,就叫他灭亡!"台下千条胳膊齐齐举起,千条喉咙一起扯着喊,颇有"渔阳鼙鼓动地来"的气势!五花大绑的金占全心里明白:自己虽不是含冤负屈的林冲,这里却是白虎堂,吴管教就是基建大队一言决人生死的高太尉。冤气直冲天灵盖!一横心:左右轻饶不了,老子豁出去了!金占全悲愤地喊:"报告政府,我错了,我再不敢了!"

吴管教得意地笑了:"南山核桃——砸着吃的货。说!你哪错了?!"

"报告政府,我的错误大了,早够了五马分尸千刀万剐!我错在没跟庞恭德学,偷着给你家送礼;我错在不会舔管教夫人沟子。千错万错我错在没钱!这不怪我,马家滩没地方卖血!"最后一句吼出!

严管队位于劳改农场西北角,四周高墙,是牢中之牢、狱中之狱。敲开铁门,写着"新生之地"影壁后面转出个中年汉子,鼠眉三角眼,几根黄须,脸上麻坑连麻坑,腰间系串钥匙,走哪哗啦乱响。见了严管队头头,押解一个劲儿点头哈腰,赔着笑脸说:"薛管教,又给你添麻烦了。"听完缘由,薛管教令松了绑绳,睨着新犯人冷冷地说:"'猴子不爬杆,多敲几遍锣。'回去告诉吴管教,让他放心:进了我这一亩三分地,他是块生铁都得化了!"扭头招呼,"来几个会喘气的!"话音刚落,走出四条汉子,上下打量金占全。

"人交给你们。"

"薛管教,这小子看着倔头犟脑,先叫他唱一宿败败火。您看怎么样?"

"小事你们看着办,别什么都问我。队上恁多事,都让我一人操心,烦不烦?!"薛管教将铐子扔过转身进屋。

拷上斜背铐,金占全痛出声。众人讥笑:"看你表面怪硬,原来菜包子一个!这才到哪,你小子就尿了?"一路推搡进小号,后面猛蹬一脚,犯人摔个嘴啃泥。屋里黑得伸手不见五指,金占全挣扎着想坐起,稍一动,肩背痛得钻心,只好脸朝下趴着。趴了一会儿,脸压得受不了,只好来回侧身,折腾一晚没合眼⋯⋯门缝渗进一丝微光,天慢慢亮了。又不知过了多久,传来开锁声,送饭的将水和一个窝头放下,转身就走。金占全哀求:"队长,能不能把铐子卸了,让我吃完再戴上。"送饭的讥笑:"小姐身子丫鬟命。进了严管队,你还娇滴滴的想让人伺候?有本事你吃,没本事你饿着!"说完锁门走了。犯人无奈,只得脸蹭地,忍痛一点点朝前挪,嘴终于够着窝头,几口吃完,填缝都不够,伸出舌头贪婪地将地上渣子舔个精光。喝比吃更难,舌头没沾上,一碗水先碰翻。

嗓子干得冒烟，金占全顾不得脏，狗一样伸长舌头在地上舔……铁门开了，管教给新犯人卸铐子。金占全努力朝起站，挣扎着直起腰，又一头栽倒——一宿"苏秦背剑"，车轴汉子散了架。几个犯人拽胳膊拉腿将金占全抬到牢房大炕。

　　折磨一宿，金占全乏得像摊泥，趴在炕上昏睡过去。夜半惊醒，大炕那头传来呼哧声，间杂着"哎哟"，仿佛女人受虐。男牢房哪来的女人？金占全坐起想看个究竟。"啪！"大耳光子抽来！金占全猝不及防，眼前金星乱闪。身旁犯人恶狠狠说："闭眼挺你的尸！再胡盯，抠出你眼珠子当摔炮！"炕那头没了动静，牢头心满意足哼着小曲，光腚跳下地揭开马桶盖，尿完掂着家伙乱抖，腥臊落在金占全脸上……天亮了，新来的看清自己处境：大炕睡13条汉子，终日不见阳光，人人肤色蜡般惨白，汗酸、尿臊、血腥、精液腥味、狐臭屁臭，夹杂着凶狠低吼，弱肉强食，牢房空气充满丛林动物气息。把炕头的是杀人犯，街头斗殴动刀子，捅死一个，捅残一个，被判无期，杀人好汉理所当然被尊为号长，紧挨着睡的是地区剧团男旦，阴阳颠倒，人戏混淆，为个武生争风吃醋，在同台唱花旦的茶壶里下耗子药。小白脸说话女声女气，举手投足像娘们，是牢房男人们的"女人"。

　　严管队一天两顿，上午饭照例是半碗菜汤、两个窝头。号长挑完窝头，从桶里兜底捞了满满一碗菜走开，守候在旁的一拥而上，你争我夺，日爹操娘，脏话不绝于耳。轮到新来的，桶底只剩残根，窝头缺边少豁。金占全舀过汤转身，发现活命窝头只剩一个！铺上铺下，颠倒寻不见。再看同牢犯人，个个埋头吃饭，张张脸定平，像什么都不知道，什么都没发生。金占全知道不是发火地方，咬牙硬忍。熬到下午开饭，饥肠辘辘的金占全再不敢大意，挤在前头，拿筷子穿俩窝头，未等下咽，牢头将窝头夺过一掰为二，一半塞进自家嘴，咬过的一半扔给小白脸。"女人"高兴了，行个万福："多谢夫君，奴家这厢有礼。"一号子都他妈什么玩意儿，竟骑在老子头上拉屎！金占全气得直哆嗦："你……你怎么拿我的窝头？"

　　牢头白了一眼："你的窝头？上面写字啦？你叫一声，看它答应不答应？答应了，就是你的。"

　　旁边人都幸灾乐祸地笑。金占全再忍不住，夺过牢头碗里窝头往自己嘴里填。当狱霸多年，同监号犯人从不敢犯上，这黑厮吃了豹子胆！右摆拳抡来，金占全侧身让开，牢头撵上照面门一个左直拳，又被对方后仰闪过，组合拳暴风骤雨般袭来，却连连打空。新犯人闪展腾挪，捷如猎豹，像训练有素的拳击手灵巧避过对手连续重拳。"小子真麻利！"不知谁低低喝声彩。牢头急了眼，操起馍笼劈头砸下。退到墙根，金占全无处可躲，左晃右闪，还是挨了几下。牢头仍不罢休下手越狠。金占全被打急了，捺不住野性，喝声"着！"飞起左高边腿踢在右腮帮，对方应声而倒！牢头爬起，满嘴是血，骂道："狗日的要造反，给老子一起上！"号长被踢翻，众人在旁看傻了眼，听见骂声如梦方醒一拥而上。拷过斜背铐的肩关节痛得使不上劲，金占全没挣扎几下就被几条大汉死死擒住。牢头迎面啐口带血唾沫，连抽金占全几个大嘴巴，骂道："糟老头吃砒霜——不想活了。今天不给你点厉害，你小子不知道马王爷长了三只眼！"说着，飞起一脚直取男人命根。被反剪胳膊，犯上者躲无可躲，一声惨叫，痛得浑身乱颤，第二脚踢上，金占全眼前一黑，顿时昏死过去……醒来还在地上躺着，金占全挣扎着爬起，只觉底下痛得钻心，褪下裤子看去：阴囊成了黑紫色，肿得赛驴蛋。腊月吃冰棍，心凉半截——自己怕是废了。

　　苦难刚刚开始。黑牢死一般寂静，金占全身体疼痛，心里警觉。数年坐牢经验告诉自己：犯人之间摩擦不断，越是吵闹越没事，寂静反而可怕，暗示酝酿阴谋，意味危险迫近！辗转半夜，迷迷糊糊睡去，黑暗里忽然有了响动！金占全知道不好，睁眼赶紧朝起坐，早被几条粗胳膊摁倒！金占全困兽犹斗，接连踹倒两个，又有几条大汉扑上，再也动弹不得。牢头骑在背上，将金占全右胳膊死命朝后压，一人压不住，又上来一个帮忙，两人刚刚扳住，第三个又上手，"嘎巴"一声脆响，右肩关节骨折脱位。金占全痛得喊出声！防外面听见，臭袜子狠狠塞进口！牢头凑到耳边，浓烈口臭令人作呕，恶狠狠说："你小子想死，还是想活？想活，放老实点，让你干啥你干啥。想死容易，现在就送你上路！捏死你就像捏死个蚂蚁，至多再报个'心脏病突发暴亡'。"

　　金占全挣扎不得，呜呜挤出一句："老子操你八辈祖宗！"

　　狱霸又惊又怒："阳间有路你不走，地狱无门你偏来。到了这会儿，你小子还敢嘴硬？！我就不信你是铁打的！你操我祖宗，老子先操了你！"后脑挨了重重一击，金占全昏厥过去……新犯人再度苏醒，肛门口火燎般疼痛，伸手一摸全是血污，两腿已被鲜血染红！施虐者已入梦乡，周围鼻息如雷。金占全赤着下体趴在炕上，羞愤交加，踢爆肾囊能忍，骨断筋折挺住，被众人鸡奸的奇耻大辱却将铁汉自尊彻底摧垮！"刑求之下无英雄。"金占全此时此地信了此言。在外面，我是威震一方的道上老大；进了严管队，老虎变老鼠，随时会被踩在脚底碾成肉泥。此刻像坠入无底深渊，真正是叫天天不应，呼地地不灵！"时来天地皆同力，运去英雄不自由。"黑暗足以掩盖谋杀的声音，周围坚如石，黑如墨，冤气贯顶，鬼气森森，仿佛栖满蝙蝠的山洞，金占全觉得此处已非人间，自己身陷阴曹地府，周围睡的是牛头马面。上天无路，入地无门，环顾四周，孤独无助，心里充满绝望，铁打的汉子生平第一次哭了……

　　金占全死里逃生，半年后放归基建大队。逮捕大会吼出石破天惊一嗓子，最终救了自己。

　　吴管教将胆敢抗上的金占全恨之入骨，依其本意：将"现反"作为抗拒改造的典型上报，枪毙最好！上报材料被魏管教卡住，新犯人喊冤让老革命起了疑心：姓吴的在犯人身上捞油水，却让我做恶人。老邓瞅准时机，证实了老革命的怀疑。魏管教心里酸溜溜的，越看二管教越不是东西！金占全的能干也给魏管教留下深刻印象，把超级强劳力送严管队实在可惜。心里有了想法，任凭吴管教催促，魏管教只是不动，借口刑不当罪，以"事实不清，还需调查"搪塞。俩人最终撕破脸互揭老底。老魏骂姓吴的不是好人，虱子身上榨油，臭蛆尾巴割肉，什么玩意儿！吴管教一脸阴笑，慢悠悠反击：你老魏倒是好人，就是老大管不住老二，要不是组织挽救，把你发配到都带把的地方，你怕早进了严管队！魏管教底子潮，骂不过吴管教，气得发昏，心里越发憋气。吴管教虽阴

毒,却轻视了老革命的老谋深算。乘吴管教出差,诬告金占全越狱的几个社鼠城狐被传来过堂,魏管教桌子一拍,眼一瞪,掏出铐子摔在桌上。一听送严管队,除了庞恭德仗着后台铁嘴钢牙,其余的当场吓尿裤子从实招来。白纸黑字、铁证如山,拿着摁过指印的口供,老革命从场部一直告到省劳改局。吴管教落个灰头土脸,被调离基建大队,再提"金占全"三字,头都大了。

二管教什么都想到了,就是没想到自己的后台在马家滩也有说话不灵的一天。庞恭德被押往严管队,当晚就受到老大宠幸,肥臀成了众多"男友"快乐源泉。

死里逃生使金占全真正意识到老邓在库房给他说的那番话的意义,再坚强的战士也需要盟友。进了四堵墙,一定要有自己的朋友。

老邓虽早有思想准备,再见草间求活的狱友仍吃惊不小:人瘦得失形,宽直脊背佝偻下去,以往炯炯有神的双眼现在毫无光彩,表情木讷,行动迟缓,奄奄无气,仿佛魂灵出窍,见了管教干部,被阉牤牛般驯服……猛虎进去,绵羊出来。老邓越看越难受,忍不住落泪:以往那个桀骜不驯、透着野性的金占全哪去了?站在自己面前的是个活死人!

"二十四桥明月夜"今天中午来帮小混混,七人喝了四捆啤酒,又要了两瓶白酒,吆五喝六,一个个喝得红脖子涨脸,走路东倒西歪。过了打烊时间,干喝酒不加菜,老板娘无心伺候。酒高易生事,催了几次,为首混混躁了!空酒瓶飞来,老板娘闪过举起凳子拿腔作势要拼命。叫骂声惊动里面男掌柜,出来一看满地碎玻璃渣,铁青着脸一言不发扭头又进去。都以为男人要玩命,几个混混操起空酒瓶准备恶战。布帘一掀,男掌柜出来了,两手都拿着家伙,却不是凶器——左手簸箕,右手扫帚。虚惊一场,混混们互相看看,都笑了——没想今晚遇上缩头鳖。本指望自己男人出头,谁想误嫁窝囊废,女人一屁股坐在地上干号:"老天爷呀,俺史花妞上辈子造了啥孽?咋嫁了这么个尿包软蛋?"边号边指着男人骂,"姓金的,你没长蛋子儿,你不是男人!"男人像没听见,低着头,只顾扫地上残渣碎片。哭骂声惊动外面,都聚在门口看热闹。一个高身量中年汉子路过,也好奇地往里张望,骤然脸色一变!拨开人群,疾步上前,从后面揪住为首小混混头发,"啪!"一个大耳光抡去!混混以为遭偷袭,转身欲拼命,待看清出手的是谁,又泄了气,捂着脸说:"爹,咋了嘛?!我又没干啥,你为啥打我?"大汉恶狠狠说:"我捶死你个兔崽子!灌了几泡猫尿在这儿撒野,瞎了你狗眼!也不看看这是谁开的店?!"转身对着门外人群嚷,"有啥好看的?没见过喝高的?!"看打不起来,围观的散了。见有人出头,老板娘一骨碌爬起,摊开肥巴掌:"俺的损失谁赔?!"大汉递上钞票,老板娘数了数,满意地笑了。几个混混看傻了眼,不知这店什么来头,一个个悄悄朝外溜。"都给我站住!"大汉一跺脚,几个小混混乖乖站下。大汉指着男掌柜说,"一帮兔崽子有眼不识泰山。知道这位爷是谁吗?他就是金占全!搁过去,一只胳膊就能把你们全撂翻!"一听此言,混混们大吃一惊,将男掌柜重新打量:常听道上前辈说起金占全,跟眼前这位弓腰驼背的窝囊废却怎么也联不上。大汉骂道:"看什么看?!

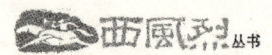

倒退二十年,舔沟子也轮不上你们这帮小浑蛋!再敢来你金伯这儿捣蛋,砸断你们的狗腿!滚蛋!"混混们夹着尾巴赶紧溜了。大汉拱手抱拳,赔着笑脸回话:"金哥,今天的事真对不住!不知者不为罪。你千万别往心里去。好歹赏我个面子,抬抬手,放俺那浑小子一马。我给你赔礼了!"

男掌柜摆摆手:"猫老不逼鼠。今晚的事,该俺谢你。"此言不像当年威震道北的老大说的,大汉心里疑惑,忙问:"金哥,你的意思是……"

男掌柜苦笑道:"老弟,你别多心。俺早过了抖威风的年纪,现在只想安安生生过日子。过去的事,俺再不想提!"百炼钢化为绕指柔。末路英雄话里透着凄凉,仿佛当年威风八面的拳王泰森今天被对手揍得爬不起来,本人无奈,观众伤感。父亲为闯祸儿子放下心,却别有一番滋味上心头。大汉看着昔日老大,张嘴想说什么,却又无话可说,叹息着出门……

"出来混,总归要还的。"无数次被证明是放之四海而皆准的真理。"君以此始,亦以此终。"屈指一算:西京城当年名头叫得响的混混鲜有好下场,道北好汉更惨,不是非死即残,就是在深牢大狱苦挣苦熬。耳闻目睹,昔日恶煞今朝石庆数马,任凭后起之秀寻衅辱骂,只作没听见,低头匆匆而过,有时路上正走着,忽然飞来烂红茗砸在前辈后脑,又有香蕉皮掉在老英雄头顶,晓得是急于成名的小辈欺负自己,用手一拨拉,只当空中飞鸟屙屎,头也不回。昔日拉做头上旗,今天弃为脚下泥。英雄变狗熊。闲坐聊天,过气豪杰绝口不提快意恩仇江湖旧事,早岁刀光斧影暴戾之气荡然无存,言谈间是屡遭磨难后的意气消沉。"仗剑之人必死于剑下",《圣经》教诲令昔日老大心惊,开始信奉上帝,成了主的迷途知返羔羊。教堂礼拜日,一脸虔诚的金占全和教友马婆子并排听牧师布道,救赎"自己有罪的灵魂"。受主教化,金占全越发温良恭俭让。今日道北街头,常见年过花甲的金占全牵着胖嘟嘟的外孙女,乐呵呵走在学芭蕾舞的路上。金老伯说话谦和,宽厚有礼,蔼然一长者。后生晚辈打死也不信,倒退四十年,含饴弄孙满脸慈祥的金老伯竟然是一跺脚满街乱颤的恶煞!

【伊本佳人 奈何做鸡】

山坳阴处搭棚,青冈树锯成截,木头上打孔,填种,淋水,一层层架起摞好,留足空隙通风阴着,假以时日,一朵朵彩云从木孔中钻出,越变越大。彩云不光好看,还是令人心里踏实的人民币。秦岭腹地昼夜温差大,花菇生长周期长,肉质肥厚,口感甘美鲜嫩,素为沿海客商青睐。受福建一家外贸公司委托,金老板带着对方派来的农艺师进山寻求合作伙伴。沧海桑田,木房子已不见昔日景象;以往坑洼不平的青石板窄路变

为柏油宽道；两厢木房换成清一色楼房；"小上海照相馆""重庆红幺妹正宗火锅""秦岭第一碗牛羊肉泡馍"……沿街排开，山货土特产店居多，里面挤满缠着蓝布头巾打着绑腿的山民和操着外地口音客商。深山古镇同样面临人口爆炸，街道熙熙攘攘，人头攒动，红男绿女打扮得像都市青年一样时髦，空中回荡着港台流行歌曲……

木房子镇长是个白胖子，上门寻求合作的外地客商见多了，说话哼哼哈哈，态度和待客茶水一样不冷不热，谈话不切正题。金进财请对方喝酒。镇长摆摆手，说县里来检查工作，陪着多喝了几杯，这两日正害酒，情领了酒免了，说完站起送客。金进财不笑强笑："'甜不甜，故乡水；亲不亲，故乡人。'我从这儿出去的，父母官好赖赏个面子。"镇长把客商打量一番，满脸疑惑："我在木房子当了七年镇长，搞人口普查把方圆三十多公里翻了个遍，本镇凡在外混得有头有脸的，没有谁我不知道。怎么从没见过你？你贵姓？"

"我免贵姓金，不是本地人，是在集英公社插队的老三届。修207公路，我被编进运输队，从黑虎岭工地到木房子，来回跑了上百趟，臭汗顺着沟渠子流，没有功劳，也有苦劳。您堂堂一镇之长，怎么会认识当驮驴的草民？"

镇长眼睛瞪得溜圆："你也上过'207'？你也当过驮驴？"

老驮驴一脸辛酸："那活儿真不是人干的！当了大半年驮驴，把一辈子罪都受完了！饿了啃干馍，渴了喝泉水，80里山路，34公斤炸药箱，一月少说背20趟。三十年前的事，吃了多少苦，一时说不清，给您概括成一句：我进山时净重128斤，当了驮驴，革带常移孔，出山那天，毛重只剩96斤！"镇长反应出人意料，白脸涨得通红，左手紧握客商胳臂，右手不停拍打对方肩膀，激动地说："我上过'207'，也是驮驴！兄弟，不容易呀！走！咱们今天喝个痛快，我请客！"

……一瓶"西凤"见底，镇长白脸变红脸。两人俯下身子，手握手，头顶头，乍看像是一对为争夺交配权顶仗的羝羊，殊不知两个爷们正在交心。"我的事，老弟办还是不办？"

"办办办，坚决办，立刻办，马上办！老兄的话就是最高指示，比县长说话还管用。不办，你立马把我镇长撤了！"镇长满嘴醉话。

"还是踏踏实实继续当你的镇长，撤了老弟，我来木房子找谁种蘑菇？"

"行！就听你的。蘑菇你种着，镇长我当着。患难之交不可弃。谁叫咱俩都当过驮驴？老兄，不容易呀！"

"老弟，不容易！"金进财真心响应。

"再想不到两个驮驴也有今天。"

"这就叫'三十年河东，三十年河西'。"

"老兄，咱俩还是一个公社的。我家是地主，旁人眼里就是盘儿菜，想咋收拾咋收拾！从镇初中返乡第二天，就被生产队长逼着进山当驮驴。我那会儿年幼力薄，背到第七天头上，下起大雪，我又冷又饿，身上发软脚下打滑，实在背不动……"镇长声音哽咽了，停了会儿又说，"不怕老兄笑话，我卸下炸药箱坐在上面哭，边哭边诉：老天爷

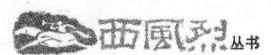

呀,你还叫人活不?把人当牲口用,这罪搁谁也受不了!哭毕诉完,擦干眼泪还得背上走。老兄,你怎么也去受洋罪?莫非家里也是黑五类?"

"咳!都怪我有眼无珠。鹿死于角,麞死于麝,我险些死于口!千不该,万不该,不该拿父母官开涮。古有破家县令,今有公社书记逼我跳崖。"金进财说起奚落高山往事。

镇长边笑边摇头:"哪壶不开提哪壶。不是我说老兄,你这张嘴欠抽!'打人不打脸,骂人不揭短。'何况是当官的?换我也得收拾你!"又说,"高山我熟。老头是个好老头,就是管不住自己老二。恢复高考第一年,我考上地区师专,毕业分到县委捉了几年笔杆,公社配班子时和高山在一起。高老头以后又犯了男女关系错误,被发配到外公社食堂管灶,不久突发脑溢血死了。"金进财嗟叹不已:高书记虽把我收拾惨了,最后还是放了自己一马。一死百了,人世上恩恩怨怨已随风而去。生者只记死者好处,遂举起酒杯,遥祈故人下辈子继续当干部,努力管好自己老二,再不犯男女关系错误。两个"驮驴"边喝酒边忆苦,异苔同岑,相见恨晚,彼此说了许多推心置腹、肝胆相照的话。第二瓶"西凤"过半,镇长开始往桌子底下出溜,客商干脆趴在酒桌上。那边陪坐的副镇长和文书看看不对,一边一个架起镇长胳膊往回拖,这边农艺师照章办理。镇长挣扎着扭过头,红脖子涨脸道别:"老……老哥,酒逢知己千杯少。我……我今天喝得痛快!"

"老……老弟,认识你,我真……真高兴!"客商回应。

俩人不约而同喊:"兄弟,不容易呀!"

酒醒,天已黑下。金进财头疼欲裂,连喝几杯热茶才觉好受些,躺在旅社床上喷云吐雾。农艺师背着手在屋里踱来踱去,闷着头一句不说。金进财看得不耐烦:"你是属驴的?推磨再停不下,转得人眼晕。有转圈瘾,外头转去!"农艺师立住,挨了骂非但不恼,反而赔上笑脸:"金老板,您澡盆子洗脸——面子大。一出马就把事情搞定!佩服,佩服。回去以后,我一定要向我们老总汇报。"

"区区小事,何足挂齿。"金进财心里受用,嘴上不屑。

"对你金老板是小事,对我们公司却是大事。要不,咱们出去庆贺庆贺?"

"怎么庆贺?"

"去歌厅唱歌。"

金进财"扑哧"笑出声:"我就纳闷你们这些南蛮子咋回事?个儿小骚劲大,三天不进歌厅找小姐,就像起了脓包浑身难受。一街土娼,满嘴黄牙,又蠢又丑,有何情趣?听我话,赶紧上床歇了。明天还有正事要办。"农艺师不吭气,背着手又开始满屋推磨。金进财看得无奈,叹口气:"我算明白了:不把肾囊一泡臊汁折腾出去,老弟今晚安生不了。罢罢罢,谁叫你是客,我是主?老哥今晚耽误瞌睡,陪老弟潇洒走一回!"

山高沟深,星光灿烂,冰轮皎洁,夜气森森,木房子越显清幽。南街歌厅发廊随处可见,间杂着几家性病诊所,牌匾分别写着"娜娜歌舞厅""情迷发廊""真爱夜总会""甜妹发型"……店名个儿赛个儿香艳。每家门口霓虹灯下,都立个前露肚脐、后露脊背、穿超短裙、头发染得红里带黄、炫一身肥白肉的年轻女人,见男人注目媚笑着招手。门

前停满小轿车,牌号多是省城……想起"无娼不盛",金进财会心一笑。走进"白玫瑰歌舞厅",围看电视的小姐站起,乍暖还寒时节,却个儿赛个儿暴露,齐朝客人飞媚眼。再看身边农艺师,两眼喷火!瞅着两边有趣,金进财拍着巴掌调侃:"地偏淫风盛,山深野鸡猛。"忽然觉得一位穿黑色紧身衣、金发高个子小姐面熟,急切间却想不起在哪见过,细打量,对方低头像怕客人认出。木房子山高沟深,离西京城几百里地,小姐怎么会认识我?客人心里疑惑。待包厢坐定,突然想起伊是谁!金进财一拍大腿:"好你个老婊子!只说此生无缘再见,谁知冤家路窄,你也有撞到老子枪口的一天!速传伺候老子!"

领班回来为难地说:"先生,要不给您重换一位?你要的那位小姐今天身体不舒服。"

"看来你们跟钱有仇,送上门都不搭理。走!咱们另换一家不嫌钱烫手的。"上门财神岂能推往别处?经理拦住赔着笑脸说:"您安心坐着,我马上去叫。老板赏脸,小姐敢不来!再敢推辞,不用您吩咐,我现在就叫她走人!"随后传来尖声叫骂:"你以为你是二八佳人?一张老树皮脸也不对着镜子照照!别他妈给脸不要脸!不接客趁早滚蛋!"

包厢门开,走进面无表情的小姐,两唇涂得猩红,长筒丝袜皱得不堪入目。"公道世间唯白发。"昔日俏丽面容不见了,兴风作浪的妖精老矣——肩背两膀赘肉汹涌澎湃,柳腰变粗桶,紧身衣和发肥躯体做徒劳斗争,眼袋鼓起,白粉遮不住眼角的鱼尾纹。相由心生,眼前是一张多肉多欲的老妇人脸。

"哈哈!有道是有缘千里来相会。"金进财起身欢呼,弯腰做个"请坐"手势,又道,"月明千里故人来。屈指一算,你我已十五年未见。余小姐,别来无恙?"

"先生,对不起,你认错人了!我不姓余,我叫金莉。"脸上仍是宠辱不惊的淡定。

"啊哈!拜托你嘴上积德,别糟蹋俺金姓了。"

余桃花瞪起眼睛,摆出破罐子破摔架势:"金进财,你想干什么?!老娘走南闯北,经过大风大浪,什么样男人都会过,还怕你不成?"

"看!白骨精终于露出原形!别怕、别怕,妖精你千万别怕。大圣今夜不是来降妖伏魔的,只想和你叙旧,做倾心之谈。"说着掏出一盒软中华。余桃花嘬紧血红嘴巴,贪婪地一口吸掉小半截,憋了好一阵,才徐徐吐出一串烟圈,闭目抽完,方睁眼问:"说吧,你想谈什么?"

"'英雄不问出处,美人莫问归宿。'我本不该问,只是心里纳闷:花花世界的生活秘书你不当,为何甘做路柳墙花,进深山沟里当性工作者?"

"不谈这个,说别的。"

"明白了。你是阔二奶逛窑子,不图钱,图个快活。"

"放屁!你老婆才图快活。"

金进财非但不恼,笑容越发亲切,句句绵里藏针:"我老婆自有威武大将军伺候,你就不必操心。倒是你让我费思量:伊本佳人,奈何做鸡!真真令人费解,"猛击掌,作恍然大悟状,"明白了!苦海茫茫,回头是岸。伊一定看破滚滚红尘,参透情天欲海,幡然醒悟,皈依佛门,隐居深山,一心向善。见此地山高沟深,单身妇女外出常遭性侵害,伊于心不忍,毅然舍肉体让色狼饱餐。"伊听得直翻白眼,金进财兀自不依不饶:"我在敦煌莫高窟第428窟看过北魏壁画《萨埵王本生·饲虎》,画的是古萨埵王子见七只虎崽嗷嗷待哺,毅然跳崖舍身饲虎,最终成佛。事隔千年,又有香港生活秘书捐躯喂色狼,纵然千夫临幸,咬紧牙关任出入,身烂体臭志不移,制止无数性犯罪。萨埵王子'哀而不伤',生活秘书'乐而不淫';一个舍身饲饿虎,一个捐躯喂色狼。子曰:'大德无亏,小节出入可也。'你俩俱是大慈悲、大境界、大圣人,真正菩萨心肠!非我等凡夫俗子所能理解。佩服,佩服,金某佩服得五体投地!"

"金进财,我真想撕了你这张臭嘴!当年要不是你满嘴胡吣,我也不会不要你!"

"多谢,多谢。免了,免了。咱俩真成了夫妻,我不光戴绿帽子,绿袍子也披上了。活王八还是让李公子继续当吧。"

"都哪辈子的事了。陈谷子烂芝麻提他做甚?"老交际花语气像说一双丢弃的旧鞋。

"更上层楼先换新鞋,改头换面再战江湖。"金进财调侃,"是我忘了,你改由麦董养着,他是后继的王八。卿以色事人,莫非色衰爱弛沦落至此?"

余桃花幽幽叹口气:"老头子去世八年了。他要活着,我哪会落到这个地步。别说拿我开涮,巴结老娘也轮不上你!"

"麦董翘辫子了?"金进财一愣,随即笑了,"翘辫子就对了!'翠娥红粉婵娟剑,杀尽世人人不知。'遇上你这吸精抽髓的狐狸精,老家伙不元阳丧尽油尽灯枯才怪呢。"

"屁话!他大老婆也是这屁话。"余桃花愤愤不平,"老头子暴死关我屁事!他自己不行,只好靠吃春药提劲,赶上1997年亚洲金融风暴,旗下厂子头寸周转不过来,相继倒闭,投资豪宅更跌得惨不忍睹,仅此一项就损失上亿港币!几乎天天都有房主自杀的消息。老头子心理压力太大,睡到半夜心脏病突发暴死。"

"内外夹攻,麦董不玩完才怪。"金进财断定。董事长尸骨未寒,原配就上门清算,生活秘书被几个狠仆挟出门扔进路边污水渠。说到伤心处,老交际花悲愤交加,声泪俱下。金进财愤愤不平:"咋?这些年咱让糟老头子白睡了?落了个净身出门!论起老余也是走南闯北,久经沙场,怎么能吃这亏?跟他大老婆打官司!"

"早咨询过了。律师说孩子生父死了,我在麦家没名分,打哪门子官司?我三天两头催糟老头立遗嘱,将内地别墅和厂子转我名下,他总说'不急',临了还是把我闪在半道!女儿被她二叔领养,说麦家骨血不能流落在外。我说领养可以,拿奶水钱来!最后给我五万港币,条件是母女永不见面。麦家爱养就养呗,正遂我意,拖个油瓶自找罪受,万一遇上合适的主儿,倒成累赘。"余桃花擦去眼泪,一支接一支地抽烟,接着说,"想一刀两断,没那么容易!说到底,我也是她娘。说是永不见面,老了寻上门,女儿还得管娘!丫头脸蛋比我还俊,身条儿又好,长大钓个金龟婿板上钉钉。闺女嫁入香港豪门享福,老娘在内地受穷,天下没这理!敢说不管,我立马找小报记者爆猛料。赤脚

不怕翻船。麦家在香港也算名门。他们怕丢人,我不怕!不给个三五百万养老费,封不住老娘嘴!"

"高!实在是高!"金进财跷起大拇指,"今天我又长了见识。这招叫什么?是放长线钓大鱼,还是舍不得闺女套不住肥狼?老余不愧是闯荡江湖女强人!拿得起,放得下,不为母女情所困,赛过街道光棍,果然厉害!"

余桃花叹口气:"'强人不能与天争。'认命吧。我不担心将来,只是眼下日子难熬。"拿出化妆品手袋,"哗啦"倒了一茶几,眼影、鼻影、腮红、口红,一应俱全;眉笔、眼线笔、唇线笔、定妆粉,应有尽有。女人上战场十八般兵器一件不少。对镜补妆,描眉画眼,捯饬好一阵才算满意。老交际花朝男人抛个媚眼:"进财,你看我现在咋样?显不显老?"

"不老,一点不老。虽说你交际花过气,涂粉底,抹腮红,依旧是粉底桃花,依旧狐媚偏能惑主。"

余桃花信以为真,笑脸阡陌纵横,问:"门口停的'花冠'是你的吧?看样子你混得不错,已经是大老板了吧?"

"大老板不敢当。咱是挖耳勺炒芝麻——小鼓捣油。只敢说余生再不愁钱花。"

伊两眼骤然发亮,往男人跟前挪了挪,努力作老鸟依人状:"进财,说句心里话:我一直没忘你,常常梦见你。你勇敢,你善良,你心疼女人,最见不得好女人遭罪。你当年在水库工地舍身救我,我至今没忘。每次想起,我就难过得掉眼泪。"说着掏出纸巾擦眼角。想起受辱一刻,金进财冷笑道:"彼此,彼此。"

老交际花顺杆爬:"你道有缘千里来相会,我说水流千遭归大海。咱俩咋想到一起了?"

金老板深表同情:"'以色事他人,能有几时好?'你有想法也难怪。长江后浪推前浪,一代新人换旧人。无数年轻漂亮的'生活秘书'正在茁壮成长。老生活秘书美人迟暮,城里难以立足,被挤兑进深山还是混不下去。'自古美女如良将,不许人间见白头。'你年老色衰,早该未雨绸缪,下岗另谋出路。听口气,你想找个好男人从良?"

"别说得那么难听嘛。人家还不是心里有你。要个咱俩……"

"要不咱俩来个鸳梦重温,了却相思债?是这意思吧?"

"这可是你说的!咱俩关系是不是发展得快了点?别说得那么直接嘛,乍一听,让人怪不好意思。"老交际花掩面做娇羞状。

"妾有情,郎有意,同居自然好。只是有个问题不大好办。"

"什么问题?"余桃花紧着追问,接着自问自答,"你指的是钱吧?我要求不高,给我在西京城租套两居室,每月五千块生活费就行……你怎么不说话。嫌钱多?那至少三千块!我要的真不多,过去麦董一月光零花钱就给我五万港币!我现在还能生育,日后给金家添个俊闺女,让你来个儿女双全。"

"我便宜占大了,金屋藏娇贱价处理。钱,不是问题,我怕……"故人欲言又止。

"你怕什么?"老交际花追问。

"我有两怕：一怕自己身子骨扛不住，老骚狐床上功夫未过半，我就累成一摊泥，待你把本领使完，我只剩下最后一口气；二怕半夜醒来一睁眼，面对面睡个老得没牙丑婆娘，一脸双眼皮，满面美人痣，垂俩眼袋，秃头青面，活像《聊斋》里披着画皮挖食男人心肝的妖精，咧着血盆大嘴朝我狞笑！我这人天生胆小，下场和麦董一样，非得当场暴毙在床！不同的是，糟老头子纵欲身亡，我是被活活吓死！"

"金进财，你浑蛋！狗嘴吐不出象牙！"见老交际花被戳到痛处，金进财乐呵呵。余桃花越发恼怒，"兜里刚有俩小钱，就忘了自己姓啥为老几。别忘了老娘是谁？！老娘经过大世面，吃的山珍海味，住的别墅豪宅，开的奔驰宝马！"

"'老妇今年头总白，凄凉阅尽兴亡迹。'伊如《临淮老妓行》所言，落到'尊前诉出飘零苦'，就再莫提昔日风光！"客人一把揪下小姐金发暴露白发，戏谑，"老魅艳妆，适增鬼形。这头黄毛从哪家杂货店淘来的？身上现有几处是真的？假发、假眉、假睫毛、假牙、假乳房，屁股倒翘得高，估计也不是原装！"余桃花慌忙夺回假发套覆在头上，伸开巴掌说："老娘不伺候了！快给我小费！"接过嫌少，"我不能让你白骂半宿，还得添点！"

"你哄抬物价扰乱娱乐场所经济秩序，先问物价局同志答应不答应！"

余桃花将剩下的半盒中华烟抓去，临去悻悻地说："小气鬼！逃荒要饭家出来的，终究狗肉上不了席面。我看你这辈子也发不了大财，充其量开开二手车，嫖嫖土娼。"

金进财笑嘻嘻回敬："故人相别，作诗赠伊：

　　花魅吸髓老蜂亡，缠头盈箱付东流。
　　色衰犹作凄凉舞，可怜落得满身疮。

【女疯子和七个侏儒】

暮春时节，秦岭深处绿草如茵，青松如盖，空气格外清新，吸一口，每个肺泡都带着丝丝甜味，从空气污染严重的大城市初来乍到，骤然吸足富氧，像喝多了醇香美酒，脑子微微发晕，人，有了醉春感觉。春山如笑，公路旁是清冽山泉，一湾春水耐不住深山寂寞，不顾河道里大大小小石头阻挡，一往无前地向山外喧嚣世界奔去。春深似海，野蜂飞舞，蓝天红日下，地气缓缓腾起，暖融融，似晨烟暮霭，轻纱般淡淡漫开。坡地麦苗似绿毯斜挂，人工栽植松柏披上新叶，灌木早就绿了，如茵绿草间杂着五彩缤纷野花。空气里弥漫着淡淡香味，空中有成群春燕盘旋鸣叫，草地是跳来蹦去的蚱蜢，又有许多不知名的鸟儿立在枝头，齐声歌唱明媚春天。

花冠在168km公路界碑处停下。金进财下车四处张望,风景依旧,岁月如帚,工棚无影无踪,旧情往事却齐齐涌上心头。"旧游无处不堪寻,无寻处,唯有少年心。"贾世梅已化作秦岭之土,山坡上那座熟悉坟茔却完好如初,像有人精心照看。会是谁呢?金进财宽慰之余又有些诧异。按照生人与死者契约,金进财将新鞋齐齐堆在坟前,最上面是双白色回力牌篮球鞋,比照当年从死人脚上扒下那双买的。浇洒汽油,浓烟裹着纸钱灰烬腾起,金进财一脸肃穆:"假女子,事隔三十年,哥哥今日来还愿。你点点数,一共十双,全是名牌,没有一双假冒伪劣。斗酒只鸡,哥哥敢骗活人,绝没胆哄死鬼。兄弟,你在地下舒舒服服享用吧。"合掌默默为早逝者祈祷冥福。乌龙般烟柱惊动附近山上人家。一个上年纪山民跌跌撞撞朝坟茔跑来,边跑边挥舞着胳膊大声嚷嚷,闹清是上坟的才停止喊叫。从老汉口中得知:每年清明时节,都有一个黑大个儿女人开卡车来祭奠,坟前一坐一天……一年又一年,女司机宽脊背驼了,笔直腰杆塌下,青丝变白发……最后一次来,女司机打听到坟茔所在坡地主人,携重礼上门,说自己身患癌症,来日无多,死后也要埋此,到时还得麻烦您老……老知青听得眼角发酸,心头发热,只知穆兰檀老女未嫁,想不到痴情如此!说什么昊天罔极、阴阳永隔,挡不住生死不渝!都叹人事有代谢,往来成古今,我却说青山永在,绿水长流,人鬼情未了!联想自家媳妇,男人刚走背运,就哭着喊着闹离婚。同是女人,思想境界差距怎么这么大?!娶妻以德,纳妾以色。年轻时找老婆一味追求高尖鼻,犯了原则性错误,老了老了,才知德行可贵。老汉一旁感叹:"咳,你们老知青不容易,当年受苦了!"

金进财纳闷:"你怎么知道我是老知青?"

"前不着村后不着店,城里人谁往穷山沟跑?也就是你们这些老知青念旧。"又说,"你们返城的享福了,没走的还在遭罪。"

"知青大返城那阵儿,老三届都走完了。难道还有留下的?"

"怎么没有?往前拐过两道弯,下公路蹚过河,有条小路通到小渠沟,沟里有家人,屋里女人听说是老知青。"

"她叫什么?为什么不回城?现在过得怎么样?"金进财好奇地问。

"女的叫什么不知道。日子过得……唉,简直就不像人……别人屋里事,外人说不成,说不成。"老汉连连摇头,欲言又止。

寻到地方,农艺师守车,金进财脱了裤子顶在头上,拎鞋蹚过河道,山泉水寒,上了岸,两腿激得通红。沟里山势陡峭,沟底堆满山洪冲下的巨石,灰白一片,或仰卧或侧立,形态各异,像剥皮怪兽。沟里杂草横生,土地贫瘠,石头裸露,难怪无人烟。高高坡上有块小小坝子,孤零零立着三间青瓦砖脚土坯房,附近再无人家。女知青怎么会嫁到这兔子不拉屎的鬼地方?又如何待得下去?老知青越发好奇。爬上坝子瞅见一树桃花开得正艳,檐下面立个衣衫褴褛女人,白发蓬乱胜雪,山风中微微飘荡。连喊几声"乡党!"主人不理,像怕面对客人。莫非伊是隐居深山麻风病患者?当驮驴时,曾在风雪交加山路和麻风病人擦肩而过,狮面恐怖至今难忘……四周死般寂静,静得瘆人。寻访者心里发毛，想着来一趟不易，实在不甘心就此打住，蹑手蹑脚绕过，待看清女人面目，仿佛撞见幽灵，惊得连连后退。坚硬的地面瞬间变成流沙，金进财脸色煞白，心脏停止跳动，哆嗦着问："你……你是人……还是鬼？！"

宽大制服罩住瘦弱身躯，裤子破烂不堪，光脚趿拉双破球鞋，眼前女人不像知青，不像山民，倒似盲流，虱子爬满头，鬼魂般低垂着眼睛，厚厚眵目糊，面似靴皮，左颊有道长疤，手背青筋暴起，像干枯鹰爪，身上气味刺鼻。1974年的中国女鬼不应该穿外国牛仔裤。昔日同伴最终确认对面不是鬼魂："颜莉莉，你说话呀！我是金进财，我来看你！你怎么会跑到这？！"女人手指冰凉，感觉像握着尸体，脸上毫无表情，睁着一双痴呆呆眼睛，视而不见……女人大概被抓痛了，猛地将手甩开，张嘴露出残缺不全的黄牙，将一口腥臭浓痰啐在男人脸上！金进财松开手，退后几步，掏出手帕擦去脸上痰迹，这才明白：眼前女人早已元神腾空，只剩肉身在地，是个不折不扣的疯子！

"是省上下来的领导吧？"问话声透着谦卑。扭过头，背后却空空荡荡，有鬼！金进财吓得差点喊出声！赶紧转身，这才发现背后不知什么时候悄悄站个三尺高小矮人，像从地里突然冒出！小矮人身材奇形怪状，仿佛天生没有脖子和大腿，脑袋从胸腔生出，腰直接长在膝盖，脑袋大得出奇。"今晨喜鹊叫喳喳，原来贵人到我家。"小矮人脸上笑开花，殷勤搬过凳子请贵人坐下，自己站着仰脸与"省上领导"攀谈。端详侏儒打扮，金进财差点笑出声——戴顶油污发亮绿军帽，上身四个兜蓝咔叽布制服，下身大红棉毛裤剪去半截，脚上是双黑色塑料凉鞋。金进财对残疾人素有同情之心，遇见总要施舍，眼前侏儒却令人生厌——三角眼察言观色，说话滴水不漏，一身盲流装束，却满口醋熘普通话。怎么看怎么怪，怎么听怎么别扭！小矮人集街道闲人油滑和农民式狡黠于一身，一看便知是老江湖。金进财首先纠正对方称谓："我是收山货的小贩，不是什么贵人，更不是省城来的领导。你弄错了！"

小矮人笑了："您老别逗了。丰田花冠、'O'字打头公务车、省政府机动车辆通行证，啧啧，好大气派！您不是领导谁是领导？您不是贵人谁是贵人？！看您往沟里去，我药材也不挖了，撂下锄头，赶紧回家迎接领导微服私访。咱残疾人跑不快，紧赶慢赶，还是落在后面，请省上领导多多见谅。"临时借辆公务车装幌子，外地客商前自抬身价，没想被小矮子瞧在眼里。金进财不禁对侏儒刮目相看：人小眼尖鬼大，够精的！老知青瞄了眼屋檐下疯子，装作漫不经心地问："这女人是谁？"

"是我婆娘。"

"你说什么？！"仿佛当头霹雳！金进财惊得全身乱抖！

"是我屋里婆娘，城里话叫爱人。"小矮人以为"省上领导"没听懂，重复一遍。金进财腾地站起，死死瞪着侏儒！像看见美玉扔进粪池，又似目睹珍贵瓷器被踩碎，指着对方，却急切说不出话，脑袋阵阵发晕，胃里直往上泛，想吐吐不出，哆哆嗦嗦问："她……她怎么会……会跑到这……怎么会嫁……嫁给你？！"贵人脸色大变，小矮人看在眼，依稀觉得领导不会无缘无故钻野山沟，莫非和自己婆娘以前相识……老天开眼，肥猪拱门！小矮人作出一脸悲痛，连连摇手，拒绝回答。金进财颤抖着掏出香

烟点上,连吸几口,手仍抖个不停:侏儒一定是流窜途中遇见颜莉莉,见她神志不清有机可乘,遂起歹意,先奸后骗,拐进深山给自己做"屋里婆娘"。老知青强捺怒火坐下,脸上硬挤出一丝笑容:"实不相瞒,我就是你所盼的贵人。想让我帮你,你得从实道来。破碗搭银筷,瘦驴配锦鞍。怎么看你两口子都不般配。我没别的意思,只是好奇。你婆娘不像本地人,叫什么名字?家住哪?你何时何地遇上的?"

"不能说,不能说。"小矮人大脑袋摇个不停。

"真言不传六耳。此时此地就你我俩人,有什么不能说的?"

"家丑不可外扬。此事真不能说。"

贵人说"能说",小矮人道"不能说",唇枪舌剑,你来我往,像比赛掰手腕,又似棋手斗智,急切难分高下。贵人掏出张大钞在小矮人眼前晃晃:"你越不说,我越想知道。今天说了实话,票子就是你的。"小矮人两条短腿猛力往上一弹,一把从贵人手里抓走票子,动作奇快,赛过狸猫捉鼠,落地后退几步,嘻嘻一笑:"说不得,真说不得。"金进财以为对方嫌少,又掏出一张。小矮人照收,仍摇着大脑袋声称:"家丑不可外扬。"见对方吊自己胃口,金进财再捺不住满腔怒火,兜胸提起小矮人蹾在凳子上,恶狠狠逼供:"好你个怪物!竟敢骗奸良家妇女!知道我是谁吗?我是你道北金大爷!金大爷你也敢晃荡,你吃了豹子胆?!从实招来饶你一命!不招,我现在就掐死你!"见小矮人摇头,金进财十指钢索般勒进对方脖子。小矮人被掐得两眼翻白,手抓足蹬,"呃呃"怪叫,勉强挣出声:"金……金大爷,快松手……我……我说。"金进财手一松,小矮人从凳子上摔下躺地捯气,片刻还阳,爬起一蹦多高,大声嚷嚷:"谁敢说我拐骗良家妇女?!她是我路上拾的。没我罗天狗救命,她早冻死在雪地!门前桃树就是她病轻时栽的。我俩搭伙计十八年,牛牛娃生了一炕,虽没领结婚证,却是事实婚姻,谁敢说不是合法夫妻?!"老知青听得心如刀绞,久久说不出话……

罗天狗以为贵人不信,两手握成话筒,仰脸伸脖对着山顶喊:"来客啰!都下来喽!"喊声刚落,山顶出现一群黑点,有大有小,蹦蹦跳跳皮球般一起朝下滚。黑点越来越大,金进财认出打头的是群脏兮兮山羊,一只大狗紧跟,后面看不清,仿佛六个皮球跳跃……狗丑得跟主人一样,是四条腿怪物,头大身子粗,嘴长得出奇,四腿奇短,蒲扇般耳朵少半块,鼻子豁去一块,估计是和山里野兽撕咬留下的伤痕,两只红眼汪着泪,像长年害眼病,皮毛灰不灰、黄不黄,斑点套斑点,屁股几乎全秃,像害癞痢害错地方。丑狗是性放纵产物,中西结合,土洋杂交,血统复杂得令动物学家也难考证。丑狗咆哮着扑向贵人,金进财吓一跳,舞动板凳且战且退。丑狗脑壳仿佛铜浇铁铸,挨了板凳扑得更凶。贵客慌了,大叫:"把狗拉住!"主人光吆喝不动弹,满意地看着自家狗杀贵人威风。金进财左抵右挡,一个没招呼到,耐克鞋"哧啦"被獠牙豁开。丑狗直将贵人逼到崖边,才被主人拉住,不怀好意地守在旁边,龇出獠牙,"呜呜……"威胁。

金进财放下板凳,心疼地查看脚上名牌,听见窃笑恼羞成怒,正要破口,一抬头,惊得嘴再合不上——面前站着六个侏儒,俱是大头小眼、黑面黄牙、矬个儿粗腿,齐齐对着贵人咧开大嘴,脸上表情让人联想到猴子发笑。罗天狗向贵人炫耀:"这是罗大狗、

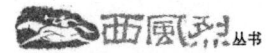

罗二狗，两边是三狗、四狗，中间是五狗和小狗。兄弟六个一母同胞，都是我和她亲生的。这回您总该信了吧？"进沟半个时辰，金进财再遭雷击！面对插队同伴肚里钻出的六个怪物，老知青瞪着眼，张着嘴，恼非恼，怒非怒，像被闷雷震懵，脑袋"嗡嗡"乱响，一句也说不出。老侏儒庄重保证："真金不怕火炼。只要您肯出钱，上省城大医院做 DNA 检测都行，保证不掺假！一年生一个，六年六个儿，她从进门肚子就没闲着。不是自夸，我罗天狗别的不行，那玩意儿比正常人一点不差，种子更硬，生下的个个带把！不知哪个浑蛋看得眼红，偷偷举报，镇计生办强行将我拉去阉了。要不，现在怕是一打儿都有了！"又说，"让傻婆娘怀娃真不容易，肚子一疼，她就抱着房柱子使劲蹭，再打也改不了，头胎被蹭下已成人形。以后怀上，我索性将她手脚捆了扔在床上临产再松绑……"

老侏儒每次答疑解惑都是对老知青的残酷折磨，仿佛脑袋被人摁进泔水缸，被迫喝下一口又一口，金进财神经纵然坚强，想象力固然丰富，也被真相的刀锋割得遍体鳞伤，再也听不下去，一声怒吼："别说了！"

老侏儒将话题转移至经济问题：乡政府对自己还算照顾，帮着盖起三间房，每年救济些钱粮。扶贫不能光靠政府，全社会都应关心！全家外出乞讨，见我一家病的病，残的残，都道可怜，多少帮衬几个。"我婆娘脑子有病，想带她去省城大医院看病，苦于没钱。模模糊糊只晓得我婆娘是老知青，姓啥？叫什么？娘家在哪一概不知。都是省城的，您老人家看她是否面熟？以前见过没有？"贵人漠然摇摇头。罗天狗失望之余接着诉苦："我婆娘现在彻底疯了！千斤重担不能当丈夫的一人挑，她娘家也得管！"说着取出个空药瓶。金进财接过一看：标签失效期已过五年。罗天狗换上媚态，谄笑着说："您一看就是贵人。什么叫贵人？贵人就是有钱有善心的人。遇上贵人不容易，是我罗天狗全家造化。您大慈大悲慷慨解囊，帮我一家子渡过难关。"

瘟头瘟脑听完老侏儒诉苦，金进财脑子渐渐清醒过来：眼前不是白雪公主和七个小矮人的美丽童话，而是一场真实的噩梦——昔日如花似玉的女知青沦为侏儒泄欲工具和挣钱机器！金进财此刻无话可说，身上阵阵发冷，已出离愤怒，出离悲哀。出离愤怒是因为找不到泄愤的对象；出离悲哀是因为神经麻木。老知青眼下只盼一件事发生——已是行尸的女知青肉身入土，灵魂归天，不要再留在人世受罪！倾其所有塞进昔日同伴衣兜，将衣服扣子一一系好。疯子木然看着前方，站着一动不动。侏儒丈夫脸上笑开花，合掌不停叨絮："老天开眼，老天开眼！不枉我罗天狗平日烧香拜菩萨，今天总算盼来贵人……"忍耐已至极限，再待下去，自己也得疯了！金进财一言不发转身就走。侏儒小跑赶上，递过纸条，上面写着自家地址和沟口供销社电话，拜托帮着打听"我岳父家地址"，说一有消息，会立刻上门认亲，带着六个狗看望"省城外公外婆"。金进财撂下一句："以后对她好点！"

下到沟底，坝子忽然传来惨叫！金进财一惊，赶紧收住脚步，凝神聆听，声音越发凄厉，间杂着骂声与狗吠。金进财转身往坡上跑，沟对面一幕惊心动魄：侏儒边骂边扯婆娘白发，女人上衣扣子拽得一个不剩，薄饼似的干瘪奶袋暴露无遗，两手下意识护住装钱衣兜，不时发出惨叫；六个小矮人团团围着，拍着巴掌像看武打戏；丑狗"呜呜"叫

着,脚下蹿来蹿去……正面强攻不下,男人转移到女人背后,猴子骑山羊般攀上,勒住脖子用力朝后一扳,"咕咚"一声闷响,双双跌倒尘埃……六个小矮人鼓掌欢呼……老侏儒一骨碌爬起,朝自己婆娘头上猛踢!女人像挨了打的杂种狗一样哀号。老侏儒拽着头发,小侏儒一拥而上,抬的抬,拉的拉,合力将疯子弄进屋。丑狗狂吠蹦得更欢。粉红花瓣撞落一地……"宰了你个驴日的!"老知青眦裂发指,咆哮着朝沟对面冲去,恨不得一把火将三间房烧为白地,人犬统统杀掉!爬至气喘吁吁,步子渐渐慢了,脑子逐渐冷静下来:把疯子弄回省城容易,接回去却如何是好?……她父亲早死,母亲没钱有病,真正是"吾身顾不了吾身"……送活包袱回家岂不是害人?保不定怪我狗撵耗子多管闲事……精神病患者只能送精神病院。这笔钱谁出?颜家都是普通工人,肯定拿不出……慢性精神病患者住进去怕就是一辈子……自古"救急不救穷"。我负担个一年半载还行,十年、二十年呢?……我和她只是同学关系,老婆那关先过不去……想此,金进财苦笑着摇摇头……她和侏儒是事实夫妻,我凭什么拆散别人家庭?我俩又算怎么回事?不说经济负担,情理先不通……上去痛打罗天狗,一走了之,又能为她解决什么问题?……金进财自诩"长了个聪明脑瓜",此时此刻此地,却深深感到自己的无能为力……

  风从山坡上呼啸而过,越刮越大。风声呼呼,时光倒流,耳畔响起"让我们荡起双桨……"熟悉旋律,恍惚间颜莉莉小鹿般轻盈跃下山坡,毛刷辫、红领巾、白衬衫、蓝裙子,还是那样美丽活泼……女孩笑嘻嘻跑来,挥粉拳砸向同桌胳臂,娇嗔:"进财哥哥,你又越线了!"惨叫唤回现实世界,老知青喊声撕心裂肺:"老天爷呀,你睁眼看看吧!"自打姥爷饿死、二哥暴死,金进财再没掉过泪,此刻悲从中来,痛彻心髓,跪倒放声大哭——哭雪地胎儿,哭假女子暴毙野岭,哭人鬼情未了,哭共患难同伴任侏儒糟践,哭争生路自伤……直哭得椎心泣血,喉咙嘶哑,泪水流尽。世界崩溃,脚下的土地变成流沙,命运如暴风雨中飘摇小船。金进财红肿双眼,怒视冥冥中主宰,此心回到如天地不仁,对着无情上苍破口大骂:"老天爷,你瞎了眼!文化大革命,我操你八辈祖宗!"

  同伴简直不敢相信自己眼睛:分手仅一个时辰,精气神十足的金老板彻底垮了——两眼无神,满面泪痕,脸色灰白,答非所问,身子晃晃悠悠,走路跌跌撞撞,仿佛灵魂出窍!金老板莫非遭人暗算?湘西山区走出的农艺师想到下蛊,想到谋财害命……

【掌灯】

  金八发达,坊间传遍。贵客突然登门,颜家喜出望外。待说明来意,全家人的脸像刮沙尘暴——骤然黑下。得知姐姐现状，大弟弟脸色阴沉，眼珠一转，反问金进财："是不是认错了人？"递上佟儒姐夫给的纸条，大舅子看都不看，一把扯个粉碎！说颜莉莉早已和家里断绝关系，老街坊都知道；说我姐已亡故多年，死而复活绝无可能；说我们只想安安稳稳过日子，外人休要无事生非！仨兄弟同仇敌忾，声色俱厉："颜家家事和金家有何相干？！盐里没你，醋里没你，你在里面搅和什么？！"一致严正警告信使："把鸟嘴夹紧！倘若有什么乌七八糟人冒充亲戚上门纠缠，老颜家跟你没完！"

灰溜溜出了颜家门，金进财只觉彻骨寒，直叹世道炎凉、人心不古。没钱，家人不敢也不愿认一个疯子，哪怕是至亲骨肉！暗暗庆幸那天没把疯子救回，贸然送回娘家却如何收场？！低头无情无绪走着，忽然一个女人拦住去路，娇滴滴说："哎哟呦，这不是金老板吗？真是一阔脸就变，老朋友也不认了！"金进财睁大眼睛，仔细端详眼前妖精：黄色假发、蓝眼影、白石灰脸、血盆大口，辨认好一阵，才弄清脸上抹得像调色板般的女人是姚娜娜，没好气地说："我心脏不好，你少一惊一乍！天刚黑，就蹦出个女妖精挡道，搁谁也得吓丢魂！"女人听了一阵浪笑，惹得来往行人侧目。

姚娜娜人高马大，黑鬈发、淡黄眉、灰眼珠、凹眼窝、直鼻梁、团脸布满雀斑。姚娜娜老娘是十月革命后逃到中国的白俄，贵族之女屈尊下嫁开大卡车的，生下一窝二毛子。姚娜娜生性豪爽，抽黑卷烟，喝烈性酒，爱唱爱跳爱跟异性厮混，穿戴时髦，永远走在流行队伍最前面。二毛子对自己魅力充满自信，扬言男人都馋腥，只要我愿意，没有谁拿不下！仗着一对斯拉夫式细白大奶子，接连降伏两届商场经理，社会上的"男朋友"更是多得说不清。姚娜娜和第三任丈夫离婚，闲着难受，就琢磨拿朋友老公解馋，诱骗至家，却平生第一次在男人面前吃瘪。金进财虽非柳下惠，却曾经沧海，对脱得只遮住三点的二毛子不屑一顾："打住，趁早打住！脱也白脱。俺老金纱厂出身，美人窝里炼就金刚不坏之体，自有真气护身。你那点妖法太浅，还得回山洞继续修炼！"姚娜娜瞧不起没出息男人，对不吃自己诱惑的异性却心存敬意，再见金进财，只当异性知己，说笑归说笑，再不往脱上想。见老朋友面色不豫，姚娜娜拉住让去自己家"散心"。金进财心存警惕，甩开胳膊，半真半假地说："不怕贼偷，就怕贼惦着。你那点坏心思我都明白！准是提前备下好酒，把我诱骗到家，劝我借酒浇愁灌醉乘机糟蹋，一了你淫心夙愿。金某守身如玉，五十年道行岂能一夕坏在你手！朋友妻，不可欺；朋友夫，不可辱。你奸我之心为何再也不死？！"二毛子笑得花枝乱颤，说自己最喜男人幽默，又说做梦娶媳妇——尽想好事。有好酒我还自己喝呢，轮得上你？叫你去是想让你"开眼"，包你看了还想看。外人哭着喊着还进不了门，别他妈不识抬举！

姚娜娜和最后一任老公离婚后，拿城里一套两居室换了西郊城乡结合处一院破房。理由是以往举办家庭舞会，土鳖邻居见了一个个挤眉弄眼，鬼头鬼脑朝屋里偷窥，"严重影响成年男女正当娱乐活动开展"，搬此图个不受干扰。短短三年，鸟枪换炮，缺边少豁土墙换成丈高砖墙，院里盖起上下八间新房。应约前来的金进财看得大发感慨：女人只要会放骚，世上没有办不到的事！院门紧闭，摁响电铃，出来个油头粉面男人，验明正身放进来客。正房两排长沙发挤满爱美少妇，个个打扮得花里胡哨，对镜描眉画眼，各人忙着捯饬各人。女人姿色俱平平，只有一个称得上漂亮：柳眉月牙眼，肤色白润似象牙，不足之处是丰满过头，像只肥白兔。东厢房一个小个子男人正在调试屋内灯光照明，墙角围着屏风。姚娜娜介绍："这是金老师，高级教师，也是摄影爱好者，今晚慕名观摩咱们人体艺术拍摄，让他掌灯，全程参加。"转过介绍，"郭大师在全国摄影界赫赫有名，大赛屡次获奖。大师实在忙，约了多次，好不容易才将他老人家请来。"大师黑长脸赛驴，满是粉刺疙瘩，糙得像风干橘皮，头发却极好，又黑又密，卷发披散至双肩，一望便知是搞艺术的。金老师肃然起敬，大师却对伸过的手视而不见，鼻孔哼了声算打过招呼。大师冷淡，金进财颇为不满，暗骂王八蛋！待看到大师摆弄照相机动作异常熟练，心里又有些佩服，劝解自己：有本事难免有脾气，艺术家估计都是这号德行，跟谁计较别跟搞艺术的王八蛋计较。连拍三位"人体艺术照"，金进财大失所望，名实严重不符，女人着泳装，搔首弄姿摆造型，皮松肉弛，肤色黑黄，腹突臀坠，从脸蛋到身材无一可取，半点儿看头都没有。拍如此"人体艺术照"，纯属耽误瞌睡。大师同样提不起兴趣，不像工作，倒似督促犯人，阴着脸，不耐烦地催促换衣服的"快点！快点！"

　　金进财正琢磨找理由放弃掌灯，脱身走人，门一推，轮到白胖女人上场。大师顿时两眼灼灼放贼光，像黄鼠狼瞅见肥母鸡。胖美人换上泳装从屏风后款款走出，灯下丰腴身体纯银般闪亮，裸处无半点疤痕，珠圆玉润，雪般肌肤，堪称杨贵妃再世。金进财不由暗暗喝声彩：好一块肥羊肉，嫩得打颤，入口绝对肥而不腻！姚娜娜没骗人，果然不虚此行，今天开了眼！再瞧大师，脸色通红，喘气粗了许多。金进财暗暗发笑：只当艺术大师不食人间烟火，原来也未能免俗。面对尤物，大师像换个人，柔声细语，借着摆造型，一双黑爪子在胖美人身上摸来揣去，连夸如此好肤色可遇不可求，今晚一定要拿出平生所学，拍几张经典人体艺术写真。胖美人被捧得飘飘然，待听说要拍裸体照，又有些犹豫，下不了脱光的决心，缩在屏风后面，任凭摄影师催促，只应声不见出来。姚娜娜进去劝，隐约听见"好花不长开，好景不长在"，"青春一去不返，留住美丽倩影"，"为艺术献身"……信誓旦旦一定将"人体艺术照"照片、底片悉数交给本人。劝了好一阵，胖美人方羞答答裸着从屏风后出来。大师喘着粗气不停摁快门。金进财强捺心猿意马，前后左右忙掌灯，趁机大吃美人豆腐。一连拍了半卷胶卷，大师仍不满意，皱眉说尚未拍出"意境和神韵"。胖美人披上纱巾，等待大师"艺术构思"。望着眼前一堆肥白肉，脑海陡然蹦出香山居士名句"温泉水滑洗凝脂"，高级老师提议正中大师下怀，白纱巾权当浴巾，胖美人围住下身斜倚椅上，作"贵妃出浴"状，只是急切找不到慵懒娇羞感觉，面部表情僵硬，不像"献身艺术"，倒似殉难教徒。金老师拿出上教学观摩课的劲头，和颜悦色，耐心启发："艺术都是相通的。摄影和写诗一样，首先要找感觉。'侍儿扶起娇无力，始是新承恩泽时。'听话听声，锣鼓听音。此句暗示杨贵妃和玄宗初试云雨娇羞之态。须细细品味弦外之音。"金老师善于在古诗词中发掘微言大义，这会儿派上用场。大师听得连连点头，频频称是，不由对掌灯人刮目相看。金进财暗暗发笑：高级教师和摄影大师像一对老狐狸，正在循循善诱，哄骗肥白兔上钩。胖美人

反问:"老师,请问什么是'云雨'?"波大无脑,这胖妞是有点傻!话说回来了,不傻,哪个正经女人会让陌生男人拍裸照?金老师憋着笑回答:"云雨就是交媾。"见胖妞还不明白,索性挑明,"交媾指男女之事,大白话就是性交。性交您总懂吧?"胖美人闹个大红脸,粉底桃花,平添许多娇羞。大师看在眼里连声叫好,声称"终于找到感觉!"命打灯的靠近胴体,将薄纱下隐秘处暴露得若隐若现,抓拍"娇无力"精彩镜头⋯⋯

东厢房出来,浑身燥热,姚娜娜见了捂嘴笑,金进财纳闷:"你笑什么?"姚娜娜还是笑,停了一会儿才说:"天不下雨,你打伞干什么?"金进财低头一看:裆部扯起大篷。慌忙劈腿夹回去,笑骂:"好你个骚娘们!往哪瞅不行,非往老爷们要害处盯。刚有点想法就被你看见,闹得它怪不好意思。"姚娜娜调侃:"上火了吧?臭男人是什么玩意儿我最清楚!你比别的男人能强些,炕席底强到炕席面。"半真半假道,"楼上请,楼上败火!看老朋友份上,你又是初次,上楼费免了,下次照收。"

楼上东头两间房门关着,隔墙都能听见男人大喘气和女人惊心动魄叫床声。金进财会心一笑,赖劲上来,"咚咚"敲门。里面没了声音,外面一本正经宣布:"肃静!严禁喧哗!我是区环保局的,刚才接到群众举报,投诉你们噪音扰民。这次口头警告,再犯坚决罚款!"第三间房更甚,窗帘都未拉严。金进财窥得不亦乐乎,被女人发现,大骂"不讲道德!"⋯⋯

"姓名?"——"金进财"。"年龄?"——"五十"。"工作单位?"——"XX中学"。"职业?"——"中学教师"。问讯室什么下三滥都见过,中学教师却鲜来光顾,两个警察互相看看,胖的又问了一遍:"你是中学教师?"

"在下正是。鄙人不才,现任中学高级教师,忝列高级人才行列。鄙人学富五车,熟读经史子集,做到给学生一碗,自己肚里先有一桶。鄙人所带班级高考语文成绩年年在区里名列前茅,培育出全省文科状元,多次被评为优秀教师,堪称德艺双馨。教学论文在国家级学刊发表两篇,省级刊物发表五篇。发表在国家级学刊的第一篇论文,我列第三作者,第二次更惨,署名第五作者,排到最后⋯⋯"

"废话少说!问什么,你答什么!"胖警察粗暴打断高级教师的话。

"我还没自我介绍完。论文署名我本应靠前,因领导提出挂名,只得识相屈居在后。高级职称在领导手里攥着,想给谁给谁,不当孙子怎么能行?论起我也不算太亏,私人得奖,公家报销,6000元版面费、总评费、奖牌制作费、荣誉证书工本费统统有了出处。侦破估计跟教学差不多,凡破大案要案,摸排、熬夜蹲坑都是下面的,立功受奖当官的在前。没办法,有什么办法?国情就是这样。警民都要想开⋯⋯"

"嘭!"胖警察桌上猛击一掌,打断高级教师喋喋不休,厉声训斥:"癞蛤蟆打哈欠——好大口气。就你这废话篓子还是优秀教师?!"

"警察同志,这是当教师的基本素质。教师不仅要学识渊博,嘴皮子也得利落,结巴子、大舌头、闷葫芦他想干还干不了。您说是不是这个理?"金老师分辩。

"再敢废话,现在就收拾你!"胖警察忍无可忍。

"好好,不让说咱就不说了。人在屋檐下,怎敢不低头?"脸上一副无辜遭受酷刑的表情。

"区教育局真不像话!什么乌七八糟的人都让当教师。要是我绝对不给你发教师证,一看你这赖皮相就知道不是好东西!"瘦警察愤愤地说。

"知道为什么传唤你?"胖警察问。

"不知道。我遵纪守法,老实巴交,只知兢兢业业搞好本职工作,不晓得贵局为什么总爱找我聊天。准是你们弄错了!有什么事你们快问,下午还有我的课。现在什么都能耽误,就是不能耽误上课,都是一个孩子,谁家也耽误不起……"

"少废话!照片上女人你见过吗?"瘦警察从办案卷宗里取出一摞彩照。高级教师一眼认出裸体胖美人,当即傻眼:倒霉婆娘!爱照光屁股相你就照呗,照了你又不收好,岂不是自寻麻烦?"贵妃出浴"怎么会落在警察手里?本想矢口否认,又想证据俱在,赖怕是赖不掉。只得承认在姚娜娜家见过一面。

"你在姚家都干了些什么?"

"我干了什么?我没干什么呀。"金老师自问自答。

"这就怪了。怎么几个人都交代裸体照片是你拍的?"

金进财一听急了,"拍照"和"掌灯"有本质区别,前者是"主犯",后者算"胁从"。这点,高级教师还分得清。当下捶胸顿足叫起屈来:"警察师傅,你们千万不要听信谗言!我绝对没拍照,只是跟在摄影师屁股后面掌灯。"

"掌灯?掌什么灯?"胖警察明知故问。金进财扭捏一阵,只得将"掌灯"经过和盘托出。瘦警察讥讽:"你不是自称德艺双馨吗?怎么会主动跑去给光屁股女人掌灯?那是高级教师干的事?"

"赶得早不如赶得巧。谁叫咱刚好遇上?想着人家为艺术献身,主人喊咱掌灯,就帮忙搭把手,再没往别处想。"

"为了'艺术'?你说得轻巧。"胖警察冷笑着说,"借拍'人体艺术写真',大搞流氓团伙淫乱,开设赌场,吸毒,出售毒品。什么狗屁艺术!"姚家成了全市公用妓院,诱奸漂亮女模特是摄影大师主要业务。高级教师越听越怕,额头冷汗当时就下来了——哪条罪名都不轻,闹不好,粉笔灰吃不成了。"我……我……我……我……我没干。"一急,说话结巴起来。

"'我我我'什么?你刚才还伶牙俐齿,这会儿怎么结巴了?莫非心里有鬼?"瘦警察嘲笑,"你引诱女人拍裸体照,乘机猥亵妇女,摸了前胸摸后臀,还大讲流氓诗,给光腚女人宣传'云雨''交媾',讨论性交感受,让女青年细细品味。你说你这教师心理多龌龊,思想多肮脏!"金老师洞察幽微、发掘微言大义的功力给警察同志留下深刻印象。

"诗不是我写的,是白乐天所作。"

"白乐天是谁?职业?哪个单位?"案情出现陌生名字,立刻引起审问者警觉。金老师差点乐出声,憋着笑耐心解释:"白乐天不是当代人,比咱们早来人世一千多年。

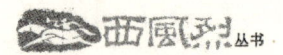

您一看就知学问小不了,肯定读过他写的《长恨歌》。您说的'流氓诗'就出自那篇。"瘦警察尴尬地咳嗽几声,放弃追查"流氓诗"。胖警察却穷追不舍:"流氓团伙里就属你年纪大,文化程度高,你不是主谋谁是主谋?说!你还干了些什么?"年龄大,文化程度高,就必定是流氓团伙主谋,这是什么逻辑?!面对警察,以往的不愉快经历告诉自己:对于不愉快的话题,保持沉默是最佳选择。"不想说?不想说就先在里面待着,什么时候想说了再说!"警察一声断喝:"押下去!"

　　大号蹲着二十多个,齐齐拿眼瞪着新来的,都是一副凶神恶煞相。瞅着眼前阵势,金老师心里先自虚了,蹲下缩成团尽量减少占地面积,生怕冒犯哪位大爷。墙角盘踞个秃头,方面阔口,虎背熊腰,胸口一长溜护心黑毛,手臂文着龙形刺青,一望便知是街头好汉。"叫什么?干什么的?怎么进来的?"秃头面朝屋顶发问。这是和谁说话呢?金进财四下看看没敢吱声。"叭!"新来的挨了脆生生一记耳光。"你他妈耳朵塞逼毛了?!头儿问你话呢!"动手的是个黑胖子,肿泡眼凶光四射。金进财捂着火辣辣的脸,哆哆嗦嗦回答:"对,对不起。我耳背,刚才没听见您老人家问我。"

　　闹清新来的是"花犯",众人立马来了兴趣,将金进财团团围在中间,多日不见女人,让耳朵过瘾也好。肿泡眼自告奋勇充当艺术总监,负责娱乐节目质量,陈述者说快了,说得不细,想敷衍了事,照脸就是一巴掌!高级教师七荤八素眼冒金星,被打怕了,只好信口开河,胡编乱造种种做爱过程。众人再忍不住,愤愤不平地骂:"大爷在里面尿都憋成干蛋蛋,你小子在外面一鸡巴占仨尿池,该揍欠揍!"一致认定金老师这类女人祸害不该活在世上,应先骟后活埋。瞅着新来的裤裆鼓囊囊一团,明显异于常人,都断定高级老师是种驴变的。肿泡眼提议:"百闻不如一见,干脆扒掉裤子,验验这家伙裆里是不是藏个驴球!"金老师慌了,使劲夹住两腿,嬉皮笑脸回答:"个人私处,谢绝参观。"众好汉不肯罢休,高级教师郑重声明:"跟同志们一样,都是三大件,绝无任何出奇处。我以人民教师信誉保证:一点看头都没有!"秀才遇到兵,有理说不清。老师越声明,众犯越好奇,合力将老师摁倒。金进财死命拽住裤子,还是暴露出白花花屁股,高级教师遭到平生未有的奇耻大辱,甚过少时钻裆叫爷装母驴。仿佛惨遭凌辱少女,金进财又羞又气又恼,拼命挣扎,杀猪般乱嚎:"不敢脱呀!不敢脱!妈呀,脱不得呀!"

　　听见大号骚动,看守过来察看动静。众犯火速归位,个个低头作恭顺状。金老师从地上爬起,忙着提裤子。看守环视一圈,怒冲冲问:"咋啦?!谁嫌这儿住得不舒服,想另换地方?说话呀!"众脑袋埋得更低。看守指着高级教师脑袋训斥:"你一来就闹事!这不是学校,没有教师,只有在押人员,放老实点!"

　　肿泡眼盯着金进财一个劲狞笑。笑容恐怖,金进财心里发毛,不知对方憋着什么坏?"姓金的,知道大爷我是谁吗?"肿泡眼终于摊牌。金进财仔细辨认,仿佛见过,急切想不起。"张金海你还记得吗?"肿泡眼咬牙切齿。金进财脸色大变,晓得今日华盖星犯命,撞上对头!皱眉做思索状,反问:"张金海?名字听着耳熟,只是一时想不

起。请问:张金海先生是老板,还是哪个单位领导?"

"是你妈床上的领导!张金海以前开过修车铺,就在和平商场西隔壁。怎么?还是想不起?看来你得了健忘症,得帮你治治。"长长伸个懒腰,乘故人不备,一个肘底锤砸在面门!金进财猝不及防,"哎哟"一声,仰面摔倒,挣扎着爬起,只觉得鼻子酸疼,摸了满手血。肿泡眼狞笑道:"想不起没关系。来日方长,不急,咱俩都不急。我再帮你想。"说着,胳臂又举起。"想起来了,终于想起来了。"金进财见糊弄不过,赶紧换了腔调,"投胎转世我也能想起。多年老朋友了!老张还好吧?十多年未见,还怪想的。你是他的?……"

"我是他大儿你大爷,大号张长安!"

"哎哟呦!我就说怎么看着面熟?原来遇上大侄子!这才叫大水冲了龙王庙,自家人不认自家人。我第一次上家里,你才这么高,转眼成了五尺高汉子。真是白驹过隙、日月如梭。你们大了,我和你爹都老了。"故人笑容亲切,语气伤感,抓住"大侄子"手使劲摇晃,神情不像冤家路窄,倒似找到失散多年亲人。旁人看得如坠雾中,不知唱的哪出?张长安猛地甩开手,咬牙切齿骂:"去你妈的!谁是你大侄子?我是你大爷!你一来我就瞅着面熟,等你报过姓名,我直说老天有眼!你也有落在我手里的一天!姓金的孙子,你他妈缺了大德!你把俺爹坑惨了!"

"误会,绝对是误会!"金进财痛心疾首地说,"我和张大哥是刎颈之交。俺俩义结金兰,对天盟誓,不求同日生,但愿同日死。贤侄定是受了外人挑唆,你千万别上当!"

张长安狞笑道:"你晃荡了我爹还想晃荡我?!我爹气成偏瘫,床上躺了八年,临死还骂你!冤家路窄,没想咱俩在号子里撞上!"

故人听得面如土灰——不是不报,时候未到,今日应了!"我那亲亲的张大哥呦,你怎么说走就走了?!呜呜……"金进财羞愧怕交加,蹲在地上三分真七分假哭诉,"大哥,我知道你临死前为什么骂我,呜呜……你不是骂我,你是想我,你是嫌我不去看你,是想和兄弟我最后喝几杯,呜呜……千不是,万不是,都是我的不是,兄弟那会儿被人骗去血本,没脸去看大哥,呜呜……兄弟欠你的情分一定偿还,这辈子还不了,下辈子做牛做马也要还,呜呜……你一走,咱俩事我跟小辈人再说不清。我冤枉呀!"

"去你妈的,我让你装蒜!"苦主不吃糊弄,照"叔叔"身上猛踢。

"妈呀,疼死我了!"金进财捂着腰大声呻吟,"哎哟呦,腰椎骨断了,我活不成了!"苦主两只脚轮番招呼,金进财边躲边喊,"你踢,你踢,踢死我算了!俺张哥死了,我也不想活了,我到九泉之下找他申冤去!让俺张哥评评理,有没有叔侄一见面,侄子不问青红皂白,就对叔叔大打出手?这叫什么世道?!"

"……小王八蛋欺人太甚!穷鼠啮狸,老子逮机会非跟你拼个鱼死网破!正在发狠,外边忽然传来询问声,像是上面下来检查。问话声咋怎熟?这是谁呀?金进财心脏"嗵嗵"狂跳,脑子像开足的引擎展开疯狂搜索……几乎是想起名字同时,高级教师腾地站起,绷紧身子,像枚出膛鱼雷朝张长安射去!盘腿坐在铺上吃饭的压迫者毫无防备,被受压迫者一头撞在脸上,四颗门牙当即脱岗!两人拼命厮打,从铺上滚跌地下，骑在上面的高级教师使出最后力气，一边揪住头发将冤家脑袋朝地上磕，一边拼命嚎叫："杀人啦！救命呀！张长安杀人啦！"形势瞬间大逆转，骑在上面的转为张长安，身下金进财脖子被死死掐住，面孔紫胀、青筋暴起、两眼翻白、胡抓乱蹬、垂死挣扎……行凶者掐得性起，警棍连续提醒，才最终恢复理智……高级教师陷入昏迷，狱医折腾好一阵，方魂灵归窍。看清被害者模样，来人睁大眼睛，吃惊地问："是你？你怎么会在这儿？"问话的是区检察院监所检查科仝科长。仿佛危难中邂逅亲人，金进财半真半假号啕大哭……高级教师随即从大号转干部号。张长安被定性为狱霸押往小号……

金老师恨不能得天下英才而育之，可惜身居准二流中学，优秀学生如同沙金一样稀少。考试成绩上不去，影响奖金和职称。金老师看淡钱却重面子，做梦都想评上高级教师，面对低能学生百般奚落，女生脸皮薄，金老师恭维："笨得可爱，赛过国宝"；男生皮厚，老师直斥："瓷尻闷种，咥馍一笼！"越说越气引发摸戒尺冲动，遂祭起暗器——扬手飞出一道白光直取学生脑瓜！学生灵魂的培育者坚信飞来的粉笔头是教育学生知耻而后勇提高学习成绩的有效手段，久而久之，贯手著梦、神乎其技。每次公布考试成绩，班上不及格的人人遮面，个个护头，以防飞来的暗器，场面蔚为奇观。

高二下学期，班上转来个仝姓学生，其貌不扬，人又瘦小，像棵无人注意的小草。台上老师唾沫横飞，台下学生低头偷看。老师大怒，一记飞镖射中学生天灵盖，咆哮着冲下讲台将偷看东西搜出。看清是《楚辞集注》，老师像邂逅外星人，上下打量新生，调侃："学了《周易》会算卦，学了《诗经》会说话。这书你都能看懂，学问肯定小不了！难怪上课不听讲。"当下命题，让仝少君第二天交来，写得好既往不咎，写不好课堂罚站！看罢学生作文，老师拍案叫绝：文思自出机杼，笔下汪洋恣肆，堪称才气横溢、万选万中、天生读书种子！绝非作文佶屈聱牙、三纸无驴的瓷尻闷种可比。仝少君来自江西吉安重点中学，随转业检察院的父亲来到西京。吉州庐陵（今吉安）自古出才子，宋理宗宝祐四年，文天祥中进士第一名；明建文二年状元、榜眼、探花，均为该地包揽；《永乐大典》总编、明朝第一才子解缙也出自吉安府……班主任打起小算盘：每次评职称都形成二桃杀三士格局，死打硬拼俱伤，正琢磨剑走偏锋，没想天上掉下个状元郎！从此对仝少君青眼相看，开小灶指点文思奥府。

事情发展不出金老师所料：得意门生高考夺得全省文科状元；班主任顺理成章评上高级教师；学校借读费水涨船高理所应当。韩校长高兴得满脸放光，说以往上教育局办事，咱人硬货不硬，放屁都不敢大声，自从学校出了状元，局长现在见咱都有了笑脸！仝家知恩图报，如今机会来了。

号子里出来，免予起诉的流氓教师臭了街。女生家长纷纷找学校领导，坚决要求将孩子转班。女教师跟着凑热闹，见了金老师远远避开，仿佛被多看一眼都有污清白。金进财自嘲：我是大姑娘逛窑子——没进去清清白白，走出来再说不清。讲台没法上

了,只得屈尊看大门。男教师倒不避嫌,聚堆传达室请教看守所生活,聆听铁窗感受。金进财不提走麦城,津津乐道勇斗牢头狱霸,博得一片叫好!都夸金老师文武双全,育人育出状元,蹲号子打出教师威风,真给咱学校长脸!高级教师谦虚表示:不是金某本事大,是监所改造人,保你防身自卫术速成。自我解嘲:囚衣和要饭的打狗棍,这两样谁也不敢说自己一辈子不沾。本人是学文的,蹲号子只当进去采风,积累创作素材。

元旦前夕,金进财和姚娜娜见了最后一面,还在西京街头。

"出红差"刑车排成长龙。摄影师押在第一辆囚车,面色土灰,脑袋低垂,长发剃成大秃瓢,上面疙里疙瘩,像刚刨出土的特大号马铃薯,大师风采荡然无存。观者如堵,一个个延颈举踵争睹怪物。车队开到钟楼盘道,速度慢下。金进财骤然瞅见囚车上老熟人 —— 二毛子憔悴许多,头发干枯,脸色白里透青,胸前木牌红"X"森森刺目。故人看得心惊胆战。姚娜娜倒驴不倒架,左顾右盼神色自若,不像赴刑场,倒似乘车逛街景。女流氓死到临头还嚣张!围观群众看得躁气,纷纷对着车上骂:"羞你先人!臭不要脸!"姚娜娜嘴唇嚅动不停,像跟观众对骂。四目相对,金进财心脏"嗵嗵"狂跳,赶紧矮下身子,生怕车上死囚喊自己,惹出新麻烦。矮下却放不下,透过人缝窥去:姚娜娜脸上浮出笑容,像是笑老熟人胆小如鼠,笑老男人有贼心没贼胆……望着囚车施施然而去,听旁边知情人讲:医院救护车恭候刑场,换肾的正在手术台上等着呢。自作孽!眼前报!想着姚娜娜俩腰子一会儿不知改装到哪个爷们身上,金进财毛骨悚然,下意识捂住肾,生怕被白大褂摘去,再三告诫自己:"玩物丧志,玩人丧德。"丧德者最终把自己玩完!

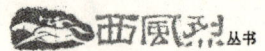

第十二章
生儿当如金家虎子

【赖孙】

金伯虎乌油油自来卷,双眼皮,大眼睛,鼻梁跟母亲一样笔直纤巧,白得仿佛糯米粉捏就。

金伯虎初次亮相轰动商场:没孩子的羡慕;有孩子的眼热,直恨不是从自己肚里爬出的。金伯虎两岁就知挑挑拣拣,漂亮的乖乖地偎在人家怀里;丑的哇哇大哭坚决不让碰。女人们逗得直乐:这小子细皮嫩肉比丫头还俊,又天生爱美,长大准是个贾宝玉!女营业员们预言应验:小学一年级,金伯虎就露出风流本性,胜过动辄嬲着丫鬟讨吃嘴上胭脂的宝二爷。班上分家庭学习小组,金伯虎和四个女孩子分到一组,地点设在金家。刚开始,金伯虎还非礼勿视、非礼勿动,时间一长难免心猿意马,先是对女同学穿的花裙子有了兴趣,继而对裙子底下兴趣更大,常常趁人家不注意,从后面猛地连裙子带裤衩往下一拉,露出两瓣圆鼓鼓小屁股。目睹春光外泄,金伯虎高兴了,编段顺口溜:

红红太阳进我家,照得屋里结南瓜。南瓜长得真可爱,一个赛过一个圆,一个更比一个大!

"南瓜们"不堪性骚扰,集体跑到班主任那儿告状。老师一听这还得了!金伯虎还没桌子高,思想境界竟如此复杂!金家学习点当即撤掉,家长被传来受训。挨了揍,金伯虎长了记性,晓得"南瓜们"能看不能动。

金家长孙早早呈现出"青出于蓝而胜于蓝"趋势。用爷爷话讲:两耳招风,闯祸的妖精。没看他爹小时候是什么货色,能攮出什么好玩意儿!街对面老顾家闺女出嫁,金伯虎一趟趟讨喜糖,顾家烦了,说这孩子赖皮赖脸咋再没个够?!呵斥声中攮出门。

天骤然阴下,风声里飘起雨点。金伯虎吃瘪不甘心,仰头看老天,低头想赖招。接新娘车一到,金伯虎领着几个小毛孩,隔着马路怪腔怪调喊:"歪女结婚,地暗天昏,不是下雨,就是刮风!歪女出嫁,祸害邻家,气死公婆,忙坏警察!"越喊越上劲。听到的都笑。娘家人脸都气青了!当着接新娘的不好发作,只作听不见。闺女前脚出门,老街坊后脚就寻卖肉的讨公道。金师傅以骂代劝:"你们老两口怎么跟兔崽子一般见识?有其父必有其子。有赖孩就有赖孙,都不是好鸟!"

世事有一弊有一利。爹娘破镜重圆,多亏家有赖孙。金进财被媳妇撵出门之日,儿子向父亲庄严保证:"爸,你只当出国援外,在外面晃荡个一年半载,等俺妈气消了,你再回来。你放心,有我在,没哪只公苍蝇敢叮咱家的蛋!不过我不能白干,我为你看家守妻有功,你得给我发奖金!"父子击掌为约。

美少妇独居消息传开,图谋不轨的臭男人赛过过江之鲫。一见面,男方对女方长相都深表满意,领教过未来"儿子"顽劣,又一一知难而退,来时骑着单车,回去一律推上——不是气门芯被拔,车胎被扎,就是中轴灌进沙子。对提东西上门的求爱者,赖孙来者不拒,陪吃陪喝陪聊,兢兢业业当"三陪",寸步不离,撵也撵不去,赶也赶不走。金伯虎一脸诚恳,告诉每一个男客:俺妈男朋友多得数不清,粮食局张股长刚走,机械厂李主任又来,菜场马经理跑得最勤,二中政治肖老师最能侃。当着客人面把送的礼一一拿出,比较孰轻孰重。

商业局钱科长对孟小燕钟情已久,老婆刚死,就托人求婚,很快发展到谈婚论嫁。怕儿子捣乱,孟小燕将十三岁的金伯虎哄到姥姥家住,想速战速决办完婚事再接回。周日早上,钱科长又来了,鱼肉蛋卤菜之类提了满满一篮,还送件时兴羊绒外套。孟小燕看得欢喜,边做饭,边卿卿我我。科长将营业员搂在怀,亲嘴摸乳骚扰一阵,眼看要入港,赖孙却不请自归,见了妈妈男友,不叫"叔叔"叫"老钱"。孟小燕听得躁气,科长却反过来安慰:"'老钱'就'老钱',叫什么都行,我不在乎。孩子还小,慢慢就好了。"金伯虎把孟小燕拉到里屋,悄悄问:"妈,俺爸呢?"声音让外屋刚能听见。"不知道!你爸早死了!"晓得儿子憋着坏,母亲猛地甩开胳膊。

"人古头上有毒,你可不敢红口白牙胡咒。俺爸昨晚和你睡一张床,你咋说不知道?"

"你放屁!你胡说!"母亲恼了,却不敢大声骂。

"这有什么不好意思?你俩虽然离了婚,却都没再婚,还是两口子,还是俺爸俺妈!"赖孙声音陡然大了许多,"这是姓金的家,俺爸啥时想回就回,啥时想和你睡就睡,碍不着别人蛋痛!妈,你也别瞪眼,要不咱们出去让老钱评评,看是不是这个理!"

骚货!就要和我领结婚证,还和前夫藕断丝连,没结婚就给我戴绿帽子,把姓钱的当傻瓜!科长纵是泥人,还有个土性子,"哐啷"拉开门,怒冲冲走了。营业员追出解释,科长不理不睬。赖孙火上加油,后面高喊:"红烧鲤鱼粉蒸肉,糖醋排骨辣子鸡,都是俺爸爱吃的。老钱走好,欢迎下次带上东西再来!"一桩美满婚姻硬是被儿子拆散,母亲回家气得号啕大哭。赖孙嬉皮笑脸地说:"生不生我由你,谁当我爸由我。你给我找的爸,我一个也看不上!瞄来瞅去,还是金进财当我爸最合适。别人门儿都没有,你趁早死了心!"

儿子从中作梗,母亲琵琶别抱不成。经人说合,金进财又搬回来。鸳梦重温当晚,男人在卧室门前贴副对子,上联"俨然一对新夫妻",下联"仍是两个旧家具",横批"有儿家难散"。

吸取以往教训,金进财以静制动,以不变应万变,只要不闹上法庭,权当短腿母驴放屁。被聒噪不过,金进财嬉皮笑脸说:"这才是'有钱男子汉,没钱汉子难。'行行行,咱们明天就离。家有贤妻,男人不遭横死;家有恶妇,老公生不如死。"接着吟咏,"结缘不合,比是冤家。一别两宽,各生欢喜。解怨释结,更莫相憎。"抑扬顿挫调侃,"愿妻娘子相离之后,重梳婵鬓,美妇娥眉,巧逞窈窕之姿,选聘高官之主。""妻娘子"听不懂教师老公掉书袋,估摸不是好话,娥眉倒竖,杏眼圆睁,大骂:"放屁!"见妈闹得不像话,赖孙劝道:"老爸,别跟老娘们计较。孔夫子都说'唯女子与小人为难养也',咱家老孟就是那号女子,能赢不能输,能赚不能赔。头发长,见识短。"冷冷地说,"老孟,你想去哪都行,老金家没人留你。只有一条:谁生的孩子谁管。留够我的扶养费,你才能出门!""老孟"被噎得说不出话。赖孙嬉皮笑脸开涮:"你没钱?没钱不怕,外面有男人愿意代出也行,譬如当年那个和我爸情场竞争的指导员,听说最近升了经理。俺爸眼下走了背运。两下比较,莫非你心里有什么想法?有想法也属正常,说出来儿子帮你参谋。我别的不怕,只怕姓梁的嫌你人老珠黄。人老货贱不值钱。自个儿也识相点,成了老白菜帮子,别总把自己当棵嫩葱,动不动就拿离婚吓唬人。天天都是那两句,俺爷俩耳朵都起了茧子。你也动动脑子琢磨点新词,总唱这段你老人家也不怕听众腻歪?"当娘的恼羞成怒,扑上去打。赖孙嬉笑着跑了。孟小燕气得边嚎边骂:"老天爷呀!我上辈子造了什么孽?掉到癞皮狗窝。老的是癞皮狗,小的还是癞皮狗,一窝子癞皮狗!"

周日早上,金进财正在阳台浇花,骤然听见老婆一声尖叫,像被蛇咬!赶紧跑过看,自己脸色也变得煞白——儿子枕头下压着两个安全套,其中一个已拆封,揉搓得皱皱巴巴。两口瘫坐在床,你看我,我看你,一句话也说不出,只知儿子泡妞有本事,没想道行已深。老子缓过神,咬牙切齿地说:"我今天非得把这头小骚驴骟了!"

"你敢!"孟小燕护崽母虎般咆哮,"你敢动我儿子一下,我跟你拼了!"

"有你这么护犊子的吗?把人家小姑娘肚子弄大了可咋办?!你怎么生下这么个东西!"

"自己种子不行,怨地不好。当爹的就不是什么好东西。把人家骗到城河边硬下手。父子俩一路货!"

老底儿被揭,父亲自我解嘲:"这才是'父子骑驴,左也不是,右也不是。'"

"这是什么?!"母亲一脸正气,俨然铁证在手法官。踢球归来儿子扫了一眼,满不在乎地说:"安全套呗。"

"你从哪弄的? 拿这干什么?!"

"不是我干什么,是你俩要拿这干什么。"儿子首先纠正老娘偷换行为主体谬误,接着说,"是你们自己不小心,书架子上乱放,我怕同学看见有想法,替你们收起来了。"

"那你为什么拆封?"

"没见过,学习学习生理卫生知识。"

孟小燕哭笑不得:"你还学过什么?"儿子和老娘二皮脸惯了,嬉笑道:"多了! 看你想问什么! 就拿行房说吧,除了吃药预防外,还有什么体外排精法、安全期避孕法……"

母亲大惊失色:"你个小屁孩,才多大就知道这些?! 谁教你的?"

金伯虎鄙夷地撇撇嘴:"老娘,拜托啦! 别一惊一乍好不好?! 都什么年代了,还那么老土! 我这叫自学成才! 你那本《妇女卫生保健手册》上什么都有。"

得知儿子还在纸上谈兵阶段,金老师一喜一忧,喜的是局面尚在可控制范围之内;忧的是小公驴早熟。本人身为高级教师,儿子却成了青春期"问题少年",传出岂不成了笑话? 得找儿子好好谈谈! 怎么谈呢? 孟小燕可以和儿子谈安全套,谈各种避孕法,因为她是慈母;金进财却放不下架子和儿子面对面谈Sexual,因为自己是严父。思来想去,金老师决定笔谈。第二天上班,金老师直奔资料室,书架上翻出一摞思想道德教育书籍,又找出一份《青少年性犯罪案例分析》和两本格言警句集锦。连写带抄,一发不可收拾,两天下来已洋洋数千言。笔谈从个人事业到国家前途,从金家渊源到瓜瓞绵绵到子孙光大门庭责任;从洁身自好到防微杜渐。有理论指导,有名言警句,有案例为鉴,春风化雨润物无声。金老师越看越得意:为父的先被感动,儿子看了还不得痛哭流涕,痛改前非,重新做人? 正欣赏自己大作,桌上电话铃响了。金老师文思被打断颇不耐烦,抓起话筒没好气地说:"谁呀? 没事等会儿再打! 我正在忙着写讲话稿呢。几所学校排队请我讲德育,忙着呢!"电话放下又响了,未等发躁,对方先劈头盖脸一顿训斥:"金伯虎最近天天迟到,今天干脆不来上学。你这家长怎么当的?! 这号学生我管不了,下学期必须转走!"金进财这才听出是儿子班主任,赶紧道歉。

金伯虎夜不归宿。两口子城里城外寻遍,不见儿子踪影。同时消失的还有家里三千块钱和班上俩男生。第七天深夜,儿子回来了,浑身乌黑,像从煤堆刨出,用去三浴盆热水、多半条肥皂,才恢复人样,直嚷嚷饿,一斤挂面、两个蒸馍、四个荷包蛋风卷残云般下肚,方顾上说话。儿子左眼眶青紫,右颊几道血痕,母亲看得心疼忙着敷药。父亲放下心,揶揄道:"'士别三日当刮目相看。'儿别七日爹都认不出了。给我说说,谁给你画的花脸?"

"一群和尚。秃驴们追着喊着要跟俺仨过招。"

"和尚? 出家人咋也恁大火气?"父亲不信,又问,"哪个庙的和尚?"

"少林寺。"

"什么?!"父亲惊得从藤椅上弹起又重重跌落。

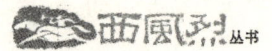

"别怕,别怕。是假秃驴,不是真和尚。"儿子笑了,满意地欣赏父亲受惊表情。

金伯虎看功夫片走火入魔,和两个亦好此道的同学商量同去少林寺剃度。僧人见怪不怪,说佛门虽广,不度无缘之人,尔等尘缘未了,法缘不具足,赶紧回家!当不了和尚,仨小子快快不乐,垂头丧气往回走。路上看见一家挂着"少林正宗羊肉烩面馆"招牌,进去打尖。饭桌上又说起出家。邻桌客人听见凑过来:"你们不是想学少林功夫吗?我就是少林武僧,法名定海,在寺里待了八年,练就一身软硬功夫,武林中人都尊我一声定海大师。看你小哥仨心诚,又都是可造之才,我愿玉成此事。"武僧尖嘴猴腮,说话油腔滑调,一副闲人形象,和少林寺武僧实在对不上号。金伯虎纳闷:"你既是和尚,如何留着长发?还吃肉喝酒嚼大蒜?"定海大师叹口气:"只因咱尘缘未了,犯了佛门戒律,只得还俗。"见仨小子半信半疑,瘦猴拍拍胸脯,"包子有肉不在褶上。想学正宗少林功夫,现在就跟我走!倘若心不诚,只当咱们没见过。"作势要走。三个小子怕当面放过高人,上前拉住,改称"大师",又张罗着上酒添菜,请大师上坐。大师断然拒绝:"我爱惜人才,却从不贪小。办正事要紧!"三人听得肃然起敬,戒心去了大半。出门雇辆"拐的",四人挤满一车。大师郑重宣布:"既然出家,每人都得有法号,我给你仨都取了,分别叫'悟行''慧远''明净',到了正式剃度,自有高僧大德给求度者面授三皈五戒的仪规。"三人听得惬意,当下不叫名字,改称法号,叫得起劲,听得入耳,其乐融融,仿佛走在极乐世界。"悟行"金伯虎瞅见开三轮的拐子偷笑,问笑什么,拐子不说只笑。大师朝拐子脊背戳了一下,呵斥:"拐子吃喜娃他妈奶了?就知傻笑!好好开你的车,小心翻沟里!"出了城,公路上开过长长一段,拐的拐上岔道,土路上颠簸好一阵,又下到一条沟里,在挂着"神州少林第一武校"牌子的大铁门前停下。悟行、慧远、明净下车一看,前边还有十几家武校,招牌都标明"少林"。问大师,大师一脸不屑:"那些都是卖野人头的,只有这家武校才是正宗的。校长是我师兄,也是武僧出身,法号澄海,功夫比我还深!"付账时,大师和开车的嚷嚷起来。拐子嫌少给一块,嘟囔着走了。

大师转过问仨弟子带了多少钱,解释:"欲拜真佛,先敬香火。钱多钱少是能力问题,给不给钱是态度问题。钱是小事,关键考验你们拜师心诚不诚!"一听此言,慧远、明净将钱悉数掏出。悟行多了个心眼儿,偷偷藏掖几张。师父将钱收起转身敲门。偏门开条缝,露出个麻子脸。两人黑话加土话,三个新弟子一句不懂。师父神情肃穆,郑重告诫:"澄海大师正在里面闭关。我先进去,你们在门外耐心等候。待大师收了功,我自会叫你们。祖师戒律'不破本参不入山,不破重关不闭关。'尔等万万不可在外喧哗,惊动大师修炼不是好玩的!"三个弟子听得悚然,鸡啄米般齐齐点头。谁知一候再没个头,从正午直至金乌西坠,还不见动静。已是深秋,衣裳单薄,连饿带冻,悟行、慧远、明净身上抖得像筛糠,实在扛不住,只得敲门。敲了好一阵,门终于开了,还是那个麻子脸。未等把话说完,麻子脸就把三个新弟子一起朝外轰,骂道:"现在满街道大师,我他妈还是大师他大爷!晓得你们找哪个?什么定海、澄海,谁知道他们是真和尚还是假秃驴?走走走,这里没有,你们认错门了!"听话不对路,三人全急了,协力将铁门

拍得山响,大呼:"定海大师,还我钱来!"里面传出狗吠。少刻,门又开了,这回出来的不是麻子脸,是条龇牙咧嘴大狼狗!后面一群光头身着脏兮兮练功服手持棍棒。仨个佛门新弟子魂飞魄散!紧跑慢跑,还是被大狼狗追上。乱棍齐下,三人被打得喊爹叫娘,连连告饶,说这回算是领教了"大师他大爷"的厉害,保证再不敢上门讹诈……三人里慧远最惨,鼻青脸肿,腿肚还被狼狗着实招呼一口。天已黑下,俩人一左一右架着慧远,挣扎到城里旅社已是半夜。

早上起来,陪慧远上医院打狂犬疫苗,半道瞅见昨天坐的那辆拐的。听罢三个佛门新弟子遭遇,拐子笑得全身乱颤,差点摔下车。问定海大师究竟何许人物?拐子笑道:"说不得,说不得。家有家法,行有行规。无缘无故,俺不能断人财路。"听话里有话,悟行掏出一张四老人头递上。拐子接过对亮验过真假,这才说:"实不相瞒,从开春到现在,光我就拉过无数'慧远''明净'和'悟行',二十车都打不住!我就纳闷:现在傻孩子咋恁多?总也拉不完!哄你仨傻小子的不是什么还俗和尚,更不是啥球定海大师,是西大街鸡市胡同王秃子!这家伙一头癞癞、满肚坏水,卖假烟假酒,卖瘟鸡做的烧鸡,卖死猪死牛下水,骗人有年头了!看慕名来学功夫的越来越多,又改行骗起傻小子。"仨人听了恨得牙痒痒,问何处能找到王秃子?拐子直摇头,说都在街面上混,抬头不见低头见,说不得,绝对说不得!金伯虎照方抓药,将最后一张大钞递上。拐子接过藏好,看看周围,悄声说:"俺丑话撂在前头:你们见面打到血里捞骨头,跟俺都没关系。俺什么都没说,什么都不知道!你仨到东郊长途汽车站看看,秃子常在那儿'钓鱼'。"

寻到长途汽车站公厕,迎面撞见王秃子。骗子做梦也想不到仨傻小子能找到自己,见势不妙撒腿就跑。金伯虎撵上一把揪住长发,骗子使劲一挣,假发手里攥着,癞癞脑壳窜出丈外。骗子在前狂奔,受骗者紧追其后。王秃子臭了街,见被骗的翻把,一街人驻足观赏喊打助威。金伯虎追上一脚踹翻,三人将骗子摁住一通暴打,打完搜身,搜来搜去,颠倒只有一把零钱。问钱藏哪了?秃子说麻子劈去一半,另一半昨晚"第一武校"麻将桌上输光了。现在要钱没有,要命拿去!骗子抱头睡在地上,一副死猪不怕开水烫模样。受骗者无奈,轮番踢了骗子几脚,悻悻离开。辗转摸到火车站货场扒煤车,火车开开停停,待到了西京,三人已两天水米没沾牙……讲完赴少林寺拜师学艺经历,儿子检讨:"你老人家说得对——不知深浅,切勿下水。无知者无畏。没出门,不知天高地厚,自我感觉良好;蹚过这池浑水,方晓江湖险恶、人心叵测!外面世界很精彩,外面世界不好混!既然难混,我就不出去混了,老老实实待在学校读书。"

父亲总结:"这顿打没白挨!"讥讽儿子,"三千块买个法号,'悟行'这把赚大了!等我有了孙子,非把他爹光荣事迹说与他听。"

随着高考制度恢复,道北一夜间转了风向——尚武改崇文。粗胳膊壮腿、好勇斗狠的街头好汉吃不开了;戴眼镜、背书包文绉绉学生越来越多。考上大学成了衡量人生价值新标准。

老苟头一跃成为勇斗巷头号牛人——女婿调到大学评上副教授。丈人私下将"副"字去了,姑爷不叫姑爷,人前人后尊称"方教授"。老苟头每次想起都暗称侥幸:错把大黑马误认为垃圾股,险些把乘龙快婿推到别人家!婿荣丈人贵。补锅匠常年不换的破工作服扔进垃圾堆,换上藏青色毛哔叽中山服,皮鞋擦得光可鉴人,大字不识几个,上衣兜却插根钢笔,四季不变的小平头改为三七分,打了摩丝,沁阳乡音改为醋熘普通话,眼睛明明好使,却装模作样戴副金丝边平光眼镜……女婿每次来家,丈人都围着转,一脸谄笑,像条老哈巴狗。好在方教授早被收拾成圆的,如同落魄日久范进,中举也不敢在屠户泰山面前翘尾巴。最令老苟头自豪的是外孙女,说不了几句,总要拐到狗屎妹身上,无意间一次次透露给街坊:狗屎妹女承父业,说一口地道洋话,大学毕业去了一家外国大公司,人家不是咱道北人了,成了货真价实上海"阿拉"!又一一过问巷子里孩子考试成绩和最新排名,边听边摇头,吩咐家长"抓紧!"说到外语,家长统统成了苦瓜脸,转过央求:能不能给方教授说说,假期抽空给我家孩子补课?老苟头一口回绝,说方教授忙得放屁都顾不上,哪有那闲工夫!家长赶紧表态:知道方教授身价高,轻易请不动,课时费翻番!老苟头夸奖:这就对了!咱再穷不能穷教育,再苦不能苦孩子。有钱,就要用在刀刃上!叹口气,说街坊邻居的,不帮又不行,倒叫我为难。补课是看在大人面上,不是为钱。说着从兜里摸出个记事本,边翻边说:李嫂、王婶,还有西头巩麻子几家,早早挂了号,单个儿教实在排不过来。我和方教授商量商量,几家凑一起开个小班。我丑话说在前头——补课费一文不能少!

想不到以往从不拿正眼瞧的老绝户还有今天。自己养了十三个,顶不住人家一闺女。儿女不在多,有出息的一个就行!金师傅老了老了,才后悔年轻时超生,心里泛酸,看四眼老街坊越发不顺眼,讥讽老苟头:猪八戒戴眼镜——冒充文化人。老苟头回敬:猪八戒总比"注水肉"强。这下戳到疼处!金进财是勇斗巷历史上第一个大学生,金老爹为此很得意一阵。唯独老苟头不买账,不厌其烦地在坊上宣传金八是"工农兵学员",好比肉贩子卖的"注水肉",自家女婿才是凭真本事考上的。"工农兵"也罢,"考上的"也罢,都在中学吃粉笔灰,街坊实在看不出有何区别。拨乱反正,吃货女婿高升"教授";金老师送去"回炉",天平开始倾斜。到了苟家外孙女考上名牌大学,金老爹彻底认了,出门看见老苟头以家庭教育专家自居,立在巷口对一帮忠实听众高谈阔论,赶紧缩头退回……卖肉的表面偃旗息鼓,暗地琢磨打翻身仗,要把丢掉的面子拾回。将十一个外孙外孙女划拉来划拉去,只有金伯虎有戏,理由只有一个——他爹是中学教师!每次见到四儿,金老爹都再三嘱咐"抓紧!"

金老师何尝不想"抓紧"?问题是老子再"抓",儿子却总也"不紧"。高二分文理班。依父亲意思,还是学理,将来出路宽。儿子直挠头,说我一见物理就休克,还是上文科吧。"理改文,一改灵。"金进财肯定儿子想法,随口考问:"红海在哪?"

"有黑必有白,有黄就有红。红海在咱中国,估计离黄海不远。"

"老天呀,咱俩真的生活在不同的星球。"父亲忍气接着问,"知道圣女贞德吗?"

"知道。是个洋女人。"

有门儿！父亲鼓励:"说呀,继续往下说。"

"贞德是来中国传教的洋尼姑。被杀洋毛子的义和团砍了脑袋,后来被教皇追认为圣女。"

"我野人穷巷,孤陋闻寡,请问:你的高论出自哪本文献典籍或高头讲章?"金老师火气腾地蹿上。

"这还用看书?猜都猜出来了。信洋教的总说什么圣母、圣子、圣杯。传道有功的教徒死了被封为圣徒。能叫'圣女',肯定跟教堂有关,而且多半不得好死。"

"感谢你对法国历史做出的全新解释。"父亲评论,接着又问,"李鸿章你知道吧?"

"李鸿章?名字听着耳熟。你给提个头。"

"他是清朝……"

"知道,知道。李鸿章是大清国第一勇将。八国联军攻打京城,西太后光绪皇帝都跑了,他却率军誓死抵抗,中炮身亡,是大大的民族英雄!"

"文忠公地下有知,当含笑九泉。"父亲讥讽,抱着最后一线希望,又问,"扬州八怪呢?"

儿子嘴一撇:"金老师,你也太小瞧你儿了!你的问题小毛孩都知道。你来点上档次的行不行?八怪不就是铁拐李、汉钟离、张果老、何仙姑、蓝采和、吕洞宾、韩湘子、曹国舅吗?"

"放狗屁!"提问者忍无可忍。

"金老师,注意语言文明!难怪学校民主选举副校长,没一个人提你。知道为啥?就因为你的嘴太损!算了,我不跟你计较,谁叫你是我爹?我说的一点不错。《八仙过海》小人书我都翻烂了,个个名字倒背如流!"儿子自豪地说。

"我问的是八怪,不是八仙!"父亲大声咆哮。

"仙和怪还有什么区别?"儿子疑惑,又说,"管他是怪还是仙,反正都不是凡人。吃饭坐满一席,打麻将凑够两桌就行。"

"不懂装懂,装进马桶,脑子进粪汤了!三豕涉河,不知丁董,书念进狗肚子了!"父亲再忍不住,指着儿子大骂,"妓女翻经,尼姑嫁人,老僧酿酒——全乱了套。我现在见你就头疼!你爹我才高八斗,脚杆绑大锣,走哪当当响。怎么生下你个现世宝?!这才叫英雄无后,天才无种!除了吃,你能干啥?!羊质虎皮,腹为饭坑,你跟你傻舅舅一个水平——智商都没达标!"

"这话说到根子上!舅舅成色不够,伯伯不够成色,姥爷家、爷爷家给我遗传的都是些弱智基因。请问金老师:学生成绩能好吗?"儿子回敬。

"别把孩子说得一无是处!你躺在床上养伤,儿子曾为你烧香祷告。"母亲一旁打抱不平。

"家里京巴蹿稀,他也烧香祷告。烧了三炷香,放了四个屁。劲儿不用在正经地方!"父亲评说。

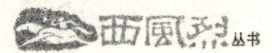

【寡妇小鱼】

"去马北。"

"不去!"司机回答冷冰冰,连拦几辆,都是这话。金进财心里纳闷:出租车夜里都不敢去,马北莫非强人出没之地?紧赶慢赶,今晚怕还是见不上老丫头。出租车司机隔着车窗玻璃观察:乘客单身一人,提着大包小包,怎么看都和劫匪对不上号,细细盘问一阵,最终打开车门。车往北行,路灯暗淡,行人稀少。金进财忍不住问:"出租车怎么都不去马北?"司机反问:"你是外地人吧?"未等客人回答,司机说,"你朝车窗外看看就知道了。"天寒地冻,路两边却隔不远蹴着几个黑影,车前大灯射见一张张小鬼似的青面。司机愤愤地说:"看见了吧?沿街蹴着大烟鬼,掏包,抢东西,撞车讹人,瘾犯了什么坏事都干得出!出租司机流传一句话:'车过马北镇,手里先提棍。'"老丫头怎么住这鬼地方?金进财暗自为妹子担心。

金老师自诩半个女权主义者,对儒家经典教义排斥女性嗤之以鼻,认定优秀女性除了自身魅力,智力、魄力、毅力都远胜须眉。武则天"上承贞观之治,下启开元盛世",国家鼎盛至极,斗米曾卖到五文,相当于今天一斤大米只卖几分钱,更奇的是除了两次迅速被平息的贵族与皇室发动的叛乱,五十年间从未发生民间暴动起义,圣明如唐太宗也没做到。可见中国历史上唯一一位女皇治国有方,试问哪个雄性皇帝能比?只是戴儒家眼镜的不愿正视,胡诌什么牝鸡司晨。外国也如此,没有伊丽莎白一世45年统治,就没有英国海上霸权;没有维多利亚女王64年执政,哪有"日不落帝国"?论道德,男女官员更没法比,只听说男部长、男省长、男市长和男性书记狂嫖滥赌,受贿钱都花在情妇身上;从未闻女高官泡麻将桌,搞异性按摩,养小白脸。区人代会上,金代表建言献策:为节约防腐反腐成本,应将关键岗位统统换上女人,一切权利归女性!金代表撰写《论加强女权与促进廉政建设之关系》奇文,旁征博引,阐述巾帼掌权之紧迫性和必要性。文章寄给京城一家权威杂志再无下文。投稿人分析:男编辑见了肯定不用,女编辑想用不敢用,文章被"枪毙"意料之中。中国两性之间双重标准根深蒂固,肃清流毒须假以时日。

金进财对女性也有微词:男权社会延续几千年,中国难免男尊女卑,却不明白为何女人"卑"女人比男人更甚?哪怕是从自己肚里爬出来的,家里现放着反面典型。为此,自己只愿做半个女权主义者。

老丫头是金家女孩异类。上小学三年级,老丫头就敢独自扒火车到百里外赶集。装红薯麻袋比人高出半截,巷子大人见了都吃惊——这丫头咋背回来的?冬天家里缺烧的，老丫头钻进车站拾炭泡。货场原木垛得山高，老丫头攀上连扒带铲，拉回的树皮比大人还多。穿上老丫头织的毛衣，金进财笑眯眯说："米兰花虽小，也学牡丹开。俺妹子真能干！"金家家规：男人吃完饭，女人才上桌；儿子吃饺子，女儿喝面汤。老丫头十三岁时，率先挑战家规，提醒老娘："饺子包少了。"老娘答非所问："够了。你爸他们都吃饱了。"老丫头鼓足勇气："他们男的吃饱了，我们女的还没吃呢。要不再盘点馅？"老娘惊问："你们还配吃饺子？！饺子是老爷们吃的，小丫头片子面汤泡馍就行了，哪来恁多事？！"别的丫头听了敢怒不敢言。老丫头吃不上饺子，心里来气，收拾脏碗筷动静大了点。老娘看得火起，揪住辫子抬手就打！老八上前拦住，老丫头夺门而逃。金进财教育老娘："妈，您这就不对了。老十二是您亲生的，生下您又见不得。您说您是何苦？"

"前头生了七个丫头片子，我咋知道末了还是个赔钱货？"老娘辩解。

"中国哪个女的不是'赔钱货'？您老当年待字闺中时不也一样？挨打受苦都忘了？您嫁给俺爹才被当人看，回娘家再不挨揍。开个家庭忆苦思甜会很有必要。您不能好了疮疤忘了疼，老赔钱货熬出来就欺负小赔钱货？"

老娘恼了："放屁！你皮痒了找打啊？！"手抬得多高，却舍不得打儿子。旁边几个闺女听得解气捂嘴窃笑。儿子继续教育："都说要讲真话，说出真话又都不爱听，您老人家也未能免俗。男也罢，女也罢，都是您老接班人。分家还得'儿一半，女一角，剩下外孙背口锅。'不说一碗水端平，总要大致差不离。不能儿子捧在手上，丫头踩在脚下！"

老丫头倔头犟脑，越长越抗上，老娘越发见不得，母女成了冤家。常常一言不合，老娘揪住辫子照闺女脊背就是一通猛擂，那阵势不像教训女儿，倒似牢头体罚犯人。老丫头不讨饶，不哭喊，恶狠狠瞪着施暴者。老娘看得越发来气，大骂这死丫头非得气死我！末了，没制服老丫头，倒把自个儿气得心口疼。金进财揶揄："俺妈教育方法歪打正着，没给老金家调教下大家闺秀，却培育出宁死不屈的女地下工作者。"又劝老娘，"您老百年之后，还指望老闺女发送您呢。您早早把老十二打跑了，蹬腿时可别后悔！"

金老帅这天正在上课，五姐火急火燎赶来，满脸惊慌，说老丫头瞒着家人，在外处了个对象，现闹着迁户口要随相好的远走高飞！金进财虽久经风浪，乍听说小妹刚成年就要随陌生男人离家出走，也吃了一惊。

全家表情凝重，睨着坐在矮凳上的黑瘦汉子，仿佛从未谋面的远方亲戚突然寻上门——唯恐是骗子，又怕弄真成假。唯独傻六高兴，悄悄打开礼包，将萨其马、大白兔奶糖一块接一块填进嘴。金老爹看着不像话，过去赏了一记夹脖。傻六哭丧着脸嘟囔着走开，记吃不记打，过了一会儿，又慢慢蹭过来……老娘再想不到老十二还有这手儿，不速之客名分待定，当面对老丫头打又打不得，骂又骂不得，气得躺在里屋床上一个劲儿翻白眼。金老爹老江湖遇上新难题：是持杀猪刀吓跑骗婚男人，还是设宴摆酒款待娇客？一时不知怎么办好，阴着脸闷头抽烟……

得知来人身份，黑汉子赶紧站起，恭恭敬敬喊声"四哥！"金进财给不速之客来个

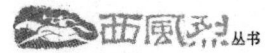

下马威,做个"暂停"手势,冷着脸说:"打住!谁是你四哥?别上赶着套近乎,你叫'四哥'还早点!老金家是道北名门,我妹子是大家千金。金家门槛高,想进不容易!先把你姓名、年龄、籍贯、民族、家庭情况、政治面貌、工作单位、经济状况一一从实报上。汇报完毕,再请二老定夺。我父久历江湖,阅人多多,火眼金睛,洞明世事。他老人家面前,你莫玩"哩格啷",有一说一,有二道二,切不可胡编乱造!论斗心眼儿,你小子还嫩点,小心说露了馅,老人家一脚把你踹出门!"

求婚者赔着笑脸:"不敢,不敢。二老面前,我绝不敢有半句谎言!"

黑汉子孤儿院长大,现在公路局工程三处开压路机,修路工地和筛石子儿的老丫头对上眼。一个没爹没娘,一个有娘没母爱,俩苦瓜越聊越近,瓜蔓终于缠到一起……工程处明天开赴宁夏新工地,一对男女却像融化沥青黏住石子俩再掰不开。压路机司机铁了心要将单位临时工转为家庭正式成员……黑汉子人实诚,只是面老,一问属猴,年龄比老丫头整整大十岁,两人站一起像是父女,又是流动单位,常年漂泊在外。金进财虽不乐意,见妹子铁了心要跟人家走,不好再说什么,转过劝老两口:"天要下雨,娘要嫁人,由她去吧。老丫头留在家,跟俺妈闹得像仇人,出了门再回来就成了亲戚。俺妈揍谁也不能揍亲戚!化干戈为玉帛,再好不过。"准女婿面前被戴上高帽子,金老爹自觉拾回面子,咳嗽几声,脸上阴转晴。金大娘不松口:"我把她养到十八岁容易吗?屁股一抬,说跟人走就走了?!老娘这儿不是街上旅馆,更不是食堂,要走也行,先把住店钱、饭钱一起清了!"

老丫头不爱听:"我白吃你的了?!我五岁起就给家里干活,哪天也没闲着。寒冬腊月洗衣服,手上血口子连着冻疮,你看都不看,还嫌我衣服没洗净!初中毕业不满十六岁,我就出外当临时工,每月挣的钱都拿回贴补家用,新衣服都舍不得给自己买一件。我不欠你的!"见母女俩又要接火,金进财两手往下一按:"你俩谁说都不算,婚姻大事天注定!"问老娘,"妈,你知道外屋坐的男人姓啥?叫什么?"

老娘嘴一撇,不耐烦地说:"他姓啥叫什么关我个屁事!"

金进财一拍巴掌,笑眯眯说:"跟你关系大了!你老睡踏实了,说出来非把你惊得掉下床!咱家老丫头叫金小鱼。人家姓勾,叫水平。你说巧不巧?小鱼上钩还有个跑?人家不但钩住了,还钩得有'水平'。钩得咱家小鱼连钩带线一起吞!三生石上旧精魂。此为天作之合,这叫千里姻缘一线牵!你老信菩萨,佛家讲轮回,五百年前定下的海誓山盟再没个跑!你老切勿当法海,更不可逆天意,小心咱家遭报应!"老娘信佛,初一、十五总要去西五台烧香。看了黑汉子工作证,脸色大变,越琢磨越觉蹊跷,这桩姻缘莫非真是前生注定?想来想去,天意难违,取出压在枕下的户口本扔在地上,郑重声明:"死丫头爱跟谁跟谁,爱嫁哪嫁哪,我再不管她的事!"

儿子戏谑:"这就对了!嫁鸡随鸡,嫁狗随狗,嫁给猴子满山跑。"里屋出来板起面孔,"姓勾的,没看出来,你勾搭小姑娘水平真高!金家最漂亮、最能干的姑娘竟让你轻易勾到手。名媛下嫁,金子当废铜卖了!"

勾水平点头哈腰,连说:"知道,知道。能找金家千金做媳妇,是我姓勾的上世修来的造化。"

"勾水平,知道自己高攀金家就好!实话告诉你:你和我妹子婚事,俺全家都不愿意!只有一人愿意。你问是谁?就是我!你问为什么?就因为我看你人还老实,求婚心诚。你以后对老丫头好点,胆敢欺负她,我追到天涯海角,也要扒你一层皮!"来时已知未来丈人家"四哥"说话管用,见拿事儿的松口,准女婿脸上笑开花,头点得像捣蒜:"多谢四哥。你就放一百条心!我爹妈死得早,老丫头是我世上唯一亲人。我欺负我自己,也不敢欺负她!"说着附到耳前,"四哥,多谢你帮忙,我勾水平感恩不尽!来时我已给你、嫂子、侄子都备了礼。现在人多,出门时我再给你。""四哥"心里受用,嘴上却道:"不说那个!从现在起,咱们就是一家人了。一家人不说两家话。说那个外气!"

金小鱼一去不回头,出嫁多年无音信,想是娘家让她伤透心了。

老娘临去回光返照,心里明白却说不出话,攥住傻儿一只手,眼泪巴巴看着四儿,嘴唇嚅动不停。金进财看光景,晓得老娘临终托傻,伏身说:"妈,老六交给我了。我吃干的,绝不让我傻哥哥喝稀的!你放心走吧。"老娘脸上浮出一丝笑容,又哆哆嗦嗦伸出右手小指头。围在身边儿女不晓何意,还是老八聪明:妈想老丫头了吧?老娘微微点头,落下两行老泪……打断骨头连着筋,毕竟母女血脉相连!四儿拍胸保证:纵然隔着千山万水,我也要找回老丫头。百年升天脚蹬莲花闺女没来得及给您梳头净面换老衣,去后也得赶回哭丧给您老焚香烧纸三磕九拜!老娘脸上笑容越发明显,喉咙咕隆一阵响动,头一歪,人过去了……

门开了,小鱼脸上闪过兄妹重逢喜悦,瞬间又归于平淡,双人沙发不坐,拉把椅子坐一边。哥哥问一句,妹妹答一句,话语透着生疏。兄妹多年未见难免生分,金进财对自己说。又一想,不对!家中姐妹老丫头跟自己最亲,虽说多年未见,也不至亲情淡漠到如此。"我妹夫呢?"忽然想起进门后还未见到勾水平。

"他睡了。"做妻子的脸上闪过一丝惊慌。

"睡了?"金进财看在眼里。

"睡了!他有病,睡得早。"小鱼脸扭一边,显然不愿再提,神情颇不耐烦,甚至带着几分……戒备。金进财心里疑惑,莫非两口子正在闹仗?又不好再往下问。妹妹家是一间半居室。有病妹夫住背阴半间屋,妹妹住正屋,金进财被安排睡在客厅沙发。

夜深人静,金进财却翻来覆去睡不着。挂钟传来"滴—答—滴—答"声,盘踞钟盘上方的猫头鹰阴险地摆动着一对黄褐色眼珠,死死盯着不速之客……隐隐传来低低抽泣,游丝一般,若有若无……客人一惊,支起耳朵,想闹清哭声来自哪,细细听去,又没了声。"嗡……"半间屋里突然传出压缩机运转声。冰箱都摆在厨房或客厅,没见谁家放在居室。琢磨不通这个理,想着想着睡着了……迷迷糊糊觉得面前有人,金进财一睁眼,咫尺是个俊俏小姑娘,约有四五岁大,蹲在那儿警惕地研究来客。小姑娘眉目如画,只是瘦得令人心疼,像只营养不良小猫。"你是谁?"小姑娘问。金进财猜出小姑娘是谁,故意反问:"你是谁?"

"我是勾倩,小名妞妞,是荷花池小学育红班学生。爸爸是勾水平,妈妈叫金小鱼。妈妈不让我和生人说话。我不跟你说了。"

"巧了。我妹妹也叫金小鱼。我叫金进财,是学校老师。我不跟你说了,妈妈也不叫我跟生人说话。"

"你是我舅舅?!"妞妞惊喜地问。

"妞妞真聪明!舅舅货真价实,有假包换。"屋里气氛活跃起来。妞妞寂寞久了,骤然来了亲娘舅,又带来许多好吃的,亲热得不行,扭股糖般缠在身上。"你妈呢?"金进财这才注意到屋里没动静。

"出去买早点了。"

"你爸呢?"

"在里屋睡觉。"

"喊他起来!说舅舅来了。"

"喊不起来。爸爸是个瞌睡虫,一天到晚就是睡,再也睡不醒。"

正说着,门开了,眼皮红肿、脸色苍白的金小鱼端着早点从外面进来。见了豆浆油条,妞妞欢呼雀跃。现在的孩子谁还稀罕这口?金进财看得心酸,晓得妹子日子难过。餐桌上,妹子直截了当问:"四哥,你什么时候回去?"刚来就下逐客令,老丫头怎么变得如此绝情?!金进财强忍不快,本想告诉老娘临终托付,话到嘴边又咽回去……得知四哥准备坐今天下午两点火车走,小鱼紧绷的脸展开,神色舒缓许多。外甥女撅起小嘴,拉着舅舅手说:"舅舅别走,陪妞妞玩嘛。"未等金进财回答,小鱼拍了女儿一巴掌,嗔道:"就你话多!你舅舅工作忙,哪有闲工夫在咱家多待?快吃,上学迟到了!"

多年不见,妹妹为何急着撵我走?妹夫为什么躲着不见?猫头鹰脸上笑容越发诡异,盯着不速之客一个劲儿冷笑,像琢磨害人鬼点子……屋里寒气逼人,阴气森森……"滴—答—滴—答……"变成"有—鬼—有—鬼……"金进财越坐越冷,越看越毛,不由打个寒噤,觉得屋里哪不对,似乎隐藏着不可告人的秘密!"小鱼会不会贩毒?!"由一街烟鬼联想到,脑海浮出种种可怕假设……不行!走前我一定要闹清小妹家出了什么事。金进财蹑手蹑脚走到里屋门前,耳朵贴门听了一会,里面毫无动静。金进财敲敲门,轻声喊:"妹夫,妹夫,勾水平!……"声音越来越大,里面仍无动静。金进财越发疑心,掏出身份证顺门缝插进捅开暗锁……单人床旧冰柜塞满小屋。妹夫蒙被戴帽侧身面壁。金进财喊:"妹夫!"仍不见理会,伸手去拍,手感不对——不像人身,倒似皮球。猛地将被子揭去,眼睛骤然瞪得多大——被子底下不是真人,是个充气假人!老丫头搞什么鬼?金进财被塑料妹夫弄得心烦意乱,再想不到小妹唱的哪出。视线落在"嗡嗡"作响旧冰柜上……冰箱不买买冰柜,想是做冷饮生意?入冬还不停机,莫非改卖肉制品?信手拉开冰柜门,一瞬间简直不敢相信自己眼睛——久违妹夫躺在冰柜里,遗体冰冻日久风干氧化,黄皮肤变黑色,一双失去水分的干瘪眼睛异常可怕,茫然看着"四哥"……"妈呀!"金进财惨叫一声,浑身乱颤,冰柜也顾不得关,跌跌撞撞逃出里屋,仿佛后面鬼在追! 匆匆赶回的小鱼赶上这幕,当场昏倒! 接下来的四十八小时,金进财像台不知疲倦的机器一直高速旋转——手机几乎打爆,通过天南海北纵横交错关系网,小城一切可以利用的关系迅速调动起来——精神崩溃的寡妇住进市里最好医院,得到省城赶来专家的精心治疗;妞妞托付给可靠人家;殡葬工作人员眼里一切正常,所有棘手问题在红包面前迎刃而解,勾水平同志一路绿灯进了骨灰盒……

    小鱼回家,人去柜空,围着黑框丈夫深情注视未亡人。寡妇将遗像搂在怀里痛哭,金进财坐一旁闷头抽烟。等到哭声渐渐低落,哥哥起身将湿毛巾拧干递上。妹妹不领情,将毛巾打落在地,哥哥将毛巾搓净再递上,妹妹夺过掷在哥哥脸上,狂吼:"我们一家过得好好的,你跑来干什么?! 你把他藏哪了?! 金进财,你还我男人!"疯了般扑上来撕扯! 没有当头棒喝,唤不醒梦中人。晓得妹子鬼迷心窍,哥哥再不避让,揪住头发边抽边骂:"你男人早死了! 十天前已化成灰! 你现在是寡妇! 寡妇哪来的男人? 再胡说八道,我抽死你!"一顿耳光将小鱼抽得七荤八素,两眼上翻,鬓发散乱,口吐白沫。哥哥将昏厥小妹搂在怀,掐人中,捏虎口,折腾好一阵,小鱼"哇……"地哭出声。金进财继续痛下猛药,"勾水平已入土! 人死不能复生! 你大活人不能守着死尸过一辈子! 哭吧,大声哭! 心里难受,哭出来就好。早世即冥,都是黄泉路上客,那鬼地方都得去,再不由人,只是早晚而已! 你们恩爱夫妻团圆是迟早的事,只不过重逢地方从阳世改在阴间。"见妹子仍哭个不停,金进财"哎呀"一声,像忽然想起重要事情,"我咋把这事给忘了? 都是你闹的。你男人昨天晚上给我托梦,有话让我转告你。你听不听?"

    小鱼停止哭泣挣扎着坐起,怔怔地看着四哥:"勾水平托梦让你带话给我? 你没骗我?"

    金进财一脸委屈:"我对天发誓,骗谁也不能骗我亲妹子! 勾水平现在鸟枪换炮,一身名牌,吃得肥头大耳,红光满面。好家伙,我差点没认出来! 他让我告诉你,让你带好妞妞,别为他操心。勾水平在地下世界混得不错,一去就给了个副局,配了奥迪专车,住四室两厅,客厅五十平方米都打不住。一帮小鬼正忙着给勾副局长装修呢。你等着享福吧。"

    "勾水平当副局长? 不可能! 他活着连班长都不是。"妹子不信。

    "要不怎么说阳间管干部的多有眼无珠。勾水平这样的好同志活着不用,去了阴间才被提拔。'关节不到,自有阎罗老包。'那地方不兴跑官要官,不认行贿受贿,用人只看你生前积德还是作孽,生死簿上一笔笔都记着呢! 勾水平同志为人忠厚,德才兼备,被主管组织工作的包公一眼相中,已被列入冥府第三梯队,前程无量,小小副局长哪能打住?"金进财一本正经说鬼话。寡妇转啼为笑,笑着,笑着,骤然一阵剧烈咳嗽,脸憋得发紫。金进财紧着捶背。小鱼呕出些黏液痰块,气息渐渐平缓,眼神晴朗许多……

兄妹俩带着妞妞去了南郊九龙山公墓。墓地沿山坡而建，坡下西边一座土堆未被野草覆盖留着新鲜泥土气息，坟头上插着白色招魂幡，汉白玉墓碑上刻着"勾水平先生之墓"。妞妞终是小孩，屋里囚禁久了，野外处处透着新鲜，烧罢纸，磕过头，跟着娘号了几声，就蹦蹦跳跳顺坡扑蝶，满坡坟茔遍地野花中响起小姑娘银铃般笑声……

寡妇古井无波，万念俱灰，痴痴看着夫妻合葬墓为自己预留的地方。哥哥告知老娘临终托付，小鱼不吱声，眼泪却似断线珠子落下。金进财看在眼里，再不劝人，却和鬼说话："妹夫，我和小鱼、妞妞今天来看你。虽说你比我大几岁，可你得管我叫哥。'摇篮里的爷爷，拄拐棍的孙子。'辈分在那，你不服也不行。有几句心里话，我当哥的非说在当面，你为弟的不爱听也得听。你初去乍到委以重任，是自己积德，也是沾了娶金家好女子为妻的光。人家看得起咱，你更要好好干，生前未成人杰，死后定当鬼雄。切不可一阔脸就变，更不能饱暖思淫欲，见了妖娆女鬼动邪念，琢磨着养情人、包二奶。敢当负心鬼，别说小鱼饶不了你，哥哥我也得收拾你！你说你不敢，一定守身如玉，五十年后午时三刻，奈何桥上接小鱼。"金进财煞有介事，寡妇充耳不闻。山风骤起，坡上枯枝败叶齐齐卷至半空，乌龙绞柱般朝这边旋来。金进财远远望见，接着说："口说不算点头算。你收过冥币，把招魂幡使劲摆几下，我们才信。"惊喜大喊，"动了，动了！老丫头快看！勾水平向咱们招手呢。我说的他全听见了，送的纸钱都取走了！"妹子疑疑惑惑抬起头，刚才还纹丝不动的招魂幡此时却摆个不停，一股旋风在未亡人脚下猛烈旋转，冥币纸灰盘旋而上，像一群群黑蝴蝶，挟着"呼呼"风声，显得十分怪异。旋风过后，周围又归于平静，坟前纸灰却了无痕迹……

小鱼目瞪口呆，惊问："四哥，你说话死人真能听见?！"

金进财一本正经回答："你四哥不才，年轻时偶遇异人，略略得了些道行。鹤知夜半，招魂术灵不灵，关键看当事人心诚不诚！因着你夫妻人鬼情未了，冥冥之中有了感应，我才能见人说人话，遇鬼说鬼话。"接着笑骂，"要说我死鬼妹夫真不够意思！舅子多年不见，见面先演出《阴阳河》，差点没把我吓死！"

小鱼也笑了："吓掉魂的不是你一个。去年夏天，我睡到后半夜，忽然被窸窸窣窣声惊醒。屋里进贼了？我吓坏了，紧紧搂住妞妞装睡，一动不敢动。手电光柱一闪，'鬼！有鬼！'里屋骤然传出惊叫，紧接着'扑通，扑通'两声，沉重东西相继从二楼坠落……我拉开冰柜门，水平仍半睁着眼，安安静静在里躺着……屋里东西一样没少，地上却多个提包，打开一看：手机、集邮册、毛料衣服、好烟、好酒，还有一双崭新女式皮鞋。"

金进财乐了："偷鸡不成蚀把米。一个死水平吓煞俩活毛贼，看哪个贼人还敢来！"

"勾水平死于肝硬化，临终再三交代：千万不要惊动单位，将他尸首藏冰柜继续领工资，让我和妞妞有碗饭吃。"寡妇说着又哭了。

"单位探望会不会发现？"哥哥担心。

"工会每年春节来一次。都怕传染，沙发都不敢坐，隔门缝瞄一眼放下慰问品就走。"

金进财听得唏嘘不已,由衷感叹:"嫁人就嫁勾水平!别的男人对老婆孩子鞠躬尽瘁,死而后已;我妹夫鞠躬尽瘁,死而不已!"

【噩梦】

买几卷精装本装潢门面的老板见过不少,坐拥书城却头次遇到。书柜显眼处立个精致相框,里面是个鬈发苍白慈祥老人,照片围黑边,想是主人去世老母。靠窗是张巨大书案,青花笔海插满大小狼毫,各形古砚一字排开,垒高是材质不同印章。

董事长刚写毕自撰对联:"闲余思鹤趣,静时养龟年。"金进财看了连连叫好,乘机卖弄肚里学问:"此联词义贴切,颇有禅意,非云心鹤眼无此胸襟。字更脱俗,布局匀称,锋芒内敛,尽得《鲜于璜碑》精髓,一看就知临汉隶碑刻下了工夫。"主人脸笑眼不笑,眉宇间凝着忧郁:"过奖,过奖。右军习气而已。听口气,阁下也练过书法?来,请留下墨宝!"字是人的脸面,板书则是教师门面,重要性等同生日蛋糕上的奶油裱花。金老师自知马虎不得,扎扎实实临过几年帖,书法在全区教育系统挂了号,说声"恭敬不如从命",提笔一挥而就。主人在旁观看:行书写得苍劲有力又秀逸多姿,是傅青主一路。细品对联如饮陈年佳酿:"几百年人家无非积善,第一等事业还是读书。"连念数遍意犹未尽:"好!字好对子更好,淡如白话却寓意极深。是人生大智慧!"又疑惑,"我独爱楹联,悉心收集,怎么从未见过此联?莫非出自《通志堂集》?"金进财又要卖弄,随口背诵清代大词人的《沁园春》:"瞬息浮生,薄命如斯,低徊怎忘……"董事长随即和咏:"重寻碧落茫茫,料短发,朝来定有霜。便人间天上,尘缘未断;春花秋叶,触绪还伤。"

念罢,两人相视一笑都觉近了许多。客人笑道:"董事长虽饱读诗书,这次却猜错了。此联确系清人所撰,却不是纳兰性德,而是乾隆年间官至翰林院侍读的王梦楼。此人书法文章俱佳,人称'淡墨探花'。"董事长学富五车,金老师自称有脚书橱,惜无知音,今天有了掉书袋机会,得知同为老三届,越发亲近……出了门,引见人佩服地说:"金老师真行!'信诚'房子从不愁卖,霍董却答应打八五折,看来人家真心想交你这个朋友。"

金进财欲投桃报李,送别的大老板不稀罕,文字之交还应秀才人情。想来想去,想到自己珍藏的一副宋伯鲁撰写的对联。宋伯鲁两榜出身,光绪11年授翰林院编修,是三秦文化名人、维新志士。康有为上书变法,多得时任监察御史宋伯鲁助力;梁启超称宋"言诸新政最多"。慈禧政变当日,即以"滥保匪人,平素声名恶劣"罪名将宋伯鲁"即

333

行革职,永不叙用",降旨通缉。宋翰林避难陕西礼泉老家。清末某年清明,朝廷派员祭扫唐太宗昭陵,夜宿县衙,以便半夜起身赶天明到达三十多里外昭陵。夜半,东楼敲三更,西楼敲四更,官员清梦被搅大为不满,提笔壁上写"东楼三西楼四更鼓差乱",悻悻而去。县令恐慌,上门讨教翰林。宋伯鲁一笑,对出"南斗六北斗七星象不同"下联。官员祭陵归来看后叹服。宋翰林擅书画,逃亡期间靠润笔为生,得之者视为珍宝。金进财收藏的是宋翰林楷书楹联:"世间清品至兰极,贤者虚怀与竹同。"刚劲中蕴含秀丽,不愧名家手笔,书卷钤有两枚印章,朱文"臣宋伯鲁""丙戌翰林"。送礼成双,又拿出一方珍藏的犀牛角印料,重金请西京城金石名家铁线篆刻"坐拥百城"印章。托人送去。

猩红色羊毛地毯铺满珊瑚阁,红色宫灯洒下柔和红光,偌大房间只摆张红木大餐桌,上面放满各式凉盘和中外美酒。靠墙侍立四个身材窈窕年轻美貌女服务员。一个戴眼镜的秃头老男人斜靠沙发,跷着二郎腿,色迷迷盯着大红旗袍开气处,有一搭没一搭地拉话。看在眼里,董事长厉声呵斥:"你,一个工作人员,不到外面迎候客人,坐在里面干什么?懂不懂规矩?!出去!"秃头老男人一脸尴尬,边说"是,是……"边躬身后退。看秃头狼狈相,服务员都背过脸偷笑,客人也没憋住。四目相对,看清镜片后面骨碌碌转个不停的眼珠,金进财眼里喷火,心跳陡然加快,黑血直蹿脑门——眼前是千刀万剐的六六六!捺住性子坐下,客人装作若无其事地问:"刚才那位瞅着眼熟,是公司的……"

"你问他呀?他过去叫臧藏殊,现在叫臧养浩,曾是政坛风云人物,三十岁当上省革委会委员,一时红得发紫!'四人帮'倒台,他被贬工厂监督改造,老婆领着孩子改嫁。"客人暗暗叫声"报应!"董事长说:"工厂倒闭,老臧没了去路,辗转托关系找到我,哭哭啼啼想讨碗饭吃。听着可怜,又都是老三届,我动了恻隐之心,留下搞文字工作。老臧文笔还行,手底下来得快,回函、出简报、起草文件,也还中规中矩,见我更是毕恭毕敬。下面却反映不佳:说老家伙人老心不老,爱跟漂亮女孩黏糊,跟男的说话却阴阳怪气。本想提拔他当总经办主任参与集团决策,会上几次被否决。这人本事有毛病多得常敲打。提拔的事还要再看看。"

"霍董真是菩萨心肠,我担心……"

"担心什么?"

"担心'信诚'上演东郭先生现代版!"

董事长瞪大眼睛,正要问个究竟,一群男女说笑着从外面拥进……

"今晚没外人,都是霍某发小,请来与金老师作陪。"董事长一一介绍。金进财受宠若惊,纳闷秀才人情何至于此?

董事长笑道:"我们之间狗皮袜子没反正,灌足黄汤更是胡说八道,一会儿让金老师见笑了。"邻座胖子回应:"霍顺民,你自个儿悠着点,每次都是你先胡说八道!"董

事长矜持换无忌:"一边去!谁说话也轮不到你左天亮。"咬牙切齿道,"小学入学排座位,学校把我和霍美丽排在一个桌。老师看着我们,笑眯眯说这俩孩子都姓霍,个子一般高,还都是双眼皮大眼睛,金童玉女,天生一对!俺俩一条板凳坐了三年,期间免不了眉来眼去、耳鬓厮磨、勾勾搭搭,都想着终身已定。谁知四年级转学来了个左胖子。班上重新排座,霍美丽和一身肥膘的家伙坐到一块儿。胖子别的本事没有,就会甜言蜜语、小恩小惠、引诱小姑娘,慢慢就没我什么事了。发展到最后……"霍顺民鼻子抽噎几下,痛心疾首地说,"他俩最后发展到睡一个被窝!学校给我俩安排的娃娃亲,老师是订婚见证人,却被左胖子拆散,把霍美丽骗到手给他当老婆。叫人如何受得了?!我想不通!我有意见!我耿耿于怀!"在座的统统笑翻!一个半老女人笑得脸上虚肉乱颤:"霍顺民,你就胡说八道吧。小心我家胖子收拾你!"

"收拾我?绝无可能!"霍顺民脑袋摇得像拨浪鼓,"十一岁时,为争你,两个小光棍就决斗过。左胖子蛮力有,就是笨。俺俩比摔跤,三局两胜,他输了!四十年来我一直没闲着,卧薪尝胆、枕戈待旦、闻鸡起舞,就等着跟老情敌二次决斗。再交手,估计胖子还得输!"身旁大背头笑得全身乱抖。霍顺民转过训斥:"别笑了!左胖子虽不仗义,夺妻却干到明处,不像你师汉杰鬼鬼祟祟,就会偷鸡摸狗!你老婆前天哭哭啼啼来找我,说你见了你家超市小会计,眼睛眯成一条缝;见了自己老婆,两眼瞪得像驴蛋。"

大背头连忙分辩:"别听她胡说八道!没那事!俺两口子干仗是因为感情不和。"

"你穷得叮当响时,怎么不说感情不和?你老婆漂亮能干,上得厅堂,下得厨房,你还有什么不满足的?你跟旧时土财主一样,多收了三五石租子,就有易妻纳妾之想。赶紧给我把小蜜打发了!"

大背头嘟囔道:"吃河水长大的——管得宽。你又不是俺爹,管得着吗?多事!"

霍顺民笑道:"'糟糠之妻不下堂,贫贱之交不可弃。'老弟,勿忘古训!"正色问在座,"师汉杰死了爹,以为世上再没人管得了他,铁了心要当陈世美。你们说该怎么办?"

"我们坚决不答应!"胳膊小树林般举起。左胖子提议将惹是生非玩意儿骗了或乘闯祸东西睡了浇勺滚油。男人们都赞这法子好,一劳永逸!征求在座异性意见,女士们只笑不表态。霍顺民表情深谋远虑:"骗了或烫焦固然好,彻底断了祸根,省得'陈世美'胡思乱想。就是虎狼方狠了点,副作用太大,估计'秦香莲'先不肯照方抓药。"又对师汉杰说,"我明白了,你这病叫'饱暖思淫欲',良言相劝难,须釜底抽薪!明天把开超市借我的两百万划过来!"

大背头蔫了,哭丧着脸说:"我听,我听,我听你话还不行吗?你就是我爹的灵童转世。你咋说我咋办,回去就叫小会计走人。"

一场家庭危机被摆平,董事长心里高兴,喊人去取自己的新作。不知隐在何处的"工作人员"海狸鼠般及时浮出水面,将一摞新书恭恭敬敬奉上。董事长签名分发,点名敲打:"师汉杰思想卑鄙,心地险恶,公然扬言中年男人三大幸事——升官,发财,死老婆,已堕落到'杀妻灭子良心丧'的危险边缘,再不挽救,早晚被狗头铡铡掉脑袋!

335

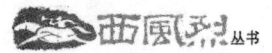

此书是他的'迷途还魂汤',责令其认真阅读外,还须写出读书心得。下次聚会,大家集体验收,通不过,负心汉还得继续写!"都说好。师汉杰哭笑不得:"明白,明白。不就是组织大伙学'霍选'吗?又不是第一次。没说的,我把您老人家宝书请回家供在香案上,早晚三磕九拜,每次拜读前先焚香净手。"

书名《新雨煮陈茶》,都是读史札记,警世劝善,文采斐然,金进财由衷赞叹:"霍董学识渊博,不愧书香门第出身。"

董事长微微一笑:"这回是你猜错。我出身贫民家庭,上推三辈都是文盲。"见客人不信,主人说,"我爹解放前就在火车站前蹬三轮,染缸里浸了几十年,坑蒙哄骗,撒泼耍赖,打架斗殴,吹牛酗酒,找野娘们,贫民社会毛病占全了。'车、船、店、脚、牙,没罪也该杀。'他老人家正应此言,每天蹬三轮回来,除了散白酒猪头肉,别的都不感兴趣,喝醉了就拿我出气。幼时没有母爱的多有暴力倾向。看见别的孩子有亲娘呵护,我由妒生恨,三天两头寻衅打架,和动物一样,攻击是人的本能,心里没有爱,剩下只有恨!我十岁就成了为坊间不齿的小恶棍。街上有个叫武子的小子,仗着个子大,横惯了。那天我在马路上捡了五块钱,被武子看见,硬说钱是他丢的,一把夺去。我咽不下这口气,捡块半截砖,远远跟着,拐弯处疾步赶上,蹦起将砖拍在截道的后脑勺!比我高一头的武子两眼翻白直挺挺仰面摔倒。众目睽睽之下,我搜出钱不慌不忙走了。街道两旁乘凉的看在眼里,个个瞠目结舌,都说这小子心忒狠手忒黑!有人认出行凶者是后街酒鬼老霍的儿子,大号'霍顺民'。听了都骂:就这还他妈'顺民'?!叫'活(霍)土匪'还差不多!这小子长大绝对是杀人犯,早晚挨枪子儿!和高年级学生打架吃了亏,我不肯罢休,攥进教室操起条凳劈头砸去。伤员被紧急送往医院。校长暴跳如雷,我梗着脖子一言不发。到了中午,校长不准我回家,把我关在办公室勒令写检查。校长刚走,我就跨上窗台准备往下跳。萧老师送伤员回来赶上这幕,吓得声都变了,急赤白脸哀求:'霍顺民,老师求求你!有话好好说,千万不敢跳!'喊声惊动全校,下面眨眼围了一群女老师,唧唧喳喳像群受惊母鸡,纷纷仰着脖子对我喊:'不敢跳呀,不敢跳!'老师越喊我越来劲,嬉皮笑脸对着下面频频招手示意。闹腾够了,我大喊:'同志们,永别了!'老师们惊呼声中,从三米高处跳下!萧老师吓得一屁股软在地上。野孩子就是比娇生惯养的少爷皮实,我非但未'永别',大碍也无,只是崴了右脚,爬起一瘸一拐。赶上校长回来,我没事人一样,赖皮赖脸叫声'校长好!'校长瞅着我纳闷:开门钥匙没离身,人怎么出来的?再看我成了铁拐李,越发好奇。闹清来龙去脉,校长又惊又气:我从教三十年,如此顽劣学生还是第一次遇见!死娃抬出南门——这孩子没治了!"

一桌人边笑边摇头,都说霍董一本正经,没想小时赖得出奇!

"崴伤处肿得像面包,老师抹上红花油慢慢揉,揉一下,我心颤一下。她柔声问:'疼不疼?'我连声回答:'不疼,一点不疼。'心里硬壳渐渐融化,巴不得老师永远揉下去……爹要出趟远门,留下的钱和粮票被我弄丢。路过面馆瞅见桌上剩下小半碗面汤,我端起正要喝,被一个肿眼泡黄胀脸女服务员劈手夺过,一口痰啐在碗里!饥饿年代,人心似铁。我被连推带搡轰出门,腿软得拉不动,身上直冒虚汗,挣扎到校,眼前一黑晕了过去……看着我肋骨毕现的身体,大夫连连摇头,待化验单出来,更是啧啧称奇——血色素只有正常标准零头,营养极度不良,随时可能猝死,活着就是奇迹!是萧老师的200CC鲜血让我重返人间。大夫再三嘱咐:'回去必须立刻加强营养。'话没说完,病房患者一起苦笑,笑得比哭还难看。'低标准瓜菜代'时期,医嘱让人想起晋惠帝那句著名蠢话——何不食肉糜?老师将学生领回家,让我上床躺着,月子婆娘般精心伺候,又出高价买回二斤古巴糖,冲了糖水,一勺勺喂我。那是什么年代?三年人祸,三千万人死于非命!每分每秒都有人活活饿死!萧老师一家同样在全民大饥荒中苦熬,同样面有菜色,同样饿得腿脚浮肿。我却吸她身上血,夺她口中食!"

满座凄然。左天亮告诉客人:"今天是萧老师的忌日。你送的那副对联,内嵌恩师名字'兰竹'二字。顺民视若拱璧,一直念叨定要当面谢过!"主人站起双手端杯,恭恭敬敬地说:"金老师,大恩不言谢。感激的话都在酒里,我先干为敬!"

"萧老师笑容是我学习的动力。小学毕业,我考入全市最好的中学。老师喜得合不拢嘴,为得意学生做了一套蓝咔叽学生服,买了双新球鞋。望着老师斑白鬓发,我再也忍不住,拦腰将她抱住,动情地喊了声'妈!'老师最清楚学生德性,抚摸着我的头,千言万语化为一句:'多读书,上大学,做好人。'

'文革'来了!老霍家根正苗红,我理所当然第一批加入红卫兵,一夜间恢复狼性!怀着莫名仇恨,带着极度狂热,我什么缺德的事都干过。看着白发苍苍的'黑五类'被皮带抽得满地乱滚,抱头惨叫,我像咬断猎物喉管的狼崽,充满喋血的快意,成了革命名义下的'活土匪'!满大街都是手持凶器寻找猎物的红卫兵。该抄的家都抄了,该打的人都打了。下来该革谁的命呢?想来想去,想到一条街住的残疾皮匠。皮匠是抗战老兵。1937年8月,由清一色陕西子弟兵组成的38军17师誓师出征,同年10月,与日寇在娘子关外展开激战,阵地数易其手。秦人勇悍,素有'冷娃'之称。危急时刻,老兵挺身而出,参加敢死队乘夜色展开绝地反击!秦兵血战九昼夜,为保卫太原赢得时间,却伤亡殆尽,出征一万三千将士,归来四去其三。师长赵寿山勒诗祭奠:

妖氛弥漫寇方张,百战何辞作国殇。士卒冲锋杀敌处,娘子关外月如霜。

一时四野哭声,亲人何处招魂!'自古秦兵耐苦战'。中条山血战三年,将军殉国,士兵死事,一乡同去二十八人,归来只剩缺左腿瞎右眼的机枪射手。'关中子弟多新鬼,秦军归来少故人。'抗战八年,四万三秦将士捐躯沙场!

月白风清晚上,残疾老兵端坐竹椅,手持摩挲得黑红油亮的胡琴,秦腔《金沙滩》是压轴节目,弓弦上下翻飞,将杨老令公慷慨悲壮唱腔包了个风雨不透:

金沙滩直杀得山摇地动,好男儿拼一死决不偷生!自古忠良千千万,为国为民保河山!

唱声古朴苍凉,忠臣孝子英雄烈士渐行渐远。古战场悲凉、天地正气苍劲、人世代谢苍茫漫上心头……我那会儿年纪小,虽不懂戏,却也觉得悦耳,每次路过,总要钻进听众圈里听一段……

红卫兵雄赳赳杀上门,皮匠脸色大变:'黑五类'被活活打死和被逼死的事情时有发生,今日在劫难逃!

'说!你把电台藏哪儿了?!'

'老实交代,微型相机藏在什么地方?!'

……

面对革命小将逼问,残疾老兵有口难辩。七八条胳臂摁住鞋匠卸下假腿,不见通敌电台;几双手争着抠出义眼,也未发现微型相机。大家都有些失望。这当口儿,藏在顶棚的小铁盒被搜出,里面有枚配襟绶的忠勇勋章,是国民政府1944年颁行的保卫国家、抵御外侮、英勇作战的武职勋章,中心为古代出战图,光芒环绕,寓意如古战士,头可断,节不可屈,忠勇之光四射,为国人所敬崇。老兵列'负伤不退继续战斗者',获此殊荣。仿佛看到滔天罪证,襟绶被扯断,忠勇勋章摔在地上脚踩至面目全非。墙上胡琴扯下砸个粉碎……一个相貌清秀的女红卫兵出个缺德损招:炒菜锅底画个王八扣在老兵背上,勒令其趴下学鳖爬。全体赞同,以虐为乐,全无心肝。老兵是个烈性子,忍无可忍,摔锅大骂:'一帮忘恩负义的小畜生!回家问问你爷你爹,没我当年流血拼命,哪有你们狼崽子今日?!'敌人不投降,就叫他灭亡!从小接受阶级斗争教育结出恶果,一帮毛孩子围住老兵痛殴!老兵一声不吭,睁着血红独眼怒视狼崽!一旁瑟瑟发抖的妻女鼓起勇气,哭喊着去拉,瞬间被踏倒……看看血迹斑斑妻女,丈夫出门不回头……残疾老兵昂首向天,城墙上骤然响起《徐策跑城》唱段:

湛湛青天不可欺,是非善恶人尽知。血海的冤仇终须报,只争来早与来迟!

这段高拨子原板此刻虽无胡琴伴奏,因着生命绝唱,越发高亢激烈撕心裂肺……听见的无不大惊失色,满城红色恐怖,竟敢城头唱封建老戏,不想活了?!'士可杀,不可辱。'老兵惨烈求死!警察验尸断定:'自行高坠,排除他杀。'看热闹的寥寥无几。红色恐怖时期,天天有人走上不归路,一个国民党残疾老兵'自行高坠'和摔死一只瘸腿耗子无异,没人会大惊小怪。前来收尸的皮匠妻女哭得死去活来,我在旁漠然看着……

红色标语铺天盖地,红色口号响彻寰宇,佩红色袖章的红卫兵像一群群红色食人鱼游来游去,整一个红海洋!传教历史让萧老师成为红色祭坛上又一牺牲品。面对自己学生挥来的拳头,老师眼神没有指责,没有怨恨,有的是对人性的彻底绝望!……思想是燃烧冷却后的产物。造反激情过后我才明白:'文化大革命'最可怕处,不是物质损失,而是人性中善的消亡。忘恩负义一旦成了时尚,人,就沦为野兽,不,比野兽更

凶残！……夕阳红得令人心悸,浑如鲜血……直到现在,我都怕独自面对夕阳,看着血色太阳慢慢落下,心一点一点被掏空,又想起那个惨绝人寰的日子……"叙述人脸色惨白,嘴唇发紫,双手越抖越凶,像是暴风中树枝。

"顺民,事情都过去了,不说了。"都站起劝。

"别拦我。不说出来,我憋得难受!"霍顺民捂住心口接着说,"那天晚上一丝风也没有,屋里热得像蒸笼。突然,门'哐啷'乱响!'哗啦'玻璃碎了!惨叫令学校家属楼惊悚!走廊漆黑,拖鞋被什么东西黏住。点着亮,邻居惊得失声大叫——一地鲜血!目睹惨状全吓傻了:萧老师倒在血泊中,两腿抽筋般乱蹬,随着一次次倒气,割开一半的喉咙'咕嘟咕嘟'朝外冒着血泡,两眼圆睁,像杀羊没杀死!数学老师自杀做周密计划,行动严格按既定程序和时间表进行。凌晨四点,人的生物钟进入当天最低潮,正是全楼酣睡时。一直装睡的老师准时爬起,将家门反锁,怕起夜的看见,卸下走廊灯泡,黑暗里,以往连鸡都不敢杀的老师一下一下割开自己脖子……一度缺氧使脑神经受到永久损害,往事都已遗忘,脸上永远甜蜜蜜,草草缝合的刀口留下丑陋伤痕,喉咙里发出奇怪声音,谁也不知她说什么……痛苦烟消云散,精神世界只剩下虚无,老师成了……成了傻子!现场发现一张留言条:'真的对不起大家,我把厨房弄脏了。'

离开人世前最后一刻,心里想的还是别人,这就是我的老师!学生不是人!学生是畜生!我恩将仇报!我丧尽天良!"捶胸大恸!满屋动容。

"喧嚣过后归于平淡。政权最怕聚众群而暴起。我和无数除了造反别无所长的'小将'一样,成了'再教育'对象。我没跟母校走,而是到外校报名,主动要求去最偏远的地方——离家越远越好。四年后我被招进煤矿,上掌子面刨煤……离校那日,我发誓永不和同学见面,只想忘掉过去的一切!谁知老八找上门……老八大号包刚,和我一个班,脑子不够成,说话不着调,故称'老八'。老八为煤而来。煤炭供应紧张,包刚大包大揽,对厂长拍胸脯保证:'咱在矿上有人。'求爷爷,告奶奶,我总算把事办成。同来的供销科长非要请我吃饭。半瓶老白干下肚,老八硬着舌头说:'顺民,你说说,你有多少年……年,没回……回家了?为啥?'我端起酒杯:'不说那个,喝酒,喝酒。'老八却不依不饶:'你……你不说,大家……大家也知道为……为啥。就是为……为打萧老师那档子事!对不对?'我端酒盅的手直哆嗦。科长看情况不对,使劲抻老八衣服角。老八手一甩,说:'别……别拦我,让……让我说完。你们都说我……我不够成,可……可老师骂我……我从不敢还嘴,更不敢动手。为啥?就因为她……她是老师!咱班上萧老师对你最好。可你为……为啥打她?!'我恼羞成怒瞬间失控!抄起刚上桌的尖椒肥肠,当着惊呆的科长面,连汁带菜扣在兀自喋喋不休的老八头上……

伤疤被人揭开,依旧是血淋淋的!我心和五百米斜井一样,是阳光照不到的黑暗……我常常孤零零坐在通道里发痴,顶板刷刷往下掉煤,我却充耳不闻,视而不见,直至一块澡盆大煤块砸在背上……醒来时,我已躺在医院,腰二腰三两节椎体爆裂性骨折,下半身截瘫。医生断言:伤员余生将在轮椅上度过。我心如死灰,直恨为何不

把我一下子砸死！我想起老兵，想起恩师，报应来了！也是我命不该绝，两天后，北京医疗队巡回医疗至此，随队积水潭医院骨科专家为我二次手术，通过复位、切除椎板减压、脊髓探查、DICK钉内固定等系列手术，三个月后，我重新站起留下右腿略跛残疾。下井——出井——宿舍，依旧是每天不变的走马灯。我心如枯井，万念俱灰，头发乱得像鸡窝，工作服一股酸腐味，斜叼烟卷，走哪趿拉双烂鞋，张嘴不离男女裤裆。和那些老矿工一样，在酗酒打牌中消耗生命。井下一句话没说好，抡起镐头就跟人玩命，'活土匪'全矿闻名！那日泻肚，我在井下连屙三泡还没完，手纸却没了，想起回柱工就在旁边废巷道干活，一路寻去。矿灯睡着似的一动不动，董世秀在小绞车旁捧张报纸贴着鼻子看，人到跟前都没发现。这家伙也是老三届。他父亲是留美工程师，'文革'中被揭发是'中情局特务'，最终'自绝于人民自绝于党'。老头子不管不顾一走了之，害得高度近视的儿子有家难奔，只得下煤窑。董世秀面孔白皙，戴副深度眼镜，一口标准普通话，卫生球掉煤堆，是煤黑子里异类，矿工们都叫他'秀才'。数学的精确理论使我着迷，这点爱好还是萧老师培养的，董世秀也爱欧几里得，土匪和秀才因此成了哥们儿。我一把抓去报纸。秀才急得乱喊：'看了赶紧还我！我还没看完呢。'我随口应道：'没问题！等我擦过屁股，你再接着看。'秀才气急败坏，破口大骂：'霍跛子你浑蛋！上次怎么没把你砸死？！'煤块伴着骂声飞来！我跛着腿往前紧跑几步，拐过弯边笑边脱裤子，心里纳闷：一张破报纸有什么看头？也值得平时文质彬彬秀才急眼？随手翻开，黑洞洞巷道忽然射入阳光——国务院批转教育部《关于1977年高等学校招生工作的意见》跃入眼帘！矿灯下，我睁大眼睛，看了一遍又一遍，直至一字不差背出……

面临人生拐点，井下梦想老鼠烧尾不是我一个。随着1978年夏季高考日期迫近，泡病号的青年矿工越来越多。报考可以，请假不行。矿上下了死命令：病假条一律停开，凡能动弹的，必须下井！我急了眼，满打满算不到四个月，高中课程还差一半没自学完，这可怎么办？秀才也急得不行。俩人商量半天，还是想不出对策。望着废弃巷道龇牙咧嘴的顶板，秀才灵机一动：干脆自残！我坚决赞同：反正已是跛子，大不了跛子升级。说好你先砸折我右脚掌，我再砸断你左腿，互帮互助，互惠互利。我伸出右脚让秀才先砸，他哆哆嗦嗦举起脸盆大煤块，哆哆嗦嗦说：'我……我砸了，我真……真砸了！'光说不练，哆哆嗦嗦就是下不了手。知识分子家孩子和贫民区无赖家长大的此刻看出差距：前者多谋寡断，缺乏壮士断腕勇气；后者胆大手黑，有股子不按常理出牌狠劲，却往往成事。历史不乏先例，赵翼《廿二史札记》云'西汉开国功臣多出于亡命无赖'。我夺下煤块恶狠狠说：'秀才造反，三年不成。犹豫不定，输个干净。闪开，看我土匪的！'心一横，眼一闭，煤块猛地砸向自己右脚……我躺在一间租赁的民房里苦读，每天请房东代买五个烧饼，送壶开水，116个日日夜夜，没出房门一步……高考之日，我拄拐挪进考场，熟人见了都惊叹'土匪白了！'数学考试成了陪太子读书。考试铃声响过三十分钟，考生走了一半，待时间过半人已屈指可数，剩下的不是抓耳挠腮就是左顾右盼，徒劳地做着最后挣扎，唯独我笔下不时传出'嚓嚓'声，像是春蚕吐丝。几个监考老师像是发现出土文物，面带微笑围着看我答题……全矿当年参加高考279人,朱衣点头唯有十二队掘进工和回柱工。敢对自己下手的露了脸——我被建筑学院录取。怯于自残的秀才低了一档——去了地区师专。毕业分配,我以全年级第一的成绩进了设计院。噩耗传来……"

师汉杰补充:"我们一帮老学生给萧老师守灵。黄昏时分,忽然远远传来号啕声。一个头发花白、胡子拉碴的男人一颠一跛朝院里跑,看模样像奔丧,却瞅着眼生。这是谁呀?大家纳闷。老师遗容落入眼帘,跛子'妈'字刚出口,就两眼翻白'咕咚'昏倒!大家七手八脚扶起,又是掐人中,又是松领扣,折腾好一阵才醒来。老八先认出奔丧跛子是霍顺民!也难怪,十五年未见,人老了许多,又瘸了条腿……顺民跪在灵前放声大哭,头不停地顿地,直顿得血流满面……谁也拉不起,谁也劝不住……哭声撕心裂肺,纵是石人也动容!女人陪着掉泪;男人红了眼圈……霍顺民打老师无人不晓,提起忘恩负义东西都恨得牙痒痒,此刻齐齐感叹:打断骨头连着筋,毕竟师生一场,毕竟情同母子……萧老师身后萧条,只剩一个孤女,丧事却办得比儿孙满堂人家还隆重。出殡之日,萧家门前路上白漫漫一片,纸钱雪片般飘将下来,鞭炮一路炸响,顺民披麻戴孝,打幡摔瓦,走在最前……送葬队伍从头望不到尾,全是她老人家学生。花圈多得数不过来。最大的花圈挽联是霍顺民亲撰:

曙后星孤,方知罪孽深重,呼天抢地难赎回;噩梦醒来,永记学做好人,洗心革面报师恩。

后面是'您的学生暨孩子',署衔名的密密麻麻,当年红卫兵几乎都在上面,为首是霍顺民……灵堂黑压压跪倒一片,老学生集体向恩师遗体三磕头。顺民哭得眼睛出血几次昏死……"

霍美丽说:"送走老师,顺民仍陷在痛苦里不能自拔。一帮老同学劝解:年轻人犯错误,上帝也会原谅。你犯不着把赎罪十字架背一辈子。咱们朝前看……顺民怔怔地看着我们,颤声说:年少不是借口。我心里悔啊!刚过三十,我头发就白了大半。手上沾有恩师的血,我至死良心难安!"

众人默然。窗外月光如水,满院明影,万家沉寂。

左天亮率先骂千刀万剐的"文化大革命",令亲人反目,兄弟成仇,好人变魔鬼。大家纷纷附和,转而庆幸自己儿女生逢好时代,再不会有父辈遭遇。"未必,未必。本人深表怀疑。"金进财一阵冷笑。

"我原来跟大家想法一样,想着再不会搞'文革',再不会吃二次苦、遭二茬罪。听了两个年轻人一番高论,如同雪水灌顶——暴民在中国根子之深、'文革'群众思想基础之厚,远远超出在座诸位想象!我去年坐火车出差,邻座是俩愤青,一路牢骚满腹、愤世嫉俗、天上地下骂遍,似乎全世界都亏欠他们!扯到'文革',高个儿问我是不是当年的红卫兵?见我点头,羡慕得直咂嘴,说我'遇上了好时候',咬牙切齿说:再搞'文革',本人先官报私仇!领帮红卫兵,专找跟我家有过节的革命,一个个朝死里打,磕头叫爷也不行！小个子说：你革命，我造反。我不打人只抄家，别的不要，只拣古玩玉器金银珠宝名人字画。我爹年轻时也是红卫兵，造过反，抄过家，值钱东西抄了无数，黄灿灿金条都见过！我爹老实，只'顺'了五块袁大头，兴冲冲拿回家，却被我爷骂了个狗血淋头！我爷说闹土改、挖浮财那会儿，他老人家带头上地主家翻箱倒柜，挖墙掘地，财东女人藏在裤裆里的金镯子都被搜出。乱世浮财，不捞白不捞。受苦就是理，穷人是大爷，终于熬到翻身日子！明里暗地弄的浮财让我爷彻底翻身——盖上新房，娶回我奶。我爷说好容易盼到天上给咱穷人掉馅饼，傻小子舔点饼渣就乐得屁颠屁颠，瞧那点儿出息！我爹现在提起还后悔，说那阵乘乱掖件古玩，这会儿给儿子买房就不愁钱了。我爹傻，我可不傻，见财不贪，天诛地灭！有钱就是罪过，谁家底子厚，我先抄谁家！我听得来气，质问：打人抄家犯法，你们就不怕算后账？高个子说：没事！那会儿把人往死里打的，末了有几个被追究？抄家拉走的东西，有多少物归原主？小个子说：不怕！从来撑死胆大的，饿死胆小的。法不治众。什么事都怕参加人多，什么事都经不住拖。时间一长，天大的事也不了了之。'

我听得手足冰凉，讥讽：'与君一席话，胜读十年书。'本人终于明白：黄巾米贼，屠蜀流寇，蒙昧拳民，乱世红卫兵，为何都出在中国？"

客人端起酒杯对主人说，"国人有个通病——别人亏欠我耿耿于怀，自己干坏事却从不检讨，遑论当众谢罪。提起往事，立刻得了集体失忆症。更有老名士颠倒黑白，将青壮时尾随漂亮姑娘偷窥女厕多次被拘的不光彩历史篡改成'为捍卫真理，与四人帮及其死党进行英勇斗争，虽屡遭迫害仍其志不改。'当年的红卫兵俱已垂垂老矣！深夜扪心自问，反省自己手上有血、当众忏悔年轻时犯下暴行的能有几人？就冲这，我敬霍董一杯！敬你是条汉子，是真正的男人！"喝下杯中酒，客人接着说，"作孽的未受到彻底追究，不闻礼义，不讲诚信，不知羞耻，不晓良心为何物！耳闻目睹，我无可救药地沦为心理阴暗的怀疑主义者：我怀疑神坛上的偶像；我怀疑世间貌似庄严的东西，我怀疑经历过'文革'的人会不会说'对不起'；本人忝列高级教师，潜意识都有用拳头解决问题的冲动，我怀疑自己是否患上'阶级斗争'后遗症；看到街上动辄拿刀把人往死里捅的小混混，我怀疑是不是当年草菅人命红卫兵播下的孽种；害了别人，毁了自己，我怀疑是不是报应！"

在座的听得脸色大变，有的偷偷努嘴，有的悄悄摆手，示意赶紧打住！客人莫名其妙不知犯了哪条忌讳？

"金老师说得对。果然是报应！我就遭到了报应。"董事长嘴唇发乌，语调平缓，声音像从另一个世界传来，透着瘆人寒气，"我中年得子，自然疼爱有加。儿子浓眉大眼，十六岁身高就长到一米八，脾气像他母亲，脸上总带着笑，人缘好，学习争气，每次考试，成绩铁定进全年级前三名。不瞒诸位，我最爱到学校开家长会，为的是坐在那儿脸上有光，满足一下做父亲的虚荣心。儿子考上省重点高中，我和爱人心里欢喜，想着孩子前程光明，我们老有所慰。谁知开学之日，忽然接到电话，说孩子跟人打架受了重伤，正在省医院抢救。我撂下电话，开车狂奔，一路连闯红灯。交警拉响警笛开着摩托

跟屁股紧追。看见的都说开凌志车的疯了！开到医院门口，我跳下车就往里跑。儿子身子已经僵硬，一双眼睛却睁得大大的……我把他紧紧搂在怀，捶胸顿足，千呼万唤，喊劈嗓子，唤不回我儿！他母亲闻讯匆匆赶来，看到儿子血衣当场昏倒！……火化那日，老师和同学都来了，男生红了眼睛，女生哭成泪人……凶手是学校附近小混混，和我儿子素不相识，起因是那辆带减震器的高档自行车——儿子考上名校的奖励。三个混混非要'借骑'，儿子不肯，两下在校门口打起来。一个混混拔出水果刀连捅几下，最后一刀要了我儿的命——扎在股动脉上！儿子倒地挣扎着喊出最后一句：'爸爸救我！'……做父亲的肝胆俱裂，万箭穿心！三个不知死活的小混蛋却满不在乎，站在审判席上还相互挤眉弄眼。我看在眼里，恨得牙痒痒！我非活剥了仨兔崽子！公诉人念到案发日期，仿佛天灵盖挨了一闷棍，我脑袋'嗡'的一声——又是'八·三〇'！那日，残疾老兵脑浆涂地暴尸闹市；35年过去了，还是这天，我儿子鲜血流尽惨死街头！'湛湛青天不可欺……'耳边响起屈死者临终绝唱！我不信神，不信鬼，却信报应，相信冥冥之中的轮回和必然。'获罪于天，无所祷也。'上苍不让作孽人有后，年过半百我折了亲生儿子。逼死恩师，残害忠勇，终遭报应！你们说，丧子之痛不是报应是什么？！"霍顺民圆睁着血红眼睛，像问自己，又像问大家。

在座的面面相觑，没人敢吱声。

"有一善之因，必有一善之果；有一恶之因，必有一恶之果。如今少年江湖横行，正因当初种下恶的种子！"终于有人答话，还是金进财。

说到被人始乱终弃的女知青上吊未遂，一桌人瞪圆眼睛；说到雪地被狼啃剩的死婴，在座老知青眼红了；说到疯子和七个侏儒，女人们唏嘘一片，男人们怒不可遏！霍顺民拍桌大骂："王八蛋！真他妈王八蛋！"追问，"骗她的王八蛋叫什么？现在哪？！"一旁工作人员已面无人色。金进财乜斜臧养浩，冷笑着说："天网恢恢，疏而不漏。王八蛋已遭报应！现在叫什么已无关紧要。"

酒宴散时，已是深夜。金进财起身去洗手间。"老同学，老同学。"悄悄尾随的工作人员笑容可掬，一迭声叫着，语气透着久别重逢的亲热，仿佛刚才众人唾骂的"王八蛋"不是自己。人，怎能这般无耻？！赖如赖孩也惊诧对方厚颜。"老同学，真对不住，我刚才没认出你。"臧养浩伸出热情双手。金进财看都不看，仿佛旁边是堆垃圾。"老同学，我的事想你已知道。都是老三届，都老了，都不容易。还请老同学在霍董面前多多美言。我感恩不尽，日后一定回报！"金进财将挡道的拨拉开，站上台阶对着尿池小解。见"老同学"不吱声，臧养浩心里越发没底，眼珠子一骨碌，凑过故作关心地问："颜莉莉现在怎么样？这么多年了，我一直没忘她。唉，由事不由人，当年我那么做也是出于无奈。"老知青笑了，笑容里透着凄凉，渗出无赖，隐着杀气！金进财边系裤扣，边慢悠悠问："看过《活捉三郎》吗？"对方不知何意，疑惑着摇摇头。金进财笑道："当年我看过臧版《墙头马上》，今夜回请你听金编《活捉三郎》。"猛挥臂，轰然炸响！臧养浩打着旋，陀螺般转了几圈，身子撞墙摔倒，脸上暴起五道鲜红指痕……风流债须用风流命偿。金进财右掌骨裂，麻了整条胳膊，顾不得疼痛，拽下皮带权当吊死鬼自缢长索，

343

套住负心汉颈部,边拖边咬牙切齿唱:"冤有头,债有主,你既欠下风流债,今日捉你赴阳台!""张文远"脑袋被摁进尿池,"阎惜姣"大叫:"我就是那索命冤魂!还我命来!"被连灌几口黄尿,工作人员从半昏迷状态中呛醒,吓得魂飞魄散,边拼命挣扎,边撕着嗓子喊:"杀人啦!疯子杀人啦!快来人哪!救命呀!"

外面人闻声冲进洗手间,连董事长在内,全被眼前一幕惊呆……

【不做天上扬威龙,就做地下快乐虫】

老闲人蒿景一觉醒来,只觉四肢发软,挣扎着爬起,满屋找吃的,抽屉深处翻出半个不知什么时候什么人吃剩的馒头,硬得赛铁,霉斑遍布,仿佛出土文物。蒿景喜出望外,拿起馒头在裤衩上擦擦就送进嘴,吃得小心翼翼,连粒馍渣都没剩下。半个霉馒头下肚,蒿景还了阳,看看时辰已到,穿上"编凯子"行头——假冒名牌西服,扎上领带,换上半旧皮鞋,又用半截梳子将稀疏头发仔细梳过。收拾停当,摇摇摆摆出了门,后面喊:"蒿景!蒿景!"听出房东声音,房客陡然一惊,佯装没听见,脚下快了许多。"姓蒿的,你啥时候交房租?三个月了,没见你交一分钱。今天再不交,留下铺盖给我滚蛋!"房东下最后通牒。

上了街,蒿景注意到过往行人都在看自己,心里纳闷:我脸上没长花,一个糟老头有什么好看的?

阅报栏前围满人。《西京晚报》一版头条是幅大照片,标题"朗朗乾坤,岂容宵小得逞。城管出击,骗子一网打尽"。照片上一群城管押解几个骗子,押在前面的骗子不甘束手就擒,龇牙咧嘴,拼命挣扎。这位骗子怎么有些面熟?蒿景一惊,挤上前仔细辨认,不看还罢,一看差点失口叫出声——对着读者狞笑的翻把骗子不是别人,正是本人!这才明白为何路人今天都爱看自己——蒿老汉在西京城摇了铃!骗子赶紧用手遮脸,两边余光偷偷瞄去,见大家都在聚精会神看报,没人发现自己就是照片上的骗子。蒿景缩颈拱背,倒着慢慢朝外退,脊背被猛击一掌,"骗子哪里逃?!"仿佛霹雳轰顶,蒿景惊走三魂六魄,以为又遇上老对头——城管。从大街一直追进小巷,骗子实在跑不动了,蹲在地上大口喘粗气。追兵讥笑:"跑呀,你怎么不跑啦?"蒿景低头死死搂着提兜,嘟囔:"要东西没有,要命有一条!今天谁把我的货没收,我就吊死在谁家门口!"出乎逃跑者意料,追兵不恼反笑:"行呀!多年不见,大有进步!你还学会耍光棍了!半斤人别说九两的话,只怕你到时嘴硬屁眼松!"听着不像城管,蒿景一抬头,眼珠子瞪得差点掉出来,兴奋地大叫:"金进财,好你个狗东西!差点没把老汉我吓死!早听说你发了,就是碰不上你。"站起揪住故人胳膊,嚷嚷,"闲话少说,快请我吃饭！老哥一天一夜未进食，饿得头晕眼花浑身冒虚汗，实在走不动。"

就近找家包子铺，蒿景顾不得寒暄，连香带烫，风卷残云般一气儿吃了十屉小笼包子，又要了五碗馄饨，吃着，嘴里还不时催促："快上！快上！咋越上越慢了？！又不白吃你的，俺兄弟是大老板，有的是钱！"直吃得引起一阵骚动，掌柜、伙计、顾客都过来围观大肚汉。怕饿死鬼撑破胃，金进财使个眼色，示意伙计再不敢上了，又劝故人："老哥，不慌，不慌，包子还有，还有。人家开店不怕大肚汉。"听说"歇会儿再接着吃"，蒿景方肯打住，咧开大嘴，响亮地连打几个饱嗝，看着桌上摞得半人高笼屉，意犹未尽："这才哪到哪？倒退二十年，我还得来十屉！"说着伤感起来，"人这一辈子，没有受不了的罪，只有享不了的福。插队那么苦，我的胃都没事；回城吃了几天大米白面，它反倒闹腾起来，被医院割去三分之二。"

金进财笑道："穷坑难满，饥壑难填。你的胃我最清楚，绝对是特殊材料制成的！早该上吉尼斯。纵然剩下三分之一，也比别人囫囵胃装得多。"说着给蒿景斟上茶，"真人面前不说假话。给我说说，老哥是如何从工人领导阶级沦为街头骗子的？"

"兄弟，哥哥的命苦哇！……"蒿景长长一声过门，未开口先红了眼圈，"你走后第二年，我被招到省地质队，想成家，却没姑娘愿嫁跑野外的。我费尽周折调回省城，进了北郊一家机械厂。"蒿景伸出一双手，上面布满烫疤，"'女怕纺纱，男怕翻砂。'抬铁水包在厂里低人一等，咱面相又老，哥哥的老婆不好找！过三张的人了，还是火柴没头——光棍一条。

一年四季都穿件脏兮兮工作服，衣服破了到卫生所讨张伤湿膏药一贴，上下露白，成了厂里一景。'蒿景三十五，衣破无人补，腔上露出肉，拿张膏药补。'工友常拿这话取笑我。没想三十五岁上，我交了桃花运！车间木模工老蔡神秘兮兮把我叫到一边，说他有个远房侄女，叫蔡花，去年死了男人，未曾生育，现在想再走一家。聘礼要得不多，100块钱加300斤全国粮票就行。我蒿景再不行也是处男，又是堂堂省城工人，岂能找个外省乡下小寡妇？本想严词拒绝，却耐不过老蔡纠缠。待一见面，仿佛眼前升起太阳，屋里都亮了！宜宾出好水，好水酿美酒，好水养美人。蔡花漂亮得出奇。不怕你笑话，我当场晕菜！"

金进财笑道："不笑话。英雄难过美人关，何况蒿景老光棍。"

"婚后日子是我这辈子幸福时光。厂里初见蔡花的，没人相信是我老婆。鲁厂长在传达室跟人说话，一眼瞅见她。蔡花刚洗完澡，乌发垂腰，星眼明亮，粉脸桃腮，越发千娇百媚。想着是外单位的，怕以后再没这个眼福，厂长顾不得自己身份，追出大门撵着看，听说是我家属，打死不信！经多人证实，厂长连连跺脚，直叹天道不公：厂长夫人黄脸婆，铸工老婆一枝花。这叫什么事！我媳妇不仅人漂亮，手也巧，冬棉夏绸，把我收拾得齐齐整整，都说蒿景像换了个人。我劝她别费事，一个抬铁水包的穿着不露肉就行。媳妇说'男人外头走，带着女人手，穿衣走不到人跟前，外人不笑你笑我'。婚

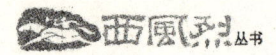

后第二年，屋里添了个虎头虎脑胖小子，我心里那个美呀，走路脚上像装了弹簧。家有俊妇胖儿，蒿景你就知足吧。再想不到，家会破了！儿子刚满周岁，一个中年汉子找上门，说是'乡下表哥'。下班回家，隔门隐隐听见哭声……敲开门，媳妇、'表哥'眼睛都红红的。见两人行状蹊跷，我脸色不大好看，闷闷睡了。一觉醒来，汉子不见了，说是连夜回了宜宾县老家。'表哥'走了，'表妹'的魂跟着去了，整日长吁短叹偷偷抹泪……过了几日，媳妇不见了！小孩没娘，哭得恓惶。老蔡瞒不过，只得吐实话：蔡花不是什么'远房亲戚'，她真名叫什么？家在哪？他一概不晓。上午遇见她，下午就说给你当媳妇，扳着指头满打满算：媒人比老公只早认识她半天。

上世纪70年代初，天府之国一度民不聊生。火车站、长途汽车站到处可见操着川音的年轻妇女，见人注目，主动上前搭讪，目的是尽快把自己嫁出去找条活路。老蔡路过车站听到乡音，一问又是同姓，遂动了恻隐之心，答应帮着找'婆家'。想来想去，熟人里只有蒿景是婚姻困难户，嫁蒿景最合适。我听得目瞪口呆，怒冲冲质问媒人：你不是坑人吗？！孩子都有了，忽然跑来个前夫上家寻妻！老蔡哭丧着脸回答：我哪晓得她还有这一出？我可不是坑人，至多是好心办错事。这当口，蔡花来信：说她在老家有丈夫，还有一对儿女，日子熬不下去，只得把自己临时'嫁'了。现在家里日子好过了，原配找上门，想来想去，还得回去。过去的事实在对不住你。看在一年夫妻面上，拜托你照顾好'咱俩的孩子'……我拿着信找老蔡。他看了直摇头：一臣不事二主，一女不嫁二夫。你找到她又能怎么样？究竟跟谁过？这是家事，你仨商量着办。外人不宜多嘴。我再不敢管闲事，少管闲事少生闲气。前夫日子难过，前夫的老婆我养着；前夫日子好了，我把前夫的老婆送还。合着把我当傻帽儿！'男人疼小婆，女人爱前夫。'可怜我蒿景蒙在鼓里，还自鸣得意走了桃花运。我是天下头号大傻鸟！兄弟，你说哥哥惨不惨？"

金进财同情地说："生栋覆屋，不塌才怪。老婆留得住人，留不住心，走了也罢。只是撇下老兄单鹄寡凫，拉扯个刚断奶孩子，想想都可怜。"

"家里女人走了，好运也跟着走了。厂长换了人，厂里经营急转直下。我们前任厂长确实是个人才，技术呱呱叫，管理也有一套，就是色心太重。厂里美女被他安排到机关以工代干；姿色略逊一筹的，工种也都轻松；端铁水包的则是清一色丑八怪。歌厅兴起，鲁厂长如鱼得水，将爱美之心从厂里延伸到厂外，全市每个娱乐场所都见过其身影，美其名曰'陪客户'。改制那阵，因人事安排，厂长和书记闹起矛盾。书记三天两头跑到上面告状。厂长一怒之下，借口'工作需要'，将书记贬去看库房。局里下来调解，厂长以撂挑子威胁，两下僵住……周末晚上，鲁厂长又进歌厅，酒喝得浑身燥热，索性脱个光膀子，左抱右拥穿吊带裙小姐……正在倚红偎翠、交颈换盏之际，包厢门突然被撞开，冲进一帮人，闪光灯频频亮起！厂长瞠目结舌：书记率人前来"挽救干部"……厂长买春实录连夜在厂区贴出。职工们司空见惯浑闲事，晓得窝里斗，看了不恼反笑，都安慰老鲁：只要职工能月月开工资，厂长您夜夜当新郎我们都没意见！半裸厂长与俩小姐相偎照片给上级纪检委留下深刻印象——老鲁被免去厂长职务发配外单位。

书记兼任厂长。事后得知：书记和四个被贬被免的中层干部合谋，策反厂长小车司机，只待大鱼落网……

新厂长不重色重物，上任大搞装修，办公室赶上五星级宾馆，捎带着把自己家也收拾得富丽堂皇。门口站岗，想见厂长得跟秘书预约，去过的都说见厂长比见省长还难。新厂长有个怪癖——喜欢下发署有自己大名的红头文件，十天半月总要过把瘾。文件标题赫然印着'省机械局XX厂文件厂办发XX年XX号'，里面一二三四……尽是些鸡毛蒜皮和新厂长最新指示，接收单位为'各科室、各车间、厂劳司、厂技校、卫生所、退休办、厂家委会……'看了都骂：羞他先人！咱们这是办工厂，还是开衙门？！

"小国之君都是这毛病。"金进财评论。

"新厂长最爱出国考察，上任后每年都要出去几次，花钱似流水，加上决策失误，新上的生产线形同虚设，厂里攒下的老底子短短三年就被折腾光！厂里发不出工资，厂长把街面房统统卖了。临近春节，上班的盼着这笔钱过年，有病的盼着报药费。盼来盼去，再想不到厂长嫌轿车档次不够，拿职工活命钱给自己买了辆新林肯，又下令在厂门口安排个大个子经警，戴双白手套，'林肯'出来进去都要立正敬礼。职工们看得眼里冒火，编段顺口溜：'家底贱卖光，拢共一百万，买个乌龟壳，坐个王八蛋！'光骂不解气，几个胆大的将厂门焊死，不许'乌龟壳'出入。围观的都拍手叫好！王厂长只得步行回家，一路气得发昏，扬言要收拾'一小撮动乱分子'。上面来调查，职工众口一词：职工饿肚子，厂长坐林肯，岂有此理！只要能开出工资，他天天坐直升飞机上班，我们都乐意。众怒难犯，事情不了了之。工厂倒闭，厂长最后一次施政演说，还不忘表自己功绩，说经我百般努力，终于给全厂职工争得低保！又说低保低保，可以吃饱，难以吃好；只能吃素，莫想见荤。希望大家周密安排，勤俭度日。台下一片叫骂，好好一个厂子就毁在你王八蛋手里！该打！欠打！要不是姓王的眼亮，借口上厕所翻墙逃跑，一顿饱打再跑不了。

每月靠两百块钱低保在省城过日子不叫活，叫残喘。父子总得吃饭，想来想去，想到邪道上：截道打闷棍，咱有贼心没贼胆；当'三只手'，咱手脚笨，自认不是那块料；街上贴牛皮癣档次太低，有损大厂工人形象，咱不能干；编凯子须嘴尖皮厚心黑，咱能胜任！几个下岗老家伙一拍即合，凑钱去批发市场买些假冒名牌，手机模型混充手机，沿街低价兜售。城里人难忽悠，就合伙编进城的乡下凯子。林子大了，总有贪食的鸟落网。随着投诉增多，政府加大打击力度，最多时，我一周被逮住过三回，和城管都混成熟人。今天还没开张，就遇上你个丧门星。"

"老了老了沦为骗子，真有出息！"金进财讥讽，又问，"你们大队别的知青现在咋样？总不能都上街编凯子吧？"

"一蟹不如一蟹。有的还不如我呢。"蒿景撇撇嘴，"窦光荣你还记得吧？这家伙成了彻头彻尾乞丐！厂子倒闭，老婆离婚，给他撇下个小丫头。窦光荣当劳模时拼命干，累出一身病，扩张性心肌病已到三级，现在什么也干不了，只好四处借债度日。亲朋好友谁几号开工资，闹个门儿清，届时铁定领着丫头上门，一口一个'可怜可怜没娘的孩子'。不借钱就赖着不走,看谁耗过谁!有借无还,搁谁也烦,熟人圈里传开一句话:'防火防盗防光荣。'魏援朝在单位烧锅炉,脑梗留下残疾,走路'地不平',儿子上大学急等钱用,当爹的只好拖着病身子开'拐的',拿命换钱!张保安、温西京、田根科都是普通工人,日子勉强过得去。伍香菊嫁了个落难印尼华侨,这一宝押对了!开放后随男人出国享福。郓小琴医学院毕业后分到医院妇产科,现已是主任医师。韩英惨了点,孩子脑瘫,男人一走了之,撇下她母子艰难度日。那个招工的黄副组长你还记得吧?赵媛媛跟了他,婚后三天两头干仗,男的骂女的'过河拆桥,忘恩负义',女的骂男的'乘人之危,居心不良',最终离婚。任巧云倒是发了,这女人什么钱都敢挣,仗着身段惹火会放骚,先是倒腾走私香烟挣笔黑钱,接着开歌厅当老鸨挣了不少脏钱。我在街上见过一次,半百女人梳着刘海,脸上厚厚一层白粉,说话嗲声嗲气,腰扭屁股摆,真正老妖精!任巧云挣一笔钱离一次婚,以后干脆不结了,只养小白脸,听说现在跑到陕北钻油井。"

"男的没钱学坏,女的学坏有钱。你俩都走了正道。"金进财奚落。

"话不能这么说。西京城有几人照片能上晚报头版?老哥现在也是名人,走在街上,多少人盯着看!"

"前辈,你就饶了我吧。见过皮厚的,没见过这般无耻的!"故人笑骂。

"走,跟我到家去。你还有事?不行!你一定得去,算老哥求你了!"

"家里出事了?"

"我……我想回家又怕……怕挨打。"蒿景吞吞吐吐。

"反了!反了!大清左翼八旗汉军副将十四代嫡孙都敢打,还有没有王法?!速将逆贼推出辕门斩首示众!"

"三十年没见,你咋还是淡话多多?你当还是康熙爷那会儿?"

"我怎么把朝代闹岔了?大清国早玩完,现在已进入法制社会,不能随便砍人脑袋。打你的是谁?怎么不去派出所告他?"

"到派出所告了几次,片警也来了,还是管不下。"

"警察都治不下?不能吧?谁这么厉害?"

"是……是我儿子。"

金进财笑喷了:"开什么玩笑?从来只有老子揍儿子,没听说儿子打老子。"

蒿景哭丧着脸说:"咱俩老关系,不怕你笑话。我儿子蒿杰好吃懒做,进厂抬了一月铁水包就死活不干,说是把人累成马咧!前年染上毒瘾,明拿暗偷,家里被他折腾个精光。小畜生要将最后一间祖传老宅贱卖,逼我交房契,我不给,他上来就打!可怜我年老有病,哪是儿子对手,被打得遍体鳞伤!挨打成了家常便饭。咱惹不起,躲得起,悄悄到外面租了间房。三个月没回家,也不知小畜生饿死没有,心里实在放不下。"

金进财恨恨地说:"畜生!这等孽子养他何用?早死早了!咱老哥俩联手制敌,你在前面虚招架,我绕到后面给他来个冷不防!一板凳放翻,取根麻绳勒死,半夜拉出去偷偷埋了。"

蒿景慌得连连摆手:"不敢,不敢,千万不敢! 只要我儿子以后保证不再打他爹,你吓唬吓唬就算了。虎毒不食子。就这一个儿子,再不争气也是自家骨血,真要打死了,可怜我蒿景逢年过节坟前连个烧纸的都没有。"

金进财笑了:"放心,放心。我实在气不过,也就那么一说。老蒿家断了香火,古城岂不少了祖传正宗闲人? 金某罪莫大焉!"

老子刚进门,儿子即破口大骂:"老东西,你回来干啥?! 今天不交出房契,我非杀了你!"蒿景畏畏缩缩将一塑料袋包子放在床上,战战兢兢回答:"我回来给你送吃的。"烟民两眼无神,面色发青,瘦得像只营养不良的猴子,长发许久未洗散发着怪味,正骂得起劲,"嗵!"后腰结结实实挨了一脚,被踹了个狗吃屎,挣扎着往起爬,"啪!"又被一个飞脚踢在右腮帮子。烟民被踢得一佛出世,二佛升天,躺在地上捂着脸直"哎哟",质问不速之客:"你…… 你为啥踢我?!"

打人凶手狞笑着回答:"为啥踢你? 因为我和你爹一块插过队;因为俺俩都当过驮驴;因为你欠揍! 以后你再敢打骂你爹,这顿揍是最轻的!"

"你是谁?"烟民满脸疑惑。

"我是你道北金大爷! 你小子服不服?! 不服,起来咱们接着练!"

"我服,我太服了!"烟民谄笑道,"我爹常提起你,说你人真特! 夸你装了一肚皮书,胆大心细脑子灵,耍赖谁也比不了!"

马屁拍得舒服,金进财脸上有了笑容,示意烟民起来。再看蒿家,除了光板床和破棉被,能卖的都换了烟泡,真正是家徒四壁。故人看得直摇头,掏张大票递给烟民:"先去吃饭,再把自个洗刷净,像人了再回来跟我说话。"蒿杰接过钱,高兴地连连称"是",出门没走几步,隔着窗户喊:"金叔,金叔,你出来一下,我有重要话跟你说。"蒿景一听,立刻大声咳嗽。烟民还有什么"重要的话"? 金进财疑疑惑惑走出。蒿杰鬼鬼祟祟说:"金叔,我跟你商量个事:我有块祖传的劳力士金表上周洗澡时丢了,被澡堂搓背的丁大牙捡了,要三百块钱酬谢才肯还我。修表师傅说了,愿出三千块收购。你借我三百块,变现马上还你。倒个手的事。金叔,你看行不行?"屋里咳声越发猛烈。

"金叔"笑眯眯说:"行! 别说借三百,借三千都有! 只有一条:我活这么大还没见过'金劳'是什么模样,得先让我开开眼。"

"这个,这个……"烟民转动眼珠,努力想把谎言编圆。

一记耳光抡去! "金叔"破口大骂:"羞你先人! 你爹怎么弄出你这号东西?! 你老祖宗带兵有方,康熙皇帝西京城阅兵盛赞所部'人才壮健,骑射精练'。副将后代一代不如一代。从你爹起上推三代,代代都是西京城里五谷不分四体不勤的闲人。闲人不干正事,却都会玩。你太爷通皮黄,晓音韵,常在小报上写文章捧女戏子;你爷养的好鸟,写笔好字;你爹本事不济,下围棋,吹笛子……"

蒿景自豪地插言:"我是全省机械系统职工围棋赛季军、业余三段,有段位证书为证! 插队时镇上每逢打扎子坐乐,都喊我去吹笛子。次次都管饭,回回不一样—— 白面锅盔一拃厚;手擀臊子面更嫽,讲究'煎、稀、汪、薄、筋、光、酸、辣、香',面条切得细如线,下到锅里莲花转,我一气吃了十八碗,那个美呀……"

"猪!光记吃!没问你,一边待着去!"金进财训斥。蒿景讨了个没趣,灰溜溜缩到一边。"闲人怎么也一代不如一代?"金进财接着骂,"你爹的本事你没有,你爹没的毛病你都得了!厕身跛驴之伍,除了'冒泡',你还能干什么?六月的萝卜——欠浇(教)。长到二十岁,你干的重活是端碗,干的轻活是拿筷子。'崽卖爷田不心痛',家里被你卖得屌蛋精光,还他娘'金劳'呢!吹牛都不打草稿。再敢胡蒙,我大耳光抽死你个小王八蛋!"

钱没赚到赚下耳光,烟民这才晓得"革命街金大爷"不好蒙,说得出做得出,是个厉害角色,捂着脸边走边嘟囔:"小瞧人!不就是兜里有俩钱吗?看把你烧的!认得不认得,就上门充大爷。你是谁大爷?没钱谁认你是大爷!"又骂自家爹,"老东西!我借别人钱干你屁事?!我让你咳嗽,我让你破坏,等他走了我再跟你算账!"

金进财一跺脚:"小兔崽子,你给我回来!"烟民只作没听见,一溜烟跑了。蒿景拍额庆幸:"幸亏你没借!小畜生出门四处寻着'冒泡',多少钱都被他打了水漂!"又发愁,"你一走了之,我却无处可去,逆子回来如何是好?老子打又打不过,岂不成了坐以待毙?"直愁得满地转圈,骤然眼睛一亮,拍掌大叫,"有办法了!山人自有退敌之术。"

"什么招数?"故人好奇地问。

"我每日上街闲转,看见电线杆上贴着各种《习武招生广告》,都保证'名师亲授,立竿见影,一招制敌'。我今天就去报名参加!临阵磨枪,不快也光。儿子多些蛮力,老子会些功夫,两下刚刚敌住。学费得你交,祸是你给我招来的!"

金进财揶揄:"老闲人会武术,小烟民敌不住,果然是奇思妙想!"问,"眼下五花八门功夫多了,你老人家准备学哪派招数迎战逆子?"

"咱是中国人,中国人练练太极、八卦之类国粹自然最妙,缺点是功力上身太慢。第一次挨揍,我就找武林人士请教。行家说练太极拳'三年一小进,七年一大进'。等练够三年,我怕早已被小畜生捶扁!韩国跆拳道、西洋拳击、泰国自由搏击固然好,就怕咱年过半百老胳臂笨腿,没学会先闪了腰,抬回家躺在床上无人伺候。你也给咱参谋参谋,看看到底学什么好?"

故人忍笑,认真建议:"人过三十不学艺。咱年过半百练拳脚,有什么法子?硬是让儿子整的!战鼓催人,形势逼人,不练不行!实在需要,就学简单实用、刀下见菜招数。我琢磨来琢磨去,女子防身自卫术对你最合适。这是刚从联合国引进的。美国那地方色狼多,刑法又宽,连总统都偷着出轨,受性侵害的大姑娘小媳妇每天用火车都拉不完。世界女权组织恼了,重金聘请世界各地武林高手,研究出此套绝杀,专门对付色狼。"

蒿景听得疑惑:"色狼?女子防身术?咱一个大老爷们,学那玩意儿对路吗?听着咋怪怪的?"

金进财一本正经回答:"对路,绝对对路!权当儿子是美国来的大色狼,你老蒿就是那人见人爱的百媚千娇。女子防身术除了常见的反关节,厉害的无非戳眼、锁喉、踢裆三招。尤其是最后一招,又分前踢侧踹后尥。男人身上什么地方最不经踢?土话卵子,学名睾丸,踢中无不应声而倒!拳王泰森厉害吧?堪称打遍天下无敌手,没想在夜总会调戏女招待,挨了对方尥阴腿,当即捂着下身痛得满地打滚。你若嫌女子防身术不中听,可改称'老父防逆自卫术'。"

蒿景听了连声称好,忽又发愁:"不妥!不妥!万一失足把儿子睾丸踢爆,断了男根,却怎么得了?!'不孝有三,无后为大。'总不能到他那辈断了香火,将来让我有何面目去见列祖列宗?"

金进财笑得肝颤:"放心,断不了闲人种。爷俩真是一对活宝!《世说新语》再版,《笑林广记》新编,你父子事迹当列卷首!"笑罢,又说,"我已为父子闲人筹划妥当。自古救急不救穷。老闲人不能总闲着,我给你找个守夜差使,晚上值班,白日习武,强身健体,做好日后打硬仗恶仗准备。蒿家种西京城传了三百年,说起无人不晓,祖上威震西京,勋华之后,降为舆台,到你沦为骗子。大家争当文明市民,将军后裔却卖假人头,被城管撵得满街跑,亲友熟人见了,不大合适。假货无论如何不能卖了!小闲人倒有些难办,难办也得办。等他一回来,我立马将其押送戒毒所。有个学生家长在那儿当差,我嘱托对蒿杰严加管教,敢不老实,拳脚伺候!什么时候小畜生学会说人话,什么时候接回家。戒毒费自然由我出。不过我丑话说在前头:烟民我见多了,哪一个都是狗改不了吃屎,说话像放屁,行事如无赖,毕其功于一役绝无可能。说句你不爱听的:你同烟民儿子的较量,生命不息,战斗不止。你怕不怕?要是怕的话,倒有个一劳永逸法子。"

"什么法子?"蒿景紧着问。

"寻根麻绳,把自己吊死在屋里,来个眼不见为净。不过你得提前写下遗书,声明本人厌世,情愿自寻短见,免得日后连累于我。据我考证:老蒿家素有自缢的传统,宣统皇帝逊位之日,你太爷就毅然上吊殉大清国。你自缢也算光大门风。"

蒿景大怒:"放狗屁!你家才有自缢传统!你太爷才是吊死的!咱俩三十年没见,刚遇上你就劝我吊死!你这叫啥毛病?!你劝我吊死不是第一次了!当年黑虎岭上你就闹过一出,我都记着呢!天天盼着看别人上吊,有瘾?!"

金进财笑辩:"老婆跑了,儿子吸毒,自己下岗,倒霉事怎么全让你蒿景遇上?我也是好心,怕老哥顶不住,才劝你摆脱尘世烦恼投缳悬梁,眼一闭,腿一蹬,一了百了!"

"顶得住,我绝对顶得住!"蒿景忙不迭地回答,狡狯一笑,"你问我怕不怕?说实话,没遇上你时我怕,这会儿天塌下来我都不怕!老弟兄团结如一人,还怕他个小烟民?笑话!过去活得没劲,今我刚刚品出活着的滋味——天空蓝蓝的,太阳红红的,风儿暖暖的,草地软软的,不光良辰美景喜人,天上又掉下有钱的老朋友,馄饨包子管够!活在世上真美好,我为什么要吊死?不做天上扬威龙,就做地下快乐虫。你放

351

心,我会快快乐乐活下去!富贵草头露。你为我担心,我也为你担心:'千年田易八百主',攒下的东西还不知是谁的!郭子仪'再造唐室,功高天下',享尽荣华富贵,'府库珍货山积。八子、七婿皆为朝廷显官。'皇帝赐建汾阳郡王府,郭子仪不放心,天天往工地跑,督促工匠头严把质量关,说是为子孙百代计。催的次数多了,工匠头不耐烦,说我家世代工匠,到我已是第五代,盖的房至今一间未倒,府邸却都换了新主!汾阳郡王听得脸色大变,再不来了。工匠头的话果然应验:泼天富贵俱是过眼烟云!前有大唐汾阳郡王府,后有清八旗汉军将军宅,都易主无数!前人盖楼后人卖,富不出三代。积财不如积德。老弟要吸取教训,免得重蹈覆辙。"

金进财笑道:"想傍款爷吃白食你就明说,绕那么大圈子也不嫌费唾沫?我话说到前头:邻里要好高打墙;亲戚要好远离乡;朋友要好淡如水。'君子淡以亲,小人甘以绝',咱俩还得君子之交。"

故人伸出大拇指夸奖:"'听话听音,锣鼓听声。'你小子脑子还是那么好使,一下就听出老哥弦外之音!人不厌故。啥叫爷们?光有钱不行,还得讲义气,有钱肯和老朋友一起花,那才是真爷们!守财奴、吝啬鬼叫人看不起!你金进财如今混得有头有脸,总不会堕落到让老朋友看不起吧?我也把话说到前头:傍上有钱朋友就像天上掉馅饼,命里该有这一口。想甩掉我没那么容易,谁让你自投罗网?我儿子的事你也得管到底。你教育蒿杰半天,说别的我忘了,只牢牢记住一句:'因为俺俩都当过驮驴。'这就叫阶级感情!阶级情,似海深,什么都能忘,阶级情不能忘;什么都能不要,阶级情不能不要!"

【金漆马桶】

金家爆出特大喜讯——金伯虎一鸣惊人,高中今年全省理科状元!对完标准答案,金老师惊得合不拢嘴,叹道:"吾儿今者学识英博,已非昔日吴下阿蒙!"儿子得意地说:"士别三日,即当刮目相待。过去你不拿正眼瞧我,现在服了吧?"一旁孟小燕听不懂父子拽文,急着追问结果。金进财摇着试卷高兴地说:"满分750,儿子拿下726,比去年理科头名还多了11分。今番状元非吾家莫属!"父亲大喜之余又有些疑惑:复读一年,落榜生就跃至状元,进步也忒快了。知子莫如父。儿子智商似乎远没到那份上。新科状元耐心答疑解惑:"一是我头悬梁,锥刺股,发奋苦读,场外火候已到;二是狗拨拉算盘珠——撞上了,黑校长考前重金聘请几位经验丰富的老教师猜题,重点题全部押中!"儿子讨过赏钱欢天喜地出门。父亲仍喜中有疑。沉浸在喜悦里的母亲不爱听,说:"儿子没考上,你脸吊得像驴球;考了全省第一,你又疑神疑鬼,毛病得得深!"父

亲自嘲:"分明撒下大萝卜籽,长出却是小人参,总觉得是做黄粱梦。"

金伯虎前年首次参加高考。分数公布之日,差点没把家长鼻子气歪——儿子离大专录取线还差整100分,和其并列全校考生倒数第一的是位两代近亲结婚产物。全校老师传为笑谈。父亲责骂,儿子据理反驳:"学校张书记说了,榜上无名,脚下有路。三百六十行,行行出状元。无论哪一行,干好了都有远大前程。世界大了,为何非要在高考一棵树上吊死?"

父亲反问:"书记哄瓜娃的话你也信?考不上大学怎么办?你脚下的路在哪?什么时候上路?我养你何时是个头?!靠爹爹会老,靠墙墙会倒,靠己才能牢!"

"没上大学咋啦?没上大学把事干大的海了!出人头地的有李时珍、华罗庚、沈从文、爱迪生……"儿子跷着二郎腿,扳着指头开导。父亲不耐烦打断:"问题你不是李时珍,不是华罗庚,不是沈从文,更不是爱迪生!徒有一张好皮囊,腹内空空如也,二十岁人了还是捅茅坑屎棍——闻(文)不成,舞(武)不得。你什么时候才能表现得和你年龄相符?总不能'来时糊涂去时迷,空在人间走一回。'"

"那是你对我有成见!外人谁敢说我没本事?每次同学聚餐,上哪家馆子,点什么菜都交给我。荤素搭配,营养互补,都有讲究。'东酸西辣,南甜北咸。'各人口味不同,都要照顾到。适口者珍,食无定味。大家说好才算好。各大馆子招牌菜我都了如指掌,一上桌我就知是师傅掌勺还是徒弟练手。就说粤菜'清蒸鱿鱼',小了没肉,大了肉老,斤二两最好,切花刀,切口抹盐,滚水大火蒸,掐准十二分钟,汁子更有讲究,蚝油兑豆豉生抽味最美!川菜'回锅肉'看似简单,做好不易,瘦了柴,肥了腻,五花肉最佳,须带皮,回锅时肉片炒至半卷,行话'灯盏窝',酱油免了,色香味的色至关重要,郫县豆瓣加甜酱,热油煸出香,肉才入味,入嘴一嚼,那叫幸福!汤更有讲究。千汤万汤,不如火腿冬瓜汤,两者堪称绝配。火腿须云腿、金华火腿,越瘦越硬越好,煮沸投少许毛豆,入口鲜得来哉!这里面学问大了,一时半会儿给你说不清。'天生我才必有用',这点天赋无论如何不能被埋没!我想好了,将来别的不干,只当美食家,被电视台请去品评各大馆子菜肴,做些技术上指导,闲了编几本新派菜谱……"

父亲听得发昏,站起指着门说:"说赖话请上外面,家里就免了。我不敢耽误你的远大前程,更怕影响金伯虎同志出人头地。请你立马滚蛋,出门当你的美食家!"

金伯虎滚到革命街爷爷家,人虽不归,却时有惊人消息传来:赖孙很快在出租车司机堆摇了铃——赖坐霸王车。打的到家门口,车刚停下,乘客从后腰拔出一把明晃晃利刃!司机以为撞上劫匪,惊呼:"你……你要干什么?!"金伯虎恶狠狠说:"别怕!冤有头,债有主。此刀虽快,只捅仇人!你外面候着,车不熄火,等我进去把'活'做了,咱们一块走,让你挣个来回车钱。"下车再三叮咛,"耐心候着,千万别走!"司机吓坏了,生怕牵扯进人命官司,见凶神刚转过弯,一脚油门踩到底——飙了。蹭车的望着飞逝的出租车"嘿嘿"直乐……直至被几位出租车司机识破围住痛殴,不劳而乘才宣告结束。

夜幕下街头坐满乘凉人，正侃得热闹，东头骤然传来阵阵惊呼，间杂着笑骂声。摇动蒲扇齐齐停住，一个个瞠目结舌，以为自己看花了眼——白花花一团肉从眼前飞驰而过，灯火通明街上、众目睽睽之下，骑车人竟然一丝不挂！金伯虎创一项中国纪录——长街裸骑第一人！金伯虎伙同一个小子趁黑去南山鱼塘偷鱼，下水正捞得起劲，被守鱼塘的发现将岸边衣服抱走。俩小子叫苦不迭——光腚如何逃？捉贼脚步声隆隆迫近，金伯虎钻出水，拖出藏在包谷地里的自行车，喊声"快走！"见同伴还在犹豫，顾不得许多，赤条条跳上车一路狂蹬……裸骑壮行令金伯虎暴得大名，观众纷纷打听新秀来历，金进财跟着沾光，叫爷陈年糗事又被翻出。听众边笑边摇头，爹钻裆，儿裸骑，青出于蓝胜于蓝，赖孙比赖孩更赖！

门开了，金伯虎悄悄溜进。正在客厅看电视的金进财只作不知。儿子蹭到跟前，低下头，嗫嚅着说："爸爸，我……我要上学。"父亲只作未见。"爸爸，我要上学！"分贝提高许多。"呦，啧啧啧，我当谁呢？原来是出外奔远大前程的金伯虎同志回来了！失敬，失敬！怠慢，怠慢！"金进财赶紧让座上茶，恭恭敬敬问，"多日未见，想必您已出人头地。请问，您现在在哪高就？哪家电视台请您去主持美食节目？地方电视台您肯定看不上，起码是央视二套《美食美客三人餐桌》，不过始终未见您尊容，想必是幕后指导，甘当无名英雄。您事业干大了，回家开奔驰，还是宝马？买了什么好东西孝敬爹娘？自家人不外气，燕窝、山参免了，中华烟、五粮液就行。"

"爸爸，我想读书，想考大学。"金伯虎答非所问。

"读书？考大学？那多累呀。榜上无名，脚下有路。咱们千万别死心眼儿，非在高考一棵树上吊死。"父亲把儿子的话原封回敬。

"爸爸，我错了！"儿子一脸痛悔。

"没错，你一点没错。你讲大道理比张书记还在行。我就纳闷：学校最近调整领导班子，怎么没请你接任书记？"

"您就别拿我开涮了。我真的错了。过去总觉得自己能得很，出去栽了跟头，才晓得自己还嫩。"

"栽了跟头？你在外面又闯祸了？！"

"知子莫如父。还是爸爸了解我。不是什么大事，属于'工作中的失误'。学做饮食生意没把紧卫生关，造成幼儿园孩子食物中毒，被人告了。给派出所缴 8600 块医药费就没事了。协警楼下候着拿钱呢。"金伯虎语气轻松。

"8600 ？！你当我是印钞机？！"父亲从沙发上蹦起，气急败坏地说，"我没钱。有钱也不给！谁的事谁兜着，蹲号子活该！"

"别那么绝情嘛。我可是你亲儿！你不管我死活，我却顾忌你脸面。派出所本要押着我去你单位，当众向你要罚款。我宁死不屈，死活不去，声明俺爹是高级知识分子，面子看得比天大，特别是在年轻女教师跟前。谁要臊他老人家皮，等于往我脸上抹屎。我出门就往汽车轱辘底下钻！派出所怕出人命，勉强同意改在晚上来家。"金进财从窗户探出头，楼下果然站仨大盖帽，气恼中又有些感动：儿在难中，还顾及父亲脸面。

金伯虎说:"现在我才明白'万般皆下品,唯有读书高','书中自有黄金屋,书中自有颜如玉'。书念好了,什么都有。"

赖孙脱胎换骨,俨然渴望上学的少年高尔基,眼神充满企盼。人非圣贤,孰能无过?跟自己儿子较什么劲?金进财叹口气,又开始磨揉迁革:"儿女好学,拾阶如上;儿女厌学,下坡如溜。皇甫谧年二十始授《孝经》《论语》;苏老泉,二十七,始发奋,读书籍,两人皆成大家。先贤榜样在前。先胖不算胖,后胖压塌炕。你今年二十一岁,浪子回头金不换,早迷晚寤,若能吞刀刮肠、饮灰洗胃、发奋苦读,走才智发煌一路,大器晚成有望!"

"同捷高考补习学校"位于终南山下,军事化管理给到访家长留下深刻印象:门卫戴大盖帽,未开口先敬军礼;校园里清一色迷彩服,出入队列整齐;铃声被军号取代,仿佛兵营。校长姓黑,是老西,满脸横肉,黄板牙龇出多长,大肚皮腆得像临产孕妇,见报名的上门,咧开大嘴,热情介绍:"你儿子到这儿算是来对了!'同捷'量体裁衣,因材施教,根据补习生各自情况,分别设有'决战决胜班''刺刀见红班''背水一战班''破釜沉舟班'。"又不是打仗,名字一个个咋恁邪乎?再看校长:一身戎装,戴副石头墨镜,手捧紫砂泥壶,非驴非马,江湖气落,斯文全无,不像一校之长,倒似山寨头领。见家长疑惑,校长解释:"考场就是沙场!补习就是练兵!没有临战气氛,学生哪来压力?!我们的口号是'不怕死,上同捷。'5点早读,晚上11点熄灯睡觉,每天考四门,把学生潜力往干里榨!只要还活着,就得爬起学,剩下一口气,也得给我考!其实考大学和开煤窑一个理:要想快出煤、多出煤,只有横下一条心——不怕透水,不怕塌顶,不怕瓦斯爆,不怕多死人!"

金老师听着不像话,揶揄:"听口气,黑校长莫非小煤窑主改行?俗话说'隔行如隔山。'挖煤跟办学似乎不搭界。"

黑校长自觉说漏嘴,尴尬一笑:"小煤窑前一阵总出事,上面查得紧,资金又不能闲着。物质文明不好抓,咱就投资精神文明。我黑仁厚虽是外行,聘的可全是名师。高薪买质量,质量有保证,才能挣大钱。总之一句话:俺山西买卖人不做赔本生意。"又自嘲,"我小学没毕业,当校长纯粹是骡子的家伙——幌子。我只管招生,教学都听专家的。"黑校长报了几个名字,都是全市教育系统响当当人物。金进财来了兴趣要去拜访当面问个究竟。黑校长拦住,说上班时间概不会客,铁打的规矩,省长来也不行!此言打动家长:"同捷"堪称管理严格,虽说路子野了点。哪像我执教的破学校,男生浪,女生骚,大白天就敢在校园搂着亲嘴;老师上课不忘行情,心思都在炒股上。黑校长一旁察言观色,大力推荐新建"敢死队班",说根据贵公子具体情况,上那儿最合适。"敢死队班"专收聪明而顽劣学生,老师富有创新精神,善于融会贯通,物理课串讲数学,讲政治掺进语文,管理更具特色——保安进课堂,警棍当学监。谁敢上课捣乱不用功,立马押送保卫部"加大教育力度",管叫狗日的一回就长记性!俗话说"不打不成才"。武化教育虽说学费略高,却绝对物有所值!家长听得对路:自古"成人不自

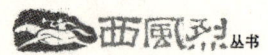

在,自在不成人。"当即决定今天就让儿子参加"敢死队班",考上考不上放一边,先来个猢狲入袋。

"热烈庆祝嫡长孙金伯虎代表道北学子勇夺今年全省理科高考状元!"彩绸贺幛横贯革命街上空,右下方题款:"祖父金玉贵贺"。红幅金字迎风飘荡,吸引无数眼珠。金伯虎二次在道北摇铃,捎带爷爷也成名人。状元出自书香门第居多,都想其祖父定乃饱学宿儒,得知"金玉贵"就是当年持杀猪刀跟混混们玩命的金大胖子,状元孙子乃日前四里长街裸骑者,革命街群众眼镜跌碎一箩筐……

按父亲意思,接到大学录取通知书再庆贺不迟。祖父不听,说自打二儿暴死、大儿蹲监、家里六个闺女下乡插队,我是唐僧的扁担 —— 担了一路的经(惊)。不知我上辈子积了什么德,老天最终开眼,保佑我孙子高中全省第一,才有今日坊间扬名、人前争气!金家状元是凭本事考上的,不是做贼挖窟窿偷来的。不蒸馒头蒸(争)口气,有粉要抹在脸上!说着瞪起眼:我偏要大张旗鼓庆贺,谁再拦我,我跟谁急!喜庆事少不了道北一支笔。老球老得走路都颤颤巍巍,仍文思不衰七步成楹联,略作沉吟,提狼毫一挥而就:

蟾宫折桂,令众人仰慕,生儿当如金家虎子;三年不鸣,莫误认凡鸟,冲天一飞原是鲲鹏。

贺联贴出,满堂喝彩!父亲轩轩自得:"没法子,谁让老金家种好?只道鸡不及凤,谁知晚上一不小心弄出个状元!"爷爷满面红光,又喷开大话,说孙子高中状元绝非偶然,包龙图打坐开封府那会儿,老金家就是中州名门,诗书传家久,祖上出过状元,家乡立有状元坊额牌,先人有二十多个进士,中举多得数不清,秀才压根儿不值一提……客人们边吸喜烟,边赞老金家无从考证光辉家谱。吹嘘间,锣鼓喧天,鞭炮齐鸣。"二十四桥明月夜"门前瞬间引来无数看热闹的。"闪开,闪开,给状元让路!"新科状元西装革履,卷毛乌黑油亮,人本来就俊,此时发扬蹈厉,越显得目似朗星,齿白唇红,面如敷粉,貌似潘郎。观众交口称赞:没说的,麟子凤雏,一看就是状元相!新科状元后面跟了一长溜 —— "状元大姑、二姑来了!""状元娃子小叔来了!""状元傻伯来了……"认识的指指点点。春风入耳,金家越发得意,个个挺胸腆肚,人人昂首阔步,抖擞精神,努力走出状元家风采。

状元宴酒过三巡,亲人纷纷问金伯虎准备报考哪所大学?新科状元捧着刚出炉的烤羊排狼吞虎咽,两边腮帮子鼓得多高,急切腾不出空。

"上清华!"

"去北大!"

姑姑、叔叔各抒己见,争论不下。

"北大、清华咱都不去!"爷爷语惊四座,"昨天我帮厨,店里进对老少情人,穿戴阔

绰,一看就是有钱的主儿。正吃着,身上铃响,男人摸出个袖珍手机。我在旁看着稀罕,顺口问价。说是刚进口的美国原装货,售价两万三千八!我吐吐舌头,东西真不赖,价钱更不含糊,把咱家饭馆卖了也换不来。由手机想到上大学。上大学为啥?说到底是为了找个好工作,好工作才有高工资。我的意思是不图虚名图实惠,就上专门研究造手机的大学,出来笃定吃香喝辣拿高薪。"

"有理!生姜还是老的辣。咱们不玩虚的玩真的。我儿子哪儿都不去,只上北京邮电大学,专攻通信工程!"

金伯虎话甜得赛蜜:"我什么事都听我爸的,他老人家的话就是最高指示!"难得儿子争气又听话,金进财脸上笑开花。5000块奖金新科状元还嚷嚷嫌少。金进财叹口气:"状元爹不好当。"咬咬牙,再追加5000!长辈们也拿出备好红包,下岗数年的四姑、七姑也各自从牙缝里抠出二百块,让争气侄儿"放松放松,玩个痛快。"

红包到手第二天,金伯虎再不见踪影,说是"到外地散心"。第一批重点大学录取结束,仍无金状元消息。金进财像傻婆娘等野汉——白盼一场,急得团团转,莫非通知书寄错地方,不在原来学校在"同捷"?

黑校长鼻青脸肿,走路一瘸一拐,这是两位经受不住"武化教育"的学生的家长来校理论的结果。黑校长还记得金进财,一见面脸上变颜变色,捧泥壶的手直哆嗦,仿佛白日见鬼。学生家长看得纳闷。未等开口,校长颤声问:"你……你不是被汽车轧死了吗?咋……咋又活了?"

"你才被汽车轧死!开什么玩笑?!"

"谁跟你开玩笑!你不是姓金吗?你儿子不是'敢死队班'的金伯虎吗?你被汽车轧死是你儿子红口白牙当众说的!"黑校长也觉得事情有些蹊跷,反问,"莫非金伯虎有俩爹?你是他亲爹还是继父?轧死的究竟是哪个?"

"他什么时候说的?"亲爹脸成了绿色,意识到事情有些不对。

"本学期第二周。金伯虎说他爹被拉煤大卡车从身上碾过,没等'120'送到医院就断了气!说他祖父有病,母亲下岗,全家生活重担都落在他肩上,坚决要求退学打工养家糊口。"说到这儿,黑校长恍然大悟,"我明白了!金进财是拖油瓶,亲爹被轧死,法院判的赡养费泡了汤!说起来,还是你不对,金伯虎虽不是你亲生,既然跟你姓,管你叫爹,你就该管到底……"

金进财哭笑不得,打断校长话:"他到底参加高考没有?"

"考个鬼!他自己退出'敢死队',还把同队一个叫裴玫瑰的女生勾跑。"黑校长气愤地说,"'同捷'从不退学费。见金伯虎哭得可怜,念在孝心份上,我动了恻隐之心。学校第一次破例,八千块学费退了一半,这是退费收据。"

收据签名确凿无误。回回都上当,当当不一样!家长气得脸色煞白说不出话,最后恶狠狠骂了句:"王八蛋!"校长恼了:"你骂谁呢?!嘴放干净点!"高级教师自诩算无遗策,却被儿子涮得找不着北,气得发指眦裂,抬手扇了自己一个大嘴巴!对着校长大声咆哮:"我骂我自己!我缺了大德,生的儿子没屁眼儿!老无赖养了个小无赖!"

受骗父亲一路怒发冲冠,刚进家门,铃声响了,大学同学打来电话:恭贺金公子蟾宫折桂,嚷嚷让状元爹请客,强烈要求酒宴上"详细介绍床上和媳妇优生优育经验,千万不要保守!"

"介绍你娘个头!"

"你小子今天吃枪药了?怎么张口就骂人?!"

"骂人?骂人是轻的,我现在只想杀人!"

假魁首成了西京城笑柄:金状元原来是金漆马桶,表面金光灿烂,一揭盖,臭了革命街!孟小燕心绞痛发作送进医院抢救。金进财顾此失彼,焦头烂额,恨透逆子,当众放出狠话:"假状元胆敢露面,我立马要他狗命!"祖父虽久经阵仗,也气得手足冰凉血压猛升。老街坊劝解:"不撬门不掏包是革命街优秀少年;不嗑药不酗酒是勇斗巷杰出青年。金伯虎双达标,你当爷的就知足吧!"金玉贵连连摆手:"休提!莫提!金伯虎'人小鬼点大,上天摘八卦'。老了老了,当爷的让赖孙抹了一脸屎!"

转瞬半年,冒牌状元仍无音信。父亲也从来不提,只当没生儿子。周末临下班,语文教研组电话响了,话筒传来一个娇滴滴女孩声:"请问金老师在吗?"

"我就是。请问你是谁?"声音温柔许多。

"我是谁不重要。重要的是我有您儿子金伯虎最新消息。"

"我没儿子!我亏了先人,缺了大德,命中活该无后,更不认识什么金伯虎。你电话打错了!"金进财怒火腾地蹿上。话筒那边不说话,只是"咻咻"笑,笑了一会儿,又说:"您还生气呀?伯虎还以为没事了。您儿子知道玩笑开得稍稍过了点,准备当面向您解释。您如执意不见,他也无可奈何,让我代他就此告别。"

"他要去哪?"

"伯虎说:'埋骨何须桑梓地,人生处处有青山。'他从此四海为家,浪迹天涯。"

"祝他一路走好!养儿不教如养虎——被虎伤。麻烦你转告金伯虎:就说他爹劝他寻个僻静处自行了断。早死早了,也算这辈子给家里做了件好事——再不祸害父母!"

女孩隔天又打来电话,哭诉带着悲愤:"您不肯原谅金伯虎,又劝亲生儿子'自行了断'。伯虎越想越难受,世上哪有劝儿寻死的爹?!悲愤交加,一赌气——了断就了断!去农贸市场买了包'毒鼠强'兑可乐喝了,现正在省医院抢救。你再不来,父子就见不上了!"

一语成谶。金进财脑袋"嗡嗡"乱响,手足冰凉,冷汗淌了一脊背,悔不该赌气劝儿寻死!急赤白脸赶到医院,急诊室、抢救室找遍,不见儿子踪影。大夫说今天寻死的送来一个班,唯独没有喝老鼠药的。莫非听错地方?全市几十家医院,上哪去找?金进财急得直跺脚!这当口后面脆生生喊了声:"爸爸!"金进财扭头一看,身后立个穿戴时髦年轻姑娘,粉面含春,樱桃口微启,露糯米银牙,笑嘻嘻看着自己。金进财以为喊别人,看看周围。女孩冲自己又是一声:"爸爸!"金进财一头雾水,以为进医院遇上神经病,说:"谁是你爸?我不认识你。姑娘你看清了?看清了再叫!"

姑娘抿嘴乐了:"你不认识我,我可认识你。你姓金,叫金进财,是金伯虎他爸。我叫裴玫瑰,金伯虎是我未婚夫。你说,我该不该管你叫爸爸?"

"金伯虎呢?"父亲急着问。

"没事了。现在到处是假冒伪劣产品,连老鼠药都造假。他肚子被折腾空了,嚷嚷着上街吃羊肉泡馍。让我在这儿等你。"

听说儿子没事,父亲悬着的心放下,转而打量起儿子的"未婚妻"。名字像在哪听说过。金进财骤然想起,问:"你也是'敢死队'的吧?你俩不在'同捷'好好复习,却一块儿私奔!"越说越来气,"是你诱惑金伯虎,还是他勾引你?!谁先开的头?说!"

裴玫瑰首先纠正未来公公用词不当:"不是'勾引',不是'诱惑',更不是'私奔'。我俩这叫情投意合、比翼双飞。"嫣然一笑,"我和伯虎能走到一起,说起来都是缘分。金家,裴家本来就不是外人。我妈年轻时曾是您的女朋友。"

"你说什么?你妈是我的女……女朋友?"金进财吃惊不小,"你妈是谁?"

"我跟我妈姓。她叫裴月亮。"

金进财怔怔看着对方,好一会儿才开口:"难怪看着面熟!你和你妈就像一个模子铸的。多年未见,她现在过得咋样?"

"不咋样!结三次婚离三次婚。俺亲爹没本事,一没地位二没钱,跟他一点前途都没有!俺妈眼亮,早早跟他离了。"裴玫瑰轻描淡写,仿佛说别人家事,"俺妈以后找的俩老公一个毛病——本事不大脾气大,兜里没钱还爱喝个小酒。最后都被俺姥姥摔碎酒瓶撵出门!"

"你姥姥还活着?"想起那对火筷子,金进财下意识摸摸脑壳。

"老婆子越活越精神!八张的人了,一顿吃三碗捞面,一觉睡到天大亮,说非要活到一百岁。只是不能提你,一说'金进财',母女就拌嘴。你开私家车回革命街,俺妈几次瞄见,直恨自己当初瞎了眼,错把金龟婿当成窝囊废,怨俺姥姥错上加错,毁了她一生幸福!俺姥姥心里也悔,边叹气边说光看龟孙小时赖样,谁知他赖孩还有今天。"听到初恋情人吃后悔药,金进财满意地笑了。未婚儿媳趁热打铁:"我可不像俺妈。我看上的男人谁也别想拆散!玫瑰这辈子跟定了伯虎!"说着甜蜜一笑,"爸爸,你不反对俺俩的事吧?"

"不反对。我在你俩眼里算什么东西?反对顶个屁用!女儿是前世情人,儿子是今生仇人。金伯虎是我冤家对头!这辈子找我算旧账!"父亲说着又来了气。

"您还生气呀?跟您实说了吧:金伯虎没有喝老鼠药,也不会喝老鼠药。请您来,是有大事要跟您商量。"

"大事?和我商量?商量什么?"金进财警惕地问。

"爸,看这儿!我有了,伯虎的!您就看着办吧。"金进财这才注意到裴玫瑰凸起的小腹……准儿媳对着未来公公无耻地拍拍自己奇货可居的肚子,得意洋洋张开巴

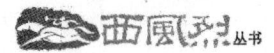

掌:"四个月了!"无赖!讹诈!不要脸!金进财气得发昏,出口的话硬邦邦:"你俩的事你俩解决!你肚子大跟我没关系!"说完站起就走。

和未来公公摊牌未收到预期效果,玫瑰发出预定暗号。儿子像从马路上冒出的水泥桩拦住父亲去路。失踪多日的骗子终于露面!"金伯虎,我日你妈!"金进财红了眼,边骂边扑上去打!金伯虎面带微笑,只招架不还手。毕竟年过半百,连累带气,没几下就脸色煞白,自己先喘成一团,一对男女顺势将"爸爸"摁在候诊长椅上,一左一右牢牢挟住。儿子嬉皮笑脸:"好汉不提当年勇。人不服老不行!爸,我可一直让着你呢。咱爷俩真要比试,不出三个回合,我准让您老人家趴下!"又说,"爸,不是我批评你,这可是你老人家不对!你可以不认儿子,不认儿媳,可你不能不认孙子!你跟谁过不去都行,就是别跟未见面的孙子过不去!"

老子拼命挣扎,气喘吁吁地说:"我……我眼眶都……不要了,我还要……要眼珠子干啥?!金伯虎你个……赖孙、大……大骗子!少……少跟我胡缠!放……放开我!"

走廊瞬间围个水泄不通,都过来看热闹。叫骂声引来保安,以为又是医患纠纷,匆匆赶来解围,目睹被死死擒住的老子正朝儿子脸上不停地吐口水……未等开口询问,金伯虎频频摇头,连连摆手,满脸痛苦、焦虑、无奈……几个保安点头表示理解,主动提出:精神科在三楼,要不要我们帮着把你家老人架上去?儿子万分感激,说世上还是好人多!帮忙就免了,我们刚从那儿出来。大夫再三交代:脑子有病光靠吃药不行,亲人的耐心和关怀更重要……围观的老年人感动得一塌糊涂,这个评论:真是孝子!这样的好儿如今世上难寻,比我那三个儿子强多了。狗日的要钱一个比一个来得勤,让他们陪我看病,再不见人影。电话打去,都说"忙"。忙他娘的脚!陪丈母娘看病,仨龟孙都有时间!那个夸奖:不光儿子孝顺,媳妇更好,一直挽着公公胳膊不松手,脸上笑眯眯的,再骂也不吭声。我们都看着呐!金进财两边嘴角堆满白沫,像被缚螃蟹兀自拼命挣扎,叫骂:"浑蛋!放开我!"疯老头遭到围观群众一致谴责:你老头知足吧!不管得了痴呆症,还是神经病,儿子儿媳都不嫌弃。你还胡闹个啥劲?!金进财越发恼怒:"你们才有痴呆症!你们才是神经病!"观众听了不恼反笑,都说这就对了!神经病人没一个承认自己有病,继续劝"神经病老头":好了,好了,别胡闹了,乖乖听话,跟儿子儿媳回家去。旁边儿子再不说话,只是摇头,脸上神情越发沉重,一副含辛茹苦、忍辱负重模样……观众看在眼,越发感慨:佳儿佳妇,这老头真有福!议论过后,渐渐散了……

儿子无赖颇得老子年轻时神韵。父亲被治得没脾气:"你赖孙咋恁赖?!"

"老猫房上睡,一辈传一辈。有赖爷就有赖孩,有赖孩就有赖孙,遗传有赖的基因,想不赖不由咱!假状元怨不得我。那会儿和玫瑰谈朋友,手头紧,跟你们开个玩笑,捎带弄俩钱花。你们却当了真。你不是常骂我'朽木不可雕'吗?怎么我一哄你就信?也不用脑子想想,就我这块儿料还能中状元?除非公鸡下蛋,太阳从西边出来。"

"你怎么还不死?!"父亲恨恨地说。

金伯虎笑眯眯回答:"都说'知子莫如父'。你为何总不理解我?你儿子什么事都做得出,就是不肯自行了断。'养儿防老。'我早早了断,你老了谁伺候?到那时,你躺在床上喊天不应,呼地不灵,哭都没眼泪,又念起有儿的好处。就冲这,我当儿的也不能那么自私,只顾自己一了百了,再怎么样,也得把你老人家先发送了。再说我一个美食家,好东西没吃够就呜呼了,枉顶了虚名,岂不冤得慌?人生一世,草木一秋。活在世上多快活,谁自杀谁是傻鸟!"

"你个不顾别人死活的东西!你拿着骗来的钱在外面快活,差点把你爷你妈气死!"

"没事,他俩现在屁事没有。我爷一见花枝招展孙媳妇,比吃'降压灵'还灵,听说玫瑰'有了',高兴得合不上嘴,一个劲儿叨叨:'老天开眼,我金玉贵就要四世同堂!'悬赏鼓励孙媳妇努力生个带把的,说老金家不旺才却旺丁,气死老苟头个老绝户!老孟更好对付,脸蛋漂亮智商偏低,要不怎么几碗'大麻子'就被你哄到手?玫瑰一叫'妈',她脸上立刻阴转晴,撸下金戒指当见面礼,许诺将翡翠手镯传给孙子。说来说去,就属你难缠,没如来佛法掌,还真降不住。唉,难缠也得缠,难降也得降,谁让你是我爹?"未等父亲回答,儿子拐到正题,"闲话少叙,言归正传。咱爷俩今日敞开心扉,做一番倾心之谈,彻底消除彼此误会。"

"又要交学费?这回准备去哪家高考补习班头悬梁,锥刺股?实话告诉你,你今天说出大天来,老子也不会再上当!咱俩谈什么都行,就是别谈钱!"

金伯虎正色道:"张口钱,闭口钱,俗不可耐,父子亲情还要不要?"又说,"离开家的日子里,我想了很多。越琢磨,越觉得你老人家那句话有理,而且是颠扑不破的真理!"我哪句话成了……真理?而且还颠扑不破?父亲一下被吊起胃口竖耳倾听。"'靠爹爹会老,靠墙墙会倒,靠己才会牢。'此言千真万确,真正是一句顶一万句!早该收入德育教科书。爹是过五奔六的人了,眼瞅着腰来腿不来,咳嗽屁出来。一旦阎王爷找你老人家商量事,我下半辈子靠谁养?再说我也是快当爹的人了,该担沉干点正事了。"

"你还会干正事?你闹了多少笑话!"

"'年轻人犯错误,上帝都会原谅。'这话可是你告诉我的!再说,你们老辈人就没闹过笑话?不说我爷佩国民党军官胸章被抓进局子,不讲你少时钻裆叫爷装母驴,不提你老来学掌灯,就说你十六岁死皮赖脸追求俺岳母未遂,被玫瑰她姥姥拿火筷子从家打跑……"当着未过门儿媳面揭老底,公公脸皮再厚也吃不消,连连摆手谢绝:"不说那个,咱们不说那个!"玫瑰佯作没听见捂嘴偷笑。儿子乘胜追击:"爸,实话告诉你,这些天你儿子就没闲过,四处踅摸挣钱门路。我小叔昨天捎来口信:北门农贸市场有家卖肉旺铺转让,开价六万八,我想盘下……"

"你想卖肉?我嫌丢人!"金老师腾地蹦起,儿子儿媳一起用力重新摁坐下。"'三代不读书,不如一窝猪。'你爷卖肉,你小叔卖肉,轮到你还卖肉!不好好读书,都去卖肉,老金家卖肉要卖到哪辈子?我好赖是个高级教师,儿子却当了屠户。传出去,这张老脸往哪搁?!"

"都什么年代了,还臭清高!现在的女人'笑贫不笑娼';如今的男人'笑穷不笑贪'。我卖肉碍谁的蛋痛?做生意靠熟人捧场,玫瑰盘亮条顺,权充猪肉西施,回头客准少不了。小两口自食其力,丢你当爹的什么脸?你们知识分子一个毛病——自我感觉良好。评上个破职称,生怕别人不知道,成天挂嘴上,充其量是碗粉条汤,愣把自己当烩鱼翅,还一个个牛逼烘烘。穷不丢书,富不丢猪。读书是精神需要,吃肉是身体需要,哪个需要都不能少,谁也不比谁高级!养牛犁田,养猪过年。卖肉咋啦?民以食为天。三天不杀猪,天下大乱!毛主席多聪明,几天不吃红烧肉也喊头晕眼花脑子不够用。

金老师冷笑道:"这话听着咋恁耳熟?从你爷那贩的吧。行行行,你能说,我说不过你,我认栽服输!别说我儿子卖猪肉,卖人肉也由你!"

儿子得意地笑了,伸开巴掌。

"什么意思?"父亲明知故问。

"我准备搞个'西京金牌肉食集团',将来生意做大了,还要在全市乃至全省开上几百家'金牌肉食连锁店'。董事长我当仁不让,玫瑰出任总经理,聘你当顾问,发挥你特长,负责产品宣传企业形象策划,年薪三十万!比你当教师强多了!你嫌钱少?咱爷俩还可以再商量。肉烂在锅里——自家人吃亏占便宜都好说。现在万事俱备,只需一点'金牌事业启动经费',请你先予垫付。时间紧迫,主家过时不候,三天内我必须把肉铺盘下!"

"免谈!咱俩说好不谈钱。"

"我谈'钱'了吗?我说的事业启动经费。"

"跟老子玩文字游戏,你小子还嫩点!"

"你给不给?!"儿子瞪起眼睛。

"不给!"父亲眼瞪得更大。

父子僵住。玫瑰打圆场嗔未婚夫:"你就不会跟爸爸好好说?见不着爸爸,你想得心口疼,偷着抹眼泪;见了爸爸,你又直来直去,惹他老人家生气。"转过身,笑眯眯对未来公公说,"不给就不给。儿子的事先放一边,儿媳的事你总不能不管。我身子一天重似一天,您看我是搬到婆家等着坐月子?还是你给我们在外面买房?我总不能把您嫡孙亲骨肉生在大街上!我姥我妈说了,月子里少说吃十只老母鸡,必须是土鸡;老鳖也不能少于这个数,野生青壳的最好,人工饲养的不要;土鸡蛋一定要早早备下;人参好是好,就是太热,西洋参温补,听说美国花旗参地道,先来二斤提气……有句话我得说在前头:我姥年纪大了,我妈身体不好,一个也靠不上。谁伺候我坐月子?你当公公的也得早早考虑……"

金进财听得目瞪口呆,停了一会儿才反应过来:"名不正,言不顺。你和伯虎婚都未结,算金家什么人?上金家坐哪门子月子?"

"我俩现在正式通知家长您:我和伯虎明天领结婚证,喜酒放在'大中华'。老裴

家亲戚多,娘家人少说三十桌。都知道我嫁到高级知识分子家,咱得给婆家撑门面不是? 酒水除外,每桌标准不能低于一千六! 旅行结婚以后补办。您老年纪大了,婚礼的事少操心,只管埋单。"

"家长"听得半晌说不出话,最后憋出一句:"我要不埋单呢? 不同意你上家坐月子呢?"

"不可能!"金伯虎胸有成竹,"说话办事都别忘了自个儿身份。知识分子别的可以不要,脸面是一定要的! 你是谁? 你是高级教师,不是街道闲人,早没了那股赖劲! 我把教研室当产房,把你办公桌做产床。虎毒不食子。为省钱,金老师把儿子儿媳孙子往死路上逼! 全校教职员工一人唾一口,都能把你淹死! 你信不信?!"

"你敢?! 不许你胡来!"父亲被儿子描绘的前景吓坏了。

"我也想自食其力,我也要奋发图强,我也不愿啃老。让你垫付些'事业启动经费',将来又不缺你好处。好话说尽,你却油盐不进,一毛不拔! 儿子那么做也是被逼无奈!"

儿媳转过唱白脸:"爸,您回去再想想。想好了给我俩回话。"

"记好了,六万八! 限期三天!"儿子下最后通牒。

"我上辈子缺了什么德? 怎么生了你这赖儿! 要钱没有,要老命拿去!"父亲气得浑身乱抖对着逆子背影大骂。

远远传来悠扬鸽哨,黄昏时天空中倦飞的鸽子俯冲寻找鸽巢,一溜影子自如地掠过楼房拐角……压后白鸽仿佛意犹未尽,忽上忽下,忽远忽近,纵情飞翔……金进财心里一动:这幕像在哪见过? 骤然想起多年前给酒友下套的傍晚……老子给别人挖坑,儿子给老子下套。报应,果然是报应! 有赖爷,必有赖孩;有赖孩,就有赖孙。儿子是老子的延续,再一次得到循环论证。想到快要面世的亲孙子,一腔怒气瞬间烟消火灭。金老师摇头无声苦笑,劝解自己:赖就赖吧,只要赖种能够流传,老金家血脉能够世代延续,明天就把儿子急需的"金牌事业启动经费"送去。

2007 年 1 月日 21 第一稿
2007 年 5 月日 22 第二稿
2008 年 3 月日 2 第三稿
2009 年 4 月日 25 第四稿
2009 年 12 月 18 日第五稿

"西风烈——陕西百名作家集体出征"
项目已出版书目

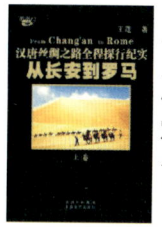
书名：从长安到罗马——汉唐丝绸之路全程探行纪实(上下卷)
作者：王蓬
定价：68.00元
丝绸之路的全景式展示，"丝路申遗"的重要文化力量。

书名：兽
作者：范怀智
定价：24.80元
一幅背景幽深的乡村风景画卷。

书名：三颗青春树
作者：韦昕
定价：32.00元
叛逆的青春在社会、时代、父辈思想的框里不断冲撞、逃离与归属。

书名：逃离
作者：冯积岐
定价：25.00元
当代中国版的洛丽塔。

书名：莲花度母
作者：唐卡
定价：25.00元
当代女大学生励志修行必读小说。

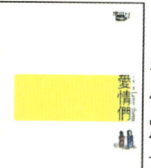
书名：爱情们
作者：王春
定价：22.00元
女人写书，书写女人。

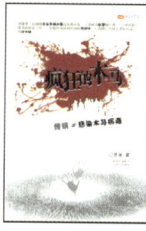
书名：疯狂的木马
作者：吕宏强
定价：32.80元
传销人真实生活的浮世绘，传销圈套的解密大全。

书名：北京传说
作者：寇挥
定价：26.00元
中国小说界良知写作的代表人物寇挥，沉默九年之后，再推力作！

书名：我们的孤独是一座花园
作者：李佳璐
定价：28.00元
一部关于孤独与梦想的诗歌般小说

书名：含泪的信天游
作者：吴克敬
定价：23.80元
四段凄美温婉的故事、四个女人的命运交响曲、四场清雅或浓烈的爱情。

书名：西夏春秋
作者：任海涛 任海印
定价：38.00元
一部既有历史情境感又有文学品格的章回体小说。

书名：陕西楞娃
作者：杨玉坤
定价：79.80元
一部水神传。

书名：鬼神劫
作者：景斌
定价：34.00元
一部悲怆的乡村断代史。

书名：北方战争（上、下部）
作者：赵熙
定价：89.00元（全二册）
一部展示战争与和平、生死与爱的宏大力作。

书名：民乐园
作者：鹤坪
定价：28.80元
叹唱恶百年焰上烹狗，再现辛酸事水底生烟，搜索老西安俗浮浪事，钩沉风月场蛇媚狐行。

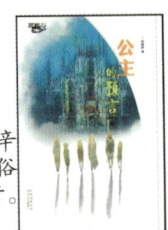
书名：公主的预言
作者：孙雨婷
定价：28.80元
"后青春期"的一次奇幻之旅。

书名：颜真卿
作者：权海帆
定价：32.80元
讲述书法巨擘颜真卿鲜为人知的悲舛一生。

书名：米脂婆姨
作者：文兰
定价：32.00元
一部人文和地域文化元素的集大成之作。

书名：野滩镇
作者：贺绪林
定价：26.00元
"关中匪事"系列之五，关中刀客的惊世传奇。

书名：貂蝉
作者：张艳茜
定价：28.80元
掀起历史中的美人薄纱，还原薄纱下的历史美人。

书名：战俘
作者：兀方
定价：34.80元
一段鲜为人知的悲情史实，一场战俘营内外的攻心战。

书名：大学，大学
作者：雪岩
定价：22.00元
在人网的层面上，走近校园；在校园的层面上，观照社会；在社会的层面上，思考未来。

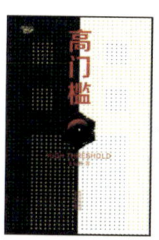
书名：高门槛
作者：张仙利
定价：38.00元
探索女性生存意识，关注社会热点问题
实力派才女作家张仙利社会问题三部曲之二

书名：城市门
作者：王海
定价：32.00元
一部从中央到地方关注的"农民失地进城后生存状态"的作品

书名：道北名门
作者：张之沪
定价：36.00元
一出让人忍俊不禁开怀一笑而又心酸难忍静心思考的文学丑角大戏

书名：阿宫
作者：党益民
定价：28.00元
一幅关中渭北民间艺人的浮世绘，一部跨越两千年历史的阿宫绝唱！

书名：西榴城
作者：冷梦
定价：32.00元
一个家族的惊世奇冤，两代人的魔幻爱情，一群人的穿越传奇。

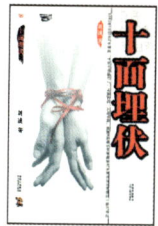
书名：十面埋伏
作者：刘诚
定价：26.00元
当代中国版之《一个陌生女人的来信》，引领你重返二十世纪八十年代峥嵘岁月……

书名：七九式
作者：高峰
定价：29.80元
他们是红旗下的蛋，是理想主义的孩子，是一群逆流而上的大马哈鱼……

书名：社火
作者：吴双虎
定价：28.00元
一部哀怨惆怅的社火人的血泪史，一曲慷慨悲壮的社火人的奋斗史！

书名：都市挣扎
作者：韩晓英
定价：38.00元
一代文化青年的成长、奋斗、挣扎和蜕变的心灵映照。

书名：蜜月
作者：乔凤琴
定价：25.00元
蜜月结束，她还是处女……

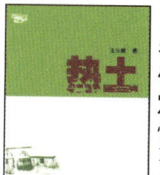
书名：热土
作者：王兴根
定价：58.00元
情与法的冲突，爱与恨的纠葛，权与利的争夺，正义与邪恶的较量……

书名：第二枪
作者：炳新
定价：28.00元
一场革命的洗礼，一个家族的兴衰，回首一百年前，探寻历史真相。

书名：水调歌头
——国家南水北调中线工程水源地探行
作者：陈长吟
定价：28.00元
一部反映国家南水北调中线工程建设的纪实文学作品。

书名：守望
作者：姚家明
定价：35.00元
一部对当今社会现实有独特发现与感悟的优秀长篇小说。

书名：西去东来
作者：杨长安
定价：29.80元
家庭，夫妻，伦理，友情，亲情，爱情群居动物的人类有关怀、温暖，也有露出牙齿的撕噬。

书名：书房沟
作者：李巨怀
定价：29.00元
一部重现大关中西秦沧桑岁月变迁的惊心动魄近代史。

书名：黄帝传之命世之英
作者：李延军
定价：50.00元
这是一幢结构复杂的祖屋，走进去，五千年前先民生活的画卷徐徐展开……

书名：烟雾
作者：李康美
定价：31.00元
一部颇为奇特的涉案小说。

书名：红门英雄
作者：郭群
定价：36.00元
品味消防战士鲜为人知的幕后故事，感受他们高尚超越的非凡人生。

书名：藏凤巷
作者：哑鹦鹉
定价：45.00元
《藏凤巷》里，藏着几代女人对忠贞善意的坚守，藏着特殊年代的民间乱相，藏着平凡男女的铁血柔情……

书名：两河口
作者：郑征
定价：34.80元
两河口，三蛟出世，演绎了一场惊心动魄的殊死决斗。

书名：那些事儿
作者：周养俊
定价：28.00元
以感动之心、细微之想、真善情怀、清正趣味体味人生。

书名：崤柳风云
作者：孙兴盛
定价：32.00元
一方水土，一方人文，一方人情世故。

书名：黑金白银
作者：苗雨田
定价：38.00元
一部陕北煤老板坎坷、辛酸的创业史。